HEYNE
BÜCHER

Das Buch

Italien im Jahre 1502 – die Renaissance erlebt ihre Blütezeit. Die Humanisten prägen ein neues Weltbild, Leonardo da Vinci und seine berühmten Kollegen malen ihre Meisterwerke. Zugleich ist das politische Bild geprägt von Skandalen, Intrigen und Machtspielen. Fanatismus und Ausschweifungen herrschen im Vatikan unter dem Szepter des Borgia-Papstes Alexander VI. Vor diesem historischen Hintergrund entfaltet sich die Geschichte einer Handvoll Menschen, skurriler Außenseiter, die in diesen turbulenten Zeiten ein durchtriebenes Bündnis gegen die Fährnisse des Lebens schließen.

Nach und nach gesellen sie sich zueinander auf einer der vielen Straßen, die von Oberitalien nach Rom führen: Die lebenskluge Hure Colombina, die mit ihrem Pferdewagen unterwegs ist; Arlecchino, der entlaufene Priester, gebildet und witzig zugleich; die beiden Taschendiebe Scapino und Piero; Giacomo, der ehemalige Geselle Leonardo da Vincis, mit der schönen Tochter Leonardos, Isabella, die als Mönch verkleidet ist; der desertierte Capitano und die Dirne Ruffiana.

Immer die Sbirren im Nacken, schlagen sie sich mit Witz und Hinterlist durch die von Kriegswirren gebeutelten Zeiten. Nicht nur aus der Not heraus, sondern vor allem aus Lust und Tollerei machen sie ihren Wagen zur Bühne und inszenieren ein Stegreif- und Possentheater, das als *commedia dell'arte* weltberühmt wurde. Während auf der politischen Ebene die Machtkämpfe toben, spielt sich hier das wahre Leben ab, geprägt von Menschlichkeit und Zusammenhalt. Denn was sind schon die kleinen Delikte wie Taschendiebstahl im Vergleich zu den korrupten Machenschaften der Mächtigen?

Der Autor

George Herman, geboren 1920, ist Schriftsteller, Regisseur und erfolgreicher Bühnen- und TV-Autor. Außerdem war er als Theaterkritiker und als Universitätsdozent für Theater- und Literaturwissenschaft tätig. Er lebt in Portland, Oregon.

GEORGE HERMAN

DIE STRASSE DER GAUKLER

Ein Roman aus der italienischen Renaissance

Aus dem Englischen
von Mechthild Sandberg

WILHELM HEYNE VERLAG
MÜNCHEN

HEYNE ALLGEMEINE REIHE
Nr. 01/9845

Titel der Originalausgabe
CARNIVAL OF SAINTS
erschienen bei Ballantine, New York

Umwelthinweis:
Dieses Buch wurde auf
chlor- und säurefreiem Papier gedruckt.

2. Auflage

Wilhelm Heyne Verlag GmbH & Co. KG, München
Printed in Germany 1996
Umschlagillustration: Kinuko Y. Craft
Umschlaggestaltung: Atelier Ingrid Schütz, München
Gesamtherstellung: Elsnerdruck, Berlin

ISBN 3-453-09933-8

ERSTER TEIL

Die Truppe

Ein Vagabund und eine alternde Dirne tun sich in den Bergen Norditaliens zu gemeinsamer Fahrt zusammen. Nach und nach schließt sich ihnen eine bunt zusammengewürfelte Schar merkwürdiger Gestalten an, die vor militärischen, kirchlichen und weltlichen Machthabern auf der Flucht sind.

Aosta

*Colombina begegnet dem Tanzmeister, und sie brechen zu ihrer Irrfahrt auf * Scapino und der Knabe mit den vielen Namen müssen fliehen, um ihr Leben zu retten * Cesare Borgia wird gewarnt*

Goldene Ringe und Reifen klimpern im Takt eines Tamburins, nackte Füße gleiten leicht über den Boden der Bühne eines gewaltigen *theatrum.* Scharlachrote Unterröcke öffnen sich wie Blütenblätter einer Rose und enthüllen schlanke junge Beine. Die Hüften machen langsame, kreisende Bewegungen. Im Gleichklang mit dem Schlag ferner Kirchenglocken dreht die Tänzerin den Kopf hin und her.

Diese verdammten Glocken, die nicht still sein wollen.

Sie sieht sich selbst, ihr glattes Gesicht, und dann wird die straffe Kontur ihres Kinns weich und verschwommen. Fältchen bilden sich an ihren Augenwinkeln, Kerben durchziehen ihre Stirn.

Und die ganze Zeit hämmern die Glocken monoton die Wahrheit ihres Alters. Fünfunddreißig. Fünfunddreißig.

Colombina fuhr in ihrem kleinen dunklen Wagen, in dem es nach dem in Girlanden aufgehängten Knoblauch und nach schmutziger Wäsche roch, in die Höhe und erinnerte sich, wer sie war und wo sie sich befand.

»Dieser verdammte Hurensohn von einem Glöckner!« schimpfte sie statt eines Morgengebets.

Der Vagabund, vom Kopf bis zum Knie in einen Umhang vielfarbiger Lumpen und Flicken gehüllt, rannte durch das Viale della Pace. Ab und zu trat das nicht mehr ganz junge Gesicht eines Satyrs aus dem Schatten seines großen Hutes, dessen Krempe dem Schnabel eines exotischen Vogels glich. Alles an ihm wirkte so, als wollte er sich den Bewohnern des Städtchens zur Belustigung darbieten, und sein Bemühen war denn auch nicht ganz umsonst. Gelächter und Pfiffe folgten ihm, ebenso eine Schar Kinder, die sich an seine Fersen heftete und mit Pflastersteinen drohte.

Er bog in die schmale Seitengasse ab, von der er wußte, daß sie in die Via San Gioconda und die Piazza vor der Kathedrale mündete, und warf einen Blick zurück, um zu sehen, ob er noch immer verfolgt wurde. Die Frauen und Kinder auf der Piazza schienen kein Interesse an ihm zu haben, und er war erleichtert. Mit dem Ellbogen rieb er sich die linke Körperseite und spürte die beruhigende Ausbuchtung des Päckchens, das in das Futter seines Umhangs eingenäht war.

Anderthalb Tage waren vergangen, seit er zuletzt etwas gegessen hatte, und seine Stiefel, die nicht zusammenpaßten, waren so abgelaufen, daß er Beschaffenheit und Kontur jedes einzelnen Pflastersteins unter seinen Füßen hätte beschreiben können. Dennoch, sagte er sich hoffnungsfroh, das Leben ist voll ungeahnter Möglichkeiten. Vielleicht werde ich heute einem frommen Wohltäter begegnen, der mir ein Pferd leiht, mit dem ich nach Süden reiten kann.

Heute, antwortete ihm die ferne Stimme seiner erfahrenen und tüchtigen Amme, wirst du wahrscheinlich verprügelt und beraubt werden.

»Beeil dich, verstehst du? Und hau sofort ab, wenn der Riemen durch ist.« Der zerlumpte Junge mit dem schmutzigen Gesicht nickte und berührte den Griff des Messers, das in der Scheide an seiner Taille hing. »Du mußt flinker sein als in Vercelli, und auf keinen Fall darfst du die Börsen behalten. Sobald du eine oder zwei hast, mußt du sie auf das Dach werfen, das ich dir gezeigt habe. Ist das klar, Piero?«

»Salvatore«, verbesserte ihn der Junge.

Scapino knirschte mit den Zähnen und zischte: »Ist das klar, Piero?«

Piero sah den Mann an und sagte: »Klar. Ich mach das schon.«

Scapino richtete sich auf und schickte einen suchenden Blick rund um die Piazza. Er gestand sich ein, daß er Schwierigkeiten hatte, sich zurechtzufinden, obwohl dies sein fünfter Besuch in Aosta war seit dem letzten Überfall der Franzosen vor drei Jahren. Ein letztes Mal rekapitulierte er den Fluchtweg.

»Also merk dir«, ermahnte er den Jungen, »wenn es Scherereien gibt, laufen wir zu dem schmalen Durchgang da gleich auf der anderen Seite der Piazza. Da ist es so eng, daß nicht mehr als zwei Personen gleichzeitig durch können. Wenn wir fast am Ende der Gasse sind, heb ich dich auf meine Schultern, und du ziehst dich zum Dach rauf, wie ich es dir gezeigt habe. Dann nimmst du die Börsen an dich und wartest, bis ich zurückkomme und dich hole.«

Piero nickte wieder. »Ich mach das schon«, sagte er erneut.

»Ich laufe weiter die Gasse rauf und lenke die Verfolger von dir ab. Über das Schild des Zahnziehers schwing ich mich zum Balkon über die Tür rauf. Dann spring ich rüber aufs Nachbardach und lauf über die Dächer weiter, bis ich wieder bei dir bin. Zusammen springen wir zur Straße runter und hauen zur Piazza del Mercato ab. Von da laufen wir die breite Straße rauf, an dem römischen Bogen vorbei und über die Brücke über die Baltea. Hast du das kapiert?«

Piero nickte ein drittes Mal und kratzte sich am Hinterteil.

Plötzlich wirbelte Scapino herum und rannte über den Platz auf den kleinen Gemeindebrunnen zu, an dem die Frauen ihre Wasserkannen füllten. Mit einem kräftigen Sprung landete er leicht und behende auf einem Bein auf dem Brunnenrand und stand dort einen Moment wie ein flatternder Vogel. Unglücklicherweise jedoch klatschte das freischwebende Bein plötzlich in den Brunnen. Zuerst liefen die Frauen schreiend auseinander, dann jedoch bemerkten sie, daß der ungeschickte Akrobat unter seinem schmutzigen Umhang recht stattlich und durchaus männlich aussah, und begannen sich ihm wieder zu nähern, wobei sie ihrem angeblichen Unmut mit lachend ausgestoßenen Verwünschungen und einem gelegentlichen Klaps auf seine nackten Beine Luft machten.

Piero, der noch am Rand des Platzes stand, versuchte verzweifelt, sich zu erinnern, auf welchem Dach er denn nun die Börsen ablegen sollte. Dann sah er plötzlich die schöne junge Frau am Arm des vorübergehenden Kaufmanns, und die Frage wurde belanglos.

In ihrem klapprigen alten Wagen drehte sich Colombina zu dem unförmig dicken Leib herum, der sich an ihre Schenkel quetschte, und versuchte, den gewaltigen Fleischberg wegzuschieben.

»Himmeldonnerwetter, wach endlich auf!« Sie griff mit gespreizten Fingern in die weichen, bleichen Massen des Bergs, daß sie wabbelten, als habe es irgendwo in dieser Unersättlichkeit eine heftige Erschütterung gegeben. Dann wuchs dem Berg ein Kopf, und dem Kopf wuchsen ein Bart und eine glänzende kahle Platte und rotumrandete Augen.

»W-wo bin ich?« fragte der Dicke im schönsten südfranzösischen Patois.

Sie antwortete ihm auf italienisch. »In meinem Wagen. Auf der Piazza Sant'Orso in Aosta. Savoyen. Es ist Morgen. Der letzte Tag im Juni. Montag.«

Colombina riß an ihrem Rock und ihren Unterröcken, um ihre Nacktheit wenigstens notdürftig zu bedecken, und mühte sich, zwischen Fleischberg und Gerümpel ihres Wagens hochzukommen. Als sie es geschafft hatte, sich auf die Knie aufzurichten, kroch sie in den hinteren Teil des Fuhrwerks und sprang von dort in den kühlen Frühsommermorgen hinaus. Die lästigen Glocken der Collegiata di Sant'Orso drüben, auf der anderen Seite des Platzes, hatten ihr Willkommen an den neuen Tag beendet, doch aus der Kirche selbst drangen jetzt Männerstimmen, die lautstark ein Requiem anstimmten. Colombina streckte die Nase in die kühle Morgenluft und sah zu den schneebedeckten Gipfeln der Berge hinter der Stadt, wo sich der Paß nach Frankreich öffnete. Da drüben ist es auch nicht anders, dachte sie. Überall nur noch Franzosen.

Sie erinnerte sich an den allgemeinen Aufruhr und die Not, als die Franzosen zum zweitenmal innerhalb von sechs Jahren über die Alpenpässe gekommen und in Italien eingefallen waren; sie erinnerte sich an die überheblichen französischen und schweizerischen Truppen, die nach Aosta geströmt waren, ehe sie weiter nach Mailand marschierten, um für die schändliche Niederlage am Ende des letzten Krieges Rache zu nehmen; und sie dachte, wenn ich nach Süden zöge, würde ich mit den italienischen Söldnern vielleicht besser fahren.

Ihr Freier streckte den kahlen Kopf in den Morgensonnenschein. »Habe ich dich schon bezahlt?« fragte er.

»Nein«, log sie.

»Das tut mir leid«, brummte er. »Wir – äh – wir haben's getan? Ich meine – so ist es doch?«

»Wie kannst du das nur vergessen?« Sie sah ihn mit einem schiefen Lächeln an.

»Tut mir leid. Ich hab' eine Menge getrunken.« Er brachte von irgendwoher einen kleinen Lederbeutel zum Vorschein und öffnete die Zugschnüre. »Wieviel?«

»Das haben wir doch gestern abend ausgemacht. Zwei Soldi.«

Der Freier knurrte. »Ich dachte, wir haben einen gesagt.«

»Nein, jetzt fällt's mir ein. Wir haben sogar drei gesagt.«

»Zwei«, blaffte er.

Colombina hob kapitulierend die Hände. »Meine Großzügigkeit wird noch mal mein Tod sein.« Sie seufzte.

Er gab ihr die Münzen und verschwand im Inneren des Wagens. Als er nicht gleich wieder erschien, rief Colombina: »Was ist los, Soldat?«

»Ich glaube – ich habe mein Messer verloren«, brummelte der Freier. Wieder streckte er den Kopf aus dem Wagen heraus. »Mein langes Messer«, erklärte er.

»Wie lang?«

Der Dicke hielt die Hände so weit auseinander, wie sein Bauch breit war. Colombina lachte. »Du gibst überall eine Elle dazu, wie?« Sie wandte sich wieder zu den Bergen. »Ich habe es nicht gesehen.«

Er war sichtlich bekümmert. »Das hat mir mein Hauptmann geschenkt, und der hat es vom Marchese von Monferrato persönlich bekommen. Hast du eine Ahnung, was ich damit getan haben könnte?«

»Ich hätte ja gestern abend gern was Lustiges vorgeschlagen, aber da bist du sofort eingeschlafen.« Sie kniff ihn in die schwammige Wange.

Der Gesang der Mönche wurde lauter. Der Freier schob mühsam seine Massen aus dem Wagen und stieg tolpatschig die drei Holzstufen hinunter auf den Platz, wobei er sich mit Zupfen und Zerren mühte, seine Uniform in Ordnung zu bringen.

»Mein Gott! Ist das die Frühmette?«

Colombina zuckte die Achseln. »Es ist lateinisch. Seh ich vielleicht aus, als könnte ich Latein?«

»Ich muß zu meiner Kompanie zurück.«

Jetzt, da der Mann wieder die adrette Uniform eines französischen Söldners trug, fiel Colombina ein, warum sie ihn erkoren hatte: Die prächtige Uniform war der eine Grund gewesen, die Tatsache, daß er vor Trunkenheit bereits geschwankt hatte und man höchstens noch mit einer Stunde geistiger Klarheit rechnen mußte, der andere. Sie nahm einen Apfel aus einem kleinen Sack, der an ihrem Wagen hing, und biß herzhaft hinein.

»Bist du heute abend wieder hier?« fragte er.

»Bleibst du denn hier? Ich dachte, ihr Franzosen wolltet wieder mal gegen Neapel marschieren.«

Er grinste. »Noch nicht, mein Knubbelchen. Der König ist noch bei eurem italienischen Herzog in Mailand.« Er grinste sie lüstern an. »Vielleicht könnten wir da – ich meine – später vielleicht?« Dann runzelte er die Stirn. »He – wer bist du überhaupt?«

Colombina schnitt eine Grimasse. »Was geht's dich an?«

Er zuckte die Achseln. »Gut, wie du meinst – auf jeden Fall war's mir ein Vergnügen.«

»Das glaub ich.«

Der Söldner lachte, drehte sich herum, so schneidig er konnte, und überquerte mit flotten Schritten den Platz. Colombina wartete, bis er verschwunden war, und rechnete dabei im Geist ihren Profit aus: die zwei Soldi, die er ihr eben bezahlt hatte; die zwei, die er ihr am vergangenen Abend bezahlt hatte; die zwei, die sie ihm gestohlen hatte, während er geschlafen hatte; und das Messer, das sie jetzt unter ihrem Rock hervorzog, um es zu begutachten.

Kein Gold. Kein Silber. Keine Edelsteine.

Vom Marchese von Monferrato persönlich, lachhaft! Aber genug für die Reise nach Mailand, überlegte sie. Und ein bißchen Giuliano ist auch noch da, und der Morgen ist noch jung. Wenn die Mönche zu singen aufhören, werd ich ein bißchen tanzen. Sie lächelte. Das Schlimmste, was passieren kann, sagte sie sich, ist, daß ich mir wieder das Bein breche.

Der Vagabund gelangte auf die Piazza Sant'Orso, gerade als sich eine lange Schlange braungewandeter Mönche aus der Kirche wand. Er wich instinktiv etwas zurück, um nicht gesehen zu werden; dann jedoch erinnerte er sich, wer und wo er war und was für einen Anblick er jetzt bot, und er überquerte den Platz.

Sein Blick fiel auf eine zerzauste, müde aussehende, aber recht anziehende Frau neben einem kleinen Wagen, die sich gebärdete, als habe sie einen Anfall. Sie wiegte und wand sich, hüpfte und hopste, es sah aus, als wollte sie tanzen, aber dem Vagabunden erschien es, als trüge sie einen unsichtbaren Berg auf ihren Schultern oder stünde kurz vor der Entbindung von einer Wildkatze. Ihre Arme schienen nur aus Ellbogen zu bestehen, und wenn sie sich drehte, flog ihr das Haar in die Augen, so daß sie nichts mehr sah. Zweimal wäre sie beinahe über die kurze Holztreppe an ihrem Wagen gestürzt.

Dennoch hatte sie drei milde belustigte Zuschauer angelockt: einen gutgekleideten jungen Mann, offensichtlich der Sohn eines Kaufmanns, und zwei Dirnen mit geldgierigen Gesichtern, die ihm rechts und links am Arm hingen. Sie lachten alle drei über Colombinas Anstrengungen, und der junge Mann warf ihr schließlich ein paar Soldi vor die Füße. Eine Hand auf je einem runden Gesäß, schob er schließlich seine beiden Gefährtinnen über die Piazza, und sie verschwanden hinter der Kathedrale.

Sobald sie sich entfernt hatten, trat der Vagabund näher. Mit unverhohlenem Staunen sah er dem Schauspiel der Unfähigkeit zu, das Colombina bot; sie jedoch merkte plötzlich, daß ihr einziger Zuschauer dieser buntscheckige Fremde mit dem Schnabelhut war, und stand still.

»Zu viele Hände«, murmelte der Vagabund auf lateinisch. Als er gewahrte, daß sie ihn nicht verstand, wiederholte er den Tadel in der Sprache der gemeinen Leute – italienisch.

Colombina sah zuerst ihn an, dann ihre Hände. »Ich hab' doch nur zwei«, entgegnete sie.

»Ich meine, du gebrauchst sie viel zu viel. Du willst doch nicht deine Hände verkaufen.«

Colombina rümpfte hochmütig die Nase. »Ich verkaufe gar nichts.« Einen Moment lang musterte sie ihn. »Bist du ein Tanzmeister?«

Der Vagabund lüftete seinen grotesken Hut und machte einen zierlichen Kratzfuß vor ihr. »Ich bin ein einfacher Mann«, erklärte er und setzte seinen Hut wieder auf. »Daher weiß ich, was Männer mögen.«

»Ich weiß auch, was Männer mögen«, gab Colombina schnippisch zurück, »besonders einfache Männer, und mit meinen Händen und meinen Tanzkünsten hat es nichts zu tun.«

Sie machte kehrt und ging zu ihrem Wagen. Er folgte ihr.

»Es sind doch die Männer, die dir das Geld zuwerfen, stimmt's? Die Frauen haben keines. Warum gibst du den Männern also nicht, was sie wollen?«

Sie wirbelte zornig herum. »Ich tanze, damit ich ihnen *nicht* geben muß, was sie wollen.«

Der Vagabund zuckte die Achseln und wandte sich zum Gehen. »Verzeih mir«, sagte er.

Sie sah ihm einen Moment nach. »Ich bin Tänzerin und keine Hure!« schrie sie.

Er drehte sich langsam nach ihr um. »Du bist ganz gewiß keine Tänzerin.« Er lächelte. »Darum bist du sehr wahrscheinlich –«

Sie stürzte sich auf ihn, und er fing ihren wütenden Schlag mit dem Unterarm ab. Schnell packte er sie mit kräftigen Händen bei den Handgelenken und rief: »Wie könntest du denn sonst leben?« Sie trat ihm mit aller Kraft gegen das Schienbein, er ließ sie los, und mit einem befriedigten Lächeln kehrte sie wieder zu ihrem Wagen zurück.

»Außerdem«, rief sie über die Schulter, »tanze ich nicht nur für Männer. Oder für Geld. Ich bin Künstlerin. Ich tanze nur zu meinem eigenen Vergnügen.«

»Dann bist du ganz gewiß eine Künstlerin.« Lächelnd bückte sich der Vagabund, um einen der Soldi aufzuheben. »Und du brauchst dieses Geld nicht.«

Sie bewegte sich mit einer Anmut und Behendigkeit, die

angesichts ihres früheren fruchtlosen Bemühens verblüffend waren. Blitzschnell stand sie hinter ihm, und das Messer, das sie dem Söldner gestohlen hatte, lag an seinem Hals. »Das Geld gehört mir«, sagte sie drohend.

Langsam legte er die Münze in ihre geöffnete Hand.

Sie trat von ihm weg, schob die Münze in den Ausschnitt ihres Kleides, hielt jedoch das Messer weiterhin auf ihn gerichtet. Langsam und vorsichtig drehte sie sich um.

»Wer bist du?« fragte sie.

»Das habe ich dir schon gesagt. Ein einfacher Mann.«

»Hast du auch einen Namen, einfacher Mann?« fragte sie. Er nickte. »Und wie lautet er?« fragte sie weiter.

Er zuckte die Achseln und lachte. »Ich hab' ihn vergessen«, behauptete er. »Und dein Name, Signora?«

Sie zögerte. Es schien lange her zu sein, seit sie ihn das letzte Mal ausgesprochen hatte, und sie sagte ihn nur mit Flüsterstimme. »Colombina Fortini. Witwe.«

»Ah, eine Taube.« Wieder wollte sie nach ihm treten, aber er war schneller, hielt sie auf Armeslänge von sich und fügte eilig hinzu: »Colombina. Ursprünglich aus dem Griechischen. Das heißt dunkelfarben, taubenähnlich.«

Sie wich zurück. »Aus dem Griechischen? Bist du Grieche?«

»Nein.«

Sie ging einmal rund um ihn herum, um zu sehen, ob es irgend etwas an ihm gäbe, das ihn vielleicht als einem bestimmten Ort oder einem bestimmten Volk zugehörig kennzeichnete.

»Warum kleidest du dich in diese Lumpen? Du siehst aus wie ein wandelndes Feuer.«

Er lächelte. »Dem Feuer gehen die Leute aus dem Weg.«

Sie erwiderte sein Lächeln. »Du redest nicht wie ein Vagabund.«

»Das Reden ist nicht mein Fach. Wenn es das wäre, Signora Fortini, dann flössen mir die Worte wie Ströme weißglühender Wut über die Lippen, und du fändest in ihren Wellen dein Grab.«

Sie wich noch weiter vor ihm zurück, sichtlich ehrfürchtig. »He! Für einen zerlumpten Dieb redest du ganz schön gewählt.«

»Schmälere nicht meine Person«, protestierte er. »Das ist auch für hermelinbehangene Könige sehr gewählt.«

Colombina starrte ihn noch einen Augenblick forschend an, dann ging sie zu ihrem Wagen, holte sich ihren angebissenen Apfel, wischte den Schmutz ab und aß weiter.

»Du kannst Griechisch, wie? Und Lateinisch sprichst du auch. Kannst du auch lesen und schreiben? Bist du ein gebildeter Mann?«

»O ja.« Er lachte. »Je mehr man mich lehrte, desto weniger wußte ich. Je mehr ich lernte, desto weniger verstand ich.«

»Aber du hörst dich wirklich gern reden, stimmt's?« meinte Colombina lächelnd. »Bist du vielleicht ein Ritter – reist du vielleicht inkognito, wie man so sagt?«

Seine ganze Aufmerksamkeit war auf den Apfel gerichtet, und es dauerte einen Augenblick, ehe er ihr antwortete. »Wenn du glaubst, du kannst mich mit einem Kuß in einen Prinzen verwandeln, dann vergiß es«, sagte er. »Ich bin nur das, was du siehst.«

Sie bemerkte sein Interesse an dem Apfel. »Bist du hungrig?«

»Ja!« sagte er laut und vernehmlich.

Colombina lachte. »Na, das ist wenigstens eine klare Antwort. Manchmal kannst du ja doch vernünftig reden.«

»Vernünftig reden ist nicht mein Fach.«

Sie stand auf. »Du meine Güte, was ist denn dein Fach?«

Ja, das war die Frage. Und wie immer veranlaßte sie ihn innezuhalten und nachzudenken. Dann antwortete er mit einer achselzuckenden Geste: »Ich weiß es nicht.« Hastig fügte er hinzu: »Aber ich werde es wissen, wenn ich darauf stoße.«

Colombina lachte wieder und kletterte in ihren Wagen. »Komm mit!« rief sie ihm zu.

Er näherte sich unsicher. »Wozu?«

»Damit ich dir was zu essen geben kann! Du meine Güte, ich werd dir schon keine Gewalt antun.«

»Gut!« Lachend folgte er ihr in den Wagen. »Ich habe eine lange und anstrengende Reise hinter mir, darum kann ich immer nur ein Verlangen stillen.«

Scapino stand auf der Piazza Manzetti und jonglierte mit fünf farbigen Bällen, die wie ein scharlachroter Heiligenschein um seinen Kopf wirbelten. Ein, zwei kleine Münzen fielen angenehm klimpernd vor dem Brunnen aufs Pflaster. Er hatte einen Grad der Fertigkeit in seiner Kunst erreicht, der ihm erlaubte, beim Jonglieren die Zuschauer zu zählen und Piero im Auge zu behalten, der sich jetzt an einen gutgekleideten Kaufmann mit einem hübschen jungen Mädchen am Arm herandrängte. Plötzlich zuckte die junge Frau zusammen und drehte sich zornig nach Piero herum – bekam jedoch nur die Grimasse eines Idioten zu sehen, der mit aufgerissenem Mund und weit offenen Augen den Jongleur anstarrte. Scapino sah, wie sie sich voller Verwirrung abwandte, um wieder seiner Darbietung zuzusehen, während sich auf Pieros Lausejungengesicht langsam ein triumphierendes Grinsen ausbreitete.

An die Arbeit! fuhr Scapino ihn lautlos an, und Piero tat ihm den Gefallen. Nicht einmal Scapino bemerkte, wie die Lederriemen der Börse des Kaufmanns durchtrennt wurden, aber er sah, daß Piero sich entfernte und daß sein Kittel sich an einer Stelle blähte, Beweis, daß er seinen Auftrag flink und geschickt ausgeführt hatte.

Abseits der verstreuten Grüppchen, die Scapino zusahen, versuchte Piero sich zu erinnern, in welcher der schmalen Straßen das Haus stand, dessen Dach sie zum Aufbewahrungsort ihres Diebesguts bestimmt hatten. Schließlich wählte er auf gut Glück eine der Gassen, lief hinein und sah zu seiner Rechten ein einstöckiges Haus, an das er sich vage zu erinnern meinte. Mit einer weitausholenden Bewegung schleuderte er die beiden Lederbeutel hoch in die Luft. Sie beschrieben einen sauberen Bogen und landeten auf dem Dach wie gewünscht. Als Piero sich herumdrehte, stellte er fest, daß mehrere nur notdürftig bekleidete Frauen ihn von den Fenstern aus beobachteten, und erkannte, daß er sich in dem Viertel befand, das Scapino den Hof der Saluzzo-Dirnen genannt hatte, das Territorium der Marketenderinnen, die dem französischen Heer folgten. In der langen Pause zwischen den Invasionen hatten sich hier auch die Anhängerinnen der schweizerischen, gascognischen, kastilischen und flämischen Söldner niedergelassen, die die Dispute der einzelnen Stadtstaaten untereinander austrugen.

Sein Blick fiel auf ein besonders schönes, dunkeläugiges Mädchen, das aus einem Fenster gegenüber zu ihm hinuntersah. Ihr sinnliches Lächeln machte ihm heiß, und er warf ihr eine Kußhand zu, die sie erwiderte. Gleich gab er sich wieder seiner schönsten Fantasie hin: ein echtes, erfahrenes Freudenmädchen zu beschlafen. Bisher hatte er seine jugendlichen Begierden höchstens einmal bei einem willigen Bauernmädchen stillen können, während die älteren Burschen in Vercelli ihm mit den tollsten Geschichten über die Wonnen, die man nur mit einer richtigen Dirne erleben konnte, den Mund wäßrig gemacht hatten. Jetzt überlegte Piero krampfhaft, wieviel Zeit er für seine Einführung in Lust und Leidenschaft aufbringen konnte.

Überhaupt keine. Er war hier, um zu arbeiten, und wenn das erledigt war, würden er und Scapino gemeinsam verschwinden, und das auf dem schnellsten Weg. Er wandte sich also voll Bedauern von dem Mädchen am Fenster ab und kehrte zurück auf die Piazza und zu den Leuten, die der Vorstellung am Brunnen zusahen. Ach, die Opfer, die man seiner Kunst bringen muß, dachte er.

Der Kondottiere von Monferrato spürte das Zupfen an seinem Hosenbund, griff instinktiv zu und bekam den Jungen beim Handgelenk zu fassen. Als er hinunterblickte, sah er die Klinge im Sonnenlicht blitzen, seine Börse nur noch an einem Riemen hängen.

Piero bekam die Faust des Mannes auf die Nase und schmeckte warmes, salziges Blut, das ihm in den Mund strömte, als er über die Piazza torkelte. Instinktiv, ohne zu überlegen, hatte er zuvor das Messer in die Höhe gerissen und, selbst erstaunt, gesehen, wie es in die kleine Öffnung zwischen dem schweren Gürtel und dem Brustpanzer des Soldaten eindrang.

Der Söldner, der neben dem Kondottiere gestanden hatte, zog sein Schwert und wollte sich auf den Jungen stürzen. Er sah nicht, wie Scapino mit einem Satz vom Brunnenrand sprang und ein schnelles Rad schlug, das damit endete, daß er ihm mit Wucht beide Füße in den Rücken rammte; er spürte nur den plötzlichen Schmerz, der ihm den Atem raubte, und den Stoß, der ihn über den gestürzten Kondottiere hinausschleuderte. Er schlug auf das Pflaster der Piazza auf und fuhr sogleich in die Höhe, um sich gegen weitere Angriffe zu verteidigen. Doch er sah nur, wie der Jongleur vom Brunnen den Jungen bei der Hand faßte und quer über den Platz zog.

Im Nu war der Söldner wieder auf den Beinen, aber in seinem Eifer, den Fliehenden nachzusetzen, stieß er mit einem anderen Söldner zusammen, der die Uniform eines französischen Soldaten trug. Natürlich zog der Franzose sofort sein Schwert und attackierte den Mann, der ihn beleidigt hatte.

Noch ehe Scapino und Piero den Rand der Piazza erreicht hatten, war diese zum Schlachtfeld geworden, auf dem Zunftleute, Bedienstete, Söldner, Mönche, Waschfrauen und selbst kleine Kinder mit Steinen warfen, Schwerter kreuzten, sich kratzend, beißend, tretend auf den Pflastersteinen wälzten. Der verletzte Kondottiere jedoch hatte zwei Männer aufgestöbert, die zu seinem Haufen gehörten, und mit ihnen rannte er jetzt über den Platz dem Jongleur und dem Dieb hinterher.

Scapino verließ sich darauf, daß Piero die richtige Straße nehmen würde, und nachdem sie ein paar Schritte in die schattige Gasse hineingelaufen waren, hob er den Jungen ohne viel Federlesens auf seine Schultern und wartete darauf, daß dieser sich gemäß ihrem Plan zum Dach hinaufziehen würde.

Piero sah, daß er sie beide unwillkürlich wieder in das Viertel der Saluzzo-Dirnen geführt hatte; gleichzeitig merkte er aber auch, daß er nicht zum Dach gegenüber hinaufreichte.

Scapino entdeckte den Irrtum ebenfalls; doch plötzlich spürte er, wie die Last von seinen Schultern genommen wurde. Erstaunt blickte er in die Höhe und sah, daß Piero am Metallträger eines Zunftwappens hängengeblieben war und nun dort oben hilflos zwischen Himmel und Erde baumelte. Im selben Moment entdeckte er, wie der Kondottiere und seine beiden Männer sich in die schmale Gasse drängten. Er half Piero hinunter und nahm sich dann einen Moment Zeit, um ein Faß, das vor einem Laden stand, den Verfolgern entgegenzurollen. Als er sich wieder umdrehte, merkte er, daß der Junge wie durch Zauber verschwunden war.

Wie zum Teufel hat er das gemacht? fragte sich Scapino. Doch da mahnte ihn schon ein Bolzen aus einer der Armbrüste der Verfolger, sich um sein eigenes kleines Leben zu kümmern; mit ein paar langen Sätzen verschwand er in den Schatten der Gasse.

Fest hielt das Mädchen, das ihn zuvor vom Fenster aus beobachtet hatte, Piero an sich gedrückt. Er folgerte daraus, daß sie es gewesen war, die ihn beim Schlafittchen gepackt und durch die offene Tür in dieses Haus gezogen hatte. Sie sah ihn an und lachte, als sie den Kondottiere und seine zwei Männer fluchend und schimpfend draußen am Haus vorbeilaufen hörten.

Na, sagte sich Piero, wenn das nicht Schicksal ist, und riß die Augen auf, als er ihre Hand zwischen seinen Beinen fühlte. Der Atem stockte ihm. Was wird mich das wohl kosten? war sein zweiter Gedanke.

Scapino hatte das Gefühl, sämtliche Ecken und Winkel sämtlicher Dächer in Aosta abgesucht zu haben. Weder von dem Jungen noch von den Börsen hatte er auch nur eine Spur gefunden. Den Jungen, sagte er sich, kann ich entbehren. Aber in drei Teufels Namen, ich habe ein Recht auf die Hälfte der Beute. Schon oft hatte er den Eindruck gehabt, daß irgendein übelwollender Gott ihn zum Fegefeuer auf Erden verurteilt hatte, indem er ihn mit diesem unmöglichen Diebeslehrling zusammengespannt hatte, der sich sogar weigerte, seinen eigenen Namen anzuerkennen.

Er stand jetzt auf dem Dach eines niedrigen Hauses unweit der Piazza. Nichts war auf diesem Dach zu sehen, was auch nur den geringsten Hinweis gegeben hätte, daß der Junge hier gewesen war. Keine Börsen, aber auch keine Pfeile oder Bolzen oder andere Spuren eines Kampfes. Der Galgenstrick ist einfach mit den Börsen davongelaufen, sagte er sich. Eigentlich kann ich froh sein, daß ich ihn los bin.

Gerade als er wieder vom Dach heruntersteigen wollte,

sah er in dem Fenster direkt gegenüber flüchtig etwas, das sein Interesse erregte. Er schaute genauer hin und gewahrte einen herrlichen nackten Busen und zwei Hände, die ihn streichelten. Na, ich bin froh, daß da jemand einen angenehmeren Tag hat als ich, dachte er und wollte sich davonmachen.

Aber da schoß ihm plötzlich ein Bild durch den Kopf. Er sah die Hände, die diesen prachtvollen Busen gestreichelt hatten, und er sah den Ring am Mittelfinger einer dieser Hände. Dieser Ring aus Gold und Silber stammte aus einer Börse, die einem alten Zunftherrn in Vercelli abhanden gekommen war. Der Ring hatte den Jungen so fasziniert, daß er Scapino einen Dukaten von seinem Beuteanteil gegeben hatte, um ihn behalten zu dürfen.

»Piero! Du nichtsnutziger Sohn einer Zigeunerhure!« brüllte Scapino. Und mit diesem Schlachtruf stürzte er in einem Höllentempo zum Rand des Daches und sprang kopfvoran über die enge Kluft der Gasse unter ihm auf das offene Fenster zu.

Und genau in diesem Moment knallte Piero, der das fliegende Verhängnis kommen sah, geistesgegenwärtig die Läden zu.

Der Vagabund saß in Colombinas Wagen und nagte vergnügt an einem großen Knochen, der in eine dicke Hülle von Fett und kaltem Fleisch eingebettet war.

»Das schmeckt köstlich. Was ist das?« fragte er.

Sie zuckte die Achseln. »Giuliano.«

»Wirklich ausgezeichnet.«

Colombina lächelte und musterte ihn, während er aß. »Wohin willst du eigentlich?« fragte sie.

Mit vollem Mund murmelte er: »Nach Süden.«

»Das weiß ich«, sagte sie ungeduldig. »Nur ein Narr würde ausgerechnet jetzt nach Norden ziehen, wo schon neue französische Truppen sich bereitmachen, über die Berge bei uns einzufallen und zu plündern und zu schänden.«

»Woher weißt du, daß sie plündern und schänden werden?« fragte der Vagabund.

»Na, sie sind doch Franzosen, oder vielleicht nicht? Neapel

haben sie auch geschändet, und jetzt haben sie dafür die französischen Blattern.« Dann machte sie ihm ihren Vorschlag. »Also, jetzt hör mir mal zu«, befahl sie. »Du möchtest nach Süden, sagst du, aber du hast nichts zu essen, du hast kein Pferd und kein Geld.«

Er ignorierte sie und widmete sich seinem Knochen.

»Also«, fuhr sie fort, »werd ich dich in meinem Wagen nach Süden mitnehmen und dafür sorgen, daß du immer zu essen hast. Dafür mußt du mir Lesen und Schreiben beibringen.«

Der Vagabund hörte abrupt auf zu kauen.

»Lieber würd ich einem Hund beibringen, das Angelus zu bellen.«

»Gut, gut!« kicherte Colombina. »Für so was würden die Leute ein Vermögen zahlen.« Dann fügte sie hinzu: »Aber zuerst bringst du mir Lesen und Schreiben bei.«

»Eher würde ein Hund singen lernen«, behauptete er.

Aber sie achtete gar nicht auf seinen Einwurf. »Ich muß mir eine Sicherheit schaffen, solange ich noch Zeit dazu habe. Wenn ich schreiben und lesen könnte, wäre ich gleich besser dran.«

Der Vagabund schüttelte den Kopf. »Du könntest dir vielleicht eher dein tägliches Brot verdienen, aber ob du besser dran wärst, ist die Frage. Man hat dir vielleicht was anderes gesagt, aber Reichtum ist keine Garantie für ein glückliches Leben.«

»Gut, aber er ist auch keine Garantie für ein elendes Leben.«

»Oho«, meinte er. »Das ist – interessant. Frauen betrachten Wissen und Bildung im allgemeinen nicht als etwas Nützliches.«

Colombina lächelte zuckersüß. »Du meinst, Männer betrachten Wissen und Bildung bei Frauen nicht als etwas Nützliches.« Sie rückte näher an ihn heran. »Aber ein Kondottiere hat mir einmal erzählt, daß an den Höfen von Mantua und Urbino nicht nur die Söhne eine Erziehung bekommen, sondern auch die Töchter. Und zwar nicht nur in Bibelkunde oder Kirchengeschichte, sondern in Griechisch und Latein und in Italienisch. Die Mädchen lernen sogar Reiten und Fechten und –«

Der Vagabund nickte. »Das ist wahr, Signora. Vor seinem Tod hat Vittorino da Feltre eine Schule gegründet, die auch Frauen besuchen können. Sie heißt *la casa giocosa* – das glückliche Haus. Und in Padua gibt es eine ähnliche Schule.«

Colombina war begeistert. »Das ist wunderbar!« rief sie. »Dann bring du mir Lesen und Schreiben bei – und das Tanzen –, da du ja in allem Meister zu sein scheinst.«

Der Vagabund sah sie einen Moment schweigend an, dann sagte er, so milde er konnte: »Du hast keine offenkundige Begabung, Signora, und ich bin kein Tanzmeister.«

Sie ließ nicht locker. »Ich habe früher einmal gut getanzt, aber anscheinend weiß ich jetzt nicht mehr, wie es geht. Wenn ich jetzt meinem Körper befehle, daß er sich drehen soll, braucht er viel länger. Und manchmal tut er überhaupt nicht, was ich ihm befehle.«

»Signora«, sagte er wieder, »nichts wäre mir lieber, als dir deinen Wunsch zu erfüllen, aber du bewegst dich ungefähr so graziös wie ein trächtiges Kamel. Wenn du springst, scheinen deine Füße sich nicht von der Erde lösen zu wollen. Du wedelst mit den Armen wie ein Mähmann, der in jeder Hand sechs Sicheln hat, und du hast überhaupt kein Gefühl für den Rhythmus.«

Sie funkelte ihn zornig an. »Und was ist mit meinen Augen? Haben die wenigstens die richtige Farbe?« Dann keifte sie: »Natürlich bin ich eine schlechte Tänzerin! Deswegen brauch ich ja einen Lehrer, Idiot!«

Der Vagabund starrte sie ungläubig an. »Weshalb sollte ich dir Unterricht geben?«

»Das hab' ich dir doch gerade gesagt. Weil du bei mir mitfahren kannst und weil ich dir zu essen und zu trinken geben kann.« Sie schwieg einen Moment. Dann sah sie ihm in die Augen und fügte hinzu: »Und manchmal – vielleicht auch was anderes.«

Er riß bestürzt die Augen auf bei diesem unsittlichen Angebot, doch da sein Hunger mit seiner Wahrheitsliebe im Kampf lag, sagte er nur taktvoll: »Ich bin lange Zeit ohne – das andere ausgekommen.«

Sie nickte. »Bei deinen Manieren wundert mich das nicht.«

»Signora«, sagte er, »du hast mein volles Verständnis, aber ich bin ein Einzelgänger, ich reise allein.«

»Kann sein, daß du das gern möchtest«, versetzte sie trokken, »aber du hast weder Geld noch Essen. Du würdest schon vor Bologna verhungern.«

»Der Herr wird für mich sorgen.«

»In Italien kassieren die Herren nur Steuern«, entgegnete sie und begann, sie an den Fingern aufzuzählen. »Die Ölsteuer ist jetzt bei fünfzehn Soldi pro Krug. Man stelle sich das vor! Die Salzsteuer ist seit dem letzten Jahr um das Zwanzigfache gestiegen und die Eiersteuer um das Zwölffache. In Florenz gibt es jetzt neben der Steuer auf das Vermögen und auf die Waren eine neue Steuer auf Lebensmittel. Und hier wird's ab nächste Woche auch neue Steuern geben, um den Säckel des Herzogs von Mailand aufzufüllen, der nach Österreich geflohen ist und die Kasse geleert hat. Das ist übrigens auch ein guter Grund, nach Süden zu ziehen.«

Der Vagabund seufzte und sagte sich, hier sei ein offeneres Wort vonnöten. »Signora, ich werde dich Lesen und Schreiben lehren, wenn der Teufel die Messe singt.«

Flugs packte sie die saftige Keule und entriß sie ihm. Ihr Lächeln war erloschen.

»Nun ja«, sagte er klein beigebend, »die meisten Mönche hören sich an wie der Teufel.«

Colombina drückte ihm den Knochen wieder in die Hand und strahlte.

»Aber«, fügte er hinzu, »wir reisen nur so lange zusammen, wie ich brauche, um dich Lesen und Schreiben zu lehren. Dann ziehe ich allein weiter.«

»Wohin?«

»Weiter eben.«

»Warum?«

»Weil die Sterne kreisen«, sagte er langsam und artikuliert, als leistete er einen Eid oder versuchte, einer Idiotin etwas klarzumachen. »Weil die Flüsse fließen. Weil Vögel fliegen und Berge einstürzen und der Wind beide zum Meer treibt. Kurz gesagt, weil wir in einem Universum leben, das in ständiger Bewegung ist, und ich daher annehme, daß ich am glücklichsten sein werde, wenn ich mich mit ihm bewege. Frei – und allein.«

Sie nickte. »Den Hunger nach Freiheit kann ich verstehen, aber der Rest ist doch nur Quatsch.« Sie kämpfte sich durch das Gerümpel in ihrem Wagen nach vorn. »Ich spanne jetzt Piccolo an.«

»Piccolo?«

»Mein letztes Pferd«, erklärte sie.

Kauend blickte er auf. »Dein *letztes* Pferd? Wie viele hast du denn gehabt?«

»Nur zwei«, sagte sie.

»Und was ist aus dem anderen geworden?«

»Das hat sich das Bein gebrochen und mußte getötet werden.« Sie kletterte aus dem Wagen und fügte hinzu: »Aber er war ein guter Gaul, mein Giuliano.«

Im Schneckentempo rumpelte der klapprige alte Wagen, unter Mühen von Piccolo gezogen, durch die Via Torino zur Porta Pretoria. Vorüber ging es an einer Schar emsig schaffender Maurer und Zimmerleute, die an einer neuen Abtei bauten. Gerade war man dabei, in die Steinmauer hinter dem achteckigen Turm, der nahezu fertiggestellt war, ein großes Glasfenster einzusetzen, das den heiligen Georg mit dem Drachen zeigte.

»Das ist eine herrliche Geschichte«, sagte Colombina, »die von Sankt Georg und dem Drachen.«

Der Vagabund lachte. »Das ist wahr. Allerdings würde ich die Geschichte gern einmal aus der Sicht des Drachen hören.«

Da mußte auch Colombina lachen, dennoch sagte sie: »Du hast eine merkwürdige Art, die Dinge zu sehen, Signore –« Sie hielt inne. »Irgendwie muß ich dich doch nennen!« fuhr sie ihn unwirsch an und riß an den Zügeln, um den armen Piccolo zu schnellerer Gangart zu bewegen.

Der Vagabund schloß einen Moment die Augen und schwieg. Dann sagte er: »Nenn mich einfach – Arlecchino.«

Scapino gab dem Jungen einen kräftigen Tritt in den Hintern und scheuchte ihn zur Via Torino hinunter. Piero war ihm hilflos ausgeliefert, er hatte ja noch nicht einmal seine Hose richtig zugeknöpft. Mit den gestohlenen Börsen und einem seiner Stiefel in den Händen hüpfte er auf dem einen beschuhten Fuß vorwärts und versuchte gleichzeitig den Tritten und Hieben Scapinos auszuweichen; aber das war alles nicht so schlimm. Was ihn wirklich wurmte, war die Tatsache, daß Scapino unter Donner und Doria ins Haus eingedrungen war, ehe er Zeit gehabt hatte, die Künste der hübschen Dirne zu genießen.

»Nichtsnutziger Bastard!« beschimpfte Scapino ihn und holte zum nächsten Tritt aus, der ihn allerdings um Haaresbreite verfehlte.

»Warum bist du so böse? Ich habe doch die Börsen! Ich mußte doch was tun, während ich auf dich gewartet habe, oder nicht? Ich hab' dem Mädchen nicht eine einzige Münze gegeben. Nicht einen Soldo. Dabei hat sie mir doch das Leben gerettet.«

»Recht hast du!« knurrte Scapino. »Ihr sollte ich die Tritte geben.«

Als sie endlich die breite Straße erreichten, die aus der Stadt hinausführte, hatte Piero es geschafft, auch den zweiten Stiefel anzuziehen und die Börsen in den Sack zu stekken, den er über der Schulter trug. Scapino hatte mittlerweile keine Zeit mehr, seinem mißratenen Lehrling viel Aufmerksamkeit zu schenken; er hatte genug damit zu tun, nach Söldnern Ausschau zu halten, und er stöhnte entmutigt, als er nach Osten hinüberblickte zur Porta Pretoria.

»Was ist denn?« fragte Piero.

»Hast du keine Augen im Kopf, Junge? Siehst du's nicht?« Er drehte den Kopf des Jungen herum.

»Söldner, meinst du? Na und? Überall in Italien wimmelt es von Söldnern.«

»Wenn du mit deinen Augen so schnell wärst wie mit deinem Schwanz, du kleiner Hurensohn, würdest du sehen, daß sie das gleiche Wappen tragen wie der Kondottiere, den du auf der Piazza niedergestochen hast. Sie stehen im Dienst des Marchese. Und jetzt überprüfen sie alle Reisenden, die die Stadt verlassen.«

Scapino blickte sich verzweifelt um und sah plötzlich aus Westen einen alten Pferdewagen heranzuckeln. Wieder riß er Pieros Kopf herum. »Jetzt hör mir genau zu, du Mißgeburt einer Eselin. Siehst du das Fuhrwerk, das uns da entgegenkommt?« Piero nickte, so gut das ging, da Scapino ihn immer noch mit eiserner Hand gepackt hielt. »Wenn es vorüberfährt«, fuhr Scapino fort, »springst du hinten auf, so schnell du kannst. Du brauchst dir nur vorzustellen, daß der Teufel mit der Mistgabel hinter dir her ist. Du kriechst, so leise und so schnell wie du kannst, in den Wagen hinein, und wenn du drinnen bist, versteckst du dich. Ich komme dir sofort nach. Ist das klar?«

Piero nickte, und Scapino ließ ihn los.

Als der Pferdewagen ächzend an ihnen vorüberkroch, sah Scapino sich den merkwürdig gekleideten Mann und die rundliche Frau auf dem Bock an. Nun ja, dachte er, Bettler können nicht wählerisch sein.

Sekunden später waren die beiden Diebe im Wagen, wohl versteckt unter Säcken, Beuteln und alten Kleidern. Arlecchino und Colombina merkten nichts, nur Piccolo spürte die zusätzliche Last und wäre beinahe gestolpert.

Während Colombinas bescheidenes Gefährt in südöstlicher Richtung aus Aosta hinauszuckelte, rollte in Urbino eine von sechs Rössern gezogene vergoldete Kalesche über die Piazza Grande und hielt vor dem hohen Portal des Palazzo an. Zwei Bedienstete eilten die Treppe hinunter, um die Tür der Kalesche zu öffnen und das Trittbrett herunterzulassen.

Einen Augenblick später stieg ein kleinwüchsiger, dunkler Mann, der von Kopf bis Fuß schwarz gekleidet war, aus dem Wagen und hob die Hand, um dem Kardinal, in roter Pelerine und rotem Hut, herauszuhelfen. Sodann wandten sich beide Männer der Kalesche zu, um ihren Begleiterinnen, zwei Kurtisanen in eleganten Gewändern, eine helfende Hand zu reichen.

Während die Besucher langsam zum Portal hinaufstiegen, wurde ein Bediensteter vorausgeschickt, dem Herzog mitzuteilen, daß sein Schwager, Kardinal Amanieu d'Albret, und Pater Francesco Troches, persönlicher Sekretär des Papstes, in Begleitung zweier Damen eingetroffen waren.

Die vier Reisenden traten ein und gingen durch den von

Arkaden umschlossenen *cortile d'onore*, dessen Mauern mit großen Fresken geschmückt waren. Hier trennten sich die Damen von den beiden Herren und wurden von Bediensteten eine breite Treppe hinaufgeleitet. Der Kardinal und der Sekretär des Papstes setzten in Begleitung von vier Wachen ihren Weg durch den langen Korridor fort bis in ein Vorzimmer mit einer hohen, zweiflügeligen Verbindungstür, die ihnen unverzüglich geöffnet wurde.

Der junge Herzog von Urbino, Cesare Borgia, saß an einem breiten, glänzenden Mahagonitisch unter einer Fahne mit seinem persönlichen Wappen, dem Stier, dem die französische Lilie beigefügt war, jedermann zur Erinnerung, daß der ehemalige italienische Kardinal nun auch ein französischer Fürst war, Herzog von Valentinois. Cesare Borgia, der über seinem herkömmlichen schwarzen Samtwams an einer schweren silbernen Kette den Sankt-Michaels-Orden trug, stand langsam auf, ging um den Tisch herum und machte die Andeutung einer Kniebeuge, als er den Ring des Kardinals küßte. Dann richtete er das Wort an Troches: »Und was führt Euch her?«

»Euer Vater schickt mich, Euch mitzuteilen, daß Ludwig über Vitelli und Baglioni verärgert ist, weil sie Florenz angegriffen haben, obwohl die Stadt unter dem Schutz des französischen Königs steht.«

Cesare zuckte nur die Achseln, ehe er an seinen Platz hinter dem Mahagonitisch zurückkehrte. »So? Er ist verärgert? Die beiden sind gute Soldaten.« Er wies einladend auf die beiden Sessel, die vor seinem Tisch standen. »Was erwartet mein Vater von mir?«

»Er läßt Euch sagen, daß Ihr unverzüglich nach Mailand reiten und dem König persönlich versichern sollt, daß Ihr nicht gegen seine Befehle verstoßen habt«, sagte Troches.

»Aha.« Cesare stand auf und ging hinüber zu dem großen Fenster mit Blick auf den Garten. »Nun, dann werde ich das wohl tun müssen.« Er drehte sich langsam um und sah den Kardinal lächelnd an. »Ich hörte, Eure Reisebegleiterin ist eine alte Freundin, Eminenz.«

Der Kardinal erwiderte das Lächeln. »Signorina Fiammetta hat mir das Vergnügen gemacht.«

»O ja, das macht sie gut.« Cesare nickte, immer noch lächelnd. »Aber – nur zur Vorsicht – Ihr solltet Euch vielleicht beide von meinem Arzt, Gaspare Torrella, untersuchen lassen, solange Ihr hier seid. Er hat eine Kur für die französischen Blattern entwickelt, die erstaunlich gut wirkt.«

Der Kardinal nickte und sagte leise: »Ich hoffe, Ihr nennt diesen Namen nicht vor dem französischen König. Die Franzosen nennen sie den neapolitanischen Fluch. Sie behaupten, *sie* hätten sich die Krankheit in Neapel geholt.«

»*Ich* habe sie mir in Lyon geholt«, versetzte Cesare leicht ironisch und richtete dann das Wort an den hünenhaften, schwarzbärtigen Kondottiere an der Tür. »Michelotto, bereite für Vitelli und Baglioni die Order vor, aus Arezzo und der Toskana abzuziehen. Laß mir den Grauen satteln und suche zwei Männer aus, die uns begleiten werden. Wir reiten nach Mailand – als Ritter des heiligen Johannes von Jerusalem. Wir wechseln die Pferde in Forli und im Palast meiner Schwester in Ferrara.«

Michelotto nickte und zog sich zurück, während Cesare sich wieder seinen Gästen zuwandte. »Ich bedaure, daß ich Euch zum Essen nicht Gesellschaft leisten kann, aber Mailand ist weit, und mein Vater scheint zu wünschen, daß ich dort eintreffe, bevor der französische König nach Genua aufbricht.« Er sah den Kardinal an. »Die Damen sind im Iole-Flügel untergebracht. Ich bin gewiß, Ihr werdet keine Mühe haben, sie zu finden. Signorina Fiammettas Parfüm wird Euch leiten.«

Er gönnte ihnen noch ein flüchtiges Lächeln, dann ging er hinaus.

»Das ist der Lepra-Turm«, sagte Arlecchino und wies auf einen der Türme in der alten römischen Mauer. »Dort soll ein geheimnisvoller Aussätziger von hohem Rang bis zu seinem Tode gefangengehalten worden sein.«

»Warst du schon einmal hier?« fragte Colombina.

»Ich war schon überall«, antwortete Arlecchino.

Auf dem Weg zur Brücke und zum Fluß kamen sie an den Ruinen eines alten römischen Amphitheaters vorüber.

»Ein *theatrum*!« rief Colombina erfreut.

»Ein ganz besonderes Theater«, sagte Arlecchino. »Sieh dir die Reste dieser Bühnenmauer an. Mehr als zwanzig Ellen hoch. Stell dir vor, was für gewaltige Spektakel man auf eine solche Bühne bringen konnte.«

Colombina lächelte. »Ich träume manchmal, daß ich in einem *theatrum* tanze.«

Arlecchino warf ihr einen Blick zu und wandte sich dann ab. »Ich – träume manchmal«, sagte er leise.

Dann hüllte er sich in Schweigen und hing seinen eigenen Gedanken nach, während Colombina ihren klapprigen Gaul vorwärts trieb und ihren Reisegefährten in Ruhe ließ. Im Vorüberfahren nickte sie den grüngekleideten Söldnern zu, die an der Porta Pretoria standen, dann rumpelte der Wagen über die Brücke und ließ die Stadt hinter sich.

Biella

*Scapino macht mit einem Drehpunkt Bekanntschaft * Piccolo stirbt * Piero bekommt einen neuen Namen, und der Capitano erläutert die Kriege der Stadtstaaten in Italien*

Die Straße, die von Aosta aus nach Südosten führte, war steil. Der alte Wagen knarrte und ächzte den ganzen Weg. An der Gabelung, wo die Wegweiser nach Biella und Vercelli zeigten, bogen sie ab. Scapino und Piero, die hinten im Wagen versteckt lagen, atmeten erleichtert auf, als sie merkten, daß das Fuhrwerk sich nach Biella wandte und nicht weiter nach Süden, Vercelli zu, dem Städtchen, aus dem sie vor den Häschern der Justiz geflohen waren.

Jetzt ging es für Colombina nicht mehr darum, Piccolo anzutreiben, wie sie das auf dem Plateau von Aosta hatte tun müssen, jetzt ging es eher darum, die Fahrt zu bremsen. Die Straße nach Biella fiel so steil ab, und Colombinas Wagen war so seltsam konstruiert, daß Piccolo nur die Füße vom Boden heben und sich, zwischen den Zuggurten hängend, einfach den Berg hinuntertragen lassen konnte. Das machte es höchst schwierig, das Fuhrwerk die gewundene Straße hinunterzulenken, ohne daß es kippte.

Colombina und Arlecchino plagten sich aus Leibeskräften mit der Bremse, um die Geschwindigkeit zu drosseln und zu verhindern, daß der Wagen samt Pferd und Reisenden schnurstracks den Hang hinunter ins Wasser der Dora Baltea stürzte. Colombina hörte während dieser rasenden Fahrt, bei der das Fuhrwerk schlingerte wie ein betrunkener Matrose, wie ihr Kram hinten herumgeworfen wurde, und ab und zu meinte sie sogar unterdrückte Aufschreie, Fluchen und leises Stöhnen zu hören. Doch darauf konnte sie nicht achten, die Navigation verlangte ihre ganze Aufmerksamkeit. Der Wagen – und mit ihm der übermütige Piccolo, der sich einbildete, die Geschwindigkeit sei ein Produkt seiner wiedergekehrten jugendlichen Kraft – kam schließlich unter einer hohen Birke direkt am Rand des Flusses recht unvermittelt zum Stillstand.

»Wollen wir Rast machen und etwas essen?« fragte Arlecchino trocken.

Colombina, die erst einmal verschnaufen mußte, nickte nur schwach und stieg auf wackligen Beinen vom Wagen.

»Ich spann erst mal diesen verrückten Gaul ab und laß ihn hier von dem Wasser trinken und etwas von dem süßen Gras fressen«, sagte sie. »Hinten im Wagen ist ein Sack mit Äpfeln. Nimm dir inzwischen einen oder auch zwei, ich seh dann gleich nach, was wir sonst noch zu essen haben.«

Sie begann sich am Geschirr des Pferdes zu schaffen zu machen, und der Vagabund ging nach hinten, um unter dem durcheinandergeschüttelten Krimskrams nach den Äpfeln zu suchen. »Äpfel, Äpfel«, murmelte er vor sich hin, während er Säcke und Beutel befühlte, um ihren Inhalt zu bestimmen. »Zwiebeln.« Und dann ohne Nachdenken: »Mit Fingern.« Urplötzlich riß er seinen Arm wie eine Peitsche in die Höhe, und Piero flog aus dem Wagen wie von einem Katapult abgefeuert.

Arlecchino hielt die rechte Hand des Jungen fest in der seinen, und als dieser zu Boden schlug, drehte er sich wie ein Wirbelwind um die eigene Achse, ohne die Hand des Jungen loszulassen, und stellte ihm einen Fuß fest auf die Brust. Die Schmerzensschreie des Jungen fanden das Echo im Wutgeschrei Scapinos, der unversehens auf der obersten Stufe der kleinen Treppe des Wagens erschien. Wie von einer riesigen Feder in die Höhe geschnellt, stürzte er sich mit ausgestreckten Armen, einem wütenden Bären nicht unähnlich, auf den buntscheckigen Kerl, der seinen Lehrling so mißhandelte.

Arlecchino jedoch wich behende aus, Scapino segelte an ihm vorüber und plumpste mit dumpfem Aufprall am Fuß einer ausladenden Pinie zu Boden. Instinktiv wälzte sich Scapino auf den Rücken und stieß die Beine in die Höhe, um sich zu schützen, aber der zerlumpte Mensch mit dem abartigen Hut tat gar nichts. Er stand nur da, hielt mit einem Fuß noch immer Piero in Schach und sah Scapino lächelnd an. Der sprang mit einem blitzartigen Satz auf die Füße und flog schon im nächsten Moment dem lächelnden Gegner radschlagend entgegen.

Aber noch während seine Beine durch die Luft sausten, überließ Arlecchino Piero einen Moment lang sich selbst, kauerte auf einem Bein nieder und riß mit dem anderen, das er in einem weiten Bogen schnell herumschwenkte, Scapino die Hände unter dem Körper weg. Kopf voran landete der Gaukler in der weichen, grasbewachsenen Erde.

Piero beobachtete das Kunststück voller Bewunderung. Das mach ich auch, dachte er. Dann sprang er, die Gelegenheit nutzend, auf die Beine, senkte den Kopf und rannte in vollem Tempo auf Arlecchino zu, der ihm den Rücken zudrehte. Doch im letzten Moment sprang der Vagabund zur Seite, riß sich seinen grotesken Hut herunter und fing Pieros Kopf darin ein. Augenblicklich ließ er den Hut los, und der Junge, der nichts von seinem Schwung verloren hatte, aber nun nichts mehr sah, machte höchst unsanfte Bekanntschaft mit dem Stamm einer zweiten Pinie und stürzte wie gefällt neben Scapino zu Boden.

»Freunde?« erkundigte sich Colombina bei Arlecchino.

»Sie sind es jetzt«, antwortete der und trat zu Scapino, um dessen blutende Nase zu untersuchen. »Ich glaube, dafür brauchen wir ein feuchtes Tuch.«

»Ich hole eines«, erbot sich Colombina, schon auf dem Weg zum Fluß.

Scapino drückte eine Hand unter seine Nase, um den Blutfluß aufzuhalten. »Wie hast du das gemacht?« brummte er bewundernd.

»Hebelwirkung.« Arlecchino lächelte.

»Was?«

»Ich war ein Drehpunkt. Du warst ein Gegenstand, der nicht im Gleichgewicht war.«

Scapino sah ihn einen Moment lang kritisch an. »Zeig mir das noch mal.«

»Aber gern«, erwiderte Arlecchino. »Hast du noch eine Nase, oder sollen wir die hier einfach an einer anderen Stelle brechen?«

Piero kauerte im Gras und versuchte, seinen Hals wieder einzurenken, indem er seinen Kopf in kleinen Kreisen drehte. »Du hättest uns nicht zu schlagen brauchen«, sagte er. »Wir haben nichts gestohlen.«

Arlecchino wandte sich dem Jungen zu. »Wer bist du denn?« fragte er.

»Er heißt Piero«, antwortete Scapino.

»Ich heiße Rodrigo«, sagte der Junge.

»Piero!« fuhr Scapino ihn an.

»Giovanni!« gab der Junge heftig zurück.

»Das tut der kleine Mistkerl nur, um mich zu ärgern«, knurrte Scapino.

»Was hast du hinten in dem Wagen zu suchen gehabt?« fragte Arlecchino.

»Ich wollte auf Reisen gehen und was von der Welt sehen«, antwortete der Junge.

»Und was ist mit deinen Eltern?« fragte Colombina, die mit einem feuchten Tuch zurückkehrte und es Scapino reichte.

»Die haben schon zu viel von der Welt gesehen«, antwortete der Junge.

»Warst du in einer Lehre?« fragte sie.

Der Junge sah zornig zu Scapino hinüber, der zu sehr mit der Pflege seiner Nase beschäftigt war, um das zu bemerken.

»Ja«, antwortete er, »aber die Arbeit hat mir nicht gefallen.«

»Was für Arbeit war es denn?«

»Schwere Arbeit.«

»Ich verstehe.« Arlecchino lächelte.

»Wenn ihr nichts gestohlen habt«, sagte Colombina, sich an Scapino wendend, »was habt ihr dann hinten in meinem Wagen getan?«

Scapino seufzte. »Wir mußten aus Aosta verschwinden, der Junge und ich – schnell und unauffällig. Als wir deinen Wagen vorüberkommen sahen, haben wir eben die Gelegenheit beim Schopf gepackt.«

»Ein theologischer Fehler«, stellte Arlecchino fest. Er setzte sich auf die Wagentreppe und begann den Apfel zu essen, den er in einem der Säcke gefunden hatte. »Suchet, so werdet ihr finden. Bittet, so wird euch aufgetan. Nehmt und riskiert, daß euch der Kragen umgedreht wird.«

Scapino stand unsicher auf. »Aber nicht, wenn man sich darauf versteht, ein Drehpunkt zu sein«, sagte er. »Das mußt du mich lehren«

Arlecchino sah ihn verblüfft an. »Was hab' ich denn nur an mir, daß jeder mich für einen Lehrmeister hält?«

»*Mich* wird er nämlich Lesen und Schreiben lehren«, warf Colombina ein.

»Und das wird das Wunder dieses Jahres werden.« Arlecchino widmete sich wieder seinem Apfel.

»Warum mußtet ihr – wie habt ihr gesagt? – schnell und unauffällig aus Aosta verschwinden?« fragte Colombina.

Scapino tauschte einen Blick mit dem Jungen. »Wegen der Söldner. Wir hatten ein kleines Mißverständnis mit einem Kondottiere. Seine Börse befand sich nämlich plötzlich in den Händen dieses kleinen Mistkerls hier.«

Arlecchino musterte die beiden einen Moment lang. »Wie steht der Junge zu dir?«

»Das hab' ich dir doch eben gesagt.«

»Er ist dein *Sohn*!«

Scapino zuckte die Achseln und sagte leise: »Vermutlich.«

Arlecchino grinste und warf den Apfelbutzen weg. »Aber wie kann er dein Sohn sein, wenn du nicht einmal seinen Namen weißt?«

Scapino rannte wütend auf den Jungen zu. »*Ich* weiß seinen Namen!« brüllte er. »Aber er weiß seinen Namen nicht.«

»Doch, ich heiße Luigi«, sagte der Junge.

Scapino verpaßte ihm wütend eine Kopfnuß, worauf Piero ihn nicht faul ins rechte Bein biß. Fluchend und schimpfend stürzten sie sich aufeinander und wälzten sich bald darauf kämpfend im Gras.

Arlecchino biß in den nächsten Apfel, und Colombina verfolgte, an ihren Wagen gelehnt, schweigend den Kampf der beiden Streithähne. Scapinos Nase hatte wieder zu bluten angefangen. Er schien fest entschlossen, den Kopf des Jungen ein für allemal so zu verdrehen, daß dieser sein Leben lang über seine rechte Schulter würde schauen müssen.

»Die sind verwandt«, erklärte Colombina nach einem Weilchen. »So gut raufen Fremde nicht miteinander.«

Den beiden Heißspornen war es jetzt gelungen, auf die

Beine zu kommen, und diese Gelegenheit benutzte Arlecchino, um zwischen sie zu treten und jeden von ihnen an einem Handgelenk zu packen. Mit einer schnellen Drehung seiner Arme schleuderte er Vater und Sohn in einem Rad durch die Luft, und als er losließ, landeten beide rücklings im Gras.

Scapino sah mit grenzenloser Bewunderung zu ihm auf. »Das mußt du mir einfach zeigen!« verlangte er.

Arlecchino kauerte zwischen dem Gaukler und seinem Sohn nieder. »Warum lehnt er deinen Namen ab?« fragte er Scapino.

»Das ist eben seine Art, mir zu sagen, daß ich kein Recht habe, ihm einen Namen zu geben«, gab Scapino ärgerlich zurück.

»Weil ich längst einen Namen hatte, bevor ich zu dir geschickt worden bin!« rief der Junge, der aufgesprungen war. »Meine Mutter hat mir meinen Namen gegeben.«

»Ja, verdammt noch mal, was für einen Namen hat sie dir denn gegeben?« brüllte Scapino ihn an.

»Ich hab's vergessen«, rief der Junge. »Aber wenn ich ihn wieder höre, dann erinnere ich mich bestimmt.«

Arlecchino stand auf und zog Scapino etwas beiseite. »Wo ist die Mutter des Jungen?«

»Wer weiß das?« Scapino zuckte die Achseln. »Eines Tages hat es bei mir geklopft, und als ich aufgemacht habe, stand da dieser Junge. Er sagte, er sei ungefähr elf oder zwölf. In der Hand hatte er ein Stück Schafhaut mit merkwürdigen Zeichen darauf. Ich hab's einem Freund gebracht, der lesen kann, und der sagte, es hätte nur darauf gestanden: ›Er gehört dir.‹ Dann wird's ja wohl auch so sein.«

Arlecchino sah ihn ungläubig an. »Schlecht gemacht.« Er seufzte. »Wenn man es richtig macht, verführt man das Mädchen und läßt das Kind dann bei ihr.«

»Da siehst du, wie ungebildet ich bin.« Scapino grinste. »Du mußt mir Unterricht geben.«

Arlecchino wich zurück, aber Scapino folgte ihm, ohne mit Reden aufzuhören. »Schau, ich bin ein Gaukler und ein Dieb. Aber irgendwann gibt es keine Kunststücke mehr, die ein Gaukler vorführen kann, und ich bin ein furchtbar unbegabter Dieb. Eines Tages wird man mich erwischen, und dann muß ich mich wehren. Nur – ich bin im Kämpfen nicht besser als im Stehlen, und darum werd ich wohl zum Messer greifen müssen, um mich zu verteidigen. Und wenn ich das tu, dann ist es nur noch eine Frage der Zeit, ehe ich aus Versehen jemanden töte. Und dann werd ich gevierteilt und gehängt, und mein armes Weib muß sich verkaufen, um unsere hungernden Kinder zu füttern, die, da sie nun keinen Vater mehr haben, der ihnen ein Vorbild sein kann, zu Dieben und Mördern heranwachsen werden. Außer natürlich meinen Töchtern, die dann Dirnen werden wie ihre Mutter. Und diese vergeudeten Leben gehen alle auf deine Kappe, weil du mir nicht gezeigt hast, wie man ein Drehpunkt sein kann, und ich mich darum nicht verteidigen konnte.«

Arlecchino schüttelte den Kopf, um diesen Wortschwall abzuwehren, dann fragte er: »Dein Weib? Welches Weib?«

»Na, irgendwo muß ich doch ein Weib haben«, versetzte Scapino. Dann wies er auf Piero. »Der Junge muß doch irgendwo hergekommen sein.«

»Und Kinder? Hast du denn noch andere, außer diesem namenlosen Bastard?«

Scapino zuckte die Achseln. »Kann man denn in diesen wirren Zeiten irgendwas mit Sicherheit wissen?«

Colombina nahm Arlecchino beim Arm und führte ihn von Scapino und seinem Sohn weg auf die andere Seite des Wagens. »Wir sind in Schwierigkeiten«, flüsterte sie.

»Dieser Herr da drüben auch.« Arlecchino lachte unbekümmert.

»Piccolo ist tot.«

Er fuhr zurück. »Das Pferd? Das Pferd ist tot? Wie ist das möglich?«

Colombina kratzte sich am Kopf. »Diese rasende Fahrt von Aosta hier herunter war wahrscheinlich zuviel für das arme Tier.« Dann fügte sie mit einem Lächeln hinzu: »Er war ein guter alter Gaul. Er ist glücklich gestorben, da bin ich sicher.«

Arlecchino seufzte. »Ich bin entzückt, daß er dieses Ziel aller guten Katholiken erreicht hat, aber wie sollen wir jetzt weiterkommen?«

Sie zwinkerte. »Wir brauchen nur jemanden, der den Wagen zieht.«

Er kniff die Augen zusammen, und sie wies mit dem Kopf in die Richtung der beiden Diebe. Arlecchino lachte. »Ich habe dich unterschätzt. Du bist listig wie eine Sizilianerin.« Auch er sah zu den beiden Dieben hinüber. »Wie weit ist es bis Biella?« fragte er.

»Noch ungefähr zehn Meilen.« Sie lächelte. »Und den ganzen Weg bergab.«

Arlecchino schüttelte nur in stummer Resignation den Kopf und schickte sich an, auf die andere Seite des Wagens zurückzukehren.

»Ach, übrigens«, sagte Colombina, ihn aufhaltend, »von Giuliano ist fast nichts mehr da. Wollen wir ...?«

»Nein!« sagte er scharf.

Als Arlecchino und Colombina hinter dem Wagen verschwunden waren, trat Scapino hastig zu seinem Sohn. »Jetzt hör mir mal zu, Piero.« Er zog ihn näher. »Wir müssen von Aosta so weit wie möglich weg, und diese Leute hier fahren nach Süden. Wenn wir uns mit ihnen zusammentun, fallen wir weniger auf, und – das ist das Wichtigste – wir brauchen nicht zu tippeln.«

Der Junge überlegte einen Moment. »Ich weiß nicht. Wir haben doch die Börsen aus Aosta, und ich hab' immer noch den goldenen Ring. Wir könnten wahrscheinlich in Biella Pferde kaufen oder hier auf dem Land ein Versteck finden, wo wir eine Weile unterkriechen könnten und –«

Scapino ließ ihn los. »Na schön, mach was du willst«, sagte er. »Der Gaukler war's ja nicht, der dem Kondottiere das Messer in den Bauch gestoßen hat. Von mir wollen die Söldner nichts. Die sind hinter dir her.«

»Du würdest doch nicht zulassen, daß die mich schnappen«, sagte Piero mit weinerlicher Stimme. »Deinen Sohn! Deinen kleinen Jungen, der dich liebt!«

»Was könnte ich denn schon tun?« entgegnete Scapino seufzend. »Ich bin kein Drehpunkt.«

In diesem Augenblick trat Arlecchino hinter dem Wagen hervor. Er ging langsam auf Scapino zu und legte ihm den Arm um die Schultern. »Ich mag dich, Signore –« begann er.

»Scapino«, sagte der Gaukler. »Scapino Petrucci.« Er

schwieg einen Moment. »Oder Scapino Biondo.« Er sah Arlecchino an. »Oder Torrigiano. Es gab da ein ziemliches Durcheinander, als ich –«

»Signore«, wiederholte Arlecchino. »Das hier ist die Witwe Fortini, und mich kannst du Arlecchino nennen. Ich kann mir gut vorstellen, daß es für dich von Nutzen wäre, meine Kunst zu lernen, deshalb habe ich es mir noch einmal überlegt und beschlossen, dich zu lehren, wie man sich zum Drehpunkt macht.« Sie blieben stehen, und Arlecchino sah Scapino ins Gesicht. »Also, was glaubst du, ist die wichtigste Voraussetzung dafür, ein Drehpunkt zu werden?«

»Geld.« Scapino seufzte.

»Keineswegs«, widersprach Arlecchino. »Kraft braucht man. Einen kräftigen und muskulösen Körper muß man haben.«

Erleichtert, daß von ihm nicht erwartet wurde, Schulgeld zu bezahlen, zeigte Scapino lachend und nickend sein Verständnis.

»Nun ist mir aber aufgefallen«, fuhr Arlecchino fort, »daß deine Rotatoren völlig von deinen Trapezmuskeln eingekeilt sind.«

Scapino besah kritisch seine Arme. »Ach was?«

»O ja, in der Tat«, versicherte Arlecchino und begann, Scapino die Gurte um Brust und Schultern zu legen. »Und das Quadrat deiner Dreiecke ist nicht immer gleich der Summe deiner beiden anderen Seiten.«

Scapino runzelte verwirrt die Stirn, während Arlecchino die Gurte festzog. »Was heißt das?«

»Das heißt, daß du arbeiten mußt, mein Freund. Schwer arbeiten, um die Mängel zu korrigieren und um dein Selbstvertrauen aufzubauen.«

»Was soll ich denn arbeiten?« erkundigte sich Scapino mißtrauisch.

»Da mach dir mal keine Gedanken«, antwortete Arlecchino. »Der Herr in seiner Güte hat schon die rechte Gelegenheit für dich geschaffen, mein lieber Scapino. In seiner unendlichen Barmherzigkeit hat er den armen Piccolo zu sich genommen, unser letztes Pferd, und indem er das tat, hat er dir die Möglichkeit geschenkt, stark und kräftig zu werden und deinen Mitmenschen eine wertvolle Hilfe.«

Scapino sprang zurück, aber er kam nicht weit, weil Arlecchino ihn jetzt am Zügel hatte. »Du meinst doch nicht etwa, daß ich –?«

Inzwischen war Colombina mit einem zweiten Pferdegeschirr erschienen. »Es sind nur noch zehn Meilen, und es geht den ganzen Weg bergab«, teilte sie ihm beschwichtigend mit.

Scapino starrte die beiden mit offenem Mund an. »Ich soll euren Wagen nach Biella ziehen?«

Arlecchino lächelte. »Aber natürlich nicht allein!« Und er wandte sich nach dem Jungen um, der stolpernd zurückwich.

»O nein«, rief Piero. »Ich bin doch kein Pferdeersatz.«

Colombina begann zu schelten. »Du wirst doch deinen armen Vater diesen Wagen nicht allein ziehen lassen? Den Mann, der dir das Leben geschenkt hat. Den Mann, der dich behütet und beschützt hat und der dich liebt.«

»So einen Mann kenne ich überhaupt nicht«, versetzte Piero wütend.

»Jetzt hör mal zu, Lodovico ...« begann Arlecchino.

»Rodolfo!«

»Der Junge ist ein undankbarer Tölpel«, sagte Arlecchino zu Scapino. »Warum hast du ihn nicht gleich im Säuglingsalter ertränkt wie eine unerwünschte Katze?«

Scapino seufzte. »Ich hab's versucht. Viermal. Der Balg hat nur ein Talent: Er überlebt immer.«

Arlecchino wandte sich wieder dem Jungen zu. »Dann gebe ich dir jetzt einen neuen Namen, mein Junge, und er wird für immer dein Name sein, und du wirst auf ihn hören.« Er ging auf den Unglücklichen zu, der sogleich noch weiter zurückwich. »Ich werde dich nach Sankt Pantaleon, dem Griechen, nennen.«

»Nach wem?«

»Nach einem Heiligen. Er wurde seines Glaubens wegen zum Tode verurteilt, aber er hat seinen Henkern das Leben sehr schwer gemacht. Er überlebte geschmolzenes Blei. Das Rad. Das Schwert. Den Scheiterhaufen. Das Wasser. Wilde

Tiere. Er wollte einfach nicht sterben.« Piero, der nun endgültig Reißaus nehmen wollte, stolperte über einen Stein und fiel rücklings zu Boden. Augenblicklich stellte Arlecchino ihm wieder den Fuß auf die Brust. »Dein Name ist jetzt Pantalone«, verkündete er, während er sich über den Jungen beugte und ihm das zweite Geschirr anlegte. Dann packte er ihn beim Haar. »Auf griechisch heißt das ›der Löwe‹, und du wirst diesen Namen jetzt annehmen oder ab heute so kahl wie dein Hintern durchs Leben gehen.«

»Ich nehme ihn an! Ich nehme ihn an!« kreischte der Junge.

»Natürlich.« Arlecchino lachte. »Und du wirst deinem liebenden Vater helfen, diesen Wagen nach Biella zu ziehen, wo wir uns ein neues Pferd kaufen können, wenn Gott will.« Er hob seinen Fuß von der Brust des Jungen und half ihm auf. »Wenn du nämlich deinem liebenden Vater nicht hilfst, wird der erste savoyische Söldner, den ich sehe, von mir genau erfahren, wo du zu finden bist.«

Pantalone seufzte resigniert. »Natürlich«, sagte er und ging mit seinem Geschirr nach vorn zum Wagen, wo Scapino bereits von Colombina angespannt wurde. Als er seinen Vater erreichte, fauchte er: »Wir fallen nicht auf und wir brauchen nicht zu tippeln, wie?«

Arlecchino nahm Colombina beim Arm und flüsterte: »Nimm die Peitsche nur, wenn es bergauf geht.«

Am Rande des Gebirgsstädtchens Biella, im Schlafzimmer eines Hauses in der Via Candelo, hatte der stattliche Capitano Francesco Benevelli Rüstung und Schwert, Stiefel und Helm abgelegt und ruhte jetzt in schweigender Zufriedenheit an der Seite der gutgewachsenen, jungen Tochter des Waffenschmieds Niccolo, die ihn mit schlankem Finger am bartlosen Kinn kraulte. Wenn sie wüßte, dachte er bei sich, wie sehr sie mich an Annamaria erinnert, Annamaria, die verlorene Liebe. Annamaria, die treue. Annamaria, die verheiratete.

»Mußt du wirklich so bald schon wieder fort?« fragte sie ihn.

»Ja, ich muß«, antwortete er. »In zwei Tagen treffe ich in

Mailand mit Yves d'Alègre zusammen, dem französischen Kondottiere, der dem Herzog zugeteilt ist, und danach habe ich ein – eine Verabredung in Piacenza.« Er dachte wieder an Annamaria. Die Feurige. Die Unübertreffliche. »Außerdem kann jeden Augenblick dein Vater zurückkehren.«

»Bis nach Genua braucht man drei Tage und zurück noch einmal drei, und er ist erst gestern abgereist.«

»Es ist mir einmal passiert, daß ein Pfeil mein Schild ganz durchbohrt und meine Brust aufgeritzt hat«, brummte er. »Seit diesem Tag traue ich keinem Waffenschmied mehr.«

Sie lachte und wälzte sich auf den Rücken. »Und er sagt, daß er keinem Söldner traut.«

»Verständlich«, meinte der Capitano. »Wir betreiben ähnliche Geschäfte und wir verfolgen das gleiche Ziel: große Gewinne mit möglichst wenig Anstrengung.«

Sie setzte sich auf, so daß die seidene Decke herabfiel und ihren schönen Busen enthüllte. »Wie kannst du so etwas sagen?« schalt sie. »Du setzt dein Leben aufs Spiel.«

Er lachte sie aus. »Unsinn! Ich verkaufe meine Körperkraft und meine Wendigkeit und meinen Instinkt. Aber in ganz Italien gibt es nicht genug Dukaten, um mein Leben zu kaufen.«

»Ich finde, du bist ein mutiger Mann.«

»Das kann man wohl sagen!« dröhnte er. »Liege ich nicht hier mit der Tochter eines der reichsten und mächtigsten Männer von Biella beisammen?«

Lachend zog sie die Decke bis zu ihrem Kinn hinauf. »Du hast doch nicht wirklich Angst vor meinem armen Vater?«

Er setzte sich ebenfalls auf und sah sie an. »Aber natürlich habe ich Angst. Das ist ja eben mein Geheimnis. Ich überlebe, weil ich vor jedem Angst habe.«

Sie runzelte die Stirn. Konnte er das ernst meinen? »Aber Papa Niccolo ist alt. Das weißt du doch. Und er ist außerdem klein und dick. Ungeheuer dick sogar.«

Er legte sich wieder neben ihr nieder. »Und er liefert meinem Herrn, Cesare Borgia, dem Herzog von Valentinois, Waffen und Rüstungen. Glaub ja nicht, der Herzog würde mich nicht dem Henker ausliefern, wenn davon seine guten Beziehungen zu seinem Waffenschmied abhingen.«

Sie lachte fröhlich. »Dann hast du also vor dem Herzog Angst.«

Er nickte nachdrücklich. »Jeder in Italien hat vor Cesare Borgia Angst. Und das ist nur vernünftig.«

Sie zog einen kleinen Flunsch und kehrte ihm den Rücken. »Diese ständigen Kriege sind doch albern. Und so verwirrend. Ich verstehe überhaupt nicht, worum es geht.«

Er richtete sich ein wenig auf und rollte sie behutsam auf den Rücken. »Bei allen Kriegen, meine kleine Hexe, geht es immer um das gleiche: Macht und Geld. Und das Spiel hat nur eine einzige Regel: Man schließt Verträge, wenn es opportun ist, man bricht sie, wenn sie der eigenen Habgier und den eigenen Machtinteressen hinderlich sind. Wer sich darauf versteht, hat das, was man *virtù* nennt, und Cesare besitzt es in hohem Grad.« Er neigte sich über sie und zog langsam die Decke weg. »Laß sehen, ob ich es dir nicht erklären kann. Ah ja.« Er schob die Decke bis unter ihre Brüste hinunter. »Hier haben wir die nördlichen Berge Italiens. Schön, nicht wahr?«

Sie lachte heiter und legte ihre Arme seitlich neben ihren Körper, um ihn bei seiner Lektion nicht zu stören.

»Also«, begann er, »das hier ist Mailand.« Er berührte ihre rechte Brust leicht mit der Fingerspitze. »Und das hier ist Cesare Borgia.« Mit einem Finger liebkoste er leicht die Brustwarze. »Der Herzog hat einen Sforza abgelöst, der mit einer Este verheiratet war und für einen Visconti regierte. Der abgesetzte Herzog, der allgemein Il Moro, der Mohr, genannt wurde, hatte seinen Neffen ermordet, um das Herzogtum an sich zu reißen, und jetzt muß Cesare, wenn er es für sich behalten will, selbst ein Auge auf seine vielen Feinde haben, zu denen die Familien Orsini und della Rovere gehören.«

Sie lachte wieder. »Hat er denn keine Freunde?«

»Wenige, aber die sind mächtig«, antwortete der Capitano. »Unter ihnen sind die Franzosen und sein Vater, der Papst.« Er berührte ihre linke Brust. Ein kleiner Schauder durchrann ihren Körper. »Das hier«, fuhr er fort, »ist Venedig.«

»Venedig ist sehr empfindlich.«

»In der Tat.« Er lächelte. »Venedig ist das Tor zu den Handelsstraßen Europas und des Ostens. Es wird von einem kleinlichen und engstirnigen Dogen regiert und einer Versammlung von Adligen, die Lüge, Heuchelei und Betrug zur Kunstform erhoben haben.« Mit einem Finger tippte er leicht auf die Brustwarze. »Das ist der Doge.«

Sie sah hinunter und lachte. »Der Doge hält den Kopf sehr hoch.«

Er nickte lächelnd. »Ja, nicht wahr?« Noch einmal tippte er den Dogen an. »Nun, wir leben in aufregenden Zeiten, und er gerät leicht in Erregung. Venedig war einmal mit den Franzosen verbündet und eine Freundin Cesares, aber jetzt gibt es Gerüchte, die besagen, daß die Liebesaffäre der Republik mit dem Herzog brüchig geworden ist. Wenn sie ihn fallenläßt, könnten ihre Heere sehr wohl in der Romagna den Ausschlag geben.«

Er schob die Decke noch ein Stück tiefer. »Hier nun haben wir Florenz.« Er berührte ein kleines Muttermal etwa eine Handbreit unter ihrer Brust. »Früher wurde es von den Medicis regiert und geriet dann vorübergehend unter den Einfluß eines verrückten Mönchs namens Savonarola, der die Signoria dazu brachte, Pietro de Medici zu vertreiben und Jesus Christus zum wahren König der Florentiner auszurufen.«

Sie hob ein wenig den Kopf, um zu dem Muttermal hinunterzuschauen. »Ich kann Savonarola gar nicht sehen«, sagte sie und ließ den Kopf wieder ins Kissen sinken.

»Niemand konnte ihn sehen«, meinte er. »Er hat sich im Dunklen einer Dominikanerkutte versteckt gehalten – bis der Papst ihn hängen und seinen Leichnam verbrennen ließ.« Noch tiefer schob er die Decke. »Und jetzt laß mich mal sehen«, sagte er nachdenklich. »Der Nabel – ah ja, der Nabel ist Rom.« Er umkreiste ihn leicht mit seinem Finger. »Und das kleine Knöpfchen, das da so gemütlich drinnen liegt, ist der Papst – Alexander VI.« Wieder schob er die Decke tiefer. »Er ist ein Borgia, darum darf man ihm nie über den eigenen Nabel hinaus trauen. Er hat mindestens fünf uneheliche Kinder mit Vanozza Catanei und wenigstens eines von Giulia Farnese, auch wenn Papst Sixtus einen der Bastarde – meinen Herrn, Cesare Borgia – legitimiert hat.«

Sie spürte den kühlen Luftzug, der vom Fenster hereinwehte, zwischen ihren Beinen.

»Und das hier, mein kleines Honigtöpfchen«, fuhr er fort, »ist Neapel. Wie du dir vorstellen kannst, wollen mindestens drei europäische Monarchen Neapel für sich erobern.« Sie quietschte erheitert bei dieser Vorstellung. »Zuletzt wurde es von den Franzosen beherrscht, die vor zwei Jahren dort eingefallen sind und es sechs Monate lang hielten. Die Habsburger haben ein Auge darauf geworfen, aber die Borgias haben verwandtschaftliche Bande zu den Aragonesen geknüpft und haben ein Anrecht darauf. Im Augenblick sitzt Cesare Borgia beim französischen König, und du kannst dich darauf verlassen, daß Neapel eines ihrer Gesprächsthemen ist.« Zielsicher teilte er mit seinen Fingern das weiche Haar. »Und dieses kleine Wesen, das da hin und wieder den Kopf in die Höhe reckt, ist Federico, der König von Neapel.«

Sie zuckte unwillkürlich zusammen, als er sie berührte. »Du mußt sehr sanft sein mit Federico«, flüsterte sie.

»Ja, alle haben ja die Söhne Ferrantes geehrt«, stimmte er zu, »bis der Papst plötzlich die Seiten wechselte und jetzt die Forderungen der Franzosen unterstützt, die vorhaben, mit ihrer Krimhilde gegen Neapel zu marschieren.« Jetzt berührte er Federico, und sie stieß einen kleinen Schrei aus.

»Was – war das?« fragte sie, nach Luft schnappend. »Krim – was?«

»Krimhilde. Eine lange, dicke Kanone, die nach deutschem Vorbild gebaut worden ist.«

»Lang – dick?«

»Darauf kommen wir später zurück«, versprach er, während er seine Hand aufwärts schob und wiederum leicht ihre Brüste streichelte. »Mit Mailand und Venedig ist das so«, sagte er leise, »daß sie derzeit Freunde sind, aber einander noch mißtrauisch beobachten.«

»Aber sie sind beide schön«, meinte sie. »Nicht wahr?«

»Herrlich«, stimmte er zu, »und so fest – in ihren Überzeugungen.« Er tippte leicht auf ihren Nabel und strich über das weiche Haar zwischen ihren Schenkeln. »Und Rom und Neapel sind – Freunde.« Er berührte das kleine Muttermal. »Während Florenz nur Freund mit sich selbst ist.«

»Jetzt verstehe ich«, rief sie. »Die italienischen Städte wollen gegen die französischen Eroberer kämpfen.«

Er lachte. »Nein, nein! Das wäre viel zu einfach. Italien ist keine Nation, meine Süße. Es besteht aus lauter mächtigen Stadtstaaten, die alle von einer oder mehreren adligen Familien regiert werden. Es ist ein Kampfplatz für alle diese zynischen, reichen und mächtigen Gruppen, und die Waffen, mit denen in diesem Spiel gekämpft wird, sind Lüge, Vendetta und Mord. Nimm zum Beispiel die della Rovere. Kardinal Domenico della Rovere hält zum Papst, weil der Heilige Vater ihm dafür, daß er ihn gewählt hat, ein Lehen gegeben und ihm mehrere Abteien zum Geschenk gemacht hat. Kardinal Giuliano della Rovere hingegen ist ein eingeschworener Feind des Borgia-Papstes, weil er selber Papst werden möchte. Es ist«, sagte er drohend, »eine äußerst kitzlige Situation.« Um das zu demonstrieren, begann er sie mit flinken Fingern zu kitzeln, bis sie in helles Gelächter ausbrach. Lachend schlug sie nach ihm, doch es half ihr nichts, erst als sie nach Atem rang, gab er Ruhe.

»Also«, nahm er den Faden wieder auf, »die Schlüsselfigur in dem ganzen Durcheinander ist mein Herr, Cesare Borgia, wie du vielleicht jetzt verstehst.« Er hielt seine rechte Hand hoch und wackelte mit den Fingern. »Das ist Cesare.«

Sie ergriff die Hand und küßte sie. »Ich mag Cesare«, erklärte sie.

»Da wärst du aber sehr töricht.« Sie ließ seine Hand los. »Wenn auch viele in Italien deine Bewunderung für den Borgia-Herzog teilen. Er besitzt eine Eigenschaft, die die italienischen Männer verstehen und schätzen. Die *terribilità*. Er wird stets tun, was er tun muß, ganz ohne Skrupel und ohne Zögern«, erläuterte er, »und in diesem Augenblick befindet er sich in Mailand, das er dem Herzog Ludovico entrissen hat.« Er umschloß ihre rechte Brust mit seiner Hand. »Er ist ein Verbündeter des neuen französischen Königs, der dank seinen Vorfahren ein Recht sowohl auf Mailand als auch auf Neapel hat.«

Sie hatte die Augen geschlossen, als er begonnen hatte, ihre Brust zu streicheln. »Das ist schön«, flüsterte sie. »Man muß sich um Mailand kümmern.« Sachte rieb er mit der offenen Hand über ihre Brustwarze. »Ich kann verstehen, warum Mailand Cesare liebt.« Sie seufzte.

»Aber das macht den Dogen von Venedig starr vor Furcht«, bemerkte er.

Sie öffnete die Augen und lächelte. »Tatsächlich!«

Seine Hand glitt von ihrem Busen abwärts zu dem kleinen Muttermal. »Siehst du, Florenz steht zwischen Mailand und Neapel. Es ist eine befestigte Stadt mit einer bewaffneten Miliz, die jederzeit mobil gemacht werden kann. Die Florentiner brauchen nur die Kirchenglocken zu läuten. Aber wenn der Papst ein kleines bißchen Druck ausübt, und die Franzosen nichts dagegen haben, wird Florenz keine Schwierigkeiten machen.«

Sie schloß wieder die Augen und berührte selbst ihre linke Brust. »Was ist mit Venedig?« fragte sie. »Wird Cesare nicht auch Venedig nehmen?«

Er zog ihre Hand weg. »Cesare ist zur Zeit gut Freund mit Venedig.«

»Warum besucht er dann nicht ab und zu den Dogen?«

Er senkte den Mund zu ihrem Ohr und flüsterte: »Ich glaube, Cesare wird Venedig sehr bald besuchen.«

»Wunderbar.« Sie strahlte ihn an.

Er rutschte ein wenig tiefer und zeichnete mit einem Finger ein feines Muster rund um ihren Nabel. »Cesare hat nur ein kleines Problem mit dem Papst in Rom, seinem Vater, weil der Papst nämlich alles haben möchte. Und er hat ein weiteres kleines Problem mit den Franzosen. Sie haben nämlich versprochen, Florenz zu schützen, während er diese Stadt braucht, um die Romagna zu unterwerfen. Und darum« – er lächelte – »wird Cesare versprechen und verhandeln, hier ein bißchen bohren und dort ein bißchen bohren.« Er ließ den Worten Taten folgen, wobei die Dame abwechselnd quietschte und seufzte. »Und am Ende wird Cesare wahrscheinlich tun, was er wünscht – während er sich immer noch untertänigst verneigt und den Ring des Papstes küßt.«

Er senkte seinen Mund zu ihrem Nabel. Geschäftig huschte seine Zunge über ihre Haut, und sie zitterte und stöhnte unter der Berührung. Er richtete sich ein wenig auf, schob ihr die linke Hand unter das Gesäß, während er mit der rechten über ihren Körper strich und über das feine Haar zwischen ihren Beinen. »Und der französische König wird sich nicht länger aufhalten lassen, sondern zum Angriff auf Neapel schreiten.« Schnell und unsanft stieß er einen Finger in die Tiefe und zog ihn wieder heraus.

Sie schnappte nach Luft, als er das Manöver wiederholte. Und noch einmal. Und noch einmal. »Neapel – kapituliert«, sagte sie.

Er überraschte sie, indem er seine ganze Hand zwischen ihre Beine schob. »Ah«, flüsterte er, »aber wenn es dem französischen König nun gar nicht um Neapel allein geht, wenn er es vielmehr als einen idealen Ausgangspunkt für einen Kreuzzug gegen die Türken sieht!« Und damit tauchte er einen Finger zwischen ihre Gesäßbacken, und sie schrie erschrocken auf und rollte sich von ihm weg.

»Der französische König ist ein sehr ungezogener Mensch«, sagte sie, »und ich mag Kreuzzüge nicht.«

Er lachte wieder. »Wie wahr«, meinte er. »Genau das ist eine zusätzliche Komplikation.« Er senkte die Stimme zu einem Flüstern. »Denn siehst du, der Papst bekam ein monatliches Taschengeld von vierzigtausend Dukaten vom türkischen Sultan Bajezet dafür, daß er seinen Bruder, den Prinzen Dschem, im Vatikan gefangenhielt. Aber der Papst lieferte bei der letzten Invasion den Prinzen den Franzosen aus, und bald danach starb der türkische Prinz. Manche sagen, er sei an einem Gift gestorben, das aus Käfern gemacht worden war und vor allem von den Borgias bevorzugt wird. Wie dem auch sei, eine Zeitlang bestand hier die kuriose Situation, daß ein katholischer Papst einen ketzerischen moslemischen Prinzen vor einem tugendhaften katholischen Monarchen schützte.«

Sie stöhnte. »Ach, vergiß das alles. Das ist viel zu verwirrend.« Sie sah ihn mit einem wissenden Lächeln an und rückte näher an ihn heran. »Zeig mir jetzt«, flüsterte sie, »wie die Franzosen mit dieser langen dicken Kanone umgehen.«

Im Osten galoppierten vier Reiter, mit Masken und den weißen Ordensmänteln der Ritter des heiligen Johannes von Jerusalem angetan, über die Holzbrücke, die den finsteren

Graben des Castello Estense überspannte. Sobald sie den Innenhof erreicht hatten, eilten Bedienstete herbei, um die schnaubenden, schweißnassen Pferde zu beruhigen und abzuführen.

Minuten später trat Cesare Borgia in das Schlafgemach seiner Schwester Lucrezia, einen großen Raum, der vom warmen Licht vieler Kerzen erfüllt war. Lucrezia, blond und grauäugig, empfing ihren Bruder in einem violetten, mit goldenen Borten besetzten Gewand. An dem goldenen Gürtel um ihre Taille hing ein Rosenkranz, dessen Perlen einen schwülen Duft nach Moschus verströmten. Sie stand nicht aus ihrem Sessel vor dem offenen Feuer auf, sondern wartete, bis Cesare zu ihr kam und sie leicht auf beide Wangen küßte.

»Es tut mir leid, daß ich nicht aufstehen kann, um dich zu begrüßen«, sagte sie leise in lateinischer Sprache. »Das – das Kind – kam tot zur Welt.«

»Ich weiß«, murmelte Cesare. »Bleib ruhig sitzen.«

»Es ist gut, dich zu sehen«, sagte Lucrezia. »Kannst du eine Weile bleiben?«

»Nein«, antwortete er. »Vater hat mich nach Mailand beordert, damit ich mich beim französischen König entschuldige.«

Sie lachte. »Wofür denn? Was hast du denn jetzt wieder angestellt?«

»Nichts. Ludwig ist verstimmt, daß einer meiner Offiziere Arezzo gegen Florenz aufgehetzt hat, von dem der französische König sich einbildet, es sei sein höchstpersönliches Protektorat. Mein Kondottiere war selbstverständlich im Recht. Er wollte die Hinrichtung seines Bruders durch die Florentiner rächen. Was sonst kann ein Mann von *virtù* denn tun? Familienbande sind die einzigen, die nicht durchtrennt werden können. Jetzt glaubt der französische König, ich sei verantwortlich, obwohl ich keine Truppen entsandt habe und die Invasion der florentinischen Gebiete nicht angeordnet habe.«

»Wie kann Ludwig dann dir die Schuld geben?« fragte Lucrezia und griff nach der Karaffe, die auf einem silbernen Tablett neben ihrem Sessel stand. Sie goß etwas Wein in einen goldenen Kelch und reichte ihn ihrem Bruder.

»Die Florentiner bekamen es mit der Angst zu tun, was natürlich ganz meiner Absicht entsprach, und zum Beweis ihrer Loyalität und Freundschaft hißten sie auf dem Palazzo Vecchio meine Fahne.« Cesare leerte den Kelch in einem Zug.

Lucrezia wies auf den Sessel neben sich. »Und was für Neuigkeiten gibt es aus Rom?«

»Dort ist alles beim alten. Vater untersagte den Kardinälen, sich Knaben als Leibdiener zu halten, und widerrief dann seine Entscheidung. Die Mätressen der Kardinäle sitzen bei der Hohen Messe in Sant'Agostino immer noch in der ersten Reihe. Überall wimmelt es von Lustknaben. Die Prostituierte Cursetta wurde verhaftet und durch Rom geführt, zusammen mit einem schwarzen Transvestiten übrigens, der seine Röcke bis zur Taille hochgebunden hatte. Er wurde später erdrosselt und verbrannt.«

»Und die Prostituierte?«

»Sie war Vaters Gast auf einem Fest im Vatikan. Da infizierte sie den Kardinal von Segorbe mit den französischen Blattern, und Vater mußte den Herrn während der Ostergottesdienste von der Pflicht der Kniebeugen befreien.«

Lucrezia klatschte amüsiert in die Hände und strich sich dann über das lange blonde Haar, das im Schein der flackernden Flammen glänzte. »Und wie geht es Vater?« fragte sie.

Cesare nahm die Karaffe und schenkte sich noch etwas Wein in seinen Kelch. »Was soll ich dir sagen? Es geht ihm jeden Tag schlechter. Er zittert vor jedem Schatten und versteckt sich vor jedem Blitz.«

»Nun, er ist ja auch einundsiebzig.«

»Seine Gebrechlichkeit ist nicht körperlicher Natur, sie ist geistiger Natur. Niemals hat er die Nacht vergessen, in der der Blitz in das Standbild des heiligen Michael auf der Engelsburg einschlug und er die gespenstischen Lichter in den Korridoren des Vatikans sah.«

»Darüber will ich jetzt nicht sprechen.« Lucrezia fröstelte. Sie nahm Cesare die Karaffe aus der Hand und goß sich selbst etwas Wein ein.

»Dennoch ist es nicht vergessen«, sagte Cesare leise und

ernst. »Und ich fürchte, die Ereignisse sind – festgehalten worden. Das ist einer der Gründe, weshalb Vater die nächtlichen Schatten fürchtet.« Er zog seinen Sessel näher an den seiner Schwester heran. »Es gibt da einen Brief. Er wurde angeblich von einem Mann geschrieben, der uns bekannt ist und jetzt bei der spanischen Armee dient. Er ist an Silvio Savelli am österreichischen Hof gerichtet. In dem Brief wird Savelli geraten, für den Schaden, den unser Heer auf seinen Ländereien angerichtet hat, keine Wiedergutmachung zu erwarten, weil, so heißt es, dem Papst die Gerechtigkeit fremd ist.«

»Was?«

»Das ist noch nicht alles. Anscheinend werden in dem Brief auch einige der ›Vergnügungen‹ beschrieben, mit denen unser Vater sich die Zeit vertrieben hat, genauer gesagt, es wird darin in aller Einzelheit das Festbankett der fünfzig Kurtisanen geschildert, das ich in meinen Räumen im Vatikan für Vater veranstaltet habe ...«

Lucrezia stieß einen unterdrückten Schrei aus. »Alles etwa? Auch das mit den Kastanien? Die nackten Seiltänzer?«

Cesare nickte. »Auch der Beischlafwettbewerb.«

Sie hob hastig die Hand. »Ich will das nicht hören. Wie du dich erinnerst, habe ich mich vor diesem Wettbewerb zurückgezogen.«

»Ich erinnere mich«, bestätigte er. »Aber wer würde es glauben?« Er rückte seinen Sessel noch näher heran. »In dem Brief wird außerdem von der Nacht erzählt, in der du und Vater die Hengste und die Stuten im Hof freigelassen und ihnen beim Kampf und bei der Kopulation zugesehen habt.«

»Mein Gott!«

»Es ist wirklich alles aufgezeichnet. Juan. Perrotto. Alles.«

»Sei still!«

Cesare lächelte, sah seine Schwester bedeutsam an. »Der Brief enthält sogar diesen Knittelvers von Sannazar, in dem er dich ›Tochter, Weib und Schwiegertochter Alexanders‹ nennt.«

»Das ist unerträglich! Woher weißt du so genau, was der Brief enthält?«

»Kardinal Ferrari fiel eine Kopie in die Hände, und er zeigte sie Vater.«

Lucrezia schenkte sich noch einmal von dem Wein ein. »Wo ist der Brief jetzt?«

Cesare lehnte sich seufzend in seinem Sessel zurück. »Das eben ist das Geheimnis. Meine Leute berichten mir, daß Maximilian von Österreich den Brief gelesen hat und hell entsetzt war. Er verfaßte eine Antwort, in der er ausführt, was er zu tun bereit ist, um eine Erhebung der Römer und der Kardinäle gegen Vater zu unterstützen. Meine Spitzel berichten, sowohl das Originalschreiben als auch Maximilians Antwort seien auf dem Weg zu Savelli, der sicher und wohlbehalten im Palazzo Giangiordano Orsini sitzt. Ich kann nichts gegen ihn unternehmen, weil Giangiordano Gefolgsmann Ludwigs von Frankreich ist.«

»Aber welchen Nutzen hat dieser ganze Brief? Welchem Zweck dient er?«

»Es scheint, daß damit ein Keil zwischen die Franzosen und unseren Vater getrieben werden soll. Der Brief wurde angeblich von einem Spanier geschrieben, vergiß das nicht. Wenn die katholischen Herrscher Spaniens eine Kopie erhalten, werden sie sich vielleicht mit den Franzosen und den Österreichern zusammentun, um Vater zu stürzen.«

»Den Papst stürzen! Das ist ja lächerlich.«

»Im Gegenteil. Es ist sehr wahrscheinlich. Es ist noch gar nicht so lange her, daß die Franzosen in Avignon ihre eigenen Päpste hatten.« Er leerte seinen Kelch und stand auf. »Wie dem auch sei, ich reite jetzt nach Mailand und beschwichtige den französischen König. Ich werde sehen, ob ich eine Spur dieser Briefe finden und sie abfangen kann.«

»Du *mußt* sie abfangen!« sagte Lucrezia scharf.

»Das werde ich auch.« Er trat in die Mitte des Raums und sah auf die große Uhr, die in der Ecke stand. »Aber mir bleiben nur noch anderthalb Stunden mit dir.« Er ging zu ihr, kniete vor ihr nieder und nahm ihre Hände in die seinen. »So, jetzt erzähl mir den neuesten Klatsch über die Este und die Gonzaga. Haben Isabella und Elisabetta dir verziehen, daß du bei deinen Hochzeitsfeierlichkeiten alle anderen in den Schatten gestellt hast?«

Lucrezia lachte verschmitzt, dann begann sie, ihrem Bruder flüsternd zu berichten.

Im Schatten der Bäume von Biella machten sie Rast. Scapino setzte sich ans Flußufer und tauchte beide Füße ins kalte Wasser. Drinnen im Wagen kramte Colombina nach etwas Eßbarem. Nach einer Weile streckte sie den Kopf in die Nachmittagssonne hinaus. »Möchtest du eine Karotte?« rief sie Scapino zu.

»Warum nicht?« brummte er. »Das ist das richtige Futter für ein Zugtier.«

Aus dem Gebüsch rund um den Lagerplatz erschien plötzlich Arlecchino.

»Also?« fragte Colombina und stieg aus dem Wagen. »Wo sind wir?«

Er fegte mit kräftigen Bewegungen Zweige und Blätter von seinem buntscheckigen Umhang. »Wir sind irgendwo zwischen Biella und der Ewigkeit«, antwortete er.

Colombina ging zu Scapino, gab ihm seine Karotte und setzte sich neben ihm nieder. »Wir haben uns verirrt«, sagte sie.

»Unsinn, wir haben uns nicht verirrt«, widersprach Arlecchino. »Wir befinden uns lediglich zwischen unbestimmten Punkten.« Er setzte sich zu ihnen.

»Hast du eine Spur von meinem Sohn gefunden?« fragte Scapino.

»Nein.«

Scapino seufzte. »Nun, das übriggebliebene Pferd wäre froh und dankbar, wenn du etwas finden würdest, das einer Straße gleicht.« Er zog seine Füße aus dem Wasser und untersuchte sie. »Ihr habt gesagt, es seien nur noch zehn Meilen bis Biella. Ich hab' diesen Wagen mindestens zwanzig gezogen.« Er seufzte wieder. »Ich kann verstehen, daß mein Sohn sich aus dem Staub gemacht hat. Wenn ich es geschafft hätte, das Geschirr rechtzeitig herunterzubekommen, wäre ich auch davongelaufen.«

Colombina gab ihm noch eine Karotte. »Er ist doch noch gar nicht lange fort. Vielleicht sucht er uns.«

Arlecchino wurde plötzlich wütend. »Der Junge ist ein Schmarotzer! Ein undankbarer Gauner! Nach allem, was wir für ihn getan haben, läßt er uns einfach im Stich. Das ist unverzeihlich.«

Sie drehten sich alle drei erstaunt um, als es hinter ihnen im Gebüsch zu rascheln und zu knacken begann und ein Schrei wie der einer verdammten Seele aus dem Laub hervorbrach.

»Geister!« schrie Colombina.

Augenblicklich flohen sie alle drei in den Wagen, wo sie sich zitternd zusammendrängten. Als sie vorsichtig hinausspähten, sahen sie das grinsende Gesicht des Jungen, der mit zwei kräftigen jungen Eseln aus den Büschen trat. »Die sind mir einfach gefolgt«, rief er lachend. »Können wir sie behalten?«

Mailand

*Giacomo beweist, daß er ein Meister der Schwarzen Kunst ist, und wird mit einer Mission betraut * Cesare wahrt seine Interessen*

Hoch oben im letzten Stockwerk des Castello Sforzesco in Mailand nahm Giacomo Martinelli das seltsame hölzerne Gerät in Augenschein, das halb verborgen in einer düsteren Ecke des großen Ateliers stand. Durch eine Reihe von Fenstern, die zum weitläufigen Park des Corte Ducale hinunterblickten, strömte Licht, aber sehr weit drang es nicht in den großen Raum ein.

Wie hatte Leonardo diese Maschine gleich wieder genannt?

Der große, hagere Mann studierte die Vorrichtung aufmerksam. Laß sehen. Es hat Getrieberäder. Und dieses Ding da ist ein – was war das gleich wieder für ein Wort? Ach ja! Ein Antriebsrad. Und das hier ist eine Winde. Das dort ist eine Rolle. Er hielt inne und überlegte. Oder ist das hier vielleicht ein Antriebsrad und das dort eine Rolle?

Im Geist nannte er sämtliche Gegenstände, die an den Wänden des Ateliers verteilt standen, beim Namen; vielleicht war die Maschine durch einen schlichten Eliminierungsprozeß zu benennen. Er trat einen Schritt zurück, um besseren Überblick zu haben in diesem Raum, von dessen Decke die allerseltsamste Konstruktion herabhing: eine Flugmaschine, die aus einem Paar gewaltiger Drachenflügel und einem ungewöhnlichen Anhängsel von der Form einer Untertasse zusammengesetzt war.

Der Meister behauptete, man könnte sich in diese Untertasse hineinsetzen, und wenn man nur lange und schnell genug mit Händen und Füßen die dafür vorgesehenen Pedale betätige, werde die Untertasse fliegen. Giacomo mußte lachen. Was würden wohl die guten Leute von Mailand denken, wenn sie zum Himmel hinaufsahen und plötzlich eine fliegende Untertasse entdeckten! Sie würden wahrscheinlich zu Tode erschrecken und glauben, das Ding käme irgendwo von jenseits der Sterne.

Leonardo hatte vier Stützbeine dazu konstruiert, die während des Flugs in die Untertasse hineingezogen werden konnten. Das, meinte der Meister, würde den Flug bis hinauf in die Wolken begünstigen. Giacomo hatte ihn darauf aufmerksam machen müssen, daß der Lenker der Maschine, um die Stützen einzuziehen, die Pedale vernachlässigen und dann vermutlich kopfüber in den Tod stürzen würde.

Die Erinnerung erheiterte Giacomo flüchtig, dann setzte er seine Bestandsaufnahme fort. Der mechanische Hammer dort in der Ecke arbeitete mit einem System von Gegengewichten, die mit großer Kraft eine Metallstange antrieben. Einmal in Betrieb gesetzt, arbeitete er ohne Unterlaß, ohne daß weitere Griffe notwendig waren.

Ihn erinnerte das an seine Stellung bei Hof. Er war kein Beamter des Herzogs. Eine solche Position hätte ihm Prestige und eine gewisse Achtung eingetragen. Er war auch nicht der Lehrling Leonardo da Vincis. Diese Stellung hatte ein schöner und verwöhnter Knabe inne. Giacomo war ein ›Geselle‹, das hieß, er bereitete den Stein für die Skulpturen des Meisters vor und reinigte die Pinsel des Malers.

Und doch war er beinahe im gleichen Alter wie Leonardo. Sie hatten beide bei Verrocchio gelernt. Giacomo konnte schreiben und lesen in beiden Sprachen, italienisch und lateinisch, und war bekannt für seine Fähigkeit, große Teile der Bücher in der herzoglichen Bibliothek schon nach einer einzigen Lesung im Gedächtnis behalten zu können. Er konnte Zauberkunststücke und hatte die Kunst des Mimikry gemeistert. Wie kommt es also, fragte er seinen Schöpfer, daß Leonardo da Vinci ein Meister ist und ich nur ein armseliger kleiner Geselle?

Seufzend widmete er sich wieder seiner Inspektion.

Das dort drüben war eine Kriegsmaschine auf Rädern, die der Meister für Il Moro konstruiert hatte. Er erkannte sie an den beiden langen Zuggurten und dem Räderwerk, das das Herzstück der Maschine war. Die Maschine mußte von einem Pferd mit Reiter gezogen werden, das zwischen diesen

Zuggurten stand. Dann drehten sich die Räder, und die scharfen, gekrümmten Klingen, die an den Außenrändern der Räder montiert waren, mähten den Feind einfach nieder. Es war an sich nichts Neues. Solche Streitwagen kannte man aus biblischen Zeiten. Doch bei dieser Konstruktion trieben die Räder eine dritte Achse an, die ihrerseits vier riesige gebogene Sichelblätter vor Pferd und Reiter und ein weiteres Quartett solcher Messer hinter ihnen in rotierender Bewegung hielt. Eine solche Maschine, hatte der Meister Il Moro erklärt, würde auch in ein Heer schwerstbewaffneter Ritter eine Schneise schlagen und die Flanken der berittenen Söldner schützen.

Als Il Moro darauf hingewiesen hatte, daß die Maschine auch seine eigenen Söldner und jeden sonst, der sich in ihrer Nähe befand, niedermähen würde, hatte man das Projekt aufgegeben. Aber das war natürlich von Anfang an die Absicht des Meisters gewesen. Leonardo interessierten einzig die Prinzipien, aufgrund deren die Maschine funktionierte; um den Einsatz eines solchen Apparats ging es ihm nicht. Wenn Leonardo einmal festgestellt hatte, daß etwas funktionierte – oder funktionsfähig war –, verlor er das Interesse daran und wandte seine Aufmerksamkeit etwas Neuem zu. In dieser Hinsicht war Giacomo Leonardo voraus. Ihn interessierte *nichts* an den verrückten Maschinen des Meisters.

Bei diesem Gedanken meldete sich wieder eine Erinnerung, die Giacomo zittern machte. Nur allzu deutlich entsann er sich des Tages, an dem der Meister ihn mit Drachenflügeln ausgestattet und ihm befohlen hatte, aus dem Fenster des Ateliers zu springen. Wenn Giacomo nur schnell genug mit seinen Armen wedle, hatte Leonardo behauptet, so würde er über die Bäume hinausfliegen und sachte im Gras landen. Giacomo hatte den Meister angefleht, ihm zu gestatten, diesen Flugversuch von einem tiefergelegenen Punkt aus zu machen, beispielsweise von den Gemächern der Signorina Gallerani aus, die sich im zweiten Stockwerk befanden. Er hatte so lange gejammert, bis der Meister schließlich zugestimmt hatte. Und dieser Unterschied eines einzigen Stockwerks hatte ihm, davon war Giacomo überzeugt, das Leben gerettet; ihm war es zu danken, daß er lediglich mit einem gebrochenen Arm, einer blutigen Nase und zwölf kleineren Schrammen davongekommen war.

Da Vinci hatte natürlich behauptet, der Probeflug habe eben deshalb unbefriedigend geendet, weil die Starthöhe nicht ausreichend gewesen sei, ganz abgesehen davon, daß Giacomo vor lauter Angst aufgehört hatte, mit den Armen zu wedeln, sobald der Meister ihn aus dem Fenster gestoßen hatte.

Giacomo andererseits hatte dagegengehalten, der Probeflug sei durchaus befriedigend verlaufen. Er war ja noch am Leben.

Im stillen verfluchte Giacomo die Erfindungen Leonardos, aber dann fiel ihm ein, mit welcher Güte ihm Signorina Gallerani nach dem Flugversuch entgegengekommen war, und das besänftigte ihn etwas. Er ging zu den Fenstern, wo die große Staffelei mit dem Porträt des jungen Mädchens stand, an dem der Meister gerade arbeitete, und hob das Tuch, das das Bild bedeckte. Voller Verehrung und Bewunderung betrachtete er das zarte Gesicht der Geliebten Il Moros. Das Gemälde zeigte sich im Dreiviertelprofil, mit einem Hermelin in den Händen, dem Symbol des Hauses Sforza und der Unschuld. Wunderbar, das Spiel von Licht und Schatten in diesem Porträt, die Schönheit und Unschuld des Mädchens, die Leonardo irgendwie eingefangen und verewigt hatte. Wie kann er nur so malen? fragte sich Giacomo. Haben nicht ich und er bei demselben Lehrer, Andrea del Verrocchio, studiert? Was hat Verrocchio Leonardo gelehrt, das er mich nicht lehrte?

»Es gibt da ganz sicher ein Geheimnis«, beschwerte er sich laut, »in das Verrocchio mich nicht eingeweiht hat. Und es hat mit dem Licht zu tun.«

Ihm war aufgefallen, daß Leonardo seine Porträts immer nur bei Zwielicht malte. Das, dachte Giacomo, muß das entscheidende sein. Nein. Es konnte nicht das Licht sein. Hatte er nicht selbst angefangen, Maria, die Ziegenhirtin, bei Zwielicht zu malen, und wäre dabei beinahe blind geworden? Vielleicht, dachte er, liegt das Geheimnis in der Farbe.

Er fuhr zusammen, als er hörte, wie hinter ihm die Tür aufging, und ließ hastig das Tuch wieder über das Porträt fallen. Die Arme auf dem Rücken, die Lider gesenkt, ganz wie es sich für einen unterwürfigen Diener gehörte, drehte er sich um.

Ganz gleich, wer es ist, sagte er sich, er ist bestimmt von höherem Rang als ich.

Er war daher überrascht, eine Stimme zu hören, die ihm aus einer anderen Zeit und von einem anderen Ort höchst vertraut war.

»Giacomo! Giacomo Martinelli, bist du's wirklich?«

Als er aufsah, kam Gentile Zappacchio, klein und rund, schon auf ihn zu. »Gentile!« rief er und breitete die Arme aus, um den kleinen Mann mit dem flammendroten Haar zu umarmen. »Gentile! Ich glaubte, du seist tot.«

Der alte Freund sah ihn augenzwinkernd an und gab die scherzhafte Antwort, die schon in ihrer Jugendzeit alt und abgedroschen gewesen war: »Du weißt doch, Unkraut vergeht nicht.«

Sie lachten gemeinsam über den alten Scherz, klopften sich gegenseitig auf die Schultern, drückten und knufften einander, absolvierten all die Rituale, die ein Wiedersehen alter Freunde verlangte.

Schließlich ließ Gentile sich auf einem der drei Stühle im Atelier nieder. »Aber was tust du hier eigentlich, Giacomo?«

Giacomo seufzte. »Nun ja, als Leonardo Meister Verrocchio mitteilte, daß er sein Atelier verlassen wolle, redete Verrocchio mit mir.« Er äffte Stimme und Gebärden des alten Meisters nach. »Martinelli, du hast zum Malen überhaupt kein Talent, und in der Bildhauerei bist du noch schlechter. Es fällt dir schwer, auch nur die simpelsten Prinzipien der Architektur zu erfassen. Ich mache mir deshalb Sorgen um dich, Giacomo. Ich würde dich gern in sicherer Position sehen, wo es dir gutgeht und du glücklich bist. Ich habe darum Leonardo gebeten, dich in seine Dienste zu nehmen, und da er weiß, daß er mir etwas schuldig ist, hat er zugestimmt.« Giacomo nahm wieder seine natürliche Haltung an und zuckte die Achseln. »So bin ich eben hier«, schloß er.

»Und reinigst Pinsel? Und bereitest den Stein vor?«

»Ja. Aber verstehst du, ich wußte, daß Verrocchio auf mein Talent eifersüchtig war. Deshalb habe ich eingewilligt, Leonardo zu dienen. In Wirklichkeit jedoch versuche ich, hinter das Geheimnis zu kommen, in das Verrocchio nur ihn eingeweiht hat und sonst keinen.«

Gentile war verwundert. »Ein Geheimnis? Was denn für eines?«

»Wie sonst wären Leonardos Erfolg und mein Scheitern zu erklären? Wir haben zusammen studiert. Wir haben dieselbe Farbe benützt.« Er neigte sich näher zu seinem Freund. »Verrocchio hat das Geheimnis weitergegeben.«

Gentile musterte den großen mageren Mann, der ihm in der gemeinsamen Lehrzeit so nahegestanden hatte. »Aber die Veränderung hat sich für dich dennoch recht günstig ausgewirkt?«

»Ich bin gut genährt«, antwortete Giacomo. »Ich habe Zugang zur Bibliothek des Herzogs und weiß um Leonardos geheime Pläne.«

»Was für geheime Pläne?«

Giacomo wies auf die Drachenflügel, die von der Decke herabhingen. »Der Meister möchte fliegen«, flüsterte er.

Gentile sah seinen Freund verblüfft an. »Fliegen?«

Giacomo nickte. »Auf Wasser gehen kann er schon.«

Gentile blieb der Mund offenstehen vor Erstaunen. »Tatsächlich?«

Giacomo nickte wieder. »Er zieht sich zwei riesengroße weiße Dinger über die Füße – wie riesige Pantoffeln –, und dann nimmt er zwei Stangen, eine in jede Hand, und schwebt gewissermaßen über den Wasserspiegel, wobei er immer abwechselnd mal die eine, mal die andere Stange vor sich streckt. Er ist über den ganzen kleinen Weiher hier im Garten gegangen und wieder zurück.« Als er das Staunen in Gentiles Gesicht sah, fügte er hinzu: »Ich habe es selbst versucht.« Aber dann fiel ihm ein, wie es wirklich gewesen war, und er sagte leise: »Und ich wäre beinahe ertrunken. Ich habe das verdammte Geheimnis nicht gekannt, verstehst du!« rief er laut und zornig.

»Warum will Leonardo denn fliegen?« fragte Gentile.

»Das weiß der Himmel.« Giacomo wartete gleich mit einer weiteren Absonderlichkeit seines Herrn auf. »Kannst du dir vorstellen, daß er hier ein besonderes Zimmer hat, in das er sich immer wieder mal die Leiche eines Söldners bringen läßt?«

Gentile schnappte entsetzt nach Luft.

»Es ist wahr!« beteuerte Giacomo. »Ich habe die Toten gesehen.« Er sah sich vorsichtig um und fügte dann hinzu: »Er -schneidet sie auf, und dann zeichnet er Bilder von dem, was er sieht.«

»Heilige Mutter Gottes«, stöhnte Gentile. »Warum denn?«

Giacomo tippte sich an die Stirn. »Ich glaube, er will Gott werden«, sagte er leise. »Er meint, fliegen und auf dem Wasser wandeln kann er schon. Ich glaube, jetzt will er die Toten erwecken.«

Als er die Bestürzung in Gentiles Gesicht sah, trug er gleich noch ein wenig dicker auf. »Es ist nur eine Frage der Zeit«, sagte er, »bis ich eines Tages hier hereinkommen und feststellen werde, daß er sich selbst ans Kreuz genagelt hat.«

»Man kann sich doch nicht selbst ans Kreuz nageln«, widersprach Gentile.

»Nein«, bestätigte Giacomo, »er wird eine Maschine erfinden, die es für ihn tut. Und sie an mir ausprobieren«, setzte er mißmutig hinzu. Er schwieg einen Moment. »Aber genug von Leonardo«, sagte er dann. »Sag mir, was dich hierherführt.«

»Richtig, richtig«, antwortete Gentile. »Ich – äh – ich dachte, der Meister könnte mir vielleicht helfen.«

»Er ist wahrscheinlich im Refektorium der Kirche Santa Maria delle Grazie, da soll er ein Wandgemälde machen, und heute nachmittag reist er nach Cesena. Ich muß hierbleiben und eine Liste seiner Maschinen aufstellen, und dann wird das ganze Zeug in Cesares Palazzo gebracht.«

»Er reist nach Cesena? Wozu denn?«

»Ja, angefangen hat alles mit dem Fest, das Vanozza Catanei in Vincoli gegeben hat«, sagte Giacomo in vertraulichem Ton zu seinem Freund.

»Vanozza Catanei?«

Giacomo sah ihn überrascht an. »Die erste Mätresse des Papstes. Sie ist die Mutter von Juan und Cesare und Lucrezia und weiß der Himmel wieviel anderen.«

»Ja, das weiß ich«, sagte Gentile ein wenig ungeduldig. »Aber was ist mit ihr?«

Giacomo zog seinen Freund zum Fenster und setzte sich dort mit ihm. »Also«, begann er, »Vanozza wollte in ihrem Haus auf dem Esquilin ein Fest für ihre Töchter und Söhne geben.«

Gentile rutschte ungeduldig auf seinem Stuhl hin und her. »Schön, schön. Aber was hat das mit Leonardos Reise nach Cesena zu tun?«

Giacomo senkte die Stimme. »Darauf komme ich gleich.« Er sah sich um, als wollte er sich vergewissern, daß niemand lauschte. »Nach dem Fest gingen die Brüder Cesare und Juan zusammen weg, aber Juan kam niemals zu Hause an. Er wurde ermordet. Man fischte ihn tot, mit neunzehn Messerstichen im Leib, aus dem Tiber.«

»Mein Gott, wer hat so etwas getan?«

»Ja, das ist die Frage«, flüsterte Giacomo. »Manche sagen, es sei ein Pico della Mirandola gewesen, dessen Tochter von Juan verführt und verlassen worden war. Andere wieder sagen, es sei der jüngere Bruder, Jofre Borgia, gewesen, weil Juan auch mit Jofres Frau Sancia geschlafen hatte.«

»Ah«, hauchte Gentile.

»Aber das ist unlogisch, denn Cesare hatte auch mit Sancia geschlafen und außerdem mit seiner eigenen Schwester, Lucrezia, und ihn hat niemand ermordet.«

»Lucrezia Borgia hat mit ihrem Bruder geschlafen?«

»Ach, das ist doch nichts Neues«, sagte Giacomo. »Das weiß doch jeder. Es heißt ja sogar, daß Lucrezia mit ihrem eigenen Vater, dem Papst, geschlafen hat.«

Gentile riß den Mund auf. »Lucrezia hat mit ihrem Vater, dem Papst, und mit ihrem Bruder Cesare geschlafen?«

»Möglich ist es. In dieser Familie stehen sich alle sehr nahe.« Giacomo nickte. »Als Lucrezia ihren früheren Gemahl, Giovanni Sforza, satt hatte und sich bei Cesare über ihn beschwerte, gab der Herzog sofort Befehl, Giovanni zu töten. Aber Giovanni flüchtete aus Rom auf sein Schloß in Pesaro und dann hierher nach Mailand, an den Hof seines Bruders.

»Aber –«

»Daraufhin annullierte der Papst die Ehe einfach mit der Begründung, daß Giovanni impotent sei, und Lucrezia zog sich, wie es Brauch war, in das Kloster San Sisto an der Via

Appia zurück. Es wird gemunkelt, daß sie dort den spanischen Gesandten verführt hat, einen Mann namens Perrotto.«

»Aber ich frage dich noch einmal –«

»Cesare kam natürlich dahinter und stach Perrotto mitten im Vatikan nieder – vor den Füßen des Papstes.«

»Aber was hat das alles –«

»Er erholte sich, aber ein paar Tage später fand man ihn im Tiber, tot natürlich, und der Papst, der angesichts all dieser Morde gezwungen war, etwas zu unternehmen, verbot Masken beim Karneval.«

»Ich verstehe immer noch nicht, wie das alles –«

»Er sagte, Maskeraden leisten Morden Vorschub.«

»Das ist ja unglaublich!«

»Aber kommen wir zur Ermordung Juans zurück«, fuhr Giacomo unerbittlich fort. »Manche behaupten, die Orsinis seien für den Mord an Juan verantwortlich; sie hätten die Ermordung ihres eigenen Führers, Virginio, rächen wollen.«

»Ich verstehe«, flüsterte Gentile. »Dann waren es also die Orsinis, die Juan Borgia getötet haben.«

»Niemals.« Giacomo lächelte. »Orso Orsini kann es nicht getan haben, weil der Papst, der es auf Orsos Frau Giulia abgesehen hatte, Orso befohlen hatte, nach Bassanello zu reisen und dort zu bleiben. Und die übrigen Orsinis waren mit den Colonnas im Krieg, die hatten also ganz andere Dinge im Kopf.«

»Wer hat dann Juan Borgia getötet?« fragte Gentile flehentlich.

»Cesare natürlich«, erklärte Giacomo geduldig. »Er neidete Juan die Ehrungen, die diesem zuteil geworden waren, und er hatte es satt, Sancia, Jofres Frau, mit seinen beiden Brüdern teilen zu müssen.«

Gentile schüttelte verwirrt den Kopf. »Aber – einen Augenblick – bitte! Was hat das alles mit Leonardos Reise nach Cesena zu tun?«

»Ah ja«, sagte Giacomo. »Man mußte schließlich einen Schuldigen an Juans Tod finden, und der Papst entschied sich für die Orsinis. Jetzt führt Cesare Krieg gegen die Orsinis und ihre Freunde. Er hat den Meister beauftragt, neue Kriegsmaschinen für ihn zu entwerfen und zu bauen, und sein Hauptquartier ist zufällig in Cesena.«

Gentile stand auf. »Ich verstehe.«

Giacomo, der einen Moment verschnaufte, erinnerte sich plötzlich der jüngsten Verdienste seines Freundes. »Ich habe gehört, du hast in Venedig großen Erfolg. Bravo, Gentile!«

»O ja, meine Arbeit genießt großes Ansehen«, bestätigte Gentile mit einer kleinen Grimasse. »Der Doge selbst hat eine Pietà und zwei Kreuzigungen für nächstes Jahr in Auftrag gegeben. In Venedig liebt man Pietàs und Kreuzigungen.« Er begann wieder hin und her zu gehen. »Aber das hier ist ja schrecklich«, wiederholte er mehrmals niedergeschlagen. »Das ruiniert alles.«

»Was ist denn so schrecklich?« fragte Giacomo.

»Ich bin nach Mailand gekommen, um den Meister um Hilfe zu bitten, aber nun sagst du mir, daß er völlig verrückt geworden ist und die Stadt verläßt, um für die Borgias Kriegsmaschinen zu bauen.« Er warf verzweifelt die Hände hoch.

»Wozu brauchst du Leonardo denn?«

Gentile sah ihn einen Moment lang forschend an, dann ging er rasch zu dem Stuhl, auf dem er gesessen hatte. Er nahm die Rolle Leinwand, die er dort abgestellt hatte, und trat zu einem Tisch am Fenster. »Komm hierher«, befahl er, während er die Riemen um die Rolle löste. Er breitete die Leinwand auf dem Tisch aus, entfernte zwei eingewickelte Gegenstände, die er zur Seite legte, beschwerte dann die Ecken der Leinwand mit Gewichten. »Schau.«

Giacomo schaute, und der Atem stockte ihm. Die bemalte Leinwand zeigte eine üppige nackte Frau unter einem Baum. Über ihrem Schoß schwebte ein gewaltiger weißer Vogel, dessen Schwingen sie umschlossen. Links von dem Baum beobachteten zwei ebenfalls nackte junge Frauen die Szene mit Erheiterung, wie Giacomo zu sehen meinte; und auf der anderen Seite des Baums fiel gerade ein Mann mit Hörnern und den Beinen eines Ziegenbocks über eine vierte Nackte her.

»Ich habe es ›Leda und der Schwan‹ genannt«, erklärte Gentile.

Giacomo schlug das Herz bis zum Hals. »Natürlich«, sagte er. »Wie sonst?«

Während er noch in die Betrachtung des Gemäldes vertieft war, packte Gentile die beiden Gegenstände aus, die in die Leinwand eingewickelt gewesen waren. »Sieh dir die hier an«, befahl er.

Es waren Statuetten, die erste, vielleicht zwanzig Zentimeter hoch, die eines nackten Knaben mit langem Haar, dem die Hände auf den Rücken gebunden waren. Er war an einen Baum gefesselt und wirkte sehr zart, beinahe feminin.

»Das ist der heilige Sebastian«, erläuterte Gentile stolz.

Jetzt sah Giacomo auch den kleinen Pfeilschaft, der aus der Brust des Knaben hervorragte. »Natürlich«, murmelte er.

Die zweite Statuette war die einer nackten jungen Frau, deren fast hüftlanges Haar ihr lose über die Schultern floß. In einer zarten Hand hielt sie einen Spiegel, in dem sie sich zu mustern schien. Ein Bein war vorgeschoben und leicht gebeugt, so daß man die Innenseite des Schenkels sehen konnte. Giacomo wurde plötzlich heiß bei der Betrachtung, und er fühlte sich sehr unbehaglich.

»Das nenne ich ›Dame mit Spiegel‹«, bemerkte Gentile.

Giacomo war sprachlos.

»Sind sie nicht schön?« Gentile betrachtete liebevoll seine Arbeit. »Sind sie nicht wunderbar?«

Giacomo fand endlich seine Stimme wieder. »Ja. Ja. Aber mir ist aufgefallen – ich meine – äh – sie tragen alle keine Kleider.«

Gentile nickte, den Blick immer noch auf die Figuren gerichtet. »Das ist richtig«, bestätigte er. »Sind sie nicht wirklich schön? Schau dir doch nur die fließenden Linien ihrer Körper an.«

»Ja, ja, du hast ja recht. Aber – sie sind doch *nackt.*«

Erst da sah Gentile ihn an, schüttelte den Kopf und wickelte seine Kunstwerke wieder ein. »Eben«, sagte er leise. »Das ist ja das Problem. Vor ungefähr vier Jahren wurde ich an den Hof Bajezets, des Sultans von Konstantinopel, eingeladen. Während meines Aufenthalts dort sah ich Statuen und Gemälde von anderen Künstlern aus weit entfernten Teilen der Welt. Sie haben andere Themen als wir. Sie plagen sich nicht mit frommen Sujets wie Verkündigungen und Kreuzabnahmen; sie bilden die Schönheit Gottes in den alltäglichen Dingen ab, die wir alle als selbstverständlich hinnehmen: den Sonnenaufgang, die Blumen, fließendes Wasser.«

»Und nackte Frauen«, fügte Giacomo hinzu.

»Ja.« Gentile trug die Leinwand zum Stuhl zurück. »Ich merkte plötzlich, daß meine Fantasie befreit und meine Augen geöffnet worden waren. Ich sah die Dinge mit ganz anderen Augen. Plötzlich faszinierte mich die Wirkung des Lichts auf unterschiedliche Oberflächen, die geschmeidige Bewegung von Brüsten.«

»An nackten Frauen«, fügte Giacomo hinzu.

Gentile seufzte und setzte sich. »Ich verstehe dich ja. Du siehst die Nacktheit mit den gleichen Augen, wie der Doge sie sehen würde. Und die Geistlichkeit. Meine Gemälde –«

»Gemälde! Du hast noch mehr?«

Gentile nickte. »Dreiunddreißig«, antwortete er. »Und vierzehn Figuren.«

Giacomo setzte sich zu seinem Freund, der die zusammengerollte Leinwand fest an die Brust gedrückt hielt. »Und was willst du mit all diesen Gemälden und Figuren tun?«

»Deswegen wollte ich ja mit dem Meister sprechen«, erklärte Gentile. »In Venedig würde man solche Werke verbrennen. Man würde mich der schwersten Sünden beschuldigen, und mein Ruf wäre für immer dahin. Aber du kannst doch selbst sehen, daß es Kunstwerke sind. Vielleicht sogar großartige Kunstwerke. Nur die Zeit ist noch nicht reif für sie. Sie müssen aufbewahrt werden, bis die Zeit kommt, in der auch andere so wie ich zu sehen und zu malen beginnen.«

»Dann hättest du sie aber nicht hierherbringen sollen«, meinte Giacomo. »Mailand ist kein sicherer Ort. Die Franzosen sind Barbaren. Der Meister fürchtet selbst, daß man einige seiner Werke vernichten wird.«

»Ich habe keine Wahl. Isabella muß die Arbeiten für mich nach Mantua bringen. Dort haben wir Freunde.«

»Isabella?«

»Meine – äh – meine Tochter. Jung. Schön. Klug. Störrisch. Während ich in Konstantinopel weilte, wurde sie an den Höfen von Venedig und Urbino erzogen.«

»Urbino? Bei den Montefeltros?«

»Sie genoß dort große Gunst. Aber die Montefeltros haben

dieser Tage ihre eigenen Sorgen, es würde mich daher beruhigen, wenn sie in Mantua wäre. Die Familie Gonzaga würde sie beschützen.«

»Gut!« rief Giacomo. »Das ist sehr gut.«

»Ich hatte gehofft, Leonardo könnte aufgrund seiner Verbindungen mit dem Herzog darum bitten, daß man meiner Tochter drei oder vier Söldner als Begleiter mit nach Mantua gibt. Ich muß auf Befehl des Dogen unverzüglich nach Venedig zurückkehren. Aber wenn sich die Truppen des Herzogs zu einem neuen Kampf in der Romagna rüsten und wenn Leonardo verrückt geworden ist ...«

Giacomo schlug sich mit der Hand vor die Stirn. »Du willst ein schönes junges Mädchen mit Söldnern nach Mantua schicken? Was hast du dir dabei gedacht?«

»Sie würden sie nicht anrühren«, behauptete Gentile. »Der Herzog würde sie töten lassen, wenn sie es täten.«

»Ich denke nicht an die Söldner des Herzogs. Ich denke an die Straßenräuber und Schurken, die sofort erkennen würden, daß es sich um eine junge Dame von einiger Bedeutung handeln muß, wenn sie in Begleitung bewaffneter Soldaten reist.«

Gentile sank entmutigt in seinem Stuhl zusammen. »Aber was soll ich denn tun? Ich kann sie nicht selbst begleiten. Ich muß nach Venedig zurück.«

Giacomo neigte sich eifrig zu ihm. »*Ich* werde sie begleiten«, sagte er, »und wir werden in Verkleidung reisen. Kein Mensch wird uns auch nur wahrnehmen.«

Gentile runzelte die Stirn. »Du? Aber du bist kein Krieger!«

Giacomo richtete sich auf und lächelte. »Das verhüte Gott«, rief er. »Ich habe andere Mittel.« Er ging zum Tisch und wählte einen Becher aus. Aus der Tasche seines Lederschurzes nahm er ein Klümpchen irgendeines Stoffs und legte es in den Becher. Mit einem Feuerstein schlug er Feuer und sagte: »Sieh zu!«, als er es mit großer, dramatischer Geste über den Becher hielt.

Plötzlich gab es einen Knall, und Gentile wurde von dikken Wolken farbigen Rauchs eingehüllt, die zur Decke hinaufstiegen und in wirbelnden Schwaden wieder herabsanken. Er sprang auf und suchte im dichten Qualm nach seinem Freund. »Giacomo!« rief er. »Giacomo!« Er tastete sich durch den wogenden Nebel vorwärts, bis er schemenhaft die hochgewachsene Gestalt des Freundes vor sich sah. »Giacomo, was tust du –« Er brach ab, als sich der Schemen vergrößerte, die Gestalt veränderte. Plötzlich wuchs aus der Silhouette, die er für die Giacomos gehalten hatte, ein riesiger wackelnder Kopf, wurde starr und fest, brachte Schuppen hervor, in denen sich blitzend und funkelnd das durch die Fenster einfallende Sonnenlicht fing. Ein riesiges Maul öffnete sich und enthüllte große weiße Fangzähne und schwarze Lefzen. Eine gespaltene Zunge leckte blitzschnell nach ihm, und ein ohrenbetäubendes Brüllen erschütterte das Atelier.

Schreckensbleich wich Gentile zurück, als dem Drachenkopf ein Leib wuchs, der den ganzen Raum auszufüllen schien. Riesige Krallen schoben sich aus plumpen, dicken Füßen, und die Augen brannten wie rotglühende Kohle. Gentile erstickte fast an dem faulen Gestank des Atems des Ungeheuers.

»Giacomo! Giacomo!« schrie er voll Angst und Verwirrung.

»Ich bin ja hier!« antwortete ihm die vertraute Stimme, und dann lösten sich die dichten Wolken plötzlich und wurden von kühlen Winden weggefegt, die an ihm vorüberzogen. Nun sah er auch Giacomo, den Freund, der mit verschränkten Armen am offenen Fenster stand und ihn lächelnd ansah.

Gentile rannte zu ihm. »Giacomo! Ich bin – ich kann es nicht fassen! Du! Ein Jünger der Schwarzen Kunst!«

Giacomo legte seine Hand auf die bebenden Schultern des Freundes und lachte. »Das ist keine Zauberei. Es ist nichts weiter als ein Taschenspielerstückchen, eines von vielen, das der Meister sich zur Unterhaltung Il Moros ausgedacht hat. Alles, was man dazu braucht, ist dies hier.« Er wies auf ein glattes Bronzeblech, das auf dem Arbeitstisch lag, und einen Zylinder, aus dessen beiden Enden ein Stück Schnur heraushing.

»Aber wie …?« Gentile nahm die Gegenstände zur Hand.

»Der Meister nennt das eine Phantasmagorie. Er hat davon

in einem alten Buch gelesen, das angeblich von einem ägyptischen Priester oder so jemand geschrieben wurde. Wenn du dir das Metallstück genau ansiehst, wirst du gar nichts sehen, aber die Form des Drachen ist in das Metall eingeritzt. Die ganze Oberfläche ist poliert und geschmirgelt worden, bis es so aussah, als sei das Bild verschwunden. Aber irgendwie ist das Metall doch verändert, und wenn Licht darauf fällt und reflektiert wird, dann ...«

Giacomo hielt das Blech so, daß das darauf fallende Sonnenlicht auf die Wand reflektiert wurde. Und da war er wieder, der gewaltige Drache, samt Schuppen, Krallen, Fangzähnen und gespaltener Zunge.

»Aber – er hat sich bewegt!« sagte Gentile. »Er hat gebrüllt.«

»Nein«, widersprach Giacomo. »Der Rauch hat sich bewegt. Ich habe ein Klümpchen vom Pulver des Meisters angezündet, und dadurch ist der Rauch entstanden. Er riecht fürchterlich, nicht wahr? Aber das erhöht natürlich die Wirkung. Leonardo nennt das Zeug Florabella.«

Gentile beruhigte sich langsam. »Aber das Gebrüll?«

Giacomo nahm den Zylinder in eine Hand und zog mit der anderen langsam an der Schnur. Es entstand ein kräftiges, gutturales Geräusch, in dem Gentile das Brüllen des Drachen erkannte. »Leonardo nennt das eine Rassel«, erklärte Giacomo. »Es hat irgendwie mit der geharzten Schnur und den gefalteten Membranen innen im Zylinder zu tun. Der Herzog ist ganz begeistert von dem Ding. Er ließ es eines Abends beim Bankett losbrüllen, als Kardinal Pallavicini gerade von der Suppe kosten wollte. Der Kardinal wäre beinahe erstickt.«

Gentile strich sich nachdenklich den roten Bart. »Aha, ich verstehe«, sagte er. »Du meinst, du – und dieser Hokuspokus des Meisters – wäre besserer Schutz für meine Tochter und meine Kunst als bewaffnete Soldaten.«

»Ganz gewiß«, bestätigte Giacomo. »Erstens wird kaum jemand auf einen Bauersmann und seine Frau achten, die in einem Wagen nach Osten fahren. Und zweitens – wenn wir wirklich überfallen werden sollten – haben Diebe und Räuber viel mehr Angst vor dem, was sie sich nicht erklären können, als vor einer Demonstration von Körperkraft und Stärke. Nach dem Mord an Juan Borgia zum Beispiel behaupteten die abergläubischen Römer, sie hätten geisterhafte Lichter an den Fenstern des Vatikans vorüberschweben sehen, und die Bediensteten berichteten, unheimliche Stimmen gehört zu haben. Der Papst hatte solche Angst, daß er einen Kirchenrat einberief, um über eine Kirchenreform beraten zu lassen.«

Gentile klopfte dem Freund bewundernd auf den Rücken. »Giacomo, alle haben dich falsch eingeschätzt. Du besitzt deine eigenen Talente und eine Schlauheit, die aus der Not geboren ist. Aber – kannst du denn auch weg hier, um meine Tochter nach Mantua zu bringen?«

»Es ist der ideale Zeitpunkt. Leonardo erwartet von mir, daß ich hier die Bestandsaufnahme vollende und dann den Transport seiner Maschinen nach Cesena überwache. Mantua ist auf dem Weg nach Cesena. Wenn wir also von neugierigen Söldnern angehalten werden sollten, brauche ich ihnen nur meinen Passierschein zu zeigen, den der Herzog selbst unterzeichnen wird. Es wird so aussehen, als seien die kleinen Statuen und Gemälde, die ich mitführe, Teil von Leonardos Sammlung.«

»Und wenn ihr Cesares Feinden in die Arme laufen solltet?«

»Darum werden wir uns ja verkleiden«, erklärte Giacomo. »Sei ganz beruhigt. Ich werde deine Tochter und deine Arbeiten sicher nach Mantua bringen.«

Gentile zog einen Lederbeutel unter seinem Kittel hervor und drückte ihn Giacomo in die Hand. »Abgemacht. Bring meine Tochter und meine Werke sicher an ihr Ziel, und das hier gehört dir.«

»Aber nein, ich will keinen Lohn«, protestierte Giacomo, öffnete aber dennoch den Beutel und leerte den Inhalt in seine offene Hand. Einen Moment war er sprachlos, als er die fünf herrlichen geschliffenen Edelsteine sah. »Allmächtiger«, hauchte er dann ehrfürchtig, »woher hast du die?«

»Vom Sultan.« Gentile lächelte. »Er war ein großzügiger Mann. Meine Tochter hat einen etwas größeren Beutel bei sich, den sie den Gonzagas zum Dank für ihren Schutz übergeben wird.«

Giacomos Hand begann zu zittern. Er tat die Steine wieder in ihren kleinen Beutel, den er unter seinen Kittel schob, dicht an seine Haut, die unter der Berührung von soviel Reichtum und Schönheit ganz warm wurde.

»Meinst du, der Meister wird sich über deine – Verspätung aufregen?« fragte Gentile.

Giacomo strahlte. »Er wird völlig außer sich geraten, vermute ich. Er verläßt sich ja in allem auf mich. Aber es gibt ja schließlich noch etwas anderes im Leben als Fliegen, nicht wahr?« Er legte Gentile beschützerisch einen Arm um die Schultern und führte ihn aus dem Atelier hinaus. »Was nun diese anderen Bilder nackter Frauen angeht«, sagte er, als sie durch den Korridor gingen …

Zwei Stockwerke tiefer durchquerte Cesare Borgia, in schwarzem Samt wie gewohnt, die prunkvolle Eingangshalle und ging mit ausgebreiteten Armen auf den französischen König zu. Zum Erstaunen seines Gefolges setzte sich Ludwig mit gleicher Geste in Bewegung. In der Mitte des Raumes trafen die beiden Männer zusammen und umarmten einander. Cesare küßte den König auf beide Wangen.

»Nun«, flüsterte Giovanni Sforza seinem Nachbarn zu, »wenn Ludwig über Cesare verärgert ist, so verbirgt er es gut.«

Lächelnd und lebhaft legte der König dem Herzog einen Arm um die Schultern und führte ihn zu der Gruppe am Ende der Halle. »Ich weiß, Ihr kennt hier alle«, sagte er jovial. »Herzog Guidobaldo Montefeltro …«

»Den Cesare aus Urbino vertrieben hat«, flüsterte Giovanni.

»Piero Varano Camerino …«

»Dessen Vater Cesare erdrosseln ließ.«

»Herzog Francesco Gonzaga …«

»Dessen Frau Cesare begehrt.«

»Und natürlich Herzog Giovanni Sforza aus Pesaro.«

Lächelnd verneigte sich Giovanni. Und wiederum zur allgemeinen Überraschung trat der Herzog plötzlich vor, faßte Sforza bei beiden Armen und küßte ihn auf die Wangen. »Wie schön, Euch wiederzusehen, Herr. Ihr seid wohlauf, hoffe ich?«

Guidobaldo unterdrückte ein Lachen und flüsterte Varano zu: »Eine sehr subtile Art, sich zu erkundigen, ob er immer noch impotent ist.«

Der König wies auf ein anderes Mitglied seiner Entourage. »Und Ihr kennt Seine Eminenz, den Kardinal Georges d'Amboise.«

Cesare ließ Sforza so abrupt stehen, wie er ihn umarmt hatte, und ging durch die Halle, um den Kardinal zu begrüßen. Der Kardinal war so verblüfft, den Herzog demütig über seinen Ring geneigt zu sehen, daß er ihn segnete. »Ihr seht wohl aus, mein Sohn«, sagte er.

Cesare richtete sich auf und lächelte gewinnend. »Und ich hoffe, Euer Eminenz ist bei gleichermaßen guter Gesundheit.« Mit gesenkter Stimme fügte er hinzu: »Die päpstlichen Geschäfte können anstrengend sein.«

Francesco Gonzaga lächelte breit und bemerkte zu Giovanni: »Genau das, was er hören wollte. Die Borgia-Kardinäle werden beim nächsten Konklave für d'Amboise stimmen.«

»Und jetzt«, verkündete Ludwig überschwenglich, »werden wir speisen. Cesare links von mir. Eminenz rechts von mir.«

Die drei Männer gingen den anderen voraus durch die hohe Tür in den großen Saal, in dem das Bankett stattfinden sollte. Giovanni Sforza, der mit Francesco Gonzaga den Schluß des Zugs bildete, bemerkte leise: »Nun, damit wäre eine Reihe von Fragen beantwortet. Sowohl der Kardinal als auch der König messen der Macht des Herzogs und seines Vaters mehr Wert bei als ihrer Verpflichtung gegenüber Florenz.«

Francesco nickte. »Jetzt«, meinte er, »steht nur noch Gott zwischen Cesare und ganz Italien.«

»Wir hätten sein Motto ernster nehmen sollen«, sagte Giovanni. »*Aut Caesar, aut nihil:* entweder Cäsar oder nichts.«

Pavia

*Giacomo und Isabella treten ihre Reise an * Der Capitano erhält seinen Marschbefehl * Scapino, Arlecchino, Colombina, Pantalone und die beiden Mönche werden von Söldnern in Bedrängnis gebracht*

Colombinas Wagen folgte dem Fluß Tessin an Mailand vorbei in südlicher Richtung auf einer Route, die an der Kartause von Pavia vorbeiführte, einem glorifizierten Mausoleum, wie Arlecchino sagte. »Es ist die letzte Ruhestätte der berühmteren Mitglieder der adligen Familie Visconti«, erklärte er. »Gian Galeazzo hat den Bau begonnen, aber bei seinem Tod wurden die Arbeiten eingestellt. Die Macht seiner Familie ging mit dem Tod seiner beiden Söhne verloren, und die Mailänder Gebiete fielen in die Hände eines harten Berufssoldaten, der Galeazzos Enkelin geheiratet hatte. Der Sohn dieses Soldaten war Ludovico, genannt Il Moro, der angeblich seinen Neffen ermordete und so die Sforzas in Mailand an die Macht brachte. Erst die Sforzas ließen das Grabmal fertigstellen; sie sagten sich wohl, das Mindeste, was sie für die Familie tun könnten, der sie die Macht entrissen hatten, war, sie in Ehren zu begraben.«

»Hat die Geschichte auch eine Moral?« erkundigte sich Colombina scherzend.

»Aber gewiß«, antwortete Arlecchino ernsthaft. »Eine Familie, die bereit ist, für ihre Ehre zu kämpfen und wenn nötig zu morden, verdient, dafür belohnt zu werden.«

Colombina lachte. »Ist das das Motto der Sforzas?«

»Nein«, antwortete Arlecchino. »Das ist das Motto der Italiener.« Ein großer, zweirädriger Karren, mit einem gewaltigen Berg Heu beladen und von zwei Mönchen in braunen Kutten geführt, rollte ächzend und schwankend auf der Straße dahin, die westlich von Mailand nach Abbiategrasso und Vigevano führte. So hatten es sich Gentile und Giacomo ausgedacht, weil sie meinten, es sei, wenn man keine Aufmerksamkeit erregen wollte, am günstigsten, die vielbefahrene Via Emilia zu meiden. Diese Straße nun, die vor Jahrhunderten von den Römern benutzt und dann vergessen worden war, war zu einem schlammigen, holprigen Fuhrweg verkommen, jedoch immer noch die Hauptverbindung von Mailand nach Bologna. Gentile und Giacomo hatten beschlossen, es so zu machen wie die meisten reichen Kaufleute und Adligen, wenn sie auf den Straßen Italiens reisen mußten: Man verkündete laut und vernehmlich und möglichst häufig, wohin man wollte und welche Route man zu nehmen gedachte, und schlug dann eine ganz andere ein. Diesem Muster gemäß würde der Wagen bis zur Kreuzung bei Mortara in westlicher Richtung fahren und sich dann nach Osten wenden, Pavia entgegen.

Die Luft erwärmte sich, als die Straße sich von den Ausläufern der Berge abwärts wand in die Ebene der Lombardei. Das kräftige graue Arbeitspferd war unverkennbar nicht nach Gesichtspunkten der Schnelligkeit oder Schönheit ausgewählt worden; aber es zog den Wagen und die beiden Mönche ohne sichtbare Anstrengung. Gentile hatte Pferd und Wagen von einem Wagenbauer in Mailand gekauft.

Giacomo hatte den Hof mit dem vom Herzog unterzeichneten Passierschein verlassen. Etwas unglücklich hatte er festgestellt, daß das Papier nur für ihn allein galt. Wenn sie also unterwegs nach ihren Passierscheinen gefragt werden sollten, würde er sich einen plausiblen Grund dafür einfallen lassen müssen, daß er einen Reisebegleiter hatte.

Dennoch war er dankbar für die Gesellschaft der jungen Frau, die neben ihm saß, wie er im Braun der Franziskaner, obwohl sie ihm, seit ihr Vater sie miteinander bekannt gemacht hatte, nicht einen einzigen Blick geschenkt hatte. Und auch gesprochen hatte sie nicht ein einziges Wort mehr, seit sie aufgebrochen waren.

»Ich weiß, es muß sehr unbequem sein für Euch, Signorina«, sagte Giacomo, »aber nach sorgfältiger Überlegung haben Euer Vater und ich uns gesagt, daß dies die beste Verkleidung für uns ist.«

Sie sagte nichts.

»Wenn wir erst in Parma sind«, fuhr er nach einer kleinen Pause fort, »können wir es riskieren, auf der Via Emilia weiterzufahren. Da könnt Ihr Euch dann eine Weile in Sicherheit erholen. Vielleicht könnt Ihr Euch dann auch umkleiden und Gewänder anlegen, die bequemer sind und für eine Frau besser geeignet.«

Sie sagte nichts.

»Ich versichere Euch, Signorina Isabella, daß Ihr absolut nichts zu fürchten habt. Ich besitze die Mittel, Euch gegen jeden Angriff zu verteidigen.« Er lächelte, um ihr Vertrauen einzuflößen.

Sie schien das Lächeln gar nicht zu sehen, hüllte sich vielmehr weiterhin in Schweigen, und Giacomo begann sich zu fragen, ob die Dame überhaupt Lateinisch sprach. Aber ja, sagte er sich, sie ist schließlich am Hof von Urbino erzogen worden, wo Lateinisch die Umgangssprache ist.

Er spürte das Gewicht des Bronzeblatts, das er jetzt an einem Lederriemen unter seiner Mönchskutte trug, und war überzeugt, daß die Drachenillusion Meister Leonardos ihre Wirkung tun würde. Sie hatten dreiunddreißig Rollen Leinwand und vierzehn getrennt verpackte Statuetten unter dem Heu verborgen, dazu Truhen und Kisten voller kostbarer Frauenkleider, Schmuckstücke, Kämme, Bürsten und anderer Dinge, die als Geschenke an die Gonzagas dienen sollten, wenn sie Mantua erreichten.

»Gibt es irgend etwas, was ich für Euch tun kann, Signorina?« fragte er einige Zeit später. »Irgend etwas, um euch die Reise angenehmer zu machen?«

Er bekam keine Antwort.

Eine Stunde lang fuhren sie schweigend weiter. Als sie die zweite Straßengabelung erreichten, versuchte Giacomo sich zu erinnern, für welche Route er und Gentile sich bei ihren Beratungen entschieden hatten.

»Wir nehmen die linke Abzweigung«, beschloß er. »Auf diesem Weg wird weniger Verkehr sein, und es sind nur ein paar zusätzliche Meilen bis Abbiategrasso.«

Er wollte das Pferd gerade antreiben, als aus den schattigen Tiefen der Mönchskapuze eine Stimme hervordrang.

»Schwachkopf!« Auf lateinisch.

»Was?« rief Giacomo verdutzt, gleichzeitig jedoch erleichtert festzustellen, daß er doch nicht mit einer Stummen auf dem Karren saß.

»Nein, du Kretin!« Die Stimme wurde bei jedem Wort kräftiger und lauter. »Als wäre es nicht schon schlimm genug, daß ihr mich gezwungen habt, diese unglaubliche Demütigung hinzunehmen, in Gewändern eines Mannes zu reisen! Jetzt willst du die Qual auch noch verlängern, du nichtswürdiger Trottel?«

Giacomo fiel die Kinnlade herunter. »Ich – ich –«

»Wenn du auch nur das Hirn einer Mücke hättest, wüßtest du, daß gerade die Straße, die am wenigsten befahren ist, Straßenräubern und Banditen die liebste ist, weil sie sich nämlich genau wie wir uns sagen, daß sie da nicht auffallen, keine Gegner fürchten müssen und jederzeit in den Wäldern verschwinden können.«

»Aber –«

»Wieso ich mich von meinem Vater dazu überreden ließ, diese Reise mit einer unbedeutenden kleinen Laus wie dir zu unternehmen, ist mir rätselhaft! Ich kann es nur der Tatsache zuschreiben, daß ich eine liebevolle und pflichtbewußte Tochter bin, aber ich möchte auch keinen Zweifel daran lassen, du erbärmlicher Trottel, daß ich überzeugt bin, ich könnte allein reisen, zu Pferd und in Frauenkleidern, und würde weniger Aufmerksamkeit erregen als in dieser lächerlichen Maskerade, die du und mein Vater euch ausgedacht habt. Ich bin ziemlich sicher, daß noch vor Ende dieser Reise ich *dich* werde beschützen müssen, und nicht umgekehrt.«

Giacomo nutzte die Atempause der Dame, um das Pferd voranzutreiben.

»Du weißt offenbar nicht, daß einige der klügsten Köpfe am Hof von Venedig mich unterrichtet haben. Nicht nur habe ich dort Grammatik, Rhetorik und Dialektik gemeistert, sondern am Hof von Urbino habe ich mich auch eingehend mit Musik, Astronomie, Geometrie und Mathematik beschäftigt. Ein Privatlehrer unterrichtete mich im Fechten. Ich spreche vier Sprachen fließend und fluche in zehn. Ich habe vor nichts Angst, was schwimmt, fliegt oder auf dem Bauche kriecht, wozu, vermute ich, auch du gehörst. Ich kann singen, die Laute schlagen und die Viola da gamba spielen, und ich bin eine gute Tänzerin. In den Künsten, sei es die Malerei, die Musik oder die Bildhauerei, gibt es nichts, was mir nicht bekannt ist oder was ich nicht – bis zu einem gewissen Grad jedenfalls – gemeistert habe. Ich kenne mich in den Naturwissenschaften aus und kann, wenn erforderlich, einen Kurs nach den Sternen bestimmen. Die Alchimie ist mir nicht fremd, und ich besitze einen Stein der Weisen, der – unter Umständen, die ich noch nicht vollständig erforscht habe – Blei in Gold, Wasser in Feuer und vielleicht dich in ein menschenähnliches Geschöpf verwandeln könnte.«

»Heilige Maria Mutter Gottes«, murmelte Giacomo.

»Und da ich mich einmal herabgelassen habe, mit dir zu sprechen, was ich in Zukunft wohl kaum noch tun werde, darf ich dich vielleicht darauf hinweisen, daß wir nun seit mehr als drei Stunden auf diesem klapprigen, schwankenden Karren sitzen und ich jedenfalls eine gelegentliche Pause brauche, um gewissen menschlichen Bedürfnissen nachzukommen, für die du anscheinend nicht anfällig bist, was mich im Grunde nicht verwundert, da du ...«

Der Karren verschwand hinter dem Kamm eines Hügels, doch die penetrante und hartnäckige weibliche Stimme schallte noch lange über das Land.

Capitano Francesco Benevelli stand stramm vor dem Tisch im großen Saal des Castello Visconteo in Pavia, dem alten Familiensitz der Viscontis und einzigen Palazzo, der wenigstens ein bescheidenes Maß jenes Luxus und Komforts bieten konnte, das der tadellos gekleidete französische Befehlshaber, der an dem Tisch saß und mehrere Karten studierte, verlangte. Es war dies Yves d'Alègre, jetzt den Streitkräften Cesare Borgias zugeteilt. Neben ihm stand Hauptmann Antoine de Baissey, Statthalter von Dijon, groß und mager, mit einer Vorliebe für prachtvolle Schnurrbärte, auch er zu Cesare Borgia abkommandiert. Neben Capitano Benevelli stand sein Stellvertreter, Cosimo der Sizilianer, dessen bärtiges Gesicht diverse Narben hatte, von denen aber nur einige Kriegserinnerungen waren.

Mit einem juwelenbesetzten Dolch markierte der französische Befehlshaber auf einer großen Karte, die auf einem Tisch zwischen ihm und dem Capitano lag, die Marschrouten der drei Heere. »Vor allen Dingen braucht der Herzog von Valentinois im Augenblick zusätzliche Gelder und ein weiteres Heer, das hier in der Romagna unter dem Oberbefehl von Hauptmann Michelotto Corella eingesetzt werden soll.« Er lehnte sich im thronähnlichen Sessel zurück und legte den Dolch auf die Karte. »Fano hat zwölfhundert Rekruten versprochen und weitere fünfhundert sind in Imola ausgehoben worden, aber das Reservoir an jungen Männern wird in diesem Gebiet sehr bald ausgeschöpft sein. Und da«, sagte er abschließend, »brauche ich euch.«

Der Capitano strahlte. »Jederzeit und allerorten«, beteuerte er. »Meine Männer sind bereit und ganz versessen auf einen guten Kampf. Unsere Ausbildung ist die beste in Italien, und –«

»Aber selbstverständlich.« D'Alègre lächelte. »*Certainement*! Im Augenblick jedoch geht es darum, eine zusätzliche Streitmacht von etwa fünfhundert Mann aus dieser Gegend aufzubringen.« Er wies auf einen anderen Ort auf der Karte. »Ihr geht in diese Städte, hier, mit Cremona angefangen, und werbt junge Männer an. Ich werde das gleiche in der Emilia tun.«

Der Italiener nickte. »Cremona.«

»*Exactement!*« bestätigte d'Alègre nickend. Er wies einladend zu der silbernen Platte mit den panierten Fleischbröckchen, die neben der Karte stand.

»Darf ich Euch und Eurem Adjutanten etwas zu essen anbieten, *mon capitaine*? Mein Leibkoch hat diese Leckerbissen erst heute morgen zubereitet.«

Der Capitano und Cosimo nahmen sich jeder einen Happen von der Platte und schoben sie in den Mund. »Dank Euch, Exzellenz. Sie sind – äh – köstlich«, sagte der Capitano.

»Eine Lieblingsspeise von mir«, antwortete d'Alègre, schon wieder in das Studium der Karte vertieft. »Schnecken. In Knoblauch und Butter.«

Der Capitano und sein Adjutant hörten abrupt zu kauen auf, aber der Franzose schien das nicht zu bemerken. »Ich werde Euch zehntausend Dukaten als Handgeld für die Rekruten geben. Gebt ihnen soviel wie nötig, aber seid zurückhaltend. Fünfzig Dukaten in der Hand und die Verheißung auf Beute wirken ebensogut.«

Der Capitano nickte, während er versuchte, das Fleischbröckchen unter die Zunge zu schieben.

»Wir haben Anlaß zu glauben, daß der Heilige Vater in Rom bald sieben oder acht neue Kardinäle ernennen wird, von denen jeder einhundertzwanzigtausend Dukaten für diese Ehre bezahlen wird. Das dürfte uns aller finanziellen Sorgen entheben.«

»Ich verstehe, Exzellenz!« antwortete der Capitano, tat dann so, als habe er sich verschluckt, und spie die Schnecke rasch in seine Hand.

D'Alègre seufzte. »Ja, wenn es nur eine Sache von Strategie und Taktik wäre, so wäre alles sehr einfach. Aber diplomatische Fragen wollen bedacht sein. Cremona gehört zwar zu Mailand, doch es liegt nahe an den Grenzen zu Venedig und Mantua, und wenn auch diese Städte unsere Verbündeten sind, ist doch der Verdacht nicht ganz von der Hand zu weisen, daß sie gegen Truppenanwerbung so nahe ihren eigenen Gebieten Einwände erheben werden.«

»Ach«, sagte der Capitano. »Wenn nur die Diplomaten sich nicht in die Kriegskunst einmischen wollten, nicht wahr, Exzellenz ? Dann wäre für uns tapfere Krieger alles so viel einfacher.«

D'Alègre lächelte. »Ganz recht, *mon capitaine.*« Er beugte sich über den Tisch und senkte die Stimme. »Wir haben selbstverständlich uneingeschränktes Vertrauen in Eure Truppen, aber einige dieser Cremoneser Söldner, die Ihr anwerben werdet, fühlen sich möglicherweise insgeheim dem Dogen von Venedig und der Familie Gonzaga verbunden. Seid also sehr, sehr vorsichtig.«

»Trug und Täuschung!« rief der Capitano so laut, daß Cosimo, der neben ihm stand, vor Schreck seine Schnecke hinunterschluckte. »Wo soll das hinführen, Exzellenz, wenn gekaufte Truppen käuflich sind?«

»Ich bin ganz Eurer Meinung.« D'Alègre nickte. Einen Moment lang musterte er den Capitano. »Ihr habt Euren Auftrag verstanden? Hebt mir in Cremona und den umgebenden Gebieten im Südosten Truppen aus und führt sie nach Piacenza. Ich werde dort in zwei Wochen mit Euch zusammentreffen.«

»Cremona!« sagte der Capitano kurz. »Ich verstehe vollkommen, Exzellenz.«

»*Bon! Bon!*« Der Franzose stand auf und schritt mit seinem Adjutanten zur Tür. Offiziere sammelten die Karten auf dem Tisch ein. An der Tür drehte sich d'Alègre noch einmal herum. »Vergeßt nicht, *mon capitaine*«, sagte er, »Cremona und dann Piacenza.«

»Cremona!« rief der Capitano.

Der Befehlshaber und sein Gefolge rauschten aus dem großen Saal, und Cosimo der Sizilianer hustete und würgte in sinnlosem Bemühen, die Schnecke wieder loszuwerden. Mit Tränen in den Augen wandte er sich dem Capitano zu. »Cremona?«

Der Capitano klemmte die Schnecke, die er immer noch in der Hand hielt, hinter einen Wandbehang. »Bist du von allen guten Geistern verlassen?« blaffte er. »Weshalb sollten wir neue Männer anwerben, wenn wir in unserer bestehenden Kompanie genug Leute haben, um die zehntausend Dukaten, die der Franzose uns geben will, zu teilen?« Er schlug Cosimo auf die Schulter.

»Außerdem – ich habe in drei Tagen eine äußerst wichtige Verabredung in Piacenza. Du marschierst Ende der Woche mit unseren Leuten nach Osten.«

»Nach Piacenza?«

»Zum Po. Dort schlagt ihr eine Weile eure Lager auf und versucht, möglichst unsichtbar zu bleiben. Der Franzose soll glauben, wir sind alle schwer damit beschäftigt, Leute anzuwerben. Nach zwei weiteren Tagen dann werdet ihr nach Piacenza marschieren, wo ich zu euch stoße. Ich werde dem Befehlshaber sagen, wir hätten etwa hundert Männer angeworben, aber die verräterischen Hunde hätten unser ganzes Geld genommen und sich dann schleunigst in venezianische Gebiete abgesetzt.«

»Das gefällt mir.« Der Sizilianer grinste.

Sie gingen aus dem Saal hinaus. »Warum sollen gute Italiener für diese verdammten französischen Aristokraten sterben, hm? Himmeldonnerwetter, sie verstehen ja nicht einmal gut zu essen. Man stelle sich das vor! Schnecken!«

»Eine Verschwendung von gutem Knoblauch.«

»Komm, suchen wir uns ein Gasthaus und spülen wir uns diesen Dreck aus dem Mund.«

Und das taten sie.

Arlecchino, Scapino und Pantalone rasteten in einem kleinen Park vor dem herzoglichen Palast außerhalb von Pavia, und Colombina tischte den drei Männern aus ihrem magischen Kochtopf ein Mahl auf, das ihnen köstlich schmeckte, auch wenn sie nicht ganz ohne Mißtrauen waren.

»Zählt die Pferde«, sagte Scapino.

»Es ist kein Pferd«, brummte Colombina unwirsch, während sie selbst Fleisch und Gemüse löffelte. »Wenn ihr es nicht haben wollt, dann laßt es stehen. Dann esse ich es.«

Doch darauf gingen die drei gar nicht ein; sie fielen über den Eintopf her, als hätten sie die letzten zwei Tage keinen Bissen zu essen bekommen.

»Ich muß zugeben«, nuschelte Arlecchino mit vollem Mund, »du schaffst es wirklich, aus dem Wenigen, was ich hier sehen kann, vorzügliche Mahlzeiten zuzubereiten. Ich weiß nicht, wie du es machst. Wir haben kaum Geld, aber seit wir zu dieser kleinen Odyssee aufgebrochen sind, hast du uns jeden Tag mindestens zwei ordentliche Mahlzeiten vorgesetzt.«

»Das ist eben eine Begabung.« Colombina nickte. »Aber ich könnte es noch viel besser machen, wenn einer von euch ein Fischer wäre oder sich darauf verstünde, eine Schnepfe einzufangen. Und was für Soßen ich zubereiten könnte, wenn einer von euch mir ein wenig Wein aus einem der Klöster holen könnte. So aber sorgt nur Pantalone ab und zu mit einem Kaninchen oder gestohlenem Obst für etwas Abwechslung.«

Scapino wischte sich den fettigen Mund mit dem Ärmel seines Kittels ab.

»Die Karotten und die Bohnen erkenne ich«, sagte er, »aber diese kleinen grauen Klümpchen, die sind mir fremd.«

»Trüffel«, sagte Colombina stolz, während sie jedem ein Stück Käse gab.

»Trüffel?« wiederholte Arlecchino. »Ich dachte, um die zu finden, brauchte man extra Trüffelschweine. Hast du hier vielleicht irgendwo ein Schwein versteckt?«

Colombina sah ihre schmatzenden Reisegefährten an. »Ich reise mit drei.«

Später, als der knarrende Wagen sich dem Ponte Coperto näherte, bemerkte Arlecchino, daß auf der anderen Seite der Brücke eine Abteilung Söldner Wache hielt.

»Franzosen?« fragte Colombina.

»Nein«, antwortete er. »Das ist die Fahne der Este von Modena, aber was tun die so weit im Westen?« Er überlegte einen Moment. »Andererseits, warum nicht? Cesare Borgia und Ercole d'Este sind Verbündete. Ich nehme an, der Herzog braucht Geld, um seine Söldner zu bezahlen, deshalb haben sie an allen Hauptstraßen Wachen aufgestellt, um Wertgegenstände zu beschlagnahmen. Wenn sie uns anhalten, dann laß sie tun, was sie wollen. Wir haben nichts zu verbergen und nichts, was zu stehlen lohnte.«

Als die Söldner sie dann tatsächlich anhielten, kletterten Arlecchino und Colombina vom Wagen und setzten sich gemütlich unter einen Baum, während vier der sechs Männer systematisch das ganze Fuhrwerk auseinandernahmen.

Scapino und Pantalone sahen dem Treiben von der anderen Straßenseite aus zu.

»Diese Diebe haben ein richtiges Talent für so etwas, nicht wahr?« bemerkte Colombina, als Säcke und Truhen aus ihrem Wagen flogen und krachend auf der Straße landeten. »Ich wollte, sie wären vorsichtiger. Ich habe einen guten Dolch und eine Laute da drin, die mir von – Bewunderern vermacht worden sind.«

»Mach dir keine Sorgen«, meinte Arlecchino. »Die wissen weder mit dem einen noch mit dem anderen umzugehen.«

Der Anführer der Söldner, ein Mann mit einer langen Nase, verzeichnete jedes wertlose Stück, das aus dem Wagen geflogen kam. »Seht genau nach!« donnerte er. »Manchmal versuchen diese Kaufleute ihren Reichtum aus der Stadt zu bringen, indem sie das Gold unter den Bodenbrettern ihres

Wagens verstecken – oder die Edelsteine in ihre Lumpen einnähen.«

Arlecchino ließ sich ins Gras fallen und lachte leise. »Ich konnte heute nacht überhaupt nicht schlafen«, beschwerte er sich. »Ich glaube, mich haben die Edelsteine gedrückt, die ich in meine Lumpen eingenäht habe.«

»Ich hab' dir ja gesagt, du sollst sie vorher aus den Kronen herausstemmen«, schalt Colombina. Plötzlich wurde sie ernst und gab ihm einen Puff. »Horch!« befahl sie.

Arlecchino richtete sich gehorsam auf und lauschte. Von weit her, noch hinter der Straßenbiegung, hörte er ein Geräusch, das er im ersten Moment für das Kreischen einer Eule oder eines Adlers hielt. »Aber Vögel machen auch mal Verschnaufpause«, murmelte er, als das Geräusch endlos weiterging und immer lauter und schriller wurde. Dann erschien endlich um die Wegbiegung ein Karren, auf dem zwei Klosterbrüder saßen. Der eine von ihnen leierte anscheinend ein endloses Gebet herunter, während der andere, der die Zügel hielt, geduldig zuhörte. Der schweigende Mönch entdeckte die Söldner weiter vorn an der Straße zuerst und stieß seinen Gefährten an, um ihn auf sie aufmerksam zu machen.

Der Langnasige sah den Karren auf die Brücke zukriechen und bedeutete seinen Leuten, ihn anzuhalten. Dicht hinter Colombinas Wagen kam er zum Stehen, und der Langnasige und seine Leute umringten ihn sofort.

»Wer seid ihr und wohin wollt ihr?« fragte er.

»Wir sind zwei Brüder des heiligen Franziskus«, antwortete der große, dünne Mönch auf italienisch. »Wir bringen Futter für unsere Tiere ins Kloster.«

»Und was ist das für ein Kloster, Bruder?«

Die Frage schien den Mönch einen Moment aus der Fassung zu bringen, dann aber sagte er leise: »Das Kloster Sant' Angelo vom Heiligen Kreuz von Jerusalem, mein Sohn. Es ist – äh – nicht sehr bekannt ... Wir sind nur wenige – und – äh – und führen ein dürftiges Leben.«

Der Langnasige musterte die riesige Heuladung. »So dürftig kann's nicht sein, Bruder. Ihr habt hier ja genug Futter für hundert Kühe und Pferde.«

Er bedeutete zwei seiner Leute, den Karren zu durchsuchen. »Wollt Ihr und Euer Gefährte nicht einen Moment aussteigen, Bruder, und Euch wärmen? Ich habe Befehl, jeden Karren und jeden Wagen zu durchsuchen.«

Der große, dünne Mönch antwortete enthusiastisch: »Aber ja, wir danken Euch. Wir danken Euch sehr.« Damit sprang er leichtfüßig auf die Straße hinunter und ging zu dem kleinen Feuer, das die Soldaten angezündet hatten, um sich vor der empfindlichen Kühle des frühen Morgens zu schützen. Der zweite Mönch war weniger behende und hatte beim Aussteigen gewisse Schwierigkeiten. Schließlich jedoch gesellte er sich zu seinem hochaufgeschossenen Gefährten.

Arlecchino sah mit großem Interesse zu, wie die Söldner jetzt mit Piken und Schwertern in den Heuhaufen hineinstachen. »Da ist noch was anderes drunter!« rief einer der Soldaten und begann, große Ballen Heu aus dem Haufen zu ziehen und auf der Straße zu zerstreuen.

Arlecchino konnte später nicht genau erzählen, was dann eigentlich geschehen war. Er sah nur, wie zu seiner Rechten plötzlich eine riesige Stichflamme aufloderte, und als er sich umdrehte, waren beide Mönche in dichte Wolken gelblichen Qualms gehüllt, der bald zum Karren hintrieb und alles verdunkelte. Während die Söldner hustend und mit tränenden Augen um sich schlugen, erschallte aus den Rauchschwaden ein Geräusch wie das Brüllen eines Stiers, dem gerade der Hals umgedreht wird.

Und da hatte sich auch schon ein riesiges, noch unkenntliches Gebilde geformt, das nun über den Rauchwolken schwebte. Colombina wies mit ausgestrecktem Arm auf die gewaltige Erscheinung. »Was ist denn das?«

»Ich habe keine Ahnung«, antwortete Arlecchino.

Der Langnasige und die anderen Söldner schienen gleichermaßen verblüfft von dem Anblick. »Das ist doch irgendein Baum, nicht wahr?« fragte der Langnasige.

»Nein«, widersprach einer seiner Soldaten, ein hünenhafter Mann mit einem großen Leberfleck auf einer Wange. »Ich glaube, das ist eine Rose. Eine große schwarze Rose.«

Der Langnasige neigte den Kopf von einer Seite zur anderen, während er das Phantom studierte. »Moment mal!« rief er dann. »Ich glaube, es ist ein Tier! Ein Drache vielleicht.«

»Ja!« schrie der Mann mit dem Leberfleck. »Richtig! Es ist ein Drache!«

»Aber er steht auf dem Kopf!« fügte der Langnasige hinzu.

Arlecchino verdrehte den Kopf und bestätigte bald, was die Söldner gesehen hatten: Die Erscheinung war die eines gewaltigen Drachen, der auf dem Kopf stand. Seine klauenbewehrten Tatzen wedelten hilflos in der Luft herum, und die lange, gespaltene Zunge leckte den Boden.

»Höllenfeuer!« schallte es aus der Rauchwolke.

»Idiot!« schallte ein zweiter Ruf, aus weiblichem Mund, wie es schien.

Ein Söldner stürzte durch die Rauchschwaden und stieß einen der Klosterbrüder vor sich her. Dessen Kapuze war vom Kopf gerutscht, und langes, dunkles Haar floß ihm über die Schultern. Plötzlich raffte dieser Mönch seine Kutte, schwang ein langes, wohlgeformtes Bein und versetzte dem Soldaten einen Tritt, daß dieser der Länge nach hinfiel.

»Ein christlicher Bruder, der was von Hebelwirkung versteht!« schrie Scapino begeistert und warf sich auf die beiden anderen Söldner. Aber der mit dem Leberfleck sprang hinzu, schwang seine Armbrust und versetzte dem Gaukler einen Schlag, daß dieser gegen den Wagen geschleudert wurde.

Als Scapino wieder zu sich kam, sah er, daß man ihn mit seinen Reisegefährten und den beiden Mönchen an der Längsseite des Wagens aufgestellt hatte. Ihnen gegenüber stand die Söldnertruppe mit Piken und Armbrusten. Die Rauchwolken hatten sich in der frischen Morgenluft aufgelöst.

Scapino strich sich mit der Hand über den Kopf, und als er sie herunternahm und inspizierte, sah er, daß seine Finger voll Blut waren. Er drehte sich nach den anderen um und bemerkte, daß einer der Mönche ein schönes Frauengesicht hatte. Nie zuvor hatte er ein so zartes, damenhaftes Gesicht gesehen.

»So, so«, sagte der Langnasige, als er den Mönch zwang, ihm ins Gesicht zu sehen. »Da haben wir ja einen ganz reizenden Klosterbruder. Wie wird man denn in deinem Kloster aufgenommen, mein Engel?« Im selben Moment traf ihn ein Knie an seiner empfindlichsten Stelle, und er krümmte sich mit einem Schmerzensschrei zusammen. Der mit dem Leberfleck schleuderte die junge Frau gegen Pantalone.

»Du Schwein!« brüllte Pantalone.

Als der mit dem Leberfleck vortrat, um Pantalone zu schlagen, begann Arlecchino plötzlich in eintönigem Singsang zu intonieren: *»Non amittuntur sed praemittuntur!«*

Er war so verblüfft wie die anderen, als er den großen, dünnen Mönch augenblicklich antworten hörte: *»Altissima quaeque flumina minimo sono labi.«*

Die tiefsten Flüsse fließen mit dem geringsten Geräusch?

Der lange Mönch sah ihn grinsend an, und Arlecchino lächelte zurück. Er sah mit Genugtuung die Bestürzung und die Verwirrung des Langnasigen und seiner Söldner über diesen plötzlichen lateinischen Wortschwall und sagte sich, daß er schnell handeln mußte, wenn er seinen Vorteil wahren wollte.

»Prosperum ac felix scelus virtus vocatur«, sang er den Klosterbruder scherzhaft an.

»In pase, ut sapiens, aptarit idonea bello«, antwortete der Mann und stimmte in sein Lachen ein.

Der mit dem Leberfleck begann flüsternd mit dem unverkennbar verwirrten Langnasigen zu streiten, als plötzlich eine Gruppe Reiter auf der Straße zur Brücke erschien.

Die vier bewaffneten Ritter saßen mit der Selbstverständlichkeit ihres Standes auf ihren Streitrossen, die mit Paradedecken aus rotem und gelben Brokat geschmückt waren. Der dicke, kleine Reiter, den sie begleiteten, ritt einen Schimmel, der mit rotem Satin und Goldbrokat ausstaffiert war. Ihnen folgte eine lange Kette mit Truhen und Kisten beladener Maultiere.

»Platz da!« befahl der Anführer. »Platz für den Doktor Gaspare Torrella, Diener des Herzogs von Urbino. Platz da!«

Es gab zunächst ein Riesendurcheinander, als die Este-Söldner sich bemühten, Colombinas Wagen und den Karren der Mönche so weit an den Straßenrand zu ziehen, daß die Leute Borgias passieren konnten. Arlecchino trat im allgemeinen Gedränge und Geschrei auf die Straße hinaus, und

Colombina sah, wie einer der Berittenen ihn ansprach. Er reichte dem Ritter ein Pergament, und einen Moment danach winkte dieser den Langnasigen herbei. Er gab ihm das Pergament, dann folgte noch einmal ein mit gesenkten Stimmen geführtes Gespräch, nach dem der Arzt und sein Gefolge ihren Weg fortsetzten, während der Söldner und Arlecchino zu den anderen zurückkehrten.

»Also gut!« knurrte der Langnasige. »Werft diesen Müll wieder in den Wagen.«

Bald schleuderten die Söldner mit dem gleichen Enthusiasmus und der gleichen Behutsamkeit, die sie bei der Räumung des Wagens an den Tag gelegt hatten, Bündel und Kisten, Truhen und Säcke, Töpfe und Kleider wieder ins Wageninnere.

Arlecchino gesellte sich zu Colombina.

»Du hast mit jemandem von dieser Reisegesellschaft gesprochen«, bemerkte sie.

»Er wurde uns als der Leibarzt von Cesare Borgia vorgestellt«, antwortete Arlecchino ruhig. »Ich habe einen der Männer lediglich gefragt, ob es wahr ist, daß er eine Kur gegen die Syphilis gefunden hat.«

Colombina sah ihn forschend an. »Ach? Und was hat er gesagt?«

»Er hat ja gesagt.« Arlecchino lächelte.

Der Langnasige und der mit dem Leberfleck steckten mit ihren Söldnern die Köpfe zusammen; Arlecchino fing nur einige Worte ihres hitzigen Gesprächs auf, aber sie genügten, ihm zu verraten, daß der mit dem Leberfleck mit den Anweisungen des Langnasigen nicht einverstanden war. Er riß schließlich dem Langnasigen das Pergament aus der Hand und pflanzte sich vor Arlecchino auf.

»Woher hast du das?« fragte er scharf.

»Das dürfte doch offensichtlich sein.«

Der Soldat wies auf die beiden Mönche. »Und die zwei da! Gehören die zu euch?«

»Ja«, antwortete der Vagabund ruhig.

»Wieso seid ihr dann nicht zusammen gekommen?«

»Sie haben aus Versehen die falsche Straße eingeschlagen.«

Der mit dem Leberfleck schnaubte wütend und knallte Arlecchino das Pergament vor die Brust. »Warum zum Teufel hast du uns das nicht gleich gezeigt?«

»Ihr habt erst angefangen, die Leute zu schlagen, als der Karren ankam.«

»Warum hast du's erst dem Ritter gezeigt, anstatt direkt zu uns zu kommen?«

»Weil der Text in Latein geschrieben ist. Ich war nicht sicher, daß Ihr Lateinisch lesen könnt, darum hielt ich es für das Beste, Euch den Inhalt von dem Ritter bestätigen zu lassen.«

»Verschwindet!« knurrte der Söldner mit dem Leberfleck. »Alle miteinander!«

Die Dame in der Kutte sprang vor. »Ach ja?« schrie sie schrill. »Ich bin aber noch lange nicht mit dir fertig, du eingebildeter, arroganter –«

Arlecchino hielt ihr den Mund zu und sah den Langnasigen mit strengem Blick an. »Wir werden jetzt unsere Reise fortsetzen. Wir haben eine Mission zu erfüllen. Ich danke Euch.« Er gab Colombina ein Zeichen, worauf diese die junge Frau in die Mönchskutte packte und sie unsanft in den Wagen hineinstieß. Pantalone half Scapino hinauf, und Minuten später rumpelten Wagen und Karren über die Brücke nach Pavia hinein. Pantalone und Colombina trieben ihre Esel zu Höchstgeschwindigkeiten an, während der Vagabund und der lange Mönch den Karren fuhren.

Doch selbst die rasch größer werdende Entfernung zwischen den beiden Fahrzeugen und den Söldnern verhinderte nicht, daß der Langnasige und seine Leute den wütenden Abschiedsgruß der Dame hörten.

»Kastrieren sollte man die Schurken!«

Pavia war eine lebhafte, geschäftige Stadt, überall wurden neue Häuser gebaut und alte abgerissen. In der Nähe des Collegio Castiglione mußten sich der Wagen und der Karren ihren Weg durch Scharen von Seminaristen und wohlgekleideten jungen Männern bahnen. Der kleine Zug brauchte fast eine Viertelstunde, um den von einem imposanten Standbild Pius' II. beherrschten Platz zu überqueren, dessen Vorderseite die neue Fassade von San Francesco da Paolo und das Collegio Cairoli, das bedeutendste Priesterseminar, bildeten.

»Genau das, was dem Land fehlt«, nörgelte Arlecchino, »ein Heer neuer Priester.« Die Männer hatten sich schon daran gewöhnt, sich auf lateinisch zu unterhalten.

»Was war das für ein Schriftstück, das uns gerettet hat?« fragte Giacomo.

»Ein Passierschein, der vom Papst selbst unterschrieben ist. Darauf steht, daß der Inhaber nirgends in Italien an der Durchreise gehindert werden darf – bei Strafe der Exkommunikation.«

»Du lieber Gott!« rief Giacomo. »Woher hast du dieses Papier?«

»Ich habe es in Genf einem Mönch abgekauft. Für nichts.« Arlecchino lachte. »Hast du schon einmal vom Erzbischof Flores von Cosenza gehört?«

Giacomo schüttelte den Kopf.

»Er war der Privatsekretär des Papstes, aber er machte auch private Geschäfte. Er verkaufte gefälschte päpstliche Bullen und Erlasse. Zu Tausenden. Ehedispense. Legitimierungen unehelicher Kinder. Passierscheine. Ich habe einen der besseren erstanden.«

»Aber er ist eine Fälschung?«

»Natürlich. Du glaubst doch nicht, der Papst würde einem wie mir einen Passierschein durch sämtliche Städte Italiens gewähren? Das ist ja der Grund, weshalb ich ihn nicht gleich vorgezeigt habe. Aber als ich die Ritter kommen sah, hielt ich es für klüger, es doch zu riskieren.«

Giacomo lachte unbekümmert. »Und was ist aus Flores geworden?«

»Der Papst kam ihm auf die Schliche, ließ ihn ins Gefängnis werfen und dort verhungern.«

Einer der Geistlichen auf dem Platz, der im Gegensatz zu den anderen in eine weiße Kutte gekleidet war, die vorn und hinten ein großes rotes Kreuz trug, trennte sich von den Seminaristen und näherte sich dem Karren.

»Gott mit Euch, Ihr Herren«, sprach er sie auf lateinisch an. »Führt Euer Weg Euch vielleicht zufällig nach Mantua, Freunde?«

»Nein«, antwortete Arlecchino freundlich. »Erst nach Piacenza, dann nach Südosten.«

»Ach«, antwortete der Mönch. »Das ist schade. Aus Mantua wird von einem Wunder berichtet. Man baut dort gerade die Kathedrale Santo Pietro wieder auf und hat einen marmornen Sarkophag entdeckt. Keiner weiß, wer in dem Sarkophag liegt, aber es heißt, daß vor den Augen zahlreicher Gemeindemitglieder auf geheimnisvolle Weise Buchstaben in den harten Stein eingemeißelt wurden.«

»Und was bedeuten die Buchstaben?«

»Niemand kann sie lesen.« Der Mönch zuckte die Achseln. »Das ist ja das Geheimnis. Aber es hat sich schon ein Gelehrter aus der Familie Este eingefunden, der versuchen will, sie zu entschlüsseln. Nun« – er seufzte – »ich hatte gehofft, Ihr seid nach Mantua unterwegs und könntet mich mitnehmen, so daß ich mir das Wunder selbst ansehen könnte.«

»Es tut mir leid«, wiederholte Arlecchino, »wir reisen nach Piacenza.«

»Dann reist mit Gott, meine Söhne«, erwiderte der Mönch. Er segnete die beiden Männer und verschwand in der Flut der Seminaristen, die jetzt ins Collegio drängten.

»Was war das für einer?« fragte Giacomo.

»Einer der *piagnoni,* das sind die Weinenden, ehemalige Anhänger Savonarolas; vor vier Jahren noch waren sie die mächtigsten Männer in der Toskana. Jetzt schmieden sie im geheimen Rachepläne.«

Als sie in die Piazza della Vittoria einbogen, einen Marktplatz, hielt Colombina den Wagen an und nahm Scapinos letzte Münzen, um einige Einkäufe zu machen.

»O Gott!« rief Giacomo plötzlich entsetzt. »Versteckt mich!«

»Vor Gott?« fragte Arlecchino.

Giacomo versuchte verzweifelt, hinten in den Karren zu kriechen. »Vor diesem Mann da drüben. Siehst du ihn? Der große bärtige Mann dort zwischen den Maurern und Zimmerleuten?«

Arlecchino schaute hinüber und sah einen Mann, der offensichtlich den Wiederaufbau der Kathedrale beaufsichtigte. »Wer ist das?« fragte er. »Ein Fürst?«

»Viel schlimmer«, brummte Giacomo. »Das ist Leonardo da Vinci.«

Genau in diesem Moment sah der große Meister von den Plänen auf, und flüchtig traf sich sein Blick mit dem Giacomos, der hastig den Kopf einzog und sich die Kapuze seiner Mönchskutte überwarf. Verblüfft sah der Künstler zu, wie der Karren sich wieder in Bewegung setzte und an der Baustelle vorüberrollte.

»Nein«, murmelte Leonardo vor sich hin. »Nein, nein, nein. Das war nur eine böse Erinnerung.«

Und er wandte sich wieder seiner Arbeit zu.

Piacenza

*Der Capitano wird von den Franzosen gefangengenommen und zum Tode verurteilt * Giacomo bekommt einen neuen Namen, und die beiden Mönche schließen sich der Truppe an * Pantalone betätigt sich als Lauscher*

Capitano Francesco Benevelli stützte sich auf einen Ellbogen, um die weiche, duftende Schönheit der Hügel und Täler neben ihm im Bett besser würdigen zu können. Er gab sich mit Genuß der wohligen Überzeugung hin, daß diese Frau, Annamaria, die einzige wahre Liebe seines Lebens war, obwohl sie jetzt mit Filippo Masaccio verheiratet war, der sich einzig dadurch auszeichnete, daß er vor kurzem den Aufstieg zum Meister der Tuchmacherzunft geschafft hatte.

Annamaria und der Capitano waren in jüngeren, sonnigeren Tagen, als sie sich auf Wiesen und, einmal, zu Pferd geliebt hatten, ein Liebespaar gewesen; und jetzt, bei seinen häufigen Besuchen in Piacenza, waren sie wieder ein Liebespaar.

Was Annamaria über die anderen Frauen hinaushob, mit denen er gelegentlich geschlafen hatte, war die unbestreitbare Tatsache, daß sie einzig ihm treu war – und, selten, ihrem Mann. Der Capitano erinnerte sich an die Worte seines Vaters, der behauptet hatte, die Eigenschaft, die man bei Männern am meisten bewundere, sei der Mut, bei den Frauen hingegen sei es die Treue. Darüber dachte er jetzt nach: Hätte er nicht das Soldatenleben gewählt, um seinen Mut unter Beweis zu stellen, dann könnte er jetzt jede Nacht in ihrem großen, bequemen Himmelbett im Hause Masaccios in der Via Belcredi ihr Ehemann sein.

Es ließ sich natürlich nicht leugnen, daß Annamaria im Laufe der Jahre an Üppigkeit zugelegt hatte, doch der Capitano fand das nur um so attraktiver. Und es ließ sich auch nicht leugnen, daß in ihrem einst mitternachtdunklen Haar nun hin und wieder ein graues zu entdecken war; aber auch er hatte inzwischen einige graue Haare, was allerdings seiner Meinung nach nicht ganz das gleiche war: Beim Mann wirkte eine graue Mähne auf besondere Weise anziehend, bei der Frau auf besondere Weise abschreckend.

Ein Geräusch, ein feines Geräusch irgendwo hinter der Schlafzimmertür, riß den Capitano aus seinen tiefen philosophischen Betrachtungen.

»Ich glaube, ich habe etwas gehört«, flüsterte er in das zarte Ohr seiner Dame.

»Unsinn«, flüsterte sie zurück und gab ihm einen Kuß. »Ich habe dir doch gesagt, Filippo ist in Parma, und unsere Hausmagd, Marisa, schläft.« Mit flinker Zunge liebkoste sie seine dunkelbehaarte Brust. »Und Marisa schläft wie eine Tote.« Die begehrliche Zunge wanderte tiefer. »Also«, gurrte Annamaria, »was hast du mir da eben über den Feldzug in der Romagna erzählt?«

Lächelnd drückte er sie wieder in die Kissen und enthüllte ihren schönen Busen.

»Es ist ganz einfach, meine Liebste«, begann er und drückte seine Lippen auf ihre rechte Brust. »Das ist Mailand.« Er ließ seine Zunge über die Brustwarze gleiten. »Und das ist Cesare Borgia, der einen Sforza verdrängt hat, der mit einer Este verheiratet war und –«

Weiter kam er nicht, da sich plötzlich mit quietschenden Angeln die Schlafzimmertür öffnete. Von der Türöffnung umrahmt, eine Laterne hoch über ihrem Kopf haltend, stand da mit weitaufgerissenen Augen ein junges Mädchen in einem langen Schlafgewand. »Signora?« flüsterte sie.

Der Capitano sprang aus dem Bett, zog sich die Decke wie eine Toga mit Kapuze über den Kopf und sagte: »Aha, ich sehe schon, Signora. Und Ihr sagt, der Schmerz sei – wo?«

Aber das Spiel verfing nicht bei der Magd, die sich mit einem Ruck herumdrehte und, »Vergewaltigung! Vergewaltigung!« schreiend, die Treppe hinunterstürzte. Der Capitano fuhr augenblicklich in seine Beinkleider. »Schläft wie eine Tote, wie?« beschwerte er sich, während er mit einem Fuß in den falschen Stiefel stieg.

Annamaria setzte sich bekümmert in ihrem breiten Bett auf und sah zu, wie ihr Liebhaber mit seinen Kleidern kämpfte. »Ich schwör es«, murmelte sie, »dieses Mädchen hat zwei Brände, einen Raubüberfall, eine Rebellion direkt vor unserem Fenster und Kanonenfeuer verschlafen. Und heute abend wacht sie von nichts auf.«

Der Capitano hatte es endlich geschafft, seine Stiefel richtig anzuziehen, und war dabei, sein Schwert umzulegen. »Jammerschade«, meinte er. »Du wärst begeistert gewesen von dem Angriff auf Neapel.« Er war auf dem Weg zur offenen Tür, als ihm plötzlich der Adjutant des französischen Befehlshabers entgegentrat und ihm die nackte Klinge seines Schwerts an den Hals drückte.

»So so, *mon capitaine*!« Der Franzose grinste. »Und was machen die Musterungen in Cremona?«

Dort, wo westlich von Piacenza der Tessin sich mit dem Po vereinigt, rasteten Colombinas Wagen und Giacomos Karren im Schutz einiger Büsche und Birken. Der Esel, den sie ›Tod‹ getauft hatten, und das kräftige Arbeitspferd grasten nebeneinander auf der Wiese. Die fünf Reisenden hatten es sich, Käse und Rauchfleisch kauend, im Gras bequem gemacht. Isabella ließ in exzellentem, wenn auch großenteils unverstandenem Latein eine ihrer Tiraden los, an die sich alle inzwischen gewöhnt hatten.

»Eine Million Mal habe ich es gesagt!« fauchte sie Giacomo an, der genüßlich ein Stück Fleisch verzehrte und wünschte, es wäre Isabellas Herz. »Richtig? Hab' ich es gesagt oder nicht?« Sie wandte sich wieder der Gruppe zu, die eingeschüchtert schwieg. »Ich sagte: ›Nimm nicht diese Straße! Diese Straße‹, sagte ich, ›ist bestimmt genau die, auf der die Söldner uns aufhalten.‹ Ja, das habe ich gesagt. Mindestens hundertmal!«

Scapino, der ein feuchtes Tuch auf seinen Kopf gepreßt hielt, unterbrach sie. »Ich glaube, die Wunde blutet wieder«, sagte er auf italienisch.

Isabella tobte weiter. »Meine Lehrer in Strategie und Taktik waren die besten Kondottieri in Urbino. Ich habe meinen Verstand geschult, wie ein Gegner zu denken und mindestens einen Monat vorauszudenken – darum bin ich im Schach unschlagbar.«

»Das Blut sickert nur ein bißchen«, sagte Scapino. »Ich meine, es sprudelt nicht oder so was.«

Diese mit leiser Stimme vorgetragene Bemerkung veranlaßte Giacomo, aufzustehen und zu dem blutenden Gaukler hinüberzugehen. Er begann, die Wunde zu untersuchen.

»Es war die reine Idiotie!« kreischte Isabella hinter ihm her. »Hast du eigentlich gar keine Ahnung von der Schlacht von Crecy?« Sie fing an, einen Plan in die Erde zu zeichnen.

Giacomo öffnete einen kleinen Beutel, der an seinem Gürtel hing, und entnahm ihm ein getrocknetes Blatt, das er zwischen seinen Händen zerrieb.

»Habt ihr denn nie davon gelesen«, schimpfte Isabella weiter, während sie ihre Ausführungen graphisch verdeutlichte, »wie die englischen Bogenschützen hinter und zwischen den Bewaffneten postiert werden, während die Genueser Armbrustschützen in einem Bogen vor der französischen Infanterie verteilt waren?«

Plötzlich sprang Scapino auf und sah Isabella zornfunkelnd in das schöne Gesicht. »Es tut mir leid, wenn ich dein Geschwafel in der Sprache der Kirche durch mein Sterben stören muß«, sagte er kalt, »aber ich glaube, es wäre besser, wenn du mal vorübergehend deine Klappe zumachst.«

Isabella war wie vom Donner gerührt. Ja, so verdattert war sie, daß sie in der Sprache der kleinen Leute antwortete. »W-was?«

»Kein einziges Wort mehr!« fuhr Scapino sie an. »Du machst mir Kopfschmerzen.« Dann senkte er die Stimme und fügte hinzu: »Du bist die schönste Frau, die ich in meinem Leben gesehen habe. Dein – dein wunderbares Gesicht leuchtet so warm wie die Sonne, und deine Augen entfachen ein Verlangen, das einen Mann in den Wahnsinn treiben könnte, aber wenn du dein loses Mundwerk in Bewegung setzt, dann wachsen auf deiner Nase Warzen, zwischen deinen Zähnen erscheinen große schwarze Lücken, und dein Atem beginnt zu stinken, daß es einen Ochsen umbringen könnte.«

Und mit dieser Liebeserklärung ließ Scapino sich wieder ins Gras fallen. Giacomo gab das zerriebene Blatt in eine Schale Wasser und verteilte das Gemisch auf der Wunde.

Isabella saß da wie erstarrt, sprachlos und mit großen Augen, und das verwunderte die anderen so sehr, daß auch sie schwiegen. Bis Colombina sich schließlich lächelnd zu Isabella neigte und ihr einen Teller mit Fleisch und Käse reichte. »Iß«, sagte sie auf italienisch. »Dann hat dein Mund etwas zu tun.«

Arlecchino nutzte den Moment der Stille, um seine kleine Familie, die sich nun um zwei Mitglieder vergrößert hatte, nachdenklich zu betrachten. »Mir scheint, zu unserer Gemeinschaft gehören nun – zumindest vorübergehend – eine zungenfertige junge Dame und ein lüsterner Mönch.«

»Ich bin nicht lüstern«, widersprach Giacomo auf italienisch, während er sich um Scapinos Kopfwunde kümmerte. »Und ich bin ganz gewiß kein Mönch.« Isabella durchbohrte Giacomo mit einem eisigen Blick.

»Warum reist du dann in einer Mönchskutte?« fragte Arlecchino.

»Zum Schutz.«

»Vor Gott?« fragte Scapino.

»Vor Dieben und Räubern«, erklärte Giacomo. »Ihr habt vielleicht bemerkt, daß ich mit einer jungen Dame reise.«

»Das kann man wohl sagen.« Scapino grinste. Er sah zu Isabella hinüber, die sich über das Rauchfleisch mit dem gleichen Eifer hermachte, den sie vorher an ihre Vorträge verwendet hatte. Scapino vermerkte sowohl ihren gierigen Appetit als auch die Tatsache, daß die Mönchskutte ihre schlanken Fesseln nicht bedeckte.

»Mir ist aufgefallen«, versetzte Arlecchino, »daß du mit einer Frau reist, die eine Dame sein soll, jedoch ein Mundwerk hat, wie ich es noch bei keiner Dame erlebt habe.«

»Richtig«, stimmte Giacomo zu. »Sie ist – einzigartig.« Er warf einen kurzen Blick auf die ihm Anvertraute, dann setzte er das Gespräch auf lateinisch fort. »Ihr Vater hielt es für notwendig, sie inkognito nach Mantua zu schicken.«

»Warum Mantua?« fragte Arlecchino.

»Die Familie Gonzaga wird sie aufnehmen.«

»Aha.« Der Vagabund nickte.

»Und ich meinte, es wäre ein besserer Schutz für sie, wenn wir gemeinsam in Mönchskleidung reisten.«

Arlecchino schüttelte den Kopf. »Du hättest ihr besseren Schutz geboten, wenn ihr als Pestkranke gereist wärt – oder bewaffnete Ritter.« Er trat zu Isabella und fragte sie auf lateinisch: »Hast du einen Namen, Signorina?«

»Donna Isabella Zappacchio«, fauchte sie.

»Ihr Vater meinte, in Mailand und Venedig sei es nicht sicher«, bemerkte Giacomo.

»Für ihre Feinde, meinst du«, gab Arlecchino augenzwinkernd zurück.

»Da hast du gar nicht so unrecht.« Giacomo seufzte.

»Und wie heißt du?«

Giacomo sah ihn an und wischte sich die Hände an dem feuchten Tuch, das auf Scapinos Kopf gelegen hatte. »Da ein gewisses Element von Gefahr vorhanden ist«, sagte er leise, »werde ich dir meinen Namen nicht geben.«

»Wer will ihn schon haben?« Arlecchino zuckte die Achseln. »Ich habe meinen eigenen Namen, mit dem ich ganz zufrieden bin.« Er sah Colombina an. »Aber ich respektiere die Anonymität.« Er untersuchte Scapinos Wunde und wechselte ins Italienische. »Das ist sehr gute Arbeit. Wo hast du das gelernt, wenn ich fragen darf?«

Giacomo legte noch ein zerdrücktes Blatt auf. »Ich – äh – war bei einem Verrückten in Diensten. Und die – Experimente – dieses Herrn hatten gelegentlich Verletzungen meinerseits zur Folge. Er besaß außerdem gewisse Kenntnisse der Anatomie, an denen er mich teilhaben ließ; so lernte ich, mich selbst zu verarzten.«

Arlecchino begutachtete noch einmal den Umschlag auf Scapinos Wunde. »Nun, irgendwie müssen wir dich nennen, und da du offensichtlich als Heiler nicht ganz unbegabt bist, werden wir dich unseren Dottore nennen.«

Giacomo goß das blutige Wasser ins Gebüsch. »Ich höre auf alles.« Er sah Arlecchino an und grinste. »Außer auf einen Ruf zu den Waffen.«

Colombina flüsterte Isabella etwas zu, die abrupt aufstand. »Ich glaube, diese junge Dame hier ist müde und könnte ein bißchen Ruhe gebrauchen, um wieder zu Atem zu kommen. Ich richte ihr ein Plätzchen im Wagen her.«

Arlecchino nickte und wandte sich wieder Giacomo zu. »Erzähl uns jetzt, wie du dort an der Brücke dieses Trugbild geschaffen hast«, forderte er ihn auf.

Giacomo lächelte. »Eine Erfindung des Verrückten, von dem ich vorhin gesprochen habe. Es beruht auf dem Prinzip, daß Schatten von Rauch reflektiert werden.« Er war plötzlich verlegen. »Aber ich – äh – habe das Bild verkehrt herum projiziert, und die – äh – die Rassel ist ins Feuer gefallen.«

Arlecchino sagte leise: »Und dieser Verrückte, könnte das dieser Leonardo da Vinci gewesen sein, dem du in Pavia so dringend aus dem Weg gehen wolltest?«

Giacomo senkte den Blick. »Italien ist voll von Verrückten«, antwortete er nur.

»Gut, gut. Lassen wir die Sache ruhen. Aber was steckt hinter diesen bizarren lateinischen Sätzen, die du vorhin an der Brücke gesprochen hast?«

»Als ich hörte, daß du anfingst, lateinisch zu sprechen, glaubte ich zu wissen, was deine Absicht war, deshalb wollte ich etwas sagen, das fremd, aber wichtig klang. Und das erste, was mir einfiel, war eine Passage aus Seneca und dann eine aus Horaz. Ich mußte diese Sätze früher einmal für Meister Verrocchio auswendig lernen; sie sollten in Denkmäler eingraviert werden. Die Kunden bevorzugen lateinische Inschriften auf ihren Porträts und Standbildern.« Er murmelte: *»Ars longa, vita brevis.«*

»Da stimme ich zu.« Arlecchino lachte. »Die Kunst ist lang, und das Leben ist kurz. Nun, es hat sie jedenfalls verwirrt und uns ein wenig Zeit verschafft – genau das, was ich mir erhofft hatte.« Er suchte in dem jetzt leeren Sack nach einem übersehenen Apfel.

»Ich habe in Pavia das letzte Geld aus Scapinos Börsen verwendet, um Vorräte zu kaufen«, rief Colombina, als sie wieder aus dem Wagen kam. »Hat jemand hier irgend etwas von Wert, das sich gebrauchen ließe, um uns am Leben zu erhalten?« Sie trat zum Karren. »Was hast du denn da drinnen, Dottore?«

Instinktiv trat Giacomo ihr in den Weg. Doch noch ehe ein

Wort gewechselt wurde, stand Scapino unsicher auf und pflanzte sich vor Giacomo auf. »Vorsicht, mein guter Doktor«, sagte er leise. »Ich mag verletzt sein, aber ich bin schon auf dem besten Weg, die Kunst der Hebelwirkung zu meistern.«

»Hab' keine Angst, Dottore«, beschwichtigte Arlecchino. »Wir sind keine Diebe oder Räuber. Keiner hier wird dein Vertrauen mißbrauchen.«

Giacomo sah ihm aufmerksam ins Gesicht und nickte dann. Colombina nutzte den Augenblick, um das Heu auf dem Wagen zu teilen. »Wollen wir doch mal sehen, was unsere Freunde hier haben.« Sie fand einen der beiden *cassoni*, kunstvoll geschnitzte hölzerne Truhen, die mit einem viergeteilten Motiv in Gelb und Rot geschmückt waren, und öffnete sie. »Na so was! Kleider – und anderes Zubehör weiblicher Zierde. Sehr schön, aber von Kleidern können wir nicht abbeißen.« Und sie ging daran, die anderen Truhen und Kisten zu durchwühlen.

Arlecchino trat ebenfalls zum Karren und zog zwei zusammengerollte Leinwände aus dem Heu. Er sah Giacomo lächelnd an, während er die Lederriemen um eine der Rollen löste. Dann zog er die Leinwand zwischen seinen Händen auseinander und riß erstaunt die Augen auf.

Vor sich hatte er das Gemälde einer Gruppe schöner Frauen und bärtiger Männer mit Bocksfüßen. Sie vergnügten sich rund um einen üppigen grünen Baum vor dem Hintergrund einer venezianischen Landschaft mit Tanzen und Liebesspielen. Arlecchino stieß einen langgezogenen, leisen Pfiff aus. »Heilige Maria und Josef«, flüsterte er, »das ist ja wunderbar.«

Giacomo, der erleichtert war, daß seine neuen Freunde keine Gefahr waren, und daher keine weitere Notwendigkeit zu Geheimhaltung sah, trat hinter ihn und sah ihm über die Schulter. »Der Mann, der das gemalt hat, nannte es ›Eine Gesellschaft wunderlicher Heiliger‹.«

»Sind sie alle so?« fragte Arlecchino, während er die zweite Leinwand ausrollte.

Giacomo nickte. Dieses Gemälde zeigte eine ruhende Frau auf einem üppigen Diwan. In der einen Hand hielt sie einen kleinen gefiederten Fächer, die andere lag leicht auf ihrem nackten Bauch. »Das hier nannte er ›Huri‹«, bemerkte Giacomo. »Ich bin nicht unanständig. So heißen die Tanzmädchen in Konstantinopel.«

Arlecchino sah sich das Bild eine ganze Weile eingehend an. »Sieh doch, wie warm die Haut wirkt, sieh dir ihre Beschaffenheit an! Nie in meinem Leben habe ich etwas so Schönes gesehen.«

»Ihr habt natürlich bemerkt, daß sie – äh – nackt ist«, flüsterte Giacomo.

Der Vagabund grinste. »Nur weil sie keine Kleider anhat.« Er rollte die Leinwand wieder zusammen und band die Riemen darum, und Giacomo bestätigte nickend, ohne zu verstehen, die Logik dieser Erklärung.

»Sie sind das Werk meines Vaters.« Die Worte kamen aus dem Mund Isabellas, die auf der kurzen Treppe hinten am Wagen erschien und jetzt italienisch sprach. »Aber er fürchtete, sie würden seinem Ruf schaden. Deshalb bringe ich sie zu unseren Freunden, den Gonzagas in Mantua.«

Zum ersten Mal lächelte sie, dann kam sie die Stufen herunter zu den anderen. »Ich persönlich finde es absurd, unsere Reise in Mönchskutten fortzusetzen.« Sie sah flüchtig zu Scapino hin. »Wenn ihr nichts dagegen habt, würde ich gerne mit euch weiterreisen. Ich glaube, das ist sicherer. Führt euer Weg euch vielleicht zufällig nach Mantua?«

»Wir haben leider gar kein gemeinsames Ziel, Signorina«, sagte Arlecchino, näher zu der jungen Frau tretend. »Wir gehören eigentlich nicht einmal zusammen. Ich meine, ich zum Beispiel reise nur so lange mit – äh – diesen Leuten südwärts, bis ich – bis es mir beliebt, mich von ihnen zu trennen. Solange wir gemeinsam reisen, habe ich eingewilligt, dieses robuste Geschöpf hier« – er wies auf Colombina »das Lesen und das Tanzen zu lehren.«

»Und mich lehrt er die Kunst der Hebelwirkung«, warf Scapino ein.

Isabella sah so verwirrt aus wie Giacomo, der sich plötzlich müde ins Gras fallen ließ.

»Jedoch«, fuhr Arlecchino mit einem Blick zu den anderen fort, »ich bin auch der Meinung, daß ihr eure Reise nicht als

Mönche verkleidet fortsetzen solltet. Ja, meiner Meinung nach würdest du weniger verdächtig aussehen und dich weit wohler fühlen, wenn du etwas anhättest, das – weiblicher ist und – äh – mehr der Tradition entspricht.« Er sah Colombina fragend an. »Hättest du etwas gegen einen kurzen Abstecher nach Mantua?«

Colombina zuckte die Achseln. »Eine Stadt ist so ziemlich wie die andere. Aber«, sagte sie mit Nachdruck, »wir brauchen Geld, damit wir uns auf der Reise versorgen können.«

»Wenn ihr mich nach Mantua begleitet«, rief Isabella und brachte einen kleinen Lederbeutel zum Vorschein, »dann will ich das hier mit euch teilen.« Sie öffnete den Beutel und leerte seinen Inhalt in die offene Hand. Die Edelsteine funkelten in der Nachmittagssonne.

»Heilige Mutter im Himmel, wen hast du denn ausgeraubt?« brummte Scapino.

»Mein Vater hat sie vom Sultan in Konstantinopel als Geschenk bekommen.«

Arlecchino runzelte skeptisch die Stirn. »Ich habe nie gehört, daß die Türken so generös sind.«

»Er hat die ganze Familie des Sultans gemalt.«

Arlecchino war zufrieden. »Dann, Signorina, hast du, denke ich, jetzt deine Reisebegleiter.« Er ging zu dem im Gras liegenden Giacomo hinüber und flüsterte auf lateinisch: »Und was dich angeht, bester Dottore, so gibt es zwei Möglichkeiten zu verschwinden. Eine davon besteht darin, genauso zu werden wie alle anderen.«

Er blickte in die Runde der Versammelten. »Was bei dieser Truppe wahrhaftig ein Wunder wäre: ein Dieb, der sich als Gaukler ausgibt und davon träumt, die Kunst der Hebelwirkung zu meistern; ein Diebeslehrling, der seinen eigenen Namen nicht weiß; eine Dame mit der Bildung und Erziehung einer Adligen und einem ausgesprochen losen Mundwerk; und ein mysteriöser Heiler, der mit schönen Kunstwerken reist und nichts sieht als die Nacktheit.«

Giacomo lachte erheitert.

Arlecchino flüsterte weiter: »Oder – man kann auf die Art verschwinden, wie ich es tue. Man kleidet sich so unerhört und so anders als alle anderen, daß die Leute gar nicht umhin können, die Kleidung zu bemerken, und es darüber versäumen, die Person, die in ihr steckt, zu beachten.«

Giacomo setzte sich auf. »Versteckst du dich auch vor jemandem?«

»Jeder Mensch hat einen Grund, etwas zu verstecken.« Arlecchino legte die Leinwandrollen wieder auf den Karren, zog das Heu darüber und hielt einen Moment inne, um das Wappen auf Isabellas Reisetruhe zu betrachten. Dann deckte er auch diese mit Heu zu. »Aber manchmal«, sagte er, sich wieder nach Giacomo umdrehend, »sind die Feinde stark und es sind ihrer viele an der Zahl, und ihre Macht ist so weitreichend, daß – daß es keinen Ort mehr gibt, an dem man sich verstecken kann.«

»Was tut man dann?« fragte Giacomo.

»Dann, mein lieber Dottore«, antwortete Arlecchino, »schließt man einfach die Augen.« Er legte Giacomo eine Hand auf die Schulter. »Du bist ein ungewöhnlicher Mann, guter Freund. Du handelst mit Illusionen, sprichst Lateinisch, das du von Denkmälern entwendet hast, heilst körperliche Wunden und ignorierst die seelischen.« Er lachte und ging davon. »Wenn du nicht vorsichtig bist, wirst du der nächste Papst sein«, rief er scherzhaft über die Schulter zurück.

Ich glaube, ich bin hier unter eine Truppe von Irren geraten, dachte Giacomo lächelnd und legte sich wieder ins kühle Gras. Ach was, wenigstens haben sie mich bis jetzt noch nicht aus einem Fenster gestoßen.

Und bald war er eingeschlafen.

Arlecchino ging zu Colombina. »Wo ist Pantalone?« fragte er auf italienisch.

»Ich hab's dir doch gesagt. Unsere Vorratskisten sind leer«, antwortete sie, »deshalb habe ich Pantalone nach Piacenza geschickt, damit er uns holt, was er kriegen kann. Jetzt müssen wir auf seine Rückkehr warten, weil er ›Zerstörung‹ reitet, unseren anderen Esel.«

Arlecchino seufzte. »Ist dir eigentlich klar, daß ich ganz gemächlich in einem Drittel der Zeit, die wir bisher gebraucht haben, von Aosta nach Piacenza hätte wandern können? Vor lauter Pannen mit diesem alten Vehikel, krepierenden Pferden und den ewigen Aufenthalten, während deren wir sehen müssen, wo wir etwas zu essen herbekommen, sind wir jetzt schon beinahe zwei Monate zusammen.«

Colombina lächelte. »Keine Ursache«, sagte sie, »du brauchst mir nicht zu danken.«

In den Räumen der Borgias im Vatikan sah Rodrigo Borgia, nun Papst Alexander VI., zu den Deckenfreskos hinauf, die die alten heidnischen Gottheiten Isis und Osiris darstellten, und wandte sich dann seinem geistlichen Sekretär, Francesco Troches, zu. »Was kann ich dazu sagen?«

»Warum sollte Euer Heiligkeit überhaupt noch etwas sagen, da Ihr doch schon gesprochen habt. Daß Euch, dem Heiligen Vater und obersten geistlichen Herrn Roms, der Friede in Bologna am Herzen liegt, ist nur natürlich. Und was ist da natürlicher, als Giovanni Bentivoglio und seine beiden Söhne zu bitten, in fünfzehn Tagen nach Rom zu kommen, um über diese Angelegenheit zu sprechen?«

Rodrigo blickte in die Gärten hinunter und lauschte dem musikalischen Plätschern der Brunnen am Fuß des Turms. »Die fünfzehn Tage sind es. Das klingt doch wie ein Ultimatum, nicht wahr? Das ist es, was Ludwig von Frankreich und die Bologneser beunruhigt hat.«

Der Sekretär zuckte die Achseln. »Warum ist die Zeit so wichtig? Fünfzehn Tage. Oder zwanzig. Was spielt das schon für eine Rolle? Es geht doch schlicht und einfach darum, den Frieden in der Emilia sicherzustellen. Von einer unterschwelligen Drohung kann nicht die Rede sein. Ebensowenig von einer Beschuldigung.«

Rodrigo drehte sich um und warf das Pergament, das er bisher in der Hand gehalten hatte, heftig auf den Tisch. »Giovanni Bentivoglio ist kein Narr. Meine Leute berichten mir, daß er die Sache ins Volk getragen hat. Er erzählt den Bolognesern, daß ich ihn und seine Söhne nach Rom beordert habe. Er behauptet, wenn sie dem Befehl nachkämen, würde ich sie alle einkerkern; und wenn nicht, würde ich Cesare den Befehl geben, die Stadt zu erobern – was natürlich genau dem entspricht, was ich vorhatte. Aber Cesare vertrödelt immer noch seine Zeit mit seiner Schwester in

Ferrara, und mir liegen Berichte vor, daß seine Kondottieri sich weigern werden, die Stadt anzugreifen, weil sie den Vertrag mit Bentivoglio unterzeichnet haben und ein Verstoß dagegen ihnen an ihre Ehre ginge. An ihre Ehre, man stelle sich das vor!«

Er packte plötzlich das Pergament wieder und rannte aus dem Zimmer. Troches mußte laufen, um mit ihm Schritt zu halten.

»Die Kondottieri werden sich dem Herzog nicht widersetzen«, keuchte er. »So töricht sind sie nicht.«

»Und was ist mit dieser Anfrage vom französischen König?« entgegnete Rodrigo und wedelte mit dem Pergament. »Er erinnert mich daran, daß er Bentivoglio versprochen hat, daß Bologna von Cesare nichts zu fürchten habe und die Vertragsbedingungen geachtet werden. Jetzt möchte er wissen, warum ich Bentivoglio ein Ultimatum gesandt habe! Er gebraucht dieses Wort! Ultimatum!«

Troches öffnete den Mund, um etwas zu sagen, aber Rodrigo brüllte: »Und was soll ich ihm schreiben? Was kann ich denn noch sagen?«

»Was kann ich denn noch sagen?« fragte in flehentlichem Ton der halbnackte Capitano, der im Vorzimmer des Palazzo Comunale vor dem kleinen Tisch stand.

Der französische Befehlshaber, Yves d'Alègre, zischte: »Ihr könnt mir sagen, *mon capitaine,* wie Ihr so schnell ein so mächtiges Heer ausgehoben habt.«

Der Capitano versuchte zu salutieren – was etwas schwierig war, da ihm die Hände gebunden waren. »Es ist mir gelungen, Exzellenz! Zweihundert tüchtige und furchtlose Männer, und alles, was ich jetzt noch brauche, sind weitere fünfhundert Dukaten. Ich bin sofort persönlich nach Piacenza gereist, um Euch von dem Erreichten zu unterrichten.«

»*Eh bien.*« D'Alègre nickte. »Und wieso habt Ihr erwartet, mich im Bett von Madame Masaccio zu finden? Ich kenne die Dame kaum.«

Der Capitano entspannte sich ein wenig und antwortete: »Nun ja, Exzellenz, das war nur eine kleine Zerstreuung, wenn Ihr versteht, was ich meine.« Er zwinkerte dem Befehlshaber zu. »Ein kleines Zwischenspiel. Ich meine, wir sind ja schließlich beide Soldaten, nicht wahr? Wir Soldaten, wir verstehen doch diese Dinge.«

»*Ich* bin ein Soldat!« brüllte d'Alègre. »Ihr, *mon capitaine,* seid ein feiger Hund.« Er sprang auf und schlug mit seinem Stöckchen krachend auf den Tisch. »So, Ihr habt also zweihundert Cremonesen angeworben?« Er begann hinter dem Tisch hin und her zu gehen. »Ihr scheint mir ein Zauberer zu sein, der sich an zwei Orten gleichzeitig aufhalten kann. Die Magd der Dame sagt nämlich, Ihr hättet Euch seit vier Tagen nicht aus dem Hause Madame Masaccios wegbewegt.«

»Die Magd hat das gesagt? Sie ist doch eine unverbesserliche Lügnerin! Achtet nicht auf ihr Zeugnis, Exzellenz. Das Mädchen ist offensichtlich eine eingeschworene Feindin aller Soldaten. Wahrscheinlich steckt eine unglückliche Liebesgeschichte oder –«

Der Franzose schlug erneut mit seinem Stöckchen auf den Tisch. »Ihr habt überhaupt keine Truppen angeworben, lügnerischer Schurke Ihr! Weder in Cremona noch in Parma! Nirgends!«

Der Capitano schien ehrlich erstaunt. »Einen Augenblick, Exzellenz! Wollt Ihr –? Ist es möglich, daß Ihr an meinem Wort zweifelt?«

Der Franzose verlor vollends die Geduld. »Bringt diesen Mann hinaus und knüpft ihn auf!« brüllte er.

Der Capitano widersetzte sich den Bemühungen des schnurrbärtigen Adjutanten, ihn hinauszuschaffen. »Aufknüpfen wollt Ihr mich? Aber warum denn?«

»Weil ich nicht die Zeit habe, Euch zu Tode schleifen zu lassen«, donnerte d'Alègre.

Der Capitano riß sich von dem Adjutanten los und beugte sich über den Tisch. »Aber was habe ich denn so Schreckliches getan, Exzellenz? Ich habe meine eigenen Leute frisch und am Leben gehalten, damit sie mit Euch zum Ruhme Frankreichs gegen Neapel marschieren können. Was ist daran so schlimm?«

»Was für Leute?« schrie d'Alègre. »Wo ist denn Eure Kompanie? Wir haben keine Spur dieser sagenhaften Truppen gesehen, die Ihr in Cremona angeworben haben wollt. Und wo sind die zehntausend Dukaten, die ich Euch für die Anwerbung gegeben habe? Wir haben Euch nur erwischt, weil Hauptmann de Baissey Madame Masaccio gerade in dem Moment einen – Freundschaftsbesuch – machen wollte, als ihre Magd um Hilfe schreiend aus dem Haus gestürzt kam.«

»Einen – Freundschaftsbesuch?« stammelte der Capitano und wurde bleich. »Bei Signora Masaccio?«

»Und ich möchte jetzt wissen, was –«

»Ein Freundschaftsbesuch, sagt Ihr? Aber doch gewiß eine geschäftliche Angelegenheit? Ihr wollt doch nicht etwa andeuten, daß da etwas Intimes –«

»Vergeßt endlich Madame Masaccio!« brüllte d'Alègre ihn an. »Die Vergewaltigung war –«

»Ach so, ich verstehe, Exzellenz. Glaubt mir, es war durchaus keine Vergewaltigung. Es war – ein Mißverständnis. Signora Masaccio ist ein wahrhafter Engel und eine Frau, die die Treue über alles stellt.« Er bemühte sich, das Lachen des Adjutanten zu ignorieren. »Als Offizier und Ehrenmann«, erklärte der Capitano, »werde ich selbstverständlich die ganze Verantwortung für diese Sache übernehmen.«

»Ich wünsche nicht, hier über Madame Masaccio zu sprechen. Wo sind Eure Leute?«

Der Capitano richtete sich auf und holte einmal Luft, ehe er gelassen antwortete: »Sie müßten unten am Fluß ihr Lager aufgeschlagen haben, dort wo der Tessin in den Po mündet.«

Wieder schlug d'Alègre wütend auf den Tisch. »Da sind sie aber nicht! Und wo ist das Geld, das ich Euch gegeben habe, damit Ihr mir in Cremona Truppen anwerbt?«

»Nun, ich möchte ja Euer Urteil nicht anzweifeln, Signore, aber, wenn ich um Verzeihung bitten darf, die Männer Cremonas sind berüchtigt für ihre Dummheit und wirklich nicht für den Kampfstil auszubilden, den meine eigenen Männer pflegen: Hand um Hand, Schwert um Schwert, Auge um Auge –«

»*Mon dieu!*« D'Alègre ließ sich erschöpft in seinen Sessel fallen. »Dieser Mensch könnte den Teufel dazu bewegen, zur heiligen Kommunion zu gehen.« Dann begann er wieder zu brüllen. »Hängt ihn augenblicklich!«

Erneut widerstand der Capitano allen Anstrengungen des

jungen französischen Offiziers, ihn vom Tisch wegzuziehen. »Exzellenz, Ihr könnt mich doch nicht guten Gewissens hängen!«

»Verdammt noch mal«, röhrte der französische Befehlshaber, »dann hänge ich Euch eben schlechten Gewissens. Aber hängen werdet Ihr.«

Der Capitano stand stramm. »Ich muß Euer Exzellenz daran erinnern, daß ich Soldat bin wie Ihr.«

»Das verhüte Gott«, murmelte d'Alègre.

»Ich hab' mein Leben dem Soldatentum geweiht«, rief der Capitano. »Genau wie mein Vater und dessen Vater – seit Generationen ist das so in unserer Familie. Mich zu hängen wäre eine Schande und eine Beleidigung meiner gesamten Familie.«

D'Alègre strich sich mit müder Hand über die Stirn. »Aber mir wird es unglaublich guttun«, sagte er. »Ihr hättet an die Schande für Eure Familie denken sollen, bevor Ihr meine Befehle, in Cremona Truppen anzuwerben, mißachtet habt.«

Der Capitano blieb in strammer Haltung. »Ich habe meinen Auftrag in Cremona nicht mißachtet, Exzellenz. Ich habe lediglich – die allgemeine Strategie revidiert.«

D'Alègre sprang wütend auf und schlug schon wieder mit seinem Stöckchen auf den Tisch ein. »Die Strategie diktiere ich!« brüllte er.

Der Capitano musterte seinen Befehlshaber mit Überraschung und Bekümmerung. »Na schön«, sagte er dann leise, »hätte ich gewußt, daß Ihr in bezug auf Eure Autorität so empfindlich seid ...«

Der Franzose schien zu schwanken. Er torkelte zu seinem Sessel und ließ sich mit hängenden Armen hineinfallen. »Hängt ihn!« stöhnte er. »Bitte, so hänge doch jemand ihn auf!«

»Dann gewährt mir wenigstens das Recht, wie ein Soldat zu sterben – mit dem Schwert in der Hand. Und in den Farben meines Regiments.«

D'Alègre riß sein Wams auf. Er schien dem Ersticken nahe zu sein. »Eher würde ich einem Affen eine Kanone geben«, zischte er. »Nackt seid Ihr in die Welt gekommen. Nackt werdet Ihr sie wieder verlassen. Das ist nur gerecht.«

»Dann«, entgegnete der Capitano, »laßt mich wenigstens in der Tradition der Soldaten sterben – von der Hand eines Kampfgenossen – schnell und schmerzlos.«

»Ihr habt kein Recht, Privilegien zu verlangen!« schrie d'Alègre. »Nichts da!« Er sprang wutschnaubend auf und hieb wiederum auf den Tisch ein – der prompt auseinanderbrach und in sich zusammenfiel. D'Alègre starrte entgeistert den zertrümmerten Tisch an. »Bringt ihn hinaus!« Er schluchzte fast. »Bringt ihn in den Wald und schneidet ihm die Kehle durch! Bringt ihn endlich zum Schweigen! Kümmert Euch persönlich darum!« schrie er den grinsenden Adjutanten an. »Ist das klar?«

Der junge Offizier salutierte. »Ja, Exzellenz«, blaffte er. Dann packte er das Stück Lederriemen, das von den gebundenen Händen des Capitano herabhing, und zerrte den Italiener hinter sich her aus dem Zimmer.

Mit der Siegesfreude des Mächtigen und der Hingabe des Sadisten machte der Adjutant immer wieder halt, um seinem Gefangenen einen kräftigen Fußtritt oder einen Hieb mit dem Schwert zu versetzen, wenn dieser stolperte oder gar fiel. Der Italiener andererseits war hoch erregt und murmelte Unverständliches vor sich hin, während er von rauher Hand in ein Wäldchen befördert wurde, das nicht weit vom Palazzo Comunale entfernt war. Kaum hatten sie den Waldrand erreicht, erhielt er einen Stoß, daß er kopfüber in Schmutz und Steine stürzte.

»Steh auf, du Bastard!« befahl der Adjutant und verpaßte dem auf dem Boden liegenden Capitano noch einen Fußtritt.

»Aber gewiß doch, Exzellenz«, murmelte der und rappelte sich hoch. »Ich – ich bitte um Verzeihung für meine Tolpatschigkeit.«

»Ich lasse nicht so mit mir umspringen wie unser Befehlshaber«, fuhr der Franzose ihn an und versetzte ihm mit dem Heft seines Schwerts einen Schlag auf die Wange, daß die Haut platzte.

»Verzeiht mir«, murmelte der Capitano.

Der Adjutant ließ den Lederriemen los, an dem er den Capitano bisher geführt hatte, und stieß seinen Gefangenen grob in das Wäldchen hinein. So ging das ein kurzes Stück: der Italiener vorn, der junge Franzose hinter ihm, immer die Schwertspitze in seinem Rücken. »Schneller!« Diesmal stolperte der Capitano und fiel aufs Knie. Rasch sprang der Franzose nach vorn und schob ihm eine Hand unter den Arm, um ihn hochzuziehen. »Aufstehen! Los!« schrie er ihn an.

Es ist zu bezweifeln, daß er den spitzen Stein sah, der, in den gebundenen Händen des Capitano verborgen, mit wuchtigem Schlag seinen Hals traf, so daß er rückwärts gegen einen Baum taumelte. Es ist ganz sicher, daß er den zweiten Schlag mit dem Stein, der von oben kam, und Knochen, Fleisch und Knorpel zwischen seinen Augen zerschmetterte, nicht wahrnahm.

Der Capitano zog rasch das Messer des jungen französischen Offiziers aus der Scheide. Er hielt die Klinge zwischen den Zähnen und führte sie auf dem Lederriemen hin und her, bis seine Hände frei waren.

Dann hielt er einen Moment inne, um den blutenden Mann anzusehen. »Armer Teufel«, sagte er leise, »keinen Tag hättest du in Mailand überlebt.« Er kniete nieder, schob das Messer des Franzosen in seinen Gürtel, nahm dem Mann den Gürtel mit der Schwertscheide ab und versuchte, ihn um die eigene volle Mitte zu legen. Als er einsehen mußte, daß ihm das niemals gelingen würde, schleuderte er Gürtel und Scheide weg und kniete noch einmal neben dem Toten nieder, um ihm das Wams auszuziehen. Dieses legte er sich um die eigenen nackten Schultern. Dann nahm er dem Toten noch das Schwert aus der Hand. »Das hast du nun davon«, höhnte er, »daß du's gewagt hast, meine treue Annamaria zu verleumden.« Er stand auf, schob das Schwert in seinen Gürtel und sah sich noch einmal um. »Ein Pferd, ein Pferd«, murmelte er und machte sich auf den Weg zu den Ställen.

Kaum dort angelangt, sah er, wie ein junger Leutnant d'Alègres großen Braunen in den Innenhof führte. Der Capitano löste sich aus den Schatten des Palazzo, und sein Messer blitzte im Licht der untergehenden Sonne auf. Der Leutnant stürzte zu Boden, und einen Augenblick später saß der Capitano auf und galoppierte in südlicher Richtung davon. Als er die Straße hinunterflog, hörte er in der Ferne Donnergrollen.

»Nein, Herr«, versicherte er, »ich habe es mir nur ausgeliehen.«

Angebunden an den großen eisernen Ring in der Mauer einer Taverne, wartete geduldig der Esel namens ›Zerstörung‹; Pantalone, der drinnen saß, wartete weniger geduldig auf die Schankmagd, bei der er Wein und Käse bestellt hatte. Er hatte sich an einen kleinen Tisch in einer dunklen Ecke verkrochen und bemühte sich nach Kräften, älter und welterfahrener auszusehen, als er in Wirklichkeit war. Er legte die Beutel, die alles enthielten, was Colombina ihm zu besorgen aufgetragen hatte, neben sich auf die Bank und lehnte sich entspannt an die Wand, zufrieden, seinen Auftrag erledigt und ein wenig gestohlene Zeit für sich zu haben.

In seiner Börse waren noch einige Münzen übrig, und hier saß er warm, unsichtbar, brauchte nichts zu fürchten. Als seine Augen vom Qualm, der aus der großen offenen Feuerstelle zu seiner Linken herüberzog, zu tränen begannen, schloß er sie einen Augenblick. Ihm fiel auf, wie das sofort sein Gehör schärfte. Das Ausmaß der Veränderung überraschte ihn. Während er dort mit geschlossenen Augen saß, konnte er alle Geräusche hören und klar voneinander unterscheiden: das Brutzeln des Bratens, der sich am Spieß drehte, das Zischen des Fetts, das Klirren der Zinnkrüge und Karaffen auf den Holztischen, die Stimmen rundherum.

Wie so oft machte er sich ein Spiel daraus, ein Gespräch von allen anderen zu isolieren. Es gehörte zu seinen Lieblingsunterhaltungen, sich an Orten wie in dieser Taverne oder auf den großen Plätzen niederzulassen und zu versuchen, die Reisenden, die Kaufleute, die Söldner und die Zunftleute an ihren Stimmen zu erkennen, am Rhythmus ihrer Rede, am Dialekt, an der Art ihrer Gespräche. Er hörte jetzt ganz deutlich die tiefe, rauhe Stimme eines älteren Mannes, der zu seiner Linken saß.

»Ich verstehe nicht ganz, Leutnant Angelo. Ein Drache, sagt Ihr? Und er stand auf dem Kopf?«

Pantalone riß die Augen auf. Der Sprecher war ein schwarzgewandeter Priester, der mit einem großen und kräftigen Söldner zusammen am übernächsten Tisch saß. Der Widerschein der Flammen des offenen Feuers warf gespenstisch zuckende Schatten auf das schmale, dunkle Gesicht des Priesters, der einen kleinen, sorgfältig gestutzten Spitzbart und ein Oberlippenbärtchen trug. Er sah gut genährt aus, doch er hatte etwas Raubgieriges, das Pantalone an ein Frettchen erinnerte, und er trug das schwarze Haar lang und offen. Der Söldner saß mit dem Rücken zu Pantalone.

»Nein, kein Drache«, knurrte er, »sondern – na ja – das Bild eines Drachen.«

Pantalone drückte sich tiefer in den Schatten. Diese Stimme. Woher kannte er diese Stimme? Gleich darauf wußte er es: Das war der mit dem Leberfleck. Der Stellvertreter des Langnasigen. Der Söldner, der Scapino geschlagen hatte. Der Söldner, der mit seinem Kondottiere wegen des Passierscheins gestritten hatte.

»Hm«, flüsterte der dunkle Priester gerade, »dieser Passierschein interessiert mich. Er trug das Wappen der Borgias?«

»Ja. Aber ich bin sicher, es war eine Fälschung. Ich habe im letzten Jahr schon vier oder fünf solche gesehen.« Er nahm einen Schluck aus seinem Krug, ehe er zu sprechen fortfuhr. »Insgesamt gehörten sechs Leute zu den beiden Reisegesellschaften. Zwei waren wie Mönche gekleidet, und einer dieser Mönche entpuppte sich als Frau. Mein schwachsinniger Kommandant behauptete steif und fest, sie müßten geheime Beauftragte des Papstes sein, nur wegen des Passierscheins, darum mußten wir sie ziehen lassen. Aber ich sag Euch, sie hatten etwas an sich. Sie hatten – so ein gewisses Aussehen. Versteht Ihr?«

Der Geistliche mit dem Frettchengesicht beugte sich über den Tisch. »Beschreibt mir noch einmal den Anführer dieses Gesindels«, sagte er mit dieser tiefen, rauhen Stimme, die an sich schon bedrohlich war und Pantalone angst machte.

»Ein großer Mann mit einem Hut, dessen breite Krempe wie der Schnabel eines Vogels aussieht«, beschrieb der mit dem Leberfleck. »Und er trug einen Umhang, der aus Flikken und Lumpen in allen Farben genäht war.«

»Und waren auf diesen Flicken Muster zu erkennen?« zischte der Priester.

»Muster?«

»Waren sie einfarbig oder waren vielleicht manche von ihnen gemustert – waren vielleicht Wappen oder andere heraldische Symbole auf ihnen zu erkennen? Oder Streifen vielleicht?«

»Ich weiß nicht mehr, Pater Sebastiano. Ist das wichtig?«

»Es könnte wichtig sein, Leutnant«, versetzte Sebastiano. »Erinnert Ihr Euch an die Geschichten von den geschlagenen Schweizer Söldnern, die auf dem Rückzug aus der Schlacht ihre Flaggen und Standarten in Fetzen rissen? Habt Ihr nie davon gehört, wie sie diese Streifen auf ihre Uniformröcke aufnähten, zum Zeichen ihrer Entschlossenheit, sich für die Niederlage zu rächen?«

Der mit dem Leberfleck schüttelte den Kopf.

Der dunkle Priester fuhr zu sprechen fort. »Unter diesen vielfarbigen Lumpen verbergen sich oft Schuppenpanzer.« Er beugte sich näher zu dem Söldner und sprach noch leiser als zuvor. Pantalone ertappte sich dabei, wie er sich unwillkürlich zum Tisch des Priesters hinüberneigte. »Diese Männer sind Berufssoldaten. Sie sind gefährlich. Sie verstehen sich auf das Waffenhandwerk.« Dann lehnte er sich wieder zurück und trank einen Schluck. »Sehr interessant das alles. Ihr sagt, Ihr glaubt, einen von ihnen erkannt zu haben?«

Der Söldner nickte. »Den Großen, der als Mönch verkleidet war. Ich mußte lange darüber nachdenken, aber gestern ist es mir eingefallen, wo ich ihn schon einmal gesehen habe.«

»Wo denn?«

»Er war am Hof des Herzogs Sforza. Ich erinnere mich an ihn, weil wir beinahe zusammengestoßen wären, als ich vor drei Jahren den Herzog von Orleans an den Mailänder Hof begleitete. Damals hatte er riesige flache Schuhe an den Füßen und hielt in jeder Hand eine Stange, und dauernd stürzte er zu Boden, und dann – das werde ich niemals vergessen – sprang er in den Teich im Garten und wäre beinahe ertrunken.«

Der Priester runzelte die Stirn. Eine Weile sagte er gar nichts, trank nur hin und wieder aus seinem Krug. Schließlich meinte er: »Ein Diener des Herzogs Sforza auf Reisen mit Beauftragten des Borgia-Papstes und einem Schweizer Söldner? Sehr verwirrend.« Er legte dem Söldner eine Hand auf die Schulter. »Was ist Euch an dieser Reisegesellschaft noch aufgefallen?«

»Nichts mehr«, antwortete der mit dem Leberfleck. »Außer – der Mann in dem buntscheckigen Umhang und der große Mönch sprachen lateinisch.«

»In der Tat? Was haben sie gesprochen?«

Der Söldner zuckte die Achseln. »Unsinn! Aber zuerst klang es ganz ernst, bis dann der Mönch etwas sagte, worüber der andere Mann lachen mußte.«

»Was genau haben sie gesprochen?«

»Der Mann in dem Flickenumhang sagte, jemand oder etwas sei ›nicht tot, doch vor der Zeit dahin‹. Darauf sagte der Mönch etwas von tiefen Flüssen, die still fließen, und der erste Mann sagte etwas davon, daß geglücktes Verbrechen Tugend sei, und dann lachten sie alle beide, und dann sagte der Mönch ungefähr: ›Ein weiser Mann wappnet sich im Frieden für den Krieg.‹«

Sebastiano wurde bleich. »Mein Gott«, flüsterte er, »sie sprechen von Cesare Borgia.«

»Woraus entnehmt Ihr das?«

»Aus dem Gebrauch des Wortes ›Tugend‹ in Verbindung mit Verbrechen. So schrieb Machiavelli über Cesare. Ein Mann von *virtù,* schrieb er. Der, welcher nicht tot ist, aber vor der Zeit dahin, könnte Savonarola sein. Oder Juan Borgia. Und diese Warnung, daß man sich im Frieden für den Krieg wappnen soll, das betrifft ganz gewiß Cesares Pläne, Bologna zu erobern.«

»Ich sage, es ist blanker Unsinn. Einer dieser Sätze stammt von Seneca. Ich erinnere mich daran, weil mein Lehrer ihn mich auswendig lernen ließ. Und einer der anderen ist ein Zitat aus Horaz.«

Der dunkle Priester trank, dann lächelte er und zeigte dabei eine Zahnlücke. »Genau das ist der Grund, Leutnant Angelo, warum diese Männer so gesprochen haben. Ihr solltet glauben, sie zitierten nur willkürlich aus den altrömischen Schriftstellern. In Wirklichkeit jedoch tauschten sie Informationen aus.«

»Weshalb sollten sie sich solche Mühe machen?« meinte der Söldner.

»Überlegt!« fuhr ihn der Priester an. »Sind der Karren und der Wagen gleichzeitig angekommen?«

»Nein, der Wagen kam zuerst.«

»Aber abgefahren sind sie zusammen!«

»Ja.«

Der Priester leerte seinen Krug. »Ich werde unverzüglich den Kardinal unterrichten.«

Der Leutnant hielt den Priester am Ärmel fest. »Aber wartet doch! Was ist mit den Briefen? Was ist aus Modena zu hören?«

»Wenig«, antwortete Sebastiano. »Wir wissen lediglich, daß die Briefe auf dem Weg nach Süden sind. Die letzte Meldung besagte, sie seien im Besitz eines Priesters, aber das ist nicht sehr hilfreich. Kardinal Ferrari berichtet, der Papst sei sehr erregt. Er meint, die Briefe werden die wacklige Allianz zwischen Frankreich und Rom zerstören.«

Der Leutnant protestierte. »Wir hatten an sämtlichen Zugängen zur Stadt unsere Leute stehen. Wenn die Briefe über Pavia befördert worden wären, hätten wir sie gefunden.«

»Nun, wie dem auch sei«, sagte der Priester ungeduldig, »sie sind nach Italien eingeschleust worden, das jedenfalls wissen wir, und unsere neuesten Meldungen besagen, daß sie sich in dieser Gegend befinden.«

Angelo schüttelte den Kopf. »Ich glaube es nicht«, brummte er.

»Der Kardinal hat uneingeschränktes Vertrauen in seine Leute«, erklärte Sebastiano.

Der Söldner knurrte etwas Unverständliches, und der Priester stand auf. »Ich muß Kardinal Ferrari berichten.« Er beugte sich über den Tisch und flüsterte dem Leutnant etwas zu, worauf dieser ebenfalls aufstand. »Kommt«, sagte der Priester, »begleitet mich ein Stück.«

Mehr konnte Pantalone nicht mehr hören, und er hatte weder die Zeit noch die Neigung, den beiden zu folgen. Es reichte schon, daß er gehört hatte, was er gehört hatte, und daß er nicht mehr als ein Drittel davon verstand.

Arlecchino ein Schweizer Söldner? Warum nicht? dachte er bei sich.

Dann kam endlich die Schankmagd mit seinem Wein und seinem Käse, und er bemerkte erfreut, daß sie ihn anlächelte und sich ein wenig tiefer als unbedingt nötig über den Tisch beugte, so daß er sehen konnte, was für hübsche Dinge sie zu bieten hatte. Er warf ihr sein Geld mit der Grandezza eines Mannes hin, der es gewöhnt ist, ein großzügiges Leben zu führen, und war enttäuscht, als sie sich jede einzelne Münze genau ansah, um sich ihres Wertes zu vergewissern, anstatt ihm angesichts seiner Mißachtung für den schnöden Mammon bewundernd zu Füßen zu sinken.

Pantalone drückte sich wieder in seine Ecke, kaute den harten Käse und trank den sauren Wein, der zweifelhafter Qualität und Herkunft war, und sah sich in der Schenke um.

Auf einem Hocker vor dem Feuer saß noch ein Söldner, ein älterer Mann schon, und Pantalone kochte innerlich, als er sah, wie der Soldat der Magd mit der Hand über den Schenkel strich, als sie ihm den Wein brachte. Und noch wütender wurde er, als der Mann das Mädchen plötzlich um die Taille faßte, sie auf seinen Schoß hinunterzog und unter dem Grölen und Gelächter der anderen Gäste herzhaft küßte. Es machte Pantalone stets wütend, wenn er zusehen mußte, wie ältere, dreistere Männer bei den Frauen ankamen. Es erinnerte ihn an die älteren Jungen seines Dorfs.

Tief in seiner Seele schien ein kleines Stimmchen zu sagen, wenn du es nicht bekommst, Pantalone, dann soll es auch kein anderer haben.

Verbittert sah er zu, wie das Mädchen sich losriß, lachend aufsprang und mit schwingenden Hüften durch den vollen Schankraum eilte. Luder, schimpfte er lautlos. Aber nicht an ihr, sondern an dem schon etwas betagten Söldner beschloß er, seine Wut auszulassen.

Er stand auf, schwang sich die aneinandergeknüpften Einkaufsbeutel über die Schulter und ging langsam auf den Söldner zu, der, einen kleinen Hocker rückwärts gekippt, an die Wand gelehnt dasaß. Blitzschnell und überraschend stieß

Pantalone mit dem Fuß das hintere Bein des Hockers weg, und der Mann stürzte samt Rüstung und leerem Weinkrug krachend zu Boden. Alle in der Taverne hörten den Lärm und blickten mit einer Mischung aus Entsetzen und Faszination zu dem Jungen und dem Soldaten hinüber. Einen Moment lang wurde es ganz still, und Pantalone stellte mit Genugtuung fest, daß auch die junge Magd herübersah und besorgt schien. Doch wem galt ihre Besorgnis?

Der Junge packte den verdutzten Söldner beim Wams und riß ihn mit solcher Heftigkeit in die Höhe, daß ihm der Helm vom Kopf fiel. »Gottverdammt!« rief Pantalone mit höhnischem Grinsen, bemüht, es seinen älteren und gefährlicheren Landsleuten aus dem Süden gleichzutun. »Ihr französischen Süßholzraspler glaubt wohl, ihr könnt euch überall breitmachen, was?« schrie er in, wie er meinte, drohendem Ton.

Doch der Söldner, der mittlerweile seine Fassung und seinen festen Stand wiedergefunden hatte, versetzte dem Jungen einen Stoß, daß der rückwärts gegen den nächsten Tisch flog.

Verflucht, dachte Pantalone. So alt ist er gar nicht.

»Du hast kein Schwert, Jungchen«, knurrte der Söldner in jenem nicht zu verkennenden Dialekt, den Pantalone zu imitieren versucht hatte. »Darf ich dir vielleicht meines anbieten?«

Seine Hand flog zum Heft seines Schwerts, und mit einer schnellen und präzisen Bewegung zog er die Waffe. Pantalone sah den Widerschein der Flammen im blitzenden Metall der Klinge, und es schien, als sei sie von Blut gefärbt. In einem Versuch, seinen Gegner zu umrunden und sich den Weg zur Tür freizumachen, wich er zum Feuer zurück. Aber da stürzte der Soldat plötzlich vorwärts. Pantalone, der sich an Teile der Demonstrationen erinnerte, die Arlecchino Scapino gegeben hatte, um ihm das Wesen des Drehpunkts zu erläutern, sprang mit der ihm angeborenen Behendigkeit, die ihn zum Glück auch in diesem kritischen Moment nicht verließ, zur Seite.

Der Söldner, der damit gerechnet hatte, mit seinem Schwert auf Widerstand zu stoßen, stürzte Kopf voran ins Feuer, wo sein volles, üppig eingeöltes Haar augenblicklich

Feuer fing. Seine Schreie brachten alle in der Schenke auf die Beine, und man beeilte sich, den armen Kerl zu retten. Pantalone nutzte die allgemeine Verwirrung, um zur Tür hinauszuhuschen, machte seinen Esel los, warf ihm die Einkäufe über den Rücken und rammte dem armen Tier die Absätze in die Flanken, um es auf Trab zu bringen.

»Vorwärts!« schrie er und hetzte das arme Tier die steile Straße hinauf, so schnell wie möglich weg von der Taverne. Er ritt in westlicher Richtung und war erleichtert, keinerlei Geräusche von Verfolgern hinter sich zu hören. Ja, er war so sehr darauf konzentriert, alles aufzunehmen, was hinter ihm vorging, daß er den schnellen Hufschlag und das Klirren von Waffen vor sich erst hörte, als es schon fast zu spät war.

Um die Straßenecke preschte ein gewaltiges Streitroß in blitzender Panzerung und auf ihm saß ein halbnackter Verrückter und fuchtelte mit dem bloßen Schwert in der Gegend herum. Pantalone gelang es gerade noch, seinen Esel auf die Seite zu reißen, dennoch ritzte die Klinge des Kriegers seinen Arm, als dieser an ihm vorbeidonnerte und schrie: »Aus dem Weg, du Schweinehintern!«

Dann verschwand der Capitano im Dunkel der Straße, und Pantalone dachte bei sich, Herrgott noch mal, ich hasse diese Landsknechte!

Der Capitano stand aus dem Gras auf und strich mit der Hand über die glatten Flanken des Schlachtrosses. Das erinnerte ihn an seine geliebte Annamaria, und dies wiederum erinnerte ihn an die Andeutung, diese herrliche Frau habe noch andere Liebhaber. Nein, sagte er sich. Ausgeschlossen.

Er hatte dem Tier die Panzerung abgenommen und es weiden und trinken lassen. Jetzt betrachtete er den mächtigen Hengst mit offener Bewunderung. »Du bist kein gewöhnliches Pferd, nicht wahr? Du stammst aus dem Mantua-Gestüt. Und ohne diesen Panzer kannst du bestimmt laufen wie der Wind, was? Ich wette, ich habe recht. Und darum geb ich dir auch gleich den passenden Namen. Ich nenne dich Zephyr.« Er entfernte sich ein paar Schritte, um das Tier in Ruhe grasen zu lassen; dabei wurde ihm bewußt, daß er selbst recht hungrig war. In Parma, sagte er sich, kann ich anhalten und mir etwas eintauschen, anscheinend werde ich ja nicht verfolgt, ich wünschte nur, ich hätte etwas, das ich zum Tausch anbieten kann.

Man hatte ihn halbnackt aus dem Schlafzimmer Annamarias geschleift; nur seine Stiefel und seine Beinlinge waren ihm geblieben. Den Gürtel hatte er auch noch, aber Schwert und Dolch hatten sie ihm abgenommen. Dafür hatte er jetzt das nackte Schwert und das Messer, die er dem toten Adjutanten abgenommen hatte.

»Selbst wenn ich ein Stück Wildbret jagen wollte«, brummte er vor sich hin, »hätte ich dazu keine brauchbare Waffe.« Er dachte daran, eine Falle zu bauen oder den Versuch zu machen, Cosimo und seine eigene Truppe zu finden, aber nach dem, was er dem aufgeregten Geschrei des Befehlshabers entnommen hatte, hatten die Soldaten sich das Rekrutierungsgeld geteilt und waren verschwunden. Genau das, dachte er achselzuckend, was ich an ihrer Stelle auch getan hätte. Dennoch, die Zeit war sein Feind, und er sagte sich, es sei das beste, die Flucht fortzusetzen.

Als er wieder aufsitzen wollte, bemerkte er vorn am Sattel befestigt ein geheimnisvolles Päckchen, wasserdicht verpackt in die Haut irgendeines Tieres und fest mit Lederriemen verschnürt. Dieses Päckchen, das er bisher übersehen hatte, enthielt vielleicht einen Gegenstand von Wert, den er gegen Nahrungsmittel eintauschen konnte. Er mußte die Riemen durchtrennen, um es zu öffnen. Als er die Verpackung auseinanderschlug, sah er mit Überraschung zwei längliche Gegenstände, die ihm nicht ganz fremd waren. Er lachte und warf eine Kußhand nach Westen. »Gott segne Euch, Exzellenz!«

Parma

*Die Truppe wird zur Großfamilie * Pantalone begegnet Ruffiana, und sie enthüllen das Geheimnis um Florabella * Dem Capitano geht ein Licht auf*

Der Karren und der Wagen krochen auf der Hauptverkehrsstraße dahin, die in nordöstlicher Richtung aus Piacenza hinausführte. Die Route, die Arlecchino gewählt hatte, um Isabella und Giacomo sicher nach Mantua zu bringen, folgte dem Hauptstrom von Reisenden durch die Provinz Cremona und führte dann scharf nach Osten. Pantalones Bericht über das, was er in der Taverne in Piacenza aufgeschnappt hatte, schien Arlecchino einen Moment in Unschlüssigkeit zu stürzen, dann jedoch sagte er, seiner Meinung nach hätten sie die besten Chancen durchzukommen, wenn sie auf der gepflasterten Straße blieben und nicht versuchten, querfeldein ihr Ziel zu erreichen.

»Sollte der Kardinal von Modena uns die Este-Söldner auf den Hals hetzen«, erklärte er, »so ist die Gefahr, daß wir ihnen im Süden, seinem Bistum, in die Arme laufen, größer, als wenn wir uns weiter in nordöstlicher Richtung halten. Da erreichen wir nämlich in ein, zwei Tagen das Gebiet der Gonzagas von Mantua.« Nach einer kurzen Pause fügte er hinzu: »Der Passierschein ist jetzt natürlich nichts mehr wert. Wir müssen uns von nun an auf unseren Witz und die Gnade eines wohlwollenden Gottes verlassen.«

Danach stellte er es Scapino, Pantalone und Colombina frei, sich von Isabella, Giacomo und ihm zu trennen. »Ihr seid bisher nicht in Gefahr«, sagte er. »Die Savoyer werden niemals so weit im Südosten nach zwei Taschendieben suchen, und Colombina hat keinem etwas zuleide getan – mit Ausnahme Terpsichores vielleicht, der Muse des Tanzes.«

Colombina prustete verächtlich. »Ihr würdet ja verhungern ohne mich!«

Und Scapino fügte hinzu: »Du hast versprochen, mir zu zeigen, wie man sich zum Drehpunkt macht. Wenn du meinst, daß meine Lehrzeit schon abgeschlossen ist, wie kommt es dann, daß man mir in Pavia den Schädel aufgeschlagen hat?«

Worauf Arlecchino seufzend sagte: »Ich wußte ja, daß ihr euch nicht abwimmeln lassen würdet, aber es war wenigstens einen Versuch wert.«

Die kleine Truppe kam nur langsam voran und mußte zahlreiche Hindernisse überwinden. Arlecchino hatte nicht bedacht, daß immer wieder Pannen mit dem Wagen oder dem Karren oder gelegentlich auch beiden sie aufhalten würden; er hatte auch nicht damit gerechnet, daß ihr Versuch, den Po an einer Stelle zu durchqueren, von der Isabella steif und fest behauptet hatte, sie sei eine alte Furt, sie eine ganze Woche kosten würde. Und schließlich hatte er nicht vorausgesehen, daß Scapino sich in einem heldenhaften Versuch, eine von Isabellas Reisetruhen zu retten, ins reißende Wasser stürzen und sich so schwer erkälten würde, daß er – und damit auch die Truppe – fürs erste die Reise nicht fortsetzen konnte. So kam es, daß der Herbst schon weit fortgeschritten war, als sie endlich die Vororte der Stadt Cremona erreichten.

Auf jeden in der Truppe hatte Pantalones Bericht von dem Gespräch, das er in Piacenza belauscht hatte, eine andere Wirkung gehabt. Arlecchino hatte sich vor allem für den dunklen Priester, Pater Sebastiano, interessiert. Dreimal hatte er sich von Pantalone die Beschreibung des Geistlichen mit dem Frettchengesicht wiederholen und sich von ihm berichten lassen, wie der Mann das unsinnige lateinische Gespräch, das er mit Giacomo geführt hatte, interpretiert hatte. Dann hatte er sich von den anderen abgesondert und mehr als eine Stunde ganz für sich allein verbracht.

Giacomo, alias Dottore, fand die ganze Geschichte sehr beunruhigend, vor allem weil er um Isabellas Sicherheit fürchtete. Denn wenn auch seine Bemühungen, sie zu beschützen, in höchstem Maß unzulänglich gewesen waren – er schrieb dies seinem Mangel an Erfahrung mit Intrige und Abenteuer zu –, so hatte er doch den ihm von Gentile Zappacchio anvertrauten Auftrag durchaus ernst genommen, und er hatte Isabella gern, obwohl sie ihm gegenüber stets die Hochnäsige hervorkehrte. Keinen Moment lang hatte er die Gefahr unterschätzt, in die sie sich begeben hatten, indem sie Kunstwerke von der Art, wie Gentile sie herstellte, beförderten.

In seiner freien Zeit hatte der Dottore, der die Mönchskutte inzwischen abgelegt hatte, das Zeichnen und Malen wieder aufgenommen, wobei er ständig auf der Suche nach dem nicht zu fassenden ›Geheimnis‹ war, das Verrocchio an da Vinci weitergegeben hatte, aber nicht an ihn. Vorübergehend war er überzeugt, das Geheimnis habe mit den Pinseln zu tun, die man zum Malen wählte, und darum hatte der Esel mit Namen ›Tod‹ nun einen arg kurzen Schweif.

Auch Scapino machte sich Sorgen um Isabellas Sicherheit. Im Lauf der Wochen hatte sich zwischen diesen beiden eine ungewöhnliche Beziehung entwickelt – ungewöhnlich insofern, als Scapino, soweit die anderen dies beurteilen konnten, keinerlei Annäherungsversuche unternahm, niemals schöne Worte machte, im Gegenteil: Eines Abends, als sie am gemeinsamen Feuer zu einem ihrer Marathonmonologe ansetzte, befahl er ihr kurz und bündig, den Mund zu halten.

Und sie hielt ihn tatsächlich.

Niemals reichte er ihr beim Ein- und Aussteigen eine helfende Hand, niemals gab er ihr eine größere Portion von der gemeinsamen Mahlzeit als den anderen, und er überschrie sie einfach, wenn das Gesprächsthema ihn nicht interessierte oder sie auf lateinisch zu sprechen begann. Die Folge war, daß sie nur noch selten diese Sprache der Vornehmen gebrauchte.

Und dennoch umgab Scapino sie mit beschützerischer Fürsorge, und sie ihrerseits fühlte sich in seiner Anwesenheit sicher und wohl.

Ihn hatte diese Beziehung veranlaßt, den Unterricht, den er bei Arlecchino genoß, noch intensiver zu nutzen, und er hatte sich zu einem beachtlichen Akrobaten und Jongleur gemausert, der selbst auf den Fahrten quer durch das Land bei jeder Gelegenheit seine Kunststücke übte. Er hatte ganz allgemein seine Fertigkeiten geschliffen und seinen Körper diszipliniert.

Isabella andererseits war glücklich, daß sie zum erstenmal in ihrem Leben niemandem die Dame vorzuspielen brauchte. Sie brauchte für keinen in der Truppe irgendeine Rolle zu spielen. Sie war das, was sie war – was sie allen zeigte und besonders Scapino –, und alle achteten und würdigten ihre Aufrichtigkeit. Dennoch verwirrte sie das Ausmaß ihrer Bildung. Die Künste, die man jungen Frauen an den fürstlichen Höfen lehrte, schlossen normalerweise solche Fächer wie Fechten, militärische Taktik und weltliche Literatur nicht ein. Ja, allein schon die Tatsache, daß die Tochter eines Künstlers an den Höfen von Venedig und Urbino so herzlich aufgenommen worden war, gab ihnen Rätsel auf, auch wenn Isabella ihnen geschildert hatte – in unendlicher Ausführlichkeit natürlich –, welche Anteilnahme und Hilfsbereitschaft man ihrer Familie dank Gentiles Porträtierkunst gezeigt hatte.

Wie der Dottore trug auch sie nicht mehr die Mönchskutte. Statt dessen kleidete sie sich in einen langärmligen Kittel mit tiefem, runden Ausschnitt – viel zu groß für sie – und einen weiten Rock mit roten Unterröcken, Leihgaben von Colombina. Insgeheim sehnte sie sich danach, die Seide ihrer eigenen Gewänder wieder auf der Haut zu fühlen, aber Arlecchino hatte darauf hingewiesen, daß sie auf keinen Fall Aufmerksamkeit erregen durften und daß nichts größere Neugier wecken würde als der Anblick einer vornehmen Dame, die mit einem Haufen Vagabunden reiste. Selbst in ihrer bäuerlichen Tracht sah sie noch wie etwas Besseres aus, deshalb gab Colombina ihr ein schwarzes Tuch, mit dem sie Haar und Gesicht verhüllte, wenn sie sich in Städten befanden.

Pantalone und Colombina sahen die Wende, die ihre gemeinsame Reise genommen hatte, halb mit Freude, halb mit Bedenken. Der Junge spürte eine Verheißung aufregenderen Abenteuers, als sein Dasein als Taschendieb ihm hatte bieten können. Er meinte, wenn er schon sterben müßte, dann wenigstens in so netter Gesellschaft. Die Episode mit dem Söldner in Piacenza hatte von neuem seinen Wunsch geweckt, sich die Künste und Kniffe des Dottore und die kämpferischen Fertigkeiten Arlecchinos anzueignen, aber auch die taschenspielerische Geschicklichkeit seines Vaters Scapino.

Colombina fühlte sich zum erstenmal in ihrem Leben Menschen und einer Sache außerhalb ihrer eigenen engen Welt zugehörig. Sie genoß ihre Rolle als Mutter aller. Sie war es, die sie alle beruhigte und tröstete, ihnen zu essen gab und ihnen Mut machte. Hinzu kam, daß Arlecchino sein Versprechen gehalten hatte und sich jeden Abend mit ihr zusammensetzte, um sie im Schreiben und Lesen zu unterrichten. Ab und zu übte er auch das Tanzen mit ihr, brachte ihr Dinge wie Ausgewogenheit und Geschmeidigkeit der Bewegung und Körperdisziplin wieder zu Bewußtsein, die sie alle vergessen hatte. Vor allem aber zeigte er ihr, daß sie die reine Freude am Tanz, das eigene Bedürfnis zu tanzen vergessen hatte. Er machte ihr klar, daß sie schlecht tanzte, weil sie keinen Grund hatte zu tanzen – es sei denn, um Geld zu verdienen, und aus einem solchen Grund, behauptete er, sei noch nie jemand ein großer Tänzer geworden.

Arlecchino war eindeutig der Führer der Gruppe. Neben Isabella war er unverkennbar der Gebildetste, und sein Wissen ging weit über das hinaus, was man sich an den Universitäten von Bologna, Padua oder Pavia erwerben konnte. Er sprach Griechisch so gut wie Latein, und aus der Art, wie er die Umgangssprache gebrauchte, schlossen sie, daß er wahrscheinlich auch noch andere Sprachen beherrschte. Er wußte einiges über Dinge, über die sie selbst sich häufig den Kopf zerbrochen hatten: wohin die Sterne verschwinden, wenn es Tag wird, Gestalt und Geschichte der Erde, Ursprung und Lebensgewohnheiten der Vögel und anderer Tiere, die man nur aus Berichten und Legenden kannte; und er führte oft freundschaftliche Debatten mit Isabella über Themen, die die anderen nicht verstehen konnten.

Er war auch derjenige mit der umfassendsten Lebenserfahrung. Es war nicht etwa so, daß er stets wußte, was zu tun war, aber er unternahm wenigstens immer etwas, wenn Handeln geboten war. Entschied er richtig, so waren sie alle glücklich; traf er die falsche Entscheidung, so litten sie alle mit ihm. Wenn er meinte, die Sache sei strittig, so wurde abgestimmt, und die Mehrzahl siegte. »Uns allen geht es doch darum, Begegnungen mit Italiens zahlreichen Tyrannen und Despoten zu vermeiden«, pflegte er zu sagen. »Achten wir darauf, daß wir nicht die eine Tyrannei durch eine andere ersetzen.«

Er war ein glänzender Geschichtenerzähler und faszinierte sie abends beim Feuerschein mit epischen Erzählungen von Kriegen und Völkern der Antike, von den Liebesabenteuern des Paris und dem Heldenmut Hektors.

Er konnte singen und die Laute schlagen und kannte anscheinend Hunderte von Liedern – viele davon erstaunlich frech und zotig, aber heiter und unbeschwert, so recht zum Spaßen und Lachen.

Sie achteten Arlecchino für sein Wissen und seine Erfahrung, aber ihre Zuneigung gewann er sich vor allem durch seinen Sinn für das Absurde. Niemals äußerte er etwas von Bedeutung, das nicht irgendwie auch mit dem Trivialen oder Absurden verknüpft war. Es war, als träte er neben sich und beobachtete sich, wie er sich bewegte, hörte sich zu, wie er sprach, und fände das ganze Gehabe dann sinnlos und lächerlich. Wenn man ihn etwas fragte, konnte er sich in eine weitausholende und detaillierte Erklärung stürzen, bis er sich plötzlich bewußt wurde, daß er dozierte, und das Ganze mit einem Wort in einen Scherz verwandelte. Die beißendsten Sarkasmen richtete er gegen sich selbst, und er besaß die wunderbare Gabe, den anderen einfach mit einem Lachen zurechtzuweisen, so daß dieser niemals ganz sicher war, ob er nun einen Rüffel bekommen oder an einer erheiternden Episode teilgehabt hatte.

Arlecchino lachte mehr als alle anderen in der Truppe, und immer wieder entzückte er Pantalone mit seinen Beobachtungen über menschliche Verhaltensweisen. Sein eigenwilliger und respektloser Humor steckte an, und nach einer Weile waren die anderen fast so geübt wie er, hinter der Verwegenheit die Furcht zu sehen, die Torheit im Weisen und die Absurdität, die beinahe allem menschlichen Verhalten innewohnt. Trotz der Gefahren und Bedrohungen, von denen sie jederzeit umgeben waren, waren sie ein vergnügter, lebensfroher Haufen; ihre kleinen gemeinsamen Triumphe und Tragödien nahmen sie als etwas hin, das Teil des täglichen Lebens war, und sie wuchsen während dieses kurzen Zeitraums alle in dieselbe Richtung.

Wie das jedoch in allen Gemeinschaften der Fall ist, rumorte in jedem von ihnen ein undefinierbares Mißtrauen gegen die anderen, das sich gelegentlich in Protesten über Isabella und ›ihre arrogante Art, die ja typisch ist für ihre Klasse‹, über Arlecchino und ›seine Neigung, die Führerschaft an sich zu reißen‹, über Pantalone, der ›Isabella heimlich beim Baden zusieht‹, Luft machte. Und wie in den meisten Gemeinschaften war jeder nur mit Widerwillen bereit, Pflichten zu übernehmen, das Reinigen und Striegeln der Tiere zum Beispiel, oder die Reparatur eines Rads oder einer Achse und was dergleichen Dinge mehr waren. Aber manchmal gelang es ihnen auch – mit nur geringer Verlegenheit – frei und offen ihre Zuneigung zueinander zu zeigen. Wie in jeder wahren Familie gab es Unterschiede zwischen ihnen, die keinen Unterschied machten, und Meinungsverschiedenheiten fast über jede Kleinigkeit; nur in einer Hinsicht waren sie sich immer und überall einig: In Zeiten der Gefahr mußten sie einmütig reagieren und handeln.

Es erging ihnen wie so vielen in diesen turbulenten Zeiten. Ihr enger Horizont erweiterte sich mit rasanter Geschwindigkeit, weil ihnen nunmehr zwei der Tore zur persönlichen Freiheit offenstanden: eine gleichmäßige Verteilung von Wissen, und Zeit und Geduld, individuelle Fähigkeiten zu entwickeln. Nur die Schlüssel zu den zwei verbleibenden Toren fehlten ihnen noch: das praktische Wissen und die Erfahrung, um ihre Kenntnisse und Fähigkeiten auf die wirksamste Weise anzuwenden. Und die innere Wahrheit, die das alles mit dem Leben in Verbindung setzte.

Als drei Stunden westlich von Cremona, kurz vor der Gabelung, an der die furchige, ungepflasterte Straße in die Via Emilia mündete, zum fünftenmal die Achse von Colombinas Wagen brach, gab es deswegen kein großes Geschrei. Die Angelegenheit war bald erledigt und der Wagen verlassen. Lebenswichtiges Hab und Gut wurde in den Karren umgeladen und diente nun statt des Heus als Camouflage für Gentiles Kunstwerke und Isabellas Garderobe.

Die beiden Esel wurden zu dem Pferd vor den Karren gespannt, der nun langsam die alte römische Heerstraße hinunterrollte. Anfangs gab es Streit darüber, wer zu Fuß gehen und wer fahren sollte. Colombina hatte, rettungslos romantisch wie sie war, dafür plädiert, daß die Frauen, da sie Frauen waren, fahren, die Männer, da sie Männer waren, nebenher gehen sollten. Scapino erklärte, das sei Unsinn, da schließlich jeder von ihnen zwei Beine habe. Er meinte, sie sollten sich abwechseln.

Er siegte, da Arlecchino und Pantalone zwar durchaus Romantiker waren, aber keine Lust hatten, große Strecken auf einer ausgetretenen, mit abgeschliffenen Kopfsteinen gepflasterten Straße zu Fuß zurückzulegen.

Der Mittelpunkt von Cremona ist die Piazza del Comune, die vom Torazzo beherrscht wird, dem Glockenturm des Doms, der meilenweit sichtbar ist. Hier, im Schatten der Westfassade der Kathedrale, machte der Karren so lange Rast, daß Colombina einige kleine Einkäufe tätigen und Arlecchino sich bei den einheimischen Händlern umhören konnte.

Was er hörte und den anderen berichtete, war nicht ermutigend. »Die Familie d'Este hat den einzigen westlichen Zugang nach Mantua gleich östlich der Kreuzung beim Fluß Oglio abgeschnitten. So wie ich es verstanden habe, sucht man nach einem Wagen und einem Karren, die den Wachen in Pavia durch die Finger geschlüpft sind. Im Licht dessen, was Pantalone in Piacenza gehört hat, dürfte wohl klar sein, daß die Meldung des Söldners an Pater Sebastiano nun den Kardinal von Modena und die Familie d'Este auf uns aufmerksam gemacht hat.

Ich schlage deshalb vor, wir führen unsere Verfolger ein wenig an der Nase herum, indem wir uns in südlicher Richtung halten und nach Parma ziehen. Wenn wir parallel zum Po bleiben und quer durchs Land nach Busseto, Soragna und Fontanellato ziehen, können wir die Söldnerpatrouillen der d'Este auf der Hauptstraße umgehen. Das bedeutet zwar eine weitere Verspätung, und mir ist klar, daß jeder Schritt uns statt Mantua dem Herzogtum Modena näherbringt, aber niemand wird erwarten, daß wir uns Mantua – sie scheinen zu wissen, daß das unser Ziel ist – von Süden annähern werden. Und sie haben natürlich auch keine Ahnung, daß unser Zug jetzt auf ein Fahrzeug geschrumpft ist, was uns vielleicht von Nutzen ist. Wie dem auch sei, ich halte das für den besten Plan.«

Der Dottore stimmte zu. »Es ist der *einzige* Plan.«

Es wurde also durch Abstimmung beschlossen, nach Süden zu ziehen, querfeldein nach Parma und von dort aus in nördlicher Richtung nach Mantua.

»Und das«, bemerkte Isabella zu Colombina, »ist, wie wenn die Fliege zur Spinne sagt: ›Ich weiß, daß das dein Netz ist, aber ich bin nur auf der Durchreise. Achte einfach nicht auf mich.‹«

Kurz vor Parma wies Arlecchino darauf hin, daß die Edelsteine Isabellas und des Dottore zum Tauschhandel nicht taugten, weil man sich gewiß wundern würde, wie diese abgerissenen Vagabunden zu solchen Kostbarkeiten gekommen seien. Sie würden daher für ihre Einkäufe auf dem Markt mit dem Bargeld auskommen müssen, das der Dottore noch übrig hatte.

»Ich denke allerdings, daß wir uns nicht lange so einschränken müssen«, fuhr Arlecchino fort. »Ein größerer Kauf nämlich – wie zum Beispiel der eines Wagens – könnte sicher mit einem Edelstein bezahlt werden. Aber dazu müssen wir in Parma einen der *marrani* ausfindig machen, der keine Fragen stellt und die Gelegenheit zu einem lukrativen Geschäft nutzt, wenn sie sich bietet.«

Die *marrani,* klärte er sie auf, waren ›heimliche Juden‹. Als der spanische König einige Jahre zuvor gedroht hatte, alle Juden des Landes zu verweisen, die sich nicht zum Christentum bekehrten, hatten Scharen der Gefährdeten in Italien Schutz gesucht. Einige von ihnen übten, um ja nichts zu riskieren, ihren Glauben nur noch im geheimen aus, kleideten sich wie die Christen und lebten wie sie. Viele von ihnen waren Geldwechsler geworden.

Als die Reisenden sich Parma näherten, bekam Pantalone den ehrenvollen und verantwortungsschweren Auftrag, vor den anderen auf dem Arbeitspferd, das man ›Rettung‹ getauft hatte, in die Stadt hineinzureiten. Mit der letzten Barschaft des Dottore sollte er die Vorräte einkaufen, die sie dringend brauchten. Man hatte ihn aber vor allem deshalb vorausgeschickt, weil der Junge – wie Arlecchino behauptete – eine jugendliche Wißbegier besaß, die bewirkte, daß er alles, was um ihn herum geschah, hörte und beobachtete.

Unglücklicherweise aber besaß Pantalone auch einen jungen und sinnenfreudigen Körper, der nach mehr verlangte als Essen und Trinken. In den langen Wochen der Reise bis nach Parma hatte er nur zwei- oder dreimal Gelegenheit gefunden, sich mit einem Mädchen zu vergnügen. Das Abenteuer, das von Scapino in Aosta gestört worden war, konnte man nicht zählen. Aber einmal hatte er im Gebüsch bei Biella ein lustiges Stündchen mit einem kichernden Bauernmädchen verbracht, das er wohlig erschöpft und schlafend zurückgelassen hatte, um mit ihren beiden Eseln von dannen zu ziehen. Und ein andermal hatte er es in Mailand, als er sich für ein Weilchen von den anderen getrennt hatte, mit einer jungen Schankmagd getrieben.

Als daher auf dem Markt in Parma plötzlich eine aufregende junge Dirne mit wildem Haar und glänzenden Augen an seiner Seite erschien, betrachtete er das nicht als zufällige Begegnung. Für ihn war es eindeutig Schicksal.

Er begutachtete gerade diverse mit Fliegen dekorierte Fleischstücke am Stand eines Bauern, als sie erschien – rothaarig, in einer schmutzigen grauen Bluse, die soviel von ihren runden festen Brüsten zeigte, wie er sich nur wünschen konnte. Sie war vielleicht fünf oder sechs Jahre älter als er, aber ein Blick auf die nußbraunen, strammen Beine und die schlanken Fesseln unter dem knallroten Rock, und für Pantalone gab es keine Altersschranke mehr. Sie drängte sich einladend an ihn, und er fühlte die Wärme ihrer Haut durch ihre dünne Bluse.

»Kauf das Fleisch nicht«, hauchte sie ihm ins Ohr.

»Was?«

»Das ist Hundefleisch«, flüsterte sie, »und außerdem verfault. Ein Bissen, und du fällst mit einem Bauch voll kleiner, brennender Würmer tot um.« Sie klopfte ihm leicht auf den

Bauch und streichelte ihn wie zufällig flüchtig mit langen, routinierten Fingern. Er begann zu zittern.

»Ach, du armer Bursche, du hast dich verkühlt«, sagte sie und strahlte ihn lächelnd an. »Dagegen habe ich ein Mittel.«

»Ich – das habe ich gleich gewußt.« Pantalone lächelte ebenso strahlend zurück. Und dann hörte er sich wie in einem Reflex herausplatzen: »Wieviel?«

Die Plötzlichkeit und Direktheit, mit der die Frage vorgebracht wurde, erheiterte sie, und sie lachte. »Oh, ich bin sehr teuer«, log sie und strich ihm dabei mit ihren magischen Händen über die Brust bis hinunter zu den Schenkeln.

»Wiewieviel?« stammelte Pantalone, dem plötzlich so heiß war, als hätte jemand die ganze Piazza in Brand gesetzt.

»Warte«, gurrte das Mädchen. »Sag mir deinen Namen.«

»Pantalone«, keuchte er. »Wieviel, sag?«

»Ich heiße Ruffiana.« Wieder streichelte sie ihn. »Und ich bin eigentlich eher etwas für einen reichen Zunftherrn oder einen Kondottiere.«

»Ich habe eine Zechine!« sagte er und hielt die goldene Münze hoch, damit sie sie sehen konnte.

Ihre Augen blitzten erstaunt auf, und sie grapschte schnell nach dem Geldstück. Doch Pantalone wedelte mit der Hand, und das Goldstück war verschwunden. Dieses Zauberkunststückchen hatte Arlecchino ihn gelehrt, und er war begeistert, daß es so gut geklappt hatte.

»Lamm Gottes«, sagte das Mädchen in ehrfürchtigem Ton und bekreuzigte sich hastig. »Bist du – ein Dämon?« Und sie wich vor ihm zurück.

Er merkte, daß er im Begriff war, sie zu verlieren, und trat instinktiv einen Schritt auf sie zu, aber sie wich so schnell vor ihm zurück, wie er näher kam. »Bleib, wo du bist!« Sie hielt ein kleines Holzkreuz hoch, das sie an einem Lederriemen um den Hals trug. »Ich fürchte mich nicht vor dir!«

»Es war doch nur ein Taschenspielertrick!« sagte Pantalone flehend. »Ich kann viele. Ich kann aus einem leeren Kelch Vögel erscheinen lassen, ich kann die Farbe von Seide verändern, indem ich sie zwischen meinen Fingern hindurchziehe. Ich kann Wasser aufwärts fließen lassen.«

Sie ließ das Kreuz langsam wieder auf ihre dunkle Haut

sinken. »Na schön«, meinte sie. »Ich hab' ja selber auch ein paar Tricks auf Lager.« Sie ging einmal um ihn herum. »Das Geld. War das echt?«

»Aber ja!« Er ließ die Münze in seinen Fingerspitzen wieder erscheinen und schob sie impulsiv zwischen ihre Brüste. »Siehst du?« Er lachte.

»Es fühlt sich ganz echt an.« Sie lachte ebenfalls, trat plötzlich ganz dicht an ihn heran und griff ihm zwischen die Beine. »Und das hier auch«, neckte sie. »Du bist wohl doch kein Dämon.« Dann trat sie einen Schritt zurück und sah ihm lächelnd ins Gesicht. »Eine Zechine ist eine Menge Geld. Was erwartest du von mir?«

Ihrer Gunst jetzt gewiß, legte er ihr einen Arm um die Taille und zog sie mit sich über die Piazza. »Laß uns das gemeinsam besprechen.«

Pantalone bekam weit mehr, als er erwartet hatte, und Ruffiana mußte weit mehr geben, als sie sich vorgestellt hatte. Zuerst liebten sie sich an einer feuchten, dunklen Mauer, dann im Gebüsch im Stadtpark, schließlich unter der Nordbrücke über den Fluß. Sie liebten sich im Stehen, im Liegen, im Sitzen und auf den Knien wie die Tiere. Sie experimentierten von vorn und von hinten, kopfunter und in der Schräge. Für Pantalone war es der absolute Höhepunkt jeder übertriebenen Geschichte, die die älteren Jungen in seinem Dorf erzählt und die er sich mit seiner eigenen lebhaften Fantasie ausgemalt hatte.

Und Ruffiana, die geglaubt hatte, sie könnte sich so ganz nebenbei eine Zechine verdienen, erkannte keuchend und schwitzend bald, daß ihr jemand wie dieser Junge noch nie untergekommen war. Sie kam zu der Schlußfolgerung, daß seine früheren Erfahrungen sich auf Wildsäue und Vieh beschränkt haben mußten.

Als er schließlich zugestand, daß er seinen Geldeswert erhalten hatte, hielt er inne, um wieder zu Atem zu kommen. Ruffiana fühlte sich, als hätte die gesamte französische Kavallerie einschließlich ihrer Pferde es mit ihr getrieben.

Pantalone sah jede sexuelle Begegnung als eine Herausforderung und Prüfung seiner Männlichkeit und Manneskraft. Ständig verglich er seine Fähigkeiten mit den eingebildeten

Heldentaten größerer und stärkerer Jungen, ständig hatte er die Sticheleien grausamer älterer Mädchen im Ohr. Die Folge war, daß er jeden Akt mit demselben Refrain abschloß: »Wie war ich?«

Ruffiana lehnte sich seufzend an die Mauer des Doms. »Wunderbar.«

Er strahlte. »Wirklich?«

»Unglaublich«, versicherte sie. »Wäre nicht die Tatsache, daß ich weder stehen noch sitzen kann, würde ich es für unmöglich halten.«

»Die Frauen sind ganz scharf auf mich«, behauptete Pantalone stolz, das ewige Lied der älteren Jungen in seinem Dorf wiederholend.

»Und die Elefanten auch, nehme ich an«, murmelte sie mit zusammengebissenen Zähnen.

»Was?«

Sie sah ihm in das hübsche Gesicht unter dem lockigen Haar und verzieh ihm Vitalität und Ungeduld seiner Jugend. »Ach, nur Gerede.« Sie lächelte. »*Grazie* für das Geld.«

Er hockte sich auf die Treppe vor dem Dom. »Ach ja«, murmelte er verlegen, »wegen dem Geld ... Damit – äh – hätte ich eigentlich Essen kaufen sollen.«

Ruffiana nickte, diese Tour kannte sie. »Dafür kaufe *ich* mir etwas zu essen«, gurrte sie und tätschelte ihm die Wange.

Jetzt, als die Realität und seine Fantasien aufeinanderprallten, erkannte Pantalone das ganze Ausmaß seines Problems. »Hör mal, wenn ich – äh – wenn ich mit leeren Händen zu den anderen zurückkomme, drehen Arlecchino und Scapino mir den Kragen um.«

»Zu den anderen?«

»Ja, sie warten beim Wagen.«

Sie sah ihn gespannt an. »Du – hast einen Wagen?« fragte sie.

Er nickte. »Und zwei Esel und ein Pferd.«

In einem Schwall brachen die Worte aus ihr hervor. »Kannst du mich mitnehmen? Bitte! Ich muß weg aus dieser Stadt, so schnell ich kann, und ich habe keine Möglichkeit dazu.«

»Warum mußt du von hier weg?«

»Nun ja«, versuchte sie zu erklären, »es ist wegen dieses Kondottiere, weißt du. Er ist ein sehr wichtiger Mann, sehr reich und mächtig. Er ist ein bißchen wütend auf mich. Ich hab' ihm zwar gegeben, was er wollte, aber er – äh – hat dabei gleich noch was dazu gekriegt, so kleine Krabbeltierchen, weißt du, die er gar nicht haben wollte. Du verstehst, was ich meine?«

Pantalone brauchte einen Moment, um zu begreifen, was sie ihm da sagte, dann aber ging ihm die schreckliche Bedeutung ihres Geständnisses in seiner ganzen Tragweite auf. »Das ist ja furchtbar!« rief er entsetzt.

»Es sind nicht die Pocken«, versicherte sie und zog ihn näher zu sich. »Außerdem ist es jetzt schon wieder gut. Und selbst wenn ein oder zwei wirklich überlebt haben sollten, hast du die kleinen Biester mit der tollen Akrobatik bestimmt erdrückt.«

Dennoch rückte er vorsichtig von ihr ab und stellte sich bereits vor, wie winzige Drachen an den Juwelen seiner Männlichkeit nagten. Er hatte Mühe, sich auf das zu konzentrieren, was sie ihm erzählte.

»Deshalb muß ich weg von hier, weil er nämlich seine Leute nach mir suchen läßt. Wenn er mich erwischt, bringt er mich um. Er ist verrückt, wirklich ein Irrer.« Sie packte ihn beim Arm. »Kann ich nicht mit dir und deinen Freunden fahren? Zusammen mit anderen bin ich sicherer, und ich habe keine Mittel, von hier wegzukommen, und –«

»Ich weiß nicht«, sagte Pantalone seufzend und kratzte sich den Bauch.

»Hör mal.« Lächelnd zog sie ihn näher. »Vielleicht hab' ich mich nicht ganz klar ausgedrückt. Was dich angeht, meine ich. Du warst unglaublich. Einfach umwerfend. Ich kann nicht genug von dir kriegen.« Er wollte von ihr abrücken, aber sie begann schon wieder, ihn zu streicheln, und er spürte, wie das frühere Drängen zurückkehrte. »Normalerweise«, babbelte sie weiter, »mach ich mir nicht viel aus hübschen Jungen, wie du einer bist, weil sie meistens so – so oberflächlich und unerfahren sind. Aber du bist ein großartiger Liebhaber und so gescheit!« Sie wurde lauter. »Immer hab' ich mir einen Mann gewünscht, mit dem ich auch mal reden kann, der die Musik mag wie ich. Du meine Güte, du hast ja keine Ahnung, was für Sehnsucht ich manchmal nach einem gescheiten Mann habe, mit dem ich reden kann, verstehst du? Du *mußt* mich einfach mitnehmen.«

Pantalone wurde der Mund trocken, als ihre Hand wieder abwärts zwischen seine Beine wanderte. Er wünschte von ganzem Herzen, sie würde aufhören zu streicheln und statt dessen kratzen. »Ich – äh – ich weiß nicht«, krächzte er.

Sie drückte ihn noch fester an sich. »Schau mal«, gurrte sie, während sie sich an ihm rieb, »du bist doch ein Mann, der es oft braucht, stimmt's? So was merk ich gleich, weißt du. Ich meine, wenn wir zusammen sind ...«

Pantalone wurde ganz heiß bei dem Gedanken. »Jede Nacht?« flüsterte er.

Sie seufzte, nickte langsam und murmelte: »Jede Nacht.«

»Und manchmal auch am Tag?« fuhr Pantalone fort.

»Was?«

»Ich meine – wenn sie uns zum Beispiel zum Wasserholen schicken oder wir mittags irgendwo rasten oder auch hinten im Wagen?«

»Ja, ja«, sagte sie müde. »Wann immer du willst.«

»Ach, das hab' ich ja ganz vergessen!« rief er plötzlich und setzte sich aufrecht. »Wir haben ja den Wagen gar nicht mehr. Wir haben nur noch den Karren für uns sechs und die zwei Esel und ›Rettung‹.«

»Rettung?«

»Das Pferd.«

Ruffiana hörte auf, ihn zu streicheln, und lehnte sich nachdenklich zurück. »Sechs, sagst du? Auch Frauen?«

»Zwei«, antwortete Pantalone. »Aber die sind keine Konkurrenz für dich.«

»Bleiben also vier Männer«, überlegte sie laut.

»Aber die sind keine Konkurrenz für *mich*«, prahlte er.

»Und ein Karren.«

Pantalone nickte. »Und nichts zu essen – weil du unser Geld hast.«

»*Mein* Geld«, fuhr sie ihn an. »Ich hab's mir verdient.« Sie stand auf und begann hin und her zu gehen. »Sechs Leute.

Zwei Esel. Ein Pferd. Nichts zu essen.« Sie hielt einen Moment inne, dann zog sie Pantalone hoch. »Komm mit«, forderte sie ihn auf. »Ich glaube, ich hab' die Lösung für euer Problem. Aber zuerst mußt du mir versprechen, daß ihr mich mitnehmt, wenn ich das für euch tu. Versprichst du's?«

»Wenn du was für uns tust?«

Sie weihte ihn flüsternd in ihren Plan ein, während sie Arm in Arm zur Piazza eilten. Sein Gesicht verzog sich plötzlich zu einem breiten Grinsen. »Ich versprech's!« rief er, und als sie um die Straßenecke bogen, kratzte er sich mit Nachdruck am Hintern.

Während der kleine Zug unter Führung von Arlecchino sich mühsam seinen Weg nach Parma suchte, jagte der Capitano, prachtvoll herausgeputzt in Kettenhemd und schwarzem Umhang, der in der Taille von einer goldenen Kette zusammengehalten wurde, auf dem Rücken Zephyrs, dessen Panzer er in der Abtei in Alseno für seine neue Tracht eingetauscht hatte, nach Südosten.

In Fidenza hatte er die Gelegenheit genutzt, sich einer Verbindung jenes unsichtbaren Netzwerks zu bedienen, das unter den Berufssoldaten bestand. Von einem alten Waffengefährten, der in dem kleinen Städtchen seinen Ruhestand genoß, hatte er erfahren, daß seine Kompanie sich genauso verhalten hatte, wie er sich das gedacht hatte. Als Cosimo mit dem Geld für die Anwerbung zurückgekehrt war, hatten die Söldner es gerecht unter sich aufgeteilt und sich dann in alle Windrichtungen zerstreut. Der Capitano wußte, daß die Männer ihren leicht erworbenen Wohlstand bei Wein, Weib und Gesang verjubeln und, wenn ihre Taschen wieder leer waren, bei einem anderen Heer anmustern würden.

Doch von den Mönchen des Klosters in Alseno – Klöster, in denen häufig Informationen gegen eine Mahlzeit getauscht wurden, bildeten ein hervorragendes Informationsnetz für den Vatikan – hatte der Capitano gehört, daß Cosimo die Deserteure beim Oberbefehlshaber angezeigt und behauptet hatte, sie hätten ihn beraubt und sich bei Nacht und Nebel aus dem Staub gemacht. Worauf der Befehlshaber den Sizilianer mit einem Sonderauftrag belohnt hatte: Er sollte den Capitano ausfindig machen und töten.

Daran dachte der Capitano jetzt, als er auf Zephyr die Via Trento in Parma hinunterpreschte und Händler, Arbeiter, Bäuerinnen und Studenten in alle Richtungen auseinanderjagte. Vor der Werkstatt Gasparos, des Wagenmachers, empörte sich Filippo Masaccio, der zaundürre Zunftmeister der Tuchmacher von Piacenza, mit zornig erhobener Faust, ehe er seine Aufmerksamkeit wieder dem alten Wagenmacher zuwandte.

»Wann wird denn nun der Zunftwagen endlich fertig sein, du geldgieriges Fossil? Viermal bist du nach Piacenza gekommen, um dir mit mir zusammen die Pläne anzusehen, und ich mußte sechsmal hierher nach Parma reisen, um den Bau zu beaufsichtigen.«

»Und wann wirst du endlich den Rest des Geldes bringen, du alter Geizkragen?« konterte Gasparo.

Filippo legte dem Alten seine knochige Hand auf die Schulter. »Ich habe eben mit einem Vertreter der ›Monte del Paschi‹ von Siena gesprochen. Die Bank ist bereit, mir das Geld zu einem Zinssatz von sieben Prozent vorzustrecken, wenn ich als Sicherheit den Gewinn der Tuchmacherzunft in diesem Winter biete.« Er bohrte dem Zimmermann seinen spitzen Finger in die Brust. »Ich hätte es nicht nötig gehabt, ein Darlehen aufzunehmen, du unzuverlässiger Holzwurm, wenn du jetzt nicht schon ein drittes Mal den Preis hinaufgeschraubt hättest.«

Gasparo zuckte die Achseln. »Kostet denn dein Tuch heute noch das gleiche wie vor sechs Monaten, du knausriger Miesepeter?«

»Du weißt sehr wohl, daß ich den Preis meines Tuchs erhöhen mußte, wenn ich einen Gewinn machen wollte. Kann ich etwa die neuen Stadtzölle einfach außer acht lassen? Oder die neuen Steuern auf Salz und Wein, die höheren Abgaben auf Fleisch und Fisch, Fette, Öle, Eisen und Weißbrot? Hat nicht der Ärger mit Konstantinopel den Seidenhandel stark beeinträchtigt, ja oder nein? Haben nicht die venezianischen Kaufleute ihre Preise ebenfalls erhöht?«

Der Wagenbauer widersprach. »Du mußt deine Preise erhöhen, weil das Verlangen deines schönen Weibes, Annamaria, nach Schmuck und schönen Kleidern unersättlich ist. Und ich kann's ihr nicht einmal verübeln, dem armen Ding, da ja bei dir außer deinen Preisen nichts mehr steigt.«

»Die Wünsche und Vorlieben meiner Frau haben mit den Preisen überhaupt nichts zu tun, du gieriger alter Kerl.« Filippo senkte die Stimme. »Wir haben uns bei deinem letzten Besuch in Piacenza auf einen neuen Preis für den Wagen geeinigt, und jetzt sagst du mir, daß er noch einmal um die Hälfte mehr kosten wird. Wenn es mich nicht kümmerte, meiner schönen Frau so lange fern zu sein, würde ich nicht einmal mit dir reden. Es gibt ja noch andere Wagenbauer in Italien.«

»Niemand macht Wagen wie ich. Und hier handelt es sich ja nicht um einen gewöhnlichen Wagen«, hielt Gasparo dagegen. »Komm, schau ihn dir an, du impotente alte Mumie. Es ist nicht einmal ein gewöhnlicher Zunftwagen. Er ist viel leichter. Ein Pferd allein kann ihn ziehen. Und doch ist er stabiler als die Bäume, aus denen wir ihn gemacht haben.«

Sie traten aus der Werkstatt auf die Piazza hinaus. Dort stand ein seltsames Gefährt. Es war eindeutig breiter als ein normaler Wagen und auch höher. Es sah aus, als hätte man einen Wagen auf den anderen getürmt. Auf den vier Ecken des unteren hölzernen Wagenkörpers erhoben sich vier kräftige Säulen, die einen Holzboden trugen. Auf diesem oberen Boden waren auf der einen Seite zwei weitere Tragsäulen angebracht, mit einem Querbalken dazwischen. Schwere grüne Vorhänge umgaben den unteren Teil des Wagens, an kräftigen Metallringen unter dem ›Dach‹ angemacht.

»Du hast noch nicht einmal den oberen Teil fertig!« rief Filippo entrüstet. »Da fehlen immer noch zwei Tragsäulen und das Dach darüber. Und du erinnerst dich hoffentlich, du spatzenhirniger Alter, daß auch oben rundherum Vorhänge sein sollen. Ich habe dir extra zwei Garnituren geschickt, oder nicht? Wo sind also die anderen?«

»Was glaubst du denn, du eingebildeter Idiot, daß ich mir mit ihnen den Hintern gewischt habe? Oder bildest du dir ein, ich hätte sie gefressen?« Er gab dem Tuchmacher einen zornigen Puff. »Glaubst du, meine Frau und meine sechs

Töchter haben sich Ballkleider daraus gemacht? Die Vorhänge für die obere Etage liegen da drinnen, im unteren Abteil, bis wir mit der Konstruktion fertig sind. Woran hätten wir sie denn aufhängen sollen, du neunmalkluger Dummkopf?«

»Und was ist mit dem Dach?« nörgelte Filippo weiter. »Unsere Kostüme sind aus feinstem Material gemacht und müssen vor Sonne und Regen geschützt sein. Das habe ich dir doch schon einmal gesagt, du seniler alter Esel.«

»Ich sage dir doch, ich habe schon früher einmal einen Zunftwagen gesehen, verdammt noch mal! Schau her! Da, schau her!« Gasparo zerrte den Tuchhändler wieder in seine Werkstatt. »Na, siehst du?« Er streckte den Arm aus. »Meine Gesellen und Lehrlinge haben die Tragsäulen für die anderen beiden Ecken und den Querbalken schon fertig! Wir brauchen sie nur noch anzubringen und deine billigen Vorhänge daran aufzuhängen, du alter Schwindler.«

»Und warum läßt du meinen neuen halbfertigen Zunftwagen draußen in den Unbilden der Witterung stehen, du Schweinepriester?«

»Weil ich vorhabe, innerhalb der nächsten Stunde anzuspannen«, gab der alte Wagenbauer heftig zurück, »um die Belastbarkeit und die Sicherheit des Wagens zu prüfen. Vorausgesetzt natürlich, es ist Euer Majestät recht.«

»Hauptsache, der Wagen ist bis morgen fertig, du tatteriges altes Krokodil.«

»Dein unbezahlter Wagen ist fertig, wenn du den Rest des Geldes bringst, du Knauser aller Knauser.«

Filippo legte dem Alten den Arm um die Schultern und zog ihn auf die Seite. »Wenn du die Belastbarkeit prüfst«, flüsterte er, »dann denk an den Wein, den ich nach Piacenza mitnehme.«

Gasparo lachte leise und führte den Tuchhändler wieder hinaus zu dem Wagen. Er zog die Vorhänge zur Seite, um ihm vier Fässer Wein zu zeigen, die drinnen auf dem Boden lagen. »Er ist heute morgen geliefert worden«, berichtete er kichernd, »und ich hab' ihn gleich einladen lassen. Ich hoffe doch, du hast nicht vor, Wein mitzuführen, wenn du an Allerheiligen bei den Festspielen mitwirkst.«

»Das ist kein bloßer Wein«, erklärte Filippo in vertraulichem Ton. »Das ist Ambrosia, ein unglaublicher Jahrgang, den unsere Zunft von der Winzerzunft als Bezahlung für Vorhänge und Kostüme für ihre Präsentation an Allerheiligen bekommen hat. Damit umgehen wir die Steuern, verstehst du? Meine Zunftbrüder werden den Feiertag mit einem wahren Himmelstrank begehen. Bist du nicht eifersüchtig, du stinkender alter Giftzahn?«

»Warum sollte ich auf einen Haufen besoffener Weber eifersüchtig sein, deren Stoffe sich im Regen auflösen?« knurrte der Wagenbauer, während er mit seinem alten Freund in die Werkstatt zurückkehrte.

»Und der Wagen muß morgen fertig sein, unbedingt, du Ausgeburt einer schleimigen Schnecke. Ich bring dir den Rest des unverschämten Preises, den du verlangst, aber dann muß ich den Wagen auch nach Piacenza mitnehmen können. Meine arme Frau hat es jetzt schon eine Woche lang ohne mich aushalten müssen.«

»Die Glückliche!« sagte Gasparo. »Da hatte sie wenigstens endlich mal Gelegenheit, die Ausdauer und die Ausstattung der Männer in der Nachbarschaft zu prüfen.«

Filippo lachte und gab dem alten Wagenmacher einen Klaps auf den krummen Rücken. »Wegen Annamaria brauche ich mir nie Sorgen zu machen. Sie ist treu wie Gold«, meinte er. »Komm doch am Allerheiligentag nach Modena und schau dir unsere Vorführungen an. Wir spielen dieses Jahr ›Abraham und Isaak‹. Und vielleicht hebe ich dir auch etwas von diesem einmaligen Wein auf, du erbärmlicher alter Lustmolch.«

Danach verabschiedeten sich die beiden Freunde herzlich voneinander.

Der Junge kam, kurz nachdem Filippo gegangen war, und Gasparo war gar nicht erfreut. Erstens hielten ihn diese ständigen Störungen von der Arbeit ab, und zweitens sah der Junge nicht so aus, als hätte er Geld.

Immerhin, seine ersten Worte klangen verheißungsvoll.

»Ist dies hier die Werkstatt des genialen Gasparo?« fragte er.

Der alte Mann schlurfte nach vorn, wo der Junge stand. »Ja, das ist meine Werkstatt«, antwortete er.

»Mein Herr braucht eine – Vorrichtung«, begann der Junge. Er fuchtelte mit der Hand in der Luft herum, und im Licht der Öllampen blitzte eine goldene Zechine.

Gasparo war beeindruckt, aber als abgebrühter Geschäftsmann ließ er sich nichts anmerken.

»Ich bin Lehrling bei einem großen Zauberer und Schwarzkünstler«, fuhr der Junge fort, »und der braucht eine Vorrichtung aus Holz, in der er eine Frau in einen Affen verwandeln will.«

»Warum will er denn das tun?« fragte der Wagenbauer.

»Oder einen Affen in eine Frau.« Pantalone zuckte die Achseln.

Gasparo musterte den Jungen: Er war ärmlich genug gekleidet, um ein Lehrling zu sein, andererseits jedoch besser als Gasparos eigene Lehrlinge; er konnte also tatsächlich der junge Helfer eines großen und mächtigen Mannes sein.

»Das wird ihn fünfzig Floren extra kosten«, erklärte der Alte.

Pantalone war erstaunt über diese rasche Entscheidung. »Wie könnt Ihr den Preis bestimmen, wenn Ihr noch gar keine genauen Angaben über die Vorrichtung habt, die gewünscht wird?«

»Das ist ganz gleich«, versetzte Gasparo, »es wird auf jeden Fall keine gewöhnliche Konstruktion sein, und alles, was aus dem Rahmen fällt, kostet fünfzig Floren extra.«

Der Junge nickte angesichts dieser Logik. »Na gut«, sagte er leise, »aber mein Herr besteht darauf, daß die Vorrichtung aus mit Florabella behandeltem Holz gemacht wird.«

Gasparo warf dem Jungen einen mißtrauischen Blick zu. »Woraus?«

»Florabella«, sagte Pantalone langsam und deutlich.

»Was zum Teufel ist Florabella?«

»Ihr wißt doch«, flüsterte der Junge, »das Mittel, das bewirkt, daß Holz nicht brennt.«

Pantalone wußte nicht, daß der alte Wagenbauer Flüstertöne schon lange nicht mehr hörte. »Was?« schrie Gasparo. »Sprich lauter, Junge!«

»Holz, das nicht brennt!« rief Pantalone. In der Werkstatt drehten sich alle Köpfe nach ihm.

Gasparo war beeindruckt und riß die Augen auf. »Holz, das nicht brennt? Ich – von so was habe ich noch nie gehört.«

»So, so. Tja, das wird alles ein bißchen schwieriger machen. Mein Herr kann natürlich das Florabella liefern, und Ihr könnt das Holz damit behandeln, aber der Preis muß dann natürlich entsprechend –«

Gasparo packte den Jungen bei seinem schäbigen Kittel. »Du hast ein Mittel, das bewirkt, daß Holz nicht brennt?«

Pantalone nickte und versuchte sich zu befreien. »Natürlich.«

Gasparo ließ ihn los. »Holz, das nicht brennt. Das kann ich nicht glauben.«

Pantalone sprang von einem Fuß auf den anderen, als langweilten ihn diese unwichtigen Einzelheiten. »Mein Herr hat das Geheimnis aus dem Orient, wo die Häuser nur aus Holz und Papier sind und niemals brennen. Das Geheimnis ist ein Pulver mit dem Namen Florabella. Man braucht nur das Holz damit zu behandeln.«

Gasparo tauschte Blicke mit seinen Arbeitern, die dem Gespräch jetzt mit unverhohlenem Interesse folgten. Im Licht der Öllampen glitzerten seine Augen gierig. »Holz, das nicht brennt«, überlegte er laut. »Ein solches Geheimnis würde mich reich machen.« Die anderen begannen bei diesem Gedanken untereinander zu tuscheln. »Wenn du dieses Geheimnis mit mir teilst«, sagte er aufgeregt zu dem Jungen, »baue ich deinem Herrn die Vorrichtung, die er haben möchte, umsonst.« Er brach ab, als er sich klarmachte, daß er vielleicht ein wenig zu voreilig war. »Aber woher weiß ich, daß das Mittel tatsächlich wirkt?« fragte er, plötzlich wieder mißtrauisch.

»Nun«, antwortete der Junge, »ich bin ziemlich sicher, daß mein Herr von einem Mann Eurer Reputation und Eurer Fähigkeiten nicht erwarten würde, daß er blind glaubt.« Er machte ganz bewußt eine Pause, um seinen nachfolgenden Worten Wirkung zu verleihen. »Ich bin deshalb bereit, Euch eine Demonstration zu geben.«

»Bravo, junger Mann! Sehr gut!« freute sich Gasparo. »Ich versichere dir, mein Junge, wenn das, was du sagst, wahr ist, wird das Geheimnis innerhalb der Wände meiner Werkstatt bleiben, und ich werde in Zukunft alle Vorrichtungen und Geräte, die dein Herr braucht, absolut umsonst bauen.«

Nach einer kleinen Pause fügte er hastig hinzu: »Oder – zum Selbstkostenpreis.«

»Also«, sagte der Junge in bestimmtem Ton und trat in die Mitte der Werkstatt, »zunächst einmal brauche ich einen Haufen Sägemehl und Holzspäne.«

Gasparo nickte seinen Handwerkern zu, und bald erhob sich in der Mitte des niedrigen Raums ein kleiner Berg Sägemehl und Späne.

»Sollten wir das nicht lieber draußen auf der Piazza veranstalten?« meinte Gasparo skeptisch.

»Damit alle es sehen können und gleich wissen, was für ein Geheimnis Euch anvertraut worden ist?« versetzte Pantalone. »Das würde sich doch wie ein Lauffeuer in der ganzen Stadt herumsprechen.«

Gasparo stimmte eilig zu. »Natürlich.«

»Und jetzt«, fuhr der Junge fort, »Florabella!« Er zog einen kleinen Beutel aus seinem Kittel und schüttete etwas von seinem Inhalt in seine offene Hand. »Seht her!« rief er mit dumpfer, geheimnisvoller Stimme, während er zuerst den Beutel wieder einsteckte und dann das Pulver von einer Hand in die andere rinnen ließ. Die Zimmerleute und Arbeiter rückten näher heran, um besser sehen zu können, und so gewann Pantalone Zeit, einen raschen Blick durch die offene Tür der Werkstatt nach draußen zu werfen. Mit einem Lächeln sah er, wie der halbfertige Zunftwagen mit Ruffiana auf dem Bock langsam und lautlos vorüberrollte.

»Sieht aus wie ganz gewöhnlicher Sand«, murmelte einer der Arbeiter.

»Was soll daran so geheimnisvoll sein?« meinte ein Lehrling. »Jeder Mensch weiß, daß Sand nicht brennt.«

»Zu fein für gewöhnlichen Sand«, stellte ein anderer fest.

»Mach voran!« knurrte Gasparo, als er sah, daß alle in seiner Werkstatt die Arbeit niedergelegt hatten, um dem Wunder beizuwohnen.

Pantalone nahm zwei oder drei Holzspäne und rieb sie mit dem Pulver ein. Als er fertig war, verstreute er den Rest des ›Zauberstaubs‹, den er vom Dottore hatte, über den Haufen Sägemehl und Späne.

»Es ist soweit!« erklärte er. »Ein Feuer bitte!«

Einer der Arbeiter reichte Gasparo eine kleine Öllampe. »Du bist sicher, daß das funktioniert?«

»Ich schwöre beim Haupt meiner Frau und meiner Kinder«, beteuerte der Junge, »daß dieses Holz nicht mehr brennen wird.«

Gasparo nickte, und einer der Arbeiter zündete an der Lampe ein Talglicht an und reichte es Pantalone. Der bückte sich und hielt die Flamme an den Spänehaufen. Im nächsten Augenblick stiegen dicke gelbe Rauchwolken zur Decke hinauf, prallten dort ab und hüllten schnell die ganze Werkstatt ein. Die Arbeiter und Lehrlinge fingen an zu husten und schimpfend und fluchend mit den Armen um sich zu schlagen. Durch den Qualm glaubten sie die schwächer werdende Stimme des Jungen zu hören: »Daß es nicht rauchen würde, habe ich nicht gesagt!«

Gasparo ließ in seiner Verwirrung die Lampe fallen, die in tausend Scherben zersprang. Im Nu entzündeten sich Sägemehl und Holzspäne, und schon schlugen die Flammen zu den Deckenbalken der Werkstatt empor. Einige der Arbeiter, die sich in die frische Luft auf der Piazza geflüchtet hatten, begannen »Feuer! Feuer!« zu schreien, und ein Lehrling läutete eine Glocke.

Bald strömten von überallher Leute herbei, um dem Wagenbauer zu helfen. Wassereimer, die am Gemeindebrunnen gefüllt wurden, flogen von Hand zu Hand, aber als der Brand gelöscht war, mußte Gasparo erkennen, daß seine Werkstatt fast bis auf die Grundmauern niedergebrannt war. Und da entdeckte er, daß der Zunftwagen verschwunden war.

»Ich hab's ja gewußt!« kreischte er. »Es war Filippo, dieser Bastard! Er hat das restliche Geld nicht beibringen können, um meinen Preis zu bezahlen, darum hat er den Wagen gestohlen.« Wütend hob der Alte die geballte Faust zum Himmel, der im rötlichen Schein glühender Ascheteilchen leuchtete. »Sollen die Motten dein Tuch zerfressen, du hinterhältiger Schurke!«

Arlecchino bemerkte die Rauchsäule, die irgendwo aus dem Herzen der Stadt aufstieg, einige Zeit, bevor er das seltsame Gefährt sah, das sich auf ihn zu bewegte. Im Zwielicht des

Abends brauchte er eine Weile, um Pantalone und ein rothaariges Mädchen zu erkennen, die ›Rettung‹ antrieben, als säße ihnen der Teufel im Genick.

»Hier kommt die große Überraschung!« jubilierte der Junge. »Wir haben einen neuen Wagen!«

Colombina starrte das seltsame Beförderungsmittel verblüfft an. »Was ist denn das?« fragte sie.

»Ich hab' jetzt nicht die Zeit, euch alles genau zu erzählen«, antwortete Pantalone. »Ich kann nur sagen, ich hab' die Vorräte, die du haben wolltest, dazu diesen neuen Wagen, und dank dieser jungen – Dame hier haben wir auch noch das Geld, das du mir mitgegeben hast.«

Die ›junge Dame‹ kletterte vom Wagen und zeigte dabei eine ganze Menge nußbraunes Bein.

»Sie heißt Ruffiana, und ihren Nachnamen weiß ich nicht.« Pantalone wies rasch auf die anderen. »Das sind die Signori Arlecchino, Dottore und Scapino, das ist Signorina Isabella und das hier Signora Colombina.«

Er wandte sich Arlecchino zu. »Ruffiana fährt mit uns«, verkündete er und fügte der Form halber hinzu: »Nicht wahr?«

In dem nachfolgenden Schweigen inspizierten Isabella und Colombina den neuen Wagen, während der Dottore und Scapino ganz unverhohlen Ruffiana inspizierten. Schließlich sagte Arlecchino mit einem Achselzucken zu der versammelten Mannschaft: »Unter den gegebenen Umständen halte ich es für das Beste, wir schlagen uns in die Wälder und machen um Parma einen weiten Bogen.« Er warf Pantalone einen zornigen Blick zu. »In der Stadt scheint es aus irgendeinem Grund zu kochen«, sagte er scharf.

Modena

*Das Wunder von Santa Lucia und die Geschichte vom heiligen Georg und dem Drachen * Der Capitano will in die Dienste Bartolomeo Alvianos treten * Cesare Borgia wird eine Falle gestellt * Die Truppe trifft auf ein feindseliges Publikum, das von Unterhaltung eine andere Vorstellung hat, und entgeht knapp einem tragischen Ende * Der Capitano tritt auf*

Nordöstlich von Parma, nicht weit von den Grenzen des Herzogtums Mailand und den Gebieten der Familie Gonzaga, die von Mantua aus den Norden beherrschte, rollten der stattliche Festwagen der Zunft und der kleine zweirädrige Karren wieder auf die Via Emilia. Aber schon nach zwei Stunden und einer hastigen Besprechung rastete der kleine Zug, versteckt im dichten Unterholz der Ufer eines Po-Zuflusses.

Arlecchino und Pantalone nahmen die Esel und ritten ins Gebirge hinein nach Santa Lucia, ein kleines, abgelegenes Dorf. Der baumlose Dorfplatz sah in diesen späten Oktobertagen grau und trostlos aus. Arlecchino und Pantalone banden ›Tod‹ und ›Zerstörung‹ nicht weit von der Dorfkirche an einen Zaun und gingen das letzte Stück zu Fuß.

Der junge Bruder Giovanni saß allein und unglücklich hinter den Vorhängen im stickigen, dunklen Gehäuse, das den Gläubigen der kleinen Gemeinde als Beichtstuhl diente. Für ihn selbst war es eine Strafe, sich in dem finsteren Kasten aufhalten zu müssen. Von all seinen Pflichten war ihm das Abnehmen der Beichte am meisten zuwider. Die ihm laut seiner Ordination übertragene Macht, die in den Worten »Wem du vergibst, dem wird vergeben werden; wem du nicht vergibst, dem wird nicht vergeben werden« zusammengefaßt war, machte ihm angst.

Er war ein junger Mann, der Gott dienen und nicht seine

Brüder richten wollte, und die Folge war, daß er sich bald einen Ruf als ›leichter‹ Beichtvater erworben hatte. Bis von Reggio und Modena kamen die Übeltäter nach Santa Lucia, um ihre Beichte bei diesem sanften jungen Menschen abzulegen, der keinem, wie es schien, eine höhere Buße als zehn Rosenkränze für die armen Seelen im Fegefeuer auferlegte. Vor dem Osterfest, wenn alle zur heiligen Kommunion gehen mußten, pflegten die Bauernmädchen geduldig vor Bruder Giovannis Beichtstuhl zu warten, weil sie lieber ihm ihre verbotenen Spiele mit den frechen Dorfjungen beichteten als einem Gastpriester in seinem tragbaren Beichtstuhl, bei dem sie schneller an der Reihe gewesen, aber auch strenger bestraft worden wären.

Die Hochherzigkeit und die Güte des jungen Priesters waren allen im Dorf und in der Umgebung bekannt. So kam es, daß nicht nur den Armen und den Hungrigen von ihm geholfen wurde, sondern daß auch jeder zungenfertige Lügner und faule Taugenichts in weitem Umkreis diese Güte ausnützte. Für ihn selbst und den Unterhalt seiner Kirche blieb kaum etwas. In der Tat war die Kasse seit Monaten leer, so daß er jetzt mit dem Gedanken spielte, eine Wallfahrt zu unternehmen, vielleicht zum Schrein des heiligen Gregorius in Modena, der Stadt, in der er geboren und getauft worden und zur ersten heiligen Kommunion gegangen war.

Während er noch über diese Möglichkeit nachdachte, hörte er im Beichtstuhl zu seiner Rechten Bewegung. Er seufzte, zog den kleinen Vorhang über dem Sprechgitter zurück und sprach den Segen. Dann wartete er auf die Sündenlitanei; aber von der anderen Seite des Fensterchens war nichts zu hören.

»Ist da jemand?« flüsterte der junge Priester.

Lange Zeit blieb es still. Dann endlich war eine Stimme zu hören, leise, weich und melodisch. »Bruder Giovanni, du mußt nach Parma gehen.«

Der junge Geistliche drehte überrascht den Kopf, um in die Dunkelheit hinter dem Gitter zu spähen, aber er sah nichts.

»Du mußt nach Parma gehen«, tönte es wieder, »und zum Dom San Giovanni wallfahren, der Kirche deines Namenspatrons.«

»Wer – wer seid Ihr?« flüsterte der zutiefst erschrockene Priester.

»Blicke in dein Herz und du wirst mich erkennen«, lautete die Antwort.

Bruder Giovanni klopfte das Herz bis zum Hals. Eine solche Antwort, so unbestimmt, so rätselhaft, konnte, wie man ihn auf dem Seminar gelehrt hatte, nur aus dem Mund eines übernatürlichen Wesens kommen. Und er sah es als Bestätigung seiner Vermutung, daß der Unsichtbare lateinisch sprach.

Wieder versuchte er, hinter das Gitter zu spähen, und wieder war er sicher, daß dort niemand war.

»Aber – warum Parma?« brachte er schließlich hervor.

»Du mußt dorthin gehen und eines meiner Kinder trösten, Gasparo, den Wagenbauer, an dem ich Wohlgefallen habe.« Es folgte eine kurze Pause. »Jedenfalls bis zu einem gewissen Grad.«

»Gasparo, den Wagenbauer?«

»In diesem Beichtstuhl, mein Sohn, wirst du einen Edelstein von großem Wert finden, der in ein gelbes Tuch eingehüllt ist und auf einer Zechine liegt. Die Zechine ist für dich, mein treuer Diener, denn ich weiß um deine Not.«

»Ein Edelstein?«

»Ein Edelstein von großem Wert, den du Gasparo, dem Wagenbauer, geben mußt, damit er seine Werkstatt wiederaufbauen kann.«

»Seine Werkstatt?«

Dem Priester ging das alles viel zu schnell; er konnte überhaupt nicht begreifen, was vorging. Er spürte nur, daß ihm am ganzen Körper der Schweiß ausbrach.

»Sage ihm, daß seine Gebete erhört worden sind. Jetzt muß ich gehen. Halte Gott in Ehren, beschütze die Witwen und die Waisen, glaube an die Liebe und mach dich am besten sofort auf den Weg.«

»Aber wo finde ich diesen Gasparo?« fragte Bruder Giovanni und wartete mit gespitzten Ohren auf eine Antwort. Aber er hörte nur ein gedämpftes Rascheln, dann nichts mehr.

Nach einer Weile trat der junge Geistliche aus dem Beichtstuhl und sah sich in seiner kleinen Kirche um. Sie war leer bis auf eine schwarzgekleidete, in einen dunklen Schal gehüllte Frau, die vor den brennenden Kerzen auf dem Altar der Heiligen Jungfrau kniete. Er erkannte sie sowohl an ihrem Aussehen als auch an der lauten Stimme, mit der sie den Rosenkranz betete. Erst da drehte er sich um und zog zaghaft den Vorhang zurück. Auf dem kleinen hölzernen Pult unter dem Sprechgitter lag ein gelbes Päckchen. Als er es hochhob, sah er darunter die goldene Zechine. Er war so sehr damit beschäftigt, den Edelstein, seine Verpackung und die Münze zu untersuchen, daß er das kleine Loch in der Außenwand gleich links vom Gitter nicht bemerkte.

Hätte er es bemerkt und sein Auge daran gelegt, so hätte er gerade noch zwei seltsame Gestalten um die Ecke zur Piazza verschwinden sehen: einen großgewachsenen Mann in einem ungewöhnlichen Umhang aus Lumpen und Flicken, auf dem Kopf einen seltsamen Hut mit einer Krempe, die an einen Vogelschnabel erinnerte, und einen zerlumpten Jungen, den nichts Besonderes auszeichnete.

Während Pantalone sich plagte, mit dem schnell ausschreitenden Arlecchino Schritt zu halten, dachte er über das nach, was dieser soeben getan hatte: wie er zuerst mit seinem Dolch ein kleines Loch in die Mauer der Kirche gebohrt, dann eine dünne Röhre aus aufgerolltem Pergament hindurchgeschoben und das Ende, das er in der Hand hielt, so zusammengedreht hatte, daß die Röhre drinnen im Beichtstuhl, in der Nähe des Sprechgitters, eine Art Trichter formte. Damit war Arlecchinos Stimme zur Stimme des Übernatürlichen geworden.

Pantalone war inzwischen in den Beichtstuhl hineingehuscht, hatte den Edelstein und die Münze wie besprochen auf das schmale Pult unter dem Sprechgitter gelegt und sich dann vor dem Beichtstuhl aufgepflanzt, um jeden am Eintreten zu hindern. Erst als er Arlecchinos Schlüsselwort »Halte Gott in Ehren« hörte, war er aus der Kirche hinausgeeilt und hatte gerade noch gesehen, wie der Vagabund das Pergament wieder zur Röhre gerollt und aus der Mauer herausgezogen hatte.

»Und wozu das Ganze?« fragte der Junge nun.

»Weil wir für unsere Handlungen verantwortlich sind. Du hast vielleicht nur die Absicht gehabt, Rauch zu produzieren, um vom Diebstahl des Zunftwagens abzulenken. Aber die Folge war ein Feuer, das die Werkstatt zerstörte, in der ein Mann sich sein tägliches Brot verdient. Dafür bist du verantwortlich und wir alle mit dir, da wir zu dir gehören.« Arlecchino eilte noch schneller die schmale Gasse hinauf. »Wir mußten das wiedergutmachen.«

»Aber warum denn?« fragte Pantalone in nörgelndem Ton. »Die Priester verkaufen Ablässe. Die Kardinäle verkaufen Dispense. Der Papst verkauft Kardinalshüte. Väter verkaufen ihre Töchter. Witwen verkaufen Gefälligkeiten. Händler verkaufen schlechte Waren und Dienste, die kein Mensch braucht. Söldner verkaufen ihr Blut und ihren Kopf. Aber in Wirklichkeit betrügen sie alle irgend jemand. Jeder lügt und betrügt und macht Versprechungen, die er von vornherein nicht halten will, und stiehlt, was er kann, von jedem, der dumm genug ist, sich ausnehmen zu lassen. Warum sollen wir es anders machen?«

»Bist du wie alle anderen Jungen deines Alters?«

»Nein!« sagte Pantalone ungeduldig. »Ich kann schneller laufen und ich bin viel gescheiter!«

»Und darum bezahlen wir für das, was wir nehmen und benützen. Wir sind anders. Wir sind merkwürdig. Wir sind verschroben und lächerlich und absurd.« Er lächelte den Jungen voller Herzlichkeit an. »Aber merke dir, wenn es nicht das Gute gäbe, gäbe es auch das Schlechte nicht. Wir halten das Universum im Gleichgewicht.«

Schweigend überquerten sie die Piazza.

»Und glaubst du, der Priester geht wirklich nach Parma?«

»Ja.«

»Und können wir uns darauf verlassen, daß er den Edelstein Gasparo bringt?«

»Ja.«

»Wie kannst du da so sicher sein?«

Arlecchino blieb plötzlich stehen und wandte sich ihm zu. »Paß auf, mein Junge. Wenn du im Leben jemandem vertrauen mußt, dann tust du gut daran, einem armen Priester zu vertrauen oder einem armen Arzt oder einem armen Lehrer.

Ihre Armut ist Zeugnis ihrer Hingabe und ihres Glaubens an die edleren Prinzipien ihres Berufs. Und ich möchte hinzufügen, daß man gerade in diesen Berufen sehr leicht auf den Pfad von Habgier, Überheblichkeit und Heuchelei gerät.«

»Aber woher bist du so sicher, daß ihn der Edelstein nicht in Versuchung führen wird?«

»Natürlich wird er ihn in Versuchung führen, du Kind! Er ist ja nicht Gott.«

Pantalone sah mit einem etwas geringschätzigen Lächeln zu Arlecchino auf. »Ich glaube nicht mehr an Gott«, erklärte er.

»Sei nicht überheblich, Junge«, versetzte Arlecchino scharf. »Wen interessiert das schon, ob *du* an Gott glaubst? Die grundlegende Frage ist doch: Glaubt Gott weiterhin an *dich*?« Damit wandte er sich ab und ging weiter die schmale Gasse hinunter.

Pantalone rannte ihm nach, und als sie bei den Eseln anlangten, sagte er: »Ich hab' nicht verstanden, was du da vorhin gesagt hast.«

Arlecchino blieb stehen und lachte. »Dann tu, was ich tue.« Er schwang sich auf ›Zerstörung‹, der im Schatten eines Hauses stand. »Wenn ich anfange, so zu reden, dann hör ich auf, mir zuzuhören.«

Der Junge runzelte die Stirn in dem Bemühen zu begreifen, was Arlecchino ihm gerade gesagt hatte, dann saß er auf, und bald waren sie beide aus dem Dorf verschwunden.

Das ist die Geschichte hinter dem ›Wunder von Santa Lucia‹, die man sich mehr als zwei Jahrzehnte in den Dörfern und Städten der Provinz Parma erzählte. Eine Moritat, in der ein Gott der Liebe sich einen armen Priester zum Werkzeug erkor, um dem Wagenbauer Gasparo in Parma, den er aus irgendeinem unerfindlichen Grund liebte, seine Werkstatt wiederzugeben.

Filippo Masaccio glaubte natürlich kein Wort von der Geschichte und sagte das auch seinem Gemeindepriester. »Es ist ja lächerlich, daß unser Schöpfer diesen alten Geizkragen und Dieb so sehr lieben sollte!« erklärte er. »Es ist überall bekannt, daß er eigennützig und arrogant und hinterhältig ist.«

Annamaria Masaccio bezweifelte die Geschichte ebenso, aber der arme Wagenbauer tat ihr leid, und sie fand einige Wochen später eine Gelegenheit, ihn zu trösten.

Arlecchino und Pantalone lenkten den Zunftwagen, in dem Colombina, Isabella und der Dottore zwischen Filippos Weinfässern und anderen Vorräten in einem Abteil saßen, das man extra hergerichtet hatte. Ruffiana fuhr mit Scapino auf dem Karren hinter ihnen her. Isabella und Colombina hielten sich stets abseits von der neuen Frau in der Truppe; und Ruffiana machte von sich aus keinen Versuch, die Kluft zu überbrücken, die immer breiter wurde.

Bei den Männern hatte sie augenblicklich Anklang gefunden, das erklärte vielleicht teilweise die Animosität der Frauen. Der Dottore wurde ihr zum zweiten Vater, nachdem sie ihm anvertraut hatte, daß sie ihren leiblichen Vater infolge der Unfähigkeit ihrer Mutter, sich fremde Gesichter zu merken, und infolge der natürlichen Wanderlust der Soldaten, nie kennengelernt hatte. Scapino mochte sie auf den ersten Blick, und sie verstanden einander ohne viele Worte. Ihre zwanglose, scherzhafte Art des Umgangs miteinander verstärkte Isabellas Abneigung; für Ruffiana jedoch war Scapino ein besonderer Freund, der mit ihr die Lust an jeglicher neuer Erfahrung teilte.

Und auch Arlecchino war ihr zum Beschützer geworden – was Colombina genau wie Isabella schlichter Begierde zuschrieb. Tatsache jedoch war, daß Ruffiana von dem Augenblick an, als sie sich zu ihnen gesellte, niemandem gehörte.

Dennoch kam es in der kleinen, bis dahin friedlichen Gemeinschaft mit dem Eintreffen der Dirne zu den ersten ernsthafteren Reibereien. Wie in einer Ehe waren es Kleinigkeiten, die Colombina und Isabella ärgerten. Ruffiana nahm sich morgens beim Anziehen zu viel Zeit. Ruffiana hatte einfach Colombinas Kamm benutzt, ohne zu fragen. Ruffiana wurde dabei ertappt, wie sie sich Isabellas versteckte Garderobe ansah.

Schließlich beschloß Ruffiana, heimlich wieder zu verschwinden, sobald sich dazu eine Gelegenheit bot. In jeder Stadt, jedem Städtchen, jedem Dorf, sagte sie sich, konnte sie untertauchen und Arbeit finden. Das wichtigste war, daß sie dem Zugriff der Mailänder Kondottieri entkommen war und, wenn alle Stricke reißen sollten, genug Freier finden würde, um sich über Wasser zu halten.

In einer Taverne in Reggio wandte sich Capitano Francesco Benevelli an den Wirt und nannte leise einen Namen. Der glatzköpfige Alte sah ihn prüfend an und winkte ihn dann in eine dunkle Ecke des Schankraums.

»Ihr seid Capitano – Capitano …?«

»Francesco Benevelli. Ja.«

»Ich soll Euch nach dem Namen der einzigen Frau fragen, die ihr je wahrhaft geliebt habt.«

»Annamaria.«

»Gut«, sagte der Wirt. »Das ist der richtige Name. In Ordnung. Also, hier ist die Nachricht für Euch. Er hat gesagt, ich soll Euch ausrichten, daß er erfreut ist, daß Ihr ein – ein Stierkämpfer werden wollt.« Er sah den Capitano neugierig an. »Warum wollt Ihr mit Stieren kämpfen?«

»Weil ich mich nicht gerne hörnen lasse!« antwortete der Capitano ungeduldig. »Los, sagt mir den Rest der Botschaft, ehe ich *Euch* auf die Hörner nehme.«

Der Wirt wurde blaß. »Ach! Ja! Er sagte – er sagte – wenn Ihr ein Stierkämpfer werden wollt, dann müßt Ihr unverzüglich nach –« Er kratzte sich am Kopf. »Ihr sollt Euch an einen Ort begeben, aber ich weiß nicht mehr, wie er heißt. Der Name fängt, glaube ich, mit M an.«

Der Capitano stöhnte. »Mit M? M! Modena? Mailand? Messina?«

»Es hatte was mit Hexerei zu tun.«

»Hexerei? Zauberei meint Ihr, Magie?«

»Richtig!« rief der Alte beglückt. »Magione!« Aber dann packte ihn neue Verwirrung. »Ich glaube jedenfalls, daß er Magione gesagt hat. Kennt Ihr einen Ort, der Magione heißt?«

Der Capitano war nahe daran, die Geduld zu verlieren. »Es ist eine Festung oberhalb des Trasimenischen Sees, ungefähr zehn Meilen westlich von Perugia. Sie gehört Kardinal Orsini. Und weiter?«

»Bei Perugia? Ich war noch nie in Perugia. Ich bin noch nicht mal bis Bologna gekommen.«

»Wenn Ihr Euch jetzt nicht beeilt und mir schnellstens den Rest mitteilt, gebe ich Euch einen Tritt, daß Ihr noch über Bologna hinausfliegt. Was soll ich in Magione?«

»Was?« Wieder geriet der Alte ins Stocken.

»Was ich in Magione soll?«

»Ach so! Er hat gesagt – er sagte –« Der Wirt kratzte sich wieder am Kopf – »er hat was davon gesagt, daß der Stier jetzt das eigene Haus angreift, weiß der Himmel, was das bedeuten soll. Und außerdem sollt Ihr mit einem Mann – wartet, laßt mich überlegen – mit einem Bartolomeo aus Venedig Verbindung aufnehmen.«

»Bartolomeo? Bartolomeo Alviano?«

»Richtig, das ist er. Er hat gesagt, dieser Bartolomeo könnte Euch gebrauchen.«

Der Soldat lächelte erleichtert und wandte sich zum Gehen.

»Wartet!« rief der Alte. »Er hat gesagt, Ihr würdet mir einen Floren dafür geben, daß ich Euch die Nachricht ausrichte.«

Der Capitano blieb einen Moment stehen. »Er hat gelogen«, sagte er.

Beim Erwachen auf ihrem Lagerplatz am Rand von Sabbioneta merkte die Truppe, daß Ruffiana nicht mehr da war.

»Um so besser«, sagte Isabella hochnäsig.

Arlecchino nahm sie beiseite und sagte leise: »Nur deinetwegen reist diese ganze Gesellschaft nach Mantua. Keiner von uns hat einen Grund, für dich Kopf und Kragen zu riskieren, aber wir beschlossen, es zu tun. Und weißt du warum?«

»Mit meinen Edelsteinen habt ihr ausgesorgt«, antwortete sie.

Er kniff die Augen zusammen. »Mit deinen Edelsteinen? Madonna, ich habe mehr als dreißig Jahre ohne deine Edelsteine gelebt, und ich könnte auch den Rest meines Lebens ohne sie auskommen. Wenn du glaubst, daß ich mich des Geldes wegen erboten habe, dich nach Mantua zu begleiten, dann ziehst du am besten allein weiter.« Damit machte er kehrt und wollte sich von ihr entfernen.

»Warte!« rief Isabella ihm nach.

Er drehte sich langsam um. »Was ist?«

Es schien, als wollte sie zu weinen anfangen, aber ihre Stimme war kräftig und stolz. »Du – du hast dich erboten, mich zu begleiten, weil – weil ...«

»Warum?« fragte Arlecchino scharf.

»Weil – ich dich gebraucht habe.«

Er lächelte und trat wieder zu ihr. »Das ist richtig. Und obwohl Ruffiana drei Tage bei uns war, habt ihr beide, du und Colombina, dem armen Kind überhaupt keine Gelegenheit gegeben, euch zu zeigen, wie sehr sie euch brauchte.«

»Uns?«

»Ja, dich und Colombina«, erklärte er. »Und mich und Scapino und den Dottore und Pantalone. Wir waren etwas für sie, das sie noch nie zuvor gehabt hatte: eine Familie. Und es braucht Zeit, Geduld und Liebe, um aus einer Handvoll Menschen, die einander fremd sind, eine Familie zu formen. Sie hat dich gebraucht, und du hast ihr den Rücken gekehrt. Bleibt nur noch die Frage: Weshalb sollte *ich* dir nicht den Rücken kehren?«

Da begann sie tatsächlich zu weinen, und nach ein, zwei Augenblicken leisen Gesprächs gingen sie zusammen zu den anderen.

Ruffiana fand sich gefangen, mit dem Rücken zur Wand in einem düsteren und abgeschlossenen Raum einer Taverne in Gualtieri. Auf dem Tisch – hinter dem sie sich vor den drei Söldnern verschanzt hatte – standen neben einer von Floren und Dukaten überquellenden Börse acht leere Weinkrüge und Teller mit den Überresten der genossenen Mahlzeit. Sie stand ganz ruhig und beobachtete die Soldaten genau, während sie im Geist zu errechnen suchte, wie groß ihre Chancen waren, durch die eine Tür auf der anderen Seite des Raums zu entkommen.

Anfangs war sie mit dem jungen Söldner mit dem kastanienbraunen Haar, der sich Matteo nannte, allein gewesen. Ihre Abmachung war klar und beiden angenehm. Nachdem sie eingewilligt hatte, mit ihm in dieses finstere Hinterzimmer zu gehen, gesellten sich jedoch bald ein Soldat mit narbigem Gesicht und ein sizilianischer Kondottiere mit Händen wie Pranken zu ihnen.

Die Gesellschaft dieser beiden – insbesondere des Sizilianers, der Ruffiana und seinen Kumpanen in allen Einzelheiten beschrieb, was er gern mit Frauen und seinem Dolch, den er seinen ›hübschen Reißzahn‹ nannte, anstellte – raubte dem Stelldichein einiges von seiner Attraktivität.

Die Soldaten hatten sich zunächst mit Gesprächen über den Krieg und die hundert Dukaten unterhalten, die der Sizilianer erhalten sollte, wenn es ihm gelang, einen Mann, den sie Capitano Benevelli nannten, ausfindig zu machen und zu töten. Der Unterhaltung entnahm Ruffiana, daß Cosimo, so hieß der Sizilianer mit Vornamen, auf der Suche nach seinem ehemaligen Vorgesetzten war und Order hatte, ihn unverzüglich zu töten – um so den Franzosen zeitraubende kriegsgerichtliche Maßnahmen zu ersparen.

Nach einer Weile wandte sich das Gespräch den Frauen zu. »Alle sizilianischen Frauen sind der Tradition nach tugendsam«, behauptete Cosimo, »und kein sizilianischer Mann würde sich ihnen gegenüber je irgendwelche Freiheiten herausnehmen, weil das sie nämlich entehren würde, versteht ihr?« Die anderen nickten, und der Sizilianer erläuterte: »Eine Schändung ist natürlich etwas anderes, die ist in Ordnung, denn wenn man einem sizilianischen Mädchen Gewalt antut, dann wird sie trotzdem weiterhin als Jungfrau betrachtet, und man kann sie später ohne Schande heiraten.«

Danach hatten sie sich eine Weile zum Thema Vergewaltigung ausgelassen, um dann allmählich zur Tat zu schreiten. Als sie anfingen, mit groben Händen zu grabschen und zu tätscheln, hatte Ruffiana hinter dem Tisch Schutz gesucht. Jetzt waren die Soldaten dabei, ihre Waffen und Rüstungen abzulegen, die ihnen bei ihrem Spiel hinderlich gewesen wären, doch Ruffiana bemerkte mit Bestürzung, daß der Sizilianer seinen ›hübschen Reißzahn‹ nicht aus der Hand legte. Sie wußte, wenn die Männer sich erst einmal über sie hermachten, würde es für sie keine Möglichkeit geben, sich ihrer zu erwehren; und das letzte, was sie erwarten konnte, war das Erscheinen eines Ritters ohne Furcht und Tadel, der sie vor diesen Grobianen retten und auf seinem weißen Roß entführen würde.

Eine durchaus realistische Einschätzung der Lage, wie sich zeigte; ihr Retter nämlich stand plötzlich in einer unförmigen braunen Mönchskutte an der Tür, und seine Stimme war ihr sehr vertraut.

»Signorina Bacchae!« schimpfte der Mönch zornig. »Was bist du doch für ein ungezogenes Mädchen!« Er schlurfte ins Zimmer. »Wie oft müssen wir dir noch sagen, daß du diese kleinen Spielchen nicht mehr machen darfst?« Er drängte sich an dem bulligen Sizilianer und dem narbigen Söldner vorbei und kam um den Tisch herum zu ihr. »Verzeiht, meine Herren«, sagte er, »aber wir können Gott dem Allmächtigen danken, daß ich noch rechtzeitig gekommen bin, Euch vor großem Unheil zu bewahren.«

Cosimo runzelte die Stirn, als der Mönch Ruffiana einen Arm um die Schultern legte und Anstalten machte, sie um den Tisch herum und zur Tür hinaus zu führen.

»Uns vor Unheil bewahren?« rief er drohend und pflanzte sich zwischen dem Paar und der Tür auf. »Was soll das für ein Unheil sein?«

»Fragt mich nicht!« kreischte der Mönch so durchdringend, daß alle instinktiv zurückwichen. »Es ist zu schrecklich, um beim Namen genannt zu werden. Viel zu schrecklich! Seid zufrieden, wenn ich Euch sage, daß Ihr es wissen werdet, wenn es über Euch kommt: das Feuer im Bauch, die glühendheißen Schürhaken im Arsch, der mörderische Schmerz bis in die Zehennägel hinunter und, im letzten Stadium, die Augäpfel, die Euch einfach herausfallen werden – plopp! Direkt in die offene Hand.«

»Gott im Himmel«, murmelte der Sizilianer. »Wie nennt sich das?«

Der Mönch zögerte. »Ihr habt doch gewiß schon vom – Schwarzen Tod gehört?«

»Beim Schwarzen Tod fallen einem nicht die Augen aus dem Kopf«, sagte Matteo, der junge Söldner mit dem kastanienbraunen Haar.

»Hab' ich ja auch nicht behauptet«, entgegnete der Mönch, als hätte er ein paar dumme Schuljungen vor sich. »Ich habe

Euch lediglich gefragt, ob Ihr den Namen kennt, stimmt's? Diese Krankheit hier, von der dieses arme, unglückliche Geschöpf befallen ist, heißt das Grüne Elend, und im Vergleich zu ihr ist der Schwarze Tod ein Schnupfen.«

»Das Grüne Elend?«

»Ja, wegen der Zunge, versteht Ihr. Ich meine, so wie sie anschwillt und immer länger wird und bis in die Nase hinauf wächst und schließlich das unglückliche Opfer einfach erstickt. Das passiert natürlich erst, wenn der Kranke grasgrün geworden ist und überall voller scheußlicher roter Pusteln und Schwären, aus denen stinkender Eiter fließt und –« Wieder wollte er Ruffiana mit sich zur Tür ziehen, aber Matteo hielt die beiden auf.

»Sie ist überhaupt nicht grün«, sagte er.

»Und ihrer Zunge fehlt auch nichts.« Der Sizilianer lachte grölend.

»Komm, wir zeigen's dir«, sagte das Narbengesicht und wollte Ruffiana packen.

»Nein, nein, nein!« rief der Mönch und riß das Mädchen hinter sich. »Hört mir doch erst mal zu! Sie wird noch eine ganze Weile so aussehen, wie sie jetzt aussieht, bis die Endstadien der Seuche erreicht sind. Eines Tages, und das wird schon bald sein, werden ihr einfach die Augen aus dem Kopf fallen. Direkt auf den Boden. So verläuft diese Krankheit bei denen, die sie übertragen. Aber ich warne Euch, schon in diesem Moment ist der Hauch ihres Atems tödlich. Absolut! Sie ist vor zwei Tagen ihren Wärtern entkommen, und jetzt haben wir von Mantua bis Modena siebzehn tote Männer. Und dabei haben wir erst Dienstag.«

Doch Matteo war nicht so leicht zu überzeugen. »Wieso könnt *Ihr* sie dann anrühren, ohne die Seuche zu bekommen?«

Die Logik dieser Frage entging dem Sizilianer nicht, der drohend hinter den Mönch und das Mädchen trat, und Ruffiana erwog die Möglichkeit, einen schnellen Durchbruch an den beiden anderen vorbei zu wagen. Aber da hob der Mönch plötzlich die Hand und warf seine Kapuze zurück.

Es war natürlich Scapino oder zumindest ein Wesen, das entfernte Ähnlichkeit mit Scapino hatte. Sein Gesicht war grasgrün, über und über bedeckt von eiternden Schwären; und schlimmer noch, dort, wo sein linkes Auge hätte sein müssen, war eine graue, glitschige Masse von Flüssigkeit und Schleim, die wabbelnd auf seine Wange herunterhing.

Der braunhaarige Matteo stand wie gelähmt, dann begann er zu würgen und wandte sich ab, der hinteren Wand zu.

Scapino und Ruffiana schoben sich schnell an dem Narbengesicht und dem Sizilianer vorbei, die dastanden wie in Bronze gegossen, und eilten dann durch den Schankraum, wo der Anblick der nässenden Schwären und des grünen Fleisches die anderen Gäste auf ähnliche Weise traf. Niemand versuchte sie aufzuhalten. Im Gegenteil, es öffnete sich ihnen ein Pfad, breiter als der im Roten Meer vor Moses.

Noch als sie auf die Straße hinaustraten, konnte man aus dem Hinterzimmer Matteos Würgen hören, der sein Mittagessen von sich gab. Scapino zog sich die Kapuze wieder über den Kopf, wischte die zerdrückten Weintrauben von seinem linken Augenlid und bedeutete Ruffiana, ›Tod‹ zu besteigen. Er schwang sich auf ›Zerstörung‹, und dann trabten die beiden Esel scharf angetrieben die schmale Straße hinauf.

»Wir haben mit Handaufheben abgestimmt, ob du zurückgeholt werden sollst oder nicht«, erklärte Scapino, der sich immer noch die Reste der Trauben aus dem Gesicht pickte. »Du bist eindeutig überstimmt worden, deshalb bin ich hier.«

Ruffiana sah ihn an. »Überstimmt?«

»Ja.«

»Aber ich kann nicht zurück«, sagte sie leise.

»Du mußt.«

»Nein. Deine – Freunde – die wollen mich in Wirklichkeit nicht.«

Scapino grinste. »Ich hab' dir doch gesagt, die Entscheidung war einstimmig. Ach, Colombina und Isabella waren eifersüchtig, weil sie nicht sicher waren, welchen von den Männern du haben wolltest. Auf den Gedanken, daß du gescheiter sein könntest und gar keinen von uns haben willst, sind sie nicht gekommen. Aber jetzt, nachdem Arlecchino sie aufgeklärt hat, wollen sogar sie dich zurückhaben.« Er schlug dem Esel die Hacken in die Flanken, um ihn zu einer etwas schnelleren Gangart zu veranlassen. »Du *mußt* zu uns zurückkommen.«

Sie lächelte trotz ihrer Vorbehalte. »Warum?«

»Weil dir bei uns keiner Gewalt antun kann. Außerdem, sagt Arlecchino, kann Weglaufen zu einer Gewohnheit werden, die nichts löst.«

Sie schnitt eine Grimasse. »Ach, das brauchst du mir wirklich nicht zu sagen! Du und deine Freunde, ihr lauft doch alle vor irgend etwas weg!«

»Hm, ja und nein«, antwortete er. »Arlecchino sieht es anders. Er meint, vielleicht werden wir zu etwas hingezogen.«

»Zu was?«

»Keine Ahnung«, bekannte er.

»Wahrscheinlich lauft ihr ins gemeinsame Verderben«, brummte sie.

»Kann schon sein.« Er sah sie lächelnd an. »Aber wir finden, du solltest mit dabeisein. Ich meine, wie oft im Leben bekommt man schon die Chance, langsam, aber mit Würde zu sterben?«

Da lachte sie, und er zwinkerte ihr zu und begann ein lustiges Liedchen zu pfeifen, als sie aus der Stadt hinausritten.

Während Scapino Ruffiana errettete, führte Arlecchino die Truppe weiter nach Südosten. Wie zu einem bösartigen Magneten mitten im Herzogtum Modena zog es sie näher und näher zum Sitz von Kardinal Ferrari. Über Correggio und Carpi stießen sie nach Süden, in Richtung Modena vor.

»Wir werden nicht lange bleiben«, meinte Arlecchino, »nur lange genug, um einen Edelstein zu Geld zu machen und Vorräte einzukaufen. Dafür brauchen wir aber einen Bankier, und den finden wir nur in einer Stadt. Modena ist am nächsten.«

Als sie den Stadtrand von Modena erreicht hatten, schlug Arlecchino vor, daß er, Pantalone und der Dottore mit dem Karren in die Stadt hineinfahren, den Edelstein verkaufen und alle Einkäufe erledigen sollten. Die Frauen und Scapino sollten mit dem Wagen außerhalb der Stadt bleiben. Es könnte ja sein, meinte er, daß die Tuchmacher ihren gestohlenen Festwagen suchten; außerdem würden drei Leute, die bescheidene Einkäufe machten, weniger Neugier erregen als eine Person, die einkaufte, als gelte es ein kleines Regiment zu verpflegen. Im übrigen könnten drei Paar Augen und Ohren viel mehr wertvolle Informationen aufnehmen.

In der Festung Magione wartete der Capitano in einem kalten, leeren Korridor vor einem Vorzimmer. Es dauerte nicht lange, da trat ein kleiner, korpulenter Mann in Kettenhemd und Brustpanzer, dem der Löwe von Venedig eingeprägt war, zu ihm.

»Capitano Benevelli?«

»Ja, Exzellenz.«

Der venezianische Kondottiere bedeutete dem Capitano, auf der Steinbank vor dem Erkerfenster Platz zu nehmen. »Wir werden uns kurz fassen müssen, aber Ihr würdet mir von einem Mann empfohlen, dem ich vertraue und den ich hochachte. Er teilte mir mit, daß Ihr – in Schwierigkeiten steckt. Cesare Borgias französische Verbündete wollen Euch an den Kragen, ist das korrekt?«

»Ja, Exzellenz.«

Der Kondottiere sah sich hastig um und senkte die Stimme. »Dann seid Ihr vielleicht in einem günstigen Moment gekommen. In diesem Raum befinden sich mehrere der Kondottieri Cesare Borgias, unter ihnen Vitellozzo Vitelli und die Brüder Baglioni, Gentile und Giampaolo. Sie treffen hier mit Kardinal Orsini, mit Pandolfo Petrucci von Siena, Hermes Bentivoglio von Bologna und Oliveretto von Fermo zusammen. Es handelt sich darum, Cesare Borgia eine Falle zu stellen und ihn zu töten. Versteht Ihr?«

Der Capitano nickte.

»Ich bin als Vertreter Venedigs hier, aber der Doge hat sich noch nicht festgelegt. Wenn das, was ich hier sehe und höre, Hand und Fuß hat, werde ich Euch unverzüglich nach Venedig schicken. Ich selbst werde mich mit den Verschwörern zusammentun.«

Dem Capitano wurde der Mund trocken, und er wollte etwas sagen, aber da stand Bartolomeo schon auf, bedeutete ihm zu warten und trat dann durch die hohe Tür in das Vorzimmer.

Bartolomeo Alviano kehrte bald schon aus dem Vorzimmer zurück. Hochrot im Gesicht, sichtlich erschüttert, eilte er zum Capitano, der immer noch in dem kalten Korridor wartete.

»Das wird eine Katastrophe geben«, flüsterte er ihm zu, während er ihn an einem Arm zur Treppe zog. »Hört mir genau zu. Diese Männer sind Narren. Sie haben ihre Pläne in aller Vollständigkeit dargelegt, und nicht einmal ich konnte übersehen, daß die Hälfte von ihnen vor Cesare Borgia Todesangst hat. Es wird keine Stunde dauern, glaubt mir, dann wird Cesare jedes Wort wissen, das da drinnen gesprochen wurde.« Er wirbelte plötzlich herum und verstellte dem Capitano den Weg. »Ich kann diese Nachrichten keinem anderen anvertrauen. Ich muß augenblicklich selbst nach Venedig aufbrechen. Alles, was ich Euch bieten kann, mein Freund, ist eine mögliche Anstellung bei meiner Rückkehr, im Augenblick jedoch beschäftige ich keine Söldner, und selbst wenn ich es täte, würde ich sie nicht für dieses zum Scheitern verurteilte Unternehmen hergeben.«

Der Capitano stammelte: »Aber – was soll ich ...?«

»Nehmt das hier«, sagte Alviano und drückte dem Capitano eine Börse in die Hand.

»Aber –«

»Verschwindet von hier, so schnell und so weit Ihr könnt. Meidet die Hauptstraßen. Je nachdem, was für Instruktionen ich in Venedig erhalte, werde ich vielleicht zurückkehren, und wenn ja, so werde ich in – oh – Bologna nach Euch Ausschau halten. Das ist immer noch Gebiet der Bentivoglios.«

Der Capitano nickte, wollte etwas sagen, aber ehe er dazu kam, sprang der Venezianer schon in großen Sätzen die Treppe hinunter und war gleich darauf verschwunden.

In einem Vorzimmer des Palazzo Vescovile in der Festungsstadt Imola tippte Cesare Borgia mit seinem juwelenbesetzten Dolch auf einen Punkt auf der großen Wandkarte und sagte:

»Die Dorfbewohner von San Leo haben rebelliert und die Festung erobert.«

Michelotto Corella und Ramiro de Lorca studierten die

Karte, während sie aus silbernen Pokalen Wein schlürften. »Sonst noch welche, Herr?« fragte Michelotto ruhig.

»Sechs weitere«, antwortete der Herzog, »und die Bürger von Urbino haben sich ebenfalls erhoben und fordern die Rückkehr dieses Idioten Guidobaldo. Der Statthalter, den ich ernannt habe, ist mit Müh und Not mit dem Leben davongekommen.« An dieser Stelle drehte er sich um, und die Kondottieri sahen überrascht, daß er lächelte. »Und mit fünfzehn Maultieren, die den gesamten Stadtschatz trugen.«

Ramiro lachte und sagte: »Das wird unseren Söldnern willkommene Nachricht sein, Herr.«

»Jetzt aber brauche ich folgendes«, fuhr Cesare fort. »Ihr, Michelotto, müßt Euch hier, bei Rimini, mit Verstärkung aus Ramiros Reihen neu formieren. Dann stoßt Ihr zu Ugo da Moncado, der hier zwischen Pergola und Fossombrone steht, und schlagt die Unruhen nieder.«

Der hünenhafte Kondottiere nickte. »Einschränkungen?« fragte er.

Das Lächeln des Herzogs kehrte zurück. »Diese Aufständischen sind unwissende und fehlgeleitete Narren, Michelotto. Belehrt sie in meinem Namen.«

Michelotto nickte und wandte sich zur Tür, doch Ramiro drehte sich noch einmal um und sagte: »Es gibt Gerüchte von Rebellion unter Euren eigenen Kondottieri, Herr. Ich möchte Euch beteuern, daß ich nicht zu ihnen gehöre.«

Cesare trank aus seinem Pokal. »Ich weiß«, antwortete er. »Ich weiß – alles.«

Die drei Reisenden suchten zuerst das kleine Geschäft Aarons des Juden in der Loggia della Mercanzia auf. Er wechselte ihnen einen kleinen Smaragd in Dukaten, die Arlecchino mit dem Dottore und Pantalone teilte.

Pantalone schimpfte über die Gebühren, die der Geldwechsler verlangte. »Mit Juden macht man am besten überhaupt keine Geschäfte. Ich mag Leute nicht, die mit Geld handeln.«

Arlecchino schüttelte den Kopf. »Das hält dich aber nicht davon ab, mit Dirnen und Händlern Geschäfte zu machen, nicht wahr?« Dann erklärte er Pantalone geduldig, daß die

Juden in das Geschäft der Geldverleiher und Geldwechsler hineingetrieben worden waren, »weil die christlichen Machthaber es den Hebräern verboten, andere Berufe zu ergreifen. Den Christen hingegen war es vom Heiligen Vater verboten, sich als Geldwechsler zu betätigen.« Er begann, sich für sein Thema zu erwärmen und versuchte, dem Jungen die grundlegenden Fakten der Ökonomie zu erklären. »Sehr häufig ist das gesamte Vermögen der Kaufleute in Waren angelegt, die weite Wege reisen müssen, ehe sie verkauft werden. Das dauert lange, und in dieser Zeit müssen die Kaufleute genug Geld haben, um ihre Geschäfte weiterzuführen. Die jüdischen Geldverleiher waren bereit, ihnen dieses Geld in Hinblick auf die zukünftigen erfolgreichen Geschäfte vorzustrecken. Viele dieser Geschäfte scheiterten jedoch mit hohen Verlusten. Und das ist der Grund, weshalb die Juden so hohe Zinsen verlangen, wenn sie keine handfesten Sicherheiten bekommen. Außerdem«, fügte Arlecchino hinzu, »halten die jüdischen Geldverleiher stets ihre Versprechen und schwatzen nicht. Du wärst um einiges klüger, wenn du es ebenso machen würdest.«

Genau, dachte Pantalone, Kapitel vierzehn, Vers zwölf aus dem dritten Brief Arlecchinos an seine Untertanen.

Und wir haben erst Dienstag.

Nachdem der Dottore auf der Piazza Grande seine Einkäufe erledigt hatte, machte er einen Abstecher in die Straße der Tuchmacher. Von Stand zu Stand ging er und inspizierte die ausgelegten Stoffballen: Wolle und Spitze aus dem Westen, Seide und Satingewebe aus dem Osten. Sein Künstlerauge maß die Wirkung des Sonnenlichts auf den unterschiedlichen Stoffen, und wieder dachte er über Verrocchios Geheimnis nach. »Es muß das Licht sein«, murmelte er vor sich hin.

»Gasparo, der Wagenbauer aus Parma«, hörte er einen älteren Zunftherrn seinem Gesellen erzählen, »bekam ursprünglich den Auftrag, verstehst du. Aber als dann seine Werkstatt niederbrannte und mit ihr der halbfertige Festwagen unserer Zunft, behauptete er, Bruder Filippo aus Piacenza habe ihn gestohlen. Und dann hat dieser Schurke versucht, beim Herzog ein Urteil gegen Bruder Filippo zu erwirken, daß der seinen Verlust bezahlen müßte. Dieser gierige Blutsauger!«

»Die Welt ist voll von Dieben.« Der Geselle seufzte.

»Aber Bruder Filippo wußte, daß Gasparo ihn übers Ohr hauen wollte, und er hat dann trotz der Bitten seiner schönen, frommen Frau, Mitleid walten zu lassen, die Zunft vor weiteren Geschäften mit dem Gauner gewarnt.«

»Gauner und Diebe«, jammerte der Geselle und schüttelte traurig den Kopf.

»Zum Glück hatte Mario, der Wagenbauer aus Mantua, bereits einen anderen Festwagen für die Maurerzunft gebaut, der nie bezahlt wurde. Den hat er dann Bruder Filippo verkauft, und den werden wir morgen beim Allerheiligenfest nehmen, wenn wir ›Abraham und Isaak‹ aufführen.«

Plötzlich drängte sich ein Junge am Dottore vorbei, schnappte sich einen seidenen Schal vom Stand des Tuchmachers und war in der engen Gasse wieder verschwunden, ehe der Handwerker ihn aufhalten konnte.

»Möge Gott dich strafen!« schrie er dem Jungen nach. Dann seufzte er und trat wieder hinter seinen Verkaufstisch. »Modena war einmal eine so schöne Stadt«, sagte er. »Und sieh es dir jetzt an! So schlimm wie Parma oder Mailand! Man ist auf den Straßen seines Lebens nicht mehr sicher.«

Der Geselle nickte. »Und habt Ihr schon von dieser Bande abtrünniger Söldner gehört, die oben im Norden ihr Unwesen treiben? Ihren Dienstherren ging das Geld aus und sie konnten sie nicht bezahlen, seitdem ziehen diese Teufel plündernd und mordend durch das Herzogtum. Es scheint, sie wollen hinüber nach Westen, nach Genua, um auf dem Seeweg nach Venedig heimzukehren.«

»Mörder und Plünderer?« Der ältere Mann schauderte. »Woher kommen sie? Sind es Schweizer? Flamen? Franzosen?«

»Das weiß keiner. Manche behaupten, sie seien nicht einmal in schwerer Rüstung, so daß sie sich sehr flink bewegen können. Ich hab' gehört, daß sie keine Tagreise von Reggio entfernt einen Hof überfallen haben. Sie haben den alten Bauern umgebracht, seine gesamte Ernte gestohlen, seine

Schafe abgeschlachtet und seine Frau und seine Tochter vergewaltigt. Es ist eine Schande! Aber hier oben im Norden werden alle Straßen von den Söldnern des Herzogs d'Este überwacht, nach Modena können sie also nicht kommen.«

Der Blick der beiden Tuchverkäufer fiel jetzt auf den Dottore, der noch immer dasselbe Stück Stoff befingerte, und der ältere der beiden Männer musterte ihn mit erfahrenem Blick von Kopf bis Fuß. Einen Moment noch, dann gingen er und sein Geselle langsam um den Verkaufstisch herum auf den Dottore zu, der die Zeit für gekommen hielt zu verschwinden. Er verneigte sich kurz und knapp und ging dann mit großen Schritten die Straße hinunter.

Nicht weit vom großen Dom Modenas entfernt, standen Pantalone und Arlecchino und beobachteten einen Haufen weißgekleideter Klosterbrüder, die mit Ladungen von Kleidern und Hausrat aus den die Piazza umgebenden Häusern eilten. Sie trugen Standbilder und Gemälde, elegante Möbel und kunstvolle Ornamente, die sie von den Wänden gerissen hatten, und warfen all diese Gegenstände auf einen lodernden Scheiterhaufen. Die meisten Leute sahen schweigend zu, wie die weißgekleideten Brüder, von langsamem, monotonen Trommelschlag begleitet, ihr Werk taten.

»Was hat das alles zu bedeuten?« flüsterte Pantalone. »Was passiert da?«

»Man könnte es als ein letztes Aufschluchzen der *piagnoni* bezeichnen, Savonarolas Anhängern. Sie verbrennen Dinge, die ihrer Meinung nach nichts als Tand sind«, erklärte Arlecchino leise.

Hin und wieder versuchte jemand, sich diesen oder jenen Gegenstand wiederzuholen, um ihn vor dem Feuer zu retten, jedoch ohne Erfolg. Gleich wurde er ihm von den Mönchen wieder entrissen.

»Schau dir all die schönen Sachen an, die sie ins Feuer werfen. Jetzt bringen sie sogar Teppiche und Wandbehänge heraus«, flüsterte Pantalone, als vier der Weißgekleideten mit einem gewaltigen zusammengerollten Teppich auf den Schultern aus einem Haus traten.

»Ja«, antwortete Arlecchino leise.

»Aber warum denn?«

»Weil diese Teppiche und Behänge nicht Christus oder die Heiligen zeigen. Weil das Schnitzwerk der Möbel keine Engel zeigt. Weil sie schön und nutzlos sind und Freude bereiten – aber keine religiöse Verzückung hervorrufen.«

Wieder sahen sie dem Treiben schweigend zu, dann fragte Pantalone: »Wie kann er die Leute dazu bringen, das zu tun? Was für eine Macht besitzt dieser Savonarola über sie?«

Ohne die Augen von der Szene auf der Piazza abzuwenden, antwortete Arlecchino trocken: »Er hat gesagt, Gott habe mit ihm gesprochen. Er habe in den Wolken über Florenz die Hand Gottes gesehen, die ein flammendes Schwert hielt, und eine Stimme habe ihm gesagt, daß Gott den Franzosen erlauben würde, die Stadt zu zerstören, ja ganz Italien zu zerstören, wenn die Leute nicht Buße täten und alles, was eitel, zum bloßen Vergnügen geschaffen sei, vernichteten. Als die Franzosen seine Prophezeiungen nicht erfüllten, behauptete er einfach, auch sie seien böse und frevelhaft in den Augen Gottes. Die Menschen müßten sich endlich abwenden von ihrem Leben in Sünde und Verdorbenheit.«

Pantalone runzelte die Stirn. »Ist das wirklich wahr?«

»Wer weiß?« Arlecchino seufzte und zuckte die Achseln. »Ist es wahr, daß eine große Flut kam und jemand eine Arche baute und zwei von jeder Tierart rettete?«

»Aber – hat Gott wirklich mit ihm gesprochen?« beharrte Pantalone.

»Woher soll ich das wissen? Wer bin ich, der Papst? Mir hat man beigebracht, Gott spreche nur mit Päpsten, und der jetzige Papst ist ein verkommener Wüstling mit einem Heer von Kindern und Mätressen. Wenn es Gott gefällt, mit einem Wüstling zu sprechen, warum dann nicht auch mit einem Fanatiker wie Savonarola?«

»Also mit mir hat nie ein Gott gesprochen«, stellte Pantalone fest. »Hat Gott mal mit dir gesprochen?«

»Ja, einmal. Er sagte: ›Hör auf, so viel zu fragen‹, und damit war unser Gespräch beendet.« Arlecchino senkte die Stimme. »Ich habe einmal von einem Mönch gehört, der nicht nur mit Gott sprach, sondern mit allen Lebewesen. Mit Vögeln, Hunden, Lämmern. Mit allen einfach. Er zog barfüßig durch das

Land, und wilde und schöne Wesen schlossen sich ihm an. Die Vögel ließen sich zum Schlaf auf seinen Schultern nieder.«

»Das könnte ein bißchen peinlich sein«, meinte der praktische Pantalone.

»Bei ihm haben sie sich anscheinend anständig benommen.«

Sie bemerkten nicht gleich den großen, mageren Dominikanermönch, der sich an Arlecchinos Seite schob. »Ist es nicht wunderbar, mein Sohn? Ist es nicht schön? Endlich ist das Ende der Ungerechtigkeit und der Tyrannei der Reichen gekommen.«

Arlecchino nickte. »*Das* möchte ich erleben«, murmelte er.

»Bruder Girolamo hat viele unter den Reichen bekehrt«, fuhr der Mönch fort. »Diese Menschen haben freudig eingewilligt, von ihren Eitelkeiten zu lassen.«

»Von ihren Eitelkeiten?« fragte Pantalone.

»Schamlose Prachtgewänder, gewaltige Spiegel in goldenen Rahmen, Gemälde, Juwelen und Schmuck und Parfümfläschchen ...«

»Und Ihr sagt, die Reichen speisen diese Scheiterhaufen aus freien Stücken?« fragte Arlecchino.

»O ja! Ist es nicht wundervoll! Und noch dazu am Vorabend zu Allerheiligen! Es ist herrlich!«

»Ja, herrlich«, wiederholte Arlecchino und hatte das Gefühl, ein kalter Wind berührte seinen Rücken. »Und was sagt der Papst zu alledem, Pater?«

»Der Papst? Der Papst ist korrupt!« entgegnete der Mönch. »Der Papst war es, der Bruder Savonarola hinrichten ließ, weil er die Exzesse und Obszönitäten des Borgia anprangerte und zu Buße und Umkehr aufrief. Als Antwort darauf hat der Antichrist im Vatikan Bruder Girolamo zuerst exkommuniziert und dann Mariano de Genazzano nach Florenz gesandt, um den Gesegneten als üblen, trunksüchtigen Juden zu denunzieren.«

»Als Juden?« rief Pantalone.

»Und Sohn der Verdammnis«, erklärte der Mönch. »Aber Bruder Girolamo erwiderte nur, er sei nicht derjenige, der sich Konkubinen und Lustknaben halte, er predige lediglich den Glauben Christi.«

»Ja.« Arlecchino nickte. »Nun – Dank Euch, Pater.« Er drückte dem Mönch einen Dukaten in die Hand. »Als Beitrag zu Euren guten Werken, Pater.«

»Gott segne Euch, mein Sohn. Gott segne Euch!« antwortete der Mönch. »Darf ich Euch zum Dank diese kleine Karte überreichen, auf der das Gebet des heiligen Dominikus geschrieben steht?« Er schob die Karte in Arlecchinos Hand und verschwand rasch in der Menge der Weißgekleideten.

»War das nicht derselbe Mönch, der uns in Pavia angesprochen hat und nach Mantua wollte?« fragte der Junge.

Arlecchino zuckte die Achseln. »Für mich sehen alle Mönche gleich aus.«

»Komm, verschwinden wir hier lieber«, meinte Pantalone, »ehe diese Brandstifter auch noch unsere Eitelkeiten finden.«

Arlecchino nickte und warf einen raschen Blick auf die kleine Karte. Dann riß er sie unerklärlicherweise ohne ein Wort zu sagen in Fetzen, die er auf die Straße flattern ließ. Wenig später stieß der Dottore zu ihnen.

Im Schatten der Kathedrale San Geminiano beobachteten der Söldner mit dem Leberfleck auf der Wange und der wieselgesichtige Pater Sebastiano das Trio, das auf eine schmale Gasse zusteuerte, wo der Karren wartete.

»Folgt diesem Manciano, dem Mönch«, sagte Sebastiano. »Ich unterrichte den Kardinal.«

Als Arlecchino, der Dottore und Pantalone zum Lagerplatz zurückkamen, waren auch Scapino und Ruffiana wieder da. Scapino hatte sich das grüne Traubenmus aus dem Gesicht gewaschen und auch die Spuren der roten Pusteln, die er mit Kirschsirup vorgetäuscht hatte.

Arlecchino wirkte erleichtert, daß der Ausflug nach Modena ohne Schwierigkeiten abgegangen war, und als der Dottore berichtete, daß die Tuchmacherzunft annähme, ihr Festwagen sei bei dem Feuer zerstört worden, und daher nicht mehr nach ihm suchte, sagten sich alle, daß die gemeinsame Zukunft nun etwas freundlicher aussähe.

Sie beschlossen deshalb, ein wenig zu feiern. »Es ist der Vorabend von Allerheiligen«, rief Arlecchino. »Ein Tag, der dem Andenken der Toten geweiht ist. Und da wir alle dieser

Gemeinschaft vielleicht schon angehören werden, noch ehe wir Mantua erreichen, wollen wir uns an dem, was wir haben, erfreuen, solange wir können.«

Sie zündeten Fackeln an und stellten sie rund um den Lagerplatz auf. Sie zapften zwei der Weinfässer an, die sie im Zunftwagen gefunden hatten, tischten Käse und Rauchfleisch auf. Sie aßen und tranken, bis sie satt waren, und sangen Lieder, die von Liebe und großen Heldentaten handelten.

Später am Abend erschienen die drei Frauen in Isabellas prachtvollen venezianischen Gewändern und reichlich nach ihren blumigen Parfüms duftend. Colombina paßte natürlich in Isabellas Kleider nicht hinein, aber sie hatte sich hineingequetscht, so gut es ging. Die starken Düfte, fanden alle, waren eine angenehme Abwechslung zu den gewohnten Gerüchen und würden hoffentlich die Mücken fernhalten.

Die Lieder wurden zotiger, drehten sich größtenteils um Geschichten von reichen, wankelmütigen Damen, die durch ihre ungezügelte Leidenschaft zu gewissenlosen Schurken ein böses Ende genommen hatten. Der Dottore war, wie die meisten der anderen, ziemlich betrunken; Arlecchino jedoch war völlig nüchtern und stand so gerade wie eine Eiche. Es war schon Nacht geworden, als er sich den Zunftwagen ansah und meinte, sie sollten ihn so verändern, daß man ihm seine ursprüngliche Bestimmung nicht gleich anmerkte.

»So wie er jetzt aussieht«, sagte er, »spiegelt er die Strenge und die Nüchternheit der Tuchmacherzunft. Ich finde, er sollte mehr – er sollte rustikaler sein, nicht so perfekt. Außerdem«, fügte er hinzu, »könnten wir dann mit ihm in die Städte fahren, ohne die Aufmerksamkeit der Leute auf uns zu ziehen und ohne die Erwartung in ihnen zu wecken, daß wir ihnen auf dem Wagen etwas vorspielen.«

»Aber er ist doch eine Bühne!« entgegnete der Dottore, der Mühe hatte, sich auf den Beinen zu halten. »Er ist den *sacre rappresentazioni* geweiht!«

»Da nehm ich lieber Spaghetti!« schrie Pantalone. »Auf Sacre muß ich furzen.« Er machte ein entsprechendes Geräusch und streckte Colombina, die darüber in ihrer Betrunkenheit kreischend lachte, über das Feuer hinweg seinen Hintern entgegen.

»Es wäre ein Sakrileg«, beharrte der Dottore, »auch nur ein Brett an diesem heiligen Gefährt zu verändern, wenn es nicht wenigstens durch ein frommes Schauspiel seine Taufe erhalten hat.«

»Richtig!« rief Pantalone.

»Insbesondere da dies das Narrenfest ist, der Vorabend des Allerheiligentags«, fuhr der Dottore fort. »Morgen werden die Tuchmacher in Modena ihr Mirakelspiel aufführen. Es ist nur recht, daß wir heute abend etwas auf ihrer Bühne aufführen.«

Sie stimmten ab, und der Vorschlag war schnell angenommen. Dann überlegte man gemeinsam, was man zur Aufführung bringen wollte, und Colombina schlug die Geburt Christi vor.

»Prächtig«, sagte Arlecchino, »und du spielst die Jungfrau Maria und bringst ein Pfund Pferdefleisch zur Welt.«

»Da nehm ich lieber Spaghetti!« schrie Pantalone wieder. »Auf Pferdefleisch muß ich furzen.«

»Die Verkündigung!« brüllte der Dottore.

Doch dieses Thema war rasch erledigt, als Scapino, der Engel, eine Kurzfassung inszenierte, indem er vor die jungfräuliche Isabella hintrat und kurz und bündig sagte: »Soll ich dir mal was sagen? Du bist schwanger!«

»Ich hab's!« rief dann Colombina. »Die Geschichte von dem – von dem Ritter auf dem Pferd.« Sie drehte sich nach Arlecchino um. »Du weißt schon! Das Glasfenster in Aosta.«

»Du meinst, der Kampf des heiligen Georg mit dem Drachen?«

»Genau!« bestätigte sie. »Der heilige Georg mit dem Rachen!« Sogleich merkte sie ihren Versprecher und wollte sich vor Lachen darüber ausschütten.

Sie entschieden sich also für ›Der Kampf des heiligen Georg mit dem Drachen‹, weil es dazu keinen überlieferten Text gab, den man hätte kennen müssen, und weil sich hier Pantalone die Gelegenheit bot, eine seiner Lieblingsfantasien auszuspielen, nämlich ein mächtiges Tier darzustellen.

Scapino meinte, Ruffiana solle die Rolle der schönen jungen Maid spielen, die im Turm gefangen saß, aber sie hielt dagegen, daß ihr die Geschichte nicht bekannt sei. »Was ist überhaupt ein Drache?« fragte sie.

Arlecchino erklärte es ihr. »Ein Drache ist ein schreckliches Ungeheuer mit schuppiger Haut und stinkendem Atem, das Jungfrauen verschlingt.«

»Ach so!« rief Ruffiana. »So einer ist das!«

Dennoch lehnte sie die Rolle ab, mit der Begründung, Isabella sei weit mehr Jungfrau als sie und würde wissen, die richtigen Worte zu gebrauchen.

»Genau das befürchte ich«, sagte Scapino enttäuscht.

Aber Isabella war einverstanden und bekam die Rolle.

Scapino wurde zum heiligen Georg gewählt, weil er ihnen eine herrliche Vorstellung von einem Reitersmann bot, der sich nur schwankend auf seinem Pferd halten konnte, immer wieder hinunterfiel, immer wieder von neuem versuchte, sich in den Sattel zu schwingen, und die meiste Zeit unter seinem Gaul hing.

Schließlich trat Arlecchino vor den Wagen, wies hinauf zum Bretterdach, das als Bühne diente und jetzt im Licht von Fackeln erstrahlte, und rief laut: »Die Legende von Sankt Georg –«, worauf Scapino prompt von seinem imaginären Roß fiel. »– und dem Drachen«, vollendete er.

Pantalone sprang mit einer Fackel zwischen den Zähnen heraus und hätte beinah seinen Kittel in Brand gesetzt.

Colombina und Ruffiana lachten bereits.

»In einem hohen, düsteren Turm, tief im dunklen Wald«, begann Arlecchino die Kulissen zu beschreiben, »wird die schöne Prinzessin Alabastard gefangengehalten.«

»Das heißt doch Alabaster«, korrigierte der Dottore.

»Sie hat ihren Vater nie gekannt.« Arlecchino zwinkerte. Auf der Bühne hob Scapino Isabella auf eines der leeren Weinfässer, das ihr Gefängnis darstellte. »Sie wird streng bewacht«, erzählte der Vagabund weiter, »von dem grimmigen Drachen Stinkmorchel!«

»Stinkmorchel?« rief Pantalone empört.

»Ich bin müde, und meine Fantasie hat ihre Grenzen«, entschuldigte sich Arlecchino. »Marsch, zurück in deine Höhle, Stinkmorchel!«

Pantalone versteckte sich eilig hinter Isabellas Rücken und dem Weinfaß. Er nutzte diese Position, um mit einer Hand Isabellas hübsches Bein zu erkunden, worauf diese laut kreischte, so daß Arlecchino warten mußte, bis diese kleine Nebenhandlung ihren Abschluß gefunden hatte, ehe er den Faden wiederaufnehmen konnte.

»Der schönen Prinzessin droht ein Schicksal, schlimmer als der Tod«, fuhr er schließlich fort.

»Was ist denn schlimmer als der Tod?« fragte Ruffiana.

»Das Leben, mein Kind.« Colombina lächelte und tätschelte ihr das Knie.

»Auftritt des schönen und heldenhaften Ritters Sankt Georg!« kündigte Arlecchino mit lauter Stimme an, und der Dottore, Ruffiana und Colombina empfingen ihn mit Hochrufen.

Scapino hatte sich einen Eimer auf den Kopf gestülpt und versuchte, mit einer langen Stange zu jonglieren, während er so tat, als galoppierte er über die Bühne, wendete, zurückpreschte, vom Pferd fiel und sich beinahe auf seiner eigenen Lanze aufspießte. Bei dem ganzen Getue war ihm der Eimer vom Kopf gefallen, und er war irgendwie mit seinem Fuß hineingeraten und darin steckengeblieben, so daß er eine Zeitlang in kleinen Kreisen auf der Bühne herumhumpelte. Schließlich kam er mit einem Satz an den äußersten Rand der Bühne und tat so, als würde er gleich in die Tiefe stürzen.

Colombina wälzte sich in Isabellas venezianischem Gewand lachend im Gras.

»Als der heilige Georg sich dem Turm nähert«, fuhr Arlecchino fort, »sieht er die schöne Maid, die seinen Namen ruft.« Er drehte sich nach seinen Schauspielern um, aber die waren alle eifrig damit beschäftigt, ihre Finger- oder Fußnägel zu inspizieren, in der Nase zu bohren oder sich am Hintern zu kratzen. »Die Jungfrau spricht!« rief Arlecchino laut, und Pantalone faßte Isabella wieder ans Bein. »Das bist du!«

Isabella räusperte sich geräuschvoll und begann in hellem Singsang zu sprechen: »O mein Herr Ritter! Liebster Ritter! Starker Ritter! Guter Ritter! Bitte, rette mich vor dem bösen Drachen.«

»Was soll ich nun zuerst tun«, fragte Scapino, »dich retten oder bitten?«

»Rette mich!« Isabella lächelte. »Und danach werde *ich* bitten.«

»Was krieg ich, wenn ich dich rette? Erhörst du dann *meine* Bitten?« erkundigte sich Scapino mit einem lüsternen Grinsen.

Isabella fing an zu lachen, faßte sich aber gleich wieder und setzte eine Miene strenger, tugendsamer Leere auf. »O mein guter Herr Ritter, der Himmel wird deine Güte belohnen und dich mit Wohltaten überschütten.«

»Was, da tue ich ein gutes Werk, und dann werd ich vollgeregnet?«

»Ich meine, die Götter werden dir lächeln und dich segnen, was du auch anfängst.«

»Wer braucht das schon? Ich hab' einen reichen Vater«, versetzte Scapino, und zugleich begann sein ›Pferd‹ im Kreis herumzutänzeln. »Was kannst du mir für die nächste Zukunft bieten?« Isabella vergaß einen Moment alle tugendhafte Damenhaftigkeit. Sie schob eine Hüfte vor, umschloß mit einer Hand eine ihrer Brüste, legte die andere auf den Bauch und gurrte: »Wie wär's mit einem Kuß?«

Scapino erstickte fast vor Lachen, schaffte es aber zu murmeln: »Das ist das beste Angebot, das mir gemacht worden ist, seit die Mutter Oberin am letzten Michaelstag den ganzen Wein ausgesoffen hat. Ich nehme an.« Worauf er im Kreis auf der Bühne herumgaloppierte und dabei lauthals brüllte: »He, Drache! Komm raus, damit ich dir geben kann, was du verdienst.«

»Für dich mach ich's für zehn Dukaten«, rief Pantalone, den Kopf hinter Isabellas Röcken hervorstreckend. »Aber bitte bar auf die Hand diesmal, keine leeren Versprechungen.«

»Ruhe!« donnerte Scapino, als die Zuschauer lachten. »Ich bin hier, um dich zu töten, Drache, und die holde Maid zu erretten.«

»Und davon kannst du leben?« fragte Pantalone.

»Sie hat mir einen Kuß von ihrem liebreizenden Mund versprochen«, antwortete Scapino.

»Von ihrem liebreizenden Mund!« schrie der Drache empört. »Die Dame kreischt jedesmal, wenn ich ihr nur die Hand aufs Bein lege.« Er demonstrierte das, und Isabella kreischte und gab ihm eine Ohrfeige. »Holde Maid«, quietschte er, »bist du mir so abhold?« Ein paar Minuten torkelte er wie zu Tode getroffen auf der Bühne herum.

Scapino mußte schließlich dafür sorgen, daß die Handlung sich weiterentwickelte. »Wappne dich, Drache!« brüllte er. »Gleich werde ich dich angreifen und vernichten.«

Pantalone spielte den Feigling. Er versuchte, sich unter Isabellas Röcken zu verstecken, unter den Brettern der Bühne, hinter einer Fackel, und schließlich kniete er mit erhobenen Händen vor Scapino nieder. »Können wir denn nicht darüber reden? Hast du noch nie was von Diplomatie gehört? Findest du das vielleicht gute Politik? Soll das alles sein? Einfach ›Wappne dich, Drache! Ich werde dich angreifen und vernichten‹? Ist das die gute alte italienische Art zu handeln?«

»O ja«, antwortete Scapino kurz, wobei er so tat, als bäumte sein imaginäres Streitroß sich hoch auf. »Wappne dich!«

»Einen Augenblick!« flehte Pantalone. »Nur einen Augenblick bitte. Das Gesetz dieses Landes verpflichtet mich, dich auf meinen Ruf aufmerksam zu machen. Mein Atem ist tödlich.«

»Ich weiß, ich weiß«, stöhnte Scapino und tat so, als hätte er einen Erstickungsanfall.

»Außerdem, hüte dich vor meinen Klauen und Zähnen.«

»Ich habe eine zwölf Fuß lange Lanze.« Wieder wollte der Ritter vorwärts stürzen, und wieder hob der Drache abwehrend die Hände.

»Jetzt hör doch mal«, winselte Pantalone, »bedeutet die Kleine da dir wirklich so viel?«

Scapino zuckte die Achseln. »Na ja, da wird einem wenigstens die Zeit nicht lang.«

Colombinas Gelächter wurde zu einem heiseren Husten, und die Vorstellung wurde für kurze Zeit unterbrochen, damit der Dottore und Arlecchino der armen Frau kräftig auf den Rücken klopfen konnten.

»Vielleicht können wir einen kleinen Handel machen«, schlug Pantalone vor. »Was hast du in deinen Satteltaschen?«

»Eine Wurst«, antwortete Scapino.

»Hanswurst?« fragte Pantalone.

»Nein, Blutwurst.«

Arlecchino stöhnte laut über dieses mühsame Wortspiel, und Scapino machte ihm eine lange Nase, während Pantalone mit dem Hinterteil zu den Zuschauern hinunter wackelte.

»Also paß auf«, sagte Pantalone, »ich mach dir einen Vorschlag. Du darfst dich mit der Jungfrau ein bißchen auf der Wiese tummeln, und dafür kriege ich von dir die halbe Wurst.«

»Welche Hälfte?«

»Welche Hälfte möchtest du denn für den kleinen Hupfer auf der Wiese haben?« fragte Pantalone verdutzt.

»Ich hab' gemeint, welche Hälfte von der Wurst du haben willst.«

»Die Hälfte, von der du noch nicht abgebissen hast.«

Pantalone lachte. »Und dafür geb ich dir die Hälfte von der schönen Maid, von der *ich* noch nicht abgebissen hab'.«

»Ich weiß nicht«, brummte Scapino. »Ist sie eine Jungfrau?«

Pantalone mimte ungläubiges Entsetzen. Wie von einem schweren Schlag getroffen taumelte er auf der Bühne umher. »Ist sie eine Jungfrau?« kreischte er. »Ist sie eine Jungfrau? Kann ein Pferd fliegen? Natürlich ist sie keine Jungfrau! Ist deine Wurst vielleicht eine Jungfrau? Das möcht ich doch sehr bezweifeln. Man kann nur vermuten, was in diese Wursthaut reingerammelt worden ist.«

»Also gut«, stimmte Scapino endlich zu, »ich bin einverstanden.« Er tat so, als werfe er Pantalone etwas zu. »Da, deine Wurst!«

Pantalone rannte zu Isabella und riß sie vom Weinfaß in seine Arme. Dann schwang er das Mädchen wie einen Sack über seine Schulter und rannte zu Scapino zurück, wobei er ihr kräftig auf das Hinterteil klopfte. »Deine Kleine!« rief er laut.

Der Dottore, Ruffiana und Colombina lachten Tränen. Bis dahin hatte Arlecchino aufmerksam die Vorstellung und ihr Publikum beobachtet, jetzt aber stand er auf und ging langsam um das Feuer herum, wobei er mit scharfem Blick in den nahen Wald spähte.

Scapino fiel es als erstem auf. Er stellte Isabella nieder und fragte leise: »Was ist?«

»Macht die Fackeln aus«, flüsterte Arlecchino.

Augenblicklich begannen sie die Fackeln in den Wassereimern zu löschen.

»Sollen wir das Feuer auch löschen?« fragte Pantalone.

»Noch nicht«, antwortete Arlecchino, den Blick noch immer auf die Bäume gerichtet. »Bringt die Frauen in den Wagen.«

Der Junge nickte und schob die Frauen hinter die Vorhänge des Zunftwagens. Arlecchino ging zum Karren und holte sich ein Schwert. Dann verschwand er zwischen den Bäumen.

Bald schon war sein vielfarbiger Umhang nur noch einer von vielen Schatten im Dunkel der Bäume. Der Mond hatte sich hinter eine Wolke verzogen, und der Vagabund bahnte sich vorsichtig seinen Weg, lautlos wie ein Jäger, aufmerksam lauschend. Er hörte nichts, und das machte ihm Sorge. Was war mit den Nachttieren? Warum war die Eule plötzlich still? Was war dort draußen in der Dunkelheit, das im heimlichen Vorüberschleichen kaum die Blätter der Büsche und Bäume zum Rascheln brachte?

Als plötzlich der Mond hinter den Wolken hervorkam, sah er fünf Männer in abgerissenen Uniformen, mit Piken und Schwertern bewaffnet, die sich leise, in lockerer Reihe auf das Lager zu bewegten. Er beschloß, Alarm zu schlagen und gleichzeitig die Aufmerksamkeit der Söldner von seinen Freunden abzulenken. Wenn sie das Lager noch nicht gesehen haben, dachte er, gelingt es mir vielleicht, sie wegzulotsen.

Er stieß einen irren Schrei aus und begann, durch Unterholz und Bäume vom Lager wegzulaufen. Er war zufrieden, als er mehrere Ausrufe hinter sich hörte, dann das Knacken brechender Äste, den trampelnden Schritt der Verfolger. In schnellem Lauf schlängelte er sich zwischen den Bäumen hindurch und setzte mit großen Sprüngen über umgestürzte Stämme und hohe Büsche, jede Bewegung seiner langen Beine anmutig und mühelos.

Der Pfeil, der ihn in den Rücken traf, nahm ihm die Luft, und er stürzte eine Böschung hinunter, zu einem kleinen Weiher, wo er bäuchlings im Schlamm liegenblieb.

Sobald die Frauen hinter den Vorhängen des Zunftwagens versteckt waren, hielt Scapino am Feuer Wache. Er legte sein Gewicht dabei in die Fußballen, wie Arlecchino ihn das gelehrt hatte, um bei einem Angriff jederzeit zum Sprung bereit zu sein. In der einen Hand hielt er ein Schwert, in der anderen einen Dolch, und im Geist ging er in aller Eile noch einmal durch, was er bei Arlecchino gelernt hatte.

Du darfst dir keine Zeit zum Denken nehmen. Wenn du dir erst sagst, hier kommt er, bist du schon ein toter Mann. Jede Bewegung muß Reflex sein. Du mußt sehen und augenblicklich reagieren.

Er versuchte sich zu erinnern, was sein Lehrer über die Hebelwirkung gesagt hatte.

Man kann das Gewicht eines Gegners gegen ihn einsetzen. Wenn seine ganze Stärke und Kraft, sein ganzer Schwung auf einen bestimmten Punkt zielen und wenn du nicht an diesem Punkt bist, wenn er losschlägt, dann wird die geringste rechtwinklig angewendete Kraft genügen, um ihn von den Füßen zu reißen und zu Boden zu schleudern. Und er erinnerte sich: Der Arm des Menschen ist so konstruiert, daß er nur in einer Richtung arbeitet. Wenn du deinen Unterarm als Drehpunkt benützt und vom Ellbogen aus Druck machst, kannst du den Arm deines Gegners in jede beliebige Richtung lenken. Und wohin der Arm geht, muß auch der Körper gehen.

Das alles ging ihm rasch, ohne bewußte Denkanstrengung durch den Sinn, und er fühlte sich gewappnet, als der erste zerlumpte und schmutzige Söldner aus dem Wald hervorbrach. Der Mann erblickte Scapino im selben Moment und zückte seine Pike. Er näherte sich sehr langsam, da er sah, daß Scapino bewaffnet war, und beschrieb dabei mit der Spitze seiner Pike kleine Kreise. Dann sprang er plötzlich. Mit dem Handschutz seines Dolches drückte Scapino die Pikenspitze mühelos abwärts, sein Unterarm, der als Drehpunkt wirkte, schleuderte den Söldner herum, und der Dolch riß dem vor Schmerz und Schreck heulenden Söldner eine tiefe Wunde in die Schulter.

Im selben Augenblick jedoch fühlte Scapino einen Schlag und einen überwältigenden Schmerz am Hinterkopf, und da erinnerte er sich jener Mahnung, die Arlecchino am häufigsten wiederholt hatte.

Halte deinen Rücken zu allen Zeiten bedeckt.

Dann umfing ihn die Dunkelheit.

Pantalone, der hinter den Vorhängen hervorkam, sah Scapino fallen, und wie rund um den Lagerplatz Söldner wie Pilze aus dem Boden schossen. Sie kamen aus allen Richtungen, brachen wie böse Geister zwischen den Bäumen hervor. Acht. Neun. Zehn.

Der erste, der angriff, bekam für seinen Mut einen Tritt zwischen die Beine. Als der zweite Mann sich auf ihn stürzen wollte, hob Pantalone eine Hand, so daß der Soldat den Ring vor Augen hatte. »Jetzt geht's dir an den Kragen, alter Freund«, rief er. »Schau her!«

Auf die Reaktion des Soldaten war er nicht gefaßt; der packte nämlich seine Hand und bog sie nach hinten, bis er das Gelenk brechen hörte, dann riß er den Ring von dem unbrauchbar gewordenen Finger. Pantalone sah durch Tränen des Schmerzes, wie die anderen Söldner sich dem Wagen näherten. Er wollte etwas tun, sie irgendwie aufhalten, aber mörderischer Schmerz packte seinen ganzen Arm und lähmte ihn.

Da erscholl aus dem Inneren des Wagens plötzlich das laute, wilde Brüllen eines Löwen.

Der gute alte Dottore. Pantalone lächelte trotz aller Schmerzen.

»He, Junge!« fuhr ein graubärtiger Söldner ihn an. »Was habt ihr da drinnen?«

»Kannst du das nicht hören?« stöhnte Pantalone. »Hast du noch nie – das Gebrüll eines – nubischen Löwen gehört?«

»Das ist ein nubischer Löwe?« Drei oder vier verwegene Soldaten schlichen trotz der Warnung vorsichtig näher an den Wagen heran. »Was tut ihr mit einem Löwen?«

»Er ist ein – Haustier.« Pantalone grinste mit zusammengebissenen Zähnen. »Darum haben wir ihn auch nicht in einem Käfig.« Die Männer blieben stehen und wichen dann langsam zurück.

»Er ist nicht eingesperrt?« fragte der Graubärtige mit zitternder Stimme.

Pantalone schüttelte den Kopf, und der Dottore zog in seinem Versteck nochmals an seiner Rassel.

Einer der Söldner, der heruntergekommener und stärker von vergangenen Kämpfen gezeichnet war als die anderen, schlurfte an den Wagen heran und hob die Nase in die Luft. Dann grinste er und sagte zum Graubärtigen: »Eine Löwin, Hauptmann, und sie riecht nach Rosen.« Und schon schnellte seine Hand vor und riß die schweren Vorhänge auseinander. Colombina schrie. Der Dottore sprang auf den Söldner hinunter und riß ihn zu Boden, doch da stürzten sich die anderen auf ihn, und schon einen Augenblick später war er im Wirbel schlagender Fäuste und stoßender Füße nicht mehr zu sehen.

Der Graubärtige packte Isabella beim Arm und versuchte, sie aus dem Wagen zu zerren. Doch sie hatte einen Dolch hinter ihrem Rücken verborgen gehalten, und jetzt stieß sie zu. Graubart riß fluchend seine blutende Hand zurück. Zwei weitere Söldner stürzten herbei, doch da war Isabella schon aus dem Wagen gesprungen und gab eine Kostprobe der Künste, die man sie am Hof von Urbino gelehrt hatte. Parade. Finte. Hieb. Ein Soldat wurde entwaffnet, ein zweiter nahm seine Klinge aus der blutenden rechten in die linke Hand. Doch wie Scapino hatte Isabella die Rückendeckung vergessen; der Graubart sprang plötzlich hinter sie, packte sie beim Handgelenk und drückte ihr die Hand zusammen, bis sie den Dolch fallen ließ.

»Rühr sie ja nicht an!« schrie Ruffiana, packte den Mann beim Bart und riß ihn weg. Ein zweiter Söldner wollte sie angreifen, doch Ruffiana drückte ihm mit solcher Gewalt die Daumen in die Augen, daß er schreiend zu Boden stürzte.

Ruffiana schwang die schwere Pike, die dem geblendeten Soldaten aus der Hand gefallen war. Die Waffe traf den Graubart voll in den Magen, und er krümmte sich wild fluchend, die Hände auf den Bauch gepreßt, zusammen. Wieder schwang Ruffiana die Pike und erwischte einen zweiten Söldner mit solcher Wucht unter dem Kinn, daß dieser rückwärts taumelte und fiel.

Colombina und Isabella bemühten sich tapfer, Ruffiana beizustehen, aber das Gewicht der voluminösen venezianischen Gewänder behinderte sie, und gegen die zahlenmäßige Überlegenheit der Söldner konnten sie nichts ausrichten.

Ehe auch er in Schmerz und Schwärze versank, sah Pantalone noch, wie Ruffiana einem von mehreren Soldaten, die sie jetzt umringten, mit der Pike auf den Kopf schlug. Dann jedoch stürzten sie sich auf sie, warfen sie nieder, und der Graubart drängte sich schimpfend und fluchend durch die Meute. Er bückte sich, packte Ruffiana beim Haar und riß ihren Kopf in die Höhe. »So, du Amazone, erst essen wir. Dann lassen wir uns von dir in den Schlaf singen.«

Damit gab er ihr mit dem Handrücken einen so harten Schlag ins Gesicht, daß ihr Kopf zur Seite flog und sie das Bewußtsein verlor.

Stöhnend schlug Arlecchino die Augen auf. Er spürte den Schmerz an der Stelle, an der der Pfeil ihn in den Rücken getroffen hatte, und er versuchte, die Haltung seines Körpers so zu verändern, daß der Schmerz erträglich wurde. Er entdeckte, daß er an das Vorderrad des Zunftwagens gebunden war, das Gesicht dem Lager und dem Feuer zugewandt. Als er nach links blickte, sah er den Dottore, der zusammengesunken, mit blutigem Gesicht an das Hinterrad gefesselt war. Auf seinen Lippen schmeckte er fauliges Wasser. Er nahm eine murmelnde Stille wahr und schüttelte den Kopf, um Klarheit in sein Denken zu bringen, aber jede Bewegung machte die Schmerzen zwischen seinen Schultern nur schlimmer, und bald begnügte er sich damit, still zu sitzen und zu versuchen, sich auf das zu konzentrieren, was er vor sich sah.

Da waren einmal Colombina und Isabella, die, die Hände auf den Rücken gebunden, aneinandergefesselt waren. Der Graubart hockte neben ihnen am Feuer und kaute auf einem Stück Fleisch. Ab und zu hielt er inne, um aus einem Becher Wein zu trinken. Aber keinen Moment lang ließ er Isabella aus den Augen.

Die Tatsache, daß es so ruhig zuging, kein Lärm und Getöse herrschten, machte Arlecchino noch mehr angst. Die Söldner hatten den Wein entdeckt, aber nichts sprach dafür, daß sie berauscht waren. Am Feuer stöhnte und jammerte einer der Verwundeten und versuchte hin und wieder, sich auf seinen Arm zu stützen, um den Kopf aus dem Schmutz zu heben; aber die tiefe Wunde, die sich quer über seine Schultern zog, hinderte ihn daran. Niemand achtete auf ihn, nur einer sagte: »Du stirbst gleich. Sei endlich still.«

Eine Erinnerung überkam Arlecchino. Starke, schweigende Soldaten nahmen eine Stadt, die kapituliert hatte. Man hatte den Verteidigern versprochen, daß das Leben und das Eigentum der Bürger nicht verletzt werden würden. Doch innerhalb einer Stunde standen die Häuser in Flammen, und die Söldner schafften alles fort, was irgend von Wert war. Frauen und Kinder schrien und weinten, jede Pike, jede Schwertklinge war blutbefleckt. Und in all diesem Grauen, in all dieser Zerstörung gingen die Soldaten mit eiskalter Nüchternheit vor. Sie sprachen kaum, sie brüllten nicht in ihrem Blutdurst. Sie handelten mit einer kalten, schweigenden Gleichgültigkeit, als ginge sie die Vernichtung, die sie verbreiteten, nichts an.

Landsknechte, dachte Arlecchino bei sich, Söldner, die unter den Bauern Tirols angeworben worden waren. Berufssoldaten, die gewöhnlich achthundert Gulden für drei Monate Dienstzeit bekamen, jedoch, wenn der Sold nicht pünktlich bezahlt oder als unangemessen betrachtet wurde, zu einer erbarmungslosen Kraft von Terror und Gewalt wurden und selbst ihr Werk der Zerstörung mit Disziplin angingen. Gewalttätige, erbarmungslose Männer, vertraglich verpflichtet, sich selber um Waffen, Rüstungen und Pferde zu kümmern, Nahrung nur von den Marketenderinnen zu kaufen, die mit dem Heer zogen, dem Vorgesetzten fraglos zu gehorchen.

Arlecchino zählte etwa zehn oder fünfzehn hier, offenbar eine sogenannte Rotte, eine kleine Unterabteilung des fünfhundert Mann starken Fähnleins. Sie reichten die Gemälde aus dem Karren ohne Interesse herum, als sei ihr Wert äußerst fraglich oder nicht von Belang. Sie taxierten jeden der Gegenstände, die sie fanden, und verstreuten die Sachen dann rund um sich herum. Ein oder zwei aßen ungerührt weiter, ein paar andere hatten sich am Rand des Lagers niedergelegt und schliefen.

Wo, fragte sich Arlecchino, sind die anderen: Ruffiana, Pantalone und Scapino?

Ein kleiner, dreckstarrender Söldner mit einer Narbe im Gesicht, die sich von seinem Nasenrücken bis über die rechte Wange zog, trat mit einer der Leinwände, die er ausgerollt vor sich hielt, zu dem Graubärtigen. »Nichts als Kleider, Duftwässer und ein paar kleine Standbilder. Aber sieh dir das an, Hauptmann«, sagte er. »Eine nackte Frau! Schau her!«

Der Graubart warf einen abgenagten Knochen ins Feuer und nahm die Leinwand.

»Hat Ähnlichkeit mit der Kleinen da, nicht wahr?« Das Narbengesicht deutete grinsend auf Isabella.

Der Graubart studierte das Gemälde eine Weile. »Ja«, murmelte er dann mit heiserer Stimme. »Sieht aus wie sie.« Über das Feuer hinweg grinste er Isabella an. »Bist du das, Madonna?«

Isabella sagte nichts – was Arlecchino ermutigend fand.

Der Graubärtige stand auf und ging zu Isabella und Colombina. Die einst prächtigen venezianischen Gewänder hingen in Fetzen. »Bist du das?« Er sah sie lüstern an. Sie schwieg, wollte sich abwenden, aber er packte sie bei den Haaren und riß ihren Kopf herum. »Bist du das?« wiederholte er und griff ihr gleichzeitig mit der rechten Hand an die Brust, hart und gewaltsam. Isabella schrie auf und trat nach ihm, aber er zog nur noch stärker an ihren Haaren.

Dann ließ er sie plötzlich los, trat zwei Schritte zurück und zog langsam seinen Dolch. »Na komm«, sagte er drohend, »zeig her, ob du das bist.« Die anderen Männer ließen von ihrem Zerstörungswerk ab, um ihren Hauptmann zu beobachten, und einer, ein Einäugiger mit dunkler Haut, zischte: »Ja. Sie soll sich zeigen.« Der Graubärtige trat zu ihr und ging daran, mit seinem Dolch das bißchen Stoff aufzuschlitzen, das von ihrem Mieder noch geblieben war.

Da rief Colombina plötzlich: »Hölle und Donnerwetter! Was seid ihr für Idioten.«

Nur Colombina hätte erklären können, was sie sich von diesem Ausbruch erhoffte, aber die Reaktion, die erfolgte, war es ganz sicher nicht. Der Graubärtige starrte sie verblüfft an. Die anderen standen stocksteif, die Augen mit stierem Blick auf sie gerichtet.

»Von so einem Luxusdämchen könnt ihr doch nichts erwarten! Die ist Eis und Granit. An der werdet ihr keinen Spaß haben. Wenn ihr wirklich was sehen wollt, dann schneidet mich los und laßt mich da auf den Wagen hinauf. Ich biete euch was, bei dem sich das Hinschauen lohnt.«

Noch immer starrten die Männer sie schweigend an. Einige, die bisher geschlafen hatten, regten sich und setzten sich auf. Der Graubärtige brummte, schien erst nicht zu begreifen, dann jedoch hob er seinen Dolch und durchtrennte die Lederriemen, mit denen Colombina gefesselt war.

Auch Isabella kam dadurch frei. Sie entfernte die Reste der Riemen von ihren Armen und wich zurück, ohne Colombina und die Männer aus den Augen zu lassen. Die meisten von ihnen hielten ihre Aufmerksamkeit auf den Graubärtigen und Colombina gerichtet, die es irgendwie fertigbrachte, verführerisch zu lächeln. Langsam, mit anzüglichen Bewegungen, schwänzelte sie um den Anführer der Räuber herum, berührte ihn auf die ihr eigene geschickte Art flüchtig hier und dort, ehe sie durch die Schar der Gaffenden zu der Leiter ging, die zur Bühne des Festwagens hinaufführte. Die Söldner beobachteten sie stumm, mürrisch, mit ausdruckslosen Gesichtern, reagierten auch nicht, als sie langsam und rhythmisch zu klatschen begann. »Na kommt schon!« rief sie. »Ohne Musik kann ich nicht tanzen.«

Die Männer blieben untätig, starrten nur blöde zu ihr hinauf. Doch der Graubärtige und ein paar andere setzten sich hin, um ihr zuzusehen, und da begann Colombina zu tanzen.

O nein, stöhnte Arlecchino innerlich, tu das nicht. Seine Angst wurde noch größer, als er sah, wie der Graubärtige plötzlich Isabella packte und zu sich auf den Schoß hinunterzog.

Jetzt wird es nicht mehr lange dauern, dachte er.

Hätte er sich umdrehen oder auf die andere Wagenseite gehen können, so hätte Arlecchino sehen können, daß Scapino, mit dem Gesicht zum Wald, direkt hinter ihm an das rechte

Vorderrad des Wagens gefesselt war. Durch die mittlerweile getrockneten und verkrusteten Blutbäche, die ihm aus der wieder aufgeplatzten Kopfwunde in die Augen geronnen waren, konnte Scapino kaum etwas sehen. Rechts von ihm war Pantalone an das vierte Wagenrad gebunden, so fest, daß das gebrochene Handgelenk an den Felgenkranz gequetscht wurde, was die Schmerzen drastisch verschlimmerte. Aus dem Lager, das sich hinter ihnen befand, hatten sie seit einiger Zeit nichts mehr gehört, und diese Stille an sich war schon beängstigend. Sie sagten sich, daß die anderen entweder tot sein müßten oder die Räuber vorübergehend Ruhe gaben.

Sie hatten das volle Ausmaß der Gefahr erkannt, als ein paar Männer Arlecchino stöhnend und voller Schlamm auf den Lagerplatz geschleppt und an ein anderes Rad des Wagens gefesselt hatten. In den klaren Momenten, wenn sie nicht von Schmerz überwältigt waren, war Scapino und Pantalone klar, daß die Söldner sie früher oder später alle töten würden.

»Wenn ihr den Donner hört, schreit, so laut ihr könnt«, sprach eine dunkle Stimme aus dem Wald.

Pantalone hob den Kopf, um zu sehen, wer da gesprochen hatte, aber er sah nur Schatten und Finsternis zwischen den Bäumen. »Was?« flüsterte er. »Wer ist da?«

»Wenn ihr den Donner hört, dann schreit, so laut ihr könnt«, erklang es wieder, klar, aber gedämpft. »Und schreit immer weiter, so laut und so lange ihr könnt.« Dann war es einen Moment still. »Habt ihr mich verstanden?« Pantalone nickte, obwohl er gar nichts verstanden hatte, und warf einen Blick auf Scapino, der mit einer Bewegung seines blutigen Kopfes andeutete, daß auch er gehört und verstanden hatte.

»Wer bist du?« flüsterte Pantalone.

Aber er erhielt keine Antwort.

Die tanzende Colombina hätte nicht sagen können, warum sie das Gefühl hatte, um jeden Preis Zeit gewinnen zu müssen. Soweit sie wußte, bestand keine Hoffnung darauf, daß jemand sie und ihre Freunde retten würde; trotzdem tanzte sie weiter. Irgend etwas in ihrem Inneren sagte: Solange das Messer nicht an deiner Kehle liegt, ist alles gut.

Arlecchino mochte sie davon überzeugt haben, daß die erste Voraussetzung dafür, ihrer Kunst gerecht zu werden, darin bestand, sie zu lieben; die Furcht jedoch hatte jede bestehende Neigung ausgelöscht. Arlecchino sah mit Bekümmerung, daß sie noch schlechter tanzte als zuvor. Sie stolperte und schwankte, schien ständig kurz vor einem Sturz, versuchte Sprünge und schaffte sie nicht. Doch wenn der Tanz ihrem Meister linkisch und peinlich erschien, so fanden ihn die Landsknechte offenbar völlig faszinierend. Anfangs starrten sie die Frau erstaunt an und fragten sich, was sie eigentlich wollte.

Hatte sie etwa einen Anfall? War dies vielleicht irgendein wahnsinniges Ritual, das italienische Frauen zelebrierten, wenn sie dem Tod ins Auge sahen? Oder war es vielleicht ein religiöses Erlebnis?

Nach einer Weile verringerte sich ihre Faszination auf bloße Neugier. Colombina hatte ihr zerfetztes Gewand abgestreift, in der Hoffnung, der Anblick ihrer Nacktheit würde die Aufmerksamkeit dieser Männer ein wenig länger fesseln. Sie stellte mit einer gewissen Genugtuung fest, daß die Bewegungen ihrer nackten Brüste im Fackelschein ihre Wirkung auf die Männer nicht verfehlten, sie wagte allerdings nicht, daran zu denken, was geschehen würde, wenn der Zauber zerbrach.

Der Graubart war der erste, der sich der Absurdität der Situation bewußt wurde. Was immer diese dicke Nackte da oben tat, mit seinen eigenen Absichten hatte es wenig zu tun. Ohne sich weiter um die tanzende Frau zu kümmern, wandte er sich Isabella zu, stieß die sich Wehrende in den Schmutz, schob ihre Röcke hoch und versuchte, sie zu besteigen. Wie auf ein Zeichen standen mehrere andere Söldner langsam auf und stiegen zur Bühne hinauf. Ohne ein Wort oder einen Wink warfen drei von ihnen Colombina zu Boden, und ein vierter, der Einäugige, drückte ihr die Beine auseinander.

Als in diesem Augenblick der Donner erscholl, erschreckte er alle, auch Scapino und Pantalone, die darauf vorbereitet waren.

Der einäugige Söldner, der Colombina überwältigt hatte, bäumte sich auf, schnappte röchelnd nach Luft und fiel zur Seite, sein Gesicht nur noch eine blutige Masse. Scapino und Pantalone begannen zu schreien wie die Wahnsinnigen und hörten erstaunt ähnliche Schreie aus den dunklen Wäldern rundherum.

Ungeheure Verwirrung brach im Lager aus. Der Graubart ließ von Isabella ab, sprang auf und wirbelte mit gezogenem Dolch herum, um dem Feind zu begegnen. Die anderen jedoch waren noch zu benommen von Wein und Schläfrigkeit und stolperten in dem Bemühen, dem Feind entgegenzutreten oder Deckung zu suchen, wie blind umher. Zwei oder drei verschwanden mit ihren Beutesäcken heimlich in der Dunkelheit der Wälder.

Der nächste Knall erfolgte aus einer ganz anderen Richtung, und der Graubart spürte nur kurz den mörderischen Schmerz, als es ihm das Gesicht zerriß. Dann schwankte er wie ein großer Baum in einem heftigen Sturm und fiel ins Feuer. Seine zerlumpten Kleider gingen sofort in Flammen auf, und er brannte im Nu wie eine riesige Fackel.

Die anderen Söldner hatten indessen allesamt das Weite gesucht, doch hin und wieder hörte man aus der Dunkelheit einen Schrei oder einen donnernden Knall, Zeugnis plötzlichen Todes im Schwarz der Bäume.

Isabella packte das Messer des Graubärtigen und lief zum Wagen. Sie durchschnitt die Fesseln, mit denen Arlecchino ans Rad gebunden war. »Verdammt«, murmelte er und versuchte trotz seiner Schmerzen zu lächeln, »euch kann man doch nicht einmal eine Minute lang allein lassen, ohne daß ihr in Schwierigkeiten geratet.«

Gemeinsam befreiten sie den Dottore, Scapino und Pantalone. Colombina hüllte sich in einen Umhang, dann machten sie sich alle auf die Suche nach Ruffiana.

Sie fanden sie an einer Stelle zwischen dem Zunftwägen und den Bäumen. Die Landsknechte hatten sie gebunden und nackt über eines der Weinfässer gelegt, um sich so kalt und erbarmungslos mit ihr zu vergnügen. Ihr ganzer Rükken und ihr Gesäß waren übersät von kleinen Schnitten, mit denen sie ihr immer neuen Schmerz zugefügt hatten, und wo ihre Haut noch nicht rot von Blut war, war sie blutunterlaufen und schmutzig. Einen Moment lang standen sie wie erstarrt, stumm und entsetzt, dann durchtrennte Colombina rasch die Fesseln des Mädchens, riß sich ohne einen Gedanken an die eigene Blöße den Umhang vom Körper und hüllte Ruffiana zärtlich darin ein. Scapino nahm sie in die Arme, und so trugen sie sie zurück auf die Lichtung und legten sie beim Feuer nieder.

Und Isabella, die Stolze, weinte um sie.

Sie wuschen Ruffiana, packten sie in warme Decken und legten sie in den Wagen. Ein leises Stöhnen, das fast wie ein Hauch über ihre Lippen kam, machte ihnen Hoffnung, und Colombina flößte ihr ein wenig Wein mit Wasser vermischt ein, nachdem sie mit eigenen Händen den geschundenen Körper mit feuchten Leinenstreifen verbunden hatte.

Der Dottore hatte bereits an Scapinos Kopf und Pantalones Handgelenk kleinere Wunder gewirkt und erhitzte gerade die Klinge eines Messers, um damit die Wunde zu behandeln, die Arlecchino von dem Pfeil erhalten hatte, als Capitano Francesco Benevelli auf den Lagerplatz torkelte. In der einen Hand hielt er ein seltsames Werkzeug: eine Röhre, die an einem gebogenen Stück Holz befestigt war und von Metallringen gehalten wurde. Ein zweites, ähnliches Instrument steckte in seinem Gürtel. In der linken Hand trug er ein blutiges Schwert, und auch seine Kleider waren mit Blut bespritzt. Über dem rechten Auge hatte er eine kleine Platzwunde, und er hatte Mühe beim Atmen.

»Verzeiht« – er lächelte sie an – »aber gibt es hier vielleicht einen Wundarzt?«

Er machte noch einen Schritt und brach dann zu Füßen des Dottore zusammen.

Bologna

*Die Wunden heilen, und der Capitano schließt sich mit seinen zwei kuriosen Geräten der Truppe an * Die Reisenden begegnen Tristano, der sie mit dem ältesten lebenden Menschen bekannt macht*

Nach dem Überfall brauchte die Truppe dringend eine Zeit der Ruhe und Erholung, und so hatten sie östlich von Modena in der Nähe des Flusses Reno ihr Lager aufgeschlagen, den angerichteten Schaden festgestellt, ihre Wunden gepflegt, Pläne für die Zukunft geschmiedet.

Zwei der Gemälde waren unrettbar zerstört und eines, das Gemälde mit dem Namen ›Eine Gemeinschaft wunderlicher Heiliger‹, fehlte. Einige von Isabellas Gewändern waren völlig zerfetzt; sie lieferten dem Dottore Verbandszeug für die Wunden seiner Gefährten. Isabellas Beutel mit den Edelsteinen, von denen nur noch drei übrig waren, war auf dem Grund des Futtersacks der Esel nicht entdeckt worden; der Beutel des Dottore jedoch, den er unter seinem Kittel getragen hatte, war den Landsknechten in die Hände gefallen.

Von den Männern, die das Lager überfallen hatten, starben drei direkt auf dem Lagerplatz und sieben im nahen Wald. Alle waren sie vermutlich vom Capitano getötet worden. Ja, der Capitano schwor sogar, als er wieder zu Bewußtsein kam, er habe noch weitere Söldner getötet, sechs oder mehr, die sich offenbar zum Sterben irgendwohin verkrochen hatten, wo sie unentdeckt geblieben waren. Der Capitano schien mit großem Mut gekämpft zu haben; einen nach dem anderen hatte er die Landsknechte bei ihrer panischen Flucht in den Wald ins Jenseits befördert. Mindestens drei mußten Widerstand geleistet haben, denn der Capitano hatte zwei Stichwunden in die Brust und eine in die rechte Gesäßbacke erhalten. Zum Glück war keine der Wunden tief.

Er war unter der zartfühlenden Pflege Colombinas erwacht, die seinen Kopf mit kalten Tüchern abtupfte, nackt bis zur Taille, was ihn nicht weiter wunderte, da dies sein Normalzustand war, wenn er aus dem Schlaf erwachte; jedoch bedeckten lange Stoffstreifen seine Brust und seine Seiten, und das wunderte ihn. Und noch mehr wunderte es ihn, eine attraktive, aber völlig bekleidete Frau an seiner Seite zu finden, die ihm die Stirn abtupfte. Im Fieberwahn sah er mit glasigem Blick zu der drallen Frau auf und flüsterte leise und zärtlich: »Annamaria?«

Colombina tupfte ihm weiter die Stirn ab. »Annamaria?« fragte sie. »Du lieber Himmel, bei dem Namen werden Erinnerungen wach. Ich kannte mal ein Mädchen namens Annamaria. Sie hat irgendeinen Handwerker geheiratet und ist nach Piacenza gezogen. Damals, als ich sie gekannt hab', hieß sie Annamaria Santini, aber die Burschen haben sie immer ›die Lose‹ genannt, weil sie – Ihr wißt schon – sie war – eben großzügig. Wir sind zusammen aufgewachsen, und Annamaria hat mir beigebracht, wie man sich sein Geld verdienen kann – Ihr wißt schon –, wenn die Zeiten schwierig sind.«

Zum Glück war der Capitano schon wieder in einen tiefen Schlaf gesunken, so daß seine Illusionen von Annamarias Treue und sein Seelenfrieden unversehrt blieben.

Pantalones Handgelenk lag zwischen zwei Schienen aus leichtem Holz und war fest mit Leinenstreifen umwickelt. Der junge Mann trug das ganze kunstvolle Arrangement in einer Schlinge und merkte, wie schon nach weniger als einer Woche die Schwellung völlig zurückgegangen war. Er konnte jetzt wieder einen Floren zwischen den Fingern tanzen lassen und übte dieses Kunststück täglich.

Der Dottore hatte Pantalone geduldig erklärt, daß sein Handgelenk aus mehreren Knöchelchen bestehe, von denen einige gebrochen seien, die er nun ruhigstelle, bis sie wieder zusammengeheilt seien. Diese wertvollen Kenntnisse, bekannte er, hätte er sich dank seinen Beobachtungen an den Leichen Meister Leonardos und dessen anatomischen Studien über den Unterarm und die Hand des Menschen erworben. Der Dottore hatte die Zeichnungen und die sezierten

Leichen in dem ewig gleichen Bemühen studiert, das Geheimnis der Kunst Leonardo da Vincis zu entdecken.

Er hielt nicht länger an der Geschichte fest, daß er sich seine medizinischen Kenntnisse durch Behandlung von Wunden erworben habe, die ein Verrückter ihm zugefügt habe; statt dessen erzählte er der Truppe abends am Feuer seine wahre Geschichte in mehreren Folgen. Dazu gehörte unter anderem, daß er behauptete, der illegitime Sohn einer Florentiner Adligen und eines arabischen Banditen zu sein. Seine Geschichten wurden an märchenhaftem Zauber nur von denen Arlecchinos übertroffen und waren nur wenig plausibler als die Colombinas, die behauptete, das Kind einer Mailänder Adligen und eines Araberhengstes zu sein. Den erstaunlichsten Trick jedoch brachte Ruffiana zustande, die überzeugt war, ihr ganzes früheres Leben sei reine Illusion gewesen und sie sei daher eine Jungfrau.

Tatsächlich hatten alle in der Truppe sich so viele verschiedene Geschichten über sich und ihr Leben ausgedacht, daß jeder den anderen eigentlich nur durch sein Verhalten und seine Art kannte.

Die Wunden, die der Dottore selbst empfangen hatte, erwiesen sich als Hautabschürfungen und Blutergüsse, die rasch heilten und verschwanden. Verglichen mit den Verletzungen, die er sich im Dienste des Meisters geholt hatte, waren sie Lappalien.

Scapinos Kopf war in einen Turban aus Isabellas Seiden eingebunden, was ihm ein recht exotisches Aussehen gab, jedoch die Heilung seiner Kopfverletzungen sehr begünstigte. Zweimal am Tag wechselte Isabella die Kompressen aus Blättern und Kräutern und schlang Scapino dann wieder den seidenen Turban um den Kopf. Der Dottore versicherte ihnen allen, daß Scapino nicht an schlimmen Nachwirkungen der Verletzung leiden würde.

Den Frauen war rein körperlich bei dem Überfall nicht allzu viel geschehen. Nur Ruffiana, die am ärgsten mißhandelt worden war, hatte einige Blutergüsse davongetragen, die von der Gewalt Zeugnis ablegten, mit der die Soldaten sich an ihr vergangen hatten. Die Wunden an Rücken und Gesäß, die man ihr beigebracht hatte, um sich an ihrem Schmerz zu weiden, waren nicht tief und heilten rasch. Was ihre Gemütsverfassung anging, so waren die harten Erfahrungen ihrer Jugend ein Schutz, der sie davor bewahrte, seelisch aus den Fugen zu geraten.

Der Umgang der Frauen miteinander hatte sich seit dem Überfall von Grund auf verändert. Es gab kein Mißtrauen mehr gegen Ruffiana, und ihr Versuch, Isabella vor den Söldnern zu schützen, hatte ihr die Zuneigung Isabellas und Colombinas gesichert. Colombina erkannte in Ruffiana sich selbst wieder, als sie zehn Jahre jünger gewesen war, und Isabella begriff endlich, daß es bei Ruffianas Beziehung zu Scapino, die ihr zwar kompliziert und verwirrend erschien, weniger um Erotik als um Vertraulichkeit ging.

Außerdem zeigte sich, daß Ruffiana eine blitzgescheite und schlagfertige junge Person war. Sie und Isabella lieferten sich hin und wieder Wortgefechte – bar jeder Boshaftigkeit –, die die ganze Truppe amüsierten und entzückten. Immer wieder behauptete Ruffiana, Isabellas Erziehung schütze sie vor den Wahrheiten des Lebens, und Isabella ihrerseits erklärte, durch ihre Kindheit auf der Straße habe Ruffiana ein völlig verzerrtes Bild von Adel und guten Manieren gewonnen.

Am interessantesten fand der Dottore Arlecchinos Verletzung. Als er ihm nämlich den buntscheckigen Umhang abgenommen und die Unterkleidung aufgeschnitten hatte, entdeckte er, daß der Pfeil das Fleisch nicht durchbohrt, sondern lediglich einen großen violetten Bluterguß zwischen den Schulterblättern und winzige Risse in der Haut hinterlassen hatte. Daraufhin sah sich der Dottore den Umhang aus Lumpen und Flicken näher an und stellte fest, daß es sich um einen Kettenpanzer handelte.

Der Flickenumhang bestand in Wahrheit aus mehreren Schichten: aus einem Umhang aus Leinen, der mit dicken Metallschuppen, jede etwa von der Größe eines Dukaten, bedeckt war. Diese Schuppen waren auf den Stoff genäht und dann mit einem Flickwerk aus bunten Stoffetzen bedeckt worden, von denen sich jetzt zeigte, daß es Reste von Bannern und Fahnen waren. Der Umhang war schwer, aber der Kettenpanzer hatte Arlecchino davor geschützt, von der

Pfeilspitze durchbohrt zu werden. Unter der Wucht des Aufpralls waren lediglich zwei der Schuppen verbogen worden und hatten sich durch das Leinenfutter in die Haut gepreßt.

Arlecchino war also derjenige der Truppe, der die geringsten Verletzungen davongetragen hatte, doch der Dottore versprach, seine Entdeckung des Kettenpanzers für sich zu behalten.

Er sagte auch keinem etwas davon, daß er in einer verborgenen Tasche des Umhangs ein Päckchen entdeckt hatte, das in Pergament eingewickelt und in einen langen Streifen silberdurchwirkten purpurnen Leinens eingebunden war. Nachdem der Dottore Arlecchinos Verletzungen untersucht hatte, schob er das Päckchen, ohne es zu öffnen und ohne ein Wort darüber zu verlieren, wieder in die geheime Tasche.

Aber natürlich plagten Fragen den guten Dottore. War Arlecchino ein Schweizer Söldner? War er ein Deserteur? Wenn er kein Söldner mehr war, warum trug er dann immer noch den Kettenpanzer? Und was hatte das kleine Päckchen, was das Tuch, in das es eingebunden war, zu bedeuten?

Es war ein Glück, daß der Führer der Truppe am glimpflichsten davongekommen war, denn nun mußten klare Entscheidungen getroffen werden, und das schnell. Wenn auch nur einer der Landsknechte entkommen war – was sehr wahrscheinlich war – und anderen von den Gemälden und Edelsteinen berichtete, so mußte die Truppe mit einem weiteren Überfall rechnen. Da alle Straßen, die nach Norden und nach Mantua führten, von den Söldnern der Familie d'Este bewacht wurden, stellte sich die Frage, ob es nicht das klügste war, weiter die Via Emilia hinunter in Richtung Bologna zu reisen, das Gebiet zu umgehen, indem man nach Norden, in Richtung Ferrara und Padua, zog, um dann schnell nach Westen bis Verona durchzustoßen und sich Mantua von Norden zu nähern.

Das dringendste Problem jedoch, dem sich die Truppe in diesem Moment gegenübersah, war die Frage der Verpflegung. Die Söldner hatten den größten Teil der Vorräte und des Weins aufgezehrt, und die Reste hatte die Truppe in der langen Ruhezeit verbraucht. Alles, was ihnen geblieben war, waren drei von Isabellas Edelsteinen. Die Chance, sie gegen Geld oder Nahrungsmittel einzutauschen, ohne Aufmerksamkeit und Argwohn zu erregen, war äußerst gering. Sie beschlossen daher, es gar nicht erst zu versuchen.

Arlecchino meinte, die Truppe sollte den Festwagen der Zunft, der ja als eine Art fahrbare Bühne konstruiert war, dazu nutzen, sich das Geld für ihre Verpflegung zu verdienen. Sie veränderten den Wagen, indem sie die beiden oberen Eckpfeiler und den Querbalken entfernten und durch dünnere Stangen ersetzten, an dem sie den alten Vorhang, jetzt mit Flicken und Stoffresten besetzt, aufhängten. Dieser Vorhang bildete nicht wie bei den Zunftleuten eine künstlerische Kulisse, sondern gestattete ihnen, sich den Augen der Zuschauer zu entziehen, um sich auszutauschen, umzukleiden, um ihre Instrumente zu stimmen.

Sie beschlossen, sich als reisende Komödianten auszugeben und auf der Piazza in Bologna zu spielen. Colombina hatte ihre Tatkraft und ihr natürliches Selbstvertrauen wiedergewonnen und ihre Tanzkünste so weit verbessert, daß sie zumindest als solche erkennbar, wenn auch nicht unbedingt aufregend waren. Ruffiana hatte ein Talent für eine ganz neue Art des Tanzes an den Tag gelegt, der nicht nur faszinierend, sondern auch sehr erregend war.

Arlecchino und Isabella konnten die Laute schlagen und singen, außerdem war Isabella schön, Grund genug zu der Annahme, daß sie ihnen ein oder zwei Dukaten einbringen würde, wenn sie nur in einem ihrer venezianischen Gewänder posierte.

Pantalone hatte die anderen mit seiner Nachahmungsgabe oft zum Lachen gebracht, besonders wenn er die Alten aufs Korn genommen hatte. Wie alle jungen Menschen sah er das Alter als etwas Lächerliches und eine Art göttlicher Rache dafür, daß man sich in der Jugend amüsiert hatte. Er zeigte daher in seinen Pantomimen mit Vorliebe alte Männer, die nach jungen Frauen lechzten, die sie niemals befriedigen konnten.

Scapino hatte sich mittlerweile zu einem geübten Akrobaten, Seiltänzer und Jongleur entwickelt. Unter Arlecchinos Anleitung hatte er die Kunst gemeistert, fliegende Gegenstände nur den Bruchteil einer Sekunde mit den Händen zu berühren, um sie gleich wieder in ihre Flugbahn zu katapultieren. Darum war es für ihn jetzt ein leichtes, mit brennenden Fackeln oder scharfen Messern zu jonglieren, ein viel aufregenderes Schauspiel als das gewohnte Spiel mit fliegenden Tassen und Bällen.

Dottores Kenntnisse als Wundarzt hatten sich als äußerst wertvoll erwiesen, seine Tauglichkeit als Komödiant jedoch beschränkte sich auf seine Fähigkeit, jegliche Fremdsprache vom gutturalen Deutschen bis zum lispelnden Französisch nachzuahmen.

Die Truppe gelangte einstimmig zu dem Entschluß, nach Bologna weiterzureisen, und der schnellste Weg dorthin führte über die Via Emilia.

Die mysteriösen Waffen des Capitano faszinierten Arlecchino. Es handelte sich, wie der Capitano erklärte, um eine Art ›Handkanone‹. Er erzählte, er habe sie in wasserdichte Tierhaut verpackt am Sattel des ›ausgeliehenen‹ Pferdes entdeckt, aber das erste Mal habe er solche Waffen am Mailänder Hof gesehen, als ein Waffenschmied aus Pistoia in der Toskana sie dem Herzog zum Geschenk gemacht hatte. Später hatte er sich zeigen lassen, wie diese Waffen funktionierten.

Er erklärte Arlecchino den Mechanismus.

»Es ist ganz einfach: Das Schießpulver, das sich hinter einem Geschoß befindet, wird von diesem Rädchen, das auf einer Feder sitzt und aus rauhem Metall ist, entzündet. Wird der Abzug gezogen, löst sich die Sperre an dem Rädchen. Mit Hilfe der Feder dreht sich das Rädchen sehr schnell und reibt dabei an einem Stück Eisenpyrit. Das erzeugt Funken, die das Schießpulver entzünden. Die Flamme, die entsteht, erreicht eine größere Ladung im Inneren des Laufs, und wenn diese Ladung explodiert, wird das Projektil mit großer Geschwindigkeit aus dem Lauf hinausgeschleudert.«

Arlecchino sah sich das Pulver an. »Und das ist dasselbe Schießpulver, das man in Kanonen verwendet?«

Der Capitano nickte. »Ungefähr je ein Drittel Salpeter, Schwefel und Kohle. Von dem Salpeter vielleicht ein bißchen mehr. Man vermischt die drei in feuchtem Zustand und läßt die Mischung zu einem Fladen trocknen. Dann zerkrümelt man den Fladen, und jede Krume wird genau die richtige Menge aller drei Zutaten enthalten. Das ist eine ausgezeichnete Methode.«

Der Capitano erklärte, diese neuen Handfeuerwaffen seien ein großer Fortschritt im Vergleich zu jenen, bei denen man das Pulver mit einem Hölzchen entzünden mußte.

»Mir sind sie trotzdem nie schnell genug«, fuhr er fort. »Meiner Meinung nach kann man diese Waffen nur einmal wirkungsvoll benützen, weil es zu lange dauert, sie neu zu laden, und wenn der Feind dann attackiert, muß man auf den Dolch oder das Schwert zurückgreifen. Trotzdem«, fügte er hinzu, »ist mit so einer Faustfeuerwaffe der Bauer so gut wie ein Ritter.«

Der Marsch nach Südosten führte sie durch fruchtbares, flaches Land, und sie kamen mühelos voran. Doch je mehr sich Wagen und Karren der Stadt Bologna näherten, desto lebhafter wurde das Treiben auf der alten römischen Durchgangsstraße. Reisende und Bauern, Kirchenherren und Adlige in vornehmen Karossen oder auf prächtig geschmückten Pferden begegneten sich hier, und immer wieder stieß man auf Pilgerzüge, die sich südlich nach Florenz wanden.

Und es wimmelte von lärmenden, frohgemuten Studenten auf dem Weg zur Universität. Viele waren in Umhänge mit Wappen adliger Familien gekleidet. Diese ausgelassenen, lebenslustigen jungen Leute bildeten einen starken Kontrast zu den stillen und in sich gekehrten geistlichen Studenten des Collegio di San Domenico, an dem Savonarola selbst studiert hatte. Dies waren die Söhne der Ärmsten der Armen, die wußten, daß es aus der Armut nur zwei Auswege gab: die Kirche oder das Militär.

Unter diesen jungen Mönchen entdeckte Arlecchino im Strom der Reisenden den hochgewachsenen Dominikaner, dem er schon in Pavia und Modena begegnet war. Von plötzlicher Anteilnahme und einer ihm eigenen Wißbegierde getrieben, lud er den jungen Mönch und seinen Reisegefährten in der weißen Dominikanerkutte zum Essen in ihrem Lager ein. »Kommt, Patres«, rief er ihnen zu. »Teilt unser bescheidenes Mahl mit uns.«

Colombina flüsterte ihm zu, sie hätten doch selbst kaum noch etwas zu beißen, und wenn er nicht in den nächsten zwei Tagen ›Tod‹ oder ›Zerstörung‹ essen wollte, dann sollte er seine Großzügigkeit gefälligst zügeln. Doch die beiden mitleiderregend mageren Mönche hatten etwas an sich, das sie alle rührte, und so rückten sie zusammen, um ihnen an ihrem Feuer Platz zu machen.

Während die Mönche auf kaltes Fleisch, Käse und Brot warteten, sagte Arlecchino zu dem größeren der beiden: »Eine kleine Welt, nicht wahr, Pater? Habt Ihr denn nun das Wunder des Sarkophags in Mantua gesehen?«

»Leider nicht«, antwortete der Mönch. »Alle Straßen nach Mantua werden von den Söldnern der d'Este überwacht, die nach irgend etwas zu fahnden scheinen. Selbst Kardinal Ferrari von Modena hatte eine kleine Einheit Söldner ausgesandt, die als abtrünnige Landsknechte maskiert waren, um nach diesem geheimnisvollen Etwas suchen zu lassen.«

Die Mitglieder der Truppe tauschten schnelle Blicke. »Als Landsknechte verkleidet?« fragte Arlecchino leise. »Warum denn das?«

Der Mönch zuckte die Achseln. »Wer weiß? Vielleicht wollte der Kardinal vermeiden, daß man ihn mit den Leuten oder dem Gegenstand, nach dem da so dringend gesucht wird, in Verbindung bringt.« Er nahm dankend eine Schale mit Essen von Colombina an. »Aber alle Mutmaßungen erübrigen sich«, fuhr er leise fort, »da der Kardinal tot ist.«

»Er ist tot?«

»Es heißt, er habe den Papst irgendwie – enttäuscht, und daraufhin habe dieser angeordnet, ihn zu vergiften. Ferraris eigener Sekretär, Sebastiano, hat die Hinrichtung vorgenommen.« Der Mönch verzog angewidert das Gesicht. »Und das hat das Vermögen des Papstes nur gemehrt. Gerüchten zufolge hatte der Kardinal im Rahmen seiner geistlichen Tätigkeit erhebliche Reichtümer angehäuft. Als er starb, konfiszierte der Papst seinen gesamten Besitz.«

»Dann werdet ihr wohl das Wunder von Mantua nicht weiter verfolgen?« meinte Arlecchino.

Der Mönch schüttelte den Kopf. »Nein«, antwortete er. »Aber man hat meine Anhänger und mich ins Collegio di San Domenico eingeladen, wo ich die Studenten in den Lehren des Bruders Savonarola unterrichten und alles weitere abwarten werde.«

Arlecchino ließ sich das durch den Kopf gehen. »Ihr ratet also zur Geduld? Was eine Reise nach Mantua angeht?«

»Ja«, bestätigte der Mönch etwas undeutlich, da er gerade den Mund voll Fleisch hatte. »Im Augenblick ist man hier sicherer. Der Papst hat Bologna mit dem Interdikt belegt, aber Giovanni Bentivoglio hat die Professoren an den Universitäten angewiesen, den Studenten – und ihren Eltern – zu sagen, sie sollen diesem päpstlichen Erlaß keinerlei Bedeutung schenken.«

»Ist das denn klug?« fragte Isabella.

»O ja.« Der kleinere der beiden Mönche, der bisher geschwiegen hatte, lächelte. »Giovanni sandte seinen Sohn Antonio mit einem Passierschein, den Ercole d'Este unterzeichnet hatte, nach Rom, und nachdem der junge Mann dem Borgia gezeigt hatte, welche Unterstützung die Familie Bentivoglio in Bologna genießt, gab der Papst klein bei und unterzeichnete ein Abkommen mit ihnen. Der französische König und die Städte Florenz und Ferrara haben nun die Garantie für die Sicherheit der Stadt übernommen.«

Colombina schenkte den beiden Gästen Wein ein. »Und was ist mit dem Herzog von Urbino?«

Der große Mönch lachte heiter. »Der Papst sandte ihm sechzigtausend Dukaten für die Bezahlung seiner Söldner, aber dafür mußte Cesare dem Bündnis zustimmen.«

Arlecchino schenkte sich selbst noch etwas Wein ein. »Und das hat er getan?«

»Nein.« Der Geistliche lachte wieder. »Aber er kann auch nichts gegen das Bündnis unternehmen. Er braucht die französischen Kompanien, die ihm versprochen wurden, und der französische König ist einer der Garanten der Allianz.«

Nun lachten alle gemeinsam. »Es gibt da noch ein amüsantes kleines Streiflicht«, bemerkte der kleinere Mönch. »Auch der Papst mußte nämlich den Franzosen seine Loyalität unter Beweis stellen. Er sah sich deshalb nach einer geeigneten

Möglichkeit um, fand sie in seiner Schwiegertochter Sancia von Aragon und ließ sie in der Engelsburg gefangensetzen.«

»Mit welcher Begründung denn?« fragte Isabella.

Der Mönch wischte sich den Mund am Ärmel. »Der Papst hat plötzlich entdeckt, daß sie ein unmoralisches Geschöpf ist. Er scheint an einer gewissen Kurzsichtigkeit zu leiden; sowohl Cesare als auch sein Bruder Juan unterhalten seit Jahren ganz offen ehebrecherische Beziehungen zu dieser Frau – und das praktisch unter der Nase ihres Ehemanns Jofre Borgia.«

»Und was steckt nun hinter alldem?« fragte Arlecchino.

»Das liegt doch auf der Hand«, meinte der größere Mönch. »Die Franzosen und die Spanier liegen im Königreich Neapel miteinander im Krieg. Um klarzustellen, wem seine Loyalität gilt, ließ der Papst seine eigene Schwiegertochter, die der spanischen Königsfamilie angehört, einlochen.«

»Aber sie braucht nichts zu fürchten«, fügte sein Begleiter hinzu. »Wenn Cesare erfährt, daß seine Mätresse im Kerker sitzt, wird ein Gebrüll anheben, daß von Imola bis Rom die Wände wackeln.«

Ein Stündchen etwa schwatzten sie so fort, dann beendeten die beiden Mönche ihr Mahl, standen auf, dankten ihren Wohltätern, segneten sie und setzten ihren Weg nach Bologna fort.

Nur Arlecchino bemerkte den massigen Söldner mit dem Leberfleck auf der Wange, der, am Straßenrand kauernd, geduldig gewartet hatte, bis die beiden Mönche wieder aufbrachen. Jetzt stand auch er auf und folgte ihnen.

In dem Bemühen, Mittel und Wege zu finden, den Capitano zum Bleiben zu bewegen, und der Truppe so den Schutz seiner Feuerwaffen zu sichern, bemerkte Arlecchino auf der Weiterreise nach Bologna ganz en passant, daß Ruffiana in Modena einem Mann begegnet war, der auf der Suche nach einem Soldaten von der Beschreibung des Capitano gewesen war. Als der Capitano später Ruffiana selbst befragte, erkannte er, daß der Mann, der nach ihm fahndete, sein eigener Adjutant war, Cosimo, der Sizilianer, der ihn jetzt als Kondottiere des französischen Befehlshabers abgelöst hatte.

Der Capitano sah sich in seinen Befürchtungen bestätigt; er mußte sich nun sowohl vor den Franzosen als auch vor seinen eigenen Leuten in acht nehmen. So wie er die Lage einschätzte, standen ihm jetzt nur zwei Wege offen. Er konnte nach Süden reiten und den Neapolitanern oder den Spaniern, die gegen die Franzosen kämpften, seine Dienste als erfahrener Soldat anbieten; oder er konnte in Bologna untertauchen, bis er weitere Nachricht von Bartolomeo Alviano erhielt.

Sobald Arlecchino den Eindruck hatte, daß das Samenkörnchen, das er dem Bewußtsein des Soldaten eingepflanzt hatte, keimte, schlug er eine dritte Alternative vor: Der Capitano könne der Truppe helfen, Isabella wohlbehalten nach Mantua zu bringen. Cosimo und die französischen Soldaten, erklärten Arlecchino und Scapino mit Nachdruck, würden den ehemaligen Kondottiere niemals in Gesellschaft einer umherziehenden Schauspielertruppe suchen; außerdem könnte er mit seinen Feuerwaffen Isabella zusätzlichen Schutz geben.

»Denn wenn Isabella Mantua nicht wohlbehalten erreicht«, erläuterte Arlecchino, »so wird das für sie vielleicht bedeuten, daß sie früher oder später irgendeinen Schurken heiraten muß, der mit ihr Schindluder treiben würde wie mit einem edlen Rennpferd, das vor den Pflug gespannt wird, bis sie daran zugrunde ginge.«

Der Capitano runzelte unwillig die Stirn, während Arlecchino Scapino zuflüsterte: »Wenn du mit Soldaten sprichst, denk daran, daß ihnen Pferde weit wichtiger sind als Menschen.« Er wandte sich wieder dem Capitano zu und fragte: »Eure Geschichte interessiert mich, Capitano. Wie hat es der Herzog geschafft, aus einem armen, ungebildeten Bauernburschen einen tapferen Soldaten wie Euch zu machen und –?«

»Niemand hat *mich* zum Soldaten machen müssen!« fiel ihm der Capitano unwirsch ins Wort.

»Ihr meint, das habt Ihr einfach so mitbekommen?« fragte Scapino.

»Ich meine, niemand hat mich von einem Bauernhof geholt. Mein Vater war Soldat. Ebenso mein Großvater. Wir waren immer eine Kämpferfamilie.«

»Nun, Capitano«, bohrte Arlecchino weiter, »Ihr müßt aber doch zugeben, daß Ihr allein nicht allzu gut fahren würdet, wenn Ihr nicht die Unterstützung des Adels hättet.«

»Das kann nicht Euer Ernst sein!« rief der Capitano entrüstet. »Ich kann mich überall auf der Welt allein durchbringen, und was ich habe, kann ich gegen jeden, der es mir wegnehmen will, verteidigen. Ich möchte mal den Borgia-Herzog allein in der Wildnis oder in der Wüste sehen! Keinen einzigen Tag würde der überleben! Nein, nein, meine Freunde, der Kondottiere macht den Herrn, nicht der Herr den Kondottiere.«

»Aber wenn jeder schwache Adlige sich Eure Kraft und Selbstgenügsamkeit für ein paar Münzen kaufen kann, wozu sind sie dann gut?« entgegnete Arlecchino skeptisch.

Wieder runzelte der Capitano die Stirn, sichtlich bemüht, dem Gedankengang zu folgen. »Ihr habt überhaupt kein Verständnis für meine Lage«, jammerte er.

Scapino wollte eben etwas entgegnen, als Arlecchino plötzlich einen lauten, dramatischen Seufzer ausstieß und rief: »Ach, wie schade um die verlorene Ballade!«

Alle wandten sich ihm zu. »Was?« fragte der Capitano.

»Ach, ich habe nur dem Verlust einer großen Ballade nachgetrauert«, sagte Arlecchino, »die jemand – ein dankbarer Bewunderer zum Beispiel – über einen gewissen tapferen Capitano hätte schreiben können, der, sagen wir einmal, den Wohlstand der reichen Herren verachtete und ihnen das Banner seiner eigenen Ehrenhaftigkeit um die Ohren schlug.«

Der Ausdruck, der sich auf dem Gesicht des Capitano ausbreitete, verriet, daß der Köder ihm köstlich schmeckte. »Eine – eine Ballade?« flüsterte er.

»Ich höre sie schon!« erklärte Arlecchino. »Es ist ein Marsch.« Alle starrten ihn jetzt mit offenen Mündern an. Er wandte sich um, gab Scapino einen Puff in den Bauch und wiederholte in bedeutsamem Ton: »Ich höre sie schon!«

Scapino begriff und fing sogleich mit beiden Händen an, einen Marschrhythmus an die Wagenseite zu schlagen.

Arlecchino seinerseits begann zur Melodie eines bekannten genuesischen Trinklieds zu singen:

»Der Capitano hoch zu Roß
ritt in das Städtchen ein.
Für das Gute wollt' er kämpfen
und für die Wahrheit rein.
Ein feiner Herr mit Geld und Macht,
der bot ihm reichen Lohn.
›Hier hast du Gold‹, sagt' er zu ihm,
›ich nehm dich in die Fron.‹«

Scapino, der Dottore und Pantalone bildeten ein kleines Trio, das lauthals die letzte Zeile wiederholte.

Arlecchino legte dem Capitano einen Arm um die Schulter und flötete ihm ins Ohr:

»Der Capitano wandt' sich ab,
ein Mann von Stolz und Ehr.
Für schnödes Gold die Seel' verkaufen,
dazu gibt er sich nicht her.
So sprach er denn zum reichen Herrn:
›Wie reich der Lohn auch sei,
nicht Ruhm, nicht Geld verlocken mich,
denn ich bin stark und frei!‹«

Und wieder stimmten Scapino, der Dottore und Pantalone die Wiederholung der letzten Zeile an: »Denn ich bin stark und frei!«

Rhythmisch in die Hände klatschend leitete Arlecchino nun zum Refrain über, und die anderen drei schlossen sich ihm an, einen halben Takt hinterher, so daß ein Echoeffekt entstand, der den Eindruck vermittelte, nur Arlecchino kenne den Text:

»›Denn ich bin stark und ich bin stolz
und bin so gut wie du.
Ich will mit lust'gen Leuten ziehn,
die redlich sind und frei dazu.‹«

Und gemeinsam sangen sie wieder die letzten Worte: »Die redlich sind und frei dazu-u-u!«

Die letzten schrillen Töne verklangen, doch der Capitano starrte die Sänger noch immer offenen Mundes an, augenscheinlich völlig hingerissen.

»Nun?« meinte Arlecchino erfreut über diese Reaktion.

»Das«, sagte der Capitano langsam, »das – ist – der größte Haufen Mist; über den ich gestolpert bin, seit ich als junger Rekrut im Marstall von Mailand gedient habe.« Die anderen schwiegen. »Ihr beleidigt mich, meine Herren!« brüllte der Capitano, sichtlich an Schwung gewinnend. »Habt ihr wirklich geglaubt, ich würde mich von so plumper Schmeichelei verführen und von einem Quartett wiehernder Esel hereinlegen lassen?« Zornig begann er auf und ab zu gehen. »Ihr seid wie alle Zivilisten«, fuhr er fort. »Ihr glaubt, nur weil wir Soldaten einem Beruf nachgehen, den ihr abstoßend findet, müßten wir alle Idioten sein. Und nur wenn euch feindliche Pfeile um die Ohren fliegen, wenn ihr jemand braucht, der euch beschützt und verteidigt, gesteht ihr dem Berufssoldaten überhaupt ein Mindestmaß an Würde oder Wert zu.«

»Ihr habt recht.« Arlecchino nickte. »Ich bitte Euch um Verzeihung. Es war eine dumme List.«

»Das habe ich nicht gesagt!« fuhr der Capitano ihn an. »Sie war schlau. Ich hätte genauso gehandelt. Euer Irrtum lag nur darin, anzunehmen, ich wäre nicht klug genug, sie als das zu erkennen, was sie war: ein Versuch, mich bei meiner Eitelkeit zu packen. Ja, das war Euer grundlegender Fehler, versteht Ihr. In meinem herrlichen Körper gibt es nämlich nicht ein einziges eitles Fäserchen.«

Arlecchino lachte und nickte wieder.

»Aber mir ist jetzt klar, daß die Frauen in dieser Gemeinschaft von Männern mit so wenig Menschenkenntnis und so niedrigem Benehmen natürlich nicht in Sicherheit sind. Ich werde daher mit euch nach Mantua ziehen und die Damen beschützen.«

Arlecchinos einzige Antwort war ein breites Grinsen.

»Und jetzt sagt mir« – der Capitano lachte und legte dem Vagabunden einen Arm um die Schultern – »wie ging dieser Refrain gleich wieder?«

Im Glanz der Schönheit Isabellas, die zum Einzug in die Stadt eines ihrer prächtigsten Gewänder angelegt hatte, und der beeindruckenden Präsenz des Capitano, der den kleinen Zug auf seinem gewaltigen Streitroß anführte, lockte die Truppe bei ihrer Ankunft in Bologna eine Menge Schaulustige an. Auf der Piazza Maggiore gleich beim Glockenturm stellten sie ihren Wagen ab.

Während Colombina und Ruffiana tanzten, Scapino seine Künste als Jongleur und Akrobat vorführte, Arlecchino und Isabella zur Laute sangen, gab es für den Dottore und den Capitano während der Vorstellungen eigentlich nichts zu tun. Somit konnte sich ersterer um die Tiere kümmern, und der Capitano bezog mit seinen Handkanonen auf dem Karren Posten, um augenblicklich Vergeltungsmaßnahmen ergreifen zu können, sollte das Publikum in seiner Mißbilligung zu weit gehen.

Aber die Studenten fanden die Frauen der Truppe durchaus reizvoll, und die jungen Damen vom Hof der Bentivoglios zeigten ihr Gefallen an Scapinos Geschicklichkeit und Arlecchinos Balladen gelegentlich sogar durch eine kleine Spende. So stellten die Mitglieder der kleinen Truppe zu ihrer Überraschung fest, daß sie dank vereinten Anstrengungen genug einnahmen, um sich ein warmes Quartier in der Stadt und hin und wieder sogar einen Schmaus in einem der Gasthäuser leisten zu können. Da inzwischen der Winter seine kalte Hand über die Emilia gebreitet hatte, und die Straßen nach Norden noch immer von den Söldnern der d'Este kontrolliert wurden, verlängerten sie ihren Aufenthalt in Bologna.

Es war in der Weihnachtszeit – die Universitäten schlossen, und die Stadt wurde zu einem Tummelplatz miteinander wetteifernder Truppen von Schauspielern, Musikanten und Spielleuten –, da erschien eines Tages der schönste Jüngling Italiens, um sich die Vorstellung von Arlecchinos Truppe anzusehen. Isabella, die an diesem kalten Nachmittag bereits einzig durch ihre Schönheit eine kleine Menge angelockt hatte, merkte plötzlich, daß ein ungewöhnlich gutaussehender junger Mann mit dunklem Haar und blitzenden, forschenden Augen sie unverwandt beobachtete. Er war in ein reich besticktes Brokatwams mit Puffärmeln gekleidet, die bei den jungen Edelleuten gerade in Mode waren. Von dem breiten, silberbeschlagenen Ledergürtel um seine Mitte hingen ein mit Edelsteinen besetzter Dolch und ein Schwert herab. Um den Hals trug er ein emailliertes Medaillon, das einen fliegenden Adler zeigte. Arlecchino wußte, daß dies keines der Wappenzeichen der alten adligen Familien war, und folgerte daraus, daß es nach den Angaben einer neureichen Bürgerfamilie entworfen und angefertigt worden war. Der schöne Jüngling, sagte er sich, war wahrscheinlich der Sohn eines wohlhabenden Kaufmanns, der zur rechten Zeit in die rechte Ladung auf dem rechten Handelsschiff investiert hatte.

Diese ›Neu-Adligen‹, wie die Angehörigen des alten Adels sie nannten, bildeten eine ganz neue bürgerliche Schicht: oftmals ebenso wohlhabend wie die alten, angesehenen Familien, manchmal sogar wohlhabender als diese, jedoch ohne deren Stil und Kultiviertheit. Diese reiche Kaufmannsklasse finanzierte nicht nur ihre eigenen privaten Schulen, sie konnte es sich auch leisten, Söldnertruppen zum Schutz ihrer Waren und Lagerhäuser zu unterhalten, sie war also eine politische Macht, mit der man rechnen mußte.

Der schöne Jüngling sah sich Colombinas Tanz mit höflicher Bewunderung an und warf ihr einen Floren zu. Scapinos Jongliernummer mit acht Fackeln wurde mit kräftigem Applaus, Pfiffen und zwei Floren honoriert. Ruffiana erntete mit ihrem Tanz freche Zurufe und eine Zechine. Arlecchinos Lieder wurden mit stiller Bewunderung und zwei Golddukaten aufgenommen. Isabellas Lied brachte drei Dukaten.

Nach der ersten Vorstellung des Nachmittags zählte Arlecchino das Geld – von dem das meiste von dem hübschen jungen Herrn stammte –, und da trat ebendieser Jüngling zu ihm und sagte unumwunden: »Zeigt mehr!«

»Wie bitte?« fragte Arlecchino.

»Zeigt mehr!« wiederholte der Jüngling. »Zeigt alles!«

Der Dottore und Isabella waren zu Arlecchino getreten. »Alles?« fragte der.

»Den Rest«, beharrte der junge Mann. »Zeigt uns, wie ihr Feuer schluckt. Wir ihr durch einen Ring von Messern springt.« Er warf Arlecchino noch eine Zechine hin. »Ich habe Geld.«

Arlecchino befingerte die Münze. »Da würden wir Euch betrügen«, sagte er. »Jeder wendige Junge kann durch einen Ring von Messern springen, wenn der Ehemann der Dame hinter ihm her ist. Jeder betrunkene Bauernbursche schluckt täglich Feuer. Meine Kunststücke sind von raffinierterer Art. Sie sind geheimnisvoll und rätselhaft.« Er neigte sich näher zu dem jungen Mann und sagte mit gesenkter Stimme: »Ich kann Dinge verschwinden lassen.«

»Was für Dinge?«

»Nun, beispielsweise – Zechinen.« Mit einem Lächeln warf Arlecchino Scapino die Münze zu und rief: »Essen!« Scapino rannte sofort in die Seitenstraße, wo die Buden der Händler waren. »Ich danke Euch. Ich danke Euch allen«, sagte Arlecchino und verneigte sich nach allen Richtungen vor einem imaginären Publikum.

Der junge Mann war keineswegs beleidigt, er lachte nur und wies auf Isabella. »Ich weiß, daß sie singt. Was kann sie sonst noch?«

Arlecchino meinte: »Was glaubt Ihr denn, daß sie sonst noch kann?« Dann fügte er eilig hinzu: »Und höchstwahrscheinlich täuscht Ihr Euch.«

»Ich weiß nicht«, bekannte der Jüngling. »Sie sieht aus wie eine Dame.«

»Genau!« bestätigte Arlecchino, drehte sich nach Isabella um und sagte: »Damen knicksen, nicht wahr? Also mach einen Knicks.«

Worauf Isabella die Röcke ihres eleganten Gewandes raffte, den rechten Fuß in einem Bogen rückwärts führte, vor dem jungen Mann einen tiefen Knicks machte und dabei einen kurzen, aber verheißungsvollen Blick auf ihren wohlgeformten Busen bot.

»Oh, wunderschön«, sagte der junge Mann, »aber – äh – eigentlich nicht das, was ich – ich meine, sie ist natürlich eine Schönheit, aber – das – ist eigentlich nichts Spektakuläres.«

»Tja, nun, das Spektakuläre ist in diesem Fall nicht auf den ersten Blick sichtbar«, versetzte Arlecchino und entließ Isabella galant.

Isabella bemühte sich, ihr Lachen hinter einer zarten Hand zu verbergen, als sie sich entfernte, und der junge Mann richtete seine Aufmerksamkeit nun auf den Dottore.

»Wie steht's mit ihm?« fragte er. »Was kann *er*?«

»Was glaubt Ihr denn, daß er kann? Und diesmal habt Ihr wahrscheinlich recht.«

»Er sieht aus wie – ich weiß auch nicht – wie mein Lehrer an der Universität. Er sieht aus wie – ein Gelehrter vielleicht.«

»Hervorragend!« rief Arlecchino. »Welche Menschenkenntnis! Ihr seid ein außergewöhnlicher junger Mann! In der Tat, er ist ein Gelehrter! Ein Fürst unter den Gelehrten!« Rasch wandte er sich dem Dottore zu. »Zeig dem jungen Herrn hier deine Gelehrsamkeit.«

Der Dottore produzierte darauf eine ganze Litanei markiger lateinischer Sprüche, die sich bestens für Grabsteine eigneten. Das fing bei *Solitudinem faciunt, pacem appellant* an und hörte bei *Hic habitat felicitas* auf.

Bei dem letzten Zitat sah Arlecchino überrascht auf und fragte den Dottore flüsternd: »›Hier wohnt das Glück‹?«

»Das hab' ich über der Tür eines Bordells in Bergamo gesehen«, flüsterte der Dottore zurück.

Arlecchino lachte und widmete sich wieder dem jungen Mann. »Bravo! Ist nicht schon er ganz allein den Preis Eures Goldes wert?«

»Aber – ich verstehe nicht«, stammelte der Jüngling.

»Nein.« Arlecchino lächelte. »*Ihr* versteht vollkommen. Er ist derjenige, der nichts versteht, aber so tut als ob. Und das ist der Scherz, seht Ihr?«

»Nein, eigentlich nicht.«

»Ausgezeichnet!« rief Arlecchino und schlug dem jungen Mann auf die Schulter. »Der Unterschied zwischen Kunst und Handwerk liegt im Maß des Verständnisses. Je weniger man versteht, desto größer ist die Kunst.«

»Ach so!« Der junge Mann strahlte. »*Jetzt* sehe ich klar.«

»O nein, bitte nicht!« rief Arlecchino mit gespieltem Entsetzen. Er legte dem jungen Mann den Arm um die Schultern und führte ihn ein Stückchen weg. »In dem Moment, in dem Ihr klarseht, seid Ihr kein Publikum mehr, sondern werdet zum Komödianten.«

»Zum Komödianten?« wiederholte der junge Mann erstaunt.

»Das eben ist unsere Gabe und unser Beruf«, fügte Arlecchino hinzu. »Wir sehen klar. Wir sehen alles. Die Heuchelei hinter der Platitüde. Den Verrat hinter dem Lächeln und der dargebotenen Hand. Alles!«

»Komödianten seid ihr?«

»Habe ich das gesagt?« versetzte Arlecchino nachdenklich. Dann zuckte er die Achseln und meinte: »Nun ja, warum nicht?«

»Was heißt das, Komödiant?«

»Was glaubt ihr wohl, daß es heißt?« entgegnete Arleschino.

»Ist er nicht bemerkenswert?« fragte Colombina, die lächelnd zu ihnen trat. »Er hat Tausende solcher Antworten auf Lager.«

»Nun ja«, murmelte der Jüngling, »in der gemeinen Zunge –«

»Uuh!« quietschte Ruffiana, die sich mit den anderen zu dem Trio gesellt hatte, »ich liebe gemeine Zungen!« Ihre Freunde lachten.

»In – der – gemeinen Zunge«, fuhr der Jüngling verlegen fort und sah sich im Kreis dieser Leute um, die er allmählich für eine Bande Verrückter hielt, »heißt Komödie ›Geschichte‹. Das würde dann also heißen, daß ihr – Geschichten vorführt.«

»Richtig!« rief Arlecchino beifällig, und die anderen applaudierten.

Der junge Mann strahlte. »Dann – erzählt mir doch einmal eine komische Geschichte!«

»Ihr seid schon mittendrin.« Arlecchino lachte. Er wies auf die anderen in dem kleinen Kreis. »Wir sind alle Fantasiegebilde.« Er deutete auf den Dottore. »Ihr glaubt doch nicht im Ernst, daß dieser Mann ein Gelehrter ist, nicht wahr? Seht Euch nur diese krumme Nase an, diese Fischaugen. Spiegelt dieses Gesicht geistige Wachheit? Weisheit? Wissen? O nein!« Die anderen fingen an zu lachen, und Arlecchino, so ermutigt, spann den Faden weiter. »Und dennoch!« rief er. »Das ist ja eben der Witz! Er spricht tatsächlich Lateinisch, Griechisch und Polawisch.«

Der junge Mann runzelte die Stirn. »Von Polawisch habe ich noch nie gehört.«

»Wenn ich sage, daß er Polawisch spricht, so könnt Ihr's glauben.« Arlecchino fabulierte weiter: »Er spricht außerdem Marowisch, Broki, Slamili und Joka!«

Das Gesicht des jungen Mannes verzog sich zu einem fragenden Lächeln. »Das habt ihr euch alles ausgedacht?«

»Natürlich!« dröhnte Arlecchino. »Das ist ja unsere Kunst! Wir denken uns alles aus.«

»*Commedia improvvisa!*« verkündete der Dottore.

Arlecchino bekam Mitleid mit dem verwirrten jungen Mann und nahm den Faden nicht wieder auf, sondern fragte ruhig und freundlich: »Wie heißt Ihr, mein Junge?«

»Tristano«, antwortete der junge Mann. »Tristano Remigio.«

»Signore Remigio, Ihr müßt uns diesen kleinen, harmlosen Augenblick törichter Albernheit verzeihen. Wir haben den ganzen Nachmittag gespielt, wir sind hungrig und durstig und arm dazu. Da sind uns Eure großzügigen Gaben zu Kopf gestiegen.«

»Wohin führt euch eure Reise von hier aus?« fragte der junge Mann.

»Nach Mantua. Sobald die Witterung – und die d'Estes – es gestatten.«

»Nehmt mich mit.«

Arlecchino musterte Tristano einen Moment. »Warum?«

»Weil ich mein Leben langweilig finde. Weil ich fort möchte. Ganz gleich, wohin.« Und dann fügte er mit gesenkter Stimme hinzu: »Alle sagen, daß hier bald alle jungen Männer in das Heer der Bentivoglios eingezogen werden sollen. Ich hab' nichts übrig für das Militär. Außerdem«, erklärte er strahlend, »möchte ich Komödiant werden.«

Arlecchino legte ihm seufzend eine Hand auf die Schulter. »Tristano, mein Junge, verzeiht mir, aber alles, was ich Euch soeben erzählt habe, war Lüge. Nein, nicht ganz Lüge, aber doch Schönfärberei. Die *commedianti* gibt es nicht. Die Kunst der *Commedia improvvisa* gibt es auch nicht. Wir sind keine zusammengehörige Truppe von Schauspielern, die durch das Land ziehen und sich Geschichten ausdenken.«

»Aber – aber diese Wörter? Diese Ausdrücke?«

Arlecchino wurde gereizt. »Die hab' ich mir ausgedacht.« Er lachte ein wenig über das Absurde der Situation, dann entschuldigte er sich. »Ich muß gestehen, ich habe mir einen kleinen Scherz auf Eure Kosten erlaubt, was ziemlich undankbar von mir war. Aber Ihr seid auf ihn hereingefallen, was ziemlich leichtgläubig von Euch war. Sagen wir also, daß wir Euch für Euer Gold eine kleine Lektion erteilt haben.«

Tristano sah sich im Kreis der Gesichter um. »Nun«, meinte er scherzhaft, »das ist mehr, als ich auf der Universität bekomme.« Er hielt inne, und sein Lächeln wurde breiter. »Was nun die Frage eurer Versorgung angeht, so kann ich euch allen Proviant beschaffen, den ihr braucht: Wein, Käse, Rauchfleisch, Brot, alles. Auch Mehl und Dörrfleisch. Einfach alles.«

Sie rückten näher an ihn heran, und Arlecchino sagte leise: »Hören Sie, mein Junge, man muß einen schlechten Scherz nicht mit einem anderen beantworten. Ich habe Euch gesagt, daß unsere Mittel beschränkt sind.«

»Ich kann Euch das alles umsonst besorgen«, entgegnete der junge Mann.

Tristano verschwand im Kreis der ihn umringenden Truppe, während er ihnen im langsam dichter werdenden Zwielicht erklärte, was es mit seinem Versprechen auf sich hatte.

Er erzählte ihnen von Signore Poliosco, dem närrischen Kaufmann von Bologna. Von den zweihundert Lagerhäusern in und um die Stadt herum gehörten fünfundachtzig Poliosco, und in diesen Lagern war alles gespeichert, was die Truppe brauchte.

Der Kaufmann hatte den größten Teil seines Lebens damit zugebracht, Waren einzukaufen und zu beträchtlichem Gewinn wieder zu verkaufen, bis er auf einmal, wie es schien, achtzig Jahre alt war. Eine Frau hatte es in seinem Leben nie gegeben, was seinen Behauptungen zufolge der Hauptgrund dafür war, daß er dieses ehrwürdige Alter in unangetastetem Wohlstand erreicht hatte. Nun jedoch, da er ein gebeugter alter Mann war, hatte er keinen Menschen, mit dem er Gold und Edelsteine, die er angehäuft hatte, teilen konnte. Im Angesicht seiner Sterblichkeit hatte er Bilanz gezogen und war zu dem Schluß gekommen, daß er anderen gegenüber vielleicht großzügiger hätte sein sollen. Und daraufhin, erzählte Tristano, hatte sich der närrische Kaufmann umgesehen, um einen Menschen zu finden, der es wert war, sein Erbe zu werden. Seine Wahl war auf Tristano gefallen, einen Neffen.

Von diesem Tag an wußte also Tristano, der selbst der Sohn eines Weinhändlers war, daß ihm mit dem Tod Signore Polioscos ein stattliches Vermögen zufallen würde. Doch als wäre das noch nicht genug, bemühte sich Poliosco schon jetzt, Tristano jeden Wunsch von den Augen abzulesen. Diesem jungen Mann gegenüber zeigte er sich so hochherzig und wohlwollend, wie er früher raffgierig und skrupellos gewesen war. Und darum, sagte Tristano, werde er seinen Wohltäter bitten, ihm zu Gefallen die Truppe mit allem zu versorgen, was sie brauchte. Mit diesem Versprechen trennte er sich von ihnen.

Später am Abend ließ er ihnen ausrichten, daß der Kaufmann nach einigem Hin und Her eingewilligt hatte, das Verladen der Waren persönlich zu beaufsichtigen. Sie sollten den alten Herrn noch am selben Abend in der Via Due Madonne, gleich bei der Via Emilia, treffen.

Zur verabredeten Zeit erwarteten Arlecchino, der Dottore, Pantalone und Scapino geduldig das Erscheinen des alten Mannes. Isabella und Colombina saßen auf dem Bock des Wagens, und Ruffiana lenkte den Karren. Der Capitano, wegen seiner Verletzungen von aller körperlichen Arbeit entbunden, jedoch gern bereit, als Wachposten zu dienen, saß hoch aufgerichtet auf Zephyr.

Bald hörten sie das Geräusch merkwürdig unregelmäßiger, schleppender Schritte und sahen das flackernde Licht einer Fackel auf sich zukommen. Auf jemanden, der so alt, so tief gebeugt war, so augenscheinlich auf der Schwelle des Todes stehend, waren sie nicht gefaßt. Signore Poliosco, im Pelz mit Kapuze, der die Kälte abhalten sollte, sah aus wie mindestens hundertfünfzig Jahre. Einer Holzpuppe ähnlich, bewegte er sich mit winzigen Trippelschritten vorwärts, ohne seine Knie zu beugen.

Als er sprach, klang es wie ein pfeifendes Röcheln, als triebe er jedes Wort zwischen seinen schwarzen Zähnen hindurch, ohne sie voneinanderzunehmen.

Er kam in Begleitung eines verängstigten Knaben, der eine Fackel trug.

»Er hat Angst vor den Räubern und Spitzbuben Bolognas«, erklärte der Alte, »die hier in der Gegend ihr Unwesen treiben. Aber ich habe ihm gesagt, daß wir viele sind und er sich nicht zu fürchten braucht.« Er legte dem Jungen seine knorrige Hand auf den Kopf und musterte den Anführer der kleinen Truppe. »Seid Ihr derjenige, der sich Arlecchino nennt?« röchelte er.

Arlecchino nickte. »Ja, der bin ich, Signore Poliosco.«

»Unsinn! Unsinn!« rief der Alte. »Signore Poliosco bin *ich!* Ihr müßt Signore Arlecchino sein.« Er drehte den Kopf ein wenig zur Seite und brummelte: »Alberner Name, das. Also, Tristano hat mich gebeten, Euch zu helfen, und ich kann diesem schönen jungen Mann nichts abschlagen. Er ist der Sohn, den ich nie gehabt habe. Ja. Ja. Nun, dann folgt mir also!« näselte er. »Folgt mir!« Damit trippelte er auf steifen Beinen eine Gasse hinunter, die kaum breit genug war, dem Wagen Platz zu bieten.

»Dieser Mann ist viel zu alt«, flüsterte Pantalone.

»Wofür?«

»Um so alt zu sein«, sagte Pantalone.

Dem Alten mit Wagen und Karren folgend, gelangten sie schließlich zu einem etwas erweiterten Platz, an dem, zurückgesetzt von den anderen Häusern, ein großes Lagerhaus stand. Das riesige hölzerne Tor, durch einen schweren Balken gesichert, wurde von zwei bewaffneten Söldnern bewacht, die der näher kommenden kleinen Gruppe neugierig und mißtrauisch entgegensahen. Arlecchino vermerkte, daß das Wappen auf ihren Obergewändern einen Adler zeigte, ebenso wie das Zeichen über dem großen Tor.

»Aufmachen! Aufmachen!« rief der Alte den Söldnern entgegen. »Diese guten Leute brauchen Proviant, und ich möchte wieder nach Hause ins Bett.«

»Langsam, alter Mann.« Einer der Söldner grinste.

»Alter Mann? Was heißt hier alter Mann!« kreischte der

Kaufmann. »Spricht man so mit seinem Herrn? Das habe ich nun davon, daß ich übergelaufene Lümmel anheuere, um meine Lagerhäuser zu bewachen! Du hast schon wieder getrunken, nicht wahr, du nichtsnutziger Neapolitaner!« Signore Poliosco drehte plötzlich den schweren, silberbeschlagenen Stock in seiner rechten Hand und schwang ihn mit dem Griff voraus dem Söldner zwischen die Beine.

Der arme Kerl krümmte sich vor Schmerz, während der Kaufmann schon mit wild schwingendem Stock auf den anderen Söldner losging, der Hals über Kopf davonlief.

»Schwachsinnige Idioten!« krächzte Signore Poliosco. »Wenn ich nicht so viele Lagerhäuser hätte, könnte ich sie alle hin und wieder überprüfen und feststellen, was für Dummköpfe meine Bedienten als Wachen anheuern.« Mit einer gebieterischen Geste wandte er sich Pantalone zu. »Na los, steh da nicht so dumm herum, du halbwüchsiger Affe! Mach schon auf! Mach auf!«

Sie schoben rasch den schweren Balken zurück, der das Tor versperrte, und zogen die Torflügel auf.

»Hinein! Hinein!« drängte der Alte den Jungen, der ihm die Fackel trug.

In dem riesigen Raum, in dem Kisten, Ballen, Fässer, Säkke, Körbe, Käse, Wurst und Rauchfleisch in gewaltigen Mengen bis zur Decke gestapelt waren, zündeten sie Fackeln an.

»Das hier!« krächzte der alte Kaufmann und schlug mit seinem Stock auf ein bestimmtes Faß. »Und das hier!« Und er schlug auf ein zweites.

In der folgenden Viertelstunde rannten Arlecchino, der Capitano, Pantalone, Scapino und der Dottore wie emsige Ameisen mit Kisten, Säcken und Fässern hin und her, bis sie mehr als genug Vorräte angesammelt hatten. Und immer noch schlug der Alte mit seinem Stock auf diese oder jene Kiste und krächzte:

»Die hier!« Nachdem es ihnen gelungen war, ihn davon zu überzeugen, daß sie vollauf zufrieden waren, löschten sie die Fackeln, und der alte Mann entließ den Jungen, der ihn begleitet hatte, mit den Worten: »Ich fahre mit diesen Leuten zurück. Schnell, mach, daß du nach Hause kommst.«

Der Junge flitzte davon.

Irgendwo in einer kleinen Straße, die sie auf dem Rückweg durchfuhren, erschien plötzlich der Capitano auf seinem Streitroß neben dem Wagen und rief: »Wir werden verfolgt.«

»Straßenräuber!« kreischte der Kaufmann entsetzt. »Räuber!«

Sie bogen in eine kleine Piazza ein und sahen im gleichen Augenblick ein Dutzend kräftiger junger Männer mit Fakkeln und gezogenen Schwertern in schnellem Lauf auf sich zukommen. Der Capitano riß Zephyr herum und stürmte mit hocherhobenem Schwert in die Meute. Arlecchino sprang auf die Piazza hinunter und vollführte eine Folge kurzer, schneller Wendungen, mit denen er zwei der auseinanderstiebenden Angreifer zu Boden schleuderte. Er riß einem der Banditen die Fackel aus der Hand und griff mit ihr einen anderen an, der mit brennenden Kleidern wild schreiend in den Gemeindebrunnen sprang.

Stolz sah er zu, wie sein besonderer Schützling, Scapino, gewandt und mühelos eine beeindruckende Folge von schwungvoll geschlagenen Rädern, Sprüngen und Pirouetten absolvierte – wobei er allerdings nur selten einen Gegner traf. Pantalone andererseits kratzte, biß, trat und stieß, bis die Feinde, über blutende Köpfe und Nasen jammernd, überall auf der Piazza zerstreut lagen. Selbst der Dottore hatte sich mit dem Stock des alten Mannes geschickt verteidigt.

Als Arlecchino sicher war, daß die Räuber den Kampf aufgegeben hatten, kletterte er wieder zu seinem Wohltäter hinauf, der lächelnd und nickend dasaß, und sagte: »Die Gefahr ist vorüber, Signore Poliosco. Wohin sollen wir Sie jetzt bringen?«

»Nach Mantua«, befahl der närrische Kaufmann von Bologna.

Und dann sahen alle sprachlos vor Überraschung zu, wie Signore Poliosco sich buchstäblich das Gesicht herunterriß und unter künstlicher Nase, falschem Bart und falschen Brauen ein Gesicht erschien, das weit jünger und weit hübscher war.

»Ich schlage vor, wir beeilen uns«, sagte Tristano. »Wir haben soeben das Hauptlager meines Vaters ausgeraubt, und er wird über die Art und Weise, wie ihr mit seinen Bedienten umgegangen seid, nicht erfreut sein.«

»Ich hab' ja gesagt, daß er zu alt ist, um so alt zu sein!« meldete sich Pantalone.

»Aber – der närrische Kaufmann, Signore Poliosco?« stammelte Arlecchino. »Und – die Straßenräuber?«

»Das hab' ich mir alles ausgedacht. *Commedia improvvisa!«* rief Tristano triumphierend. »Also, kann ich jetzt ein Komödiant werden?«

Von Bologna jagten sie am Südufer des Reno entlang nach Osten, in Richtung Budrio. Die Truppe bestand jetzt aus einem mysteriösen Vagabunden, der ein Schweizer Söldner sein konnte oder auch nicht; einer verhinderten Tänzerin, die sich als die Personifizierung der Großen Mutter sah; einer Gelegenheitsdirne, die alles daran setzte, sich zu bilden und ihrer körperlichen Beziehung zu Pantalone ein Ende zu machen; einer hübschen Lieferantin von – zumindest in den Augen der Scheinheiligen – unzüchtigen Bildern; einem unbegabten Maler mit heilenden Händen; einem ehrgeizigen und fantasievollen Lügner und Dieb, der manchmal jonglierte; seinem triebhaften Sohn, der unbedingt etwas erleben wollte; einem in Ungnade gefallenen Soldaten mit einem gestohlenen Pferd und modernen Waffen; und dem schönsten jungen Mann Italiens, der soeben seinen eigenen Vater beraubt hatte.

Die Gemeinschaft der wunderlichen Heiligen war komplett.

ZWEITER TEIL

Die Kunst

Die Truppe versucht, ihre
Schwierigkeiten zu überwinden und
ein neues Theater des Volkes ins
Leben zu rufen, das respektlos,
frech, satirisch, gegen Militär
und Geistlichkeit gerichtet
und volksnah ist.

Cervia

*Der Capitano kehrt nach Bologna zurück, trifft noch einmal mit dem Sizilianer Cosimo zusammen und verbringt einige Zeit mit Savonarolas Anhängern * Cesare Borgia wird in Senigallia eine Falle gestellt * Tristano und Isabella werden ein Liebespaar, und Manciano wird gefaßt*

Es zeigte sich, daß Tristano der Truppe ein sehr gemischtes Sortiment aus dem Lagerhaus seines Vaters zum Geschenk gemacht hatte. Obwohl er in seiner Verkleidung als Poliosco den Kundigen gespielt hatte, hatte er in Wirklichkeit keine Ahnung gehabt, was in den zahlreichen Kisten und Kästen, Fässern und Säcken enthalten war, die er zum Abtransport bestimmt hatte; das Resultat war, daß die Truppe jetzt neben einer reichen Palette an Käsen, diversen Rauchfleischsorten und Weinen vierzig Küchenmesser, zwölf Wasserbecken, drei Kettenpanzer, ein Faß Nägel, einen Webstuhl, ein Butterfaß und eine Vielfalt von Halbmasken und grotesken Karnevalskostümen besaß.

»*Was* soll er tun?« fragte Tristano.

»Er soll diese Edelsteine, die wir noch haben, nach Bologna bringen und versuchen, sie deinem Vater zukommen zu lassen, weil wir ihn bestohlen haben«, erklärte Arlecchino geduldig nun schon zum vierten Mal.

»Aber warum denn?« nörgelte Tristano. »Mein Vater hat Dutzende von Lagerhäusern. Er wird so einen kleinen Verlust verschmerzen.«

»Weil wir keine Diebe sind, auch wenn wir so aussehen und eine fatale Neigung haben, Dinge zu erwerben, die uns nicht gehören.«

»Das mag für dich gelten!« fuhr der Capitano ihn an. »Zwar ist das nicht mein Pferd, nicht mein Schwert, und das sind nicht meine Handkanonen, aber wenn ich es geschafft hätte, dem Offizier, den ich getötet habe, die

Schwertscheide abzunehmen, so hätte ich auch die mitgenommen.«

»Du hast um dein Leben gekämpft. Es war eine Frage des Überlebens.«

»Das ist es jetzt auch!« warf Isabella ein. »Dies sind meine letzten Edelsteine.«

»Wir werden durchkommen.«

»Ja, auf Weihnachten folgt Ostern, aber die Zeit dazwischen kann tödlich sein, wenn wir kein Geld haben«, sagte der Capitano.

»Außerdem«, argumentierte Isabella, »sind die Edelsteine selbst ja auch Diebesgut. Du kannst dich darauf verlassen, daß der Sultan von Konstantinopel sie jemand gestohlen hat. Und dieser Jemand hatte sie auch schon gestohlen.«

Scapino fühlte sich berufen, in die Debatte einzugreifen. »Die Oberen Italiens bestehlen die Armen, und sie bestehlen sich gegenseitig. Die Kirche bestiehlt die Adligen und die Armen, oder etwa nicht, wenn sie mit Ablaß und Dispensen und Kardinalshüten handelt?«

»Wenn man es geschichtlich betrachtet«, warf der Dottore ein, »so hat schon der erste Mensch die duldsame Erde beraubt und geplündert, um sich Schutz und Wärme zu schaffen. Wir sind alle Diebe. Wir stehlen das Holz aus dem Wald. Die Fische aus den Flüssen. Wir stehlen die Zeit. Wir stehlen, was wir können.«

Arlecchino bewunderte sein rednerisches Talent. »Eine glänzende Beweisführung, Dottore. Der Kurie würdig. Aber sie ändert nichts an der Wahrheit. Wir haben etwas genommen, das einem anderen gehört, und wir müssen ihn dafür bezahlen.«

Der Capitano sah den seltsam gekleideten Mann einen Augenblick lang schweigend an, dann lächelte er. »Wie kannst du sicher sein, daß *ich* nicht die Edelsteine an mich nehme und auf und davon reite?«

Arlecchino lachte. »Wohin? Warum? Du hättest uns den marodierenden Söldnern überlassen können, aber das hast du nicht getan.«

»Ich hatte es mir genau überlegt. Eine ganze Weile. Nur ein Dummkopf attackiert ohne Strategie.« Er nahm Arlecchino beim Arm und führte ihn von den anderen weg. »Ich mußte die Situation studieren und überlegen, wie meine beiden Handkanonen zum höchsten Vorteil eingesetzt werden könnten.« Er lächelte wieder. »Außerdem«, flüsterte er, »stand Colombina schon splitterfasernackt auf der Bühne und führte sich auf, als vollzöge sie ein orgiastisches Ritual. Die Männer waren so fasziniert, daß ich dachte, ich könnte es mir leisten, auch eine Weile zuzusehen.«

Arlecchino erwiderte das Lächeln. »Capitano«, sagte er, »so abartig du bist, ich glaube, in dir steckt das Zeug zum Helden.«

»Meinst du?« Der Capitano grinste. »Nun, dann laß mich dir in aller Offenheit ein Geheimnis anvertrauen: Zwei der toten Söldner, die ihr im Wald gefunden habt, gehen nicht auf meine Rechnung. Jemand anders hat sie getötet.«

Arlecchino wurde augenblicklich ernst. »Es waren drei.«

»Du hast es gewußt?«

Er nickte. »Sie sind durch Pfeile gestorben. Aber du hattest keine Armbrust. Jemand anders muß sie getötet haben. Jemand anders muß noch im Wald gewesen sein und uns beobachtet haben.«

Der Capitano stimmte zu. »Es waren drei oder vier. Ich wurde erst auf sie aufmerksam, als ich meine Handkanone abfeuerte und losschlug. Da sind sie so rasch verschwunden, wie sie gekommen waren.«

Arlecchino legte ihm eine Hand auf die Schulter. »Von den Dominikanermönchen wissen wir, daß diese Marodeure keine Landsknechte waren, sondern Söldner Kardinal Ferraris von Modena; es könnte also sein, daß unsere vier Retter Feinde Ferraris waren.«

»Vielleicht«, meinte der Capitano. »Wir können auch mit einiger Sicherheit annehmen, daß die Räuber in Wirklichkeit nicht an den Gemälden oder den Figuren interessiert waren; dennoch haben sie ganz offensichtlich etwas gesucht. Was hältst du davon?«

Arlecchino zuckte die Achseln. »Keine Ahnung.« Dann fügte er leise hinzu: »Du?«

»Über so was denke ich nicht nach. Ich habe alle Hände voll damit zu tun zu überleben. Und ich überlebe immer.«

»Wir werden alle überleben«, erklärte der Vagabund ruhig.

Sie kehrten zu den anderen zurück, und Arlecchino schlug vor, sogleich weiter nach Osten zu ziehen. »Nach Norden, in Richtung Mantua, können wir uns nicht wenden, weil dort oben sich die d'Estes und die Truppen des Papstes befehden. Nach Süden können wir nicht ziehen, weil Cesare Borgia unmittelbar unterhalb von uns in Imola ist und in der Romagna Krieg führt. Und nach Bologna zurückkehren können wir auch nicht, weil Tristanos Vater den Diebstahl seiner Waren zweifellos seinem Herrn, Bentivoglio, zur Kenntnis gebracht hat. Wir befinden uns hier also, wie es scheint, in einem kleinen Korridor des Friedens, und der einzige Weg, der uns offensteht, führt nach Osten. Der Capitano sollte es schaffen, noch vor Lugo wieder zu uns zu stoßen, da er das schnellste unserer Pferde reitet.«

Und so kam es, daß der Capitano sich noch in derselben Stunde anschickte, nach Bologna zurückzukehren. Doch bevor er aufbrach, suchte der Dottore ihn auf und drückte ihm unter eilig gemurmelten Anweisungen ein kleines Geschenk in die Hand. Als der Capitano das Päckchen später öffnete, während Zephyr am Fluß trank, fand er darin zwei blaugrüne Phiolen und einen schweren, eigentümlichen Ring, der ein gelbes Pulver enthielt.

»Aha!« rief er lachend. »Der verrückte Doktor schlägt wieder zu.«

Die Truppe zog weiter nach Osten, mit Kurs auf Medicina und Lugo, und erfuhr bald, daß Tristano nicht nur ein mit körperlicher Schönheit gesegneter junger Mensch war, sondern außerdem ein hochgebildeter Musiker und Poet. Er schien in allen höfischen Sitten und Fertigkeiten erzogen zu sein, aber es fehlte ihm die Familientradition, mit diesen Formen selbstverständlich umzugehen. Mit anderen Worten, er wirkte häufig schwülstig und geziert. Aber nicht auf Ruffiana, die beinahe auf den ersten Blick ihr Herz an ihn verlor. Und er zog der schönen, gebildeten Isabella, so merkwürdig das schien, dieses vitale, animalische junge Mädchen vor und ritt, wann immer möglich, an ihrer Seite.

Pantalone war natürlich nicht begeistert von dieser Wendung der Ereignisse, da er immer noch auf seine ›geschäftliche Vereinbarung‹ mit Ruffiana pochte. Es hatten sich nur wenige Gelegenheiten geboten, Vertragserfüllung zu verlangen, weil unter den Mitgliedern der Truppe eine verschwörerische Übereinkunft bestand, Ruffiana zu schützen und Pantalone so viel zu tun zu geben, daß ihm fürs Vergnügen keine Zeit blieb.

Er war im übrigen auch sehr enttäuscht, daß niemand ihm geglaubt hatte, als ihm augenblicklich der Makel an Tristanos Verkörperung des alten Bologneser Kaufmanns aufgefallen war. Und so träumte denn das jüngste Mitglied der Truppe von Rache.

Vitellozzo Vitelli, von der Syphilis verwüstet, beugte sich weit über den Tisch und sprach leise, aber bestimmt zu seinen Mitverschwörern.

»Ich sage euch, Cesare steckt in Schwierigkeiten. Dreimal in einem Monat hat er seinen Vater gebeten, ihm mehr Geld zu übersenden. Er mußte um Weizen nach Venedig schicken lassen, aber Ramiro de Lorca, der jetzt auf unserer Seite ist, hat den größten Teil davon wieder verkauft.« Er wies auf den Spanier, der mit düsterer Miene neben ihm saß. »Cesare kann sich also die Verpflegung seiner Männer nicht leisten. Er hat vor, drei französische Kompanien zu entlassen und sie in die Lombardei zu schicken. Ihm selbst werden nur einhundert Mann bleiben. Er glaubt, wir seien ihm wieder in Treue verbunden, und zum Beweis seines Vertrauens in uns hat er Orsini und mich gebeten, Senigallia für ihn zu erobern.«

»Senigallia?« fragte Oliveretto da Ferma. »Warum Senigallia?«

»Weil Senigallia von Giovanna da Montefeltro gehalten wird, im Namen ihres Sohnes, Francesco Maria della Rovere, der zugleich Guidobaldos Neffe ist. Mit einem Schlag kann Cesare drei Feinde erledigen und vor allem den Mann treffen, den er als seinen Erzfeind betrachtet – Kardinal della Rovere.«

Er begann zu husten, und es dauerte eine ganze Weile, ehe er wieder zu Atem kam.

»Aber ich will auf folgendes hinaus: Cesare verfügt nur über eine kleine Streitkraft. Wir nehmen Senigallia, aber wir senden de Lorca mit der Botschaft zu Cesare, Andrea Doria, Senigallias Verteidiger, werde Waffen und Vorräte nur ihm persönlich ausliefern. Dann wird er kommen müssen, weil er das Getreide und die Waffen braucht.

Die Söldner Orsinis und meine eigenen Streitkräfte werden vor der Stadt selbst lagern. Oliveretto hier führt seine Männer in die Zitadelle hinein. Wir warten, bis wir Cesare zwischen uns haben, dann lassen wir die Falle zuschnappen.«

In dem nachfolgenden Schweigen sahen die fünf Verschwörer einander an. Schließlich lächelte Oliveretto und sagte: »Ja, tun wir's. Töten wir Borgia, den Bastard.«

Vitelli wartete ab, während die Kondottieri einer nach dem anderen zustimmend nickten. Dann wandte er sich an Ramiro de Lorca, der neben ihm saß, und sagte: »Meldet es ihm. Wir erwarten ihn in Senigallia.«

Der magere, geschundene Körper des jungen Mönchs hing etwa zwölf Fuß über dem feuchten Lehmboden, der mit blutdurchtränkten Strohmatten bedeckt war. Man hatte ihm die Arme nach hinten hochgebunden, mit einem langen Strick, der sich zur hohen Decke hinaufspannte, dort über eine Rolle lief und auf der anderen Seite wieder herabfiel. Zwei schwarz vermummte Männer hielten den Gefolterten am Seil in der Höhe.

Vor dem wimmernden Bündel Mensch standen der Geistliche mit dem Frettchengesicht, Sebastiano, und neben ihm der Söldner namens Angelo.

»Man hat diese Methode während der französischen Inquisition sehr geschätzt«, sagte Sebastiano. »Sehr wirksam. Nach einem oder zwei Stürzen, wenn die Arme aus den Gelenken gerissen sind, kann man immer mit einem Geständnis rechnen.«

»Aber war es denn nötig?« knurrte Angelo. »Als Ihr Salz in seine alten Wunden gestreut habt, hat er uns doch alles gesagt, was er über Manciano wußte.«

»Wie können wir sicher sein, daß er wirklich alles gesagt

hat?« konterte Sebastiano. »Er hat gestanden, von den Savelli-Briefen zu wissen, und er hat zugegeben, daß sie von einem Priester befördert werden; er hat uns jedoch nicht gesagt, ob dieser Priester der Führer der *piagnoni,* Manciano, ist oder ein anderer.«

»Ich bin überzeugt, er hat uns alles gesagt, was er weiß«, beharrte der Söldner.

»Nun, ich glaube, er weiß, wer die dritte Partei dort im Wald bei Modena war«, fuhr Sebastiano fort. »Er könnte uns sagen, wer diese anderen waren, die die Männer Kardinal Ferraris vom Lager dieser Vagabunden vertrieben haben.«

Angelo prustete geringschätzig. »Ihr beharrt darauf, diese Truppe mit den Savelli-Briefen in Verbindung zu bringen. Aber die Söldner kehrten in ihrem Lager das Unterste zuoberst und fanden keine Briefe.«

»Ist es dann reiner Zufall, daß Manciano in drei verschiedenen Städten zur gleichen Zeit auftauchte wie diese Vagabundentruppe?« fuhr Sebastiano ihn gereizt an. »Ist es ein Zufall, daß Manciano und dieser hier bei Bologna ein Mahl mit den Vagabunden teilten? Ich sage Euch, jemand in dieser Truppe steht mit den *piagnoni* in Verbindung, und die *piagnoni* sind im Besitz der Savelli-Briefe.« Er wies auf die vermummten Folterknechte. »Nun, wir werden ihn eine Weile rasten lassen und dann das Verhör wiederaufnehmen. Er wird uns alles sagen, was er weiß – bevor er stirbt.«

Die Folterer ließen den blutenden, stöhnenden Mann zum Boden herunter und lösten die Stricke, mit denen er gebunden war. Angelo beobachtete sie aufmerksam.

»Warum müssen sie diese Kapuzen tragen? Wer kann sie hier unten schon sehen?«

Sebastiano zuckte die Achseln. »Wer weiß? In diesen Zeiten trägt selbst der Wind, der durch diese kleinen Fenster eindringt, Geheimnisse. Außerdem«, fügte er hinzu, als die Männer den Raum verließen, »haben sie gelobt, Gott zu dienen, und so brauchen sie auch nur Gott bekannt zu sein.«

Angelo trat zu dem wie leblos daliegenden Mönch und beugte sich über ihn.

»Es beugt außerdem Repressalien vor«, fuhr Sebastiano

fort, »die man immer fürchten muß, wenn man in diesem Geschäft ist.«

Er durchquerte den Raum und nahm hinter einem einfachen Tisch Platz. Er sah nicht, wie die schmale Klinge eines Stiletts sich rasch und lautlos in das Herz des Mönchs senkte. Langsam richtete sich Angelo wieder auf und wandte sich dem wieselgesichtigen Priester zu.

»Von diesem Mann werdet Ihr nichts mehr erfahren, fürchte ich«, sagte der Söldner. »Er ist tot.«

»Tot?«

Angelo zuckte die Achseln. »Was bedeutet es schon? Wenn Ihr wirklich glaubt, daß zwischen diesen Vagabunden und Manciano eine Art Verschwörung besteht, warum fragt Ihr dann nicht einfach Manciano und geht der Wahrheit auf den Grund?«

»Weil dieser verdammte Dominikaner wie Rauch ist!« versetzte Sebastiano ungeduldig. »Da denke ich, ich habe ihn in einer Kirche gestellt, und wenn meine Leute hineinstürmen, ist alles leer. Meine Spitzel sehen ihn auf einer Straße, sperren sie ab, und wenn sie um die Ecke biegen, ist niemand mehr da! Diesen jämmerlichen kleinen Mönch zu fassen, ist uns nur geglückt, weil er irrtümlich einen meiner Leute für einen *piagnone* hielt.«

»Vielleicht«, meinte Angelo, »haben die *piagnoni* ihrerseits Spitzel unter Euren Leuten. Vielleicht gelingt es Manciano deshalb immer wieder, Euch zu entkommen. Weil einer der Euren ihn warnt.«

»Möglich. Aber das gleiche gilt umgekehrt. Der Herzog hat seinerseits Spitzel unter den *piagnoni.* Man muß dieser Tage sehr, sehr vorsichtig darauf achten, wem man vertraut.«

Der Söldner nickte und schob unbemerkt das Stilett wieder in die Scheide.

»Das alles«, fuhr Sebastiano fort, »ändert nichts an der Tatsache, daß der Herzog uns beauftragt hat, diese Briefe sicherzustellen, ehe sie den Feind erreichen, und genau das werden wir tun. Geht jetzt und sorgt dafür, daß sich ein paar Leute um die Entfernung unseres jungen Mönchs hier kümmern.«

Sobald Angelo hinausgegangen war, beugte sich der Priester über ein Pergament, das vor ihm auf dem Tisch lag, und begann zu schreiben. Er schrieb rasch und flüssig, hielt nur ab und zu inne, um seine Feder in einen Behälter mit schwarzer Tinte zu tauchen. Schließlich legte er die Feder zur Seite und las im flackernden Licht der Kerze mit zusammengekniffenen Augen seinen Brief noch einmal durch.

»An seine Hoheit, Cesare Borgia, Herzog von Urbino
Uns liegen jetzt Beweise vor, daß die Savelli-Briefe von einem Priester nach Süden befördert werden – möglicherweise beabsichtigt man, sie den Franzosen oder Spaniern in Neapel vorzulegen, um auf diese Weise die Borgias bei den katholischen Monarchen in Mißkredit zu bringen. Interessant ist in diesem Zusammenhang eine Gruppe Reisender, die allem Anschein nach mit Manciano Kontakt hatte. Berichte geben zu der Vermutung Anlaß, daß eine Frau aus dieser Gruppe Isabella Zappacchio aus Venedig sein könnte. Ich erwarte Eure Anweisungen.

Euer ergebener Diener,
Sebastiano.«

Nach der Lektüre legte er den Bogen auf die Seite, suchte sich einen neuen heraus und griff wieder zur Feder. Zunächst kopierte er in gestochenen Buchstaben die Anrede, dann entrollte er ein weiteres Pergament und legte es neben die anderen. Auf diesem letzten Pergament befanden sich sechs Buchstabenkolonnen, von denen die erste eine Aufstellung der Buchstaben in alphabetischer Ordnung war. Er zog wieder den ersten Bogen zu sich heran und machte sich daran, jeden einzelnen Buchstaben in seinem Originalbrief mit einem anderen zu überschreiben. Er konzentrierte sich dabei auf die Verschlüsselungsanweisungen: ›In der ersten Zeile Eurer Botschaft gebraucht die Ersatzbuchstaben der zweiten Kolumne. In der zweiten Zeile Eurer Botschaft gebraucht die Buchstaben der dritten Kolumne und so weiter. Sobald ihr die ganze Botschaft verschlüsselt habt, teilt die Buchstaben in Blöcke von jeweils sechs auf. Auf diese Weise werden alle vertrauten Wortmuster zerstört; die Aufteilung zeigt ferner, daß Ihr Euch des Sechserschlüssels bedient habt.‹

Sebastiano brauchte eine halbe Stunde, um seine Botschaft an Cesare Borgia zu verschlüsseln, die er dann auf den zweiten Pergamentbogen übertrug. Als er damit fertig war, faltete er den Brief, verschloß ihn mit Wachs von der Kerze, die auf seinem Tisch stand, und drehte den Ring an seinem Finger herum, um das Wachssiegel mit dem Wappen des Borgia-Stiers zu kennzeichnen.

Er trug den Brief nach oben in die Sakristei des Doms und übergab ihn einem jungen Mann, der an der Tür wartete. Dieser eilte sogleich hinaus, schwang sich auf einen Rappen, der vor der Kirche bereitstand, und preschte nach Süden davon.

Im Dorf Faenza saß der Bote ab, stieg die Stufen zu einer kleinen Kirche hinauf und überreichte das Dokument einem alten Klosterbruder, der dort wartete. Der Bruder verschwand mit dem Brief in einem kleinen Zimmer. Dort schob er die dünne, schmale Klinge eines Dolches unter das Wachs und hob es sauber vom Pergament ab. Er überflog den Inhalt des Schreibens, betrachtete lächelnd die scheinbar sinnlosen Aneinanderreihungen von Buchstaben. Dann nahm er ein Blatt dünnes Papier, das er vorher behandelt hatte, drückte es auf das Schreiben und hob es wieder ab. Nun befand sich ein schwacher Abdruck des Textes in Spiegelschrift auf dem besonders behandelten Papier. Der Klosterbruder faltete das Schreiben wieder zusammen, knipste ein kleines Pünktchen heißes Wachs von seiner Kerze ab, gab es auf die Rückseite des Siegels und preßte es fest auf das Pergament. Mit seiner Arbeit zufrieden, brachte er dem jungen Mann den geheimen Brief zurück.

»Verschlüsselt?« fragte der Bote.

»Auf primitivste Weise. Durch Buchstabenverschiebung. Ich werde sicher nicht länger als eine Viertelstunde brauchen.« Der Klosterbruder lachte leise. »Die Borgias sind solche Kindsköpfe. Da hatten wir früher ganz andere Methoden.«

Der junge Mann lachte, schwang sich wieder in den Sattel und ritt in nördlicher Richtung davon.

Die Truppe hatte Ravenna umgangen und näherte sich der Adria, und noch immer warteten sie vergebens auf ein Wort des Capitano. Sie erreichten einen kleinen Ort namens Cervia, wo sie zu warten beschlossen, doch die Monotonie der Tage und die finstere Sorge, er könnte überhaupt nicht zurückkehren, machte sie alle nervös und ängstlich. Am dritten Tag ihres Aufenthalts in dem verschlafenen Dorf machte Colombina einen Vorschlag, auf den Arlecchino, wie vorauszusehen, sauer reagierte.

»Herrgott im Himmel, ich werde mich sinnlos betrinken, wenn ich diese Bande von Schmarotzern erst los bin.« Er seufzte tief. »Haben wir nicht schon genug Ärger? Warum können wir nicht einmal unter uns Frieden halten?«

Colombina rannte ihm um den Wagen herum nach. »Du selbst hast gesagt, es sei für uns das beste, uns als eine Truppe von Komödianten auszugeben, aber die Hälfte der Truppe tut überhaupt nichts. Ruffiana und ich können wenigstens tanzen, und du singst und musizierst –«

»Tristano und Isabella auch«, konterte er, »und besser als ich.«

»Wer braucht so viele Musikanten? Wir haben nur eine Laute, ein Tamburin und die Kesselpauke, die Pantalone in Bologna mitgenommen hat. Scapino kann jonglieren und mit Pantalone zusammen akrobatische Kunststücke vorführen, und der Dottore hat es jetzt endlich heraus, wie man Feuer speit, du weißt, dieser Trick, den Meister Leonardo ihm erklärt hatte.«

»Ach?« sagte Arlecchino überrascht. »Dann ist also seine Zunge wieder heil?«

Colombina zog die Nase hoch. »Sie war ja nur ein bißchen versengt.« Arlecchino grinste. »Was ich sagen will«, fuhr sie hartnäckig fort, »ist, daß unseren Vorführungen einfach ein bißchen Liebe und Romantik fehlt. Ich meine, wir sollten Tristano und Isabella versuchen lassen, ein Liebespaar zu spielen.«

»Wie denn, wann denn? In einem Stück? Einem geistlichen Spiel?«

»Du meine Güte, von Religion und Geistlichkeit haben wir weiß Gott genug! Eine Liebesgeschichte muß es sein«, rief

Colombina. »Ich sage dir, die Leute werden dafür zahlen, die beiden zusammen zu sehen. Zwei wunderschöne junge Menschen, die sich lieben. Da wird jeder gerührt und entzückt sein.«

»Die beiden können sich doch nicht ausstehen«, erinnerte Arlecchino sie.

»Was sie *fühlen*, ist doch egal.« Sie tat seinen Einwand mit einer wegwerfenden Handbewegung ab. »Wie sie aussehen, ist wichtig. Und sie sehen aus wie ein Liebespaar. Ich denke mir, daß Abälard und Heloise hin und wieder auch Schwierigkeiten hatten – besonders nachdem er entmannt worden war.« Arlecchino stöhnte. »Komm doch«, quengelte Colombina. »Laß sie es versuchen. Denk dir ein Stück für sie aus, du hast doch zu Tristano gesagt, du könntest das. Gib ihnen eine Geschichte und laß sie dazu improvisieren.«

»Heiliger Herr Jesus«, murmelte Arlecchino, »warum muß mich dieser eine lächerliche Moment meiner Vergangenheit unablässig verfolgen? Ich habe euch doch gesagt, eine solche Kunst existiert nicht. Die Kunst verlangt Disziplin, und Disziplin setzt geschriebene Texte voraus, in denen die Sprache durch Präzision und Ordnung zugespitzt ist. Weiß der Himmel, was passieren würde, wenn die Schauspieler tun und sagen könnten, was sie wollten. Es wäre das absolute Chaos.«

»Aber an dem Abend, als wir die Geschichte vom heiligen Georg und dem Drachen aufgeführt haben, gab's auch kein Chaos, das weißt du ganz genau. Du warst richtig überrascht, wie wir darüber gelacht haben. Es war komisch.«

»Es war albern!« fuhr Arlecchino sie an. »Lächerlich! Nein und nochmals nein!« Er ging weiter um den Wagen herum, aber Colombina gab nicht auf. »Na gut!« rief er schließlich. »Wenn du unbedingt willst, daß sie ein Liebespaar spielen, dann schlage ich vor, wir suchen uns etwas aus der klassischen Literatur aus, schreiben Texte und lassen sie ihre Rollen auswendig lernen. Dann werden wir weitersehen.«

Sie schlug die Hände über dem Kopf zusammen. »Du meine Güte, Liebe kann man doch nicht planen. Die *ist* einfach! Ich sehe Tristano und Isabella als Liebespaar. Nicht als römische Gottheiten.«

Arlecchino kapitulierte seufzend. »Also gut« war alles, was er sagte.

Colombina lachte und gab ihm einen Klaps auf die bärtige Wange. »So ist's brav«, gurrte sie.

Er streckte ihr die Zunge heraus und ging zur anderen Seite des Wagens hinüber, wo die Mitglieder der Truppe am Feuer saßen und sich gegenseitig entlausten. Einzeln wurden die ekelhaften kleinen Blutsauger aus dem Haar, von der Haut und aus den Kleidern entfernt und in die Töpfe mit heißem Wasser geworfen.

»Tristano! Isabella!« rief Arlecchino. »Kommt her.«

Die beiden trennten sich von ihren jeweiligen Geliebten und kamen zu ihm.

»Da es für uns das geeignetste zu sein scheint, uns als eine Komödiantengruppe auszugeben«, begann er leise, »finde ich, wir sollten versuchen – äh – unseren Zuschauern auch ein improvisiertes kleines Schauspiel zu bieten.« Sehr eilig fügte er dann hinzu: »Ich möchte, daß ihr zwei ein – äh – Liebespaar spielt.«

Tristano machte ein Gesicht, als hätte er einen Magenschwinger erhalten, und Isabella brach in höhnisches Gelächter aus.

»Hört mir doch erst mal zu«, sagte Arlecchino. »Ich gebe euch eine Situation, und ihr denkt euch eure eigenen Texte und Handlungen aus, ja? Etwas – ach, ich weiß auch nicht – etwas Romantisches oder Komisches oder so.«

Tristano flüsterte: »Du bist ja verrückt, das weißt du wohl.«

Arlecchino nickte gelassen. »Ja, aber wenn ihr mir diesen einen Gefallen tut, dann verspreche ich euch, daß ich euch den Rest der Reise nicht mehr belästigen werde.«

Tristano sah Isabella an, die nur gleichgültig die Achseln zuckte. »Na schön«, stimmte er schließlich zu.

»Also gut«, sagte Arlecchino. »Hier ist die Situation. Ihr seid ein Liebespaar. Klar?« Sie nickten. »Aber Isabella hat entdeckt, daß du – Tristano – mit einer anderen geschlafen hast, ich weiß nicht – einer Kammerjungfer oder so.«

»Mit was für einer Kammerjungfer?« fragte Tristano.

»Was heißt hier mit was für einer Kammerjungfer?« rief

Arlecchino. »Wie viele verschiedene Arten von Kammerjungfern gibt es denn? Eine Kammerjungfer eben!«

»Ich meine, ist sie hübsch oder ein bißchen – na ja, reizlos?« fragte er.

»Du Idiot!« fuhr Isabella ihn an. »Ich hätte doch nie im Leben eine reizlose Kammerjungfer.«

Tristano lachte verächtlich. »Natürlich, du hättest nur reizlose Kammerjungfern! Weil du dann im Vergleich schön aussehen würdest.«

Isabellas Augen sprühten. »Ich *bin* schön. Aber ich kann mir nicht vorstellen, daß du bei einer Frau überhaupt ankämst, höchstens vielleicht bei einem fügsamen Schaf – wenn dir noch zwei oder drei Schafhirten beistünden.«

Tristano knirschte mit den Zähnen. »Hochnäsiges Luder!«

Die ›Liebenden‹ starrten einander einen Moment lang mit gefletschten Zähnen an, dann stürzte sich Isabella auf Tristano, griff ihm ins lockige Haar und versuchte, ihn niederzuringen. Er riß sich los, indem er ihr die recht Faust in den Magen schwang, daß es ihr alle Luft aus den Lungen drückte.

Arlecchino warf sich rasch zwischen sie. »Bravo!« sagte er trocken. »Hinreißend. Wahre Kunst.« Und zu Colombina gewandt höhnte er: »Nun, zufrieden?«

Zu seiner Überraschung war Colombina begeistert von der Vorstellung. »Das nenne ich Leidenschaft!« rief sie überschwenglich. »Ich habe ja gleich gewußt, die beiden sind das perfekte Paar!«

Der Capitano spürte den Druck der kalten Klinge an seinem Hals und stand sehr langsam von seinem Platz am Tisch in der Taverne auf, sorgsam darauf achtend, die Hand, die den Dolch hielt, nicht zu provozieren oder zu erschrecken.

»Ruhig Blut, Cosimo. Ruhig Blut«, flüsterte er.

Gelächter brach hinter ihm aus, und eine Hand wirbelte ihn herum, so daß er geradewegs in das große, ungeschlachte, narbige Gesicht des grinsenden Sizilianers sah.

»Woher wußtet Ihr, daß ich es bin?«

Der Capitano zwang sich zu einem Lächeln. »Euren hübschen Reißzahn würde ich überall erkennen«, antwortete er und deutete vorsichtig auf den Dolch, der immer noch an seiner Kehle lag.

Er vermerkte, daß zwei weitere Söldner sich zu beiden Seiten des Sizilianers aufpflanzten. Sie trugen nicht das Wappen der Borgias, den Stier, wie Cosimo, sondern die Lilie Frankreichs. Alle drei waren bewaffnet.

»Was hat das zu bedeuten, alter Freund?« murmelte der Capitano. »Habt Ihr die Lager gewechselt?«

Cosimo lachte wieder und zog den Dolch weg. »Ich kam allein, als der Herzog mich wissen ließ, daß Ihr Euch in der Gegend von Imola aufhieltet, doch die Franzosen haben eine Belohnung auf Euren Kopf ausgesetzt und gaben mir diese beiden Helfer mit.« Er steckte den Dolch ein. »Es sind schlaue Burschen.«

Cosimo setzte sich dem Capitano gegenüber an den Tisch und gab den beiden Söldnern ein Zeichen, sich zu beiden Seiten der Tür zu postieren.

»Wo sind denn alle Eure Freunde, Capitano?« fragte er.

»Ich habe keine«, antwortete dieser. »Außer – vielleicht – Euch?«

»Immer«, schwor Cosimo und fügte dann ernsthaft hinzu: »Aber dies hier, das müßt Ihr verstehen, ist eine geschäftliche Angelegenheit. Wenn ich dem Herzog Euren Kopf bringe, erhalte ich hundert Golddukaten.«

»Tatsächlich?« wunderte sich der Capitano. »So viel? Woher will der Herzog die nehmen?«

»Wie meint Ihr das?«

Der Capitano beugte sich über den Tisch. »Ich meine, der Papst unterstützt ihn, so gut er kann, aber es wird getuschelt, daß Cesare nicht mehr genug Geld hat, um sein eigenes Heer zu verpflegen. Er hat sogar die Absicht, drei Kompanien französischer Truppen zu entlassen, weil er sie nicht mehr verpflegen kann.«

Cosimo sah ihn wütend an. »*Mich* wird er schon bezahlen können!« Er schlug krachend mit der Faust auf den Tisch, und alle in der Schenke drehten sich nach dem Lärm um; aber ein Blick auf Cosimos scheußliche Fratze, und die Gäste wandten sich hastig wieder ihren eigenen Angelegenheiten zu.

Der Capitano täuschte Gleichgültigkeit vor. »Wenn Ihr es sagt.«

»Ich weiß zufällig, daß der Herzog von den Venezianern dreißigtausend Scheffel Weizen gekauft hat«, erklärte der Sizilianer.

»Dann müßt Ihr auch wissen, daß der weg ist. Verschwunden«, entgegnete der Capitano.

»Er lügt«, sagte einer der anderen Söldner. »Er will Euch überlisten.«

»Seht Ihr?« Cosimo lächelte. »Ich habe Euch ja gesagt, daß er ein schlauer Kopf ist.«

Der Söldner sah den Capitano finster an. »Cesare ist schlauer«, gab er mit Verachtung zurück.

Der Capitano nickte und murmelte: »*Terribilità.*«

Cosimo strahlte. »Ja! Ja!« dröhnte er. »Genau das ist es! Cesare besitzt *terribilità.*« Er beugte sich weit über den Tisch und blies dem Capitano seinen Knoblauchatem ins Gesicht. »Und ich ebenfalls.«

»Und ich.« Der Söldner grinste.

Cosimo wirbelte herum. »Ihr?« Sein Ton brachte den Posten zum Schweigen. »Die wissen gar nicht, was es heißt, ein Soldat zu sein«, behauptete er, sich wieder dem Capitano zuwendend. »Sie kommen jetzt aus den besseren Familien. Sie haben eine Erziehung genossen. Sie sind gebildet. Und jeder möchte spätestens morgen mittag ein Kondottiere sein. Sie haben nichts von dem gesehen, was wir gesehen haben! Sie wissen nicht, was wir wissen.«

Der Capitano entspannte sich ein wenig. »Ja, wir wissen, wie man stirbt, nicht wahr?« Er lächelte. »O ja, ich weiß, daß es für mich aus und vorbei ist. Aber, was meint Ihr? Wollen wir im Gedenken an die guten alten Zeiten nicht noch einen letzten Becher Wein zusammen trinken?«

»Tut es nicht!« sagte der Söldner scharf.

Wieder funkelte Cosimo ihn ärgerlich an, dann rief er: »*Vino!*« Er bedeutete der Schankmagd, sie solle zwei Becher bringen. »Niemals werden sie die Dinge sehen, die wir gesehen haben, was?« fuhr er fort. »Was wissen diese Milchbärte schon davon, wie man einem Mann den Hals aufschlitzt, hm? Eh er's überhaupt merkt. Scarlatti. Wißt Ihr noch? Ich schwöre, er ist bestimmt noch eine halbe Meile marschiert, ehe er gemerkt hat, daß er tot war. So schnell war mein Messer in ihm drin und wieder draußen. Und das Mädchen – wie hieß sie gleich? In Padua damals.«

Der Capitano tat so, als genösse er die Erinnerungen. Er war erleichtert, als die Magd den Wein brachte. Bevor der Sizilianer nach einem der Becher greifen wollte, breitete er seine Hände darüber und begann in feierlichem Ton zu sprechen: »O Herr der Krieger, segne diesen Trank, das Blut der Trauben Italiens, auf daß mein eigenes Blut, wenn es vergossen wird, in die Erde und in den Rebstock und in den Becher zurückkehren wird.«

Der Sizilianer wollte nun endlich den Becher zum Mund führen, aber der Capitano hielt seine Hand fest. »Wartet!« befahl er. »Erinnert Ihr Euch, Cosimo, wie wir darum zu würfeln pflegten, wer das beste Pferd oder den Löwenanteil der Beute bekommen sollte?«

»Oder zuerst zu den Weibern durfte.« Cosimo grinste.

»Richtig«, bestätigte der Capitano. »Ihr wart in jenen Tagen ein verwegener Spieler. Wahrhaft ein Mann von *terribilità.*« Der Sizilianer erglühte förmlich unter diesem Lob, das ihm die für den italienischen Mann begehrteste aller Eigenschaften zugestand. »Es würde mich interessieren, ob Ihr noch immer der Mann seid, der Ihr wart. Wir sind ein bißchen behäbig geworden, ein bißchen sorglos. Wollen wir ein letztes Spielchen wagen? Eine Wette?«

Cosimo stellte den Becher wieder auf den Tisch. »Um welchen Einsatz?«

»Den größten überhaupt. Das Leben.«

Cosimo ließ sich das Angebot einen Moment durch den Kopf gehen. »Wessen Leben?« fragte er.

»Nun, das eben ist die Frage.« Der Capitano lächelte. »Denn seht Ihr, ich habe soeben den Wein in einem dieser Becher vergiftet.« Er hob die Hand, um Cosimo den Giftring zu zeigen, der mit geöffnetem Deckel und leer an seinem Finger saß. »Nur: den Wein in welchem Becher? Selbst ich kann es nicht sagen.« Er lehnte sich zurück und sah den wütenden Sizilianer immer noch lächelnd an. »Ihr habt die erste Wahl, und wenn Ihr richtig wählt, dann sterbe ich.«

»Ihr werdet sowieso sterben«, knurrte Cosimo. »Was bekomme ich, wenn ich gewinne?«

»Das Leben!« rief der Capitano. »Das ist das größte Spiel! Leben oder Tod. Wenn ich die falsche Wahl treffe, so könnt Ihr später Eurem Schöpfer mit einem Mord weniger auf dem Gewissen gegenübertreten, falls Euch das etwas bedeutet. Und wenn Ihr die falsche Wahl trefft, nun, ich bin überzeugt, diese tapferen jungen Krieger werden mich Euch unverzüglich nachsenden.« Wieder beugte er sich über den Tisch, wieder murmelte er das Wort: *»Terribilità?«*

Cosimo erstarrte. Dann ergriff er einen der Becher und hob ihn vor die Augen. Aufmerksam sah er sich den Rand an, das Innere, die Beschaffenheit des Weins, wie die Flüssigkeit sich an den Wänden des Bechers verhielt. Er umrundete den Rand einmal mit der Fingerspitze und leckte sie ab. Dann nahm er die gleiche Untersuchung mit dem anderen Becher vor. Schließlich nahm er einen zur Hand und verkündete: »Das ist meine Wahl. Das dort ist Euer Becher.«

Langsam streckte der Capitano die Hand aus und nahm den zweiten Becher. Er sah Cosimo an, der nickte, dann führten beide ihre Becher, ohne Zaudern und ohne innezuhalten, zum Mund und tranken. Der Sizilianer stellte seinen Becher wieder auf den Tisch und sah seinen Gefangenen an, der ebenfalls seinen Becher niederstellte.

»Mir geht's gut.« Cosimo grinste, aber dann erstarrte das Lächeln auf seinen Lippen, er sank über den Tisch und stieß seinen Becher um.

Sofort stürzten die beiden jungen Söldner mit gezogenen Dolchen vor, und schon spürte der Capitano die nächste Klinge am Hals.

»Schluß mit den Spielchen«, knurrte einer der jungen Männer und zog ihn auf die Füße. Zugleich griff er nach dem Becher des Capitano und kippte den Rest des Weins hinunter.

»So«, sagte er dann, »und nun wird der Herzog Euren Kopf bekommen.« Doch bei diesen Worten entglitt der Dolch seinen Fingern, und er blickte ungläubig auf seine Hand. Er sah den Capitano an und murmelte dann: »Beide vergiftet? Aber wie ...?« Die Knie wurden ihm weich, und er brach zusammen wie ein gefällter Baum. Der andere Söldner stand mit aufgesperrtem Mund da und starrte den Capitano an, als erwarte er, daß auch er jeden Moment zusammenbrechen würde; aber nichts dergleichen geschah. Statt dessen packte der Capitano den jungen Mann und zog ihn nahe zu sich heran.

»Jetzt hört mir zu«, zischte er. »Nichts kann mich töten. Versteht Ihr? Ich habe Macht über den Tod. Der Tod ist mein Diener.« Er drückte dem jungen Mann einen kleinen Beutel in die Hand. »Geht und sagt das Borgia, diesem Bastard! Ist das klar?« Der Söldner nickte heftig. »Dann los!«

Damit stieß der Capitano den Soldaten zur Tür. Danach zog er rasch ein kleines Fläschchen aus seinem Gürtel, entkorkte es mit den Zähnen und schluckte seinen Inhalt. Den Inhalt des ersten Fläschchens hatte er bereits eingenommen, als er Cosimo und seine Kumpane in die Taverne hatte kommen sehen. Im Geist wiederholte er sich die Instruktionen, die ihm der Dottore gegeben hatte. »Das Gift wirkt schnell. Du mußt das erste Fläschchen austrinken, um deinen Magen dagegen zu schützen, und dann mußt du spätestens fünf Minuten nach Einnahme des Gifts den Inhalt des zweiten Fläschchens trinken. Du wirst dich zwei Stunden lang recht übel fühlen, aber du wirst es überleben.«

Ihm war kalt, er fühlte sich ausgesprochen unbehaglich, und plötzlich trübte sich sein Blick. Der Raum um ihn herum schien sich mit weißgewandeten Männern zu füllen. »Ich – ich werde ein paar Stunden schlafen«, murmelte er und glitt in die Dunkelheit hinein.

Als er erwachte, lag er in einem harten Bett in einem kalten, feuchten Zimmer. Er drehte den Kopf und sah einen jungen Mann in der weißen Kutte der Dominikaner.

»Wo bin ich?« fragte er. Er hatte ein Gefühl, als hätte man ihm den Magen aus dem Leib geschnitten, und noch immer sahen seine Augen nur verschwommene Umrisse.

Der Mönch beugte sich über ihn. »Ihr seid im Kloster San Michele in Bosco. Ihr habt zwei Tage lang geschlafen.«

Zwei Tage?

»Sobald Ihr wieder auf den Beinen stehen könnt«, fuhr der Mönch fort, »müßt Ihr Bracciolini unterrichten. Ihm sagen, daß sie Manciano haben.«

Bruder Sebastiano stand neben dem Inquisitor in der kalten Gefängniszelle und blickte auf den geschundenen Mann hinunter. Man hatte dem hochgewachsenen Dominikaner durch Anwendung des *strappado* die Muskeln beider Arme zerfetzt und ihm den linken Arm auf brutale Weise an drei Stellen gebrochen.

»Mehr wagen wir nicht«, sagte der Inquisitor leise. »Das kanonische Recht gestattet nicht, Geistliche ohne päpstliche Vollmacht zu verhören.«

Sebastiano sagte nichts, zog jedoch aus seinen schwarzen Gewändern ein Pergament, das er dem Inquisitor reichte.

»Was ist das?« fragte dieser.

»Ein Gratulationsschreiben aus Rom und vollkommener Ablaß für jeden, der bei dem Bemühen, dem Dominikaner ein Geständnis abzupressen, Hilfe leistet.«

Der Inquisitor warf einen Blick auf das Pergament. »Ich verstehe nicht, Bruder Sebastiano.«

»Ich diene dem Papst direkt«, flüsterte der wieselgesichtige Geistliche, »ich habe mich nur als Anhänger des Kardinals Ferrari ausgegeben, um den Papst auf dem laufenden halten zu können.« Er hob seine Hand, um den Inquisitor den Ring mit dem Stierkopf sehen zu lassen. »Jetzt jedoch, da der Kardinal – beseitigt wurde, kann ich die Maske fallen lassen. Seine Heiligkeit besteht darauf, daß Ihr diesem – Ketzer das Geständnis abnehmt, daß er an der Verschwörung, den Papst zu diffamieren und die Stabilität der Heiligen Römischen Kirche zu untergraben, beteiligt war. Bringt ihn dazu, uns zu verraten, wo er die Savelli-Briefe versteckt hat. Außerdem möchte Seine Heiligkeit die Namen sämtlicher Kardinäle, die ihn bei seinen verschwörerischen Machenschaften unterstützt haben.«

Der Inquisitor wandte sich dem blutverkrusteten Dominikaner zu. »Ich habe Vollmacht erhalten, Euch so lange zu verhören, bis Ihr die Verschwörung eingesteht und uns die Auskünfte gebt, die wir brauchen.«

Manciano schaffte es, seinen Blick zum Gesicht seines Folterers zu heben. »Vollmacht von wem? Von Gott?«

Der Inquisitor wurde zornig. »Ich trenne dich von der streitenden Kirche und von der himmlischen Gemeinde.«

Manciano brachte vor Qualen kaum die Worte heraus. »Nur – von der streitenden Kirche; über die himmlische Gemeinde – habt Ihr keine Zuständigkeit.«

Der Inquisitor machte eine rasche Geste, und die Stricke, mit denen die Arme des Mönchs gebunden waren, wurden wieder strammgezogen. Sein mißhandelter Körper wurde in die Höhe gerissen, und er schrie laut vor Schmerz.

»Er wird uns alles sagen«, versicherte der Inquisitor.

»Die Mutter der Dame möchte, daß sie unverzüglich zur Familie Pitti in Florenz reist.«

Der junge Mönch, der den Capitano gepflegt hatte, faltete das Schreiben und versiegelte es.

Verwirrt schüttelte der Capitano den Kopf. »Heutzutage scheint eine ganz neue Art von Frauen heranzuwachsen.«

»Wenn Ihr von der Tochter sprecht, vielleicht. Wenn Ihr jedoch von der Mutter sprecht, so habt Ihr recht, sie ist in der Tat eine außergewöhnliche Frau. Ihr müßt weiterhin Euer Bestes tun, ihre Tochter zu schützen.« Der Mönch reichte ihm das versiegelte Schreiben. »Übergebt dies keinem anderen als Bracciolini.«

Der Capitano hatte immer noch Mühe, diese neue Wendung der Dinge zu verdauen. »Es fällt mir schwer zu glauben, daß Isabella –«

Der Mönch vollendete den Satz für ihn: »Isabella Zappacchio aus Venedig ist – äh – höheren Standes.«

»Wie hoch?«

»Gleich unterhalb der Höfe des Himmels.«

»Sie ist also keine Zappacchio?«

»Würde die Tochter eines Malers – und sei er noch so berühmt – an den Höfen des Dogen und der della Roveres geehrt und erzogen werden?«

»Wer ist sie dann?«

»Das werdet Ihr – genau wie sie – zu gegebener Zeit erfahren, doch vorläufig ist es sicherer für alle, sie nur als die Tochter eines venezianischen Malers zu kennen.« Der Mönch rückte mit seinem Sessel näher an den Capitano heran. »Denn seht Ihr, sie könnte in diesen Familienkriegen leicht zu einer Geisel werden. Der Doge hat seine Leute ausgesandt, nach ihr zu suchen. Ebenso Cesare Borgia; und die Orsinis lassen Euch überwachen, seit Eure kleine Gesellschaft die Grenze zur Romagna überschritten hat.« Er lachte verschmitzt, als er die Verblüffung des Capitano sah. »Es war kein Zufall, daß wir Euch in dieser Taverne gefunden haben.«

Der Soldat schüttelte den Kopf. »Ihr habt uns überwachen lassen?« Als der Dominikaner nickte, sagte er: »Dann waren es also Eure Leute, die ich in jener Nacht im Wald bei Modena gesehen habe.«

Der Mönch schüttelte den Kopf. »Mein lieber Capitano, von dem Moment an, als Isabella aus Mailand fortging, standen Heere auf allen Seiten Eurer Reisegesellschaft, aber Eure Freunde an jenem Abend waren nicht die *piagnoni.*«

»Wer dann?«

»Die Antwort auf diese Frage werdet Ihr in Florenz finden. Darum müßt Ihr unverzüglich dorthin reisen. Dort werdet Ihr Freunde finden, die weit mächtiger sind als wir. Sie erwarten Euch.« Er trat zum Tisch mit dem Wein. »Ich habe getan, worum Ihr mich gebeten habt, und einen Mönch mit den Steinen nach Bologna geschickt. Ich muß gestehen, ich bin beeindruckt, in diesen turbulenten Zeiten einem Menschen zu begegnen, der sowohl ehrlich als auch – so scheint es jedenfalls – furchtlos ist.« Er drehte sich herum und sah dem Capitano ins Gesicht. »Es ist mir eine Freude, daß unsere Gemeinschaft Euch helfen konnte. Verleiht Euch das Wissen, daß Ihr niemals allein wart, wenigstens ein Gefühl erhöhter Sicherheit?«

»O ja«, antwortete der Capitano leise. »Ich fühle mich ungefähr wie ein Knochen zwischen zwei ausgehungerten Hunden.«

Der Dominikaner lachte und schenkte noch etwas Wein ein.

Noch zwei Tage wartete die Truppe in Cervia auf den Capitano, dann zogen sie weiter, da sie das Gefühl hatten, daß die Leute anfingen, neugierig zu werden. Sie wandten sich nach Süden und näherten sich sehr bald der alten Festung Cesena.

Zur gleichen Zeit verkündete im südlich gelegenen Carpineta Cesare Borgia seinen französischen Truppen, daß er beabsichtige, zu Ehren ihrer Entlassung und ihrer Rückkehr in die Lombardei ein großes Abschiedsbankett auszurichten. Und zu diesem Zweck sollte die gesamte Streitmacht am folgenden Tag nach Norden abrücken, zu seinen neu erworbenen Vorratslagern.

Nach Cesena.

Cesena

*Der Capitano gerät in eine Revolte gegen die Borgias * Ruffiana und Isabella vergleichen ihre Liebhaber, und die Truppe führt ein Mirakelspiel auf * Der Papst und sein Sohn feiern das neue Jahr*

Der Capitano war zwar verärgert darüber, daß das Mittel des Dottore nicht so schnell gewirkt hatte, wie dieser ihm verheißen hatte, doch als er sich des prompten Zusammenbruchs des Sizilianers und des anderen Söldners erinnerte, war er zufrieden. Außerdem war er infolge der Fehleinschätzung in den Genuß einiger Ruhetage bei den *piagnoni* gekommen und hatte bei dieser Gelegenheit Auskünfte über zwei Mitglieder der Truppe erhalten und dazu eine Botschaft.

Später sollte er erfahren, daß das Gift und sein Gegengift ursprünglich ein Geheimnis Lucrezia Borgias gewesen waren. Sie hatte es an ihren ersten Ehemann, Giovanni Sforza, weitergegeben, und von da an hatte es seinen Weg zur Familie Sforza, zu Il Moro, zum Meister und zum Dottore genommen – der die Dosierung nicht richtig aufgeschrieben hatte.

Dennoch ist es gut, einen Schutzengel zu haben, dachte der Capitano bei sich, auch wenn er ab und zu etwas inkompetent ist.

Nach seinem Aufbruch aus dem Kloster San Michele in Bosco ritt er die Via Emilia hinunter, bis er auf der Piazza del Popolo in Faenza von einer wütenden Menschenmenge aufgehalten wurde, die allem Anschein nach entschlossen war, das Standbild des Papstes Kalixt III. zu zerstören, das keine fünf Jahre zuvor erst auf dem Platz aufgestellt worden war. Man hatte den marmornen Kirchenfürsten mit langen Strikken gefesselt, an denen mehrere Kolonnen kräftiger Bauern aus Leibeskräften zogen. Da die Arbeitskommandos sich jedoch offensichtlich spontan zusammengefunden hatten und nicht organisiert waren, zogen die Kolonnen auf der linken Seite des Standbilds unglücklicherweise genau im Gegenrhythmus zu denen auf der rechten.

Nur eine Gruppe weißgekleideter Klosterbrüder, die den kräftigsten und am bedrohlichsten wirkenden Männern in der Menge Anweisungen zuflüsterten, schienen etwas Ordnung in den wilden Haufen zu bringen. Sie selbst jedoch beteiligten sich nicht an dem Bemühen, die Statue zu stürzen.

Schließlich kletterten zwei Männer in Lederschürzen zum marmornen Sockel hinauf und begannen mit Eisenstangen auf das päpstliche Bildnis einzuschlagen. Ein paar andere versuchten, die Bemühungen der Männer zu unterstützen, indem sie riesige Steine auf das Standbild warfen, aber es gelang ihnen nur, einen der Zerstörer mit den Eisenstangen wieder vom Sockel zu holen.

Der Capitano war halb entsetzt, halb fasziniert. Es beleidigte seinen Sinn für militärische Präzision, mit ansehen zu müssen, wie so rohe Gewalt so völlig undiszipliniert eingesetzt wurde; zugleich jedoch war er überrascht zu sehen, daß Einwohner einer Borgia-Enklave so versessen darauf waren, das Abbild eines ehemaligen Borgia-Papstes zu zerstören. Schließlich bemerkte er am Rand der Piazza eine Gruppe Handwerker, die schweigend dem Treiben der Menge zusahen. Er ritt hinüber und zügelte neben ihnen sein Pferd.

»Was geschieht hier?« fragte er.

Sie musterten ihn flüchtig, beinahe hochmütig, und da erst machte er sich klar, wie er auf sie wirken mußte: ein bewaffneter Ritter ohne Rüstung, ohne Wappen. Schweigend wollten sie sich von ihm entfernen, da zog er leicht an den Zügeln, und das gewaltige Streitroß stellte gehorsam seinen rechten Vorderhuf auf den Stiefel eines bärtigen Mannes. Der schrie auf vor Schmerz.

»Ich habe Eure Antwort auf meine Frage nicht recht verstanden.« Lächelnd zog der Capitano sein Pferd zurück.

Ein junger Lehrling trat vor und sagte: »Sie sind wütend auf den Borgia-Papst.«

»Auf Kalixt III.?« fragte der Capitano ruhig. »Der ist doch seit fast fünfzig Jahren tot.«

Die Handwerker zeigten jetzt offene Feindseligkeit, und ein oder zwei machten abschätzige Bemerkungen über den Capitano und, was noch schlimmer war, sein Streitroß.

Der Soldat wollte gerade zur nächsten Lektion in seinem Erziehungsprogramm schreiten, als aus der Menge ein so gewaltiger Schrei aufstieg, daß Zephyr sich erschrocken aufbäumte. Im selben Moment sah er, was den Triumphschrei ausgelöst hatte: Es war den Männern mit den Eisenstangen endlich gelungen, Kalixts Kopf vom Rumpf zu trennen. Der marmorne Schädel war auf die Piazza hinuntergestürzt, wo die Kinder sich sofort um die Trophäe zu balgen begannen.

In diesem Augenblick der Ablenkung waren die Zunftleute geflohen. Nur der junge Lehrling war noch da.

»Also, mein Junge«, sagte der Capitano, »ich frage noch einmal. Warum diese Wut auf einen Papst, der seit fünfzig Jahren tot ist?«

Der Lehrling grinste. »Sie sind ja gar nicht gegen diesen Papst. Sie sind gegen den Papst, der jetzt in Rom sitzt, Alexander. Sie sind überzeugt, daß er an der Folterung und dem Mord unseres jungen Herrn Astorre Manfredi schuld ist.«

Der Capitano wußte von den Gerüchten, die behaupteten, Cesare Borgia habe den jungen Manfredi, der gerade achtzehn Jahre alt gewesen war, und seinen fünfzehnjährigen Bruder zu Tode foltern lassen.

»Die Manfredi-Brüder sind doch schon vor sechs Monaten ermordet worden. Wieso erst jetzt diese Wut?«

»Habt Ihr es denn nicht gehört? Wo seid Ihr denn gewesen?«

Der Capitano beugte sich aus dem Sattel hinunter zu dem Jungen. »In der Umarmung des Todes«, antwortete er in bedeutungsschwerem Ton, »und du wirst wahrscheinlich noch vor Mittag seinen stinkenden Atem zu riechen bekommen, wenn du jetzt nicht sofort und höflich meine Fragen beantwortest.«

»Es heißt, daß Cesare Borgia in Schwierigkeiten steckt«, antwortete der Lehrling. »Seine eigenen Kondottieri haben sich gegen ihn erhoben, und auch in vielen Städten in der Romagna herrschen Aufstand und Unruhe.«

»Man rebelliert in der Romagna gegen die Borgias?«

»Ja, so heißt es. Sogar im Osten. In Florenz herrscht das Kriegsrecht.«

Das war eine neue und höchst interessante Situation. Der Capitano hatte stets gehört, Florenz sei uneinnehmbar: eine ummauerte Stadt, vom Arno geteilt, der zusätzliche Befestigung war, sobald die Brücken gesichert wurden. Der Ponte Vecchio bot den Medicis einen gedeckten Rückzug vom Palazzo Pitti zu den Uffizien. Außerdem waren die Florentiner berühmt für ihre Bürgerwehr, die sich sammelte, sobald die Glocken der Stadt geläutet wurden. Sollte die Stadt fallen, konnte sich eine zurückweichende Armee theoretisch nur in die Vorberge des Apennin flüchten.

Wenn die Stadt sich gegen Cesare Borgia erhoben hatte, konnte das ein Wendepunkt in der Geschichte des Herzogs sein. Der Capitano erkannte, daß die Truppe sofort davon erfahren mußte, und er trieb sein Pferd südöstlich nach Forli.

Als die Truppe im Hof des Minoritenklosters San Francesco in der Nähe von Cesena haltgemacht hatte, verkündete Arlecchino, daß man hier auf die Rückkehr des Capitano warten würde. Sie hatten bereits früher gemeinsam entschieden, Cesena nicht zu betreten, da sie wußten, daß es eine Hochburg der Borgias war, und weil sie unterwegs Leuten aus der Umgebung begegnet waren, die ihnen berichtet hatten, die Stadt befände sich im Aufruhr. Das Kloster lockte um so mehr zum Aufenthalt, als es eine der besten humanistischen Bibliotheken ganz Italiens besaß. Arlecchino, Isabella und der Dottore konnten es kaum erwarten, ihrem Geist endlich wieder anregende Nahrung zuzuführen.

Die Rast kam auch Scapino und Pantalone gelegen, die die Pferdegeschirre reparierten, und den drei Frauen, die die Kleider flickten, wobei sie freundliche kleine Sticheleien tauschten, die ihre Bewunderung und ihre Achtung voreinander offenbarten. Ein uneingeweihter Fremder hätte zweifellos den Eindruck erhalten, daß diese drei scharfzüngigen Frauen, die da mit Nadel und Faden beieinandersaßen, Todfeindinnen waren; doch Frauen wissen, daß wahre

Feindseligkeit sich nicht in Tiraden Luft macht, sondern in eisigem Schweigen.

»Seht euch meine Haut an«, rief Isabella, die sich in einem kleinen, in Silber gerahmten Spiegel betrachtete. »Die Sonne ruiniert sie mir.«

»Du siehst zum ersten Mal in deinem Leben richtig gesund aus«, widersprach Ruffiana.

»Braun wie Kuhmist steht vielleicht dir«, konterte Isabella, »aber meine Haut ist normalerweise so weiß wie Alabaster.«

»Dann stirb doch«, entgegnete Ruffiana lachend, »und du wirst dich auf immer und ewig dieser herrlichen Leichenfarbe erfreuen können.«

Colombina biß kopfschüttelnd ein Stück Faden ab.

Isabella legte den Spiegel wieder in ein kleines Bündel und kehrte zu ihrer Näharbeit zurück. »Du bist ja nur eifersüchtig, weil Scapino die Farbe von Schnee lieber ist als die von Kuhfladen.«

»Scapino interessiert mich nicht im geringsten«, erklärte Ruffiana, während sie noch ein wenig mehr von ihrem üppigen Busen der Sonne darbot. »Mir ist es genug, daß Tristano, der Sinn für Qualität hat, Honigbirnen Taubenschißhäufchen vorzieht.«

»Und mir genügt es«, gab Isabella katzenfreundlich zurück, »daß Scapino, der ein echter Mann ist, von *têtes* mehr hält als von Titten.«

Ruffiana lachte und sagte nach einer kleinen Pause stolz: »Tristano hat mir gestern abend ein neues Gedicht geschrieben.«

»Also mit so was«, entgegnete Isabella geringschätzig, »würde Scapino niemals unsere Zeit verschwenden.«

Ruffiana blickte erstaunt auf. »Du sprichst von Verschwendung? Weißt du eigentlich, was für eine Seltenheit es ist, einen Mann zu finden, dem man so viel wert ist, der einen so sehr achtet und bewundert, daß er einem Gedichte schreibt?«

Isabella stichelte eifrig. »Ich möchte nicht bewundert werden, ich bin kein Standbild. Und ich lege auch keinen besonderen Wert auf die Achtung eines Mannes. Ich bin nicht die Königin Mutter.« Sie hielt einen Moment in ihrer Arbeit inne. »Weißt du, was für eine Seltenheit es ist, einem Mann zu begegnen, der dich so heftig begehrt, daß er dich zu Boden wirft und dir die Kleider vom Leib reißt, sobald er dich am Abend für sich allein hat?«

»Von der Sorte kenne ich Hunderte«, prahlte Ruffiana. »Tausende!«

Isabella lächelte nur. »Und ich kenne Tausende, die meine Zeit damit verschwenden würden, mir Gedichte vorzulesen.«

»Ich kenne nur drei Männer, die lesen können« – Colombina seufzte – »aber nur einer von ihnen kann mich niederringen.«

Darauf folgte wieder eine kurze Pause.

»Tristano bringt mir jeden Tag Blumen«, bemerkte Ruffiana schließlich.

»Scapino bringt mir jeden Abend Schafsdärme«, hielt Isabella dagegen.

Die beiden anderen Frauen hörten auf zu nähen und starrten sie mit aufgerissenen Augen an. »Schafsdärme?« kreischte Colombina. »Wofür denn, zum Teufel?«

Isabella spielte die erfahrene Konkubine. »Er zieht sie über seinen ...« Sie zeigte mit einer Geste, wie Scapino die Schafsdärme verwendete, und fügte dann erläuternd hinzu: »Damit wir keine unerwünschten Kinder bekommen. Ich bin ihm wichtig.«

Ruffiana schüttelte den Kopf und beugte sich wieder über ihre Näherei. »In Piacenza nennt man sie französische Futterale, und das einzige, was Scapino wichtig ist, sind seine Begierde und er selbst.«

»Ach ja?« meinte Isabella ruhig. »Und was glaubst du wohl, würde passieren, wenn du eines Abends, während Tristano dir eines seiner Liebesgedichte vorliest, einfach davongingst? Er würde weiterlesen, sage ich dir. Er liebt dich nicht. Er liebt den Klang seiner eigenen Stimme.«

Ruffiana zuckte die Achseln. »Nun, besser ein Mann, der seine Stimme liebt, als ein Mann, der – seine Schafsdärme liebt.«

Colombina mischte sich ein. »Aber meine Damen«, schalt sie, »eure beiden Männer sind Kinder im Vergleich zu Arlecchino.«

Isabella und Ruffiana sahen sie an.

»Arlecchino?« rief Ruffiana verblüfft. »Aber der ist doch – alt!«

»Alt?« wiederholte Colombina beinahe drohend.

»Er ist leicht vierzig!«

»Wer ist Arlecchino überhaupt?« fragte Isabella. »Weiß das jemand? Was will er? Was braucht er?«

Colombina zuckte die Achseln. »Ich weiß es nicht. Die meiste Zeit weiß ich nicht mal, wovon er redet.«

Isabella lachte. »Das weiß er selber nicht. Er denkt sich alles mögliche aus. Er hat uns hundert Geschichten über seine Vergangenheit erzählt, und ich glaube nicht eine einzige davon.«

Colombina legte ihr Nähzeug nieder. »Ich weiß. Aber ich glaube, daß jede dieser Geschichten ein Körnchen Wahrheit enthält. Er – er hat etwas an sich, das ist so tief – so tief, daß er es nicht erreichen kann. Jedenfalls noch nicht.« Sie griff wieder zu Nadel und Faden. »Und solange er es nicht kann, kann ich es auch nicht.«

Ruffiana knuffte Colombina. »Hat er mit dir geschlafen?«

»Nein«, antwortete diese ruhig.

»Hat er dich schon mal geküßt?« fragte Isabella.

»Nein.«

»Woher willst du dann wissen, ob er dich mag?«

»Ich weiß es eben«, flüsterte Colombina. Sie sah die beiden jüngeren Frauen an. »Ich weiß, daß ich blute, wenn er verletzt wird; und wenn ich weine, dann sind es seine Tränen.«

Isabella und Ruffiana musterten sie einen Moment schweigend. Dann seufzte Ruffiana, lächelte und senkte den Kopf wieder über ihre Näharbeit. »Du meine Güte«, sagte sie, »ich hoffe nur, das ist nicht ansteckend.«

Mehr als alle anderen begeisterte sich Colombina für das Theater. Ihre erste Begegnung mit der Improvisation in Modena war wie ein Erwachen gewesen, und sie hatte sich jedes absurde Wort Arlecchinos zur angeblichen Charakterisierung der *commedia improvvisa* zu Herzen genommen. Bei seinen Überlegungen darüber, ob es durchführbar sei, unausgebildete Darsteller einfach aus dem Stegreif spielen zu lassen, hatte Arlecchino sich Wörter und Ausdrücke und altgriechischer Zitate bedient, die Colombina nie gehört hatte. Er hatte wenig Hoffnung, daß aus ihr je eine Schauspielerin werden würde.

Sie jedoch hatte aus eigenem Antrieb den Dottore überredet, ihr das Manuskript zu ›Abraham und Isaak‹ vorzulesen, das sie in dem Zunftwagen unter den Weinfässern entdeckt hatten. Der Dottore hatte ihr geduldig erklärt, was ein ›Stichwort‹ war, wie ein Schauspieler seinen ›Auftritt macht‹, wie ein Theaterstück in ›Szenen‹ aufgeteilt wurde.

Colombina begann wieder zu träumen, sie tanze in einem *theatrum*. Manchmal hörte sie sich in diesen Träumen sprechen, aber die Wörter sprangen ihr in der Umgangssprache der kleinen Leute über die Zunge, nicht im gehobenen Latein, und das gesichtslose Publikum lehnte sie ab und jagte sie mit Gelächter von der Bühne.

Zwei Tage nach ihrer Ankunft im Kloster schallten Hufschlag und das Klirren von Waffen und Rüstungen durch den Hof. Michelotto, der bullige Söldner, schwang sich aus dem Sattel seines Pferdes und ging langsam um den Wagen herum. Als er seinen Rundgang beendet hatte, trat er zu dem Mann im buntscheckigen Umhang, der ruhig abwartend dastand, und blaffte: »Man hat mir gesagt, daß ihr hier seid. Ihr seid Komödianten?«

Arlecchino zwang sich zu einem Lächeln und einer übertriebenen Verbeugung. »Wir spielen zur Belustigung der Leute auf, Herr.«

Michelotto zog seine schweren ledernen Handschuhe von den Händen und winkte einem Mönch. »Was bietet ihr den Leuten?«

»Wir singen. Wir musizieren. Wir jonglieren.«

»Nur das nicht!« donnerte der Söldner und wandte sich dann an den Mönch, der erschrocken zurückwich. »Sagt Eurem Abt, meine Männer und ich werden hier in Eurem Refektorium speisen. Wir sind zu fünft. Wie ich höre, kann Euer Keller es mit dem der Benediktiner aufnehmen, versucht also gar nicht erst, uns irgendeinen gepanschten Säuerling vorzusetzen, wie Ihr ihn den Durchreisenden serviert.« Dann drehte sich der Hüne wieder nach Arlecchino um. »Mein Herr, der Herzog von Urbino, hat Gaukler und Ringer und Balladensänger und Akrobaten satt. Er möchte ein Theaterstück sehen. Bereitet ein Theaterstück vor. Wenn ich vom Essen zurückkomme, werdet ihr es mir präsentieren.«

»Aber Herr«, wandte Arlecchino ein, »wir – wir haben nie zuvor ein Schauspiel aufgeführt.«

Michelotto warf ihm einen zornigen Blick zu. »Ist das nicht euer Festwagen?«

Arlecchino versicherte ihm eilig, daß der Wagen in der Tat ihnen gehöre.

»So, so. Und was für einer Zunft gehört ihr an?«

»Verzeihung?«

»Wie heißt eure Zunft? Welches Handwerk betreibt ihr?«

»Äh – wir sind – Glockenmacher«, antwortete Arlecchino.

»Glockenmacher?« wiederholte der Kondottiere.

»Wie vielen Zünften von Glockenmachern seid Ihr je begegnet?« fragte Arlecchino.

»Keiner einzigen«, antwortete Michelotto.

»Es ist ein ehrenwertes Handwerk«, erklärte Arlecchino. »Irgend jemand muß schließlich Glocken machen, nicht wahr?«

»Ich dachte immer, die würden von Schmieden gemacht«, versetzte Michelotto. »Eisenschmieden oder Silberschmieden.«

»Nun, Herr, wir jedenfalls gehören – äh – zur Zunft der Glockenmacher. Zur Gemeinschaft der …« – er mußte plötzlich an das verschwundene Gemälde mit den tanzenden Frauen und den bocksbeinigen Männern denken – »der wunderlichen Heiligen.«

Michelotto schnaubte verächtlich und wandte sich ab. »Nun, wenn ihr Zunftleute seid, dann führt ihr an Festtagen die *sacre rappresentazioni* auf. Spielt uns einfach das Mirakelspiel, das ihr im letzten Monat am Allerheiligentag vorgeführt habt.« Er machte Anstalten davonzugehen. »Mein Herr und seine Gäste halten sich im Palazzo in Cesena auf. Wir bereiten ein großes Festbankett vor, um von unseren französischen Verbündeten Abschied zu nehmen. Ein Mirakelspiel wäre genau das richtige für die Franzosen. Wenn ich zurückkehre, seid bereit, es mich sehen zu lassen.«

Damit verschwanden er und seine vier Begleiter durch den Torbogen, der ins Kloster führte.

Die Mitglieder der Truppe, die das Gespräch mitangehört hatten, eilten zu Arlecchino. »Was werden wir jetzt tun?« fragte Isabella.

»Was haben wir schon für eine Wahl?« meinte Arlecchino. »Fliehen können wir nicht. Sie würden uns einholen, und wir müßten gestehen, daß der Wagen gestohlen ist und wir keine Zunftleute sind. Dann würden sie Zappacchios Gemälde und deine Gewänder und Reisetruhen finden, und dann kämen wir in Teufels Küche. Wir müssen wohl oder übel ein Spiel aufführen.« Er sah von einem zum anderen. »Wir haben ein Manuskript von ›Abraham und Isaak‹ im Wagen gefunden, nicht wahr? Wir werden es damit versuchen.«

»Aber nur einige von uns können lesen«, sagte der Dottore, »und außerdem befindet sich unter uns eine Frau, die in einem Heiligenspiel nicht auftreten darf. Wir haben nicht genug Schauspieler.«

»Was für Figuren kommen in dem Stück vor?« fragte Arlecchino.

»Gott!« sagte der Dottore unwirsch.

»Ich spiele Gott«, entschied Arlecchino.

»Wie kommt es wohl, daß mich das gar nicht wundert?« murmelte Colombina.

»Ich soll euer Anführer sein«, erläuterte Arlecchino, »doch gleichzeitig widersprecht ihr mir ständig, ignoriert mich, scheint kaum bereit, mich zu dulden. Ich sehe da eine auffallende Parallele zu Gott dem Allmächtigen.«

»Wieso kann ich nicht Gott spielen?« erkundigte sich Tristano.

»Weil es heißt, Gott habe uns nach seinem Bild geschaffen. Aber dich braucht man nur anzusehen, um zu wissen, daß verdammt wenige Menschen nach *deinem* Bild geschaffen sind.« Tristano strahlte, und die Sache war erledigt.

Weitere Einwände gab es nicht.

»Der Engel«, zählte der Dottore auf.

»Da Tristano am engelhaftesten aussieht«, sagte Arlecchino, »wird er den Engel spielen.«

»Abraham!« rief der Dottore.

Arlecchino wies auf ihn selbst. »Für diese Rolle bist du wie geschaffen, und da Abraham den meisten Text hat und du lesen kannst, sei dir die Ehre vergönnt.«

»Gut«, sagte der Dottore. »Aber wer spielt den jungen Isaak?«

»Pantalone.«

»Der kann doch nicht lesen.«

»Er soll es auswendig lernen. Er schnappt doch sonst alles so schnell auf. Wir wissen doch alle, wie schnell er sich Ruffiana geschnappt hat.«

»Aber wir haben nicht die Zeit, ihm den Text beizubringen.«

Arlecchino warf die Hände in die Luft. »Dann lassen wir ihn eben einfach auf das antworten, was wir sagen. Wir lassen ihn improvisieren. Wieviel kann er da schon falsch machen?«

Das sollten sie keine Stunde später herausfinden.

Nachdem sie sich satt gegessen hatten, trugen der Kondottiere und seine Männer Hocker in den Hof hinaus, stellten sie vor dem Theaterwagen auf und warteten auf die Aufführung von ›Abraham und Isaak‹. Da nur ein Manuskript vorhanden war, hatten zunächst der Dottore und Arlecchino ihren Text gelernt und es dann an Tristano weitergegeben, der es nicht einmal eine Viertelstunde hatte.

Von ihnen allen war nur Pantalone, der das Manuskript nicht lesen konnte, ruhig und locker. Als man ihm erklärt hatte, er müsse einen Jungen spielen, der entdeckt, daß sein Vater ihn töten wird, hatte er nur genickt und lächelnd mit seinem Credo geantwortet: »Das mach ich schon!«

Das gibt Ärger, dachte Arlecchino.

Mehrere Kisten und Truhen und Fässer waren in der Mitte der Bühne aufgestapelt worden; sie sollten sowohl einen Berg als auch den Thron Gottes darstellen.

»Gut!« sagte Arlecchino zu seiner Truppe. »Versuchen wir's!«

Der Dottore kündigte die Aufführung an, und Arlecchino kletterte sehr vorsichtig auf den schwankenden Aufbau, um sich auf eine kleine Truhe ganz oben zu setzen. »Jetzt«, flüsterte er denen zu, die in seiner Nähe standen. »Zu Beginn des Stücks befindet sich Gott – das bin ich – im Himmel und ruft nach seinem Engel.« Er räusperte sich und rief mit dröhnender Stimme: »Mein Engel!«

Tristano, der sich bei der ganzen Sache gar nicht wohl fühlte und am liebsten nichts damit zu tun gehabt hätte, kletterte die Leiter zur Bühne hinauf und begann, oben mit weit ausgebreiteten Armen dahinzutänzeln und Pirouetten zu drehen. Colombina, die auf dem Fußweg hinter den Söldnern stand, hatte Mühe, das aufsteigende Gelächter zu unterdrücken.

»Was tust du da?« flüsterte Arlecchino.

»Ich fliege«, antwortete Tristano. »Engel fliegen doch, oder nicht?«

»Der hier geht zu Fuß«, zischte Arlecchino mit zusammengebissenen Zähnen. »Los jetzt, stell dich einfach da hin.«

Tristano hielt vor dem aus Kisten aufgetürmten Berg an.

Arlecchino begann zu sprechen, wie er sich vorstellte, daß Gott sprechen würde: mit einer Stimme, die wie rollender Donner klang, in einem Ton wie ein Redner. »Mein Engel!« dröhnte er. »Begib dich hinunter zu den Menschen auf Erden! Ich will Abraham in der Güte seines Herzens versuchen, um zu sehen, ob er mich wahrhaft liebt.«

Tristano nickte, knickste und wollte abgehen.

»Noch nicht«, flüsterte Arlecchino. »Es kommt noch mehr.« Tristano zuckte die Achseln und kehrte an seinen früheren Standort zurück.

»Sag ihm, ich befehle ihm, seinen Sohn Isaak zu nehmen, den er liebhat, und ihn als Brandopfer darzubringen.«

Tristano nickte wieder und wollte knicksen, doch Gott donnerte ungeduldig: »Zeig ihm den Weg auf den Berg, wo er sein Opfer darbringen soll.«

Und wieder nickte Tristano, knickste und war schon halbwegs über die Bühne, als Arlecchino brüllte: »Und wenn er dies gut macht« – Tristano rannte an seinen früheren Platz zurück und stand stramm – »werden alle Menschen es sehen« – Tristano verneigte sich und eilte davon – »und meine Gebote halten«, schloß Arlecchino kreischend.

Als der Engel, der weitere Instruktionen erwartete, kehrtmachte, um wieder an seinen Platz zu laufen, rutschte er aus und schlug heftig gegen eine der unteren Kisten, die den Berg trugen. Dieser erzitterte, als brodelte in ihm ein vulkanisches Feuer, und Arlecchino stieß unwillkürlich einen Schreckensschrei aus.

Doch der Berg blieb stehen, und Gott ließ einen Seufzer der Erleichterung hören.

Tristano rappelte sich hoch und blieb in starrer Haltung am Fuß des Bergs stehen.

Michelotto und seine Söldner hielten den Blick halb verwundert, halb fasziniert starr auf die Bühne gerichtet.

Einen Moment geriet die Handlung ins Stocken, als Arlecchino Tristano schweigend ansah, und dieser aus dem Augenwinkel zu erkennen versuchte, ob der Allmächtige endlich zum Ende seiner endlosen Rede gekommen sei. Schließlich donnerte Arlecchino: »Nun geh schon!«

Damit warf er die Arme hoch – und verschwand urplötzlich in der Versenkung, als er das Gleichgewicht verlor und rückwärts den Berg hinunterstürzte, wobei er auf jede Kiste, jede Truhe, jedes Faß aufschlug.

Erschreckt machte Tristano ein paar Schritte, um Arlecchino zu Hilfe zu eilen, besann sich dann eines Besseren, verbeugte sich, lief los, rannte zurück, knickste, verbeugte sich wieder, und die ganze Zeit reckte er den Hals, um zu sehen, ob Arlecchino hinter dem Berg wieder auftauchen würde. So sehr war er auf Arlecchino konzentriert, daß er beim Rückwärtsgehen vergaß, sich umzusehen, und plötzlich von der Bühne in den Hof hinunterfiel.

Colombina krümmte sich vor Lachen, rang mühsam nach Atem. Isabella und Scapino bemühten sich heldenhaft, ihr Gelächter zu unterdrücken, um das fromme Schauspiel nicht zu stören, Ruffiana jedoch lief schleunigst zu ihrem abgestürzten Engel und half ihm wieder auf die Beine.

Inzwischen war der Dottore die Leiter hinaufgestiegen und in die Mitte der Bühne getreten. »O Vater im Himmel«, begann er feierlich, »der du alles erschaffen hast, ich bin gekommen, um zu dir zu beten, und heute werde ich dir ein Opfer bringen.«

Mittlerweile war der Engel wieder die Leiter zur Bühne hinaufgeklettert, und Gottvater auf allen vieren an der gegenüberliegenden Seite des Bergs aufgetaucht. Doch Arlecchino sah nicht, daß er sich am äußersten Rand der Bühne befand, und stürzte schreiend in den Abgrund.

Auch Colombina schrie, als sie zu ihm lief.

Der Dottore sprach unbeirrt weiter. »Was für ein Tier soll ich dir opfern, o Herr?« rief er flehentlich zum schweigenden Himmel hinauf. »Es ist mir eine Freude, deinen Willen zu vollziehen.«

Auch Ruffiana war zur Bühne hinaufgeklettert und war gerade dabei, Tristano ihre eigene, ganz besondere Art der Heilbehandlung angedeihen zu lassen, als der Dottore wütend zu den beiden hinübersah und wiederholte: »Es ist mir eine Freude, deinen Willen zu vollziehen!«

Tristano befreite sich rasch aus Ruffianas Armen und machte einen Schritt zur Mitte der Bühne. Unglücklicherweise stieß er dabei Ruffiana rückwärts, die darauf ebenfalls über den Rand der Bühne auf die Pflastersteine des Hofs hinunterpurzelte.

Einer der Söldner neigte sich zu Michelotto. »Was ist denn das für ein Mirakelspiel?« fragte er, aber Michelotto war so gefesselt von den Vorgängen, daß er nur stumm den Kopf schüttelte.

»Es ist mir eine Freude, deinen Willen zu vollziehen!« brüllte der Dottore zum dritten Mal, als Tristano zu ihm eilte und unmittelbar vor ihm haltmachte.

»Abraham! Abraham!« rief er hastig und ohne jede Betonung, den Blick halb rückwärts gewendet, um über den Bühnenrand nach Ruffiana zu spähen. »Unser Herr befiehlt –«

Abraham unterbrach ihn mit lauter Stimme. »Ich bin des wahren Glaubens. Mein Herr braucht nur zu befehlen –«

»Ja.« Tristano nickte, bemüht, die Sache voranzutreiben. »Gut. Der Herr befiehlt –«

»Und ich werde seinen Willen vollziehen! Denn auf der ganzen Welt«, erklärte der Dottore laut und salbungsvoll,

»gibt es keinen Diener des Herrn, der dem wahren Gott in größerer Treue zugetan ist als Abraham!«

»Bravo!« sagte Tristano. »Jetzt hört! Der Herr befiehlt –«

»Wie es denn auch an ihm ist zu befehlen!« brüllte der Dottore. »Denn Gott der Allmächtige, unser Herr, braucht nur zu befehlen, und wir müssen seinen Willen geschehen lassen.«

»Gut gesagt«, murmelte Tristano und sprang ein Stück zurück, um sich zu versichern, daß Ruffiana wohlbehalten wieder auf den Beinen war. »Der Herr wünscht –«

»Und was immer er wünscht, es soll geschehen!«

»Prächtig.«

»Auf Erden–«

»Sehr gut.«

»Wie im Himmel.«

Tristano hüllte sich plötzlich in Schweigen und starrte den Dottore an wie ein sonderbares Geschöpf aus einer anderen Welt. Dann öffnete er den Mund, doch der Dottore stieß eilig hervor: »Amen!«

Beide starrten sie einander eine ganze Weile schweigend an, dann begann Tristano so rasch und unverständlich wie möglich zu sprechen. »Der Herr befiehlt, daß du deinen Sohn Isaak nimmst und ihn Gott deinem Herrn opferst.«

Die Reaktion war glänzend. Das Gesicht des Dottore nahm plötzlich einen Ausdruck an, als würden ihm sämtliche Zähne auf einmal gezogen. Seine Augen füllten sich mit Tränen, und seltsame Urgeräusche brachen aus seinem Mund hervor, während es ihn von Kopf bis Fuß schüttelte. Er zitterte und schlotterte, er hüpfte und sprang, er torkelte und schwankte, rannte im Kreis auf der Bühne umher, als säße ihm ein Dämon im Nacken, wand sich wie in schrecklichen Krämpfen, fiel auf die Knie, auf sein Gesicht, wälzte sich dreimal auf die eine Seite und dreimal auf die andere, zerriß seine Kleider, drohte dem Himmel mit wütenden Gebärden, wollte aufstehen, stürzte wieder nieder, versuchte noch einmal sich zu erheben, trommelte mit Fäusten auf den blanken Bühnenboden, stöhnte, schrie und fluchte. Und dann, so plötzlich wie es begonnen hatte, war es vorbei. Mitten im schönsten Schmerz machte der Dottore Schluß und deklamierte eilig: »O nein, Herr, nein. Verlange alles von mir. Den schönsten Stier aus meiner Herde, die Mutterkühe, meine Schafe.« Und so, als sei ihm der Gedanke verspätet gekommen, fügte er hinzu: »Einen Schafbock? Den schwarzen vielleicht mit dem abgebrochenen linken Horn und dem lahmen linken Bein?«

Arlecchino stöhnte gequält, und Colombina lachte. Ruffiana schleppte sich vor die Bühne und rieb sich den angeschlagenen linken Knöchel.

»Aber nicht Isaak!« schrie der Dottore verzweifelt.

Tristano, der den ganzen Tumult offenen Mundes über sich hatte ergehen lassen, räusperte sich jetzt laut und vulgär und zischte: »Bist du endlich fertig?« Der Dottore warf ihm einen wütenden Blick zu und nickte. »An die Stätte mußt du gehen«, fuhr Tristano fort, »die da ›der Herr sieht‹ heißt, und dort mußt du dem Herrn deinen einzigen Sohn opfern.«

Es folgte eine Pause, in der Scapino Colombina zuflüsterte: »Er sollte mal nachfragen, ob Gott sich statt dessen mit seiner Frau zufriedengibt.« Colombina fing wieder an zu lachen.

Der Engel trat unter heftigem Applaus, für den Ruffiana allein verantwortlich war, von der Bühne ab. Der Dottore kam zum Rand der Bühne und rief laut: »Isaak! Isaak!«

Es ist zweifelhaft, ob irgend jemand auf Pantalones Auftritt als Isaak vorbereitet war. Er erschien wie aus einer Kanone geschossen, die irgendwo in den düsteren Schatten des Klosters jenseits der Torbogen stand. Behende landete er auf der Bühne, schlug ein Rad, sprang umher wie ein kleiner Affe und rief dabei in lautem Singsang: »Ich bin hier, mein Vater, liebster, bester, alter Vater, der mich liebt und verehrt.«

Arlecchino stöhnte wieder. Der Dottore stand da, als hätte ihm soeben jemand eins mit dem Zaunpfahl über den Schädel gegeben. Schließlich faßte er sich immerhin so weit, daß er murmelte: »Wir äh – müssen hinausgehen und dem Herrn ein Opfer bringen.«

Erneut erging sich Pantalone in einem Ausbruch völlig übertriebener Kindlichkeit. Er sprang auf einem Bein auf der

Bühne herum, machte Handstand, schlug Rad, hüpfte auf allen vieren wie ein Frosch und rief dabei in freudigem Ton: »O, das ist gut, gut. Ja, gut ist das, sag ich, gut, einfach gut!« Mit seinem letzten Rad überrannte er den immer noch starr dastehenden Dottore, landete mitten auf seiner Brust und zwitscherte fröhlich: »Was immer du sagst, mein guter, guter alter Vater, Hüter des Siegels, Beschützer der Armen und der Hilflosen, Wächter der –«

»Runter von meiner Brust!« brüllte der Dottore.

Pantalone gehorchte hastig und half ihm auf die Füße. »Ich tu ja alles, was du sagst, mein guter alter Vater!«

Der Dottore machte ein Gesicht, als erwäge er ernsthaft, Isaak auf der Stelle zu opfern, dann jedoch knirschte er nur mit den Zähnen und befahl dem Jungen: »Nimm das Holz und folge mir.«

Es ist ziemlich ausgeschlossen, daß eine Zunft je eine Szene aufführte wie die, die nun folgte. Pantalone hob ein imaginäres Stück Holz vom Boden auf, maß es mit seinen Händen und legte es dem Dottore vor die Füße. Dann überquerte er die Bühne, maß ein weiteres imaginäres Stück Holz ab und trug es, nachdem er festgestellt hatte, daß es die richtige Größe besaß, hinüber zum Dottore, wo er es mit pedantischer Akkuratesse genau neben das andere imaginäre Holzstück legte. Und wieder ging er los, hob ein drittes unsichtbares Hölzchen vom Boden auf, maß es, bog es, stellte fest, daß er es zu weit in die eine Richtung gebogen hatte, bog es sehr sorgfältig in die andere, maß es nochmals, machte ein verdutztes Gesicht, maß es ein drittes Mal und ging mit ihm hinüber zu seinem ›Haufen‹. Dort maß er die beiden anderen Scheite mit den Händen, sah, daß das dritte Scheit um eine Idee zu kurz war und warf es fort.

Der Dottore stand da und beobachtete dieses Ritual, doch es war ihm deutlich anzusehen, daß das Ende seiner Geduld erreicht war. Als Pantalone sich bückte, um ein viertes fiktives Holzscheit aufzuheben, gab er ihm einen Tritt in den Hintern und brüllte: »Beweg dich!«

Pantalone mimte zitternde Furcht, tat dann so, als schichtete er sieben oder acht Holzscheite zu einem sauberen Stapel auf, den er mit einem lächerlich langen, ebenfalls unsichtbaren Strick verschnürte und endlich über seine Schulter schwang.

Plötzlich sah der Dottore in tiefer Trauer zum Himmel auf und rief: »Mir bricht das Herz!«

Worauf Pantalone antwortete: »Meinem Rücken geht's auch nicht gut.«

Abraham warf dem Jungen einen grimmigen Blick zu und begann um die Bühne herumzumarschieren. Pantalone, der ihm folgte, spielte den Auszug der Kinder Israels durch die Wüste. Er taumelte. Er stolperte über Steine. Er versank mit einem Fuß in tückischem Flugsand. Er tat so, als wäre er auf Wasser gestoßen und überquerte es schwimmend. Er kraulte. Er schwamm auf dem Rücken. Er glitt dahin wie ein Schwan. Er kämpfte mit einer Wasserschlange und erreichte endlich das andere Ufer.

Der Dottore hatte keine Ahnung, was hinter ihm vorging. Aber das tödliche Schweigen, mit dem Michelotto und die Söldner die Szene verfolgten, verhieß nichts Gutes. Zumal es in scharfem Kontrast zu dem gedämpften, aber durchaus vernehmbaren Gelächter der Mitglieder der Truppe stand – und dem der Mönche, die sich auf den Wegen und unter den Torbogen versammelt hatten, um sich die Vorstellung anzusehen.

Endlich begann der Dottore den Berg aus Kisten und Fässern zu erklimmen. Pantalone krabbelte hinterher, tat so, als wäre er mit knapper Not einem Absturz entgangen, blickte mit Schrecken und Entsetzen in die Tiefe. Schließlich ließ er sich auf den Bauch fallen und kroch das letzte Stück Weg hinauf.

Dann das Wunder: Michelotto lachte leise.

Ermutigt drehte sich der Dottore herum und sprach: »Leg jetzt das Holz hierher, und ich will das Feuer anfachen.«

Pantalone tat so, als ließe er eine riesige Ladung Holz von seinem Rücken herabfallen. Der Dottore sah ihm dabei zu, zog dann ein imaginäres Schwert und begann, die Klinge an der Seite des Berges zu wetzen.

Pantalone ließ daraufhin einen Wortschwall los, der kein Ende nehmen wollte. »Aber Vater mein, was wollen wir opfern? Ich meine, sollen wir vielleicht ein Reh fangen? Oder einen großen Fisch? Oder vielleicht auch ein niedliches kleines Häschen?« Er machte ein Gesicht, als wäre ihm plötzlich aufgegangen, was sein Vater vorhatte. Er schluckte krampfhaft, wischte sich die Stirn, kämpfte um Worte. »Äh – was – äh – was siehst du mich so an, Vater, liebster Vater, Förderer der Künste, Bewahrer der Schlüssel, Herr der Welt, Hüter der –«

Plötzlich griff der Dottore zu und drückte Pantalone, eine Hand an seiner Kehle, gegen den Berg, während er ihm mit der anderen das imaginäre Schwert an den Bauch hielt. »Isaak!« brüllte er. »Ich muß dich töten.«

Völlig unerwartet riß Pantalone sein Knie in die Höhe und rammte es dem Dottore zwischen die Beine, schlug mit einer Hand das unsichtbare Schwert weg und griff dem Dottore mit zwei Fingern der anderen in die Augen. Schmerzensschreie schallten schrill durch den Hof.

Doch jetzt lachte Michelotto ganz eindeutig. Und als er zu lachen begann, lachten die Söldner, die Mönche und die Mitglieder der Truppe erleichtert mit.

»O, bravo!« schrie Pantalone in jämmerlichem Ton und riß sich von seinem Vater los. »Hast du eigentlich den Verstand verloren? Ich bin doch nur ein Kind! Ein armer kleiner Junge. Schau her!« Und damit warf er sich dem Dottore in die Arme, und sie brachen in einem wüsten Haufen auf dem Berg zusammen.

Zu aller Überraschung war der Dottore als erster wieder auf den Beinen. Er setzte Pantalone einen Fuß fest auf die Brust, worauf dieser einen geräuschvollen Seufzer ausstieß. Abraham fuhr ihn an: »Der Herr hat befohlen, daß ich dich opfere. Es ist der Wille des Herrn, und ich muß es tun« – er trat Isaak seinen Fuß fester in die Brust – »weil ich von Herzen gut bin.«

Da packte Pantalone das Bein auf seiner Brust und schleuderte den Dottore den Berg von Kisten herab. Dann sprang er eilig auf, rannte hinunter an die Rampe und schrie zu Arlecchino hinüber, der abseits im Hof stand: »Das ist ja wirklich schön für dich! Aber ich bin derjenige, der hier filetiert wird. Was bist du überhaupt für ein Gott, daß du den Tod eines Sohnes verlangst?«

Vater und Sohn stolzierten nun umeinander herum wie zwei Kampfhähne, die sich gegenseitig taxieren. »Kein Wort will ich gegen den Herrn hören!« donnerte der Dottore.

»Nun, dann überleg dir doch mal folgendes, Alter«, schrie Pantalone wütend. »Nie im Leben wirst du damit durchkommen. Uns haben massenhaft Leute den Berg hinaufgehen sehen. Was werden die denn denken, wenn nur noch einer von uns zurückkommt, was meinst du wohl? Und was wirst du ihnen erzählen? ›Der Junge bekam einen Krampf und ist vom Berg gefallen‹? Wie willst du die Schwertmale verstecken, hm? Na los doch! Du Mörder, du!«

Der Dottore konnte nicht mehr. Er richtete sich kerzengerade auf, reckte den Hals und rief: »Arlecchino!«

Aber so leicht war Pantalone nicht außer Gefecht zu setzen. Mit einem einzigen Riesensatz sprang er dem Dottore auf den Rücken und fing an, ihn an den Ohren zu ziehen, wobei er laut schrie: »Und wenn sie dich fangen, dann kommst du an den Galgen, du Mörder! In dieser Gesellschaft gilt Auge um Auge, du Metzger! Die knöpfen dich höher auf als eine geräucherte Schweinebacke!«

Mit dem Jungen auf dem Rücken, der ihn unentwegt piesackte, rannte der Dottore wie ein Wilder auf der Bühne herum. »Arlecchino!« rief er wieder in heller Verzweiflung und hob die Hände, um seinen Kopf vor Pantalones Schlägen zu schützen. Doch damit nahm er sich auch die Sicht: ein Schritt ins Leere, ein Aufschrei, und er stürzte samt seiner Last kopfüber vom Wagen in die Zuschauer.

Die Söldner sprangen sofort auf, die Hände am Schwertknauf, aber dann sahen sie, daß Michelotto vor Lachen die Tränen aus den Augen liefen.

»Also, das nenn ich ein Mirakelspiel!« rief er begeistert. »Nie hat Cesare so etwas gesehen.« Abrupt wandte er sich nach Arlecchino um, drückte ihm einen kleinen Lederbeutel in die Hand und sagte in gebieterischem Ton: »Heute abend. Im Palazzo. Bei Sonnenuntergang.«

Zwei Mönche hatten die gesattelten Pferde in den Hof geführt, die Söldner saßen auf und galoppierten durch den hohen Torbogen auf die Straße hinaus.

Einen Augenblick später waren sie verschwunden.

In der päpstlichen Suite warf Rodrigo Borgia, wohlbeleibt und hakennasig, seinem Sekretär, Francesco Troches, ein Schreiben hin und sagte unwirsch: »Es ist von Cesare. Wahrscheinlich will er wieder mehr Geld. Er braucht dauernd Geld.«

»Was können wir tun?«

»Ich habe ihm erst vor zehn Tagen sechstausend Dukaten gesandt. Was tut er mit dem Geld? Ich kann nicht weiterhin Italien mit Kardinälen bevölkern, nur um genug Geld aufzubringen, ihn als Herrn der Romagna im Sattel zu halten.«

Troches las das Schreiben und sagte dann: »Er schreibt hier, daß sein Kondottiere, Ramiro de Lorca, mit dem Geld Weizen gekauft hat, den er dann wieder verkaufte, ohne Cesare den Erlös zu übergeben.«

Der Papst fuhr seinen Sekretär wütend an: »Warum bringt er ihn dann nicht um und erledigt die Sache damit? Warum jammert er mir etwas vor und verlangt immer noch mehr Geld?«

»Er schreibt hier weiter, daß de Lorca sich mit anderen verschworen hat, ihn in eine Falle zu locken, und daß seine Spitzel Manciano gefangen haben und dieser gestanden hat, daß zwei Kardinäle insgeheim die Aufständischen unterstützt haben.«

»Zwei Kardinäle? Wer denn?«

»Orsini und della Rovere.«

»Diese Schweinehunde!«

»Er schreibt, mit de Lorca und den beiden Orsinis, die mit ihm reisen, werde er sich selbst befassen, er könne aber über einen gewissen Punkt nicht hinausgehen, solange er nicht wisse, daß Kardinal Orsini und Kardinal della Rovere ihm nicht mehr schaden könnten. Er bittet Euch, dafür zu sorgen.«

Der Papst setzte sich hinter den kleinen Mahagonischreibtisch und spielte mit einem silbernen Dolch. »Das – könnte – möglich sein«, murmelte er leise. »Und von Gewinn. Wenn Orsini und della Rovere etwas geschehen sollte, so könnten ihre Besitztümer – ihr Vermögen – von der Kirche beschlagnahmt werden. Ja.« Er nahm eine Feder und begann zu schreiben. »Wo ist della Rovere? Ich habe ihn seit Monaten nicht mehr gesehen.«

»Mit Gewißheit weiß es keiner, aber es gibt ein Gerücht, das besagt, er sei in Florenz.«

»Wieso? Was tut er dort?«

»Ich habe keine Ahnung.«

Der Papst schrieb eilig. »Wozu bezahle ich eigentlich Spitzel, mich über diese Dinge auf dem laufenden zu halten ?« Er setzte rasch seinen Namen unter das Schreiben, faltete das Pergament und versiegelte es mit Wachs, dem er seine Petschaft aufdrückte. »Bringt das zu Kardinal Orsini. Es ist eine Einladung zu einem Neujahrsbankett. Sagt ihm – ganz diskret –, daß wir die schönsten und liebenswürdigsten Kurtisanen Roms eingeladen haben, mit uns zu feiern, und – sagt ihm das im Flüsterton – daß ich für Unterhaltung mit diesen dreißig frechen Transvestiten gesorgt habe, die er zu Ostern so amüsant fand.«

Der Sekretär lächelte. »Das wird ihm gefallen.«

»Wenn er kommt, dann laßt ihn in der Sala del pappagallo auf mich warten. Sobald er drinnen ist, laßt die Türen verschließen und holt meine Wachen, damit sie ihn in die Engelsburg bringen. Dann sorgt dafür, daß meine Beauftragten ohne Verzug seine Güter und sein Eigentum in Besitz nehmen.«

»Die alte Mutter des Kardinals lebt in einer seiner Villen. Was soll mit ihr geschehen?«

»Wieso? Wollt Ihr sie haben?«

Troches verzog das Gesicht. »Sie ist achtziger Jahre alt, Euer Heiligkeit.«

»Achtzig? In der Tat? Dann hat sie ein langes und bequemes Leben hinter sich und hat zweifellos unzählige Verwandte und Freunde. Soll sie bei ihnen Wohnung nehmen.«

Troches verneigte sich. »Ja, Euer Heiligkeit«, sagte er.

Der Papst stand auf. »Ach ja«, bemerkte er beiläufig. »Und tischt den Transvestiten den neuen Wein auf.«

»Der neue Wein ist bitter, Euer Heiligkeit.«

»Wir feiern das neue Jahr, Francesco. Vielleicht erweist sich der Wein als prophetisch.«

Die Mitglieder der Truppe stritten untereinander, was sie als nächstes tun sollten. Arlecchino meinte, sie hätten großes Glück gehabt, war jedoch absolut dagegen, den Palazzo aufzusuchen, in dem Cesare Borgia und die französischen Söldner warteten. Der Dottore wandte ein, sie hätten keine Wahl; aber es sei wohl ausreichend, wenn nur die vier Schauspieler mit dem Festwagen zum Palazzo führen, um ihr Stück darzubieten. Die drei Frauen könnte man mit Scapino und dem Karren im Kloster zurücklassen.

Sie überlegten, ob sie vor dem Herzog und seinen Kondottieri überhaupt das gleiche Stück aufführen konnten, doch nach vielem Hin und Her wurde ihnen klar, daß sie in ihren Möglichkeiten äußerst beschränkt waren. Der Capitano hatte sich noch immer nicht blicken lassen. Die Frauen und die Kunstgegenstände würden im Kloster sicher aufgehoben sein, und Scapino hatte Auftrag, falls die vier Männer nicht zurückkehren sollten, zu warten, bis die Söldner aus Cesena abgezogen waren und der Capitano zurückkehrte, um dann die Frauen nach Mantua zu bringen.

Kurz vor Sonnenuntergang also brachen die vier Männer mit dem Festwagen, der von ›Tod‹ und ›Zerstörung‹ gezogen wurde, zur Piazza vor dem Palazzo auf. Dort jedoch wartete nicht eine Eskorte von Söldnern auf sie, sondern eine Gruppe von Stadtbewohnern, die heulend und schreiend herumliefen wie aufgescheuchte Hühner.

Gleich darauf sahen die vier Schauspieler den Grund für das allgemeine Entsetzen: Es war der Kopf Ramiro de Lorcas, auf einer Pike aufgespießt. Sein Torso, noch in das elegante, aber jetzt blutverschmierte Wams und einen violetten Umhang gekleidet, lag mitten auf der Piazza. Die große Blutlache schien im Licht der untergehenden Sonne zu sprudeln und zu wachsen. Abseits lagen noch zwei Söldner, von denen einer, schwerverletzt, vor Schmerzen heulte.

»Was – was ist hier geschehen?« fragte Arlecchino einen der Vorübereilenden, während der Dottore schon vom Wagen sprang und zu dem verletzten Soldaten lief.

»Sie haben irgendein Fest gefeiert«, flüsterte der Mann. »Aber plötzlich sprang der Herzog auf und rief, dieser

Mann, Ramiro de Lorca, habe seinen Weizen gestohlen und ihn an seine Feinde verraten. Er packte ihn bei den Haaren und schnitt ihm die Kehle durch. Sein Adjutant, ein Riese von einem Menschen, hat dem armen Teufel dann den Kopf abgeschlagen.« Er deutete auf den schreienden Patienten des Dottore. »Ehe sie sich davongemacht haben, hat der Riese noch sein Schwert gezogen und es de Lorcas beiden Soldaten in den Leib gestoßen.«

»Wohin wollten der Herzog und sein Gefolge?« fragte Arlecchino.

Der Mann wies auf ein verängstigtes junges Mädchen, das, den Kopf an die Schulter einer Frau gedrückt, heftig schluchzte. »Das Mädchen da drüben sagt, sie hätte gehört, wie sie von Senigallia sprachen.«

»Mein Gott«, murmelte Arlecchino. Er sah plötzlich, daß aus einem der oberen Fenster des Palazzo etwas herabhing. Die Augen gegen das blendende Licht der untergehenden Sonne zusammengekniffen, spähte er hinauf und erkannte, was es war.

Es war Manciano, in eine blutdurchtränkte Dominikanerkutte gehüllt. Vom kleinen Finger seiner gebrochenen Hand hing ein kleiner grauer Gegenstand herab, den Arlecchino aus dieser Entfernung nicht erkennen konnte. Später sollte er erfahren, daß es die Zunge des Toten war.

In diesem Augenblick trat der Dottore zu Arlecchino und den beiden anderen und sagte leise: »Dieser hier ist tot, und der andere wird auch bald sterben. Ich kann nichts mehr für ihn tun.«

Arlecchino nickte. »Ich verstehe«, sagte er.

»Er möchte vor seinem Tod noch beichten«, fuhr der Dottore fort. »Er hat Angst davor, in Sünde zu sterben und dann in die Hölle zu kommen.«

»Soll ich losreiten und einen Priester holen?« fragte Pantalone.

»Er wird tot sein, bevor du zurückkehrst«, antwortete der Dottore.

Arlecchino löste sich aus dem Kreis seiner Freunde. Mit großen Schritten ging er auf das Grüppchen Menschen zu, das sich um den Sterbenden versammelt hatte, und warf dabei zuerst seinen grotesken Hut ab, dann den schweren buntscheckigen Umhang. Als er die Menschengruppe erreichte, hatte er schon begonnen, eine lange, aufgerollte Leinenschärpe zu entfalten. Er stellte sich dicht neben den sterbenden Söldner, küßte ein kleines blaues Kreuz, das in die Stola eingestickt war, und legte sich diese dann um die Schultern.

»Mein Name ist Vittorio Bracciolini«, sagte er ruhig. »Ich bin Priester.«

De Lorca, der gefoltert worden war, hatte, ehe man ihn enthauptete, Cesare über die Verschwörung, ihn in Senigallia in eine Falle zu locken, aufgeklärt. Bald darauf traf zusammen mit der Meldung, daß Senigallia gefallen sei, die Ködernachricht ein, die Zitadelle werde nur Cesare persönlich ausgeliefert werden. Der Herzog von Urbino lächelte vor sich hin und erklärte sich bereit, nach Senigallia zu reiten und die Kapitulationserklärung persönlich entgegenzunehmen. Dann teilte er insgeheim seine zehntausend Fußsoldaten und dreitausend Berittenen in zwei Heere, die er auf getrennten Wegen nach Senigallia entsandte. Er selbst traf mit einer Vorhut von nur zweihundert Lanzenträgern ein, um den Verschwörern den Eindruck zu geben, sie seien seinen Truppen an Zahl weit überlegen.

Die zweihundert Lanzenträger postierten sich auf der einzigen Brücke über den Kanal zur Altstadt und vereitelten damit jegliche Fluchtmöglichkeit. Dann lud Cesare die Kondottieri ein, den Fall der Stadt im Palazzo Bernardino zu feiern, und ließ, sobald die Männer sich eingefunden hatten, alle Ausgänge verriegeln. Michelotto erdrosselte Oliveretto da Fermo und Vitellozzo Vitelli. Giulio und Paolo Orsini und Paolos Sohn wurden in Eisen gelegt. Die Streitmächte der Getöteten und Gefangenen, die nun führerlos waren, wurden von Cesares Truppen niedergemetzelt.

Der Coup wurde von Machiavelli begrüßt, der seinen Florentiner Herren berichtete, die Ermordeten seien auch Feinde ihrer Stadt gewesen. Ludwig von Frankreich lobte die Kühnheit des Herzogs.

Cesare war nun Herrscher über die Romagna.

Etwa zur selben Zeit, als Cesare seine Kondottieri in Senigallia ›bewirtete‹, gab sein Vater im Vatikan ein Fest, das sich als ebenso lohnend für die Borgias erwies wie der Festschmaus in Senigallia. Kardinal Giambattista Orsini wurde zusammen mit seinem Verwandten, dem Erzbischof von Florenz, und mit Bernardino Alviano, dem Bruder des venezianischen Kondottiere Bartolomeo, verhaftet. Besitztümer und Vermögen des Kardinals wurden augenblicklich konfisziert, seine hochbetagte Mutter wurde auf die Straße geworfen. Niemand wagte, ihr zu helfen.

Cesare wurde von der Festsetzung des Kardinals unterrichtet und davon, daß die Orsinis zum Tode verurteilt waren.

Ein neues – und vielversprechendes – Jahr hatte begonnen.

Florenz

*Arlecchino erzählt in Terranova seine Geschichte * Pater Sebastiano wird Inquisitor * Isabella begegnet ihrem Vater, und Arlecchino erhält Dispens*

In zweierlei Hinsicht wirkten sich die Ereignisse von Cesena direkt auf das Schicksal der Gemeinschaft der wunderlichen Heiligen aus. Zunächst einmal veranlaßten sie sie zu einer Änderung ihres Reiseziels.

Der Capitano stieß endlich einige Meilen südlich von Cesena wieder zu der Truppe und überbrachte Arlecchino die Nachricht, daß Isabella nicht die sei, die sie zu sein scheine, und ohne Verzug nach Florenz gebracht werden solle, wo ›jemand von Bedeutung‹ sie unter seinen Schutz und die Gemälde und Statuetten Gentile Zappacchios in Besitz nehmen werde. Daraufhin beschlossen sie, in südlicher Richtung nach Sarsina zu ziehen, dann weiter über Bagno di Romagna bis nach Settignano, um dann Florenz von Osten her zu betreten.

Aber vorher befreiten sie noch Manciano, den toten Führer der *piagnoni*, aus seinen Fesseln und brachten seine Leiche in die nächste Dominikanerabtei. Danach erst wandten sie sich nach Süden und zogen auf der Straße nach Florenz gegen Predappio.

Zur gleichen Zeit eroberte Cesare Borgia, dessen Heer weiter westlich nach Süden zog, Siena, passierte Aquapendente und Montefiascone, plünderte Viterbo und marschierte nach Rom.

Die zweite Wirkung der Ereignisse von Cesena auf die Truppe äußerte sich in einem bedrückenden Gefühl des Unbehagens, das sich wie eine erstickende Wolke über alles senkte. Die Enthüllung, daß Arlecchino ein Priester war, schien die ganze Truppe zu lähmen. Tristanos Lieder bekamen einen religiösen Anklang, und Ruffiana hörte sich darin zu ihrem Erstaunen plötzlich häufig mit der Madonna verglichen und nicht mehr wie früher mit der Rose oder einer schlanken Pappel. Scapinos zotige Balladen verstummten vollkommen, und die Damen gaben sich die größte Mühe, ihre körperlichen Reize zu verhüllen, wenn der vertraute buntscheckige Umhang irgendwo auftauchte. Es wurde niemand mehr in den Hintern gekniffen, es gab keine zweideutigen Anspielungen oder anzüglichen Gespräche mehr. Colombina hielt sich jetzt Arlecchino fern und benahm sich, als sähe sie in der Selbstzerstörung die einzig mögliche Lösung für ihren Kummer. Scapino und Isabella vermieden es ebenso wie Tristano und Ruffiana, sich in der Öffentlichkeit zu küssen.

Insgesamt war es so, als verlangte die Anwesenheit eines Priesters den völligen Verzicht auf alles, was vorher Spaß und Freude bereitet hatte.

Nachdem Pantalone Arlecchino mehrmals spitz *padre* genannt hatte, rief dieser in Sarsina die ganze Truppe zu sich.

»Ich habe jetzt langsam genug von diesem Getue«, begann er. »Ich verstehe nicht, wieso meine Anwesenheit für euch zu einer solchen Belastung geworden ist, obwohl ich doch derselbe Mensch bin, der ich immer war. Schlimmstenfalls ist mir nachzusagen, daß ich das Mitglied einer religiösen Bruderschaft bin, ihr aber behandelt mich, als ob ich die Pest hätte. Möchte einer von euch mir diese Veränderung erklären?«

»Na ja«, sagte Scapino mutig, »als wir noch nicht wußten, daß du – was du bist – wir dachten, du seist – ich meine – na ja, menschlich eben, verstehst du?«

»Nein!« rief Arlecchino zornig. »Das verstehe ich nicht. Ich *bin* doch menschlich. Seht mich an! Zwei Arme, zwei Beine, ein Kopf – sowie alle anderen notwendigen Anhängsel, das könnt ihr mir glauben.«

»Warum schreist du mich an?« entgegnete Scapino. »Es ist doch nicht meine Schuld, daß du Priester bist.«

Colombina kam beiden mit einem Vorschlag zu Hilfe. »Ich glaube, wir können das alles lösen, wenn du uns – ganz ehrlich – erklärst, wer du nun wirklich bist.«

Arlecchino wollte schon mit einer seiner gewohnten absurden Bemerkungen antworten, als er plötzlich innehielt und – wie es schien – Colombina zum ersten Mal bewußt ansah, diese schon etwas verblühte, unglückliche Frau, die so viel Liebe und Zärtlichkeit zu geben hatte. Und schweigend sah er dann auch die anderen an. Mein Gott im Himmel, dachte er bei sich selbst, ich liebe sie. Ich liebe sie alle. Sie haben ein Recht, alles zu wissen.

»Nun gut«, stimmte er zu. »Morgen machen wir einen kleinen Umweg nach Terranova.«

Sie wußten nicht, wohin Arlecchino sie führte, aber im abendlichen Zwielicht des dritten Tages, nachdem sie eine ganze Weile einer schmalen Allee südlich von Sarsina gefolgt waren, gelangten sie zu einer stattlichen Villa. Hier befahl er dem Zug, bei einem Obstgarten zu halten.

Während die anderen zurückblieben, schritt er eine gewundene Straße hinauf, die zum Portal der Villa führte. Dort wurde er von zwei bewaffneten Wächtern angehalten. Nach einem kurzen Wortwechsel verschwand einer der Wächter im Haus und kehrte kurze Zeit später mit einem vornehm gekleideten jungen Mann von etwa zwanzig Jahren zurück. Der junge Mann schien erfreut zu sein, Arlecchino zu sehen, und trat nach einer kurzen Begrüßung wieder in die Villa, während Arlecchino zu seinen Freunden zurückkehrte.

»Bringt die Tiere und den Wagen hinter die Villa zu den Ställen«, befahl er dem Capitano, Scapino, Tristano und Pantalone. »Dort werden Bedienstete sie euch abnehmen. Kommt dann zu uns ins Haus.« Er führte die Frauen und den Dottore die Straße hinauf, und die vier Männer fuhren mit Wagen und Karren zu den Stallungen.

»Dies hier«, bemerkte Arlecchino auf dem Weg zum Haus, »ist Terranova. Hier wurde ich geboren. Mein Vater hat das Haus gebaut und zog spät in seinem Leben mit einer jungen Frau – meiner Mutter – hierher. Er selbst wurde nicht weit von hier in einer weit weniger luxuriösen, aber achtbaren Behausung geboren.«

»Wer war der schöne junge Mann, der dich begrüßt hat?« fragte Ruffiana neugierig.

»Mein Neffe Pico. Und laß deine frechen Finger von ihm. Er ist jung und leicht zu beeindrucken.«

»Lebt er allein hier?« fragte Colombina.

»Er verwaltet den Besitz, aber mehrere andere Angehörige meiner Familie leben ebenfalls hier.«

Als sie die Marmortreppe zum hohen Portal hinaufstiegen, salutierten die Wächter. Die Frauen waren verblüfft und entzückt. In den Steinbogen über der Tür war ein Name eingemeißelt.

Bracciolini.

Arlecchino bemerkte ihr Interesse. »Ja, das ist der Name der Familie«, sagte er gedämpft. Er führte sie in die Villa, wo sie von Bediensteten empfangen wurden, die sie eine breite Treppe hinauf ins obere Stockwerk geleiteten.

Dort teilte man ihnen ihre Zimmer zu. Das der Damen war das größte und komfortabelste. Tristano bekam ein Zimmer zusammen mit dem Capitano und dem Dottore. Scapino und Pantalone führte man in den kleinsten Raum.

In jedem der Zimmer wurde nun ein großer eiserner Zuber mit heißem Wasser gefüllt, und sie wurden alle ohne Ausnahme freundlich, aber bestimmt dazu gedrängt, ein Bad zu nehmen. Danach erwartete sie frische Kleidung – lange, schlichte Gewänder mit perlenbesetzten geschlitzten Ärmeln und schmalen goldenen Gürteln für die Damen, Kittel, Beinkleider und weiche Schuhe der höfischen Mode gemäß für die Herren. Ein wenig später wurden sie zum Abendessen gerufen.

Man bat sie, an einer langen Tafel Platz zu nehmen, die parallel zu einem zweiten langen Tisch und im rechten Winkel zu einem dritten angeordnet war, der erhöht auf einem Podium stand und die beiden anderen miteinander verband. Der große Saal wurde von einem gewaltigen offenen Kamin beherrscht, über dessen Feuer ein ganzes Reh am Spieß gebraten wurde. Mehrere Köche waren dort beschäftigt, während Bedienstete mit Platten voll Fleisch und Brot, Käse und anderen Leckerbissen zwischen den Tischen und der Feuerstelle hin und her eilten. Drei große Hunde strichen zwischen den Tischen um die Beine der Speisenden herum und erbettelten Knochen und Abfälle.

Der Truppe gegenüber, am anderen Tisch, saßen prächtig gekleidete Frauen und eine ganze Kinderschar, und alle schwatzten sie angeregt miteinander, wobei sie immer wieder neugierige Blicke auf die Mitglieder der Truppe warfen. Sie aßen mit Gabeln, eine Sitte, mit der nur Isabella, Tristano und der Dottore vertraut waren. Der Capitano behauptete, die Funktion dieser scharfgezähnten Instrumente zwar zu kennen, für ihren Gebrauch aber nichts übrig zu haben, und machte sich mit Messer und Händen über sein Essen her. Die meisten der wunderlichen Heiligen folgten seinem Beispiel. Das Essen war einfach und reichlich, der Wein ausgezeichnet.

Arlecchino kam erst später und nahm an der oberen Tafel zur Rechten einer jungen, schönen Frau Platz, deren linke Hand Pico Bracciolini fest in der seinen hielt.

Ausnahmsweise einmal erlebte die Truppe ihren Anführer nicht im Schmuck seines buntscheckigen Umhangs. Er war jetzt in Wams und Beinlinge gekleidet, erdbraun, mit silbernen Litzen, dazu hohe Stiefel und um den Hals ein silbernes Medaillon. Und das, dachte Colombina bei sich, ist der wahre Arlecchino. Dies ist der Mann, der er wirklich ist.

Ab und zu sah sie von ihrem Teller auf, und beinahe jedesmal fiel ihr auf, daß er kaum sprach, seinen Blick meist auf die Truppe gerichtet hielt oder auf den Tisch ihr gegenüber. Er aß wenig und sprach ausschließlich mit Pico und der jungen Frau, niemals mit dem älteren Herrn, der rechts von ihm saß. Aber, dachte Colombina, glücklich ist er nicht.

Nach dem Essen richtete Pico das Wort an die Gäste und hieß die Truppe in der Villa willkommen. Er stellte den Leuten an der anderen Längstafel, die alle zur Familie der Bracciolini gehörten, Arlecchino vor, und dann stand dieser auf und bedeutete seinen Freunden, ihm zu folgen. Er führte sie aus dem Speisesaal hinaus durch ein Gewirr von durch Fackeln erleuchteten Gängen, dann eine Treppe hinauf und blieb schließlich vor einer großen, mit Schnitzereien versehenen Flügeltür stehen. Er öffnete sie und bat sie einzutreten.

Es war ein beeindruckender Raum: hoch, warm und hell beleuchtet von einem lodernden Feuer und zahlreichen Fackeln und Lampen. An den Wänden reihten sich bis zur

Decke hinauf in Leder gebundene Bücher und Folianten. Im Zimmer verteilt waren runde Behältnisse, in denen Pergamentrollen, Karten und Schriftrollen steckten, und auf Sokkeln standen ausgestopfte Tiere in lebensechten Posen.

Arlecchino bedeutete seinen Freunden, es sich bequem zu machen, und die meisten von ihnen, satt und träge vom reichlichen Essen nach einer so langen Periode der Kargheit, lagerten sich auf den Fellteppichen oder streckten sich in den umherstehenden Sesseln aus.

Allein der Dottore ging im ganzen Zimmer herum und sah sich alles genau an. Du meine Güte! dachte er. Wie das Arbeitszimmer des Meisters!

Arlecchino setzte sich mit dem Rücken zum Feuer an einen großen Arbeitstisch und sah die anderen lächelnd an. »Nun gut, liebe Freunde«, sagte er. »Ich bin bereit, euch meine Geschichte zu erzählen.

Mein Vater«, begann er, »war Francesco Poggio di Guccio Bracciolini. Wie ich schon erwähnt habe, wurde er nicht weit von hier als Sohn armer Leute geboren. Als er zum Jüngling herangewachsen war, sagte er sich, daß es für ihn nur zwei Wege gab, aus diesem Leben der Entbehrung und des Schmutzes herauszufinden: die Kirche oder das Militär. Er nahm sich eine ganze Weile Zeit, um diese beiden Möglichkeiten gegeneinander abzuwägen. Es drängte ihn zu Abenteuer, reicher Beute, Kameradschaft, all jenen Dingen, die man mit dem Soldatenleben verbindet; gleichzeitig jedoch bedachte er die Tatsache, daß an der Seite jedes Regiments immer auch der Tod reitet und daß das Leben zu kostbar ist, um es in der Schlacht aufs Spiel zu setzen.«

»Den Mann kenne ich«, warf der Capitano ein.

»Mein Vater entschied sich für die Kirche und wurde zum Priester geweiht – entschlossen, wohlgemerkt, die Privilegien beider Berufe zu genießen, ohne die mit ihnen verbundenen Pflichten auf sich zu nehmen. Er war ein kluger junger Mann, mein Vater, und intelligent. Er lernte schnell. Seine einzige Schwäche waren die Sprachen. Sein Griechisch und Latein waren bestenfalls mittelmäßig, eine Tatsache, auf die seine Feinde in späteren Jahren häufig hinwiesen – meistens auf griechisch und lateinisch. Dennoch, er schrieb gut und besaß einen scharfen, beißenden Humor. Er stieg deshalb rasch auf und wurde unter Papst Martin V. ein Mitglied der Kurie.

Meinem Vater oblag es, des Abends im päpstlichen Palast, wenn Seine Heiligkeit und die Kardinäle dort zusammensaßen, für Abwechslung und Unterhaltung zu sorgen. Man pflegte sich im *bugiale* zu versammeln, dem ›Zimmer der Lügen‹, tauschte dort Anekdoten und Geschichten aus, speiste vielleicht gemeinsam und kostete die besten Weine aus dem Keller des Vatikans. Er sammelte diese Anekdoten und Geschichten und schrieb einige von ihnen später in einem Buch nieder –«

»Ah, die *Facetiae!*« rief Isabella.

Arlecchino war erfreut. »Oh, du kennst das Buch meines Vaters? Ja, er hat die *Facetiae* geschrieben. Er verfaßte außerdem Hunderte von Pamphleten und Briefen und eine ›Polemik gegen das mönchische Leben‹ – *Contra hypocritas* – ein Werk, das sich selbst durch eine gewisse Scheinheiligkeit auszeichnet, da mein Vater als Priester ganz offen mit einer Mätresse zusammenlebte und mit ihr und anderen Frauen vierzehn Kinder zeugte.«

»Vierzehn?!« rief Colombina erstickt.

»Er pflegte zu sagen, jeder Mensch sollte eine Liebhaberei haben.« Arlecchino lachte. »Und er erklärte meinen Brüdern später häufig, er sei immer noch redlicher als die Geistlichkeit des Vatikans gewesen, weil er gewußt habe, daß er ein Scheinheiliger sei, und es auch offen zugegeben habe.«

»Willst du sagen, daß dein Vater gegen den Klerus spottete, mit einer Mätresse zusammenlebte und Kinder hatte, ohne daß der Papst etwas davon wußte?« fragte Tristano.

»Aber nein, natürlich wußte der Papst davon«, antwortete Arlecchino. »Aber mein Vater gebrauchte seine scharfe Zunge und seine flinke Feder, um die Feinde des Papstes anzugreifen. Seine Heiligkeit war davon begeistert, und so ließ er meinen Vater gewähren.

Aber als Papst Martin starb, folgte ihm Eugen IV., der die Familie Colonna haßte, aus der Martin stammte. Die Kurie war der Ansicht, mein Vater sollte in seinem persönlichen Leben etwas mehr Zurückhaltung üben. Die Reaktion meines Vaters darauf war Zorn. Er verblüffte alle damit, daß er den Vatikan und seine Mätresse verließ und sich mit einem jungen Mädchen von achtzehn Jahren, mit dem er sich verehelichte, nach Terranova zurückzog, wo er bis zu seinem Tode lebte.

Er war damals fünfundfünfzig Jahre alt. Dank der Vermittlung befreundeter Familien wurde er kurz darauf zum Kanzler von Florenz berufen. Ich bin das letzte seiner Kinder. Meine Mutter war siebenunddreißig, als ich zur Welt kam, und er war vierundsiebzig Jahre alt.«

Die Männer erstarrten fast vor Ehrfurcht, und Colombina fiel die Kinnlade herunter. »Vierundsiebzig sagst du?«

Arlecchino nickte. »Der Priester, der mich getauft hat, sagte, es sei ein Wunder, das nur durch die jungfräuliche Geburt übertroffen werde.«

»Vierundsiebzig!« murmelte Colombina.

»Mein Vater glühte förmlich vor Stolz über meine Geburt und verkündete jedem, der es hören wollte, er würde noch mit neunzig Kinder zeugen. Aber natürlich wurde ich in eine ziemlich feindselige Welt hineingeboren. Meine zahlreichen Geschwister und Stiefgeschwister waren überhaupt nicht begeistert davon, daß der Alte noch mit neunzig Kinder zeugen wollte; das hätte ja bedeutet, daß das Erbe in noch kleinere Teile zerfallen wäre. Mein Vater war sich darüber im klaren und entwarf deshalb einen festen Plan für meine Zukunft. Ich sollte ebenfalls Priester werden, aber erst, wenn mein Charakter durch die Vertrautheit mit humanistischen Prinzipien und weltlichem Wissen gefestigt war.«

Arlecchino bemerkte, daß Pantalone eingeschlafen war.

»Ich war erst fünf, als mein Vater starb, aber man achtete seine Wünsche, und ich wurde schon bald nach Mantua gesandt, auf eine Schule, die der große Lehrer Vittorino da Feltre gegründet hatte, den mein Vater sehr bewundert hatte. Dort erhielt ich Unterricht in Lateinisch und Griechisch und in der klassischen Literatur, aber auch in Leibesübungen und Charakterbildung.«

Jetzt sah er, daß auch Ruffiana eingenickt war.

»Später«, fuhr er fort, »sandte man mich dann zur Weiterführung meiner Studien nach Rom, und dort wurde ich, ganz gemäß dem Plan meines Vaters, mit zwanzig zum Priester geweiht.«

Pantalone erwachte einen Moment, aber nur um ganz aus seinem Sessel zu fallen und sogleich, auf dem Fell vor dem Kamin wie ein Hund zusammengerollt, wieder einzuschlafen.

»Ich erhielt dann einen Platz in der vatikanischen Bibliothek, und das war eine höchst angenehme und mir förderliche Stellung. Sie bedeutete, daß niemand von mir verlangen würde, andere peinlich zu verhören; daß ich weder die Beichte abnehmen noch die Absolution erteilen mußte. Zudem hatte ich Zugang zu Tausenden von Büchern, nicht nur von Autoren der ganzen Welt, sondern auch solcher Bücher, die von der Kirche unterdrückt oder verboten worden waren.

Aber es gab immer noch einflußreiche Familien, die meinem Vater feindlich gesinnt gewesen waren. Sie sorgten dafür, daß ich als Strafe für seine Sünden und Vergehen in eine Gemeinde im Norden versetzt wurde. Dort zeigte sich nun meine Schwierigkeit – mir fehlte nämlich bei der Ausübung des Berufs meines Vaters dessen flexibles Gewissen. Ich konnte das Priesteramt nicht annehmen, ohne mir auch die dazugehörigen Verpflichtungen zu eigen zu machen, und ganz allmählich wurde mir klar, daß ich niemals zum Priester bestimmt gewesen war. Eines Nachts dann legte ich meinen Talar ab, ging über die Grenze in die Schweiz und wurde ein Söldner. Oder genauer gesagt, ich wurde zum Söldner ausgebildet.

Ich diente in einem Söldnerregiment, das in seiner ersten Schlacht geschlagen wurde – damit hatte ich auch schon genug vom Krieg. Wenig später hetzte mir die Kurie, die mir mein Verschwinden aus dem Dienst an der Gemeinde äußerst übelnahm, zwei Priester – Inquisitoren – auf den Hals. Ich erklärte ihnen, ich sei – verwirrt. Ich wünschte, von den priesterlichen Gelübden befreit zu werden, wie so viele andere vor mir. Sie gaben mir zu verstehen, daß dies in meinem Fall unmöglich sei. Drei Tage später jedoch erschien des Nachts ein Priester bei mir und half mir zu fliehen. Er gab mir etwas, das ich nach Rom bringen sollte. Und dann – « Arlecchino machte eine kleine Pause und warf Colombina lächelnd einen Blick zu » – begegnete ich dir.

In Piacenza erhielt ich Anweisung, zunächst nach Mantua zu gehen, und da dies auch Isabellas Ziel war, erklärte ich mich bereit, sie zu begleiten. Doch ihr wißt ja selbst, daß es unmöglich war, nach Mantua durchzukommen, und daß wir immer weiter nach Osten abgedrängt wurden. Schließlich gab mir mein Mittelsmann, der Dominikaner, die Order, nach Florenz zu gehen, wo man mir sowohl Isabella als auch meinen Auftrag abnehmen würde. Man gab mir zu verstehen, daß mein Vater in der Kurie immer noch Freunde habe, deren Familien er einst geholfen hatte, und daß es möglich sei, mich von meinen Gelübden zu entbinden, wenn ich meine Mission erfolgreich beendete und das, was man mir anvertraut hatte, jemandem in Florenz übergäbe, der sich mir zu erkennen geben würde.«

Colombina stand auf. »Warum hast du uns das alles nicht schon vorher erzählt?«

»Wer hätte es denn geglaubt?« konterte Arlecchino. »Gott als Autor des Lebensdramas ist hoffnungslos mittelmäßig. In seinen Stücken wimmelt es von Absurditäten und Unwahrscheinlichkeiten, und immer wenn man meint, jetzt hätte man endlich den tieferen Sinn erfaßt, wechselt er die Figuren aus und führt ganz neue Themen ein. Dauernd wechselt er seinen Stil, bringt komische Charaktere in melodramatische Situationen, kleidet seine Schauspieler in Kostüme, die niemals zu ihren Persönlichkeiten passen, und wenn man eine Szene fertiggespielt hat, fragt man sich hinterher verwirrt, ob man nun die Hauptrolle hatte oder nur Statist war. Wer würde mir glauben, daß ich Priester bin, Sohn eines Priesters, ein Krieger, der den Krieg haßt? Aber hier ist der Beweis – das Arbeitszimmer meines Vaters, seine Bücher, alles.«

Er stand auf, ging um den Tisch herum und setzte sich vorn auf dessen Kante. »Versteht ihr nun, daß ich es leid bin, von euch wie ein heiliger Engel des Herrn behandelt zu werden? Ich bin genau wie ihr. Es gibt keinen Unterschied zwischen uns. Ist das klar?«

Sie sahen einander an. Colombina zuckte die Achseln und trat zu einem der Bücherschränke. Als sie an Arlecchino vorüberkam, streckte der plötzlich den Arm aus und gab ihr einen Klaps auf den Hintern. »Klar?« rief er dröhnend. Verblüfft drehte sie sich herum und starrte ihn an, offensichtlich unsicher, wie sie reagieren sollte. Dann lachte sie plötzlich und streckte ihm die Zunge heraus. Die anderen jubelten.

Als sie am folgenden Morgen weiterzogen, stahlen sie zur Feier des Tages vierzehn Gabeln, zwei der ihnen zur Verfügung gestellten Gewänder, drei Umhänge und ein Exemplar der *Facetiae*.

Vittorio Bracciolini, der mit ihnen nach Terranova gekommen war, ward nie wieder gesehen. Der Mann, der sie von dort wegführte – und später alles zurückbrachte, was sie gestohlen hatten –, nannte sich Arlecchino.

Von Terranova aus zog die Truppe in westlicher Richtung nach Bagno di Romagna, überquerte den Arno und setzte den Weg nach Westen fort, bis sie die Gabelung erreichte, von der aus die eine Straße südlich nach Arezzo, die andere westlich nach Florenz führt, der sie folgten, bis sie aus der Ferne die große Stadt sehen konnten: ein Häusermeer im Schutz sanfter Hügel, eine erdfarbene Stadt mit mehrstöckigen Bauten, von der gewaltigen Kuppel des Doms und dem Turm des Palazzo Vecchio beherrscht.

Arlecchino, an dessen Seite der Capitano saß, lenkte den Wagen zum großen Tor in der Stadtmauer. Scapino folgte auf dem Karren. Sie hatten Zephyr wie ein gemeines Arbeitspferd vor den Karren gespannt, der edle Kopf, der starke Nacken und der muskulöse Körper des Hengstes jedoch straften die Maskerade Lügen. Den Frauen hingegen, in dunkler Kleidung und in große Tücher gehüllt, glaubte man leicht, daß sie die braven Ehefrauen von Handwerkern seien.

An der Porta San Frediano wurden sie von florentinischen Posten angehalten. Arlecchino führte das Wort.

»Gute Herren«, erklärte er geduldig, »wir gehören der Zunft der Glockenbauer an und sind hergekommen, um am heiligen Feiertag das biblische Schauspiel ›Abraham und Isaak‹ aufzuführen.«

»Ein Schauspiel?« fragte der Wachposten überrascht. »Am Aschermittwoch?«

»Gibt es einen besseren Tag für *sacre rappresentazionie«*

»Nun, ganz angemessen scheint es nicht«, antwortete der Posten. »Ich meine, da doch die Fastenzeit beginnt. Aber wenn es ein traditionelles –«

»Ist es, ist es«, beteuerte der Capitano mit viel Enthusiasmus. »Gibt es denn ein besseres und erhebenderes Werk für den Aschermittwoch als die Geschichte des Mannes, dem befohlen wurde, seinen Sohn zu einem Häufchen Asche zu verbrennen?«

Der Florentiner war verblüfft, brachte mit Mühe ein Nikken zustande. »So hab' ich das nie gesehen«, brummelte er und befahl ihnen zu warten. Er ging hinüber zu einer Gruppe anderer Wachen und besprach sich flüsternd mit ihnen. Eine Ewigkeit schien zu vergehen, ehe er endlich zurückkehrte und zu Arlecchino auf dem Bock des Theaterwagens hinaufsah. »Nun, es wird schon nichts schaden«, meinte er. »Fahrt geraden Wegs den Borgo San Frediano hinunter bis zur Via dei Sarragli. Dort biegt links ab, fahrt über den Ponte alla Carraia und dann weiter die Straße hinunter bis zur Piazza Madonna. Dort könnt ihr euer Theater aufbauen.«

»Gott segne Euch, Bruder«, murmelte Arlecchino und trieb ›Tod‹ und ›Zerstörung‹ schon an dem Wachposten vorbei. Sie fuhren weiter wie angewiesen, auf dem ganzen Weg aufmerksam beobachtet von bewaffneten Männern, und stellten schließlich Wagen und Karren auf der Piazza Madonna ab. Arlecchino erinnerte sich daran, daß Isabella zum Palazzo Pitti gebracht werden mußte, der sich auf dem linken Arno-Ufer befand. Er befahl der Truppe zu warten und die Bühne aufzubauen, während er, der Capitano und Isabella zum Palazzo gehen wollten.

Vor ihrem Aufbruch jedoch gab es noch eine kleine Auseinandersetzung. Scapino nämlich schlug vor, er solle als Bediensteter Isabella begleiten, und Isabella erklärte hartnäckig, sie wolle überhaupt nicht gehen. Worauf der Dottore sich in die Diskussion einmischte und darauf hinwies, daß er der Mann war, dem der Auftrag, Isabella in Sicherheit zu bringen, anvertraut worden war, und daß er ihn deshalb auch ausführen müßte. Arlecchino jedoch versicherte ihnen, daß es sich bei diesem Besuch des Palazzo lediglich darum handelte, das Terrain zu sondieren und danach zu beschließen, was zu unternehmen sei. Keinesfalls würde Isabella gezwungen werden, an einem Ort zu bleiben, an dem sie nicht sein wollte.

Vor dem Ponte Santa Trinità wurde das Trio wiederum von einer Gruppe Soldaten in rotgelber Uniform angehalten. Ihr Anführer, von dem sie nur den Rücken zu sehen bekamen, trug eine glänzende silberne Rüstung. Arlecchino erklärte, er und der Capitano seien Handwerker und Isabella sei die Ehefrau des Capitano; sie seien auf dem Weg zu den Kaufläden auf dem Ponte Vecchio, um Vorräte für ihre Zunftbrüder einzukaufen, die auf der Piazza Madonna warteten. Einer der Söldner, die ihnen den Weg versperrten, trat zu dem Kondottiere, um ihm die Geschichte zu erzählen. Der Offizier hörte aufmerksam zu, nickte und drehte sich dann herum.

»Willkommen in Florenz, Pater Bracciolini von den Glockenbauern.« Angelo lachte höhnisch. »Wir haben Euch schon erwartet.«

Oben im Palazzo Vecchio stieß man Arlecchino in einen Raum, in dem als einziges Möbelstück vor den deckenhohen Fenstern, die zur Piazza Signoria hinunterblickten, ein langer Tisch stand. An diesem Tisch saß, von Söldnern flankiert, Pater Sebastiano. Nicht weit entfernt stand an die Mauer gelehnt Angelo und verfolgte die Szene, die sich abspielte.

»Ah, Pater Vittorio«, sagte Sebastiano. »Lange nicht gesehen.« Er sah auf einige Papiere hinunter, die vor ihm auf dem Tisch lagen. »Aber es wird Euch ein Trost sein zu hören, daß unsere Beauftragten Euch von dem Moment an, als Ihr in Biella auftauchtet, nicht mehr aus den Augen verloren haben.«

Arlecchino lächelte. »Ihr müßt sie in meinem Namen beglückwünschen.«

Sebastiano erwiderte das Lächeln. »Ich darf wohl annehmen, Pater Vittorio, daß Ihr Euch des Ernstes der Lage, in der Ihr Euch befindet, bewußt seid.«

»Aber selbstverständlich«, antwortete Arlecchino. »Ich stehe vor dem Inquisitor – das ist immer ernst.« Er senkte die Stimme. »Oder habt Ihr inzwischen aufgehört, abtrünnige Priester zu foltern?«

»Keineswegs«, antwortete Sebastiano. »Wie Ihr möglicherweise noch selbst feststellen werdet. Aber ich will Euch lange Predigten ersparen.«

»Die beste Predigt, die ich je hörte«, bemerkte Arlecchino, »wurde bei einer Priesterweihe von einem Kardinal der Familie Borgia gehalten. Er griff mit der Hand in die Almosenbüchse und zog einen Goldfloren heraus. Dann sah er die frischgebackenen Priester an und sagte: ›Gehet hin und tuet desgleichen.‹«

»Kurz und bündig«, stellte Sebastiano kalt fest.

»Ja, das fand ich auch«, meinte Arlecchino.

Der Inquisitor musterte seinen Gefangenen einen Moment lang schweigend, dann sagte er ruhig: »Setzt Euch, Pater Bracciolini.« Arlecchino sah ihn an, zuckte die Achseln und setzte sich. »Auch ich werde mich kurz fassen und gleich zur Sache kommen«, fuhr Sebastiano trocken fort. »Wo sind die Briefe?«

»Briefe?«

»Gebt uns die Savelli-Briefe«, versetzte Sebastiano. »Es ist sinnlos, so zu tun, als wüßtet Ihr nichts von ihnen. Wir wußten, daß ein Priester sie aus der Schweiz herübergebracht hat, aber wir glaubten, es handle sich um den Führer der *piagnoni,* Manciano. Doch er – unterrichtete uns, daß Ihr die Briefe in Besitz habt.«

Arlecchino starrte den Geistlichen an. »Ich kenne niemanden dieses Namens, aber in Anbetracht Eurer besonderen Talente vermute ich, daß er gefoltert wurde. Und unter solchen Bedingungen würde jeder Euch sagen, was Ihr hören wollt.«

Sebastiano stand auf. »Seid widerspenstig«, sagte er, »und Ihr gehört mir. Ihr seid schließlich nichts weiter als ein abtrünniger Priester. Wir haben Zeugen, die bestätigen können, daß Ihr Euch der Ketzerei und der Blasphemie schuldig gemacht habt. Wir haben sogar Zeugen, die zu schwören bereit sind, daß Ihr Kirchenschändung begangen habt. Ihr seid mit Dirnen und Mördern gereist.«

»An ein, zwei Dirnen kann ich mich erinnern, aber – Mörder?«

Sebastiano riß eine Schriftrolle auf, die auf dem Tisch vor ihm lag. »Zu Eurer Gesellschaft gehören ein Taschendieb und sein Komplize, die in Savoyen gesucht werden. Ein Diener, der seinem Herrn davongelaufen ist und dem Herzog von Urbino verpflichtet ist; eine junge Dirne, die von einem Kondottiere aus dem Söldnerheer des Herzogs d'Este gesucht wird; ein Deserteur, der einen französischen Offizier ermordet hat – ja, ermordet; und ein durchgebrannter Student, der das Lagerhaus seines eigenen Vaters ausgeplündert hat.« Er sah auf. »Ich bin Euch dankbar, daß Ihr sie uns alle hierhergebracht habt, vor allem die junge Frau, die vom Dogen von Venedig gesucht wird.«

»Meiner Treu!« sagte Arlecchino. »Ich hatte keine Ahnung, daß wir so beliebt sind.«

»Gewiß doch«, versicherte Sebastiano. »Durch Eure Gefangennahme kann sich mein Herr, der Herzog von Urbino, den Respekt der Mehrzahl der vornehmen Familien Italiens erwerben.«

Arlecchino seufzte und musterte einen Moment lang das Gesicht des Priesters. »Ihr sagtet, daß der Doge von Venedig die junge Frau sucht, die angeblich mit mir reist?«

»Euch ist sie als Isabella Zappacchio bekannt. Aber die Dame ist von weit höherer Geburt. Der Doge von Venedig braucht die Familie des Mädchens. Wenn mein Herr sie daher nach Venedig zurückbringt, wird das zugleich das Band zwischen den Borgias und den Venezianern festigen.«

Arlecchino nickte. »Und das heißt, daß die Venezianer nicht eingreifen werden, sollte Cesare beschließen, seinen Machtbereich in der Romagna auszudehnen.«

»Seine Heiligkeit meinte, daß Ihr ein intelligenter Mann seid«, sagte Sebastiano. »Er hat mich daher bevollmächtigt, Euch ein Angebot zu machen.«

»Ein Angebot?« wiederholte Arlecchino leise.

»Der Heilige Vater meint, daß Ihr vielleicht den Witz, die praktische Intelligenz und die Schlauheit Eures Vaters geerbt habt. Seine Heiligkeit ist daher bereit, Euch, wenn Ihr uns die Briefe übergebt, von Euren priesterlichen Gelübden zu entbinden – was Ihr ja verzweifelt wünscht – und Euch in der Kirche eine Position einzuräumen, die ein beträchtliches Einkommen, einen Palazzo, Dienerschaft und einen erblichen Titel mit sich brächte.«

Arlecchino holte einmal tief Atem. »Er würde mich von meinen Gelübden entbinden, sagt Ihr?«

Sebastiano nickte. Arlecchino stand auf und ging zum Fenster. Angelo richtete sich unwillkürlich auf, als erwartete er, daß der andere sich durch das Fenster auf die Piazza hinunterstürzen würde.

»Das nenne ich eine Versuchung«, sagte Arlecchino. »Der heilige Antonius selbst hätte damit seine Schwierigkeiten.« Wieder atmete er tief durch, versuchte sich zu entspannen, klar zu denken, sich zu konzentrieren. Dann drehte er sich nach Sebastiano um. »Und was wird aus diesen – Dirnen und Mördern, wenn es mir gelingen sollte, Euch diese Briefe zu beschaffen?«

»Der Mailänder Offizier wird wieder das, was er immer gewesen ist: ein Kondottiere, ein Söldnerhauptmann. Cesare Borgia braucht Männer wie diesen Capitano.«

»Er braucht Mörder?«

»Soldaten!« blaffte Sebastiano.

»Ach so.« Arlecchino lächelte. »Ich dachte nur, Ihr hättet ihn gerade als Mörder bezeichnet.« Dann fügte er eilig hinzu: »Und diese – Isabella?«

»Ihr wird nichts geschehen. Aber sie wird nach Venedig zurückgebracht werden müssen, als – als Gast, und ihre Zukunft wird vom Verhalten ihrer Familie abhängen. Was die anderen angeht«, Sebastiano zuckte die Achseln – »so wird der Heilige Vater gewiß nachsichtig sein und bei ihnen allen Gnade vor Recht ergehen lassen, da sie ja Christen sind.« Er beugte sich über den Tisch zu Arlecchino und lachte leicht. »Es sind doch Christen, nicht wahr? Ihr habt doch nicht irgendwo einen Türken oder ein paar Juden versteckt?«

»Ich habe das in letzter Zeit nicht nachgeprüft.« Arlecchino grinste. »So, und jetzt laßt mich sehen, ob ich Euch recht verstanden habe. Wenn ich mich bereit erkläre, diese Briefe zu beschaffen und Cesare Borgia zu übergeben, so wird man mich von meinen Gelübden entbinden und mir eine Position einräumen, die mir Reichtum und Ansehen bringen wird, und meine Gefährten werden – wie sollen wir sagen? – von ihren Sünden freigesprochen werden?«

»Ja«, zischte Sebastiano.

»Und wenn ich es nicht tue?«

Schweigen.

»Ich verstehe«, sagte Arlecchino leise. »Ich werde bei lebendigem Leibe verbrannt, Isabella landet in Venedig, der Dottore und der Capitano werden dem Herzog ausgeliefert, Pantalone und Scapino wird man ins Gefängnis werfen und Colombina und Ruffiana wahrscheinlich Euren Söldnern zu Spaß und Vergnügen überlassen. Tristano, vermute ich, wird man zu seinem Vater nach Bologna zurücksenden – nicht ohne daß er zuvor etwas von seiner Schönheit eingebüßt hat.«

»Lehnt ab, Bracciolini. Ich bitte Euch«, sagte Sebastiano ironisch.

Arlecchino machte eine Pause, ehe er sagte: »Schreibt es nieder.«

»Was soll ich niederschreiben?«

»Jedes Wort, jedes Versprechen«, antwortete er, »genauso, wie Ihr es mir gesagt habt.« Er neigte sich nun seinerseits über den Tisch zu Sebastiano. »Es ist bekannt, daß das Wort des Borgia-Papstes in stürmischen Zeiten leicht ins Wanken gerät. Ich möchte alles schriftlich haben, mit Brief und Siegel des Papstes.«

Sebastiano schwieg zunächst. Von draußen konnte man die frommen Gesänge von Mönchen und Büßern hören, die sich auf der Piazza versammelt hatten.

»Wozu?« fragte er schließlich kalt. »Das Schreiben müßte sowieso erst nach Rom gehen, um dort von Seiner Heiligkeit unterzeichnet und gesiegelt zu werden.«

»Unterzeichnet Ihr«, sagte Arlecchino. »Unterzeichnet es als Vertreter des Papstes. Diese Vollmacht habt Ihr doch, nicht wahr? Ihr seid sein Beauftragter.«

Sebastiano zuckte die Achseln. »Wenn Ihr es wünscht.« Er nahm aus einer Schublade einen Bogen Pergament und ein kleines Fläschchen Tinte und begann zu schreiben.

Arlecchino ging derweil wieder zum Fenster hinüber und

beobachtete die Prozessionen von Mönchen und Gläubigen, die jetzt die Piazza verließen. Hinter sich hörte er das Kratzen der Feder auf dem Pergament. Dann hörte es plötzlich auf, und als er sich herumdrehte, hielt ihm Sebastiano das Dokument hin.

»Ist das präzise genug?«

Arlecchino las aufmerksam den wie gestochen geschriebenen Text. »Ihr habt sie nicht alle beim Namen genannt«, bemerkte er und ging wieder zu seinem Sessel.

»Heilige Mutter Gottes, glaubt Ihr vielleicht, ich habe eine Liste sämtlicher Diebe, Huren und Mörder in Italien? Tragt die Namen doch selbst ein.«

Arlecchino reichte ihm das Dokument zurück. »Nein, tut Ihr das. Ich nenne Euch die Namen.« Er gab die Vornamen jedes einzelnen Mitglieds der Truppe an, und Sebastiano schrieb gehorsam mit. Als er fertig war, gab er Arlecchino das Dokument zurück, der es sich kurz ansah und ihm dann wieder gab. »Das Siegel bitte. Das Borgia-Siegel.«

Seufzend zwickte Sebastiano etwas Wachs von einer Kerze ab, drückte es auf das Pergament und prägte ihm dann das Borgia-Wappen – den Stier – auf. Er blies auf das Wachs, um es abzukühlen, und schob Arlecchino das Pergament hin. »Hier!« sagte er.

Arlecchino warf einen Blick auf das Siegel, lächelte und schob das Dokument über den Tisch zurück.

»Was ist?« knurrte Sebastiano gereizt. »Was soll ich denn jetzt noch tun?«

Arlecchino neigte sich dicht zu ihm und sagte so leise, als vertraute er ihm ein großes Geheimnis an: »Ich schlage vor, Ihr nehmt jetzt dieses Dokument samt dem Siegel der Borgia, rollt es sehr fest zusammen und schiebt es Euch in den Arsch.«

Sebastiano wurde puterrot, Arlecchino jedoch sprach weiter, noch ein wenig leiser jetzt und sehr kalt. »Lieber würde ich dem Teufel persönlich dienen als diesem skrupellosen, arroganten, gemeinen Schurken, der sich Heiliger Vater nennt.«

Sebastiano starrte ihn fassungslos an, dann packte er das Pergament und hielt es in die Flamme der Kerze. Es fing augenblicklich Feuer.

»Ihr habt wirklich eine Gabe, alles in Flammen aufgehen zu lassen«, bemerkte Arlecchino leise.

Ohne den Blick von seinem Gefangenen zu wenden, schrie Sebastiano: »Diese Farce hier ist beendet. Bringt die anderen herein.«

Doch noch ehe Angelo die Tür erreicht hatte, wurde sie plötzlich aufgestoßen, und eine Schar Söldner stürzte mit gezogenen Schwertern und zum Schuß bereiten Armbrusten ins Zimmer. Auf ihren Waffenröcken trugen sie ein Wappen, das Arlecchino sofort erkannte. Sie hatten Isabella und den Capitano mitgebracht und bildeten jetzt ein Spalier, das von der Tür bis zu Sebastianos Tisch reichte. Diesen Gang hinunter schritt ein hochgewachsener, weißhaariger Mann im prachtvollen roten Gewand eines Kardinals. Vor dem Tisch blieb er stehen.

»Ah, Pater Sebastiano«, sagte er mit dröhnender Stimme. »Endlich lernen wir einander kennen. Ich habe im Lauf der letzten drei Jahre so viele Eurer geheimen Schreiben gelesen, daß ich das Gefühl habe, Euch bereits zu kennen.«

Sebastiano öffnete den Mund, um zu sprechen, doch der Kardinal gebot ihm mit großer Geste Schweigen. »Ihr kennt mich selbstverständlich, aber um die Situation zu klären: Ich bin Kardinal Giuliano della Rovere, und diese – Gefangenen der Kirche – unterstehen jetzt meiner Zuständigkeit.«

»Aber –« begann Sebastiano.

Wieder gebot der Kardinal ihm zu schweigen. »Selbstverständlich werde ich die Gewissenhaftigkeit und den Eifer Eurer Bemühungen, diese ruchlosen Bösewichte festzusetzen, lobend erwähnen, wenn ich mit Eurem Herrn, dem Herzog von Urbino, zusammentreffe. Es ist der Kirche eine Freude, daß Euer Kampfarm immer noch so wirksam und unermüdlich zuschlägt.« Sebastiano nickte wie benommen. »Ich werde natürlich alle Verantwortung übernehmen«, fügte della Rovere hinzu, dann winkte er einem seiner Soldaten. »Bringt diese Gefangenen der Kirche zum Palazzo. Und achtet darauf, daß sie mit keinem Menschen sprechen. Habt Ihr verstanden?«

Der Soldat salutierte, und eine Minute später waren nur noch zwei Söldner und der Kardinal mit Sebastiano und Angelo im Zimmer.

»Ihr habt glänzende Arbeit geleistet«, sagte della Rovere. »Ihr verdient eine Stellung mit mehr – Möglichkeiten. Habt ihr je daran gedacht, Sekretär eines – oh – vielleicht eines Monsignore zu werden? In Neapel zum Beispiel. Oder Sizilien.« Sebastiano wurde bleich, doch der Kardinal fuhr zu sprechen fort. »Ah, ich sehe, daran habt Ihr nie gedacht. Schade. Die Möglichkeiten sind unbegrenzt.«

Damit wandte er sich brüsk ab und schritt vor den beiden Söldnern aus dem Zimmer. Sebastiano fiel wie betäubt in seinen Sessel.

Rasch führte man Arlecchino, Isabella und den Capitano die Treppe hinunter und half ihnen in einen wartenden Wagen, der von berittenen Söldnern bewacht wurde. Sobald der Kardinal selbst aus dem Palazzo gekommen und in einen zweiten Wagen eingestiegen war, setzte sich der ganze Zug in Bewegung, überquerte den Ponte Vecchio und hielt schließlich im ummauerten Hof des Palazzo Pitti an. Sobald das Trio aus dem Wagen gestiegen war, wurde es durch eine Seitentür in den Palazzo geführt und dann mehrere Treppen hinauf in einen großen Raum im zweiten Stockwerk.

Kurz darauf eilte della Rovere in das Zimmer, in dem Diener und Söldner mit Büchern, Manuskripten, Schriftrollen und Pergamenten hin und her liefen, die sie in Kisten und Truhen verstauten. Der Kardinal selbst sah an einem Schreibtisch einen Stapel Papiere durch, während er mit Arlecchino, dem Capitano und Isabella sprach.

»Hört mir jetzt genau zu, denn wir haben nicht viel Zeit. Die Pittis haben mir in ihrem Palazzo Unterkunft gewährt, aber ich kann mich nie über längere Zeit an einem Ort aufhalten. Ich muß also mit Euch sprechen, während ich mich zugleich zur Abreise aus Florenz rüste.« Er zog unter mehreren Pergamentbogen auf dem Schreibtisch einen heraus und reichte ihn Isabella. »Bitte, Signorina. Unterzeichnet das hier.«

Isabella sah auf das Pergament hinunter. »Was ist das?«

»Eine Liste der Gemälde und Statuetten meines Freundes und Beauftragten, Gentile Zappacchio, die Ihr mir überbringen solltet. Sie werden bei mir in Sicherheit sein, und die Venezianer werden sie niemals zu sehen bekommen.« Er hielt inne und hob den Kopf, um Isabella anzusehen. Seine Stimme wurde weich. »Ich bedaure, Euch sagen zu müssen, Signorina, daß der Mann, den Ihr Euren Vater genannt habt, in Venedig ermordet wurde und daß Versuche unternommen wurden, seinen Tod als Selbstmord hinzustellen. Ich habe Beweise dafür, daß es kein Selbstmord war, aber man kann kaum etwas unternehmen.« Behutsam fuhr er fort: »Er war jedoch nicht Euer wahrer Vater. Und auch die liebenswürdige und gütige Frau, die Ihr Eure Mutter nanntet, war nicht Eure wahre Mutter.« Er sah sie lächelnd an und sagte liebevoll: »Aber Ihr habt die Augen Eurer Mutter.«

Isabella starrte ihn an. »Aber wer – wer sind dann meine Eltern?«

Der Kardinal schwieg lange, ehe er zärtlich antwortete: »Der Name Eurer Mutter muß ein Geheimnis bleiben – jedenfalls im Augenblick –, aber ich bin Euer Vater.«

Isabella stand völlig reglos, mit offenem Mund, und sah dem Mann, der ihr auf der anderen Seite des Schreibtisches gegenüberstand, fest in die Augen. »Ihr? Ihr seid mein Vater?«

Er nickte. »Eure Mutter – nun, sie war damals, als wir einander liebten, einem jungen Mann versprochen, der einer alten und vornehmen Familie angehörte. Es war eine politische Heirat zur Erhaltung von Macht und zur Schaffung neuer Bündnisse, beides unerläßlich für den Fortbestand des Adels in Italien. Ich als Mitglied der Hierarchie konnte Euch nicht anerkennen, ohne Eure Mutter in Schwierigkeiten zu bringen. Als Ihr zur Welt kamt, sorgte ich in aller Stille dafür, daß Ihr von den Zappacchios großgezogen wurdet, und Eure Mutter heiratete ihren jungen Adligen.«

Er kam hinter seinem Schreibtisch hervor, trat zu Isabella und nahm ihre Hände in die seinen. »Du sollst wissen«, sagte er leise, »daß ich dich niemals verlassen habe. Niemals. Deine Mutter und ich lieben dich sehr, und wir haben seit deiner frühesten Kindheit im geheimen stets über dich gewacht.

Deine Mutter war es, die veranlaßte, daß du in Urbino erzogen wurdest. Ich sorgte dafür, daß du in den Jahren, die du in Venedig verbrachtest, stets behütet warst und daß es Gentile niemals an Gold und Edelsteinen mangelte, um dir ein angenehmes Leben zu bereiten, bis – bis ich davon unterrichtet wurde, daß der Doge deine wahre Herkunft argwöhnte und dich als Waffe in seinen diplomatischen Gefechten einsetzen wollte. Ich habe mir mächtige Feinde geschaffen, mein Kind, und ich entschuldige mich nicht dafür. Die Grimmigkeit und die Durchtriebenheit meiner Feinde zeugt von meiner eigenen Macht. Aber ich konnte nicht zulassen, daß du in meinen Kriegen zum Pfand wurdest, darum bat ich Gentile, dich und seine Kunstwerke nach Mailand zu bringen. Zu diesem Zeitpunkt hatte Cesare keine Ahnung, wer du bist, und ich hoffte, es würde Meister Leonardo, dem ja die künstlerische Freiheit über alles geht, gelingen, den Herzog selbst dazu zu überreden, dir eine Eskorte für die Reise nach Mantua zu stellen.«

»Aber warum Mantua?«

»Sagen wir einfach, daß deine Mutter an den Höfen der Montefeltros und der Gonzagas einen gewissen Einfluß genießt. Du hast ferner Freunde unter den Colonnas und bei meiner Familie, den della Roveres. Alles Feinde der Borgias. Irgendwie jedoch erwachte in Cesare ein Verdacht über deine wahre Herkunft, und wir mußten damit rechnen, daß er sich deiner bedienen würde, um Macht über mich und deine Mutter auszuüben.«

»Könnt Ihr mir denn nicht sagen, wer meine Mutter ist?«

»Es ist besser, wenn du es nicht weißt, aber vielleicht wirst du die Wahrheit selbst entdecken. Du hast eine Truhe mit dem Wappen deiner Mutter auf dem Deckel. Einer meiner Männer, der beste von ihnen, berichtete mir, daß sie in Pavia noch in deinem Besitz war.«

Arlecchino trat zu den beiden. »In Pavia? Dann war Euer Mann unter den Söldnern an der Straßengabelung?«

Della Rovere nickte. »Und auf der ganzen Reise niemals weit von euch. Er war – ist – euer Schatten. Meine Leute waren es, die euch zu Hilfe kamen, als die Söldner des Kardinals Ferrari euch bei Modena überfielen.«

»Und soll ich denn meine Mutter nie kennenlernen?« fragte Isabella.

»Jedenfalls nicht jetzt, mein Kind. Die Gefahr ist noch immer zu groß. Der Borgia-Papst hat Kardinal Orsini und drei Angehörige seiner Familie ermorden lassen. Meine Familie und ich sind die nächsten auf seiner Liste, aber im Augenblick kann er mich nicht finden, und er hat nichts Greifbares in der Hand, um mich mit den *piagnoni* in Verbindung zu bringen.« Er tätschelte Isabellas Hand. »Du wirst den Namen deiner Mutter bald genug erfahren, aber in diesen Zeiten, da Cesare Borgias Allianzen dauernd wechseln, bist du am besten daran, wenn du möglichst wenig weißt.« Er nahm ihr das Pergament ab und reichte es einem Bediensteten. »Geh und laß die Gemälde und die Statuetten herbringen«, befahl er.

Isabella sagte nichts, aber Arlecchino bemerkte das Beben ihrer Lippen, und der Capitano führte sie zu einem Sessel. »Aber warum mußten sie meinen – diesen armen alten Maler töten?« stammelte sie endlich.

Der Kardinal nickte bekümmert. »Ja. Der arme Gentile. Ich kann dir nur sagen, daß er sterben mußte, weil Cesare Borgia über ganz Italien herrschen will. Der neue Cäsar. Doch im Augenblick liegt die wahre Macht in der Hand des Vatikans, und wenn der derzeitige Papst stirbt, wird Cesare in der Kurie Freunde brauchen, um sicherzustellen, daß der neue Papst ihn als *gonfaloniere,* als Bannerträger der Kirche behält. Einzig dieser Titel garantiert ihm, daß seine Morde von Sankt Peter gutgeheißen werden. Er legitimiert seine Verbrechen. Cesare suchte nach einem Mittel, um meine Familie und die deiner Mutter unter Druck setzen zu können, und ich vermute, Gentile hat unser Geheimnis bewahrt. Als er Cesares Verdacht nicht bestätigte, wurde er ermordet.« Er machte eine kurze Pause. »Es tut mir in der Seele leid. Cesare kennt keine Moral. Machiavelli behauptet, er habe sich dem geweiht, was der Florentiner *virtù* nennt. Es ist alles sehr – italienisch.«

»Terribilità«, murmelte der Capitano.

»Genau«, bestätigte der Kardinal. *»Terribilità.«* Er richtete seine Aufmerksamkeit wieder auf die Papiere, legte einige nach links ab, andere nach rechts. »Aber den Borgias ist klar, daß, ganz gleich, welche Familie welche Provinz beherrscht, der Papst die Macht über Italien hat. Wenn Alexander VI. stirbt, kann es sehr gut sein, daß ich sein Nachfolger werde, und dann ...« Seine Augen blitzten, als er Arlecchino lächelnd ansah.

Aber dann wandte er sich wieder Isabella zu. »Ich weiß, das alles war für dich nicht einfach, mein Kind. Aber ich habe mich darauf verlassen, daß das Temperament deiner Mutter – die eine außergewöhnliche Frau ist – dir helfen wird. Ich habe mit Freuden beobachtet, was für eine mutige und intelligente junge Frau du bist. Ich war immer entzückt über die Berichte deines tapferen – und eigensinnigen – Verhaltens bei Hof. Du hast bei den Eingebildeten und Aufgeblasenen Anstoß erregt und die Biederen und Traditionsgebundenen hast du abgeschreckt. Ich bin sehr stolz auf dich.« Er lächelte liebevoll. »Aber vielleicht möchtest du dich zuerst ein wenig stärken, mein Kind, und eine Weile ruhen.« Er wandte sich dem Capitano zu. »Würdet Ihr die junge Dame ins Empfangszimmer begleiten, Capitano? Ihr werdet dort einen ausgezeichneten Branntwein finden und einen Diwan. Wenn Ihr sonst noch etwas brauchen solltet, dann ruft einen meiner Diener.«

Der Capitano nahm Isabella beim Arm, und gemeinsam gingen sie aus dem Zimmer.

Dann wies der Kardinal die Bediensteten und Söldner an, die Sachen in den anderen Räumen zu packen und die Wagen fahrbereit zu machen. Als der letzte verschwunden war und die Tür sich geschlossen hatte, sah der Kardinal Arlecchino an. »Und nun die Briefe, Vittorio.«

Aus seinem voluminösen Umhang zog Arlecchino das Päckchen, das noch immer in die silberdurchwirkte Leinenstola eingewickelt war. Er öffnete es und reichte della Rovere die Briefe. »Was werdet Ihr mit ihnen tun?« fragte er.

»Kopien anfertigen«, antwortete der Kardinal. »Innerhalb eines Monats werden jeder Kardinal und jede adlige Familie Italiens eine Kopie besitzen. Die Briefe dokumentieren in aller Einzelheit die Verbrechen Rodrigo Borgias und seines Bastards. Solange Rodrigo Papst ist, werden sie wenig Wirkung haben. Aber nach seinem Tod werden sie bei der Wahl eines neuen Papstes bedeutenden Einfluß haben, und das wird Cesares Verderb sein.« Die Briefe verschwanden unter dem kardinalroten Umhang della Roveres. »Und nun zu Euch, Vittorio. Ich weiß«, sagte er mit Anteilnahme und Bekümmerung, »Ihr möchtet von Euren priesterlichen Gelübden entbunden werden. Doch solange Rodrigo Oberhaupt der Kirche ist, wird das, fürchte ich, unmöglich sein.«

Arlecchino wurde zornig. »Ehegelübde, selbst Priestergelübde werden jeden Tag vom Papst gelöst. Er annullierte die Ehe des französischen Königs und die seiner eigenen Tochter! Er entband Cesare von seinem Gelübde – und der war Kardinal.«

»Streng genommen, war Cesare überhaupt kein Priester«, stellte della Rovere fest. »Er war ein Subdiakon.«

»Er wurde zum Kardinal gemacht.«

»Ich auch. Verwechselt nicht die Politik mit der Religion.«

Arlecchino ging im Zimmer auf und ab, zornig und enttäuscht. »Man gab mir zu verstehen, ich würde in Rom vielleicht Freunde finden, die mir helfen könnten.«

»Ja, das könnten sie«, sagte della Rovere, »aber sie werden es nicht tun. Die unsicheren Zeiten und das Gefühl drohenden Verhängnisses, das den Vatikan beherrscht, werden sie daran hindern. Es ist doch klar, daß die Borgias vor nichts zurückschrecken werden, um ihre Ziele zu erreichen. Solange der Borgia-Papst gegen Euch ist – und Ihr habt soeben sein Angebot ausgeschlagen –, wird er Euch nicht freigeben.«

»Dann habe ich also keine Hoffnung?«

»Wenn eine Ehe gelöst wird, so geschieht das theologisch gesehen in der Überzeugung, daß die Ehe entweder arglistig geschlossen wurde oder ohne ausreichendes Wissen über die Tragweite und die Natur des Eheversprechens. Mit anderen Worten, die Kirche sagt, daß von Anfang an ein geistiges Ehehindernis bestanden hat. Könnt Ihr guten Gewissens sagen, daß Ihr Euer Gelübde in gutem Glauben abgelegt habt?«

Es blieb einen Moment still, ehe Arlecchino leise antwortete: »Nein.«

»Könnt Ihr dann guten Gewissens sagen, daß Ihr Euch zur Zeit Eurer Ordination der Verantwortung und der Pflichten

Eurer Berufung und all dessen, was von Euch erwartet werden würde, nicht bewußt wart?«

»Ja.«

»Dann hat Gott Euch aus der Priesterschaft entlassen. Hier!« Er nahm eine der Pergamentrollen auf seinem Schreibtisch und reichte sie Arlecchino, der sie öffnete und las.

»Das – das ist eine päpstliche Dispens! Sie trägt die Unterschrift und das Siegel des Papstes. Und meinen Namen!« rief er.

»Ja«, bestätigte der Kardinal. »Eine hervorragende Arbeit, nicht wahr? Sie stammt aus derselben Quelle wie Euer gefälschter Passierschein. Als Bartolomeo Flores im vergangenen Oktober verhaftet wurde, haben wir dreitausend dieser Sorte beschlagnahmt. Dispensen. Annullierungen. Ernennungen. Alle möglichen Dokumente.«

Arlecchino sah auf. »Dann ist es also eine Fälschung.«

Der Kardinal lächelte. »Das habe ich nicht gesagt. Und Ihr könnt es vorlegen, wo immer Ihr wollt, es wird als echt anerkannt werden. Überall.«

Arlecchino rollte das Pergament wieder zusammen. »Aber ich wollte –«

Della Rovere seufzte. Er trat zu Arlecchino und legte ihm die Hände auf die Schultern. »Ich sagte, daß Gott Euch freigegeben hat, und das glaube ich auch. Nun müßt auch Ihr es glauben. Das Versprechen, das Ihr gegeben habt, ist eine sehr persönliche Sache zwischen Euch und Gott. Es macht absolut keinen Unterschied, ob dieser zuchtlose Wüstling in Rom es bestätigt oder nicht.«

»Aber ich – ich weiß nicht. Ich – ich komme mir verloren vor.«

»Natürlich. Aber dagegen kann ich nichts tun. Gott besitzt das scharfe Auge eines guten Hirten. Er sieht und beschützt Euch. Wenn Ihr Euch nicht selbst etwas vormacht, dann geht in Frieden – als Laie.« Er kehrte an seinen Schreibtisch zurück. »Ihr wißt jetzt, Vittorio, daß Gott Euch nicht zum Priester bestimmte, und Ihr wißt auch, daß er Euch nicht als Krieger vorsah. Aber was nun? Das ist Eure Schwierigkeit. Solange Ihr nicht Euren Platz gefunden habt, Euren eigenen Weg zum Heil, werdet Ihr Euch immer verloren vorkommen. Aber mit einem Pergament, das das päpstliche Siegel trägt, hat das nichts zu tun.«

Arlecchino ließ sich impulsiv auf ein Knie nieder und küßte den Ring des Kardinals. Della Rovere lächelte. »Das ist das erste Mal seit Jahren, daß diese Geste aus reiner Achtung und ohne jeden Hintergedanken gemacht wurde.« Er hieß Arlecchino aufstehen und sagte dann: »Jetzt hört mir genau zu. In Florenz seid Ihr nicht sicher. Ja, es gibt in ganz Italien kaum einen Ort, an dem Ihr sicher seid.«

»Was soll ich dann tun?«

»Darüber habe ich gründlich nachgedacht. Die Verkleidung, in der Ihr bisher gereist seid, ist die bestmögliche. Ich würde daher vorschlagen, daß Ihr es weiter so haltet wie bisher. Zieht mit Euren Komödianten in die Berge. Meidet die großen Städte und sorgt für Euren Lebensunterhalt, indem Ihr tut, was Ihr in Bologna getan habt. Unterhaltet die Leute – nicht die Reichen und die Adligen, sondern die Bauern und die Handwerker, die Schmiede und die Weber. Kehrt in Klöstern und Abteien ein. Dort wird man sich Eurer annehmen, bis die Bedrohung durch Cesare Borgia vorüber ist, und wenn Ihr nirgends zu lange verweilt, werdet Ihr immerhin einigermaßen sicher sein. Ich meinerseits werde Cesare hier und in Rom so in Atem halten, daß er nicht viel Zeit haben wird, nach Euch zu suchen.«

Er nahm eine Lederbörse vom Schreibtisch und übergab sie Arlecchino. »Das sollte Euch eine Weile über Wasser halten. Beschützt meine Tochter. Haltet ihre wahre Herkunft so lange wie möglich geheim, doch wenn Ihr wirklich in Nöten seid, dann bittet Isabella Gonzaga um Hilfe. Cesare vertraut ihr und korrespondiert mit ihr, aber diese durchtriebene Dame ist noch schlauer als er. Sie ist aus dem gleichen Holz geschnitzt wie Isabellas Mutter und ist in der besten Position, Euch zu helfen. Isabellas Mutter kann Euch aufgrund ihrer ehelichen Bindungen keine Unterstützung gewähren, ich jedoch werde immer wissen, wo Ihr gerade seid.«

Nach der Abreise Kardinal della Roveres eilten Arlecchino, Isabella und der Capitano so schnell wie möglich zur Piazza Madonna, aber kaum traten sie aus der Seitenstraße auf den

Platz hinaus, da sahen sie schon, daß etwas nicht in Ordnung war. Wagen und Karren waren verschwunden. Sogleich begaben sie sich auf die Suche.

Sie fanden den Wagen etwas später auf einem kleinen Platz in der Nähe des Ponte alla Carraia, umgeben von den Kisten und Truhen, die Isabellas Hab und Gut enthielten. ›Tod‹ und ›Zerstörung‹ waren noch im Geschirr, aber von dem Karren und seinem Pferd war keine Spur zu sehen. Pantalone lag auf dem Boden des Wagens, Scapino hielt ihm die Hände und Ruffiana hockte auf seinen Beinen. Colombina legte dem Jungen, dessen Gesicht stark geschwollen und von Verletzungen entstellt war, kalte Kompressen auf, während der Dottore sich bemühte, die klaffende Wunde an der Unterlippe des Jungen zu nähen, offensichtlich ein schwieriges Unterfangen, da Pantalone eindeutig betrunken war und dauernd versuchte, Scapinos Lieblingslied zu singen: »Oh, Rosamaria, schenk mir dein Herz …«

Als der Dottore Arlecchino bemerkte, sagte er leise: »Um den Schmerz zu lindern, haben wir ihm unsere letzte Flasche Branntwein eingeflößt.«

»Was ist denn passiert?« fragte Arlecchino, während er den geschickten Händen des Dottore bei der Arbeit zusah.

Dieser tat den letzten Stich, schnitt den Faden ab und bedeutete Scapino und Ruffiana, daß sie seinen Patienten jetzt freilassen könnten. Ruffiana hob sogleich Pantalones Kopf auf ihren Schoß und drückte ihn an ihren üppigen Busen, um ihn zu trösten.

»Plötzlich tauchten ein paar Söldner auf«, berichtete Colombina. »Sie zeigten uns irgendein Papier und sagten, sie würden die Gemälde und die Figuren mitnehmen. Der Dottore sagte, das Papier sei ganz in Ordnung, aber Scapino behauptete steif und fest, es sei eine Fälschung und das Ganze sei nur ein Trick. Er sagte, die Sachen gehörten Isabella und er würde sie mit seinem Leben verteidigen. Und dann ist er auf die Söldner losgegangen.«

Arlecchino setzte sich auf den Rand des Brunnens. »Was?«

»Du wärst stolz auf mich gewesen«, prahlte Scapino und sprang behende auf den Brunnenrand. »Ich hab' mein Gewicht ausbalanciert, hab' mich konzentriert und mich extra mit dem Rücken an den Karren gestellt, damit mich von hinten keiner angreifen konnte. Oh, ich war ein richtiger Drehpunkt. Du hättest mich sehen sollen!«

»Und?«

»Einer von den Söldnern kletterte auf den Karren«, berichtete Colombina, »und hat ihm mit dem Schwertknauf von oben eins über den Schädel gegeben.«

Scapino senkte den Kopf, um Arlecchino die genähte Wunde und das blutverklebte Haar zu zeigen. »Jetzt sag du mir doch mal, wie man sich als Drehpunkt im Kampf von allen Seiten zugleich und dann auch noch von oben schützen soll?«

Arlecchino seufzte und legte ihm eine Hand auf die Schulter. »Mein lieber Scapino, eine letzte Lektion muß ich dir noch erteilen. Es gibt Augenblicke – sie sind sehr häufig –, da verzichtet auch der beste Drehpunkt auf den Kampf.« Er sah sich um. »Und wo ist Tristano?«

»Der hielt sich gut und kämpfte tapfer, als ihm plötzlich einer von den Kerlen ins Gesicht geschlagen hat, daß ihm die Lippe geplatzt ist. Eine Kleinigkeit. Höchstens eine Schramme. Aber als er das Blut sah, ist er vor lauter Schreck darüber, daß seine Schönheit entweiht worden war, in Ohnmacht gefallen.«

»Aber Pantalone hat es am schlimmsten erwischt«, warf der Dottore ein. »Wahrscheinlich weil er unser bester Verteidiger war. Er war überall zu gleicher Zeit und schrie dauernd: ›Das mach ich schon!‹, aber es waren zu viele.«

Scapino strahlte. »Und wollt ihr wissen, was er gesagt hat, als es losging? ›Laßt gefälligst meinen Vater in Frieden!‹ hat er geschrien. Stellt euch das vor! ›Mein Vater‹, hat er gesagt.«

Arlecchino blickte in die Gesichter seiner angeschlagenen Kameraden, und plötzlich überwältigte ihn der Gedanke: Lieber Gott, wir sind tatsächlich eine Familie.

»Nun«, sagte er ruhig, »ich bin natürlich stolz auf euch, aber das Dokument war echt. Gentile Zappacchios Kunstwerke sind bei Kardinal della Rovere sicher aufgehoben.«

»Und Arlecchino ist kein Priester mehr«, flüsterte Isabella Colombina zu.

»Und unsere Isabella ist, wie sich herausgestellt hat, die Tochter des Kardinals, und ihre Mutter ist eine verheiratete Frau.«

Scapino stieß einen schrillen Schrei aus. »Tatsächlich? Das ist ja wunderbar! Dann bist du auch ein Bastard!«

Isabella lachte.

»Aber für jeden andern, der sich für sie interessieren sollte, bleibt sie eine Zappacchio«, schärfte Arlecchino ihnen ein.

»Tja«, der Dottore seufzte – »damit wäre meine Aufgabe erfüllt.« Er blickte von einem zum anderen. »Was tun wir jetzt? Mir scheint, unsere einzige Hoffnung liegt darin, zusammenzubleiben.«

»Wir haben doch wenigstens einander«, meinte Scapino. »Und wir sind noch am Leben.«

Arlecchino nickte. »Und haben außerdem genug Geld und Vorräte für einen Monat. Dazu einen Wagen, ein Streitroß und zwei Esel.«

»Und wir sind noch am Leben!« beharrte Scapino.

Areszo

*Die Truppe kommt zu einem Entschluß und verballhornt Plautus * Sebastiano erhält seinen gerechten Lohn * Der Capitano macht Furore, und der Dottore erfährt endlich das Geheimnis vom Licht*

Ehe die Truppe Florenz verließ, bekam sie den Karren samt Pferd und einem eilig hingeworfenen Schreiben von der Hand des Kardinals zurück. Der Text des Schreibens lautete: »Meine Leute sind bereit, die andere Wange hinzuhalten – jedenfalls diesmal. Darf ich vorschlagen, Ihr sagt Euren Freunden, daß Sanftmut auch eine Tugend ist?«

Sie zogen nach Osten ins Gebirge, und in Settignano fühlten sie sich sicher genug, um zu rasten und gemeinsam über die Zukunft nachzudenken.

Arlecchino legte ihnen in aller Nüchternheit die Fakten vor. »Hier stehen wir, neun Menschen, ohne Geld, ohne Macht, ohne eine zuverlässige Einkommensquelle – mit Ausnahme von Tristano vielleicht, der einen reichen Vater hat –«

»Der mich mittlerweile bestimmt enterbt hat.«

»– und Isabella, die Familie und Freunde von höchstem Rang hat –«

»Die mich weder anerkennen noch mir helfen können.«

»Ich bin zumindest nominell noch ein Priester, der vielleicht von seinem Gelübde entbunden werden wird, vielleicht aber auch nicht. Der Capitano ist ein herrenloser Soldat. Der Dottore kann alles ein bißchen und nichts richtig.«

»Sag mir das das nächstemal, wenn du ein Loch im Kopf hast«, schimpfte der Dottore.

»Pantalone und Scapino sind Taschendiebe«, fuhr Arlecchino fort, »haben sich jedoch zu annehmbaren Akrobaten und Jongleuren entwickelt.«

»Annehmbar?« schrie Pantalone wütend. »Ich kann alles! Absolut alles!«

»Außer den Mund halten«, warf Scapino ein.

»Der Kardinal hat mir gesagt, daß die größte Bedrohung für uns von den Borgias ausgeht, die bei ihren Verhandlungen mit Venedig Isabella als Pfand einsetzen möchten. Gleichzeitig können wir aber annehmen, daß auch die Venezianer Leute ausgesandt haben, nach ihr zu suchen.

Daß die Herren von Savoyen immer noch nach Scapino und Pantalone fahnden, ist unwahrscheinlich; und es ist zu vermuten, daß Cesare Borgia und Leonardo da Vinci viel zu sehr damit beschäftigt sind, Krieg zu führen, um mehr als einen flüchtigen Gedanken an einen desertierten Söldner beziehungsweise einen flüchtigen Gesellen, der seinen Vertrag gebrochen hat, zu verschwenden. Ebenso können wir annehmen, daß die Bentivoglios Tristano verziehen haben, da wir bezahlt haben, was wir uns aus dem Lagerhaus seines Vaters ›ausgeliehen‹ haben. Es ist allerdings zu bezweifeln, daß seine Familie ihm verziehen hat, daß er seine Studien aufgegeben hat und mit einer Truppe Komödianten auf und davon gegangen ist.«

Ruffiana rief: »In Pistoia gibt es eine adlige Familie, die sehr viel von mir hält.«

Arlecchino schwieg, während die anderen lachten. »Das glaube ich dir gern«, sagte er dann, »aber die einzigen Leute, denen wir wirklich vertrauen können, sind die della Roveres und die Orsinis. Doch Kardinal della Rovere spielt ein gefährliches Spiel mit Cesare Borgia, und die Orsinis werden einer nach dem anderen ausgemerzt.«

Colombina seufzte abgrundtief und rief: »Worauf willst du hinaus, Arlecchino?«

»Nun, die Situation, so wie der Kardinal sie mir vor Augen gehalten hat, ist folgende: Keiner von uns kann es wagen, sich in den größeren Städten zu zeigen. Ich könnte mir aber vorstellen, daß wir unseren Feinden die Jagd erschweren würden, wenn wir uns trennten und jeder seiner Wege ginge.«

Das Gelächter erstarb. Bedrücktes Schweigen senkte sich über die Truppe. Schließlich flüsterte Scapino: »Das – klingt vernünftig.«

»Ja, absolut«, brummte Pantalone.

»Ein Haufen Gesindel wie wir erregt nur Aufsehen«, stimmte Colombina zu.

Isabella sprang zornig auf. »Also, ich halte die Unverschämtheit und die Erbarmungslosigkeit dieser sogenannten vornehmen Familien nicht länger aus. Wir haben die von Gütern überquellenden Lagerhäuser in Bologna gesehen, während es gleich um die Ecke von bettelnden Kindern wimmelte. Der Mann, den ich mein Leben lang als meinen Vater gekannt habe, wurde von den ›vornehmen‹ Familien ermordet. Ich bin von Stadt zu Stadt und von Hand zu Hand weitergereicht worden wie irgendein wertvolles Besitzstück, und ich habe es endgültig satt! Ich habe sie satt, diese rücksichtslosen Machtkämpfe der Colonnas und der Orsinis und der d'Estes und der Borgias und – ja, auch der della Roveres. In Urbino hat man mich gelehrt, der Adel hätte das Recht zu herrschen, weil er gebildeter sei und weiser und stärker als das Volk. Nun, ich finde, Ruffiana und Scapino haben eine weit bessere Ausbildung genossen. Sie könnten überleben, wo die edlen Herren und Damen einfach verhungern würden. Und Arlecchino und der Dottore sind weiser als alle Gelehrten, die mir in Venedig begegnet sind, weil sie offen zugeben, daß sie nicht alles wissen. Und der Capitano ist stärker als sämtliche Kondottieri, die ich kenne, weil er wenigstens weiß, daß er nur eine Marionette in einem Spiel ist, das von den Selbstsüchtigen und den Feigen gespielt wird, und darum nur kämpft, wenn er muß.« Sie machte eine Pause und sah von einem zum anderen. Dann sagte sie etwas ruhiger: »Ganz gleich, was mein Vater, der Kardinal, wünscht, ich bin nicht bereit, zu dem Leben an den Höfen der Adligen zurückzukehren. Bei euch habe ich eine Familie gefunden, der ich etwas bedeute. Ihr habt mir gezeigt, daß ich mehr bin als ein Tauschobjekt zwischen machtgierigen Parteien. Ich werde nicht nach Urbino oder Florenz oder Rom zurückkehren – es sei denn, wir gehen zusammen!«

Scapino trat neben sie. »Und wo du hingehst, werde ich dir folgen. Wenn ich wieder zum Dieb werden muß, dann wenigstens für einen Menschen, den ich liebe, nicht für mich selbst.«

»Einen Augenblick!« donnerte der Dottore. Auch er trat zu Isabella. »Ich habe dich von Anfang an begleitet, oder nicht? Mein Freund Gentile hat dich meiner Obhut anvertraut. Die Tatsache, daß du nicht seine leibliche Tochter bist, ändert nichts an dem Versprechen, das ich ihm gegeben habe, mich um dich zu kümmern. Ganz gleich, wohin du gehst, ich werde folgen.«

Ruffiana stand auf. »Ich kann dich nicht allein mit diesen Gaunern ziehen lassen. Es gehört sich nicht für eine Dame, allein mit zwei Männern zu reisen. Außerdem, wie du schon gesagt hast, würde deine feine Erziehung dir auf der Straße wenig helfen. Ich – äh – es ist besser, ich komme mit dir.«

»Zugegeben, ich bin aus Abenteuerlust mitgekommen, und bisher war das die schönste Zeit meines Lebens!« erklärte Tristano. »Außerdem mißfällt mir der neue Adel so sehr wie Isabella der alte. Ich habe gesehen, wie mein Vater arbeitet, Tag und Nacht, wie er selbst seine Freunde übers Ohr haut, Geschäfte macht, durch die andere in den Ruin stürzen, und seine Familie völlig vernachlässigt.« Er sah Ruffiana an. »Und – um die Wahrheit zu sagen, ich habe mich einfach an dich – äh – gewöhnt, ich kann dich nicht einfach ohne mich ziehen lassen.« Und damit trat er an ihre Seite.

»Aber ohne *mich* geht sie nicht!« brüllte Pantalone und stellte sich auf Ruffianas andere Seite. »Wir haben eine Vereinbarung.« Dann sah er lächelnd auf Scapino. »Und irgend jemand muß sich ja um meinen Papa kümmern.«

»Hm«, brummte der Capitano, »ich könnte natürlich überall mein Auskommen finden. Die Zeiten sind gut für Berufssoldaten, aber wenn ich ganz ehrlich sein soll, ich habe so ziemlich genug von Schwertern und Kanonen und bin es leid, den Befehlen von Idioten zu gehorchen, die mit meinem Leben spielen.« Er stellte sich neben Scapino auf. »Du wirst meine Handkanonen brauchen, um den Feind in Schach zu halten – wenigstens so lange, bis du deine Ausbildung zum Drehpunkt abgeschlossen hast.«

»Und wer soll für dieses kleine Regiment kochen, wenn ihr mich zurücklaßt?« rief Colombina in klagendem Ton. »Du meine Güte, ich wette, nicht einer von euch weiß, daß man die Kartoffeln erst kochen muß, bevor man sie in den

Bauernschmaus tut. Ihr werdet ohne mich verhungern.« Sie sah Arlecchino an. »Zwei Ehemänner sind mir abgehauen. Jetzt haut mir niemand mehr einfach ab.«

Sie wurden sich plötzlich bewußt, daß sie alle gemeinsam um Isabella gruppiert waren, während Arlecchino ihnen auf der anderen Seite des Lagerfeuers allein gegenüberstand. Er lächelte. »Nun«, sagte er ruhig, »ich habe mir schon gedacht, daß es zu schön wäre, um wahr zu sein.« Er ging um das Feuer herum. »Damit wären wir bei der Alternative. Wir müssen uns unser Brot verdienen. Der Kardinal schlug vor, wir sollten weiter als Komödianten durch die Dörfer ziehen. Aber es gibt bestimmt Hunderte von Akrobaten und Musikanten und Spielleuten da draußen auf den Straßen, und ihr habt ja Tristanos Reaktion erlebt, als er uns in Bologna sah. Er wollte mehr: Wir sollten Feuer schlucken, durch brennende Reifen springen.«

»Ich will immer noch mehr«, scherzte Tristano und nahm Ruffiana in den Arm.

»Ich habe mit Überraschung gesehen, daß wir gemeinsam einen gewissen Witz zu haben scheinen und eine anscheinend grenzenlose Fantasie, und eine Bühne haben wir auch.« Er schwieg einen Moment. »Ich habe mir gedacht, wir könnten etwas anderes machen. *Richtige* Stücke aufführen.«

»Wie die *sacre rappresentazioni?«* fragte Isabella.

»Nein!« antwortete Arlecchino mit Entschiedenheit. »Eben *nicht* wie *sacre rappresentazioni.«*

»Wenn man bedenkt, was wir aus ›Abraham und Isaak‹ gemacht haben«, bemerkte der Dottore, »halte ich das für einen klugen Vorschlag.«

»Ich denke an weltliche Theaterstücke. Komödien. Vielleicht von Plautus und Terenz. Diese Stücke werden seit Jahren an den Höfen aufgeführt, aber niemand bietet dem Volk solche Unterhaltung. Der Dottore, Isabella und ich haben die Aufführung solcher Theaterstücke in Mailand und Urbino, ja selbst im Vatikan erlebt; auch wenn die Kirche das Theater offiziell mißbilligt, heißt sie es doch insgeheim gut.«

Arlecchino musterte die Gesichter seiner Freunde. Es war offensichtlich, daß sie fest entschlossen waren, zusammenzubleiben – wenigstens fürs erste –, und darum waren sie auch bereit, nach Strohhalmen zu greifen. »Also gut«, sagte er abschließend, »wir bereiten für Arezzo etwas vor.« Leise sagte er: »Und möge Gott unseren Seelen gnädig sein.«

Die Gemeinschaft der wunderlichen Heiligen zog auf gewundenen Wegen in die Berge und zu der alten Etruskerstadt Arezzo, die mitten in einer malerischen und fruchtbaren Gegend der Toskana an den Hang eines Hügels geschmiegt liegt. Langsam fuhren sie die steilen Straßen hinunter, am alten Dom vorbei und auf die Piazza Grande. Der geneigte, unregelmäßig angelegte Platz war von hohen Häusern umgeben, von deren Loggien und Balkonen Frauen und junge Mädchen mit abweisenden Gesichtern zu dem Wagen und dem Karren hinuntersahen. Die Truppe zog am Palazzetto di Fraternità vorüber, der zu Lebzeiten des heiligen Franz von Assisi erbaut worden war. Als sie an der Kirche Santa Maria della Pieve mit ihren dreistöckigen Loggien und einem trutzigen Campanile vorüberkam, legte eine Gruppe von Maurern, die am Hauptportal eines neuen Gebäudes beschäftigt war, einen Moment lang ihre Arbeit nieder. Die Handwerker sagten nichts, lächelten nicht und grüßten nicht, kehrten bald wieder zu ihrer Arbeit zurück.

In der Via de Pileati sahen sie das kleine Haus, in dem Petrarca geboren war, und als sie auf der breiten Straße weiter abwärts fuhren, bemerkten sie, daß sie von kleinen Gruppen Bewaffneter beobachtet wurden.

Colombina sah Arlecchinos gerunzelte Stirn. »Was ist?«

»Ich bin mir nicht sicher«, antwortete er leise. »Aber das Emblem auf dem Kittel dieses Mannes dort drüben ist das gleiche, das ich bei Sebastiano gesehen habe.«

In einem Empfangszimmer des Palazzo Vecchio in Florenz lag Sebastiano rücklings auf dem Boden, die Augen weit aufgerissen und starr zur hohen Decke gerichtet, als wollte er ergründen, wer ihm das Stilett in den Hals gestoßen hatte. In seinem Blickfeld erschien jetzt ein dunkelhäutiges Gesicht mit einem schwarzen Bart und sah zu ihm hinunter. Der Mann säuberte die Klinge seines Stiletts an der Kutte des sterbenden Mönchs und sah schweigend zu, wie der Pater, der an seinem eigenen Blut zu ersticken drohte, um Atem rang.

»Er sagte, daß Ihr wissen müßt, warum Ihr sterbt, sonst werde er nicht zufrieden sein«, flüsterte der Mörder. »Er hat mir aufgetragen, es Euch klar und deutlich zu sagen.«

Sebastiano gab ein leises, ersticktes Geräusch von sich und warf sich, in dem Bemühen, Mund und Kehle von Blut zu befreien, von einer Seite auf die andere.

»Noch nicht. Ihr dürft erst sterben, wenn ich Euch alles gesagt habe.« Der Schwarzbärtige stemmte dem Sterbenden den Fuß auf die Brust, und Sebastiano röchelte laut. »Durch einen glücklichen Zufall fiel die Frau, die Seine Hoheit als Druckmittel braucht, um von gewissen Leuten ein Bündnis zu erzwingen, Euch in die Hände – zusammen mit den Savelli-Briefen.« Er hob den Fuß von Sebastianos Brust. »Und Ihr habt Euch von diesem Kardinal täuschen und alles wieder abnehmen lassen.«

Sebastiano rührte sich nicht mehr. Die weit aufgerissenen Augen waren starr.

»Der Herzog haßt Pfuscherei«, flüsterte der Schwarzbärtige. »Er duldet sie nicht. Gegen della Rovere kann er im Augenblick nichts tun, aber mit Euch sieht die Sache anders aus.« Er richtete sich auf und schob das Stilett in seine Scheide. »Erledigt«, murmelte er, »und ich muß schnellstens die Verfolgung wieder aufnehmen, denn Cesare haßt Saumseligkeit so sehr wie Pfuscherei.«

Er wischte sich die blutigen Hände an einem seidenen Tuch, das er dann auf die Brust des Toten fallen ließ.

»Er sagte, es sei lobenswert, wie Ihr dem Mädchen und den Briefen auf die Spur gekommen seid, doch mit deren Flucht ist Eure Organisation entbehrlich geworden.« Er lächelte zu dem Toten hinunter. »Und Ihr auch.«

Damit wandte er sich ab und eilte aus dem Raum. Erst ein paar Minuten später bewegten sich die bodenlangen Vorhänge vor den großen Fenstern und wurden auseinandergezogen.

Angelo sah kurz zu dem Toten hin, dann huschte er zur Tür, blickte rasch den Gang hinauf und hinunter und war verschwunden.

»Ich hab' nicht den Eindruck, daß wir hier willkommen sind«, flüsterte Colombina angesichts der kalten Feindseligkeit der Stadtbewohner, als sie durch die Porta Crucifera fuhren.

»Sie sind eben Fremden gegenüber mißtrauisch«, antwortete Arlecchino. »Und man kann es ihnen nicht verübeln. Arezzo hat eine höchst unglückliche Geschichte. Immer hat es in Kriegen auf seiten der Verlierer gestanden, und seine Bewohner mußten dann unter den Folgen ihrer schlechten Wahl leiden.«

»Das würde erklären, warum sie den Capitano so böse anstarren«, meinte Colombina.

Und in der Tat, die verächtlichsten Blicke schienen dem Capitano zu gelten, der auf seinem mächtigen Streitroß dem kleinen Zug vorausritt.

Sie wollten den Wagen und den Karren auf einem ruhigen kleinen Platz abstellen, aber das Gelände fiel so steil ab, daß sie die Räder nicht ausreichend blockieren konnten. So fuhren sie weiter abwärts und fanden sich schließlich vor den imposanten Ruinen eines alten römischen Amphitheaters wieder.

Sie lenkten ihre beiden Fahrzeuge in das alte Theater hinein und hielten in der Arena. Arlecchino stieg vom Wagen und sah sich auf dem ovalen, von Steinen und Trümmern übersäten Platz um. Er blickte an den ansteigenden steinernen Sitzreihen empor und sagte: »In diesem Theater hatten einmal achttausend Menschen Platz. Hier werden wir spielen.«

Arlecchino und der Dottore hatten auf dem Weg von Settignano nach Arezzo viel Zeit mit dem Bemühen zugebracht, die ›Menaechmi‹ von Plautus nachzudichten. Arlecchino erinnerte sich, das Stück als junger Mann in der vatikanischen Bibliothek gelesen zu haben, und der Dottore hatte in Mailand ein Exemplar des Textes in der Hand gehabt. Beide Männer entsannen sich vage, daß es bei der Handlung um Zwillingsbrüder ging, die als Kinder getrennt wurden und in zwei rivalisierenden Städten zu jungen Männern heranwuchsen. Keiner der beiden wußte etwas von der Existenz des Zwillingsbruders. Arlecchino erinnerte sich, daß die Zwillingsbrüder Diener hatten, die ebenfalls Zwillingsbrüder waren, und der Dottore meinte im Gedächtnis zu haben, daß die jungen Männer auch mit Zwillingsschwestern verheiratet gewesen waren. Da sie diesen Überfluß an Zwillingen ziemlich unwahrscheinlich fanden, ließen sie die Zwillingsehefrauen einfach weg.

Der Dottore wies darauf hin, daß es in dem Stück, auch wenn man die Ehefrauen – oder zumindest eine Ehefrau – unter den Tisch fallen ließ, immer noch zwei Frauenrollen gab: die einer jungen Sklavin und die einer Kupplerin.

»Wer soll das Sklavenmädchen spielen?« fragte er. »Pantalone?«

»Nein, ich denke nicht.«

»Wahrscheinlich hast du recht. Tristano wäre hübscher anzusehen.«

»Ruffiana wird das Sklavenmädchen spielen.«

Der Dottore reagierte wie von der Tarantel gestochen und rief entsetzt: »Aber – aber sie ist doch eine Frau! Du kannst doch nicht eine Frau auf die Bühne stellen.«

»Und warum nicht?«

»Weil das noch nie dagewesen ist. Frauenrollen sind *immer* von Männern gespielt worden – selbst in der klassischen Zeit. Das wäre ein Bruch mit der Tradition.«

Arlecchino zuckte die Achseln. »Wir brechen doch sowieso mit der Tradition, indem wir weltliche Stücke aufführen. Weshalb sollten Frauenrollen nicht von Frauen gespielt werden?«

Der Dottore war empört. »Das ist – skandalös! Unmoralisch! Es ist entwürdigend.«

»Wenn es für einen Mann nicht entwürdigend ist, auf der Bühne eine Frauenrolle zu spielen, weshalb sollte es dann für eine Frau entwürdigend sein?« fragte Colombina.

»Weil das Publikum weiß, daß es ein Mann ist, und das Spiel nicht für bare Münze nimmt. Wenn die Leute wissen, daß da oben eine Frau steht, glauben sie, sie sei wirklich das, was sie spielt.«

Arlecchino schüttelte den Kopf. »Willst du mir erzählen, daß das Publikum die Schauspielerin nicht von der Rolle trennen kann? Daß eine Frau, die eine Dirne spielt, wirklich eine Dirne ist?«

»Genau!«

Colombina lachte. »Was glauben die Leute dann von einem Mann, der eine Frauenrolle spielt?«

»Sie glauben, daß er ein Künstler ist.«

Arlecchino warf die Hände in die Höhe. »Ich finde deine Logik sehr verwirrend, aber die Diskussion erübrigt sich sowieso, weil die Männer in der Truppe für die Rollen, die wir haben, nicht ausreichen. Wir brauchen nämlich außerdem noch einen Geldverleiher und einen Herrscher der Stadt.«

Arlecchino meinte, er und Scapino sollten die beiden komischen Diener spielen, weil diese armen Kerle verschiedentlich geprügelt werden mußten und man, wie er argumentierte, schon ein geübter Akrobat sein mußte, um sich prügeln und herumstoßen zu lassen, ohne sich tatsächlich zu verletzen.

Pantalone jedoch war der Ansicht, er sei ein ebensoguter Akrobat wie Scapino – vielleicht sogar so gut wie Arlecchino. »Alles, was ihr könnt, kann ich auch!« behauptete er.

Darauf erklärte Arlecchino, er habe vorgehabt, Tristano und Pantalone die Rollen der jungen Herren spielen zu lassen; sie seien ja beide jung und beinahe gleich groß – was für die Handlung wichtig sei. Aber der Dottore widersprach und meinte, er habe ebenfalls die gleiche Größe wie Tristano, außerdem könnten sie beide lesen und so viel leichter den umfangreichen Text auswendig lernen. Dem mußte Arlecchino zustimmen, und so erhielten Tristano und der Dottore die Rollen der Zwillingsbrüder.

Pantalone entschied daraufhin, daß er den geizigen Geldverleiher spielen würde.

»Aber das ist doch ein alter Mann«, widersprach Arlecchino. »Weshalb solltest ausgerechnet du, das jüngste Mitglied der Truppe, diesen alten Knacker spielen?«

»Weil ich das Alter so sehe, wie es wirklich ist«, antwortete Pantalone. »Du würdest was ganz Sentimentales aus der Rolle machen. Und der Dottore auch. Ihr seht im Alter Weisheit und Erfahrung, weil ihr alt *seid* und das Alter im besten Licht zeigen wollt. Aber für mich ist das Alter nur runzlige

Haut und Gedächtnisschwund, schlechte Augen und Wehwehchen und –«

»Schon gut«, unterbrach Arlecchino ihn. »Du kannst den Geldverleiher spielen.«

»Die alten Männer machen sich doch immer zum Narren, wenn sie den jungen Mädchen nachsteigen«, fuhr der Junge fort und wies auf Tristano, der mit Ruffiana am Arm vom Lagerfeuer wegging.

»Gut«, brummte Arlecchino.

»Und dauernd wollen sie irgendwelche Sachen machen, die sie vor Jahren mal gemacht haben, als sie noch jünger waren, und jedesmal endet es damit, daß sie sich vollkommen lächerlich machen«, sagte Pantalone.

»O ja, ich verstehe«, grummelte Arlecchino, der sich erinnerte, wie er am Vortag gestürzt war, als er ein Rad hatte schlagen wollen.

»Und immer wollen sie jünger aussehen, als sie tatsächlich sind –«

Arlecchino packte ihn beim Kragen. »Noch ein Wort«, drohte er, »und du wirst innerhalb von Minuten ein Greis sein.«

Pantalone riß sich lachend von ihm los.

Colombina schien die richtige Besetzung für die Rolle der Kupplerin, und Isabella wurde erkoren, die Ehefrau des Dottore zu spielen. Als Ruffiana protestierte, wies Arlecchino darauf hin, daß die Ehefrau einen weit längeren Text hatte und Isabella lesen konnte. Ruffiana wurde also das Sklavenmädchen mit wenig Text, dafür aber sah sie, wie Arlecchino sagte, äußerst begehrenswert aus, und so war sie es denn zufrieden.

Die Personennamen waren ein weiteres Problem. Arlecchino und der Dottore erinnerten sich, daß jemand in dem Stück Dormio oder Dromio geheißen hatte; und sie beschlossen, daß die Zwillingsbrüder Dormio von Ephesus und Dormio von Syrakus heißen sollten, weil die Namen dieser Städte an das klassische Altertum denken ließen.

Aber Colombina widersprach; sie meinte, die Namen seien den Leuten viel zu unvertraut und kein Mensch könnte sich vorstellen, wie weit diese Städte denn nun voneinander entfernt seien. »Warum nennen wir nicht einfach einen Mann Dormio von – ich weiß auch nicht – Bergamo. Und den anderen Dormio von – Rimini. Jeder weiß, wie weit diese Städte auseinanderliegen.«

Nachdem man sich darauf geeinigt hatte, gab es den nächsten Disput um die Namen der Diener. Schließlich wurde ein Kompromiß geschlossen, und die Diener wurden Asclepius getauft, ein Name, den der Dottore mit dem Begründer der Medizin in Verbindung brachte. Ferner beschloß man, die Zahl der übrigen Personen auf eine Signora Dormio aus Bergamo, ein Sklavenmädchen, eine Kupplerin, einen Geldverleiher und den Herrscher der Stadt zu beschränken.

Und schließlich entwickelten sie alle gemeinsam ein stückähnliches Gebilde, das falschen Erinnerungen und allen möglichen anderen Quellen mehr zu danken hatte als Plautus. Das Theaterstück, so wie sie es sich vorstellten, sollte mit der Ankunft Dormios von Rimini und seines Dieners Asclepius von Rimini in Bergamo beginnen. Die Akteure waren sich alle einig darin, daß der Reiz des Stücks in der Verwechslung liege, die den beiden Brüdern mit ihren Dienern unterläuft. Deswegen sollte gleich in der ersten Szene Dormio von Rimini seinen Diener Asclepius von Rimini aussenden, ihm ein Sklavenmädchen zu kaufen, und ihm zu diesem Zweck einen Beutel mit Gold mitgeben.

In der darauffolgenden Szene sollte dann Dormio von Bergamo *seinem* Diener, Asclepius von Bergamo, den Auftrag geben, beim Geldverleiher eine noch offene Schuld für ihn zu begleichen und für ein Abendessen einzukaufen. Auch Asclepius von Bergamo erhält einen Beutel Gold.

Nun kehrt jedoch Asclepius von Rimini zu Dormio von Bergamo zurück, den er für seinen Herrn hält, und es ergibt sich ein Gespräch zwischen den beiden, bei dem Asclepius irrtümlich glaubt, sie sprächen über Sklavenmädchen, während Dormio glaubt, sie unterhielten sich über das Essen. Als Dormio entdeckt, daß Asclepius sein Geld einer Kupplerin gegeben hat, prügelt er ihn von der Bühne.

Die entsprechende Szene zwischen Dormio von Rimini und Asclepius von Bergamo zeitigt das gleiche Resultat, eine

Tracht Prügel für den Diener, als Dormio von Rimini entdeckt, daß Asclepius von Bergamo das Geld einem Geldverleiher nachgeworfen hat.

Auf diese Eröffnungsszenen sollte ein Auftritt Dormios von Rimini mit der Kupplerin und dem Sklavenmädchen folgen, in den dann die Ehefrau Dormios von Bergamo hineinplatzen sollte, und danach war ein gleichermaßen verwirrender Konflikt zwischen Asclepius von Rimini und dem Geldverleiher angesetzt.

Die ganze Komik des Stücks lag im Durcheinander der Verwechslung, das sich erst lösen sollte, wenn die beiden Zwillinge einander zum ersten Mal gegenüberstanden und alles aufklärten.

Die Schwierigkeiten, die das Stück mit sich brachte, zeigten sich in den folgenden Tagen. Als Arlecchino die Zusammenhänge der Geschichte Scapino, Pantalone, Colombina und Ruffiana zu erklären versuchte, denen man erlaubt hatte, im engen Rahmen der Handlung zu improvisieren, waren sie alle verwirrt und konnten dem Ablauf gar nicht recht folgen. Die zweite Schwierigkeit war, daß das Stück so viele Rollen hatte, daß jeder von der Truppe eingesetzt werden mußte. So mußte der Capitano den Herrscher Bergamos spielen, der noch überhaupt keinen Text hatte.

Das Hauptproblem jedoch waren die Zwillingsbrüder, die sich ja zum Verwechseln ähnlich sehen mußten.

Sie schlugen sich lange mit dieser Frage herum, bis schließlich Colombina eine der Kisten vom Karren herunterzerrte und vor die versammelte Mannschaft schleppte. Sie hob den Deckel hoch, und darunter kamen die venezianischen Karnevalsmasken und -kostüme zum Vorschein, die sie neben vielen anderen Dingen aus dem Lagerhaus in Bologna mitgenommen hatten.

»Tristano hat nicht gewußt, was in diesen Kisten war, als er uns befahl, sie mitzunehmen. Aber jetzt könnten sie uns nützlich sein, nicht wahr?«

Impulsiv gab Arlecchino ihr einen Kuß auf die Wange. »Perfekt!« rief er begeistert. »Zwei gleich aussehende Masken, und wir haben Zwillinge, die sich so ähnlich sind wie ein Ei dem anderen. Außerdem können wir uns hinter diesen Masken vor jedem Spitzel verstecken, der vielleicht im Publikum sitzt und nach uns Ausschau hält.«

Die Halbmasken, die sie für Tristano und den Dottore auswählten, waren von blasser Farbe und mit Schnurrbärten versehen, insgesamt nicht sonderlich attraktiv. Tristano protestierte lauthals, schließlich jedoch unterwarf er sich dem Entscheid der Truppe, die an der Maske nichts auszusetzen fand, und der Überredungskunst Ruffianas.

Die Halbmasken, die für Arlecchino und Scapino bestimmt wurden, waren schwarz, ließen an maurische Herkunft denken und den gestürzten Herzog von Mailand, und hatten übertrieben scharf gekrümmte Hakennasen. Der Capitano als Herrscher der Stadt durfte seine Maske selbst aussuchen, ließ sie aber vor seinem Auftritt in dem Stück niemanden sehen.

Die Frauen wollten keine Masken tragen, und da man meinte, sie würden ihrer natürlichen Attraktivität wegen wahrscheinlich sowieso besser auf die Zuschauer wirken, ersparte man ihnen die Masken.

Am Abend vor dem Tag der Aufführung gingen alle ihre Rollen noch einmal durch. Am nächsten Tag hatten sie keine Zeit mehr zu proben, da Arlecchino sie alle in die Stadt schickte, damit sie mit Kostproben ihrer Kunst – Jonglieren, Akrobatik und Tanz – die Leute am Nachmittag ins Amphitheater lockten. Die kurze Probe am Vorabend erwies sich als einigermaßen verwirrend, da diejenigen unter den Schauspielern, die nicht lesen konnten und daher improvisieren mußten, bei jeder Wiederholung ihrer Szenen neue Texte produzierten.

Arlecchino war etwas entmutigt, als nur eine Handvoll Bauern, Handwerker, Mägde und Kinder in dem alten römischen Theater auftauchten.

»Was hast du denn erwartet?« fragte Colombina. »Diese Leute arbeiten. Die können nicht einfach ihre Arbeit niederlegen, um herzukommen und einer Komödiantentruppe beim Spiel zuzusehen.«

Unter den wenigen Zuschauern bemerkte Arlecchino auch ein paar Mönche, einige im Braun der Franziskaner, andere im Weiß der Dominikaner. Das beunruhigte ihn ein wenig, da er aus bitterer Erfahrung wußte, daß das, was die einen guthießen, die anderen verdammen mußten.

Vornehme Leute ließen sich keine blicken, was ihn nicht wunderte. Die adligen Herrschaften nahmen natürlich an, daß die Komödianten, wenn sie ihr Handwerk wirklich verstanden, sich zunächst in ihren Palazzi präsentieren würden, um sich ihr Wohlwollen und – so war zu hoffen – ihre finanzielle Unterstützung zu sichern. Die Tatsache, daß sie für das einfache Volk spielten, stempelte sie zu Komödianten für den Plebs, die die Aufmerksamkeit der Aristokratie nicht wert waren.

Dennoch – das Spiel begann pünktlich.

In seinem farbenfrohen Umhang aus bunten Flicken und Lumpen, den albernen Schnabelhut auf dem Kopf, trat Arlecchino mit einer Laute heraus und sang ein Einführungslied, in dem er Plautus, dem Autor, für die Anregung dankte und den lateinischen Titel des Stücks nannte, mit dem die Leute allerdings, wie man im allgemeinen Getuschel merkte, nicht viel anfangen konnten. Also kündete er es unter dem Namen ›Die Zwillingsbrüder‹ an.

Danach erläuterte er kurz, was sich vor Handlungsbeginn zugetragen hatte, daß nämlich zweimal zwei Zwillingsbrüder kurz nach ihrer Geburt voneinander getrennt und in verschiedenen, einander feindlich gesinnten Städten großgezogen worden waren. Dann verschwand er, um Tristano den Platz freizumachen, der ihn aber sogleich unter dem Namen Asclepius wieder auf den Spielplatz rief, was bei den Zuschauern einige Verwirrung auslöste. Rasch jedoch stellten sich Tristano und Arlecchino dem Publikum als Herr und Diener vor, die sich gerade in Bergamo befanden.

Die Zuschauer saßen wie versteinert. Drei begannen zu essen und ein oder zwei redeten ganz ungeniert mit ihren Nachbarn. »Was ist denn das für ein Zunftspiel? Welcher von denen ist Gott?«

Auf der Bühne sandte Tristano Arlecchino aus, ihm ein Sklavenmädchen zu kaufen, und dann gingen beide auf der einen Seite ab, während auf der anderen Seite der Dottore und Scapino auftraten. Das Publikum verwechselte sie augenblicklich mit Arlecchino und Tristano, und es dauerte eine Weile, ehe es dem Dottore gelang, den Leuten klarzumachen, daß er der andere Zwillingsbruder war und in Rimini lebte.

Danach befahl der Dottore Scapino, den Geldverleiher aufzusuchen, die Schuld zu begleichen, die noch offen war, und danach das Abendessen für seinen Herrn vorzubereiten. Des langen und breiten erklärte er Scapino, was er wollte: »Frisches Obst, drei gebratene Täubchen und ein ganzes Rad einheimischen Käse, der stinkt wie die Pest, aber köstlich schmeckt.«

Scapino nickte und ging von der Bühne ab, als Arlecchino in gleicher Maske von der anderen Seite her auftrat.

Im Publikum wurde zum ersten Mal gelacht, ein paar Leute wenigstens schienen jetzt begriffen zu haben, daß sie den anderen Diener sahen und nicht eine Demonstration der wunderbaren Fähigkeit, an zwei Orten gleichzeitig zu sein.

Verblüfft über das plötzliche Wiederauftauchen seines vermeintlichen Dieners begann Dormio von Rimini die Inquisition.

»Sind die Früchte frisch?« fragte er.

Arlecchino machte ein verdattertes Gesicht, kratzte sich am Kinn unter seiner Halbmaske, tat so, als hätte er eine plötzliche Erleuchtung und antwortete: »Die Früchte? Die Früchte! O ja, Herr.« Mit lüsternem Grinsen versicherte er: »Die Früchte sind taufrisch. Schön und saftig.« Er gab dem Dottore einen Puff. »Gerade sechzehn Jahre alt.«

Der Dottore riß Arlecchino den Schnabelhut herunter und schlug ihn ihm um die Ohren. »Frisch? Mit sechzehn Jahren? Das ist kein saftiges Obst, das ist verfaultes Obst!« Wieder schlug er ihm den Hut ins Gesicht. »Wieso bringst du mir so uraltes Zeug, Holzkopf?«

Arlecchino tat völlig verwirrt. »Uralt? Mit sechzehn?« Er wandte sich dem Publikum zu und tippte sich an die Stirn, was die Leute wieder zum Lachen brachte. »Wären fünfzehn Jahre mehr nach Eurem Geschmack?«

Wieder riß der Dottore Arlecchino den Hut vom Kopf und schlug ihn damit. »Fünfzehn Jahre? Machst du dich über mich lustig, Schurke? Fünfzehn?«

Arlecchino begann zu jammern. »Zwölf Jahre, Signore? Zehn? Aber doch gewiß nicht unter neun!«

Der Dottore begann zu schimpfen. »Ich möchte etwas Frisches, Ausgesuchtes, du Schwachkopf!«

Arlecchino stöhnte. »Ich hab' sie doch ausgesucht!«

Wieder schlug der Dottore ihn. »Aber du solltest sie nicht aussuchen, du Arsch mit Ohren. Bring mir eine Auswahl, und ich werde selbst aussuchen, was ich essen möchte.«

Arlecchino nickte benommen. »Essen?«

»Ja, essen, du Schafskopf!«

Dann die Erleuchtung. »Ah, natürlich!« Arlecchino lachte anzüglich. »Jetzt versteh ich!« Er lief nach vorn zur ersten Reihe und flüsterte ins Publikum: »Der hat allerhand vor, was?«

Die Zuschauer lachten mit ihm, ein paar schrien Obszönitäten, die neues Gelächter auslösten, und aus dem Augenwinkel sah Arlecchino, daß in den oberen Reihen des Theaters weitere Zuschauer Platz nahmen, angelockt offenbar vom Lärm und ihrer eigenen Neugier.

Der Dottore zerrte Arlecchino wieder zur Bühnenmitte. »Jetzt das Fleisch. Es ist prall, hoffe ich?«

Arlecchino machte ein verdutztes Gesicht. »O nein, Signore. Ich dachte, Ihr hättet eher eine Vorliebe für das Schlanke und Ranke.«

Der Dottore haute ihm eine runter. »Prall, hab' ich gesagt! Ich möchte etwas, das so richtig gut in der Hand liegt. Etwas zum Anbeißen.«

Arlecchino grinste lasziv. »Aber ja, Herr, daran fehlt's nicht. Da gibt's eine Menge zum Grapschen und Anbeißen.«

»Und natürlich sind es drei?«

Die Zuschauer grölten, noch bevor Arlecchino antwortete: »Gleich drei?«

Der Dottore packte ihn grob bei seinem Umhang. »Habe ich denn nicht drei bestellt, du Idiot?«

Arlecchino wand sich winselnd. »Ich dachte, die gibt es immer nur paarweise!« Dann fügte er hastig hinzu: »Ich könnte eine besorgen, die ganz normal zwei hat, und dann ist da noch so eine arme Seele, der eine versehentlich mit der Sichel abgemäht worden ist. Soll ich diese zwei herbringen – die zusammen drei ergeben?«

Der Dottore packte ihn und fing an, ihn zu schütteln. Arlecchino entwand sich ihm, und während er ein paar Räder schlug, sah er, daß neue Leute ins Theater kamen und sich setzten. »Nicht zwei!« donnerte der Dottore. »Drei! Drei hab' ich gesagt!«

Arlecchino lag jetzt auf den Knien und heulte. »Ja, Herr. Natürlich, Herr.«

»Und was den Rest angeht –« fuhr der Dottore fort.

»Den – den Rest?« Arlecchino begann mit flehend erhobenen Armen auf den Knien umherzurutschen.

Der Dottore beugte sich über den unglücklichen Diener. »Er stinkt doch hoffentlich?«

Arlecchino zog sich am Dottore hoch, bis er wieder auf den Füßen stand. »Aber nein, Herr! Überhaupt nicht! Ich würde mir nicht einfallen lassen, Euch eine zu bringen, die stinkt!«

Der Dottore versetzte ihm einen zornigen Puff. »Schwachkopf! Der Gestank ist das wichtigste! Der Gestank beweist die Reife und den Milchgehalt.«

»Ich hatte ja keine Ahnung!« jammerte Arlecchino laut. Der Dottore sah ihn streng an. »Hab' ich dir das nicht vorher erklärt?«

»Nicht ganz so deutlich.«

»Dann geh jetzt wieder hin und hol genau das, was ich bestellt habe!« schrie der Dottore. »Wiederhole meine Anweisungen, damit ich weiß, daß du sie begriffen hast.«

Arlecchino leierte hastig herunter: »Blutjung, aber mit drei statt zwei, und sie muß stinken.«

Der Dottore strahlte und schlug ihm beifällig auf den Rücken. »Ausgezeichnet. So ist es richtig. Jetzt geh!«

Arlecchino galoppierte wieder bis zur ersten Sitzreihe und flüsterte laut: »Der ist ja völlig außer Rand und Band.«

Aber da waren die Zuschauer selbst schon ein wenig außer Rand und Band geraten, und ihr Gelächter war bis zur Piazza Grande hinauf zu hören, auf die der Schwarzbärtige und drei Söldner gerade einritten.

Gegen Ende des zweiten Akts war die Zuschauerzahl unverkennbar gewachsen. Hier und dort sah man Zunftleute und Händlerinnen. Einige Lehrlinge hatten sich heimlich von der

Arbeit davongestohlen, um zu sehen, was da im Amphitheater vorging. Bauern aus der Umgebung, die ihre Erzeugnisse zum Markt gefahren hatten, hielten an, um zuzusehen.

Das Gelächter der Zuschauer hielt auch in der Szene an, in der Scapino Tristano, der eine junge Sklavin erwartete, erklärte, er habe ›junge, knusprige Vögelchen‹ besorgt, ›mit Trauben und geschnittenem Brot gefüllt, heiß und saftig‹.

Danach sagte er noch: »... und eines der stinkendsten Stücke, die ich finden konnte.«

Die Prügelszenen mit Scapino waren spektakulärer, weil er bei jedem Hieb, den er erhielt, ein paar Räder schlug und dann zusammenklappte, ein einziges Häufchen Elend, dem man sämtliche Knochen gebrochen zu haben schien.

Danach jedoch wurde das Gelächter immer dünner, und Arlecchino begann schon zu überlegen, was man ändern könnte.

Bis der Capitano auftrat.

Er hatte sich ein Kissen unter seinen Kittel gestopft und trug eine Halbmaske mit einer riesigen Brille und einem dichten, gezwirbelten schwarzen Schnauzbart. Sein Umhang war ihm viel zu groß, und sein Schwert steckte in einem unendlich langen Rohr, das ihm an der Seite herabhing und gelegentlich zwischen die Beine geriet, wo es an einen überdimensionalen erigierten Penis erinnerte. Ständig stolperte er über seine eigenen Füße, den langen Umhang und das kleinste Steinchen auf dem Spielplatz.

Die Zuschauer brüllten vor Gelächter.

Dreimal bückte er sich, um irgend etwas aufzuheben, und fuhr dabei Isabella oder Colombina mit dem Schwert unter die Röcke und zwischen die Beine, worauf die beiden so taten, als schlügen sie ihn auf den Kopf, und er feige winselte.

Die Zuschauer grölten und pfiffen und schrien dazwischen.

Ganz oben, in der letzten Sitzreihe, erschienen der Schwarzbärtige und seine drei Spießgesellen, recht elegant gekleidet, jedoch ohne sichtbares Wappen, und sahen dem Spiel zu.

Der Capitano begann nun, obwohl er eigentlich gar keinen

Text hatte, sich über Ruhm und Herrlichkeit des Krieges auszulassen; er gab dabei dem schwülstigen Italienisch, in dem er seine Rede hielt, einen grotesken französischen Akzent. Als er in einer langatmigen Lobeshymne den Genuß von Schnecken und Froschschenkeln pries, begann die Menge zu pfeifen, dazwischenzurufen, mit den Füßen zu stampfen. Und, was noch besser war, es regnete kleine Münzen auf den aufgeplusterten Soldaten, der da auf dem Spielplatz herumstolzierte.

Arlecchino, der hinter einer Säule stand und alles verfolgte, war entzückt und verblüfft zugleich. »Er hat bei diesen Leuten genau den richtigen Punkt getroffen«, flüsterte er dem Dottore aufgeregt zu. »Sie haben hier so viele Eroberer erlebt, so sehr unter den Soldaten gelitten, daß sie es herrlich finden, wenn man sich über sie lustig macht. Und der Capitano greift auf seine eigene Erfahrung zurück, wenn er die eingebildeten, überheblichen Offiziere und Befehlshaber parodiert, unter denen er dienen mußte.« Er unterbrach sich und fixierte den Dottore. »Ist dir klar, was wir hier vor uns haben?«

Der Dottore schnitt eine Grimasse, während er zusah, wie die Geldstücke klirrend auf die Steinplatten zu Füßen des Capitano schlugen. »O ja«, flüsterte er trocken. »Einen Schauspieler.«

»Das ist das Mädchen, Poli«, flüsterte oben in der letzten Sitzreihe des Amphitheaters der Schwarzbärtige einem seiner Begleiter zu. Poli griff sofort an das Heft seines Dolches, aber der andere hielt ihn zurück. »Wir sind Venezianer in einer Hochburg der Florentiner, du Idiot. Hier können wir nichts ausrichten. Wenn wir hier Ärger machen, knüpft man uns am nächsten Baum auf.«

»Was sollen wir dann tun?« fragte Poli.

»Du reitest zu unserem Mann in Montevarchi und meldest, daß wir das Mädchen gefunden haben«, antwortete der Schwarzbärtige. »Wir anderen werden sie im Auge behalten – und abwarten.«

Poli stand auf und begab sich zu den Pferden, die sie mitten in der Stadt am eisernen Ring in einer Mauer festgemacht hatten. Er war so beschäftigt damit, es loszubinden, daß er vermutlich erst merkte, daß er nicht allein war, als der dünne Draht in seinen Hals schnitt und er zu Boden stürzte. Der Unsichtbare hob den Toten auf und warf ihn über den Sattel des Pferdes, das er dann an der Kirche Santa Maria della Pieve vorbei über die Piazza Grande aus der Stadt führte.

Nach der Vorstellung zählten Colombina und Ruffiana das Geld, das die Truppe eingenommen hatte. Ruffiana war Expertin darin, festzustellen, welche Münzen echt waren und welche nicht, und Colombina konnte am besten beurteilen, was für Waren mit dem Gewinn gekauft werden sollten und konnten. Die Anzahl der Münzen war beschränkt durch die Armut der Leute, und die meisten Geldstücke waren von geringem Wert, aber zusammen mit einem Floren aus der Börse, die Kardinal della Rovere gestiftet hatte, war genug Geld da, um den Dottore zum Einkaufen zu schicken. Der Capitano, Pantalone, Tristano und Scapino waren unmittelbar nach der Vorstellung verschwunden; und Arlecchino und Isabella vertieften sich in eine lebhafte Analyse der Darbietung, während Colombina und Ruffiana damit beschäftigt waren, aus dem schäbigen Rest ihrer Vorräte ein Abendessen zu zaubern.

Der Dottore nahm die Gelegenheit wahr, eine Weile allein über die Plätze und durch die Straßen der Stadt zu wandern. Langsam stieg er zu der alten Kirche San Francesco hinauf, wo etwas – niemals konnte er später erklären, was genau es gewesen war – ihn festhielt und ins Innere hineinzog.

Das Schiff der Kirche war riesengroß, durch einen einzigen Mittelgang geteilt, mit einer himmelhohen Decke. Obwohl es von herabhängenden Öllampen und Kerzen erleuchtet war, verdunkelten Schatten die Ecken und Nischen des alten, kalten Bauwerks. Vor einer großen Statue der Madonna kniete betend eine Frau.

Er ging ein paar Schritte weiter in die Kirche hinein, in der es schwach nach Weihrauch duftete. Noch während er den Duft einatmete, wandte er sich zum Chor, und da sah er etwas, das ihm in seiner gewaltigen Größe und Leuchtkraft, selbst im düsteren Kerzenlicht, den Atem raubte.

Es waren riesige Fresken aus der Legende über den Verlust und die endliche Wiederauffindung des Heiligen Kreuzes. Die Bilderfolge begann mit einer Darstellung von Adams Tod, aus dessen Grab der Baum emporgewachsen war, der später das Holz für das Heilige Kreuz liefern sollte. Szene folgte auf Szene in diesem gewaltigen Werk, und die Ereignisse reihten sich fließend aneinander.

Doch das, was ihn am meisten überraschte und entzückte, waren die lichterfüllte Atmosphäre und die Klarheit der Farben. Nirgends auf dem Fresko gab es einen Schatten, fast so, als sei das ganze Werk in einem einzigen strahlenden Augenblick in der Mitte des Tages entstanden. Die Farben waren so rein und frisch, als wären sie erst an diesem Nachmittag aufgetragen worden.

»Gefällt es Euch?« fragte plötzlich eine leise Stimme hinter ihm, und der Dottore drehte sich um. Ein hochgewachsener, weißbärtiger Mann trat aus dem Schatten.

»Ja«, antwortete der Dottore leise. »Es gefällt mir sehr.«

»Ich habe es gemalt«, sagte der Mann ruhig, ohne Stolz oder Entschuldigung. »Vor langer Zeit.«

»Es ist herrlich.«

»Und es leuchtet, nicht wahr?« sagte der alte Mann.

»Ja.« Der Dottore nickte. »Wie Ihr sehen könnt –«

»Ich kann nicht sehen«, fiel ihm der Alte ins Wort. »Darum frage ich. Darum komme ich ab und zu hierher und warte, bis ich Schritte höre und dann die plötzliche Stille, die mir sagt, daß jemand vor dem Gemälde stehengeblieben ist. Dann frage ich wie jetzt: Leuchtet es?«

Der Dottore musterte das Gesicht mit der stark gebogenen Nase und den dichten weißen Brauen, die die blinden Augen beschatteten. Der Mann hielt sich trotz seines Alters kerzengerade.

»Die Farben sind so leuchtend und klar, wie Ihr sie gemalt habt«, bestätigte der Dottore.

»Gut. Gut.« Der Maler seufzte. »In Wirklichkeit komme ich wahrscheinlich hierher, um mich zu vergewissern, daß das Fresko noch hier ist, daß sie nicht versucht haben, es zu entfernen oder zu entstellen.«

»Sie?« fragte der Dottore.

»Die, die den Schatten lieben«, murmelte der Maler. Er schwieg einen Moment, dann sagte er entschuldigend: »Verzeiht, ich habe mich nicht vorgestellt. Man nennt mich Piero – Piero della Francesca!«

Della Francesca! Der Dottore erinnerte sich, andere Werke in diesen leuchtenden, klaren Farben im Vatikan gesehen zu haben, als Verrocchio vier seiner Lehrlinge nach Rom mitgenommen hatte, um mit ihnen die Freskenmalerei und die Architektur zu studieren. Aber ehe er etwas sagen konnte, nahm ihn della Francesca fest beim Arm und sagte: »Kommt, geht ein Stück mit mir spazieren.«

Sie traten hinaus in das kalte Zwielicht, und der alte Künstler zog seinen Umhang fester um sich. Der Dottore spürte die Kälte in den Beinen, aber sobald sie zur Piazza Grande hinaufzusteigen begannen, erwärmte sich das Blut. Die Straßen waren leer bis auf einzelne bewaffnete Soldaten, die sie neugierig und mißtrauisch beäugten, aber keinen Versuch machten, sie aufzuhalten.

»Mein Zuhause ist in Sansepolcro, nicht weit von hier.« Della Francesca sprach mit einer überraschend tiefen, volltönenden Stimme. »Morgen werde ich nach Hause gehen. Höher in die Berge ...«

Danach schwiegen sie lange Zeit. Der Dottore hätte gerne etwas gesprochen, aber kein Wort wollte ihm über die Lippen, und das überraschte ihn. Schließlich jedoch berichtete er dem Künstler von seiner Lehrzeit, seinen Jahren bei Leonardo da Vinci, dem Schmerz darüber, daß ihm das ›Geheimnis‹ nicht anvertraut worden war.

Della Francesca lachte. »Soll ich Euch sagen, worin das Geheimnis besteht, ein Kunstwerk herzustellen?«

Dem Dottore stockte der Atem. Sollte er endlich in die geheime Gesellschaft Leonardos und Gentiles aufgenommen werden?

»Ihr sagtet«, fuhr der Alte fort, »Ihr habt einmal geglaubt, das Geheimnis sei das Licht, und habt dann eine junge Ziegenhirtin im Zwielicht gemalt, aber Ihr wart dennoch nicht zufrieden. Beschreibt mir das Mädchen.«

Der Dottore gab sogleich eine ausführliche Beschreibung seines ehemaligen Modells. Dunkles Haar, schulterlang.

Dunkelbraune Augen, fein geschwungene Lippen, Beine, runde Brüste ...

Della Francesca hörte aufmerksam zu, dann sagte er: »Das ist alles sehr schön. Aber beschreibt mir das Mädchen.«

»Das hab' ich doch eben getan«, antwortete der Dottore.

»Nein, das habt Ihr nicht getan«, sagte der Maler unwirsch. »Ihr habt mir das Aussehen des Mädchens beschrieben, das ist das gleiche, als würdet Ihr sagen, daß della Francesca ein großgewachsener, alter Mann mit einem weißen Bart ist. Ich bin nicht das, was Ihr *seht*. Was man sieht, ist eine Lüge oder, bestenfalls, eine Künstlichkeit. Wenn Ihr der Ziegenhirtin Euer Bild zeigen würdet – oder besser noch, ihr Bild in einem Spiegel – und wenn Ihr sie dann fragen würdet: ›Bist du das?‹, so würde sie höchstwahrscheinlich nein sagen – oder lügen.«

Er blieb stehen und packte den Dottore beim Arm. »Ehe man einen Gegenstand malt, muß man den Gegenstand *kennen*. Und das hat mit dem, was man sieht, wenig zu tun. Merkt Euch das. Hier spricht ein Blinder.« Della Francesca hustete. »Aber ich sehe jetzt mit tieferem Blick, als mir sehenden Auges je vergönnt war. Wenn ich jetzt noch die Schattierungen und Töne meiner Farben bestimmen könnte, ich könnte immer noch die Wahrheit malen. Das ist das Geheimnis der Kunst, mein Freund: Man braucht nur die Wahrheit zu zeigen.«

»Aber was für den einen wahr ist, ist vielleicht für den anderen nicht wahr.«

Wieder blieb della Francesca stehen. »Dann ist es für keinen von uns wahr. Große Kunst ist zeitlos, weil die Wahrheit ewig ist.«

Wieder schritten sie eine ganze Weile schweigend nebeneinander her. Als sie die Piazza Grande erreichten, blieben sie im Licht der Fackeln vor dem Palazzetto stehen.

»Hört mir zu«, sagte della Francesca. »Wenn Ihr ein Künstler werden wollt, so arbeitet mit der Wahrheit. Legt sie zu Euren Farben auf Eure Palette und taucht vor jedem Strich Euren Pinsel in sie ein. Und richtet das Licht auf die Korrupten, die Bösartigen, die Falschen. Richtet das Licht auf sie.«

Der Dottore nickte und streckte die Arme aus, wollte mit beiden Händen die Hand des alten Mannes umfassen, um ihm zu danken. Aber da war niemand. Nur in seinem Kopf hörte er leise verklingend immer noch die Worte: »Richtet das Licht auf sie! Sie können das Licht nicht ertragen!«

Das Stück ›Die Zwillingsbrüder‹ erfreute sich solcher Beliebtheit, daß die Truppe zwei Wochen in Arezzo blieb. Eines frühen Morgens dann, als das erste Licht den Himmel über den Bergen erleuchtete, brach die Truppe auf und zog noch tiefer in den Apennin hinein.

Und als die Sonne höher stieg, ihrem Zenit entgegen, brachen drei bewaffnete Reiter auf, um ihnen zu folgen.

Cortona

*Die Truppe denkt sich ein eigenes Stück aus * Der Schwarzbärtige begegnet einem Engel*

Cortona liegt auf halbem Weg zwischen Arezzo und Perugia, nicht weit vom Trasimenischen See in der Nähe der umbrischen Grenze, auf einem Hügel. Die Stadt war schon zur Zeit Hannibals alt. Die gewaltigen Grundsteine der Stadtmauer waren von den Etruskern gehauen worden; und die Straße, die in die Stadt führte, lag abseits der Hauptverkehrswege.

Für das Pferd und die Esel, die den Karren und den Wagen zogen, war es fast unmöglich, den steilen Anstieg nach Cortona zu bewältigen. Die ganze Truppe stieg aus und ging zu Fuß, und an einem besonders schwierigen Stück erlaubte der Capitano sogar, daß man Zephyr mit ›Tod‹ und ›Zerstörung‹ zusammenspannte.

Die Leute von Cortona, deren Leben sich abseits vom Strom der Zeit abspielte, waren überrascht und begeistert über das Eintreffen der Truppe, und besonders die Kinder wußten sich vor Entzücken kaum zu fassen. In höchster Aufregung tanzten sie unter Schreien und Lachen neben dem Zug her, der durch die engen Gassen aufwärts keuchte, um schließlich auf einem schönen, dreieckigen Platz haltzumachen, direkt vor der Kirche des heiligen Christophorus, der, wie Arlecchino bemerkte, der Heilige der Reisenden sei.

»Und der Aussätzigen«, fügte Isabella hinzu.

Rasch stellten sie die Wagen ab und setzten sich dann zusammen, um ihre nächste Aufführung zu besprechen.

»Ich bin zu dem Schluß gekommen, daß die größte Schwäche der Aufführung in Arezzo das Alter des Stücks war«, sagte Arlecchino. »Was wissen die Leute aus Arezzo – oder auch aus Cortona – über das alte Rom? Was interessiert es sie? Wir sind ein Theater für das Volk, wir sprechen italienisch, laßt uns also etwas spielen, das den Leuten vertraut ist.«

Der Dottore, der mit einem merkwürdig aussehenden hölzernen Paddel, das er als eine *batte* bezeichnete, beim Wagen stand, sagte: »Die Armut?«

»Die Liebe«, meinte Colombina.

»Ehebruch«, rief Ruffiana lachend.

»Was?« fragte der Dottore.

»Ehebruch«, wiederholte Ruffiana. »Glaub's mir. Stell dich in jedem beliebigen Ort oder Dorf auf der Welt an den Gemeindebrunnen. Worüber zerreißen sich die Leute die Mäuler? Über Ehebruch. Wer mit wessen Frau oder Mann schläft. Das ist den Leuten vertraut.«

»Ich protestiere!« schimpfte der Dottore. »Ob vertraut oder nicht, Ehebruch ist für das Theater kein angemessenes Thema. Ich meine, wer findet einen Ehebruch schon lustig?«

»Den Ehebruch vielleicht nicht«, entgegnete Ruffiana. »Aber den Ehebrecher! Hast du noch nie einen Mann beobachtet, der von der Lust besessen ist?« Sie sah Pantalone lächelnd an. »Da habt ihr eine wahrhaft lächerliche Figur! Redliche Männer werden zu Dieben und Betrügern. Geistliche werden zu Satyrn. Geizhälse verschwenden kopflos ihren Reichtum. Kluge Männer benehmen sich wie Schafsköpfe.«

Arlecchino lachte. »Da hast du vielleicht das Richtige getroffen. Jeder mit einer fixen Idee läuft Gefahr, sich lächerlich zu machen, ob er nun von fleischlicher Begierde oder Geiz oder – ja, auch der Frömmigkeit besessen ist.«

Der Dottore war immer noch nicht überzeugt. »Aber Ehebruch ist eine Sünde. Das ist doch der Kernpunkt. Ich finde, wenn man eine solche Sache in einer Komödie auf die leichte Schulter nimmt, so verharmlost man das Verbrechen. Aus der Sünde wird dann nur ein kleiner Fehltritt.«

Arlecchino nickte. »Vielleicht. Aber all die lobenswerten Anstrengungen der Kirche, den Menschen Ehebruch und Geldgier zu verleiden, scheinen über die Jahrhunderte kaum Erfolg gehabt zu haben. Vielleicht wird der Spott da bessere Ergebnisse erzielen.«

Der Dottore schüttelte den Kopf. »Die Erfahrung habe ich nicht gemacht.«

»Welche?« fragte Ruffiana. »Spott oder Ehebruch?«

Die Truppe lachte über den Ärger des Dottore, und Arlecchino brauchte eine Weile, um sie wieder zum Schweigen zu bringen.

»Ich finde Ruffianas Vorschlag nicht schlecht«, sagte er. »Warum nicht eine Geschichte, in der Pantalone mit einer Frau verheiratet ist, die er vernachlässigt und schlecht behandelt und die darum eine Liebesgeschichte mit – Scapino anfängt. Komisch wird das Ganze natürlich nur, wenn die Verführung direkt unter der Nase des Ehemannes stattfindet. Die Zuschauer müssen ihn für so dumm halten, daß sie über ihn lachen können.«

»Und daß einer den anderen anstoßen und sagen kann: ›He, genau wie der alte Giovanni!‹«, warf Colombina lachend ein.

»Außerdem muß der Ehemann selbst mindestens ebenfalls mit dem Gedanken spielen, seine Frau zu betrügen, damit wir die Untreue der Frau entschuldigen können«, schlug Pantalone vor.

»Ausgezeichnet!« rief Arlecchino. »Dann können wir ihm gleich zweimal Hörner aufsetzen lassen: einmal von seiner Frau und einmal von seiner Geliebten.«

»Er muß so eitel sein«, fuhr Pantalone fort, »daß er von beiden Frauen mit Leichtigkeit hinters Licht geführt werden kann und wir erkennen, daß seine Dummheit auf einen Mangel an Weisheit und Tugend zurückzuführen ist und nicht auf einen Mangel an Klugheit.«

Eifrig bemächtigte sich die Truppe der dünnen Fäden, um aus ihnen eine Geschichte und dann ein Theaterstück mit durchdachten Auftritten und Abgängen zu weben. Sie tauschten Bemerkungen und lobende Worte über gewisse Einfälle, die in Arezzo zum Vorschein gekommen waren, und beschlossen, daß diese *lazzi* – kleine komische Einlagen – allein Eigentum ihrer Erfinder bleiben sollten, um von ihnen jederzeit ins Spiel gebracht zu werden, wenn das Gelächter der Zuschauer dünn würde oder die Stimmung allzu ernst.

»Es hat begonnen«, flüsterte Arlecchino Colombina zu, als er sah, mit welcher Begeisterung seine Freunde die Sache anpackten.

»Und wie soll es enden?« flüsterte sie zurück.

In der Taverne hinter der Piazza del Mercato trank der Schwarzbärtige seinen Wein aus, wischte sich den Mund mit dem Hemdsärmel und sah sich in dem überfüllten Schankraum um. Wo zum Teufel bleiben diese Idioten? fragte er sich. Ich habe nichts weiter von ihnen verlangt, als daß sie nach den Pferden sehen, und sie sind schon eine Viertelstunde weg.

»Sie sind tot.«

Das Messer, das scheinbar aus dem Nichts kam, zwischen zwei gespreizten Fingern seiner rechten Hand heruntersauste und sich in die Tischplatte bohrte, schreckte ihn aus seinen Gedanken. Dem Messer wuchs eine Hand, die Hand verlängerte sich zu einem schwarzgekleideten Arm, und Angelo setzte sich dem Mörder Sebastianos gegenüber an den Tisch.

Erschrocken zog der Schwarzbärtige seine Hand weg und starrte den bulligen Söldner mit dem Leberfleck an.

»Sie sind tot«, wiederholte der Hüne. »Alle.«

Hastig wollte der Schwarzbärtige zu seinem eigenen Dolch greifen, doch da riß Angelo schon seine Klinge aus dem Tisch und drückte sie dem Schwarzbärtigen an die Kehle.

»Wer – wer seid Ihr?« flüsterte der Mann.

»Ein Engel«, antwortete Angelo. »Der Heilige beschützt. Und wenn du mir nicht genau zuhörst, damit du begreifst, was ich dir sage, werde ich dein Todesengel sein. Verstanden?«

Der Schwarzbärtige nickte sehr vorsichtig, aus Angst, versehentlich sein Kinn in die Dolchspitze zu stoßen.

»Gut«, brummte Angelo. »Der Söldner, den du von Arezzo aus losgeschickt hast, hat die Stadt niemals verlassen. Er liegt neben einer kleinen Kapelle an der Straße außerhalb der Stadt begraben. Deine beiden anderen Begleiter schlafen in den Ställen nebenan den ewigen Schlaf, und du wirst ihnen folgen, wenn du nicht genau tust, was ich dir befehle. Hast du auch das verstanden?«

Der Schwarzbärtige schluckte krampfhaft und nickte wieder.

»Du wirst jetzt zu deinen Auftraggebern zurückkehren

und ihnen melden, daß du die Spur der Flüchtigen verloren hast. Irgendwo sind sie in diesen Bergen einfach verschwunden – genau wie deine Begleiter. Du allein hast überlebt, um Borgias Leuten die Nachricht zu überbringen.«

»Das – das kann ich nicht tun. Sie würden mich umbringen. Cesare würde mich töten lassen wie Pater Sebastiano.«

»Wenn du nicht tust, was ich sage, wartet hier der sichere Tod auf dich. Folgst du hingegen meinem Befehl, so wirst du vielleicht feststellen, daß du in Florenz Freunde hast, die dich schützen.«

»Freunde? Wen denn?«

Angelo zog plötzlich den Dolch vom Hals des Schwarzbärtigen und ritzte mit schneller Hand die Umrisse eines Baums in die Tischplatte. »Kennst du dieses Zeichen?« fragte er. Der Schwarzbärtige nickte. »Danach halte Ausschau.«

Angelo stand auf und steckte seinen Dolch ein. »Reite jetzt, so schnell du kannst. Überbring die Botschaft und mach dich dann nach deinen Freunden auf die Suche.« Er beugte sich so weit über den Tisch, daß ihre Nasen einander beinahe berührten. »Wenn ich deine häßliche Fratze noch einmal sehe, wird das dein Tod sein.«

Damit wandte er sich ab und verschwand. Einen Augenblick später beobachtete er draußen aus den Schatten des Palazzo, wie der Schwarzbärtige sich in den Sattel seines Wallachs schwang und aus der Stadt preschte.

»Jetzt schaut her«, befahl der Dottore. »Und horcht!« Damit schwang er seine *batte* und schlug sie Pantalone auf den Hintern. Es klang, als hätte er dem Jungen sämtliche Knochen gebrochen.

»Gott sei uns gnädig!« murmelte Arlecchino.

»Hat es weh getan?« fragte der Dottore Pantalone.

»Es war nicht schlimmer als ein Tritt von einem wilden Pferd«, antwortete der Junge.

»Er lügt«, behauptete der Dottore und lächelte. »Es tut weit weniger weh als ein Schlag mit einer richtigen *batte,* und es knallt viel lauter als eine der Handkanonen des Capitano.«

Arlecchino nahm das Instrument an sich und untersuchte

es. Es bestand nur aus zwei schmalen Holzstreifen, die am Griff fest zusammengenommen waren, gleich unterhalb des Griffs jedoch von einem kleinen Holzkeil auseinandergedrückt wurden.

»Siehst du«, erklärte der Dottore, »wenn du damit jemandem einen Schlag gibst, knallt die eine Leiste laut gegen die andere. Du wirst sehen, dieser überraschende Knall wird alle begeistern und die Erheiterung erhöhen.«

Arlecchino lachte. »Deine Jahre bei Leonardo waren nicht vergeudet. Du bist ein echter Künstler.«

»Ich weiß«, stimmte der Dottore zu.

»Wie nennen wir dieses Ding?«

»Ich dachte – eine Narrenpritsche.«

»Sehr hübsch«, bemerkte Pantalone trocken. »Jetzt brauchst du nur noch etwas zu erfinden, um den Hintern gegen Schmerz unempfindlich zu machen.«

»Das haben wir schon.« Der Dottore grinste. »Es betäubt nicht nur den Hintern, sondern auch das Hirn. Und es heißt ›eine Stunde lang Pantalone zusehen‹.«

Der Junge riß Arlecchino die Pritsche aus der Hand und jagte den Dottore um den Wagen herum.

»Das gefällt mir.« Arlecchino lachte wieder. »Mach daraus einen deiner *lazzi.*«

Zur ersten Aufführung ›Die kluge Ehefrau‹ strömte ganz Cortona zusammen. Dicht an dicht drängten sich Männer, Frauen und Kinder in der warmen Frühlingsluft auf der Piazza und schufen so eine Atmosphäre zusätzlicher Wärme und Gemeinschaft. Kinder, die zu klein waren, um über die Köpfe der Erwachsenen hinwegzusehen, wurden ganz nach vorn gebracht, und direkt hinter ihnen saßen die Mütter und die vornehmeren Bürger der Stadt auf Kisten und Fässern und großen Steinen. Alle waren sie auf den Umzug hin gekommen, den die Mitglieder der Truppe jonglierend, tanzend, singend und spielend in der Stadt veranstaltet hatten.

Jetzt trat Arlecchino ganz vorn an den Rand der Bühne des Theaterwagens und begann Colombinas Laute zu schlagen. Er sang von Liebe und Ehe und davon, wie oft die letztere die erstere zerstört, was von den Zuschauern augenblicklich mit zustimmendem Gelächter quittiert wurde.

Er malte den Hintergrund aus, siedelte die Handlung in einer allen bekannten Straße in Cortona an, was die Zuschauer höchlichst erfreute. Er berichtete von der Liebesbeziehung zwischen Colombina und Scapino, beide aus Cortona, und davon, wie Pantalone – aus Florenz – Hörner aufgesetzt wurden.

Darüber freuten sich die Leute im Publikum ganz besonders.

Und dann stürzte Colombina auf die Bühne, kreischend und ihre Röcke bis zur Taille hochgeschlagen, von Scapino verfolgt. Nur im Hemd und mit nackten Beinen jagte er sie herum, bis er sie schließlich erwischte und auf eine Truhe preßte.

Hinter der Bühne hörte man schwere Schritte.

»Verdammt, mein Mann!« rief Colombina laut, und riß sich los. »Schnell!« zischte sie. »Du mußt dich verstecken.«

»Wo denn?« fragte Scapino. »Außerdem«, erklärte er, während er herumstolzierte wie ein Pfau und dabei seine Pritsche obszön zwischen seinen Beinen auf und ab schwenkte, »habe ich keine Angst vor deinem Mann. Der ist alt und schwach und –«

»– ein Meister mit dem Schwert«, jammerte Colombina.

»Na gut, ich verstecke mich«, willigte Scapino hastig ein.

Das ehebrecherische Paar begann nun auf der ganzen Bühne nach einem geeigneten Versteck zu suchen, während die Menge unten sich vor Lachen ausschütten wollte. »Steig doch in die Truhe!« schrie einer der Zuschauer.

Und tatsächlich versuchte Colombina verzweifelt, Scapino in die Truhe zu quetschen, in die er offensichtlich niemals hineinpassen würde. Schließlich zerrte sie ihn zu einem Hocker im Hintergrund der Bühne.

»Setz dich!« befahl sie.

»Aber meine Kleider!« wimmerte Scapino. »Ich bin ja fast nackt.«

»Wo hast du sie gelassen?«

»Draußen im Heu.«

Die Schritte wurden lauter.

»Wir holen sie später«, flüsterte sie. »Setz dich jetzt!« Und damit rammte sie den armen Kerl auf den Hocker hinunter, schlug ihre Röcke hinten hoch, setzte sich auf seinen Schoß, bedeckte beider Beine vorne mit ihren weiten Röcken und warf sich und ihm ein Tuch über den Kopf, das sie unter ihrem Kinn knotete. Plötzlich machte sie ein verdutztes Gesicht und hüpfte ein wenig in die Höhe. »Was ist los mit dir?« fuhr sie Scapino an. »Dafür haben wir jetzt keine Zeit.«

Unter dem Tuch hörte man Scapinos gedämpfte Stimme. »Ich kann nichts dagegen tun. Ich glaube, ich liebe dich.«

Sie verdrehte mit einem tiefen Seufzer die Augen, als die Schritte draußen noch lauter wurden, und murmelte: »Ja, schon gut, schon gut. Aber sei still!« Und wieder erhielt sie einen Stoß und wäre beinahe auf den Boden geschleudert worden. »So geht das nicht«, stöhnte sie. »Ich muß mich am Hockerrand festhalten, damit ich nicht herunterfalle.«

»In Ordnung«, antwortete Scapino gedämpft. »Halt du dich am Hockerrand fest, und ich schieb meine Arme unter deinen durch.« Seine bloßen Arme erschienen zu beiden Seiten Colombinas und vollführten gezierte Bewegungen in der Luft. Die Schritte klangen jetzt ungeheuer laut.

»Das ist ja Wahnsinn«, hauchte sie, und im selben Moment trat Pantalone ein, stolperte über seine eigenen Füße und stürzte in die Mitte der Bühne.

»Allmächtiger, ist das eine lange Treppe«, keuchte er, und die Zuschauer applaudierten lachend.

»Ohhh!« stöhnte Colombina, offensichtlich in höchster Verzückung.

»Oh, was?« fragte Pantalone und drehte sich nach ihr um.

»Oh!« ächzte sie wieder. »Wie schön – es ist – dich zu sehen.«

Er kratzte sich verwirrt am Kopf. »Ach was? Wieso bist du dann nicht auf den Beinen, um deinen Ehemann wie eine pflichtbewußte und respektvolle Frau zu begrüßen?«

Wieder erhielt Colombina einen Stoß, daß sie in die Höhe hüpfte. Verzweifelt klammerte sie sich an den Hocker, während Scapinos Hände sich an ihrem Gesicht und ihrem Hals verlustierten. »Ich bin – dein Anblick macht mich ganz schwach.« Sie seufzte.

Pantalone dachte einen Moment über diese Erklärung nach, dann wandte er sich den Zuschauern zu. »Ist das nun ein Kompliment?« fragte er eine junge Frau im Publikum. Er wirbelte plötzlich herum und ertappte Scapinos Hände dabei, wie sie Colombinas Busen liebkosten. »Was tust du da?«

Augenblicklich schnellten die Hände in die Höhe, richteten den Knoten des Tuchs unter Colombinas Kinn, glätteten die Röcke. »Ich wollte – ich habe dich nur bewundert«, antwortete Colombina.

»Mich bewundert?« Pantalone runzelte die Stirn. »Was hast du denn bewundert? Meinen Hinterkopf vielleicht?«

Wieder hüpfte Colombina in die Höhe und kreischte: »Ja!«

»Was?« fragte Pantalone verdutzt.

»Du hast – einen – prächtigen – Kopf – von hinten. Einen wahrhaft wunderbaren – verführerischen Kopf. Bitte – dreh dich um und laß ihn mich – noch einmal sehen.«

Völlig perplex sah Pantalone wieder zu den Zuschauern hinunter, die brüllten vor Lachen. Mit dem Rücken zu Colombina brummelte er: »Das ist ja lächerlich.« Und wieder glitten Scapinos Hände zu Colombinas Busen, und diese ließ unwillkürlich einen kleinen Schrei los. Augenblicklich fuhr Pantalone herum. »Ist was passiert?« fragte er.

»Beinah.«

»Was?« fuhr Pantalone, der die Geduld verlor, sie an.

»Nein, nein! Schon gut!« Sie lächelte. »Es ist nur – der Anblick deines Hinterkopfes ist so – so ...«

Wieder wandte sich Pantalone den Zuschauern zu und zuckte die Achseln. »Ich versteh das überhaupt nicht.«

»Dummkopf!« schrie jemand, und alle lachten.

»Florentiner!« erschallte eine andere Stimme, und die Zuschauer lachten noch lauter.

Pantalone drehte sich wieder zu Colombina um. »Mein Hinterkopf, sagst du?«

»Ich weiß, das klingt töricht«, gurrte Colombina, während Scapinos Hände ganz leicht ihren Busen, ihren Hals und ihre Schenkel liebkosten, »aber – ich hab' gehört – die Frauen auf dem Markt, die starren deinen Hinterkopf an – und dann – was sie dann alles sagen!«

»Wieso? Was sagen sie denn?«

»Ach, zum Beispiel so was wie ›Oh, dieser Pantalone! Dieser Hinterkopf, einfach hinreißend. Und wie sein dünnes Haar wippt, wenn er läuft!‹ Sie liegen dir alle zu Füßen.«

»Wegen meines Hinterkopfs?« wiederholte er.

»Ja, besonders – wenn – du läufst«, keuchte Colombina.

»Ich laufe selten«, versetzte er mit einem verächtlichen Schnauben.

Colombina begann auf und ab zu hüpfen. »Na ja – auch wenn du – beim Gehen – auf und ab wippst.« Sie stöhnte laut. »Da wippt das Haar – die Locken, die dir über den Kragen fallen – auf und ab – auf und ab – auf und ab.«

Plötzlich stieß sie einen markerschütternden Schrei aus und jauchzte: »Oh, mein süßes Lamm!«

Pantalone wäre vor Schreck beinahe von der Bühne gefallen. »So hast du mich schon Jahre nicht mehr genannt.« Vorsichtig näherte er sich und betrachtete sie mit zusammengekniffenen Augen, während sie sich die Lippen leckte. »Es hat also wirklich so eine Wirkung auf dich? Ich meine, dieser Blick auf die hintere Veranda gewissermaßen?«

»O ja, ja«, beteuerte Colombina und rutschte auf Scapinos Schoß hin und her. »O ja, ja, ja.«

»Mein Gott, welche Leidenschaft!« rief Pantalone in die johlende Menge. Dann zwinkerte er und machte einen kleinen Hüpfer. »Wer weiß, Pantalone wird heut nacht vielleicht einen kleinen Ritt machen, hm?« Brüllendes Gelächter. »Ich will ihr noch mal einen kleinen Stoß geben.« Er grinste, kehrte Colombina rasch den Rücken und hüpfte in die Höhe.

Colombina riß die Augen auf, als unter ihren Röcken etwas Drastisches vorging. »Oh!« stöhnte sie.

Pantalone lachte begeistert. »Du meine Güte, solche Macht! Und das von meinem Hinterkopf!« Er hüpfte wieder in die Höhe.

»Oh!« kreischte Colombina und begann von neuem auf Scapinos Schoß auf und ab zu hüpfen.

Pantalone strahlte. »Warum hab' ich das nicht schon vor Jahren gemerkt?« fragte er die Zuschauer. Und wieder tat er einen Hüpfer.

Colombinas Bewegungen wurden immer heftiger. »Schneller!«

Vorn am Bühnenrand runzelte Pantalone die Stirn. »Schneller?« brummte er. »Ich hätte nicht gedacht, daß das Tempo eine Rolle spielt. Na ja, gut.« Und er hüpfte drei- oder viermal schnell hintereinander.

»Schneller! Schneller!« schrillte Colombina.

Er begann zu hüpfen wie ein verängstigtes Karnickel, das mit einem Fuß in der Falle steckt. »Ich bin – ein bißchen – zu alt für – so was«, röchelte er.

In diesem Moment, als Colombinas Zuckungen ihren Höhepunkt erreichten und Pantalone wie ein Wahnsinniger auf und ab hüpfte und die Zuschauer lachten, daß ihnen die Tränen aus den Augen strömten, machte der Dottore seinen Auftritt.

»Was ist denn das?« rief er verblüfft bei dem Anblick, der sich ihm bot.

Pantalone hörte auf zu hüpfen. »Ach, Ihr seid es, Dottore«, rief er. »Was wollt Ihr denn?«

Der Dottore richtete sich stolz auf und sagte in feierlichem Ton: *»Nobis pro ratio studiorum!«*

»Hm«, brummte Pantalone ungehalten, »das kann ich mir nicht leisten. Was für andere Krankheiten verhökert Ihr denn heute?«

Der Dottore stellte sich rechts von Colombinas Stuhl auf. »Ich bin gekommen«, verkündete er in salbungsvollem Ton, »um Euer Weib zu untersuchen – wie ich das jeden Monat tue.«

Verstohlen legte er Colombina eine Hand auf den Busen, und Scapino gab ihm prompt einen Klaps.

»Wozu untersucht Ihr meine Frau?« fuhr Pantalone ihn scharf an. »Und weil wir gerade dabei sind, warum untersucht Ihr sämtliche Ehefrauen im Dorf einmal im Monat und die Männer nur einmal im Jahr? Und warum nehmt Ihr die Frauen immer mit ins Heu hinter dem Haus, wenn Ihr sie untersuchen wollt? Besteht etwa die Gefahr einer Epidemie?«

»Es ist ratsam, Frauen jeden Monat zu untersuchen, wenn man das Auftreten von Krankheiten vermeiden will.« Der Dottore lächelte. »Die Krankheit tritt zu den merkwürdigsten Zeiten auf und an den ausgefallensten Orten. Ich untersuche die Frauen draußen im Heu, um ihr Schamgefühl nicht zu verletzen.« Er grinste breit und legte Colombina eine Hand auf den Schenkel. Wieder verpaßte Scapino ihm einen harten Schlag. »Au!« quietschte der Dottore und starrte Colombina verwundert an.

»Ihr untersucht aber nie die ausgefallenen Orte«, knurrte Pantalone, »sondern immer ganz bestimmte.«

Der Dottore grapschte jetzt nach Colombinas Busen und traf mitten in der Luft auf Scapinos Hand, die die seine festhielt. Einen Moment lang rangen die beiden Männer lautlos hinter Pantalone, der eifrig damit beschäftigt war, das Haar an seinem Hinterkopf zu bürsten. »Ich habe soeben die Quelle meines Charmes und meiner unwiderstehlichen Anziehungskraft auf Frauen entdeckt«, vertraute er dem Dottore an, »und war kurz davor, meine Frau an den Punkt zu bringen, an dem –« Er wirbelte plötzlich herum, und die beiden Hände fuhren auseinander. »Wieso erzähle ich Euch das alles? Kommt zu Eurem Geschäft! Daß Ihr meine Frau betatscht und begrapscht, ist schon schlimm genug, aber ich muß Euch auch jedesmal noch teuer dafür bezahlen. Also, macht schon! Macht schon!«

Der Dottore verneigte sich vor Colombina. »Wollen wir uns nach hinten ins Heu zurückziehen – wie gewöhnlich, meine Liebe?«

»Nein», antwortete sie mit zuckersüßer Stimme. »Heute nicht, Dottore. Ich habe Kopfschmerzen.«

»Das ist ungewöhnlich«, knurrte der Dottore.

»Das zeigt, wieviel Ihr über Krankheiten wißt«, belferte Pantalone. »Sie hat diese Kopfschmerzen jetzt schon seit sechs Monaten, Nacht für Nacht.«

»Ich – ich fühle mich so wohl hier.« Colombina lächelte. »Bei meinem geliebten Mann.« Plötzlich schnappte sie nach Luft und sagte: »Oh!«

»Was ist denn, meine Liebe?« erkundigte sich Pantalone.

»Habt Ihr Schmerzen?« fragte der Dottore und sah sie scharf an.

»Ja«, antwortete Colombina.

»Ein stechender Schmerz?« fragte Pantalone.

»Wie eine Nadel«, antwortete sie.

»Wo hat er Euch getroffen?« fragte der Dottore.

»Es ist mir peinlich, es zu sagen.«

»Ich bin Arzt. Mir könnt Ihr alles sagen.«

»Nein, das kann ich nicht.«

Dem Dottore schien es die Sprache verschlagen zu haben. »Nun«, erklärte er schließlich, »gerade diese peinlichen Zonen müssen wir ganz besonders gründlich untersuchen.« Damit schlug er plötzlich Colombinas Röcke hoch und enthüllte ein nacktes männliches Bein.

»Ist dieser Haarwuchs nicht ungewöhnlich, Dottore?« fragte Pantalone.

Der Dottore funkelte Colombina wütend an. »Nicht so ungewöhnlich wie dieses eintätowierte Herz mit der Inschrift *mamma.*«

»Ich erinnere mich an keine Tätowierung«, sagte Pantalone an die Zuschauer gerichtet. »Aber, nun ja, sie kleidet sich ja auch immer im Dunkeln aus, wenn wir zu Bett gehen.«

»Da steckt doch mehr dahinter, als man auf den ersten Blick sieht«, sagte der Dottore.

»Und so soll es auch bleiben!« fuhr Colombina ihn an, riß ihm ihre Röcke aus den Händen und ließ sie wieder hinunterfallen.

»Aber, mein bester Pantalone«, erklärte der Dottore, »es handelt sich vielleicht um etwas Tödliches – etwas Ansteckendes. Meiner Meinung nach müssen wir das sofort im Heu untersuchen.«

»Ansteckend?« würgte Pantalone hervor und rief Colombina zu: »Zum Teufel mit deinem Schamgefühl, meine Liebe. Du mußt tun, was der Dottore sagt.«

Colombina begann wieder auf und ab zu hüpfen. »Ich verschaffe mir auf meine eigene Weise Linderung, lieber Mann«, wandte sie ein. »Ich tue – einfach – das hier – und schon – geht's mir besser.«

»Wenn du so hüpfst?«

»Ganz recht. Ich brauche nur zu hüpfen, auf und ab, auf und ab …«

»Und das schafft dir Erleichterung bei den Anfällen?« fragte Pantalone.

»Ja!« krächzte Scapino.

»Was?«

»Ich – habe – es auf den Bronchien«, sagte Colombina hastig.

»Dann müssen wir die Brust untersuchen«, behauptete der Dottore und fing gleich an, ihr Mieder aufzuschnüren. Augenblicklich kam es zu einem weiteren Handgemenge zwischen Scapino und dem Dottore. Plötzlich war das Mieder aufgeschnürt, und Scapino schob flink seine Hand unter Colombinas Bluse. »Nein, meine Liebe.« Lächelnd versuchte der Dottore, die Hand zu entfernen. »Das kann ich doch tun.«

Scapino schlug dem Dottore auf die Hand. »Ich tu es lieber selber, Dottore«, gurrte Colombina, und wieder schob Scapino ihr seine Hand unter die Bluse. »Sagt mir nur, wonach ich suchen muß.«

»Wie züchtig!« rief Pantalone.

»Wie ungewöhnlich!« rief der Dottore.

In diesem Augenblick trat Ruffiana mit einem Körbchen Beeren auf die Bühne. »Ich habe Colombina gerade die Beeren für –« Sie bemerkte das wilde Hüpfen und näherte sich argwöhnisch dem Hocker. »Was ist denn das?«

»Der Dottore untersucht meine Frau«, erklärte Pantalone. Damit legte er dem Dottore den Arm um die Schultern und führte ihn an den rechten vorderen Bühnenrand. »Dottore«, sagte er in vertraulichem Ton, »meint Ihr, sie sollte zur Ader gelassen werden?«

Der Dottore schüttelte den Kopf. »Ich stimme nicht mit diesen Ärzten überein, die die Kranken wegen jeder Kleinigkeit zur Ader lassen. Ich lasse lieber ihr Säckel zur Ader.«

Hinter ihnen hatte Ruffiana plötzlich das Tuch weggerissen und Scapinos Kopf hinter dem Colombinas enthüllt »Aha!« fauchte sie ihn wütend an. »Deswegen bist du also in letzter Zeit bei mir im Bett immer so müde gewesen.«

»Liebe Frau, mein Liebchen«, stöhnte Scapino. »Ich kann alles erklären.«

Vorn am Bühnenrand legte jetzt der Dottore Pantalone den Arm um die Schultern. »Ihr braucht Euch keine Sorgen zu machen, Signore Pantalone«, versicherte er. »Ich kann den Schmerz nicht erklären, aber ich habe natürlich die Kur.«

Hinter ihnen sagte Ruffiana zu Colombina: »Ich sehe

schon, wo deine Schwierigkeiten liegen – es ist der Hocker.« Damit zerrte sie Colombina von Scapinos Schoß. »Laß mich mal!« Sie lupfte ihre Röcke, nahm Colombinas Platz auf Scapinos Schoß ein und bedeckte seine nackten Beine mit ihrem Rock. Colombina warf rasch ihren Schal über Ruffianas und Scapinos Köpfe.

»Wie könnt Ihr eine Kur haben, wenn Ihr die Krankheit nicht kennt?« fragte Pantalone den Dottore.

»Weil ich Arzt bin«, antwortete der Dottore, »und *mea culpa, mea culpa, mea maxima culpa!*«

Pantalone riß die Augen auf und reckte den Kopf zum Publikum vor. »Das ist ja wirklich wahr. Ich meine, dagegen kann man nichts sagen.« Die Zuschauer grölten, und einige schrien wieder: »He, Florentiner!«

Pantalone drehte sich um und sah Colombina vor der Truhe stehen, während Ruffiana mit großer Heftigkeit und wütender Entschlossenheit auf dem Hocker auf und ab hüpfte. »He! He!« rief er. »Was hat denn das zu bedeuten?«

Ruffiana antwortete: »Ich glaube, es ist der Hocker, der – der deine Frau – krank gemacht hat.« Sie begann noch schneller zu hüpfen. »Drum will ich jetzt sehen – ob es – so ist – ja!« Sie stieß einen spitzen Schrei aus und schien dann in sich zusammenzufallen. »Es ist eindeutig der Hocker«, erklärte sie grinsend.

Plötzlich stand der Dottore hinter Colombina. »Das mag sein, aber ich muß die Patientin untersuchen, um festzustellen, ob irgendwelche Nachwirkungen vorhanden sind.« Damit legte er Colombina über die Truhe und wühlte in ihren Röcken herum.

»Was soll das?« kreischte Pantalone. »Was macht ihr da auf meiner Truhe?«

»Ist ja gut«, beruhigte ihn Colombina. »Ich bin an diese Art der Untersuchung gewöhnt. Warum lenkst du mich nicht – von dieser unangenehmen – aber lebenswichtigen – äh – Untersuchung ab – indem du mir wieder deinen – Hinterkopf zeigst?«

Pantalone runzelte verwirrt die Stirn. »Bist du da wirklich sicher? Ich möchte nicht die ganze Kraft vergeuden.«

Colombina stöhnte unter der ›Untersuchung‹, die der

Dottore, unsichtbar hinter einem Berg von Röcken, an ihr vornahm. »Ich möchte es sehr gern«, hauchte sie. »Und ich bin sicher, auch Ruffiana würde ihn gern sehen. Nicht wahr, meine Liebe?«

Ruffiana, die schon wieder munter hüpfte, schrie: »Ja! Ja!«

Pantalone ließ sich von dieser Leidenschaft überzeugen und trat wieder an den Bühnenrand, um sich an das Publikum zu wenden. »Du meine Güte! So ein schlimmes Fieber, was?« Er strahlte. »Wie kann ich da nein sagen?« Und damit begann er erst auf dem einen Fuß zu hüpfen, dann auf dem anderen.

»Ja!« kreischte Ruffiana.

»Oh, mein Gott!« schrie Colombina.

Pantalone grinste zu den Zuschauern hinunter. »Ist das nicht wunderbar?« Er hopste schneller. »Wahrhaft unglaublich. Und wenn ich denke – daß ich – nie gewußt habe – daß ich eine solche – Macht besitze!«

Plötzlich stand Ruffiana auf und richtete ihre Röcke. Scapino flitzte hinaus und kam mit seinen Kleidern zurück, und der Dottore brach über der Truhe zusammen, was Colombina gestattete, ebenfalls aufzustehen und ihre Röcke zu glätten.

Völlig außer Atem drehte sich Pantalone langsam herum. »Scapino!« rief er. »Was tust du denn hier?«

Scapino kämpfte mit seinen Kleidern, während Ruffiana versuchte, ihn hinter ihren Röcken zu verstecken. »Ich – äh – ich bin gerade – hereingekommen«, sagte er.

»Du siehst aus, als wärst du gerannt«, stellte Pantalone fest. »Du japst ja wie ein alter Klepper, dem gleich die Luft ausgeht.«

»Ich – ich hab' einen anstrengenden Morgen hinter mir.«

»Nun«, versetzte Pantalone, »ich nicht. Ich –« Plötzlich schien er rechts in den Kulissen etwas zu sehen. Hastig packte er den erschöpften Dottore und zog ihn auf die andere Seite der Bühne, wo er flüsternd zu ihm sagte: »Es ist Isabella. Meine schöne Isabella. Sie kommt hierher.«

»Was?« fragte der Dottore.

»Sie kommt. Die einzige Frau, die ich mehr begehre als das Leben selbst.« Er senkte die Stimme weiter. »Hört mir zu, Dottore«, sagte er, »ich kenne jetzt die Macht, die ich über

Frauen besitze, und ich muß sie gebrauchen, solange sie mir gegeben ist. Könntet Ihr – bitte – meine Frau irgendwo anders hinbringen und dort Eure Untersuchung fortsetzen? Tut mir den Gefallen, ja?« Er drückte dem Arzt einen kleinen Lederbeutel in die Hand, in dem es vielversprechend klingelte und klirrte.

»Aber natürlich, Pantalone. Ich verstehe.« Der Dottore ging zurück zu Ruffiana, Scapino und Colombina und tuschelte mit ihnen. Dann erklärte er mit lauter Stimme: »Kommt, Colombina! Wir müssen tiefer eindringen – in den Ursprung Eurer Schwierigkeiten.«

»Das wird mir sicher wohl tun«, stimmte sie zu.

»So laßt uns denn ins Heu gehen. Pantalone wollen wir hier zurücklassen und ihm einen Augenblick des Friedens gönnen.«

Sie lachten und kicherten alle zusammen und verschwanden dann von der Bühne. Pantalone blieb allein zurück.

Augenblicklich kam von rechts Isabella herein. Er lief ihr entgegen, um sie zu begrüßen. »Isabella! Isabella!« Er kehrte ihr den Rücken. »Mein – Haar! Findest du, daß es gut aussieht – von hinten, meine ich?« Und der törichte Alte begann wiederum auf und ab zu hopsen.

Isabella schritt zur Mitte der Bühne, noch immer hinter Pantalone, musterte sein Haar, zuckte die Achseln und fragte: »Geht es Euch auch gut, Signore Pantalone?«

Er hopste unverdrossen weiter, hopste und hüpfte und wackelte mit den Hüften. »Widersetzt Euch mir nicht, meine Liebste«, schmeichelte er. »Es ist nicht beschämend zuzugeben, daß meine Macht allzu stark für Euch ist.«

»Eure Macht? Was für eine Macht?«

»Meine Macht eben!« sang Pantalone mit freudigem Überschwang. »Dieser Zauber dieses – dieses Kopfes!«

Isabella sah ins Publikum und zuckte wieder die Achseln. Dann trat Tristano auf, geführt von Ruffiana, Scapino, dem Dottore, Colombina und dem Capitano. Sie bedeuteten Isabella, Schweigen zu bewahren, und stießen Tristano in ihre Arme.

Vorn an der Rampe hüpfte Pantalone immer weiter, doch es war zu sehen, daß seine Kräfte nachließen.

»Fühlt Ihr es schon? Spürt Ihr den Zauber?« rief er.

Tristano küßte Isabella, und sie lächelte und rief: »O ja! Ich fühle es. Es ist – überwältigend!«

Pantalone hüpfte mit neuer Kraft und rieb sich in lüsterner Erwartung die schwitzenden Hände. »Ein kleines bißchen vielleicht noch«, flüsterte er den Zuschauern zu, »nur um ganz sicher zu sein, daß ich sie habe.« Die Zuschauer brüllten.

Hinten auf der Bühne wisperte Tristano Isabella vernehmlich zu: »Mein Herz schlägt schneller, wenn ich dein schönes Gesicht sehe.«

Isabella blickte Tristano tief in die Augen und murmelte: »O ja. Auch mein Herz schlägt schneller.«

»Was, meine Liebste?« rief Pantalone. »Ich kann dich nicht hören. Mir rauscht das Blut so laut in den Ohren von all dem Hüpfen und Hopsen. Was hast du gesagt?«

»Schneller!« sagte Isabella.

Pantalone schnappte verzweifelt nach Luft. »Du auch?« Er sah zu den Zuschauern hinaus. »Warum ist Geschwindigkeit so wichtig?« Dennoch begann er so schnell zu hüpfen, wie er eben konnte. »Viel länger halte ich das nicht mehr aus«, gestand er dem Publikum.

Tristano drückte Isabella an sich. »Fester«, sagte sie.

»Fester?« echote Pantalone. »Wie hüpft man denn fester?«

Tristano streichelte Isabellas Busen. »Sanft.« Sie seufzte.

»Oh, Gott sei Dank!« sagte Pantalone keuchend und drosselte das Tempo. »Ich hoffe nur, ich habe es nicht übertrieben«, jammerte er zum Publikum gewandt.

Die anderen hinter ihm lachten und kicherten und schlichen sich von der Bühne. Pantalone keuchte und röchelte drei Minuten lang, dann sagte er: »Seid Ihr bereit, Isabella?«

Als er keine Antwort erhielt, blickte er erschrocken ins Publikum. »Ich hoffe, es war nicht zu viel für sie. Schon ein kleines bißchen von mir ist genug für zarte Naturen.« Die Menge grölte. »Seid Ihr bereit, liebste Isabella?« rief er.

Wieder blieb es still. Vorsichtig drehte er sich um. Als er sah, daß niemand da war, ging er zu jener Stelle, an der Isabella noch vor wenigen Augenblicken gestanden hatte. Dann begann er zu suchen, schaute in die Truhe, zur Decke hinauf und wurde immer verzweifelter. »Du meine Güte!« rief er schließlich tief bekümmert. »Es war zu viel. Sie ist unter der Hitze der Leidenschaft einfach geschmolzen.« Er begann höchst übertrieben zu weinen. Und je mehr er weinte und heulte, desto lauter heulten auch die Zuschauer. »Ich habe sie getötet!« jammerte er. »Ich weiß nicht, wie ich diese unglaubliche Macht bezähmen soll.«

Bei diesen Worten trat Colombina auf und ging zu ihrem unglücklichen Ehemann. »Was hast du getan? Ich habe dich gewarnt. Dieser Zauber, den du besitzt, ist sehr mächtig.« Pantalone weinte noch lauter. »Jetzt mußt du das wiedergutmachen, mein Liebster«, sagte Colombina.

»Was wiedergutmachen?«

»Daß du dieses unglückliche Mädchen so rücksichtslos dieser überwältigenden Macht ausgesetzt hast, die du besitzt. Du mußt mir versprechen, daß du diesen Zauber niemals wieder an eine andere Frau verschwenden wirst.«

»Ich verspreche es.«

»Du mußt diese Verführungskraft für mich allein aufheben – mich, deine rechtmäßige Ehefrau.«

Pantalone verdrehte zum Publikum hin die Augen. »Wo ist da der Spaß?« fragte er. Dann erklärte er mit lauter Stimme: »Ja, ich verspreche es.«

»Und immer, wenn ich es möchte – wie zum Beispiel, wenn mich der gute Dottore untersucht oder – äh – Freunde mich besuchen«, fuhr Colombina fort, »mußt du tun, was ich sage, und uns den Rücken kehren und hüpfen – nur für mich.«

»Ich verspreche es«, murmelte er.

»Dann wird unser gemeinsames Leben Glück und Freude sein, solange wir leben«, rief Colombina. Sie schlug einmal auf ihr Tamburin, und auf der Bühne begannen alle Schauspieler gemeinsam zu einem fröhlich gesungenen Lied zu tanzen.

Es regnete Münzen.

Arlecchino erwartete die Schauspieler, als sie von der Bühne kamen. Er lächelte, aber irgendwie war er anders. Er bat sie, sich hinter dem Wagen zu versammeln, weil er ihnen etwas mitzuteilen hätte.

Als sich alle eingefunden hatten, begann er: »Hier in den Bergen sind wir vor unseren Feinden sicher und können in Ruhe arbeiten. Mit den Vorstellungen in den kleinen Orten können wir genug Geld für unser Auskommen verdienen und gleichzeitig an unserer Kunst arbeiten. Wir können unseren Witz schärfen, wie ein Krieger seine Klinge schärft, und dann sind wir vielleicht auch gegen unsere Feinde besser gewappnet. Laßt uns also in diesen Bergen unsere Kunst verfeinern und unseren *lazzi* den letzten Schliff geben. Dann können wir ausziehen und unseren Feinden gegenübertreten. Nicht an ihren Höfen, sondern im unbarmherzigen, die Wahrheit enthüllenden Sonnenlicht der Piazze.«

Colombina sah ihn fragend an. »Ausziehen wohin? Nach Florenz?«

»Nach Perugia! Orvieto! Terni! Viterbo! Rieti! Überall, wo es eine Piazza voller Menschen gibt oder einen öffentlichen Markt oder einen Karneval oder sonst ein Fest.«

Die Mitglieder der Truppe begannen zu tuscheln und zu lachen, aber es wurden keine Einwände laut, niemand erhob Widerspruch.

»Und was tun wir dort, in Terni und Viterbo?« fragte Colombina.

Arlecchino umfaßte ihre Hände. »Wir werden die Armen reich machen – für eine Stunde«, sagte er leise. »Wir werden die Lahmen gehen und die Stummen nicht nur sprechen, sondern singen machen! Wir werden Wunder wirken mit Zeit und Raum. Eine Gemeinschaft der Heiligen schaffen! Und dann ...« Er senkte ein wenig die Stimme, und seine Augen blitzten. »Und dann«, wiederholte er, »ziehen wir nach Rom.«

Die Truppe wurde still. »Nach Rom?« wiederholte Colombina leise.

»Aber – der Papst ...« brummte der Capitano.

»Wir haben unseren eigenen Papst. Er ist alt und lüstern und furchtsam. Wir nennen ihn Pantalone. Cesare Borgia persönlich stolziert machtgierig und rücksichtslos unter uns. Wir nennen ihn Capitano. Wer anders ist Ruffiana als Lucrezia? Wir werden sie dem Volk zeigen. Nicht so, wie sie zu sein vorgeben, sondern so, wie sie wirklich sind: aufgeblasen und feige und gemein und hochgeboren und ehrgeizig und faul. Wir werden den Leuten zeigen, wie sie essen und trinken und einander – und uns – betrügen.«

Einen Moment war es ganz still, dann machte Scapino einen übermütigen Salto. »Warum nicht?« rief er. »Was plag ich mich mit der Hebelwirkung, wenn ich niemals hebeln darf?«

Der Brief wurde Arlecchino von einem Knaben in die Hand gedrückt, als er kurz vor der Abfahrt der Truppe nach Assisi zum Bock des Wagens hinaufsteigen wollte. Er nahm ihn, gab dem Jungen eine Münze und entfaltete das Schreiben. Er las es einmal und dann noch einmal.

»Was ist es?« fragte Colombina.

»Ich bin mir nicht sicher«, antwortete er und schaute sich verstohlen um. Als er nichts Ungewöhnliches auf der Piazza bemerkte, reichte er das Schreiben Colombina. »Erprobe dein neu erworbenes Wissen.« Er lächelte. »Was steht da geschrieben?«

Colombina las Wort für Wort. »Ihr – seid – sicher.« Sie blickte zu Arlecchino auf. »Was heißt das?« fragte sie.

Er zuckte die Achseln. »Ich habe keine Ahnung«, antwortete er und trieb die Esel vorwärts, »aber Gott – und Kardinäle gehen seltsame Wege, um ihre Wunder zu wirken.«

Colombina rückte ein Stück näher an Arlecchino heran und schob ihren Arm unter dem seinen hindurch, während der Wagen und der Karren, mit dem Capitano auf dem Streitroß als Nachhut, aus der Stadt hinaus in die schützenden Berge fuhren.

Assisi

*Das Omen der Schwalben * Das Fest im Weingarten und Cesares Goldhunger * Bruder Lorenzo erklärt das Theater, und in der Romagna gärt es*

Die Straße nach Assisi führte die Truppe im Schatten von Schirmpinien, Zypressen und Myrte, Wahrzeichen der umbrischen Landschaft, nach Südosten. Sie beschlossen, die große Stadt Perugia zu umgehen, und zogen auf einer schlechten Straße nördlich an der Stadt vorbei. Die alten römischen Heerstraßen waren nur noch Staub und Geröll, von tiefen Furchen durchzogen, die sich im Regen, der jetzt auf das Land herabströmte, in schlammige Bäche verwandelten. Auch die Ortschaften und Schlösser auf den Höhen der Hügel umgingen sie, da es hieß, daß es dort oben von Straßenräubern und Banditen wimmelte.

Unterwegs spielten sie in kleinen Orten, machten in Klöstern Rast, wo sie kostenlos Mahlzeiten bekamen, und zogen langsam nach Assisi.

Die Straße zur Stadt hinauf war nicht so steil wie die nach Cortona. Das graue, kalte Licht des regenschweren Himmels ließ die rötliche Färbung der Gebäude grau erscheinen und die gewaltigen Bogen des Unterbaus von San Francesco blickten wie dunkle Augen zu ihnen herab.

Die Gassen in der Stadt waren steil, oft mit ausgetretenen steinernen Stufen versehen, und die seltsamen rautenförmigen Muster, in denen die Pflastersteine angelegt waren, erregten weniger Entzücken als Verwunderung. Sie bemerkten, daß die Fenster der meisten Häuser vergittert waren und fast jedes Haus eine sogenannte *porta dei morti* hatte, eine niedere, schmale Tür, durch die die Toten in ihrem Sarg das Haus verließen.

Der Ausblick von Assisi über die weite umbrische Ebene war tief beeindruckend. Durch die Lüfte segelten Scharen von Schwalben, schwebten im Gleitflug über die Dächer dahin und umkreisten die Türme der Basiliken.

»Das ist ein Omen«, sagte der Dottore leise.

In langsamem Zug überquerte die Truppe die Piazza del Comune, am alten römischen Tempel der Minerva und dem Torre Comunale vorbei, bedrückend in seiner Trutzigkeit. Weit bedrückender jedoch waren die Menschenmassen, die hier versammelt waren, Kranke und Verkrüppelte, Amputierte und Verletzte mit klaffenden Wunden. Sie alle drängten sich unter einem Zeltdach auf der Piazza zusammen und starrten teilnahmslos die vorüberziehenden Komödianten an.

Die Via San Francesco führte sie zum Platz vor der Basilika des heiligen Franz von Assisi, dem mächtigen Bauwerk mit der Unter- und Oberkirche, dem Kloster und dem Seminar. Als sie sich näherten, eilte ihnen ein rundlicher kleiner Mönch in brauner Kutte entgegen. Arlecchino zügelte ›Tod‹ und ›Zerstörung‹ und hielt den Wagen an.

»Bruder Lorenzo?« fragte er.

»Ihr müßt die Komödianten sein, von denen Signor Robelli aus Cortona mir berichtet hat. Nun, wir freuen uns darauf, euch hierzuhaben. Das wird eine hübsche Abwechslung.« Und er lachte mit so offenkundiger und echter Freude, daß der Truppe gleich ein wenig wohler ums Herz wurde.

»Wir erwarteten nicht, daß Ihr uns so freundlich aufnehmen würdet«, sagte Arlecchino und kletterte vom Wagen. »Die Straßen waren ja fast leer – bis auf die Kranken und Krüppel auf der Piazza.«

Bruder Lorenzo bekreuzigte sich. »Die armen Unglücklichen. Heimatlose. Flüchtlinge. Aber es sind auch viele Soldaten unter ihnen. Verwundete. Die nicht wissen, wohin sie sich wenden sollen.« Er zuckte die Achseln. »Wir tun, was wir können, aber ...« Wieder hob er die Schultern.

»Warum sind sie hier?« fragte Colombina. »Wären sie nicht besser aufgehoben in – Hospitälern – Asylen, Einrichtungen dieser Art?«

Der dicke kleine Mönch lächelte. »Gewiß. Genau das sage

ich auch immer. Aber sie kommen natürlich, weil sie ein Wunder erwarten.«

»Ein Wunder?«

»Nun ja, wer weiß? Wunder kommen vor. Oft. O ja. Sehr oft.« Er wies zur Basilika. »Kommt mit zum Kloster, und wir werden sehen, was wir dahaben, um euch zu bewirten.«

Sie folgten ihm, und er watschelte ihnen voraus durch Korridore, Treppen hinauf und hinunter, bis sie zum Refektorium kamen, in dem an mehreren langen Tischen eine Handvoll braungewandeter Mönche saßen und aßen. Bruder Lorenzo forderte seine Gäste auf, sich zu setzen, und bedeutete einigen jungen Nonnen, sie zu bedienen. Ohne sie anzusehen, ohne ein Wort mit ihnen zu wechseln, brachten die Nonnen eilig Teller und Becher und verschwanden dann durch einen Torbogen.

»Sie gehören zum Orden der heiligen Klara«, erklärte Bruder Lorenzo. »Die heilige Klara liegt am anderen Ende der Stadt begraben, in einer Basilika inmitten von Obstgärten. Sicher ist euch ihr Campanile aufgefallen, als ihr nach Assisi hereingekommen seid.«

Die Nonnen erschienen wieder und tischten der Truppe alles auf, was Küche und Keller des Klosters nur hergaben – Früchte, gebratenes Fleisch und frisches Brot, Schüsseln voll Gemüse, Salat und Oliven und einen schweren dunklen Rotwein in irdenen Krügen.

»Eßt! Eßt!« forderte ihr Gastgeber sie herzlich auf.

Der Abend war mild und warm, und die Speisen, die den Gästen im Weingarten des Kardinals Adriano Castellesi da Corneto in Hülle und Fülle gereicht wurden, waren aufs raffinierteste zubereitet. Der Kardinal eilte geschäftig umher und kümmerte sich persönlich um jedes Gericht, das seinen Gästen, Papst Alexander VI. und dessen beiden Söhnen Cesare und Jofre, serviert wurde.

Ein großer Baldachin überspannte den Speisetisch für den Fall, daß das Wetter unfreundlich werden sollte. Das reichbestickte Tischtuch war mit dem Wappen des neu ernannten Kardinals geschmückt, die seidenen Servietten waren kunstvoll gefaltet, das geschliffene Glas funkelte und blitzte im roten Licht der untergehenden Sonne. Im Säulengang vor dem Palazzo spielte eine Gruppe Musikanten auf.

»Ich hoffe, die Speisen finden Euren Beifall«, babbelte da Corneto übereifrig. »Ich habe die Vorbereitungen persönlich überwacht.«

»Ich darf nur wenig davon nehmen.« Der Papst seufzte. »Ich werde zu dick, und die Zeiten sind nicht gut für dicke Männer. Es kommt mir vor, als zögen an meinem Fenster in letzter Zeit unablässig Leichenzüge vorüber – und immer sind die Toten Dicke.«

»Unsinn.« Cesare lächelte und hob sein Glas. »Mit Leibesfülle hat das nichts zu tun. Es ist das Wechselfieber.«

»Wir wollen uns doch nicht über unangenehme Dinge unterhalten«, drängte Jofre. »Der Abend ist angenehm mild, und die Speisen sind so erlesen wie die Gesellschaft. Wir sind hier, um die Ernennung unseres neuen Kardinals zu feiern und unseren Bruder Cesare zu überreden, seinen Aufbruch noch einen Tag aufzuschieben; laßt uns also diesen Abend genießen.«

Cesare lachte. »Das kann ich nur unterschreiben, Bruder. Jeder Tag, an dem ich es vermeiden kann, mich dem schmutzigen kleinen Krieg der Franzosen gegen die Spanier anzuschließen, ist ein Tag, der gefeiert werden muß. Darauf wollen wir trinken!«

Der Kardinal strahlte vor Wohlwollen, und die Gäste leerten ihre Gläser und warfen sie übermütig an die Pfosten des Baldachins.

Mein Gott! entsetzte sich da Corneto innerlich. Das kostbare venezianische Glas!

Nach dem üppigen Mahl im Refektorium folgte die Truppe dem kleinen Mönch durch die Korridore des Klosters, und Colombina sagte: »Ihr spracht von Wundern.«

»Bitte«, versetzte der Franziskaner, »seht selbst.« Er zeigte ihnen die Seitenkapellen im unteren Teil der Basilika mit der niedrigen, gewölbten Decke, die von massigen Säulen getragen wurde. In jeder der kleinen Kapellen hingen Krücken, blutbefleckte Tücher, Votivgaben.

»Ich verstehe nicht«, sagte Colombina.

»Nun, ich habe diese Gegenstände nicht selbst gemacht.« Bruder Lorenzo lachte.

Scapino drängte sich zu ihm durch. »Soll das heißen, daß diese – diese Sachen von Krüppeln und Kranken hiergelassen wurden?«

»Von Menschen in aller Art von Bedrängnis«, verbesserte Bruder Lorenzo ihn. »Sie kamen krank und verwundet, manchmal nicht einmal mehr fähig, zu gehen oder zu stehen, aber dann geschah etwas, wie ich euch schon sagte, und sie konnten geheilt davongehen.« Er schwieg einen Moment und schränkte seine Behauptung dann ein. »Bei manchen war es so. Bei manchen geschieht nichts.«

»Glaubt Ihr, daß das Wunder waren?« fragte Scapino.

»O ja, hier glauben wir an Wunder«, antwortete Bruder Lorenzo, »aber wir pflegen die Kranken auch, wir verbinden die Wunden, und wir säubern die nässenden Schwären. Wir beten um ein Wunder und tun, was in unserer Macht steht.«

»Wir brauchen ein Wunder«, sagte der alte Priester. »Ich habe getan, was in meiner Macht steht, aber der Heilige Vater liegt immer noch im Fieber und erbricht Galle. Ich habe ihn gestern noch einmal zur Ader gelassen, aber ohne Erfolg.«

»Was, noch einmal?« rief der große, dünne Sekretär, Casanova. »Gott im Himmel, der Mann ist zweiundsiebzig Jahre alt!«

»Aber es ist das übliche Verfahren«, entgegnete der Priester, während er den Inhalt eines Fläschchens in eine Kristallkaraffe mit einer klaren Flüssigkeit goß. »Ich habe ihm das weit gewaltsamere Verfahren, den Kranken in einen Zuber mit Eiswasser zu tauchen, um ihn abzukühlen, erspart. Der Herzog hat sich dieser Prozedur unterzogen, und er erbricht jetzt weniger, aber er klagt immer noch über Magenschmerzen.«

Der Sekretär ging zum Fenster. »Der spanische Gesandte berichtet, Ihr habt angeordnet, den Herzog in die warmen Eingeweide eines Maultiers zu tauchen. Ist das auch üblich?«

Der Priester hielt im Hantieren mit Fläschchen und Karaffe inne, um über die Brille hinweg den Sekretär anzusehen.

»Das ist ein lächerliches Gerücht. Das Maultier ist der spanische Gesandte.«

»Es sind auch noch andere Gerüchte in Umlauf. Viele. Ist es – ich meine, hat man Nachforschungen angestellt, ob es sich um eine Vergiftung handeln könnte?«

Der alte Priester schüttelte ein anderes Fläschchen mit einer grünlichen Flüssigkeit und hielt es vor das Licht einer Kerze. »Soviel ich weiß, hat man Kardinal da Corneto verhört, da er ja behauptete, die Speisen seien unter seiner Aufsicht zubereitet worden. Aber es wurden keine Anklagen erhoben.«

Der Sekretär trat dicht an den Priester heran und flüsterte: »Es gibt ein Gerücht, daß der Herzog selbst dem Kardinal etwas vom Gift der Borgia lieferte, weil er seinen Vater ermorden wollte.«

»Unsinn! Der Herzog selbst, Kardinal da Corneto und drei andere Gäste litten ebenfalls an Beschwerden, wenn auch nicht so schweren Grades. Wozu sollte der Herzog selbst Gift schlucken?« Der alte Priester prustete verächtlich. »Vielleicht war es ein böser Zauber.« Er lachte geringschätzig. »So ein Unsinn! Unwissenschaftliches Geschwafel. Ich denke, es hat eher damit zu tun, daß dickleibige Herren Schwierigkeiten haben, fettes Essen zu verdauen – und dann kommt noch das Wechselfieber dazu.«

»Ihr gebt dieser Tage für alles dem Wechselfieber die Schuld. Ihr seid mir ein rechter Schwindler«, höhnte der Sekretär. »Ich weiß mit Gewißheit, daß der Bischof von Chiusi an den französischen Blattern gestorben ist, und Ihr sagtet, es sei das Wechselfieber gewesen.«

Der Priester goß ärgerlich den Inhalt des Fläschchens in die Karaffe. »Ich wußte gar nicht, daß Ihr in der Medizin so bewandert seid«, knurrte er. »Und ich habe nie behauptet, der Bischof sei am Wechselfieber gestorben. Ich habe gesagt, daß er vor Schrecken gestorben ist. Und so war es auch – als er nämlich hörte, daß das Heer des Herzogs sich im Anmarsch auf seine Stadt befand.«

Der Sekretär ließ sich nicht beschwichtigen. »Ihr sagtet eben, es sei eine Verdauungsgeschichte, die mit Fettleibigkeit zu tun habe. Darf ich darauf hinweisen, daß der Herzog von Urbino nicht fettleibig ist? Ganz im Gegenteil. Wie erklärt Ihr das?«

»Er hat weniger gegessen.«

Der Sekretär seufzte. »Ich sehe schon, es ist sinnlos, mit Euch zu diskutieren.« Er ging zur Tür. »Hat der Heilige Vater nach mir gefragt? Es gibt da wichtige Staatsangelegenheiten, die –«

»Er hat nach niemandem verlangt. Weder nach Cesare noch nach Lucrezia, noch sonst irgendeinem Verwandten. Er bat mich nur, den Bischof von Carinola kommen zu lassen, damit er zur Stelle ist – für den Fall.«

»Den Bischof von Carinola?«

»Seinen Beichtvater«, murmelte der alte Priester, nahm die Karaffe und schlurfte in den Korridor hinaus.

»Wir brauchen ein Wunder«, rief er über die Schulter zurück.

»Er ist tot?« flüsterte es vom Krankenbett. »Seid Ihr sicher?«

Michelotto nickte und neigte sich tiefer über den kranken Cesare. »Euer Vater ist letzte Nacht verstorben. Sein – sein Gesicht wurde ganz schwarz – und schwoll an bis zur Unkenntlichkeit. Seine Zunge – seine Zunge wuchs und wuchs, bis sie ihm aus dem Mund heraushing – und sie konnten sie nicht – nicht wieder hineinschieben.«

Cesare stöhnte.

»Man hatte seine Leiche in der Sala del pappagallo aufgebahrt, und dann – der Priester, der bei ihm wachte, stürzte aus dem Zimmer und schrie, ein – ein Affe sei plötzlich ins Zimmer gekrochen und auf den Leichnam gesprungen und hätte versucht, dem Toten die Zunge aus dem Mund zu ziehen.« Der Söldner wischte sich das schweißnasse Gesicht. »Aber – als sie hineingingen, war niemand da, das Zimmer war leer. Nur, sagen sie, die Leiche sah aus, als – als kochte sie innerlich. Schaum stand vor dem Mund, und – ja, und sie fanden niemanden, der bereit war, bei der Leiche zu wachen. Es wurden keine Gebete gesprochen. Nichts.«

Es blieb lange still, und Michelotto wollte schon aufstehen und gehen, als Cesare ihn am Ärmel festhielt. »Hört mir zu, Michelotto. Das ist jetzt wichtig! Faßt diesen Sekretär. Wie heißt er gleich? Casanova, ja! Haltet ihn fest und zwingt ihn, Euch die Schlüssel zu den Gemächern meines Vaters zu geben. In ihnen werdet Ihr zwei Truhen finden. In der einen müßten ungefähr zweihunderttausend Dukaten in Edelsteinen und Silber sein, und in der anderen etwa hunderttausend in Gold. Bringt sie hierher. Macht Euch sofort auf den Weg.«

So krank Cesare war, er versetzte dem Söldner einen so heftigen Stoß, daß dieser fast aus dem Zimmer flog. Und schon Minuten später eilte er in schnellem Lauf zu den Räumen des Sekretärs.

Beim Abendessen im Klosterrefektorium sah Bruder Lorenzo die Mitglieder der Truppe erwartungsvoll an. »Ihr werdet doch für uns spielen, nicht wahr? Ich meine, Ihr werdet doch für unsere armen Büßer auf der Piazza del Comune spielen?«

Arlecchino ließ seinen Blick rund um den Tisch wandern, von einem Gesicht zum anderen, ehe er dem Mönch antwortete. »Natürlich würden wir gern spielen, aber es stellt sich die Frage, was wir spielen sollen.«

»Spielt, was Ihr in Cortona gespielt habt. Signore Robelli hat mir erzählt, wie komisch es war.«

»Es war komisch für Cortona«, erwiderte Arlecchino, »aber wir haben inzwischen herausgefunden, daß die Stücke immer auf die jeweiligen Zuschauer zugeschnitten sein müssen. In Arezzo zum Beispiel fand den meisten Anklang ein Angriff auf das Militär. Die Leute dort reagierten besonders darauf, weil sie so sehr unter den zahlreichen Kriegen und Schlachten gelitten haben. In Cortona haben wir ein kleines Stück gebracht, bei dem es um – äh – Ehebruch ging.«

»Nun, hier werdet Ihr sowohl Leute finden, die des Krieges müde sind, als auch Ehebrecher«, meinte der Mönch. »Ich muß mich jetzt um meine anderen Pflichten kümmern. Ich bin überzeugt, Ihr werdet den Leuten hier Großartiges bieten. Als erstes werde ich dafür sorgen, daß man für Euch Unterkunft findet. Die Männer können hier nächtigen, die Frauen im Kloster der heiligen Klara, und dann werden wir wohl bald Euer Stück zu sehen bekommen, hoffe ich.«

Arlecchino stand auf und nickte verdutzt, und ehe er noch etwas sagen konnte, war Bruder Lorenzo verschwunden. »Nun«, meinte er, sich an seine Freunde wendend. »Hat jemand einen Vorschlag, was wir für Leute spielen sollen, die auf ein Wunder warten?«

Alle waren sich einig darin, daß man bei dieser Aufführung auf einen Teil der gewohnten Zoten und Anzüglichkeiten verzichten sollte, um die guten Mönche nicht vor den Kopf zu stoßen.

»Viele dieser Leute sind krank oder verwundet und haben sich von ihren Ärzten losgesagt, um hierherzukommen und auf ein Wunder zu warten«, sagte Arlecchino. »Da wäre, denke ich, ein Stück das richtige, in dem wir ein paar Seitenhiebe gegen die Ärzte und ihre Behandlungsmethoden, wie zum Beispiel den Aderlaß, austeilen. Mit anderen Worten: Stellen wir den Dottore einem sterbenden Pantalone gegenüber.«

»Nein!« widersprach Scapino. »Was ist denn am Sterben schon komisch? Lassen wir Pantalone *glauben*, er stürbe, obwohl er in Wirklichkeit so stark und kräftig ist wie der Borgia-Stier. *Das* ist komisch.«

Die anderen stimmten zu, und nun arbeiteten sie gemeinsam ein Stück aus, dessen Handlung sich darum drehen sollte, daß Pantalone von seiner hinterlistigen Ehefrau, seiner habgierigen Tochter, ihrem überheblichen Verlobten und einem schlauen Diener eingeredet wird, er müsse sterben. Alle versuchen sie ihn zu bewegen, ihnen zu offenbaren, wie sein Vermögen nach seinem Tod aufgeteilt werden soll. An dieser Stelle tritt der Dottore auf den Plan, von der Familie bestochen, und verschreibt so ausgefallene Medizinen und Behandlungen, daß der alte Mann tatsächlich krank wird. Dann wechselt Scapino, der durchtriebene Diener, plötzlich die Seiten und verrät seinem Herrn die Verschwörung, worauf Pantalone sich tot stellt. Nun zeigt sich die Familie in ihrer ganzen Geldgier und Gemeinheit gegenüber dem alten Mann, der vor ihren Augen plötzlich wieder lebendig wird. Das Stück sollte damit enden, daß Pantalone sein gesamtes Vermögen Scapino mit den philosophischen Worten hinterläßt: »Ich kann es sowieso nicht mitnehmen, wenn ich gehe.«

Die Truppe machte sich mit frischem Enthusiasmus an die Arbeit, und als wollte der Herrgott dem neuen Stück seinen Segen geben, brach am folgenden Nachmittag, gerade als Arlecchino hervortrat, um seinen Prolog zu singen, die Sonne durch die schweren Regenwolken. Doch auf die Zuschauer schien dieser Wetterumschwung keinerlei Wirkung zu haben. Sie folgten dem Beginn der Aufführung ohne Teilnahme, mit leerem Blick, ohne zu lächeln, ohne auch nur eine Spur von Erheiterung oder auch Unmut zu zeigen.

Auf die Truppe blieb das Verhalten der Zuschauer nicht ohne Wirkung. Ruffiana war fast den Tränen nahe, als sie von der Bühne abging. Niemand hatte über ihren Auftritt gelacht.

Pantalone hatte ein wenig mehr Erfolg. Er erfand ein ganzes Register von Wehwehchen und Beschwerden, die er in allen Einzelheiten aufzählte und liebevoll ausmalte, und gegen Ende der Szene hatte er die meisten Zuschauer tatsächlich so weit, daß sie gluckten und kicherten oder wenigstens grinsten.

Aber erst als der Dottore auftrat, Pantalone einen Schlaftrunk verabreichte, der diesen augenblicklich bewußtlos machte, worauf Scapino versuchte, seinen Herrn von einem Sessel auf der rechten Seite zu einem Lager auf der linken zu befördern, wurden die Zuschauer warm und begannen lachend Anteil zu nehmen und lachten dann auch bei jeder weiteren Szene lauthals.

Arlecchino, der vor dem Wagen stand und den Verlauf der Aufführung beobachtete, bemerkte plötzlich Bruder Lorenzo. Der kleine Mönch hielt den Blick gespannt auf die Bühne gerichtet, beinahe so, als wollte er alles genau studieren, sah ab und zu ins lachende Publikum, verzog aber keine Miene. Schließlich drängte sich Arlecchino zu ihm durch und flüsterte: »Findet Ihr das Stück nicht komisch, Bruder?«

Bruder Lorenzo fuhr herum, als wäre er bei etwas Verbotenem ertappt worden. Als er Arlecchino sah, trat ein Leuchten in seine Augen, und er flüsterte: »Unglaublich. Es ist eine unglaubliche Macht, die Ihr da besitzt.« Einen Augenblick schwieg er, um wieder zur Bühne hinaufzusehen, als wollte er sich jede Pose, jede Bewegung einprägen. Dann wandte er sich wieder Arlecchino zu. »Man stelle sich das vor! Diese Leute so zum Lachen zu bringen. Diese Menschen, die so wenig zu lachen haben. Die so viel Schmerz kennen. So viel Unglück. Und dennoch bringt Ihr sie zum Lachen. Das«, sagte er leise, aber mit großer Eindringlichkeit, »ist eine sakramentale Kunst.«

Arlecchino hätte beinahe gelacht über das Pathos des kleinen Mönchs, aber irgend etwas hielt ihn davon ab, und er blieb still.

»Wirklich«, fuhr Bruder Lorenzo fort, »es ist bemerkenswert. Wir sind an Theaterstücke gewöhnt, in denen die Helden Engel oder Heilige oder Ritter sind. Ihr aber zeigt uns Diener als Helden. Sie sind die Schlauen und die Klugen, und plötzlich erkennen wir, daß das, was wir da sehen, die Wahrheit ist, nicht wahr? Ich meine, ohne seine Diener wäre der edle Herr des Hauses nicht einmal fähig, seine eigenen Kleider zu finden oder sich eine Mahlzeit zuzubereiten. Das – das ist die Wahrheit.«

Er verschnaufte kurz. »Und dort oben sehen wir uns selbst. Jeder von uns sieht sich da. Jeder von uns weiß tief in seinem Inneren, daß auch er betrügt. Wir alle lügen – wenigstens manchmal. Und manchmal werden wir auch dabei ertappt. Dann haben wir ein schlechtes Gewissen – wie Scapino, wenn ihm klar wird, wie übel er dem armen Pantalone mitspielt. Aber wir lachen auch über Pantalone, weil wir in ihm etwas sehen, das wir auch sind. Wir horten weltliche Dinge und rechtfertigen unsere Habgier. Wir essen zuviel. Wir trinken zuviel. Wir denken nicht. Wir rülpsen. Wir stottern. Wir lassen Winde fahren.« Plötzlich blitzten seine Augen auf, und er versetzte Arlecchino einen Schlag gegen die Brust. »Ja! Das ist es! Genau das tun wir! Wir alle lassen Winde fahren. Ob König, ob Kardinal oder Papst. Männer und Frauen, die Macht und Reichtum besitzen. Vornehme Damen. Wir müssen lachen, weil wir die Wahrheit erkennen. Wir alle lassen Winde fahren. Der Kardinal, der Graf und der Koch, sie alle sind eins.«

Er begann zu lachen. Fältchen bildeten sich in seinen Augenwinkeln, und sein rundes Gesicht verzog sich auf eine Weise, daß Arlecchino sich fragte, ob er wirklich lachte oder gleich anfangen würde zu weinen.

»Wie habt Ihr gesagt?« flüsterte er. »Eine sakramentale Kunst?«

Der Mönch nickte, immer noch lachend. »Ja, ja.« In seinen Augen glänzten Tränen.

»Aber«, versetzte Arlecchino, »nur ein Priester kann ein Sakrament spenden.«

Bruder Lorenzo rang nach Atem, wischte sich die Augen und antwortete dann: »Aber das ist es ja gerade. Wenn man Pantalones Torheit in sich selbst erkennt und sie verzeiht, erteilt man dann nicht sich selbst und ihm die Absolution für diese Sünde? Wenn der Kardinal und der Krüppel eins sind, sind wir dann nicht alle Priester?«

Trotz der anfänglichen Zurückhaltung des Publikums und Ruffianas Unzufriedenheit mit sich selbst wurde die Vorstellung ein großer Erfolg. Die Zuschauer lachten und pfiffen. Sie schlugen mit ihren Stöcken und Krücken auf den Boden. Sie klatschten in die Hände und schlugen sich auf die Schenkel. Sogar ein paar Scudi wurden den Komödianten in Würdigung ihrer Kunst hingeworfen.

Am folgenden Tag spielten die wunderlichen Heiligen wieder und am nächsten Tag und am Tag darauf, und am Ende der Woche erschien im Kloster ein Kurier mit einer Nachricht für Arlecchino.

Sie war kurz und sachlich.

»Kommt ins Hühnerhaus«, lautete sie. »Der Fuchs ist tot.«

Die Botschaft barg eine gewisse Dringlichkeit in sich, dennoch verließen sie Assisi erst einige Zeit später im milden Licht der wärmenden Sonne. Der bittersüße Duft des Herbstes lag bereits in der Luft, und die ersten Bäume begannen sich mit hellem Gelb und leuchtendem Scharlachrot zu schmücken.

Bruder Lorenzo begleitete Arlecchino bis an den Wagen und verabschiedete sich. »Es war sehr freundlich von Euch, zu uns zu kommen und diesen Unglücklichen, die so wenig haben, ein so wunderbares Geschenk zu bringen.«

Arlecchino lächelte. »Es war nichts«, sagte er, »im Vergleich zu dem Geschenk, daß Ihr uns gegeben habt.« Dann wandte er sich ab und kletterte auf den Wagen. Er gab ›Tod‹ und ›Zerstörung‹ die Zügel. Ächzend setzte sich der Wagen in Bewegung und rollte schwankend die gefurchte Straße hinunter ins Tal, zur Straße nach Rom.

Cesare Borgia hatte seinen Bruder Jofre, seine Kondottieri und den päpstlichen Sekretär Casanova in seinen Räumen im Vatikan versammelt. Mit eisiger Stimme führte er das Verhör.

»Was ist mit der Romagna?«

Michelotto, noch in staubbedeckter Rüstung, saß breitbeinig in einem Sessel und schlürfte Wein aus einem silbernen Pokal. »Die Geier sammeln sich schon. In Perugia und Urbino verteilen die Leute Streitschriften gegen Euch und Euren Vater. Die Venezianer, diese Verräter, haben Guidobaldo Truppen zur Verfügung gestellt, und ihr Kondottiere Bartolomeo Alviano hat Malatesta als Herrscher Riminis abgelöst. Die Florentiner und Giampaolo Baglioni haben unsere Streitkräfte aus Magione und Camerino vertrieben. Es heißt, daß Alviano und Baglioni einen Eid geschworen haben, Euch ausfindig zu machen und zu töten. Dahinter stecken natürlich die Orsinis; diese feigen Bastarde sind schon unterwegs, um ihre Güter zurückzuverlangen. Ich habe Monte Giordano in Brand gesetzt, um sie daran zu erinnern, daß es uns noch gibt, aber Savelli sitzt schon wieder in seinem Palazzo und hat die Gefängnisse geöffnet. Die Orsinis halten die Porta San Pancrazio besetzt, und Prospero Colonna steht unmittelbar vor der Stadt.« Der dunkle Söldner sah Jofre lächelnd an. »Mit Eurer Gemahlin.«

Cesare fuhr herum. »Was?«

Jofre zuckte die Achseln. »Prospero hat Sancia aus der Engelsburg befreit. Er hat ihr sicheres Geleit nach Neapel versprochen.«

Cesare biß sich auf die Lippen und sagte einen Moment lang nichts. Dann wandte er sich einem anderen Mann unter den Versammelten zu. »Und was will das Kardinalskollegium von mir?«

»Man möchte Euch fern von Rom wissen«, antwortete Casanova kühn. »Wenigstens bis nach der Papstwahl.«

»Habt Ihr den Herren gesagt, daß ich noch zu krank bin, um zu reisen?«

»Das hat sie nicht beeindruckt. Sie geben Euch Zeit, bis sich die Eminenzen zum Konklave versammeln, um den neuen Papst zu wählen. Sie möchten keinerlei Einmischung von seiten des Adels.«

Cesare trat zu seinem Schreibtisch und nahm in dem prunkvollen Sessel dahinter Platz. »Wie steht es um meine Chancen, den Titel des päpstlichen Bannerträgers zu behalten?«

»Das ist bereits geregelt«, versicherte Casanova. »Die Kardinäle haben Euch in Eurem Amt bestätigt. Ihr seid für die öffentliche Sicherheit zuständig.«

Cesare spielte mit einem Dolch. »Das ist gut«, sagte er nachdenklich. »Das gibt mir eine gewisse Macht. Meine Leute können unter dem Vorwand, die öffentliche Ordnung zu schützen, Rom beherrschen.«

»Aber du wirst vorsichtig sein müssen«, riet Jofre. »Kardinal Sforza ist zurückgekehrt und – ebenso Giuliano della Rovere.«

Cesare warf wütend den Dolch auf den Schreibtisch. »Della Rovere? So ist also dieser verräterische Hund nach all dieser Zeit wieder aufgetaucht, wie?« Er stand auf. »Wo zum Teufel hat er sich versteckgehalten?«

Casanova blieb völlig ungerührt. »Er behauptet, er habe sich überhaupt nicht versteckgehalten. Er verbrachte einige Zeit in Frankreich und Spanien, war eine Zeitlang Gast der Gonzagas in Mantua und dann der Pittis in Florenz. Er sagte, er habe lediglich Umschau unter dem Volk gehalten, um festzustellen, wie die Kirche ihm am besten dienen kann, und jetzt sei er für immer nach Italien zurückgekehrt.«

Michelotto trank seinen Wein aus und drehte den Pokal in den Händen. »Warum laßt Ihr della Rovere nicht meine Sache sein?«

Cesare trat rasch zu ihm. »Nein!« sagte er heftig. »Genau das geht *nicht!* Noch ein Mord, und das gesamte Kardinalskollegium würde sich gegen mich wenden. Wir haben die elf spanischen Kardinäle in der Hand, und Ludwig hat mir die Unterstützung der Kardinäle d'Amboise und Sforza zugesichert. Wenn es uns gelingt, wenigstens – sagen wir – neun oder zehn von den italienischen Kardinälen auf unserer Seite zu halten, könnten wir dafür sorgen, daß der neue Papst jemand ist, der unserer Familie freundlich gesinnt ist.«

»Giuliano della Rovere bewirbt sich um den Stuhl Petri«, bemerkte Casanova.

»Soll er! D'Amboise steht ihm an Macht innerhalb des Kollegiums nicht nach.« Cesare nahm seinen Platz hinter dem Schreibtisch wieder ein. »Wenn della Rovere eine Konfrontation mit mir will«, sagte er leise, »dann kann er sie haben. Jederzeit.«

Rom

*Die Truppe spielt in Mittelitalien und kreiert ›Das Ende der Welt‹ und ›Der Prolog‹ * Cesare kämpft um den Machterhalt * Zwei Päpste folgen einander, und Rom bekommt einen neuen Cäsar*

Trotz della Roveres Aufforderung, ›ins Hühnerhaus‹ zu kommen, beschlossen Arlecchino und die Truppe, sich Zeit zu nehmen, um an ihrer Kunst zu arbeiten, sie weiter zu verfeinern und mit den Möglichkeiten des Stegreiftheaters und der Farce – im Verein mit einer milden Satire – zu experimentieren, bis sie einstimmig sagen konnten, daß sie Bruder Lorenzos Vision von einer ›sakramentalen Kunst‹ gerecht wurden.

Nach ihrer Abreise aus Assisi spielten sie für die Dorfbewohner von Eremo auf einer Waldlichtung, auf der der Legende zufolge der heilige Franziskus zu meditieren pflegte, das Stück ›Der sterbende Pantalone‹. In Spello, auf der Piazza Maggiore, gaben sie ›Die kluge Ehefrau‹ und wurden eingeladen, die Aufführung zwei Tage später in Sassovivo zu wiederholen.

Als sie in die weite Ebene hinunterkamen und sich Foligno näherten, wurden sie von einem Kurier abgefangen, der ihnen eine Einladung der Familie Trinci überbrachte, beim *Giostra della Quintana,* einem Reiterfest am zweiten Sonntag im September, im Palazzo der Familie ›Die kluge Ehefrau‹ zu spielen. Die Truppe ließ ausrichten, sie könnte die Einladung nur annehmen, wenn ihr erlaubt würde, ihren Theaterwagen auf der Piazza Comunale aufzustellen und dort auch für das Volk zu spielen. Die Trincis waren einverstanden, und so blieben die Komödianten eine Woche als Gäste im Palazzo und führten an den Nachmittagen unter großem Beifall ihre Stücke auf.

In Trevi spielten sie auf der Piazza vor dem neuen Rathaus, in Castel Ritaldi legten sie eine kurze Rast ein, spielten in der Nähe von La Pieve und zogen dann weiter nach Süden bis Spoleto, wo sie zwei Vorstellungen gaben: eine auf der Piazza del Duomo für die Bewohner der Ortschaft und eine im Hof der trutzigen Festung mit ihren sechs Türmen, die hoch über den Eichen auf einem Hügel thronte. Hier spielten sie ›Abraham und Isaak‹ für die Söldner der Orsinis, die das schöne Städtchen, das einst von Lucrezia Borgia beherrscht worden war, zurückerobert hatten.

Ein Kondottiere der Orsinis war es denn auch, der ihnen die Nachricht brachte, daß das Kardinalskollegium Francesco Piccolomini zum Papst gewählt hatte.

Der Fuchs schlich immer noch im Hühnerhof umher.

»Wer?« fragte Cesare den päpstlichen Kurier. Der junge Mann, der vor dem Herzog kniete, hob den Kopf. »Kardinal Francesco Piccolomini«, antwortete er. »Er hat den Namen Pius III. gewählt.«

Cesare war hocherfreut über die Neuigkeit und wandte sich sogleich an Michelotto: »Piccolomini! Stellt Euch nur vor! Während sich della Rovere und d'Amboise um den Heiligen Stuhl stritten, hat dieser betagte Herr sich einfach an ihnen vorbeigemogelt und sich selbst die Tiara aufgesetzt. Wunderbar!« Er richtete das Wort wieder an den päpstlichen Kurier. »Sonst noch Neuigkeiten?«

»Seine Heiligkeit hat mir aufgetragen, Euch seine Dankbarkeit für die Unterstützung durch die spanischen Kardinäle zu übermitteln. Und er wünscht Euch mitzuteilen, daß Ihr jederzeit nach Rom zurückkehren und Eure Pflichten als Bannerträger der Kirche wiederaufnehmen könnt.«

Cesare wirbelte herum und schlug Michelotto mit der Hand auf die Schulter. »Ha! Da bin ich also doch noch nicht erledigt! Della Rovere muß ja Krämpfe haben vor Wut und Enttäuschung.« Rasch ging er zu seinem Schreibtisch und bemerkte mit einer Geste zu Michelotto: »Gebt dem Boten etwas! Einen Goldfloren. Nein! Zwei!«

Der Kondottiere drückte dem jungen Mann die Münzen in die Hand. Der dankte ihm und ging unter vielen Verneigungen rückwärts aus dem Raum.

»Kann ich mich jetzt um della Rovere kümmern?« fragte Michelotto.

»Noch nicht«, antwortete der Herzog, schreibend über ein Pergament geneigt. »Wir können mit den fünfhundert Fußsoldaten und den einhundertfünfzig Reitern rechnen, die noch auf meiner Seite sind, aber ich brauche dringend mehr Leute und mehr Geld, wenn ich aus diesem Machtkampf lebend und als Herrscher der Romagna hervorgehen will.«

»Wo finden wir die Leute?« fragte der Söldner. »Die Franzosen und die Florentiner sind Euch gegenüber kalt, und unsere Verbündeten lassen uns auf allen Seiten im Stich.«

»Eben darum, denke ich, ist es Zeit, daß ich mein Fähnlein in die andere Windrichtung hänge.« Cesare lachte, sah von dem Schreiben auf, streute Sand darauf und versiegelte das Pergament dann mit Wachs, in das er sein Wappen eindrückte. »Ich habe hier an Gonsalvo de Cordoba geschrieben und ihm meine Unterstützung gegen die Franzosen angeboten. In Rom steht ein großes spanisches Heer. Wenn die Spanier mir zu Hilfe kommen, werden die Franzosen sich vielleicht mit mir einigen müssen.«

»Und was ist mit dem Papst? Wie wird er reagieren, wenn sein Bannerträger sich plötzlich auf die Seite der Spanier schlägt?«

»Die Franzosen gehen in Neapel einer schweren Niederlage entgegen. Das spanische Königspaar ist so katholisch wie Ludwig. Der alte Mann wird meiner Führung folgen und dann …«

Michelotto nahm das Schreiben. »Ja, und dann?«

Der Herzog stand auf, trat zu dem Kondottiere und flüsterte ihm ins Ohr: »Dann ist della Rovere Euer.«

Die Truppe beschloß abzuwarten, bis sie weitere Nachricht von della Rovere erhielt, und in dieser Zeit nur in den Ortschaften zu spielen, in denen die Orsinis und die Colonnas die Macht besaßen. Sie mieden alle größeren Städte. Als sie sich aus Osten kommend Terni näherten, sahen sie auf einem Meilenstein an der Straße das Stadtwappen abgebildet und stellten fest, daß es sich um eine Darstellung Sankt Georgs im Kampf mit dem Drachen handelte; das brachte sie auf den Gedanken, den Leuten in Terni ihre Version der Legende vorzuspielen. Dann jedoch erhielten sie Nachricht, daß die Stadt vom Wechselfieber heimgesucht sei. Später erfuhren sie, daß die Krankheit, die in dieser Gegend häufig auftrat, hier auch als ›Atem des Drachen‹ bekannt war.

Auch hatten sie jetzt das Bedürfnis, vor einem städtischen und, so hofften sie, weltoffeneren Publikum zu spielen. Die Leute auf dem Land reagierten eher auf derbe Situationskomik und ortsbezogene Schwänke als auf die satirischen Feinheiten, die sie als ihre Stärke betrachteten. Die tolpatschigen Stürze und Körperverrenkungen des sterbenden Pantalone erzeugten Stürme von Gelächter, die Verwechslungsgeschichte jedoch, auf der ›Die Zwillingsbrüder‹ beruhte, verwirrte die Leute häufig.

Sie kehrten also kurzerhand um und zogen nach Norden, bis nach Orvieto, einer größeren Stadt. Dort blieben sie mehr als zwei Wochen, spielten zuerst im Palazzo der einen Familie, dann im Palazzo der anderen. Den Rest der Zeit gaben sie ihre Vorstellungen nachmittags auf der Piazza del Duomo.

Sie besuchten das Reliquiario del Corporale, wo, wie Bruder Lorenzo ihnen erzählt hatte, das ›heilige Kelchtuch des Wunders von Bolsena‹ aufbewahrt wurde. Bei ihrem Besuch standen sie ehrfürchtig vor dem fast vollendeten Fresko Luca Signorellis, das das Jüngste Gericht darstellte.

Sie waren alle tief beeindruckt von dem Gemälde. Pantalone inspirierte es gar zu einer Farce: Ein alter Geizhals wird von einem Mönch überzeugt, daß das Ende der Welt nahe ist und er sich einen Platz im Himmel erkaufen kann, wenn er sein gesamtes Vermögen der Kirche hinterläßt. Der Dottore, der genau weiß, daß Pantalone nicht in Gefahr ist zu sterben, teilt die Nachricht Pantalones Frau, Colombina, mit, und die beiden denken sich eine List aus, um dem alten Mann eine Lektion zu erteilen.

Bald wird das Haus von Pseudo-Geistlichen belagert: vom Dottore, als Kardinal verkleidet, und von Tristano, dem Capitano, Scapino und Arlecchino, alle im Mönchsgewand. Sie sind gekommen, die Hinterlassenschaft in Besitz zu nehmen, weil sie nicht bis zur letzten Minute warten wollen. Scapino,

Arlecchino und der Dottore nehmen die Möbel, die Gemälde, das gehortete Geld und den Schmuck, Tristano jedoch verschwindet mit Pantalones Mätresse, die, so argumentieren sie, immer wie ein Besitzstück behandelt wurde, und der Capitano entführt Colombina.

Die Farce endet damit, daß Pantalone mutterseelenallein und mittellos zurückbleibt und heulend und zähneklappernd auf den angedrohten Weltuntergang wartet, ohne sich darüber klar zu sein, daß seine Welt – die aus Reichtum und Besitz bestand – bereits untergegangen ist.

Sie zogen weiter nach Süden, nach Viterbo und Ronciglione, und spielten dort unter enthusiastischem Beifall und einem Regen von Münzen ›Das Ende der Welt‹. Sie spielten in Narni und Rieti, in L'Aquila und Avezzano, und neben Geschick und Erfahrung erwarben sie sich mit der Zeit so etwas wie Ruhm, der über ganz Mittelitalien reichte. Sie hatten ein Repertoire von Stücken geschaffen und entwickelt, zu dem unter anderen ›Der Prolog‹, ›Der Lügner‹ und ›Die Frau, die ihren Hund kochte‹ gehörten. Jeder hatte seine persönlichen *lazzi* kreiert und ausgefeilt; eine solche komische Einlage beispielsweise bestand darin, daß der Schauspieler eine Fliege fing und sie verspeiste, als handelte es sich um einen Schweinebraten; oder daß Scapino und Pantalone im Tandem marschierten, wenn Scapinos Kittel sich in Pantalones Gürtel verfangen hatte. Der erfolgreichste *lazzo* des Capitano war jener, in dem er es partout nicht schaffte, sein Schwert in die Scheide zu stecken, und bei seinen verzweifelten Bemühungen alles um sich herum demolierte, das Ensemble in die Flucht jagte und schließlich kreuzfidel von der Bühne tänzelte, das Schwert an seine Brust gedrückt, als handelte es sich um eine schöne Geliebte.

Sie hatten auch ein Repertoire biblischer Stücke, die sich stets großer Beliebtheit erfreuten. Allerdings fürchteten sie zunächst, sie könnten sich den Zorn der örtlichen Kirchenherren zuziehen, und darum spielten sie ›Abraham und Isaak‹ das erste Mal mit einiger Nervosität. Als sie jedoch feststellten, daß die Gemeindegeistlichen häufig gerade ein solches Stück haben wollten, begannen sie, die biblischen Geschichten mit mehr Selbstsicherheit darzustellen.

›Der Kampf des heiligen Georg mit dem Drachen‹ war das Lieblingsstück vieler, zumal jetzt der Capitano den heiligen Georg spielte und Arlecchino und Scapino gemeinsam den Drachen gaben, während Isabella natürlich die holde Jungfrau verkörperte. Die Version der Truppe endete allerdings damit, daß der Drache den heiligen Georg verschlang, nachdem er ihm mit Erfolg vorgemacht hatte, er sei gar kein Drache, sondern ein deformierter und verfluchter Bernhardinerhund.

Immer wieder staunten sie darüber, daß viele der Geschichten und Stücke so beliebt waren, obwohl sie überhaupt keinen Sinn ergaben. Das Absurde, die scharfe und bissige Charaktersatire schien für sich allein zu sprechen. Sie lernten, daß sie sich, um Wirkung zu erzielen, beim Spiel an ein bestimmtes Tempo halten mußten und nichts verschleppen durften, wenn sie nicht wollten, daß das Publikum die Albernheit der Handlung durchschaute und in seiner Aufmerksamkeit nachließ. Und sie erfuhren auch, daß die Zuschauer am Ende verwirrt und unzufrieden waren, wenn das Tempo zu schnell oder die Schauspieler zu sehr in ihr eigenes Spiel verliebt waren.

Das Geheimnis lag natürlich darin, in moderatem Tempo mit einem gewissen Maß an Vernunft und Glaubwürdigkeit zu beginnen und dann immer schneller zu werden, zu spielen, ohne dem Publikum Zeit zum Nachdenken zu lassen. Dadurch blieb dem Schauspieler eine gewisse geistige Freiheit, die es ihm möglich machte, jeden Stimmungswechsel im Publikum schnell zu erfassen, auf Bemerkungen, die von Zuschauern kamen, einzugehen oder vielleicht den Text zu überspringen und dafür ein Lied zu singen.

Die Szenen waren niemals gleich. Und mancher, der die Truppe in Orvieto spielen sah, erlebte in Narni überrascht, daß die Szenen desselben Stücks sich völlig anders entwickelten, obwohl die Grundzüge der Handlung unverändert blieben.

Nun endlich hatten sie das Gefühl, bereit zu sein. Obwohl sie von della Rovere nichts mehr gehört hatten, stimmten sie dafür, nach Rom zu ziehen.

Die Nachricht von ihrem Erscheinen in der Gegend erreichte Cesare schon, als die Truppe noch auf dem Marsch zum Tiber war, und er gab Michelotto sogleich den Befehl, die Komödianten gefangenzunehmen.

»Eine Hoffnung habe ich noch«, sagte er. »Die Venezianer wollen dieses Mädchen haben. Wenn ich sie ihnen ausliefern kann, werden sie vielleicht zu einem Bündnis mit mir bereit sein, und dann kann ich Florenz und Bologna zu Verhandlungen zwingen.«

Der Capitano, kostümiert, mit falscher roter Nase und einem ungeheuer dicken Bauch, ritt wie immer auf Zephyr voraus. Ihm folgten radschlagend, jonglierend, alle möglichen akrobatischen Kunststückchen vorführend, Scapino und Pantalone im kurzen Wams mit Strumpfhosen, die Gesichter unter Halbmasken verborgen. Arlecchino, die Laute schlagend oder auf einer Lippenpfeife blasend, pendelte meist zwischen diesen beiden und der tanzenden, Tamburin schlagenden Colombina hin und her. Der Dottore lenkte den Wagen, neben sich Isabella, die hübsch und strahlend ihren Bewunderern zuwinkte. Ruffiana und Tristano, singend und Laute schlagend auf dem Karren, bildeten den Schluß des Zugs.

In der Stadt hatte man offensichtlich schon von der Truppe gehört und auf sie gewartet. Lachende Menschengruppen winkten und jubelten den Schauspielern auf Straßen und Plätzen zu. Die Kinder liefen ihnen johlend und schreiend nach, und junge Burschen, die sich in kleinen Gruppen zusammenscharten, brachten vereint den Mut auf, Isabella und Ruffiana nachzupfeifen und obszöne Gesten zu machen, die Ruffiana manchmal erwiderte.

Als die Truppe sich dem Tiber näherte, hörte sie donnernden Hufschlag. Zwei Kolonnen berittener Söldner, die die päpstlichen Banner trugen, galoppierten heran und umrundeten die Komödianten. Der Capitano lenkte Zephyr zurück neben den Wagen, und Arlecchino trat vor, um das Wort an den Führer zu richten.

Michelotto blickte grinsend zu dem maskierten Mann mit dem grotesken Hut hinunter und sagte leise: »Ich dachte schon, Ihr würdet niemals kommen, Bracciolini.« Dann rief er laut, so daß seine Stimme sich an den umstehenden Häusern brach: »Gemäß dem Befehl Cesare Borgias, des Herzogs von Valentinois, Bannerträger der Heiligen Römisch-Katholischen Kirche ...«

Die Worte gingen in neuerlichem Hufgetrappel unter, und Arlecchino nahm verschwommen war, daß jenseits des Rings der in Rot und Weiß gekleideten Reiter irgend etwas geschah. Da er jedoch nicht zu Pferd saß, konnte er nicht über die berittenen Söldner hinwegsehen. Zu seiner Linken hörte er gedämpfte streitende Stimmen, hinter sich das metallische Klirren von Waffen; Michelotto wendete sein Pferd, um zu sehen, was es gäbe, und da öffnete sich der Ring der Söldner, und vier berittene Soldaten drängten die Reiter Cesare Borgias zurück. Durch die sich erweiternde Lücke konnte Arlecchino eine prunkvolle Karosse sehen, die nun anhielt und der Kardinal della Rovere entstieg.

Energischen Schritts ging er mit ausgebreiteten Armen auf Arlecchino zu. Dieser ließ sich die Umarmung gefallen und beugte das Knie, um den Ring des Kardinals zu küssen.

Michelotto führte sein Pferd näher an den Kardinal heran. »Ihr hindert uns daran, die Befehle des päpstlichen Bannerträgers auszuführen«, fuhr er ihn an.

»Das ist wahr.« Der Kardinal lächelte. »Augenblicklich nämlich hat die Kirche keinen Bannerträger.«

Er winkte Angelo, der, in blitzendem Brustpanzer, auf dem das Wappen der della Roveres prangte, seinen Wallach vorwärts trieb und Michelotto eine versiegelte Schriftrolle überreichte. Der Borgia-Söldner nahm sie, untersuchte das Siegel, erbrach es und entrollte das Pergament, um es zu lesen. Arlecchino sah, wie seine Hand zitterte. Langsam stieß Michelotto zwischen zusammengebissenen Zähnen den Atem aus. »Wie ist das möglich?«

Der Kardinal wies auf die Schriftrolle. »Er war ein sehr alter Mann.« Er streckte die behandschuhte Hand aus, um sich das Pergament zurückgeben zu lassen, und Michelotto klatschte es ihm hinein. »Er holte sich ein Fieber und wurde zur Ader gelassen. Unglücklicherweise genas er nicht, sondern wurde immer schwächer. Vor zwei Stunden ist Seine Heiligkeit Pius III. gestorben. Die kirchliche Macht liegt jetzt in Händen des Heiligen Kardinalskollegiums. Es hat dieser Truppe von Komödianten die Erlaubnis erteilt, in Rom zu spielen.«

Michelottos Pferd wieherte plötzlich und wollte nervös nach links ausbrechen. Der Söldner zügelte es energisch und sagte gereizt: »Der Papst hat nur siebenundzwanzig Tage regiert.«

»Ja«, bestätigte della Rovere gedämpft. »Aber er ist eines natürlichen Todes gestorben – im Gegensatz zu anderen.«

Es sah aus, als wollte Michelotto den Kardinal niedertrampeln, doch da schob Angelo seinen Wallach zwischen die beiden und drängte den Kondottiere Cesare Borgias zurück. Der warf ihm einen zornfunkelnden Blick zu, riß sein Pferd herum und galoppierte durch eine Öffnung im Ring seiner Soldaten davon. Ohne Befehl wendeten auch die übrigen Söldner Borgias und folgten ihrem Führer.

Erst jetzt sah Arlecchino, daß der Kardinal mit seinen eigenen berittenen Soldaten gekommen war. »Ich mußte sicher sein, daß dieser hitzköpfige Mörder sich nicht vergessen und auf eigene Faust handeln würde«, erklärte della Rovere. Er reichte die Schriftrolle Arlecchino, der sie öffnete und las: »Hiermit erklärt das Heilige Kardinalskollegium der Heiligen Römisch-Katholischen Kirche, daß die Inhaber dieses Schreibens die Genehmigung besitzen, innerhalb der Grenzen der Stadt Rom zur Allerheiligenzeit Komödien aufzuführen, und daß es jedem unter Androhung der Exkommunikation verboten ist, dies zu verhindern.«

Arlecchino sah den hochgewachsenen Kardinal an, der mit lächelnder Miene dastand. »Der Wind hat sich gedreht. Man wird unverzüglich das Konklave zur Wahl eines neuen Papstes einberufen, und ich habe genug Kardinäle in meiner Tasche, um mir der Wahl sicher zu sein.« Er ließ sich von Arlecchino zu seiner Karosse begleiten. »Ich habe sogar dem Goldschmied schon Anweisung gegeben, meinen Namen in den Fischerring einzugravieren, und eine Schar meiner Freunde steht bereit, mein Wappen an allen Ecken Roms anzubringen.« Vor der Karosse blieb er stehen. »Cesares Tage sind gezählt, und er weiß es. Ihr seid in Sicherheit.«

Arlecchino lachte und reichte die Schriftrolle dem Capitano, der sie an die anderen Mitglieder der Truppe weitergab. In diesem Augenblick löste sich Isabella aus der Gruppe, beugte das Knie und küßte den Ring des Kardinals. Della Rovere neigte sich zu ihr hinunter und zog sie sanft in die Höhe. Dann brachte er aus den Tiefen seiner Gewänder eine kleine Schriftrolle zum Vorschein.

»Mein liebes Kind«, sagte er leise, »auf diesem Pergament steht der Name deiner Mutter geschrieben. Wenn du es an dich nimmst, kannst du jederzeit zu ihr gehen und dein Erbe in Besitz nehmen. Ihr Gemahl, der weiß, wie weit meine Macht reicht, wird dich als legitimes Kind anerkennen.« Er neigte sich dichter zu ihr. »Willst du die Schriftrolle?« fragte er.

Isabella blickte schweigend auf das versiegelte Dokument, dann sah sie Scapino an.

»Eminenz«, sagte sie schließlich leise, »Bastarde fühlen sich unter ihresgleichen am wohlsten.« Sie reichte ihm die Schriftrolle zurück. »Verbrennt sie.«

»Welch eine Ähnlichkeit mit deiner Mutter«, sagte della Rovere bewundernd. Er wandte sich an Arlecchino. »Ihr könnt mit einer offiziellen Dispens von Euren Gelübden rechnen, Vittorio. Ich habe von Eurem Erfolg gehört und glaube, Ihr habt nun doch Eure Berufung gefunden. Eure Vorstellung übrigens soll auf der Piazza vor der Engelsburg stattfinden. Ich dachte mir, das wäre am bequemsten für – den neuen Papst –, sollte es ihm belieben, euch zuzusehen, wie er das gewiß tun wird.« Er senkte die Stimme. »Natürlich hängt das davon ab, wie schnell das Konklave zu einer Entscheidung gelangt.«

Arlecchino war sprachlos, er konnte nur nicken.

»Ich habe alles Nötige für zwei Vorstellungen veranlaßt«, fuhr der Kardinal fort, »und wenn ihr euch entschließen solltet, länger in Rom zu bleiben, so wendet euch einfach an die Behörden und sagt, daß ich euer Bürge und Gönner bin, dann wird niemand es wagen, euch zu behindern.«

Mit diesen letzten Worten wandte er sich ab und stieg in seinen Wagen. Dann beugte er sich aus dem Fenster und segnete die ganze Truppe. »Gibt es sonst noch irgend etwas, das ich für Euch tun kann, Vittorio?« fragte er.

»Ich denke, Ihr habt genug getan, Eminenz«, antwortete Arlecchino. Er sah seine Freunde an. »Es sei denn, Ihr habt eine Möglichkeit, die vornehmen Herrschaften daran zu hindern, sich auf unsere Bühne zu setzen und Kommentare abzugeben, während wir arbeiten. Das haben sie in drei oder vier Ortschaften getan, in denen wir gespielt haben.«

»Oder wenn Ihr verhindern könnt, daß sie uns mit Nüssen und faulen Früchten bewerfen, wenn wir nicht gefallen«, fügte Scapino hinzu. »Auch das ist schon vorgekommen.«

Dem Kardinal fiel plötzlich etwas ein. »Oh! Wenn Ihr Zeit und Gelegenheit habt, solltet Ihr einmal in den Osten der Stadt gehen, in die Nähe der Kirche Santa Maria Maggiore. Es gibt da einen kleinen Platz, und was es dort zu sehen gibt, wird Euch interessieren.«

Er lehnte sich zurück in die Schatten des Wagens, und der Kutscher gab den Pferden die Peitsche.

Innerhalb von Minuten umringten Scharen neugieriger Römer die Truppe und wollten wissen, was es gegeben habe. Arlecchino nahm die Lippenpfeife und spielte ein heiteres kleines Lied.

»Kommt! Kommt alle!« rief Scapino. »Zur Piazza vor der Engelsburg. Dort spielen die berühmten Komödianten, die wunderlichen Heiligen.«

Cesare Borgia saß reglos an dem kleinen Schreibpult in der Engelsburg und hörte sich den Bericht seines Kondottiere an. Schließlich sagte er leise: »So. Der arrogante Bastard hat es endlich geschafft.«

Michelotto nickte. »Das glaubt er jedenfalls. Er hat separate Vereinbarungen mit einigen der spanischen Kardinäle getroffen, aber sieben oder acht hat d'Amboise immer noch in der Hand.«

Es dauerte einen Moment, ehe Cesare zu lächeln begann. Dann lachte er sogar. »Unglaublich!« brüllte er und schnappte nach Luft. »Dieser della Rovere ist unglaublich! Was meint Ihr, würde ich geben müssen, um ihn auf meine Seite zu ziehen?«

»Den Stuhl Petri«, sagte Michelotto.

Cesare hörte auf zu lachen. »Ja, ja. Und das erheiternde an

der ganzen Sache ist, daß er sich vielleicht als weit schlimmer erweisen wird als mein eigener Vater. Er ist ein blutdürstiger Wüstling. Seine Huren haben ihm die französische Krankheit angehängt, und seine Herrschaft wird von Kriegen und von Rachgier bestimmt sein. Ich wollte nur Herzog der Romagna werden. Della Rovere will Kaiser von Italien werden. Nun, das soll mir eine Lehre sein. Man sollte eben seine Feinde nicht am Leben lassen. Trotzdem, wir können ja nicht alle töten, nicht wahr?«

Er stand auf und kam um den Schreibtisch herum. »Ich habe sehr viel von diesen Komödianten gehört, und Ihr sagtet, Ihr habt ihre Version von ›Abraham und Isaak‹ schon gesehen und sie sei unterhaltsam. Sehen wir uns also die Leute an.«

Am Vorabend von Allerheiligen war der neue Papst noch nicht gewählt, und die Truppe beschloß, den ›Prolog‹ zu spielen – eine Szenenfolge, die sie in Avezzano erdacht und ausgearbeitet hatten, zum Spott des Gönners, der sie dorthin eingeladen hatte, um für ihn zu spielen. Nun wollten sie vorgeben, auf Einladung des päpstlichen Bannerträgers, Cesare Borgia, persönlich in Rom zu sein, und wollten ihn mit ihrer Satire aufs Korn nehmen. Der einzige, der dagegen sprach, war der Capitano. »Sich mit Mut und Selbstvertrauen in die Höhle des Löwen zu begeben, ist eine Sache. Ihn am Schwanz zu ziehen, ist eine ganz andere.«

Während die Menschen – Priester, Mönche und Nonnen, junge Seminaristen mit den flachen Hüten der Spanier, einfache Leute, Männer wie Frauen – in Scharen auf der Piazza zusammenströmten, unterhielt Scapino die Menge schon mit seinen Kunststücken, und Pantalone, diesmal nicht in der Maske des alten Geizhalses, erzählte einer kleinen Schar junger Frauen die tollsten Lügenmärchen.

Plötzlich fielen Arlecchino drei Klosterbrüder in schwarzen Kutten auf, die rechts von ihm leicht erhöht standen. Was sie von den anderen Mönchen unterschied, war die Tatsache, daß sie von einem kleinen Ring bewaffneter Männer in Rot und Weiß umgeben waren, die eine Schranke zwischen dem Trio und dem Rest der Menge bildeten. Und das nächste, was sein Augenmerk auf sich zog, war das Funkeln von Gold auf der Brust eines der Mönche.

Endlich war es Zeit anzufangen. Arlecchino trat vor, schlug seine Laute und begann zu singen. Er sang von der Herrlichkeit Roms und von der Macht der Kirche; dann trat Scapino auf, stieß ihn zur Seite und ließ einen Schwall absurder Bemerkungen über die Römer und ihre Gewohnheiten los, der bald das ganze Publikum zum Lachen brachte.

Unvermittelt brach Scapino in seiner Tirade ab, um das Stück mit dem Namen ›Der Prolog‹ einzuführen. »Hört mir zu«, rief er in die Menge. »Wir werden heute ein Stück für euch spielen, in dem folgende Personen auftreten: der Dottore, ein fürchterlicher Schaumschläger aus Bologna.« Die Zuschauer johlten und klatschten. »Und dann ein aufgeblasener Mops, Tristano, aus Venedig natürlich.« Wieder antwortete das Publikum mit beifälligem Geschrei auf die Beleidigungen der feindlichen Städte. »Ah, da kommt der Dottore schon«, flüsterte Scapino. »Ich versteck mich hier drinnen und hör mir an, wie der alte Schafskopf sich lächerlich macht.«

Damit lief er nach hinten und sprang flugs in einen großen Korb. Im selben Moment trat der Dottore von links auf. In der Hand hielt er eine Schriftrolle, von der er seinen Text ablas.

»Ich habe nur noch eine Stunde zu leben«, verkündete er in feierlichem Ton.

Scapino streckte den Kopf aus dem Korb. »Ein Pech für ihn, aber ein Glück für euch, da er in der Mitte des ersten Akts stirbt.« Damit zog er den Kopf wieder ein.

Der Dottore tat so, als suchte er nach dem Sprecher, sähe aber niemanden. Schließlich zuckte er die Achseln und las weiter. »Ich habe hier eine Liste all der unendlich vielen Dinge, die mir fehlen. Mein Herz tut die letzten Schläge meines Lebens.«

»Dideldum dideldei dideldidumdei«, sang Scapino aus dem Korb.

Wieder sah sich der Dottore um. Wieder zuckte er die Achseln und las weiter. »In meinem Inneren gehen schreckliche Dinge vor –«

Erneut schoß Scapinos Kopf in die Höhe. »Ja, seine Nabelschnur hat sich mit seinem Dünndarm verwurschtelt, deshalb hat er sein Leben lang nie richtig geschissen und ist jetzt voller –«

Er brach ab, als der Dottore herumfuhr, und tauchte schleunigst wieder in seinen Korb.

Jetzt trat von rechts Tristano heraus, eine ähnliche Schriftrolle in den Händen. Er achtete nicht auf den Dottore. »Ah, meine Geliebte«, begann er, »mein Herz ist –«

»– völlig abgeschlafft«, las der Dottore, »und meine Lunge ist voll –«

»– des Duftes deiner unvergleichlichen –«

»– Gase«, vollendete der Dottore.

Gereizt brüllte Tristano: »Ich sterbe –«

»– spätestens in einer Stunde«, fuhr der Dottore fort. »Sieh doch, meine Warzen gleichen –«

»– den Brüsten der Venus«, schwärmte Tristano. »Deine Augen sind wie –«

»– zwei Bettpfannen«, stöhnte der Dottore.

Plötzlich tauchte Scapino hinter den beiden Schauspielern auf und betätigte eine der Rasseln des Dottore, doch diesmal klang das entstehende Geräusch nicht wie ein Brüllen, sondern eher wie das Abgehen einer Blähung. Und sofort verschwand er wieder, während der Dottore Tristano einen mißtrauischen Blick zuwarf, laut schnüffelnd die Nase hob und dann einen Schritt von ihm wegtrat.

»Dein süßer Mund«, deklamierte Tristano, »ist wie –«

»– eine Kloake der Korruption«, schimpfte der Dottore.

Scapino fuhr in die Höhe, diesmal mit einem kleinen Röhrchen, durch das er Tristano eine Erbse ins Genick blies. Und während er eilig verschwand, schlug sich der junge Liebhaber mit der Hand auf den Hals und drehte sich dann wütend nach dem Dottore um. »Hör bloß auf!« befahl er.

»Womit soll ich aufhören?« fragte der Dottore.

»Hör auf damit!« wiederholte Tristano und ging dann wieder zum Deklamieren über. »Blume meiner Seele, gießen werde ich dich mit –«

»– meinem armen, vergifteten Urin«, jammerte der Dottore.

Erneut tauchte Scapino mit seinem Blasrohr auf und

nahm diesmal den Dottore unter Beschuß. Worauf der Dottore Tristano aufgebracht anfuhr: »Das ist überhaupt nicht lustig.«

»Soll es ja auch nicht sein«, entgegnete Tristano verwundert. »Ich bin doch der Liebhaber.«

Der Dottore rannte über die Bühne auf Tristano zu. »Spiel jetzt nicht das Unschuldslamm!« brüllte er.

»Aber das muß ich doch!« schrie Tristano zurück. »Ich bin der Liebhaber!«

Da trat Arlecchino auf die Bühne und rief laut: »Ruffiana! Pantalone! Capitano! Scapino!«

Arlecchino schwenkte eine Schriftrolle und wartete, bis die Truppe sich um ihn versammelt hatte, ehe er sagte: »Seine Hoheit, der Bannerträger der Kirche, hat mir soeben etwas gegeben.«

»Ja, die französische Krankheit«, verkündete Scapino.

Einige der Zuschauer hielten erschrocken den Atem an. Andere lachten.

»Wenn du gefälligst deinen Mund halten würdest«, sagte Colombina zu Scapino.

»– dann hättest du weniger Löcher in den Zähnen«, stellte Ruffiana fest.

Arlecchino fuhr fort: »Seine Hoheit hat uns eingeladen, in Rom für all die guten Leute hier zu spielen.«

»Aber ich seh gar keine Kardinäle da draußen. Wieso schauen uns die Kardinäle nicht zu?« Scapino runzelte übertrieben die Stirn.

»Sie sind im Konklave«, erklärte Arlecchino. »Und zeigt gefälligst ein wenig Respekt vor dem Bannerträger. Er dient der Kirche –«

»Ganz zu schweigen von Lucrezia, Juan, Jofre ...« zählte Scapino an den Fingern ab. Diesmal war das Gelächter schon ein wenig stärker.

»Er war einst ein Vater der Kirche!« erklärte Arlecchino laut.

»– und von Rodrigo und Giovanni und Girolamo und Camilla – und wahrscheinlich Isabella, Francesca, Roberto, Angelo –«, zählte Scapino sämtliche Kinder Cesares auf.

»Das reicht!« unterbrach Arlecchino.

»Ja, das haben ihre Mütter auch gesagt«, murmelte Colombina.

Jetzt lachten alle.

Der Capitano, der am Rand der Gruppe stand, hatte an dieser Stelle Gelegenheit, zu den drei Mönchen hinüberzublicken, die Arlecchino schon früher aufgefallen waren. Der Mönch mit dem goldenen Medaillon, sagte sich der Capitano, mußte Cesare Borgia sein. Er bemerkte, daß die beiden anderen miteinander debattierten, doch der mit dem goldenen Medaillon zuckte am ganzen Körper.

»Du meine Güte«, flüsterte der Capitano vor sich hin. »Der Bastard lacht!«

Die Vorstellung lief glänzend; Gelächter und Beifall des Publikums hielten an bis zur letzten Szene, dem grotesken Tanz des Capitano mit seinem nackten Schwert. Nun trat wieder Arlecchino vor die Zuschauer, schlug seine Laute und sprach die Schlußworte.

»Denkt daran: So sicher wie es eine Gemeinschaft der Heiligen gibt, gibt es eine Gemeinschaft der Narren – und es sind immer dieselben Leute.« Die Zuschauer lachten. »Laßt euch daher warnen, edle Römer«, fuhr er fort, »und insbesondere Ihr, Signore, der Ihr die Hand unter dem Rock Eurer Begleiterin habt.« Neuerliches Gelächter. »Und Ihr Signora, mit den vorwurfsvoll zusammengepreßten Lippen – Bollwerk gegen eine spitze Zunge, vermute ich.« Wieder antwortete ein Heiterkeitsausbruch. »Und insbesondere ihr, gute Mönche ...«

Arlecchino wies mit der Hand dorthin, wo die drei schwarzgekleideten Männer gestanden hatten, und viele der Zuschauer drehten die Köpfe, aber der Platz war leer, Mönche und Söldner waren verschwunden.

Arlecchino zuckte die Achseln und fuhr in seinem Vortrag fort. »Ihr, dem es nur an einem Spiegel mangelt, um den Narren zu erkennen, über den ihr gelacht habt, ihr alle, laßt euch warnen! Ihr seid menschlich. Ihr seid verletzlich. Und wenn die wunderlichen Heiligen das nächste Mal für euch auftreten, dann wird die Maske, die ich trage, vielleicht *euer* Gesicht sein.«

Die Menge begann zu grölen und zu pfeifen.

»Denkt daran!« Arlecchinos Stimme schwoll an. »Denkt daran! Das Leben ist voll Täuschung und Grausamkeit. Es besteht aus Gesetzen und Regeln und Verboten, die nur für die Armen und die Hilflosen gelten. Laßt euch warnen! Beamte und Adlige, Geistliche und Ritter lauern hinter jeder Ecke auf euch, um euch aus heiterem Himmel und ohne Vorwarnung in den Sack zu stecken. Wenn ihr die Wahrheit sprecht, wird niemand euch glauben. Wenn ihr lügt, wird jeder euer Freund sein. Aber laßt euch von Arlecchino eines gesagt sein: Lauft stets, so schnell ihr könnt. Schmiedet Ränke und Intrigen und packt, was euch zufällt.«

Er schlug einen letzten Akkord und endete beinahe flüsternd: »Auch ein Narr muß einmal gewinnen.«

Als er sich verbeugte, schrie jemand aus der Menge: »Es ist soweit. Wir haben einen neuen Papst. Es ist Kardinal della Rovere!«

»Welchen Namen hat er gewählt?« fragte Arlecchino.

»Julius. Papst Julius II.«

»Der zweite?« sagte Arlecchino zu seinen Mitspielern. »Ich weiß gar nicht mehr – wer war denn Julius I.?«

Der Dottore lachte unbekümmert. »Das ist doch unwichtig«, meinte er. »Er hat den Namen gewählt, um den ersten Julius zu ehren. Und weil es der Name des ersten römischen Kaisers war.«

Arlecchino lächelte. »Du meinst, er nahm den Namen Julius –?«

Der Dottore nickte. »Wir haben einen neuen Cäsar.«

Am folgenden Morgen, dem Allerheiligentag, fuhren sie ihren Wagen zu der zweiten Vorstellung, um die Kardinal della Rovere gebeten hatte, auf den Platz vor der Kirche Santa Maria del Popolo an der ehemaligen Porta Flaminia. Während die anderen in die Stadt ausschwärmten, um die Nachmittagsvorstellung anzukündigen, ging Arlecchino, wie von della Rovere vorgeschlagen, allein zur Kirche Santa Maria Maggiore. Als er auf die kleine Piazza trat, blieb er überrascht stehen.

Dort auf dem Platz stand ein kleiner Wagen, nicht halb so

hoch wie der Zunftwagen, ihm sonst aber bemerkenswert ähnlich. Ein blaßblauer Vorhang, der von einer Stange herabfiel, die auf zwei hohen gegabelten Trägern lag, bildete den Bühnenhintergrund. Eine kleine Schar Kinder und Erwachsene hatte sich vor dem Wagen versammelt und beobachteten gespannt – Arlecchino.

Ja, das war unbestreitbar er selbst, der dort oben auf der Bühne stand. Aus dem gepanzerten Umhang aus Fahnenresten und Lumpen war ein Gewand aus vielfarbigen rautenförmigen Flicken geworden, und dieses Muster wiederholte sich in Wams und Strumpfhose des Schauspielers mit der schwarzen Halbmaske, der zur Laute sang. Der Hut war unverkennbar eine Nachbildung seines eigenen – groß, grotesk, mit einer Krempe, die an einen gewaltigen Schnabel erinnerte, und mit einer frech wippenden Pfauenfeder geschmückt.

Das Lied, das der Komödiant sang, war Arlecchino nicht bekannt, doch kaum hatte es geendet, da trat eine adrette, etwas rundliche Frau im erdbraunen Rock und den roten Unterröcken Colombinas auf. Es folgte ein Dialog darüber, wer von den beiden die Einkäufe erledigen sollte, und die zwei Figuren nannten einander Arlecchino und Colombina.

Es gab einen Pantalone im formlosen langen Gewand, mit der klingelnden Börse am Gürtel. Und einen Dottore mit Halbmaske und schwarzem Umhang. Da waren sie, alle Mitglieder der Gemeinschaft der wunderlichen Heiligen!

Arlecchino blieb im Schatten der Häuser und sah sich die Vorstellung an. Es handelte sich, da war er sicher, um ›Die kluge Ehefrau‹, jedoch mit Variationen. Dann bemerkte er die Fahne, die über dem Wagen hing. *I Confidenti,* stand darauf.

Er sah nur noch eine kleine Weile zu, um festzustellen, welche *lazzi* genau diese Gesellschaft unverschämter Nachahmer seiner Truppe gestohlen hatte. Er war zornig. Er spielte mit dem Gedanken, die Heiligen zusammenzurufen, hierher zurückzukehren und diesen Wagen, der Dieben gehörte, zu demolieren.

Aber dann hörte er das Gelächter, und sein Zorn verwandelte sich in eine stille Traurigkeit. Wer war er denn, um das alleinige Eigentumsrecht an den Figuren und den komischen

Einfällen zu beanspruchen? Hatte er nicht von Anfang an behauptet, die Truppe sei nur eine zeitweilige Gemeinschaft? Und war nicht diese Nachahmung ein hohes Kompliment? Vor allem aber, wirkten nicht beide Truppen dasselbe kleine Wunder, nämlich Armut und Elend durch Gelächter zu erhellen?

Ihm fiel plötzlich ein, was ihm der Dottore über seine merkwürdige ›Begegnung‹ mit della Francesca erzählt hatte. »Richte das Licht auf sie! Sie können das Licht nicht ertragen!« hätte der Alte gerufen.

Er sah zu, wie das Liebespaar, die hier Maria und Gregorio hießen, aus einer Liebesszene ein komisches Fiasko machte. Ja, sagte er sich, das Theater gehört ebensosehr ihnen wie uns.

Er machte kehrt und ging zu seiner Truppe zurück, wo er den anderen von dieser zweiten *commedia-Truppe* erzählte.

»Aber woher haben sie unsere Stücke?« fragte Pantalone.

»Wahrscheinlich haben sie uns irgendwo spielen sehen«, meinte Arlecchino. »Und als sie sahen, wie gut wir ankamen, beschlossen sie, es selbst zu versuchen.«

»Wieso versuchen sie es nicht mit ihren eigenen Ideen?« fragte Isabella bissig.

»Es sind ja ihre eigenen«, antwortete Arlecchino. »Es sind unsere Ideen, aber durch das Sieb ihrer ganz persönlichen Erfahrungen und Fertigkeiten geschüttelt.«

Es war Zeit, mit der Vorstellung zu beginnen, doch als Arlecchino vor seinem Auftritt seine Laute stimmte, hörte er plötzlich draußen auf der Bühne ein Geräusch, als würde mit einem schweren Stab auf den Boden geklopft. Er spähte hinaus und sah einen Mann mit dem Wappen der Familie della Rovere auf der Brust, der zwischen zwei bewaffneten Söldnern stand und soeben aus einer Schriftrolle zu lesen begann.

»Auf Befehl Seiner Heiligkeit, des Papstes Julius II., soll jeder, der unbefugt auf die Bühne steigt, sich vor die Schauspieler stellt, unziemliche Geräusche macht oder mit faulen Äpfeln, Nüssen oder Abfällen auf die Komödianten wirft, mit einer Geldbuße, Hieben oder Gefängnis bestraft werden.«

Die Mitglieder der Truppe tauschten Blicke, und zwei oder drei prunkvoll gekleidete Adlige, die sich auf die Bühne gesetzt hatten, standen auf und verließen sie. Spöttisches Gelächter erklang aus der Menge, und jemand schrie: »*Commedia! Bravissimo, commedia dell'arte!*«

Arlecchino war sprachlos vor Überraschung, doch dann trat er auf die Bühne und begann mit der Einführung. Den ganzen Nachmittag hallte in den Herzen und im Geist jedes einzelnen Mitglieds der Truppe der Ruf jenes Zuschauers wider.

Dell'arte!

Schauspieler von Berufs wegen.

Epilog

Am 12.April 1523 starb Vittorio Bracciolini, in Europa besser bekannt als Arlecchino, im Alter von neunundsechzig Jahren in Neapel, und die Gemeinschaft der wunderlichen Heiligen löste sich auf.

Siebzehn Jahre zuvor hatte Vittorio in San Gregorio in Modena Colombina Fortini geheiratet. Getraut hatte sie der Bischof der Provinz, ehemals ein unbedeutender kleiner Priester im Dorf Santa Lucia, bis er das Werkzeug eines Wunders wurde, das ihm die Aufmerksamkeit der Wagenbauerzunft und schließlich der Obersten seiner Kirche einbrachte. Das Wunder selbst schrieb der gute Bischof San Gregorio zu, seinem Namensheiligen, der daraufhin augenblicklich auch zum Heiligen der Wagenbauer erhoben wurde.

Neun Jahre später, 1515, kehrten die wunderlichen Heiligen nach Florenz zurück, um dort zu spielen, und wurden gut aufgenommen – besonders von einem jungen Maler namens Buonarotti, der die Truppe im Spiel malte. Unglücklicherweise lag der junge Mann in künstlerischem Streit mit dem alten Mentor des Dottore, Leonardo da Vinci, in dessen Hände das Gemälde fiel und der es vernichtete.

Der Dottore (Giacomo Martinelli) erneuerte seine Bekanntschaft mit Leonardo damals nicht, doch sie begegneten einander in Mailand wieder, als der Künstler und Erfinder dem französischen König diente. Jetzt, mit vierundfünfzig Jahren, hatte der Dottore endlich das ›Geheimnis‹ entdeckt, das ihn hinderte, so zu malen wie der Meister: Er besaß als Maler kein Talent. Statt dessen war er ein begabter Schriftsteller – was ihm bestätigt wurde, als Leonardo Gelegenheit hatte, eine der Geschichten der wunderlichen Heiligen zu lesen, die der Dottore geschrieben hatte. Der Meister war voll des Lobs und bestand darauf, das Manuskript mit nach Rom zu nehmen, als er in den Dienst Leos X. trat. Leo, der ein Medici war, fand leider, seine Familie käme nicht allzu gut weg in dem Buch, und schenkte es daher der vatikanischen Bibliothek. Selbstverständlich wurde es nie wieder gesehen, wenn auch der Titel einmal im achtzehnten Jahrhundert auf dem Index der verbotenen Bücher erschien.

Als Arlecchino starb, sorgte seine Witwe Colombina dafür, daß ihr Ehemann die Letzte Ölung bekam – nur um ganz sicher zu sein, daß seine Seele erlöst werden würde; dann überließ sie den Leichnam Pico Bracciolini, Arlecchinos Neffen, der ihn zum Begräbnis in der Familiengruft nach Terranova bringen ließ.

Danach tat sich Colombina mit Scapino Petrucci oder Biondo oder Torrigiano und Isabella Zappacchio zusammen, und sie setzten sich alle in Mailand zur Ruhe. Sie kauften sich dort ein kleines Landgut von dem bescheidenen Vermögen, das Isabella doch noch von ihrer Familie erhalten hatte, allerdings unter der Voraussetzung, daß sie niemals ihre Verbindung zu ihr aufdecken würde. Man wollte das einerseits nicht, weil Isabella nun Schauspielerin war, ein Beruf, der in schlechtem Ansehen stand, und andererseits, weil sie ganz offen in wilder Ehe mit Scapino zusammenlebte. Das Paar verzichtete auf den Segen der Kirche, weil Scapino nicht mit Sicherheit sagen konnte, daß er nicht schon frühere Ehen eingegangen war, und Isabella zwar keinerlei Skrupel hatte, mit ihm in ehebrecherischer Beziehung zu leben, jedoch aus moralischen Gründen gegen die Bigamie war. Aus dieser Verbindung gingen keine Kinder hervor, möglicherweise dank Scapinos klugem Umgang mit Schafdärmen.

Als bei einer Pestepidemie Scapino und Colombina innerhalb von zwei Tagen dahingerafft wurden, begrub Isabella sie Seite an Seite in einem Olivenhain und ging danach nach Mantua, um ihren Lebensabend im Schoß der Familie ihrer Mutter zu beschließen. Sie starb schließlich im hohen Alter von einundachtzig Jahren. Die Nachkommen der Familien della Rovere und Gonzaga erinnerten sich ihrer als einer wunderbaren Geschichtenerzählerin und ehrwürdigen und respektlosen alten Frau, die mit Vorliebe hübsche junge Diener ins Gesäß kniff.

Mit der Auflösung der Gemeinschaft der wunderlichen Heiligen bekehrte sich der Capitano Francesco Benevelli, der damals siebenundfünfzig Jahre alt war und eine Heidenangst vor dem Alter hatte, zu einem Leben stiller Meditation und Hingabe, wozu er sich in ein Kloster in Pavia zurückzog. Im Jahre 1525 jedoch mußten der Capitano – der damals Bruder Pax hieß – und seine Mitmönche entdecken, daß ihr Kloster unversehens zum Mittelpunkt eines Schlachtfelds geworden war, auf dessen einer Seite die französischen und auf dessen anderer die Truppen Karls V. standen. Die Versuchung war zu stark für den Capitano. Er stürzte sich gewissermaßen aus seiner Kutte ins Kampfgewühl. Er hatte wesentlichen Anteil am Sieg über die Franzosen, erlitt jedoch in der Schlacht unglücklicherweise schwere Verletzungen, an denen er zwei Tage später trotz der liebevollen Pflege seiner Brüder starb, die ihm diese Rückkehr in ein Leben der Gewalt verziehen. Kurz vor seinem Ende rief er im Fieberwahn: »Zephyr! Die Räuber! An die Waffen!« Er starb, ohne erfahren zu haben, daß der junge französische Offizier, der in der Schlacht zu seinen Füßen starb, der ältere Sohn des Befehlshabers war, dessen Schlachtroß er Jahrzehnte zuvor gestohlen hatte. Und er wußte bei seinem Tod auch nicht, daß er neben einigen anderen Kindern zwei Söhne gezeugt hatte, die bald wichtige Rollen in der italienischen Geschichte spielen sollten.

Mit Luisa, der Tochter des Waffenschmiedes Niccolo von Biella, zeugte er Giuliano. Dieser junge Mann wurde ebenfalls Waffenschmied und entwickelte die primitiven ›Handkanonen‹ aus der Zeit seines Vaters zu leichten, bequem tragbaren Handfeuerwaffen, die sich allen vergleichbaren französischen und deutschen Waffen als überlegen erwiesen. Er starb als reicher Mann.

Mit Annamaria Masaccio, der ewig Treuen, Ehefrau des Zunftmeisters der Tuchmacher in Piacenza, zeugte der Capitano Filippo, den seine Mutter kluger-, aber unangebrachterweise nach ihrem Ehemann nannte. Er wurde ebenfalls ein Tuchmacher, handelte mit den Türken in Konstantinopel und wurde ebenfalls sehr reich. Er teilte seinen Reichtum mit seiner Mutter Annamaria, die mittlerweile eine noch immer attraktive mehrfache Witwe war. Denn sie verheiratete sich immer wieder, überlebte noch drei weitere Ehemänner – und, Gerüchten zufolge, mehr als ein Dutzend enger Freunde –, ehe sie selbst im Jahr 1533 starb.

Tristano Remigio war dreiundvierzig, als Arlecchino starb. Er wurde vom Fleck weg von einer anderen Truppe engagiert, die zur gleichen Zeit in Florenz aufgebaut wurde, und mit dieser Truppe reiste er ein Jahr lang, wobei er die Rolle des Capitano spielte. Obwohl er immer noch ein gutaussehender Mann war, wies er die Rolle des Liebhabers zurück, weil sie ihn langweilte. Sein kurzes Auftreten als alter Kaufmann Poliosco Jahre zuvor in Bologna hatte in ihm den Wunsch geweckt, Charakterrollen zu spielen.

Mit ihm ging Alfonso Rossi – dies der wahre Name Pantalones, wie seine verloren geglaubte Mutter einige Jahre später enthüllte, als die wunderlichen Heiligen sich einen gewissen Ruhm erworben hatten und wieder einmal in Vercelli spielten. Mit sechsunddreißig war Alfonso zu alt für Pantalones Rollen, die, so hatte es sich mittlerweile eingebürgert, stets vom jüngsten männlichen Mitglied der *commedia*-Truppen gespielt wurden. Er wurde also der Dottore und brachte viele der *lazzi*, die Giacomo erfunden hatte, in sein Spiel ein.

Auch Ruffiana ging mit Tristano, aber sie spielte nicht mehr. Als sie 1524 tödlich erkrankte, heiratete Tristano sie auf dem Krankenbett, und sie starb mit den heiligen Sakramenten der Kirche versehen; sie wurde sogar in heiliger Erde begraben, eine Ehre, die dem Mann verweigert wurde, der über hundert Jahre später bei der Schaffung seiner großartigen Lustspiele stark auf die Technik der *Commedia dell'arte* zurückgriff: Molière.

Nach Ruffianas Tod trennte sich Tristano von der Truppe und kehrte nach Bologna zurück, wo er von seinen Brüdern seinen Anteil am Nachlaß seines toten Vaters einklagte und den Prozeß gewann, in erster Linie weil Pantalone sein ›Advokat‹ wurde und die Richter mit Erklärungen in obskurer Sprache und mit Verweisen auf völlig imaginäre Präzedenzfälle in heillose Verwirrung stürzte. Tristano lebte danach nur noch drei Jahre und starb in komfortablen Verhältnissen – aber gelangweilt – auf seinem Landsitz außerhalb Bolognas. Seinem Begräbnis wohnten, so wird von einigen Leuten behauptet, hundertzweiundfünfzig Frauen jeden Alters bei, die so bitterlich weinten, als stünden sie selbst an der Schwelle des Todes.

Alfonso zog weiterhin als Dottore mit der Truppe durchs Land. Erst viele Jahre später starb er, als er im Rahmen eines neuen *lazzo* einen Rückwärtssalto machen wollte. Er hatte eine zur Truppe gehörende junge Frau namens Isabella Traviotti geheiratet, die die Rolle der jungen Liebhaberin spielte, und die beiden hatten vier Söhne miteinander, von denen jeder irgendwann den Pantalone spielte und dabei auf die alten *lazzi* seines Vaters zurückgriff und von denen ebenfalls jeder irgendwann seine eigene Truppe gründete.

Bald nach seiner Wahl zum Papst unternahm Giuliano della Rovere einen Feldzug, um die Romagna in päpstliche Hand zu bringen, und drängte Cesare Borgia äußerst geschickt von der Bühne der Geschichte – obwohl er ihm, um seine Wahl zum Papst sicherzustellen, versprochen hatte, ihn als Bannerträger der Kirche zu behalten.

Er ließ Cesare und seine wenigen ihm treu gebliebenen Kondottieri festnehmen. Michelotto Corella wurde auf Befehl des Vatikans gefoltert. Doch der treue Gefolgsmann verriet nichts, was seinen Herrn belastet hätte, und wurde drei Jahre in Haft gesetzt, während Julius II. Cesares gesamtes Vermögen beschlagnahmte und die Rückgabe seiner Eroberungen erzwang.

Im Jahr 1506 wurde Michelotto auf freien Fuß gesetzt und Kondottiere der Florentiner.

Was den Herzog von Valentinois, Cesare Borgia, anging, so war er zwar vom Papst gefangengesetzt worden, wurde aber aufgrund einer Vereinbarung mit den Spaniern wieder freigelassen. Er floh zuerst nach Neapel, wo er kurz mit seinem Bruder Jofre und dessen Frau Sancia zusammentraf, die jetzt von ihrem Ehemann getrennt lebte. Dann wurde er von neuem eingekerkert, diesmal infolge eines Verrats von seiten der Spanier, die offenbar die Methoden von Cesares *virtù* studiert und sich zu eigen gemacht hatten. Er wurde als Gefangener nach Spanien gebracht, floh nach zwei Jahren zu seinem Schwager, dem König von Navarra, und fiel 1507 im Kampf gegen Aufständische vor dem Kastell von Viana.

Angelo Perelli, Kondottiere della Roveres und Schutzengel der Heiligen, starb in einem abgelegenen Winkel der Romagna 1512 an der französischen Krankheit.

Diese sogenannte französische Krankheit erhielt 1530 einen formellen Namen, als ein Arzt aus Verona ein lateinisches Gedicht zum Gedenken eines Hirten namens Syphilius schrieb, der angeblich das erste Opfer dieser Krankheit war.

Die Italiener behaupteten, die Franzosen hätten die Krankheit nach Italien eingeschleppt, die Franzosen dagegen, sie hätten sie sich bei den Spanierinnen in Neapel geholt, als sie in Italien einmarschiert waren. Und die Spanier behaupteten, sie hätten das erste Mal durch die Wilden, die die spanischen Eroberer in die Heimat mitgebracht hatten, mit der Krankheit Bekanntschaft gemacht.

Die ›Wunderkur‹ von Cesares Arzt Gaspare Torrella wurde nie aufgezeichnet; es gab allerdings einige Leute, die behaupteten, es habe sich um eine mit Quecksilber vermischte Salbe gehandelt.

Scapinos ›Schafdärme‹ erlangten als beste Krankheitsvorbeugung eine gewisse Berühmtheit. Casanova sollte die Methode später noch verfeinern, doch es wird allgemein angenommen, daß das erste moderne Kondom um 1700 von dem englischen Arzt Conton hergestellt wurde.

Der Tod der *commedia* kam langsam und schleichend Ende des siebzehnten Jahrhunderts, als die gekrönten Häupter Italiens immer häufiger die italienischen Komödianten zum Spiel an ihre Höfe luden, aber die Stücke im voraus zu lesen verlangten. Mit dem Tod der Improvisation als Kunstform geriet das Schauspielertheater immer mehr in Vergessenheit, um zunächst vom Theater des Autors ersetzt zu werden und dann vom Theater des Regisseurs, der nicht schreiben oder spielen kann, nicht weiß, wie man richtig fällt, einen Handstand macht, mit Bällen oder anderen Gegenständen jongliert, Feuer schluckt, auf dem Seil tanzt, eine Ballade singt, einen Saltarello tanzt, ein Musikinstrument spielt oder aus dem Versuch, eine Fliege zu fangen, ein *lazzo* von vier Minuten Dauer macht.

Und der auch keine Winde fahren läßt.